MALENE SØLVSTEN

DAS FLÜSTERN DER RABEN

ANSUZ

Aus dem Dänischen von
Justus Carl und Franziska Hüther

ARCTIS

Die Originalausgabe erschien 2016 unter dem Titel
Ravnenes hvisken – Bog 1 im Forlaget Carlsen, Kopenhagen.

Die Übersetzung wurde gefördert von der Danish Arts Foundation.

Danish Arts Foundation

Die Arbeit der Übersetzer am vorliegenden Text wurde
vom deutschen Übersetzerfonds gefördert.

MIX
Papier | Fördert gute Waldnutzung
FSC® C014496

Deutsche Erstausgabe
3. Auflage

Übersetzung: Justus Carl und Franziska Hüther
Lektorat: Meike Blatzheim
Umschlaggestaltung: Mette Breth
Satz: Greiner & Reichel, Köln
Druck und Bindung: GGP Media GmbH, Pößneck
Printed in Germany 2022
ISBN 978-3-03880-047-7

www.arctis-verlag.de
Folgt uns auf Instagram unter @arctis_verlag

Für meine Mutter,
die fantastische Geschichten liebt.

TEIL I

DER RAND DES HIMMELS

Von Süden die Sonne,
des Monds Gesell,
schlang die Rechte
um den Rand des Himmels:
die Sonne kannte
ihre Säle nicht;
die Sterne kannten
ihre Stätte nicht;
der Mond kannte
seine Macht noch nicht.

Völuspá
(Die Weissagung der Seherin)
10. Jahrhundert

PROLOG

Ich konnte schon immer die Vergangenheit sehen. Und gerade befand ich mich in einer Vision.

Obwohl ich barfuß war und spürte, wie die Winterkälte meine Beine hinaufkroch, wusste ich, dass ich eigentlich nicht dort war.

Ein Mädchen ging dicht an mir vorbei. Ihr Gesicht war hinter einem Vorhang aus verfilzten Haaren verborgen, die im schwachen Mondlicht hellgrau aussahen. Normalerweise fürchte ich mich nicht, wenn ich Ereignisse aus der Vergangenheit sehe. Ich kann sie ohnehin nicht ändern, und sie tun mir nichts. Doch diese Vision ließ mein Herz gegen die Rippen hämmern, und ich bekam kaum Luft vor Angst.

Ich stand am Rand eines Waldes. Der kräftige Geruch der Fichtennadeln stieg mir in die Nase, und durch die vorderen Baumreihen erahnte ich schneebedeckte Felder, die kalt im Mondschein leuchteten.

Ein Mann lief durch mich hindurch.

Was zur Hölle?

Der Mann folgte dem Mädchen, und mit jedem Schritt zerknickten die trockenen Zweige unter seinen Stiefeln. Das Mädchen reagierte nicht auf das Geräusch, sondern lief weiter geradeaus wie eine Schlafwandlerin. Das Kleid, das sich um ihren Körper schmiegte, war aus einem dünnen, beinahe durchsichtigen Stoff in Weiß und einer dunklen, gräulichen Farbe.

Die Kleidung des Mannes war zeitlos. Er trug dunkle Hosen und eine helle Jacke mit hochgezogener Kapuze, weshalb ich auch sein Gesicht nicht erkennen konnte.

Da fiel mein Blick auf die Lederschnur in seiner Hand.

Er rief etwas, das ich nicht hören konnte, doch es brachte das Mädchen dazu, neben einer dürren Birke stehen zu bleiben. Es war die einzige zwischen den kräftigen Fichten ringsherum. Die Birke war nur wenig größer als das Mädchen und hatte einen zarten Stamm, der sich dem dunklen Himmel entgegenreckte. Der schlanke Hals des Mädchens war über dem Ausschnitt des Kleides entblößt und schimmerte beinahe weiß im Mondlicht.

Ein Strom eiskalter Angst fuhr durch meine Brust, als der Mann das andere Ende der Schnur griff und sie straff vor sich gespannt hielt.

»Pass auf!«, rief ich, obwohl es zwecklos war. Sie konnte mich ja doch nicht hören. Ich war gar nicht dort, und das alles war bereits geschehen, vielleicht vor ein paar Monaten oder vor Hunderten von Jahren.

Der Mann trat dicht an den Rücken des Mädchens und berührte ihr Haar mit seiner Wange.

Sie reagierte nicht.

Er flüsterte ihr etwas ins Ohr, dann legte er die Lederschnur um ihren Hals. Ganz sanft, beinahe wie eine Liebkosung. Der Mann zog zu, doch das Mädchen wehrte sich weder, noch regte es sich.

Gleichzeitig schrie ich, wieder und wieder, dass sie fliehen solle, treten oder um sich schlagen. Dass sie etwas tun solle. Irgendetwas.

Nach einigen endlos scheinenden Sekunden sank das Mädchen auf die Knie und landete mit dem Gesicht auf dem Waldboden, der mit trockenen Fichtennadeln bedeckt war. Der Mann sank mit ihr nieder, und sie bewegte schwach die Arme, schaffte es jedoch nur, ein wenig von dem Schnee neben sich wegzufegen.

Schließlich lag das Mädchen still.

In gekrümmter Haltung kniete der Mann über ihrem schmächtigen Körper und stieß einen verzweifelten Schrei aus, während er ihr Kleid mit beiden Händen zerriss. Sein Arm bewegte sich in einigen merkwürdig ruckartigen Bewegungen über ihr, dann stand er auf und griff nach dem Stamm der kleinen Birke, um sich abzustützen. Sie brach in der Mitte, sodass die Spitze nur noch an einer dünnen Faser herabhing. Auf wackligen Beinen stakste der Mann aufs Feld hinaus und verschwand.

Das Mädchen lag auf dem Bauch. Ein Arm war in einem unnatürlichen Winkel vom Körper abgespreizt. Das Gesicht war von mir weggedreht und von ihren Haaren verdeckt.

Ein entsetzter Schrei stieg meine Kehle hinauf und drang über meine Lippen, bevor ich ihn stoppen konnte.

Auf dem Rücken des Mädchens war ein Zeichen eingeritzt. Es glich einem verzerrten F, bei dem die beiden sonst waagerechten Striche schräg nach unten deuteten. Rund um das Zeichen schimmerten verschmierte dunkelrote Flecken. Ich wollte davonlaufen, rührte mich jedoch nicht. Der entstellte Rücken des Mädchens war das Einzige, was ich wahrnahm.

»Hilfe«, schrie ich. »Helft mir!«

Da stieß mich etwas hart in die Seite, und ich stürzte auf den Waldboden.

Ein riesiger haariger Kopf versetzte mir einen weiteren Stoß.

KAPITEL 1

Monster stupste mich mit der Schnauze an. Er legte keine Kraft hinein, trotzdem rollte mich jeder Schubs beinahe auf den Bauch. Auf allen vieren stand er neben meinem Bett und schaute auf mich herab, was viel über seine Größe aussagt.

Wenn ich gefragt werde, was für eine Rasse mein Hund ist, antworte ich normalerweise, er sei eine Mischung mit irischem Wolfshund. Dass er ganz sicher nicht mir gehört, sondern in höchstem Maße sich selbst, und ich den Verdacht hege, dass er nur zu einem Bruchteil Irischer Wolfshund ist und der Rest von ihm aus Grizzlybär, vermengt mit Mammut, besteht, behalte ich meist lieber für mich.

»Habe ich im Schlaf geschrien, Monster?« Mit einer müden Bewegung tätschelte ich seinen großen Kopf.

Er nickte.

Nein, verbesserte ich mich. Natürlich nickt ein Hund nicht.

Die Augustmorgensonne warf ihre Strahlen durchs Fenster, und die Uhr zeigte halb acht. *Oh nein!* Ich hatte noch eine halbe Stunde, bis mein erster Schultag begann. Wenn die Oberstufe am Gymnasium so ähnlich war wie meine Jahre in der Realschule, würde es nicht leicht werden.

Ich streckte mich, atmete kräftig aus und kramte im Schrank nach einer schwarzen Jeans und einem schwarzen Kapuzenpullover.

Monster legte seine Pfoten auf den Stuhl, auf dem ich ein gelbes T-Shirt bereitgelegt hatte, damit ich der Welt zur Abwechslung mal nicht komplett in Schwarz begegnen würde. Er legte den Kopf schief.

»Ich kann doch nicht«, sagte ich zu ihm.

Er seufzte. Dieser Hund hatte offenbar ein ziemlich unhundehaftes Interesse an meiner Kleidung. Vielleicht schrieb ich ihm aber auch ein paar Eigenschaften zu, die er unmöglich besitzen konnte.

»Ein andermal«, versprach ich, während ich mir die Klamotten überzog. Dann legte ich mich auf den Boden und machte Liegestütze. Ich schaffte nur fünfzig, bevor die Zeit knapp wurde.

Wir eilten in die Küche, was nur wenige Schritte waren, denn alles außer der Toilette und dem Bad befand sich im selben Raum. Ich öffnete eine Rolle mit Schokokeksen und gab Monster einen. Resigniert sah er den Keks an, machte sich aber dennoch laut schmatzend darüber her.

Ich nahm auch einen Bissen, legte den Keks aber schnell wieder zurück. In meinem Bauch machte sich schon jetzt ein beklommenes Gefühl breit. Stattdessen ging ich ins Bad. Wie immer erschien mir mein Spiegelbild ein bisschen fremd. Das Mädchen, das mir entgegensah, hatte rabenschwarzes Haar, bleiche Haut, große, ein wenig hervorstehende blaugrüne Augen, eine lange spitze Nase und kräftige, dunkle Augenbrauen – die eine war von einer Narbe durchzogen.

Was mein Äußeres anging, hatte ich kein Glück gehabt. Auch damit nicht.

Aus Gewohnheit ließ ich den Finger über die lange, verzerrte Narbe gleiten, die von der Mitte meines Brustkorbs zwischen den Brüsten hindurch nach unten verläuft und kurz über dem Nabel endet. Ich hatte keine Ahnung, woher sie stammte. Wer für die an meiner Augenbraue verantwortlich war, wusste ich dafür umso besser.

Ich kaschierte meine hässlichen Züge mit schwarzem Eyeliner und Mascara, dann stapfte ich aus dem Badezimmer. Mit der Tasche in der Hand rief ich Monster »Kommst du?« zu.

Er lief den ganzen Weg bis zum Gymnasium neben meinem Fahrrad her, aber ich wusste nicht, was er tun würde, während ich den ganzen Tag dort drinnen zubrachte. Als ich das Rad abstellte, rannte er weiter auf den Kraghede Skov zu, den Wald hinter den Fußballfeldern der Schule. Ich schaute ihm nach und fragte mich wie immer, ob es wohl das letzte Mal war, dass ich ihn sah. Am Waldrand drehte er sich noch einmal um und bellte laut, ehe er zwischen den Bäumen verschwand.

Das Ravnssted-Gymnasium gleicht einer Handvoll gigantischer rotbrauner Legoklötze, die ein Riesenbaby wahllos zusammengesteckt hat. An das Schulgelände grenzt eine der beiden Grund- und Realschulen von Ravnssted. Beide habe ich für eine jeweils kurze Zeit besucht. Auf der anderen Seite liegt der Kraghede Skov. Irgendwann hatte ich mal einen Stadtplan in den Händen gehabt und fand, dass der Wald von oben aussieht wie ein Arm, der die Stadt in einem Halbkreis fest umklammert. Der breite Oberarm des Waldes schirmt Ravnssted nach Osten hin ab, wird im Norden immer dünner und sieht aus wie ein Finger, der anklagend nach Westen zeigt. Dahinter kommt nichts anderes mehr als das Große Vildmose-Moor, Geisterstädte und Ferienhäuser, bevor man die Westküste und die Stadt Jagd erreicht.

Drinnen las ich den Brief mit praktischen Informationen und enthusiastischen Willkommensgrüßen, den mir das Gymnasium geschickt hatte.

Die anderen machten einen Bogen um mich – abgesehen von dem Mädchen, dessen Schulter schmerzvoll gegen meine stieß. Ich war mir nicht sicher, ob es mit Absicht passiert war oder ob sie mich nur nicht bemerkt hatte. Die wenigen, die in meine Richtung sahen, rümpften die Nase wegen meines schwarzen Outfits und des dunklen Make-ups. Oder vielleicht taten sie es auch einfach bloß meinetwegen.

Ich drückte mich an die Wand und versuchte, die anderen Schüler zu ignorieren. Als Erstes musste ich den Klassenraum 20 im Orangen Gang finden.

Nachdem ich mithilfe der dem Schreiben beigelegten Karte ein Stück gegangen war, fand ich heraus, woher der Orange Gang seinen Namen hatte. *Oh mein Gott.* Noch nie in ihrer Geschichte war diese Farbe derart missbraucht worden. Wände, Türen und Decke waren in verschiedenen Orangetönen gestrichen. Selbst der Acrylteppich leuchtete wie eine Apfelsine. Die Bilder an den Wänden waren offensichtlich aus demselben Farbspektrum ausgewählt worden. An die Tür zum Raum 20 hatte jemand ein kariertes Blatt Papier geklebt, auf dem in bunten Buchstaben *Willkommen 11B* stand. Das Letzte, was diesem farbenmäßig beanspruchten Gang fehlte, waren noch mehr knallige Farben.

Ich betrat das Klassenzimmer, das zu meiner Überraschung halb leer war. Obwohl ich verschlafen hatte, war es mir gelungen, um zehn vor acht da zu sein. Die wenigen anderen, die schon im Raum saßen, steckten flüsternd ihre Köpfe zusammen, ohne Hallo zu sagen.

Nette Begrüßung.

Die Tische waren in einem Hufeisen aufgestellt, und ich wählte einen mittleren Platz an einer der Längsseiten, mit so vielen freien Plätzen daneben wie möglich. Mit einem Gefühl, als würde mir die Brust eingeschnürt, setzte ich mich auf die Stuhlkante und richtete den Blick auf meine Hände, die ich auf dem Tisch ineinander verschränkte.

Je mehr sich der Klassenraum füllte, desto stärker fühlte ich die Vergangenheit. Oder besser gesagt die Vergangenheiten. Ich spüre von fast allen Menschen ein wenig. Von manchen mehr als von anderen. Nur bei wenigen kann ich die Vergangenheit gar nicht sehen. Das gilt zum Beispiel für meinen einzigen Freund Arthur. Aber häufig nehme ich die Gefühle einer Person mit einer Verzögerung von einer Sekunde wahr, und ich erkenne die Grundstimmung der meisten. Also die Gefühle, die in ihrem Leben überwiegen. Man kann sie Auren nennen, obwohl ich keine Regenbogen um Leute herum sehe. Bei manchen empfange ich auch Bilder, die kurzen Filmen ähneln. Wenn ich eine Person berühre, kann ich einen Flash aus ihrer Vergangenheit hervorrufen, daher vermeide ich Körperkontakt. Das Gleiche geschieht, wenn andere mich berühren, und das vermeiden *sie* eigentlich immer.

Klein-Mads saß auf der Längsseite mir gegenüber und redete ebenfalls mit niemandem. Wir hatten es beide schwer gehabt in der Schule, in dem Jahr, in dem ich in Vringelby wohnte, dennoch taten wir uns nie zusammen. Aus der Entfernung hatte ich seine schmerzvolle Wandlung von einem riesigen Kind zu einem riesigen Teenager miterlebt. Sein Wachstum hatte offensichtlich nicht aufgehört seit meinem Weggang von der Dorfschule in Vringelby vor etwas mehr als drei Jahren, und mit einer Größe von deutlich über zwei Metern war er der Inhaber des ironischsten Spitznamens der Gegend. Hier oben sind Spitznamen eine Art Sport. So viel anderes gibt es nicht zu tun. Ich selbst habe gar nicht wenige gehabt. *Psycho* ist der, der hängen geblieben ist.

Peter kam in den Klassenraum, und mit einem Schlag war mein Körper kampfbereit. Aus dem Jungen, der mir beigebracht hatte, sich zu prügeln – lasst uns einfach sagen, als Sparringspartner –, war ein junger Mann geworden, doch sein Blick war derselbe geblieben. Boshaft und kriegerisch. Oder vielleicht war er das nur, wenn er mich ansah.

Ich dachte daran, wie er und zwei andere Jungen mich durch den Kraghede Skov verfolgt hatten. Es hatte mich eine gespaltene Augenbraue, vier geprellte Rippen und ziemlich viel Stolz gekostet, dass ich es nicht geschafft hatte, ihm und seinem Schlägertrupp zu entkommen.

Ich sah auf die leicht flache Nase, die sein ansonsten hübsches Gesicht entstellte. Er war nicht mehr so cool gewesen, nachdem ich ihm den Baseballschläger abgenommen hatte, an diesem Tag etwa drei Jahre nach dem Überfall im Wald. Es war dumm von ihm gewesen, allein auf mich loszugehen. Jetzt trafen sich unsere Blicke, und ich rieb über meinen eigenen, geraden Nasenrücken. Das muss man sich mal vorstellen: Er verprügelt und tyrannisiert mich jahrelang, und ich zertrümmere seine Nase ein Mal mit einem Baseballschläger, und dann bin ich diejenige, die im Jugendknast landet.

Peter hielt meinem Blick stand und tippte mit dem Finger auf die Stelle über seinem Auge, wo in meiner Augenbraue die Narbe aufleuchtete.

Die anderen im Klassenzimmer kannte ich flüchtig. Minna Østergaard glitt aristokratisch in den Raum. Außerdem sah ich Niller, Suzuki-Ib, Johnny-Bum aus Rakkeby und Alice mit den langen roten Haaren. Von dem halben Jahr, in dem ich in Nørre Lyngby mit ihr in eine Klasse gegangen war, kannte ich Alice als ruhiges Mädchen. Sie hatte nie mit mir geredet oder mich belästigt. Ich schätzte beides sehr.

Die Plätze füllten sich, doch diejenigen auf meiner Längsseite waren am wenigsten beliebt. Zum Schluss gab es nur noch zwei freie Plätze.

Genau.

Ein dicker Junge steckte seinen Kopf in den Klassenraum und sah sich nach einem freien Platz um. Er machte ein paar zögerliche Schritte in Richtung der leeren Stühle rechts und links neben mir.

»Thomas, du kannst dich hierhersetzen.«

Die Erleichterung in seinem Gesicht war beinahe mit Händen zu greifen, als er seinem Retter entgegentrottete und sich ans Ende des Hufeisens setzte, in unbequemer Haltung, mit einem Bein zu jeder Seite des Tischbeins.

Mit gesenktem Blick widerstand ich dem Drang, meinen Kopf auf die Tischplatte zu knallen.

»Darf ich hier sitzen?«, fragte eine melodische Stimme.

Ich sah hoch und blickte in ein paar leuchtend blaue Augen, von langen Wimpern umsäumt, im perfektesten Gesicht, das ich je gesehen hatte. Die Nase war schnurgerade, und die tief liegenden Augen saßen über hohen Wangenknochen. Die Lippen waren wohlgeformt und füllig, die Zähne perlweiß, und das Gesicht wurde von goldenem Haar umrahmt. Das war mit Abstand der schönste Junge, den ich in meinem Leben gesehen hatte.

Er lächelte, aber genauso gut hätte er mir auch einen Faustschlag in den Solarplexus verpassen können. Mir war, als hörte ich sämtliche Mädchen im Klassenzimmer gleichzeitig aufseufzen. Ich merkte, dass er mich immer noch abwartend ansah, also nickte ich kurz und deutete auf den Stuhl.

»Ich heiße Mathias. Bin gerade erst hergezogen. Wie heißt du?« Er nahm Platz.

Wie hieß ich denn eigentlich? Ich sah ihn mit zusammengezogenen Augenbrauen an. Er fragte sich sicher, ob ich ganz normal war. Die Antwort lautet zwar Nein, stumm bin ich allerdings nicht.

»Anne Sakarias«, brachte ich heraus.

Mathias gab mir die Hand, was mir ein wenig altmodisch vorkam, aber wenn so ein Typ einem die Hand reicht, dann nimmt man sie.

Ich empfing die eigenartigsten Bilder von ihm, als unsere Hände sich berührten. Seine Vergangenheit glich einer Menge Fotos, bei denen die Reihenfolge durcheinandergekommen war. Ich sah die üblichen kurzen Filme, aber dann waren dort plötzlich tote Winkel und fehlende Glieder in der Kette. Die Handlung stoppte abrupt, und ich wurde ausgeschlossen.

»Ich habe mich schon darauf gefreut, das Mädchen zu treffen, das dem größten Schlägertyp der Stadt eine Abreibung verpasst hat, das Haus ihrer Pflegefamilie abgefackelt hat und mit einem Mörderhund zusammenwohnt.« Er rollte dramatisch mit den Augen.

Ich wusste nicht, was ich darauf entgegnen sollte. Die Geschichte mit Peter und dem Baseballschläger hatte sich zu einer lokalen Legende entwickelt, sodass aus einer lächerlichen gebrochenen Nase im Volksmund eine lange Foltersitzung geworden war. Das Haus war abgebrannt, korrekt, aber nicht ich hatte es in Brand gesteckt. In Wahrheit hatte ich die gesamte Familie noch rechtzeitig nach draußen gebracht, inklusive ihres alten Hamsters. Und Monster hatte niemanden getötet. Zumindest nicht in der Zeit, die er bei mir wohnte. Glaubte ich jedenfalls.

»Voilà«, war das Einzige, was mir zu sagen einfiel. Ich zeigte mit dem rechten Daumen auf mich, als ob ich meinen Ruf damit bestätigen wollte.

Beeindruckt zog Mathias seine perfekt geformten Augenbrauen nach oben. Etwas in der Türöffnung ließ sein Gesicht zu einer überraschten Grimasse werden, die ihm nicht weniger gut stand.

Ich folgte seinem Blick und sah ein Mädchen hereingehen. Nein. *Gehen* ist das falsche Wort. Sie kam wiegend in den Raum, goldbraun und mit einer Wolke aus dunklen Korkenzieherlocken um den Kopf. Ihre Augen waren groß und rund und hatten die Farbe von Ahornsirup. Die Lippen waren weich, und ihr Körper war an den richtigen Stellen schmal und breit. Ihr enger Rock in Neongrün und Royalblau saß wie angegossen, und eine Kette mit großen lila Steinen baumelte fast bis zur Taille herab. Sie trug eine kreischend orange Tasche, deren Gurt die Vertiefung zwischen ihren wohlgeformten Brüsten betonte. Noch nie hatte ich eine so fürchterliche Farbkombination mit einem so guten Resultat gesehen.

Mathias' Mund stand halb offen.

Sie kam direkt auf uns zu, und als sie an unseren Plätzen ankam, tat sie etwas, das mich total überrumpelte.

Sie umarmte mich.

KAPITEL 2

Ich saß steif wie eine Puppe da, als das fremde Mädchen seine schlanken, dunklen Arme um mich schlang. Niemand, absolut niemand, gibt mir Umarmungen. Ich bin Körperkontakt nicht gewohnt, und ihre – nennen wir es einfach Aura – rammte mich wie ein Güterzug. Sie war knisternd, elektrisch, kreativ und sprudelnd.

Das Mädchen nahm meine Hände, als es sich setzte. »Du bist Anne.«

Es war keine Frage, also nickte ich nicht.

»Ich bin Luna.« Sie hätte ebenso gut noch ein *Tadaaa* hinzufügen können.

Ich sah sie ausdruckslos an.

»Ich bin *die* Luna.«

»Sollte ich wissen, wer du bist?« Ich gab mir Mühe, meine Verwirrung zu verbergen, während ich diskret versuchte, die Hände aus ihrem Griff zu winden.

Das Mädchen hielt sie nur umso fester. »Meine Eltern sind die besten Freunde deiner Eltern.«

Mein Gesicht erstarrte ungläubig.

Luna wollte noch etwas sagen, doch in diesem Moment kam unser Lehrer herein. Er stellte sich als Jan vor und stürzte sich in eine langatmige Erläuterung der Lerninhalte, der Stundenpläne und der Lehrbuchausleihe im Keller. Dann versicherte er uns, dass wir immer zu ihm kommen könnten, falls wir Probleme hätten. Hätte ich für jedes solcher Versprechen von einem Erwachsenen einen Fünfer bekommen, wäre ich jetzt wohlhabend. Ich wäre reich, würde ich die Male dazuzählen, die es nicht gestimmt hat. Wann immer sein Blick auf mich fiel, schaute er hastig wieder weg. Ich bemerkte es kaum. So ist es meistens, wenn mich die Leute ansehen.

Meine Eltern. Mein einziges Verhältnis zu ihnen bestand darin, dass sie mich damals vor nicht ganz achtzehn Jahren ins Leben hinausgeworfen und hier zurückgelassen hatten. Ich war nicht die Einzige, die Jan nicht zuhörte. Zu meiner Rechten starrte Luna mich hemmungslos an. Zu meiner Linken tat Mathias sein Bestes, um einen Blick auf Luna zu erhaschen.

Jan begann, unsere Namen aufzurufen.

»Mathias Jarl Hedskov.«

Mathias reckte einen muskulösen Arm in die Höhe, ohne die Augen von Luna zu nehmen.

Als Jan bei Luna ankam, stockte er und musste den Namen zunächst leise für sich lesen. »Luna Asfrid Villum Sekibo.«

Dann kündigte Jan eine kurze Pause an, ehe wir uns alle der Klasse vorstellen sollten.

Luna wollte etwas sagen, doch ich stand auf. Es kommt selten vor, dass ich mit vielen Menschen zusammen bin, und noch seltener, dass jemand mit mir spricht. Dieser Tag war bisher eine unglückliche Kombination aus beidem gewesen, und es war erst neun Uhr. Ich stürmte hinaus auf den Orangen Gang.

Hinter mir ergriff Mathias die Gelegenheit beim Schopf, stahl meinen Platz und fing an, mit Luna zu reden.

Als ich aus dem Klassenzimmer kam und auf den Gang bog, lief ich geradewegs in einen dunkelhaarigen Typ hinein. Es fühlte sich an, als wäre ich mit Vollkaracho gegen eine Betonmauer geprallt, und ich verlor um ein Haar das Gleichgewicht. Mit einem festen Griff um die Schultern hielt er mich auf den Beinen. Ein kräftiger Geruch nach Wald und frischer Luft und etwas, das ich nicht einordnen konnte, schlug mir entgegen. Er sah mich mit durchdringenden dunklen Augen an. Ich empfing keine Bilder von ihm, doch ich spürte, dass er eine wichtige Aufgabe hatte. Ein Mann mit einer Mission.

»Tut mir leid«, murmelte ich und versuchte, mich loszumachen. Er sah mich unwirsch an, entließ mich jedoch nicht aus seinem eisernen Griff. Er starrte mir ins Gesicht und riss die Augen auf, als würde er mich wiedererkennen. Ich war heute wirklich unfreiwillig weltberühmt in Ravnssted. War mir mein Ruf echt so weit vorausgeeilt?

»Varnar!« Preben, der Hausmeister, stand ein Stück weiter den Gang hinunter. Wer Preben war, wusste ich. In dieser Kleinstadt kannte jeder jeden. Aber den jungen Mann hatte ich noch nie zuvor gesehen.

Er ließ mich los und ging mit gleitenden, katzengleichen Schritten davon.

Erst da sah ich die grüne Arbeitshose.

»Sie stellen jedes Jahr einen Kriminellen als Hilfshausmeister ein.« Peter lehnte am Türrahmen. »Als ich dich hier gesehen habe, dachte ich eigentlich, du hättest den Job gekriegt.«

»Ob ich wohl deiner Nase ihre normale Form wiedergeben kann, wenn ich sie noch mal zertrümmere?«, überlegte ich laut.

»Ob du wohl weniger abstoßend wärst, wenn ich deiner anderen Augenbraue eine passende Narbe hinzufügen würde?«, feuerte er zurück, schüttelte dann aber den Kopf. »Aber nein, du bist so potthässlich, dass nicht mal deine eigenen Eltern deinen Anblick ertragen konnten.«

Er wollte noch mehr sagen, doch seine Stimme brach mit einem Mal und ging in ein Husten über.

Hinter ihm stand Luna mit herabhängenden Armen.

Peter sah über die Schulter und lächelte. Seine Miene änderte sich und nahm schlagartig einen beinahe freundlichen Ausdruck an.

»Du bist neu hier in der Stadt, deshalb will ich dir einen Rat geben«, sagte er zu Luna. »Halt dich fern von der hier, und häng lieber mit uns normalen Leuten ab.«

Sie schaute ihn mit ihren hübschen hellbraunen Augen an. Wenn Blicke töten könnten, hätte Peter mausetot auf dem orangefarbenen Acrylteppich gelegen.

»Lieber würde ich mit einem Haufen perverser Bauern Pisse in einem Schweinestall trinken«, erwiderte sie.

Sein Lächeln erstarrte, und er hustete wieder, als bekäme er nur schwer Luft.

»Das lässt sich bestimmt einrichten«, meinte unser Klassenkamerad Niller grinsend, als er in diesem Moment an uns vorbeikam.

Peter hustete immer noch, als Jan uns zurück in die Klasse rief.

»Statt euch selbst vorzustellen, sollt ihr euch in Dreiergruppen unterhalten und von euch erzählen. Anschließend stellt ihr euch dann gegenseitig den anderen in der Klasse vor«, sagte er.

Mathias und Luna lehnten sich beide zu mir herüber, und so einfach war unsere Gruppe gegründet. Es war ein merkwürdiges Gefühl, nachdem mein ganzes Leben lang diverse Lehrer verzweifelte Gruppen dazu überredet hatten, mich aufzunehmen.

»Wer ist dieser Idiot?«, wollte Luna wissen.

»Ein alter Freund.« Ich starrte auf die Tischplatte.

»Wenn das einer deiner Freunde ist, möchte ich echt keinem deiner Feinde begegnen.«

Mathias kniff die Augen zusammen. »Ich bin verwirrt. Du kennst Anne, aber sie kennt dich nicht?«

»Ich verstehe es nicht. Wieso hast du nie von mir gehört?«, fragte Luna. »Haben Mie und Jens dir nichts von mir erzählt?«

Ich hob jäh den Kopf. Woher kannte sie meine erste Pflegefamilie?

»Sie haben mich vor dreizehn Jahren rausgeschmissen. Seitdem habe ich sie nicht mehr gesehen.«

»Warum haben sie dich rausgeworfen?«, fragte Luna. Ich merkte, dass Mathias sie unter dem Tisch zu treten versuchte, doch sie fuhr fort: »Es war ausgemacht, dass du bei Mie und Jens wohnst, bis entweder meine Eltern oder deine Mutter dich holen kommen.«

Sie schürzte ihre vollen Lippen und trommelte mit einem pinken Fingernagel dagegen.

Ich senkte wieder den Blick und holte tief Luft.

Gott sei Dank wechselte Mathias das Thema. »Was ist mit dir, Luna?«

Sie lehnte sich zurück. »Ich bin siebzehn. Meine Eltern haben bis etwa ein halbes Jahr vor meiner Geburt hier in der Stadt gewohnt. Meine Mutter kommt aus Ravnssted. Mein Vater stammt aus Westafrika, hat aber den Großteil seines Lebens in Frankreich verbracht. Sie sind Entwicklungshelfer, daher sind wir in der ganzen Welt herumgereist. Jetzt, wo ich aufs Gymnasium sollte, wollte meine Mutter gern zurück nach Hause.«

Wow. Ich war anscheinend nicht die Einzige, die schon an einem Dutzend verschiedener Orte gelebt hatte. Aber Luna hatte wenigstens ihre Eltern an ihrer Seite gehabt.

Da es nicht den Anschein machte, als ob Luna mehr zu sagen hätte, schauten wir beide Mathias an.

»Ich bin aus Kopenhagen«, begann er.

»Dass du nicht von hier bist, ist ziemlich offensichtlich«, grinste Luna.

Er starrte einen Augenblick fasziniert auf ihren lächelnden Mund, ehe er in der Lage war fortzufahren. »Meine Mutter hat immer in Friseursalons gearbeitet, konnte es sich aber nie leisten, einen eigenen zu eröffnen. Vor etwa drei Monaten hat uns dann ein Mann aus der Gegend kontaktiert. Er hatte einen alten Salon gekauft und meine Mutter gefragt, ob sie ihn führen will. Es kam uns ein bisschen suspekt vor, aber wir haben beschlossen, die Chance zu ergreifen. Und bis jetzt hat sich der Typ ferngehalten, also scheint es okay zu sein.«

»Wo ist dein Vater?«, fragte Luna.

Mir kam der leise Verdacht, dass sie nicht gerade das weltbeste Situationsgespür besaß.

Mathias' Miene verdüsterte sich, und er verschränkte die Arme. »Ich habe keine Ahnung, wer er ist.«

»Hast du deine Mutter nicht gefragt? Weißt du auch nicht, wie er heißt?«, bohrte Luna weiter.

Ich war kurz davor, ihr den Mund zuzuhalten, denn Mathias' Gesichtsausdruck war kaum zu ertragen. Mein eigener hatte vor etwa fünf Minuten wahrscheinlich ähnlich ausgesehen. Ich sprang ihm zur Seite.

»Wer stellt wen vor?«, fragte ich.

Mathias und ich tauschten einen Blick. Keiner von uns beiden hatte große Lust, von Luna präsentiert zu werden. Die Götter wussten, was sie sich einfallen ließ.

»Soll ich nicht einfach uns drei vorstellen?«, schlug Mathias vor.

Ich wollte liebend gern darum herumkommen, aufstehen zu müssen, und Luna zuckte nur mit den Achseln und nickte.

Kichernd und mit roten Backen begannen die Leute mit der Präsentationsrunde. Ein sauertöpfisch aussehendes Mädchen namens Maja stellte Klein-Mads vor, was ihr körperliche Schmerzen zu bereiten schien. Als Mathias an die Reihe kam, sagte er über mich, dass ich von hier käme und superlieb sei, und Luna bezeichnete er als Globetrotterin.

Ich glaube, mich hat noch nie jemand superlieb genannt.

Den Rest des Tages versuchte ich, für mich zu bleiben, doch Mathias und Luna waren ständig in meiner Nähe. Sie gaben nicht auf und machten auch nicht den Eindruck, als würden ihnen meine einsilbigen Antworten auf den Keks gehen. Als ich endlich das Schulgebäude verließ, saß Monster auf dem Parkplatz und erwartete mich. Mathias und Luna, die mir dicht auf den Fersen folgten und sich unterhielten, blieben abrupt stehen, als sie den riesigen Hund sahen.

»Alter Schwede«, rief Mathias aus.

Ich tätschelte Monsters Kopf und ging zu meinem Fahrrad.

»Kommst du nicht mit zu Frank's Diner?«, rief Luna mir nach. Sie schloss ein ramponiertes Lastenrad auf.

Ich hatte sie zwar darüber reden hören, dass sie noch was trinken gehen wollten, aber ich wäre nie auf den Gedanken gekommen, diese Pläne könnten mich einschließen.

»Und wenn du nicht mitwillst, könntest du dich wenigstens kurz verabschieden«, fügte Luna hinzu.

Ach ja, richtig. Normale Menschen verabschieden sich brav, wenn sie gehen.

Schade, dass ich nicht normal bin.

Ohne ein Wort radelte ich davon, während Monster neben mir hergaloppierte.

Am nächsten Morgen standen wir auf dem Braunen Gang und warteten darauf, dass unsere erste Geschichtsstunde begann.

Kleiner Tipp. Falls du jemals den Auftrag erhältst, ein Gymnasium zu gestalten, und auf die Idee kommst, das Ganze nach einem von vornherein fragwürdigen Farbkonzept aufzubauen, dann lass um Gottes willen die Farbe Braun aus.

Mir fiel es derweil schwer, mich auf die braune Umgebung zu konzentrieren, und ich rieb mir die Augen, um etwas wacher zu werden.

Diese Nacht hatte ich erneut die Vision von dem Mädchen gehabt, das stranguliert und am Rücken gezeichnet wird, und wieder war ich weinend und zitternd vor Angst aufgewacht. Es war das erste Mal, dass ich ein und dieselbe Vision mehrfach hintereinander gehabt hatte.

Luna in ihrem orangen Top, einer grünen Hose und lila Schuhen lief dem Braunen Gang an der Farbfront eindeutig den Rang ab.

»Du kommst heute mit zu mir nach Hause.« Es war ein Kommando, keine Einladung.

Mathias trippelte um uns herum.

»Hab schon was vor«, murmelte ich.

Luna verdrehte die Augen.

Mathias begann hektisch von irgendetwas zu reden, das ich kaum aufnahm, und versuchte mit einem angestrengten Lächeln unsere Aufmerksamkeit zu erhaschen.

Luna ließ nicht locker. »Meine Eltern wollen dich treffen.«

Ich schaute auf meine schwarzen Schuhspitzen und zählte im Stillen bis zehn.

»Sie machen Abendessen.«

Ich schnitt eine Grimasse. »Machen Eltern das nicht jeden Abend?«

»Sie möchten dich gern kennenlernen. Sie möchten dir helfen. Sich um dich kümmern.«

Mit jedem von Lunas Sätzen war es, als würde ein Ballon in meinem Inneren immer weiter aufgeblasen. Der letzte Satz brachte ihn zum Platzen.

»Du kannst *deinen* Eltern sagen«, fuhr ich sie an, »dass ich keinen Bedarf für weitere eigene, Stief-, Zieh-, Pflege- oder Ersatzeltern habe! Das ist das Allerletzte, was ich gebrauchen kann. Sag ihnen, dass sie zu spät kommen. Siebzehn Jahre zu spät.« Und bevor ich mir selbst zum längsten Redefluss gratulieren konnte, den ich seit Monaten an einen anderen Menschen gerichtet hatte, stürmte ich den Braunen Gang hinunter. Aus dem Augenwinkel sah ich, dass Luna versuchte, mir zu folgen, Mathias sie jedoch zurückhielt. Ich lief auf den Ausgang zu, der wie ein kleiner Tunnel geformt war, und zog an der ersten Tür, doch ehe ich hinaus in die Freiheit gelangte, öffnete sich die zweite Tür und der junge Hilfshausmeister kam herein. Zum zweiten Mal stieß ich mit ihm zusammen.

Der kleine Gang wurde von seinem Duft erfüllt.

»Wo willst du hin?« In seiner Stimme schwang ein leiser Akzent mit, der nach einer nordischen Sprache klang.

»Das geht dich gar nichts an.« Ich versuchte, mich an ihm vorbeizudrücken, doch er versperrte mir den Weg. Ich trat zur anderen Seite, er blockierte mich erneut.

»Lass mich durch«, knurrte ich.

»Es ist am sichersten, wenn du hierbleibst.« Er sprach leise, doch seine Worte kamen mit Nachdruck.

Ich stieß ihn mit beiden Händen, aber er rührte sich keinen Millimeter. Ich schubste ihn erneut und spürte wie beim ersten Mal, als ich mit ihm zusammengestoßen war, eine Mauer von einem Körper. Er war nur einen Kopf größer als ich und schlank, aber ich konnte ihn nicht von der Stelle bewegen. Jetzt sah ich, dass sein schwarzes T-Shirt stramm über seinen muskulösen Oberkörper gespannt war. Er fing meinen Blick mit seinen durchdringenden Augen. Das dunkle, halblange Haar rahmte sein Gesicht ein.

Während ich ziemlich sicher war, dass ich mit Peter und den meisten Männern fertigwerden oder ihnen zumindest eine würdige Gegnerin sein konnte, war ich mir hundertprozentig sicher, dass ich gegenüber diesem Varnar – mir fiel ein, dass Hausmeister Preben ihn so genannt hatte – völlig chancenlos war. Es war sein Blick. In Varnars Augen konnte ich eine Willenskraft erkennen, die meiner sehr ähnelte, doch er war stärker. Das bedeutete allerdings nicht, dass ich vorhatte aufzugeben. Wenn ich ihn schon nicht besiegen konnte, konnte ich ihn wenigstens beleidigen.

»Seit wann bist du Ordnungshüter? Ich dachte, du wärst bloß Hilfshausmeister?«

Ein Lächeln huschte über Varnars Lippen, und für eine Millisekunde änderte sich unverkennbar sein Gesichtsausdruck. Es war, als würde ich von einem flüchtigen Sonnenstrahl getroffen.

»Stimmt, derzeit bin ich Hilfshausmeister.« Er sagte das Wort, als sei es fremd in seinem Mund. Seine Augen wurden noch dunkler als zuvor. »Geh zurück.«

Er machte einen Schritt auf mich zu und baute sich vor mir auf. Es kostete mich einige Überwindung, nicht zurückzuweichen oder den Blick niederzuschlagen.

In diesem Augenblick erschien Mathias. Er sah Varnar an, der mir den Weg nach draußen versperrte.

Auch wenn ich jederzeit mein gesamtes Geld auf Varnar setzen würde, falls es zu einem echten Kampf zwischen den beiden käme, senkte Varnar den Blick zum Zeichen, dass er sich zurückzog. Gleichzeitig entschied Mathias, dass Varnar meine Flucht verhindert hatte und sie dementsprechend Verbündete waren. Gegen mich natürlich. Er streckte die Hand aus.

»Mathias.«

Varnar ergriff sie und nannte seinen Namen.

»Anne, komm mit zurück. Die Stunde hat gerade erst angefangen. Du schaffst es noch rechtzeitig, ohne dass es dir als Fehlzeit eingetragen wird.« Mathias flüsterte, was in dem kleinen Durchgang vollkommen sinnlos war. »Luna wollte dich nicht ärgern. Sie möchte nur deine Freundin sein.«

»Ja, Anne. Mathias hat recht. Geh zurück«, sagte Varnar und warf Mathias einen Du-übernimmst-ab-hier-Blick zu, ehe er sich umwandte und in die Richtung verschwand, aus der er gekommen war.

»Ich bin es nicht gewohnt, Freunde zu haben.« Ich presste die Lippen zusammen. Warum ließen sie mich nicht einfach in Ruhe?

»Keiner kann ohne Freunde durchs Leben gehen«, erwiderte Mathias sanft.

»Ich bin bis jetzt prima zurechtgekommen.« Ich ließ den Blick auf einem Punkt weit außerhalb der Glastür ruhen.

»Nur weil du es nicht gewohnt bist, Freunde zu haben, heißt das nicht, dass wir nicht gut für dich sein können. Und du für uns.«

Ich sah ihn an, als er *uns* sagte.

Er knuffte mich in die Schulter. »Komm schon, Anne. Was kann denn passieren?«

»Sobald ich anfange, euch zu mögen, wollt ihr nicht länger meine Freunde sein.« Die Worte waren heraus, ehe ich sie stoppen konnte, und meine Stimme brach ein winziges bisschen.

Der neckende Ton war völlig verschwunden, als Mathias sagte: »Oh, Anne … Das wird nicht passieren.«

Ich straffte den Rücken und sah ihm direkt in die blauen Augen. »Ich kapiere echt nicht, wieso ihr mit mir befreundet sein wollt.«

Mathias lächelte sein charmantestes Lächeln, und meine Knie wurden weich. Dieser Fuchs wusste genau, was er tat.

»Luna, weil sie Luna ist, und ihr in ihrem Kopf bereits Freunde wart, bevor ihr überhaupt geboren wurdet. Sie ist fantastisch, Anne. Du solltest ihr wirklich eine Chance geben.«

Okay. Hier war eindeutig jemand verknallt.

Mathias lachte. »Und ich, weil du anders bist und mich neugierig machst. Du bist wild, du lässt nicht zu, dass dir irgendjemand dumm kommt, und dann hast du diesen total irren Hund. Du sagst nicht viel, aber wenn du es tust, dann bist du schlagfertig, witzig und sarkastisch. Und du redest nicht wie die anderen. Hou a hou a hou.« Er ahmte den schweren nordjütländischen Dialekt nach.

Ich musste ebenfalls lachen, und das ließ meine Entschlossenheit bröckeln. Mathias öffnete die Tür zur Schule, und ich trottete ihm hinterher zum Braunen Gang und der Geschichtsstunde, die bereits begonnen hatte.

In der langen Zehn-Uhr-Pause saßen wir im Café der Schule, das »Die Insel« genannt wurde. Wir hatten ein rotes Dreier-Plüschsofa erobert, das schon bessere Tage gesehen hatte.

Luna rührte weiter in der Wunde. »Ist schon gut. Du brauchst heute nicht mit zu mir nach Hause zu kommen, aber darf ich dir wenigstens erzählen, was ich über deine Eltern weiß?«

Mathias, der als Vermittler zwischen uns saß, lehnte sich zurück und blätterte plötzlich sehr interessiert in einer Zeitschrift.

»Ich will nichts davon wissen.« Ich versuchte, entschlossen zu klingen, ohne hysterischen Unterton. »Es gibt keinen Grund dafür. Sie sind weg.«

»Okay.« Luna sah aus, als hätte sie eine dicke, fette Kröte geschluckt. »Gut. Aber es ist nicht meine Schuld, dass unsere Eltern es verkackt haben. Ich weiß nicht, warum wir nicht schon viel früher hierhergekommen sind. Meine gesamte Kindheit habe ich immer wieder gehört ›Vielleicht fahren wir *nächstes Jahr* nach Hause und holen Anne. Vielleicht im Sommer.‹ Aber aus irgendeinem Grund ist es nie dazu gekommen.«

Sie beugte sich über Mathias und nahm meine Hand. Ich ließ sie gewähren, auch wenn es sich merkwürdig anfühlte. Wieder spürte ich diese elektrische Kreativität und auch eine gewaltige Stärke, die von ihr ausging.

»Aber wir können doch trotzdem Freunde sein. Ich habe dir nie etwas getan. Ich fühle, dass wir Freunde sein müssen. Wir *müssen* einfach.«

Zugegebenermaßen hatte sie mir tatsächlich nie etwas getan. Was war so schlimm daran, eine Freundin zu haben? Oder auch zwei Freunde? Normale Menschen haben Freunde. Normale Menschen schätzen sie sogar und suchen die Gesellschaft anderer Menschen.

Aber ich bin ja nicht normal.

Luna drückte meine Hand, und meine Entschlossenheit geriet ins Wanken. Auf einmal war es unmöglich, Nein zu sagen. *Danke, kein Bedarf.* Die Worte klebten auf meiner Zunge fest. *Nein danke. Na los, sag es einfach, Anne.*

Luna lächelte unschuldig. »Magst du nach der Schule mit zu Frank's?«

Ich wollte Nein sagen. *Nein, nein, nein und nochmals nein.*

»Okay«, sagte ich und war erstaunt, das Wort aus meinem eigenen Mund kommen zu hören.

Mathias schmunzelte hinter seiner Zeitschrift.

Es war das erste Mal, das ich Frank's Bar & Diner betrat, das in Rekordzeit zu einer Institution in der Stadt geworden war. Es hatte vor etwa drei Jahren eröffnet. Zu diesem Zeitpunkt war ich in Wohngruppe Nummer zwei untergebracht. Kurz zuvor hatte ich bei Pflegefamilie Nummer sieben ausziehen müssen, nachdem ihr Haus abgebrannt war. Sie glaubten, ich hätte das Feuer gelegt. Damals versuchte ich noch, die Leute von meiner Unschuld zu überzeugen. Inzwischen hatte ich den Punkt erreicht, wo ich es nicht mal mehr probierte.

Die gesamte Einrichtung des Frank's bestand aus Edelstahl, Chrom und Leder. Entlang der Wände reihten sich Nischen mit roten Ledersitzen zu beiden Seiten der Metalltische. Der Bartresen glänzte ebenfalls metallen, und daneben stand eine Jukebox, aus der 50-er-Jahre-Musik in den Raum dudelte.

Ich hatte keinen Zweifel, dass es sich bei dem Mann hinter dem Tresen um Frank handelte. Sein dunkelgraues Pomadenhaar war zurückgekämmt, die Ärmel seines schwarzen T-Shirts waren hochgerollt, und Seemannstätowierungen bedeckten seine beiden Arme. Er hatte etwas Jugendhaftes, obwohl er bereits in den Fünfzigern sein musste. Ich mochte auf Anhieb die Wärme in seinen Augen.

Luna lief zum Tresen und umarmte ihn. Er erwiderte die Geste mit einem Arm, während er mit dem anderen einer Frau augenzwinkernd ein Bier über den Tresen reichte, ehe er seine Aufmerksamkeit Luna zuwandte.

Die Frau sah mich nicht und stieß beinahe mit mir zusammen, als sie sich umdrehte, doch ich sprang routiniert zur Seite, bevor einer von uns mit Bier überschüttet wurde.

»Ich dachte, ihr wärt zum ersten Mal hier?«, flüsterte ich Mathias zu.

»Sind wir auch. Sie schafft es sogar, sich mit einem Holzschuh anzufreunden. So was habe ich noch nie erlebt.«

Wir gingen zum Tresen, wo Mathias Frank die Hand gab.

Frank kratzte seine breiten Koteletten, ehe er auch mir die Hand reichte. Ich ergriff sie und empfing eine Schwingung aus Intelligenz und Freundlichkeit. Außerdem sah ich einen kleinen Jungen von etwa fünf Jahren und spürte eine heftige Welle aus Liebe, Sehnsucht und einer ganzen Menge Traurigkeit. Bitter für Frank. Doch er war nicht der erste Vater in der Geschichte, der nicht mit seinem Kind zusammen war. Oder, ich musterte ihn von Kopf bis Fuß, vielleicht eher seinem Enkelkind.

»Und wer bist du, Schätzchen?«

Ich ließ augenblicklich seine Hand los. »Anne. Und ich bin ganz bestimmt nicht Ihr Schätzchen.«

Mit wütender Miene wartete ich darauf, dass Frank die Nase rümpfen und einen Schritt zurücktreten würde. Doch er lächelte mich nur an.

Wenn ich nur wüsste, warum mich auf einmal so viele Leute bemerkten.

»Oha, die Dame ist scharfzüngig.« Frank riss mich aus meinen Gedanken und zog an Luna gerichtet seine Brauen hoch, die in gespielter Ohnmacht nickte – wie eine Mutter, die mit dem ungezogenen Benehmen ihres Kindes konfrontiert wird.

»Wir wissen nicht, was wir noch tun sollen.« Sie legte Mathias den Arm um die Schulter.

Er umfasste hastig ihre Taille und strahlte wie ein Honigkuchenpferd.

Luna fuhr fort: »Wir haben alles versucht. Homöopathische Medikamente, Musiktherapie, Bewegung und frische Luft.«

Frank tippte sich mit dem Zeigefinger ans Kinn und legte das Gesicht in Falten. »Es liegt am Mittel. Ich verordne umgehend einen Milchshake und einen Chiliburger mit Pommes.«

Ich verdrehte die Augen. Schön, dass sie sich auf meine Kosten amüsierten. Ehe er in die Küche ging, nickte er Luna zu. »Denk dran, dass du morgen anfängst.«

Wir drehten uns ihr zu, und sie grinste verlegen. »Wir haben es gestern ausgemacht. Ich brauchte ohnehin einen Job und dachte, hier zu arbeiten macht sicher Spaß.«

Wir setzten uns in eine der Nischen. Die anderen bestellten nur Milchshakes, da sie zu Hause essen würden. Sie hatten ja *Familien*.

Mathias gluckste. »Luna, du beeindruckst mich echt. Gestern hast du in nur einem Tag eine neue Klasse, zwei neue Freunde und einen neuen Chef bekommen. Ich wüsste gern, was du alles in einem Jahr fertigbringst.«

Sie legte ihre Hand auf seine, und er erstarrte. »Ich habe einen Chef und eine neue Freundin bekommen. Was du für mich wirst, weiß ich noch nicht.«

Seine Wangen glühten, und ein glückliches Grinsen breitete sich auf seinem hübschen Gesicht aus. Mir kam es auf einmal ziemlich heiß in der kleinen Nische vor.

Zum Glück erschien Frank in diesem Moment mit dem Essen und den Getränken, und die Stimmung wechselte. Luna stürzte sich auf ihren Milchshake und plapperte drauflos. Mathias sah verliebt und glücklich aus, und ich spürte einen Stich schlechten Gewissens, weil ich hier saß und zubereitetes Essen aß. Ich beschloss, mein spärliches Budget zu sprengen und auch etwas für Monster zu kaufen, das ich ihm mitbringen konnte.

Anschließend ließ ich Mathias und Luna allein nach draußen gehen und trat zu Frank an den Tresen.

»Ich hätte gern noch einen Burger zum Mitnehmen.«

Er drehte sich um und musterte mich.

»Immer noch hungrig?« Er betrachtete mich von oben bis unten, ehe er sein graues Pomadenhaar zurückstrich. »Wie viel wiegst du? Viel mehr als fünfundfünfzig Kilo können es nicht sein.«

Ich schüttelte den Kopf. »Es ist nicht für mich.«

»Wer ist der Glückliche, wenn man fragen darf?« Frank beugte sich mit einer Hand unter dem Kinn über den Stahltresen.

»Mein Hund«, antwortete ich. »Er weigert sich, Hundefutter

zu fressen, und ich kann nicht kochen. Ich habe nur Schokokekse zu Hause.«

Frank brach in schallendes Gelächter aus, und tiefe Falten umkränzten seine Augen.

Er pfiff in Richtung der Küche, und ein Kampfhund kam angetrottet, der in meinen Augen recht klein und harmlos aussah, aber ich war ja auch Monster gewohnt. Für andere war er mit Sicherheit ein großer und möglicherweise sehr gefährlicher Hund.

»Der hier rührt auch kein Hundefutter an. *Nein, tust du nicht, nein, tust du nicht.*« Der letzte Satz klang, als spräche Frank mit einem Baby.

»Weißt du was«, sagte er. »Wir haben immer jede Menge Reste, und mein Hund schafft nicht alles, auch wenn er es versucht. Wenn du mir fünfzig Kronen die Woche gibst, lasse ich meinen Koch jeden Tag etwas davon für dich beiseitestellen. Du kannst das Essen einfach abholen, wann es dir passt. Was für einen Hund hast du?«

Ich warf einen Blick durch die Glastür und sah Monster geduldig auf der anderen Straßenseite warten. Wie er mich wohl gefunden hatte? An der Stelle, wo er saß, war ein Hundehaken in der Hauswand, sodass es aussah, als wäre er angebunden.

»Schauen Sie selbst«, sagte ich und zeigte in Monsters Richtung.

Frank sah hinaus und riss überrascht die Augen auf. »Sagen wir lieber, hundert Kronen.«

Ich verließ das Frank's mit einer Tüte Essen. Als ich zu Hause ankam, entdeckte ich zwischen den vermischten Pommes-, Brot- und Frikadellenresten ein sorgfältig eingepacktes Hühnchensandwich und ein Stück Kuchen. Man trifft selten auf Freundlichkeit ohne Hintergedanken, und während ich später am Abend das Sandwich aß, überlegte ich, was Frank wohl im Gegenzug von mir wollte. Nicht dass er es bekommen würde.

Monster war glücklich. Kein einziges Mal in der Zeit, die er bei mir wohnte, hatte er so gut gespeist. Ich richtete ihm einen Teller auf dem Tisch, denn die Male, als ich ihm das Essen auf den Boden gestellt hatte, war er stets tödlich beleidigt gewesen. Er ist groß genug, um auf dem Boden zu sitzen und an meinem Mini-Tisch zu essen. Er futterte den gesamten Inhalt der Tüte, und anschließend sahen wir fern.

Monster legte seinen riesigen Kopf auf meinen Schoß. Es lief irgendein alter Schinken, aber ich glaube, Monster folgte der Handlung mehr, als ich es tat.

Freunde. Ich kannte das Wort, wusste aber nicht genau, was es bedeutete. Mathias und Luna schienen entschieden zu haben, dass ich ihre Freundin sein sollte. Aber wusste ich überhaupt, wie man das machte? In meinem Leben hatte es nur sehr wenige Konstanten gegeben. Arthur und Grethe waren im Grunde die einzigen stabilen Menschen in meiner Welt, und Grethe war meine Sozialarbeiterin beim Jugendamt, also konnte sie wohl kaum als meine Freundin bezeichnet werden. Damit war Arthur der Einzige, den ich jemals in diese Kategorie stecken würde. Wobei er fast schon zu merkwürdig dafür war.

Ich legte den Kopf auf Monsters Schulter und schloss die Augen. Als ich sie wieder öffnete, stand ich im Wald.

Der Mann legte die Schnur um den Hals des Mädchens, und ich bereitete mich auf das vor, was ich nun sehen würde. Was ich gezwungen war zu bezeugen. Ich fluchte darüber, dieses schreckliche Ereignis miterleben zu müssen. Und dann auch noch mehrmals.

Warum sah ich es immer wieder?

Ich betrachtete die Szene so ruhig, wie ich es vermochte, und versuchte, etwas wiederzuerkennen. Aber Fichtenwälder gleichen sich sehr. Durch die Bäume sah ich ein Feld. Es folgte einer Aufwärtskurve und endete auf einer Hügelkuppe. Auf der Kuppe stand ein kleines weißes Haus.

Der Mann zog die Schnur straffer um den Hals des Mädchens, und sie gab einen gurgelnden Laut von sich.

Instinktiv rief ich, dass sie aufpassen solle. *Dummkopf, Anne.* Doch auch wenn mich mein kühler Verstand daran erinnerte, dass es ebenso zwecklos war, wie einer Person in einem Film zuzurufen, konnte ich mich nicht zurückhalten.

Das Mädchen sank auf die Knie. Ihre Arme baumelten an den Seiten herab, und sie prallte mit einem dumpfen Laut auf der Erde auf.

Ich begann zu schreien. In meinem Kopf, oder vielleicht auch laut, flehte ich: *Weck mich, Monster, bitte! Bevor er das Messer zieht.*

Eine kalte Schnauze stupste mich an.

Mit einem Ruck erwachte ich in derselben Stellung, in der ich eingeschlafen war. Ich trocknete mir mit dem Handrücken die Wangen.

Irgendetwas an dieser Vision stimmte ganz und gar nicht. Um den Kopf frei zu kriegen, griff ich nach der Fernbedienung und zappte zum Nachrichtensender.

Die gelbe Grafik auf dem Bildschirm zeigte an, dass *Breaking News* liefen. Ich wollte gerade zu dem Film zurückschalten, doch als ich hörte, wie der Sprecher den Namen der Stadt Hjallerup erwähnte, verharrte mein Finger über der Taste. Dort hatte ich in dem Jahr gelebt, als ich in Wohngruppe Nummer eins untergebracht war. In dieser Ecke passierte selten etwas, und der Name der Stadt klang fremd im Mund des Nachrichtensprechers.

»Das Mädchen wurde heute Abend am Straßenrand in der Nähe der Stadt Hjallerup in Nordjütland gefunden.« Es folgte eine Bilderserie mit Fotos eines rothaarigen Mädchens. Sie war sechzehn oder vielleicht etwas älter. Die Neuigkeit wurde in Dauerschleife gesendet, und der Sprecher begann von vorn.

»Eine Jugendliche wurde heute Abend tot in Nordjütland aufgefunden.« Der gut aussehende junge Sprecher, gekleidet in Pastellfarben und mit einer Hornbrille auf der Nase, legte eine dramatische Pause ein. »Ein Jogger entdeckte die Leiche der siebzehnjährigen Tenna Smith Jensen in einem Graben ein Stück außerhalb von Hjallerup. Tenna Smith Jensen galt seit vorgestern als vermisst, doch erst heute Abend teilten die Behörden mit, dass sie tot aufgefunden worden sei. Nach Ansicht der Polizei liegt Tenna Smith Jensens Tod ein Verbrechen zugrunde.«

Das Bild eines Hauses in der Dämmerung wurde eingeblendet. Ich erkannte es sofort.

»Tenna Smith Jensen lebte in einer Wohngruppe für Jugendliche auf dem Hof Kobbelgården und war vorgestern zum letzten Mal gesehen worden.« Die Fotos von dem Mädchen wurden erneut gezeigt, und auch ein Polizist, der sich zur Todesursache äußerte.

Dann erschien der Mann, der bereits zu meiner Zeit Vorsteher des Hofes gewesen war. Er drosch die zu erwartenden Phrasen. Sie seien erschüttert und glaubten nicht, dass Tenna Feinde gehabt hatte. Seine Gedanken seien bei der Familie.

Monster schaute gebannt auf den Fernseher, und ein weiteres Mal liefen die Bilder des ermordeten Mädchens über den Bildschirm. Nein, ich kannte sie nicht. Dennoch war es merkwürdig.

Ich schaltete den Fernseher ab, während der Nachrichtensprecher noch mitten im Satz war. Wie viele Monate, Jahre oder Jahrhunderte sie auch auseinander sein mochten, irgendetwas an Tenna Smith Jensens Schicksal erinnerte mich an das Mädchen aus meiner Vision.

KAPITEL 3

Arthur stand vor meiner Tür, als Monster und ich von unserer morgendlichen Joggingrunde zurückkamen.

»Hast du's schon gehört?« Arthur mühte sich gar nicht erst mit einleitenden Höflichkeitsfloskeln ab.

Das war allerdings auch nicht nötig, denn ich wusste, wovon er sprach.

»Hab's gestern in den Nachrichten gesehen.« Ich schloss die Tür auf und bat ihn herein.

Monster sah sich um, als wollte er etwas ausfindig machen, bevor er sich auf den Boden fallen ließ.

Ich zog meine Laufschuhe im Flur aus.

Arthur ist älter als ich. Ich weiß nicht genau, wie alt er ist, aber ich habe ihn in dem Kinderheim kennengelernt, in dem ich als Vierjährige untergebracht wurde, als ich von Jens und Mie wegziehen musste. Damals muss er ein älterer Teenager gewesen sein – ich erinnere mich nicht mehr an allzu viel –, und es war, als hätte er die Rolle meines großen Bruders eingenommen. Er besuchte mich bei den verschiedenen Pflegefamilien, saß viele Nächte an meinem Bett, wenn ich nicht einschlafen konnte, erzählte Geschichten und sang mir etwas vor.

Seine Haut war immer hell – noch heller als meine –, doch heute war er besonders bleich um die Nase. »Sie war in deinem Alter.«

»Ja, es ist traurig, aber ich kannte sie nicht«, sagte ich, während ich nach einem Apfel auf der Anrichte griff.

Monster hob seinen großen Kopf.

»Ist schon okay«, sagte ich zu dem Hund. »Kanntest du sie?«, fragte ich Arthur und biss in den Apfel.

Arthur schüttelte den Kopf. »Nein, aber furchtbar ist es trotzdem.«

Er fuhr sich durch sein rotes Haar und erschauderte, als fröre er. Arthur läuft immer in derselben zerschlissenen Winterjacke herum – sogar im Sommer. Ich habe ihn schon öfter deswegen aufgezogen, aber er tut das immer mit einem Lächeln ab. Was andere über ihn denken, ist ihm völlig gleich, und um diese Fähigkeit beneide ich ihn.

»Wie ich sehe, hast du einen neuen Mitbewohner«, bemerkte Arthur. »Wo kommt der denn her?«

»Er ist vor einem halben Jahr einfach hier aufgetaucht.«

Arthur schielte zu dem Riesenhund hinüber, der seine buschigen Augenbrauen zusammenzog. »Und dann hast du ihn einfach bei dir einziehen lassen?«

»Es war eher so, dass *er* eines Tages mit in die Wohnung gekommen ist, und seitdem ist er nicht wieder ausgezogen.«

»Ich dachte, du würdest es genießen, endlich alleine zu wohnen.«

»Anscheinend kann ich Tiere besser leiden als Menschen«, sagte ich und zog eine Grimasse.

Arthur grinste breit. »Ich bin froh, dass er hier ist. Er kann auf dich aufpassen.«

»Denkst du an das Mädchen?« Wie überfürsorglich durfte Arthur eigentlich sein? »Es war bestimmt jemand, den sie kannte. Und außerdem ist es in Hjallerup passiert.«

Monster sah bei meiner kleinen Gefühlsregung auf.

»Ist schon okay, Monster«, sagte ich. *Entspann dich doch, Hund.*

»Du nennst ihn Monster?« Plötzlich prustete Arthur vor Lachen.

»Er kann mir ja schlecht selbst erzählen, wie er heißt.« Ich nahm mir zwei Scheiben Knäckebrot und klatschte eine Scheibe Käse dazwischen.

Monster sah mit gequältem Blick auf die Knäckebrotmahlzeit, nahm sie aber mit den Zähnen. Arthur zog eine Augenbraue nach oben, kommentierte es jedoch nicht weiter und kehrte zum Thema zurück.

»Hjallerup liegt nur fünfundzwanzig Kilometer entfernt. Wir wissen nicht, wer dort unterwegs oder was dort los ist. Deshalb wäre ich froh, wenn du in der nächsten Zeit besonders vorsichtig bist. Wenn du nicht in der Schule bist, dann bleib mit dem Hund zusammen.« Er betonte *dem Hund* so, als wollte er Monster in Wirklichkeit anders nennen. »Versprichst du mir das? Dann könnte ich ruhiger schlafen.« Er lächelte in sich hinein.

»Ich bin eigentlich so gut wie immer mit Monster zusammen. Also okay.«

»Gut. Danke dafür, Anne. Ich muss jetzt gehen, aber ich schaue bald wieder vorbei.«

Ich lächelte ihn an.

»Es ist schön, dich lächeln zu sehen. Das machst du nicht gerade oft.« Arthur schenkte mir einen warmen Blick.

Ich öffnete ihm die Tür, und er lief winkend die Treppe hinunter.

Monster sah ihm hinterher.

Tenna Smith Jensen war das große Gesprächsthema, als ich in die Schule kam. Wer es noch nicht erfahren hatte, bekam ausschweifende Erläuterungen über die wenigen Details zu hören, die nach außen gedrungen waren. Niemand kannte Tenna, außer unserer Klassenkameradin Tine, die sich als ihre Großcousine entpuppte.

Tine genoss ihren Platz im Rampenlicht und erzählte bereitwillig, was sie über Tennas versoffenen Vater wusste. Über die drei jüngeren Geschwister. Wie sie in Obhut genommen worden waren. Mit vor Sensationslust funkelnden Augen deutete Tine sogar Inzest an.

Jan betrat die Klasse. »Ihr habt sicher schon gehört, was in Hjallerup passiert ist. So, wie ich es verstanden habe, bist du mit dem Mädchen verwandt, Tine.«

Tine ließ den Kopf hängen, um angemessen unglücklich auszusehen.

Jans Gesicht leuchtete vor Mitgefühl. »Lass es heute einfach ruhig angehen. Ich hoffe, ihr anderen kümmert euch in den nächsten Tagen und Wochen ein wenig zusätzlich um Tine.«

Ich aktivierte meine besondere Fähigkeit und richtete sie auf Tine. Es kam nicht oft vor, dass ich nach etwas Bestimmtem in der Vergangenheit einer Person Ausschau hielt, aber es war eigentlich ganz einfach, sich in den Erinnerungen zu orientieren und darin fündig zu werden. Vielleicht half es, dass Tine gerade in diesem Moment an ihre Großcousine dachte.

Tine hatte Tenna nur zweimal in ihrem Leben getroffen. Sie empfand nichts als Gleichgültigkeit und ein bisschen Scham für sie.

»Und, ähm.« Ausnahmsweise richtete Jan den Blick auf mich. »Wie war noch mal dein Name? Anne … Du hast in Kobbelgården gewohnt, oder?« Seine Frage riss mich aus meiner Recherche in Tines Vergangenheit. »Du bist sicher auch schockiert darüber, was passiert ist.«

Hör auf damit, Neugier als Fürsorge zu tarnen, Jan. Er war definitiv nicht der erste Erwachsene, der es mit diesem Trick bei mir versuchte. Ohne zu antworten, zuckte ich vage mit den Schultern.

Jans Augen flackerten schnell von mir weg, als hätte er vergessen, dass er mich soeben etwas gefragt hatte. Er wandte sich wieder an die Klasse. »Ich finde, ihr solltet miteinander darüber reden. Trauert gemeinsam, auch wenn ihr Tenna nicht gekannt habt.« Er bedachte uns mit einem mahnenden Blick. »Und passt aufeinander auf. Keiner sollte nachts vom Frank's oder anderswo allein nach Hause gehen. Wir wissen nicht, wer diese Tat begangen hat oder was dahintersteckt.«

Jans Besorgnis war ein Echo von Arthurs. Eine Erwachsenenbesorgnis. Ich glaube nicht, dass irgendjemand im Klassenzimmer sich auch nur für einen Augenblick in der Gefahr sah, das gleiche Schicksal wie Tenna zu erleiden.

Die Stimmung an diesem Tag war sonderbar. Die Lehrer hatten keine Lust zu unterrichten, wollten uns aber auch nicht aus dem beschützenden Raum des Gymnasiums entlassen. Den Großteil des Tages hingen wir auf dem Plüschsofa der Insel herum und taten so, als seien wir mit einer Gruppenarbeit beschäftigt.

Luna streckte sich.

Mathias' Augen blieben einen Moment an ihr hängen, dann konnte er seinen Blick losreißen. »Anne, ich weiß schon, dass du nicht unbedingt alle kennen kannst, die irgendwann mal in dieser Einrichtung gewohnt haben, aber kanntest du sie?«

Ich fuhr mir durchs Haar. »Nein. Aber es hätte durchaus sein können.«

Er sagte nichts weiter. Irgendetwas ließ mich hochschauen, und ich entdeckte Varnar, der ein Stück den Flur hinab an der Wand lehnte und mich zornig anstarrte. Was hatte ich ihm denn jetzt getan? Mit grimmiger Miene erwiderte ich seinen Blick.

Luna sah in seine Richtung und beugte sich zu mir. »Ganz schön heiß, der Typ. So richtig bad-boy-sexy.«

Mathias blickte entsetzt von Luna zu Varnar.

Sie knuffte ihm in den Arm. »Nicht für mich. Für Anne. Findest du ihn interessant?« Das Letzte war an mich gerichtet.

Wo kam das bitte her? Ich saß hier und versuchte, giftige Blicke zu verteilen, und dann interpretierte Luna das *so*. Vielleicht hatte mich dieses Experiment, Freunde zu haben, weich werden lassen.

»Nein, überhaupt nicht«, sagte ich. »Ich wundere mich nur, weshalb er mich so ansieht. Soweit ich weiß, habe ich ihm nie etwas getan. Ob ich vielleicht einen Bruder von ihm verprügelt habe?«

Luna staunte mit offenem Mund. »Verprügelt?«

Ups.

Mathias sah nicht überrascht aus.

»Anne, hast du wirklich andere Leute verprügelt?«, fragte Luna. »Eine Sache ist, dass du dich selbst verteidigt hast. Die Götter wissen, dass du wohl dazu gezwungen warst.« Sie schielte in Peters Richtung, der ein wenig entfernt von uns saß. »Aber hast du von dir aus … Gewalt angewandt?«

Ich lächelte düster. »Mir blieb ja kaum eine Wahl.«

»Gewalt ist doch bloß Machtlosigkeit und Zerstörung.«

»Nein, Luna. Gewalt ist ein Werkzeug. Wenn ich meine Ruhe haben will, bin ich manchmal dazu gezwungen, als Erste zuzuschlagen. Wenn ich sie nicht fertigmache, werden sie früher oder später mich fertigmachen.«

»Wer Weizen ernten will, muss Weizen säen. Und wenn man Frieden ernten will, ist es eine schlechte Idee, Gewalt und Hass zu säen«, sagte Luna. »Ist dir das nicht klar? Denk nur mal an das Mädchen.«

»Heb dir das für die Friedensdemo auf, Luna. Bei mir verschwendest du damit nur deine Energie.«

Wir saßen eine Weile da, ohne etwas zu sagen. Mathias widmete sich den Hausaufgaben, doch er blätterte so schnell durch das Geschichtsbuch, dass er unmöglich alles behalten konnte. Vielleicht hoffte er, so viel überfliegen zu können, dass er wenigstens irgendeine Antwort parat hätte, falls er in der nächsten Stunde aufgerufen würde.

Es war brütend heiß, und Luna trug leuchtend blaue Hotpants, die nur bei wenigen Mädchen durchgegangen wären. Bei Luna gingen sie durch. Ihr Top war rot mit gelben Punkten, dazu trug sie einen schmalen orangen Gürtel. Sozusagen als Krönung ihres Werkes hatte sie ihre dunklen Locken in einen grünen Turban gepackt.

»Anne, warum läufst du immer in Schwarz herum?«, fragte sie plötzlich.

Mathias' Augen hielten auf der Buchseite inne, und er gab sich alle Mühe, nicht loslachen zu müssen.

Ich sah mir Lunas Farbbombe von Outfit an und überlegte, wie ich diplomatisch auf ihre Frage antworten konnte. »Die Farbe gefällt mir wohl einfach am besten.«

Sie machte ein nachdenkliches Gesicht. »Wusstest du, dass Schwarz gar keine Farbe ist? Eigentlich ist es die Abwesenheit von Licht. Schwarz erstickt das Licht und symbolisiert Zerstörung. Deshalb trage ich Schwarz überhaupt nicht gern.«

Manchmal klang Luna wie eine sechzigjährige Heilpraktikerin.

»Vielleicht mag ich Zerstörung ja.« Ich formte meine Lippen zu einem sadistischen Grinsen.

Luna öffnete den Mund, um etwas zu entgegnen, doch Mathias knallte das Buch auf den Tisch.

»Und wusstet ihr, dass es in der Wikingerzeit eine Gruppe von Kriegern gab, die Berserker hießen?« Er versuchte offensichtlich, uns dazu zu bringen, das Thema zu wechseln.

Luna schnappte sich das Buch und sah hinein, während Mathias weitersprach.

»*Berserker* war die Bezeichnung für einen Typ Wikingerkrieger, die in einem beinahe tranceartigen Zustand mit einer solchen Brutalität kämpften, dass die meisten Feinde zerstückelt wurden. Sie spürten weder Schmerz noch Furcht und zogen ohne jede Schutzausrüstung in den Kampf. Oft hüllten sie sich in Wolfspelze und bildeten so die Grundlage für die ersten Legenden über Werwölfe. Sie glaubten, Gewalt und Zerstörung wären ein Mittel, um ...« Er unterbrach sich, als hätte er die Parallele zu Lunas und meinem vorherigen Gespräch erst jetzt bemerkt.

»Willst du damit sagen, ich sei eine Berserkerin?« Über die Berserker hatte ich am Abend zuvor gelesen. Soweit ich mich erinnerte, kämpften sie nur mit Tierhäuten bekleidet und in einem Rausch, der von euphorisierenden Pilzen kam.

Luna sah auf. »Du hast das Buch aufs Wort genau zitiert. Wieso kannst du das alles auswendig?«

»Ich habe ein fotografisches Gedächtnis. Das ist ziemlich normal.«

»Aber wie konntest du es so schnell lesen?« Ich hatte ihn das Buch durchblättern sehen, und auf manchen Seiten hatte sein Blick kaum innegehalten.

»Ich lese eben schnell. Das ist auch ziemlich normal.«

»Ich glaube nicht, dass es normal ist, *so* schnell zu lesen«, sagte ich.

Mathias kniff die Lippen zusammen. Diesen Gesichtsausdruck kannte ich von mir selbst, wenn ich über ein bestimmtes Thema nicht weiter reden wollte. Deshalb kam ich auf die Sache mit den Farben zurück.

»Luna, mir ist aufgefallen, dass du oft in knallbunten Kleidern herumläufst. Ich weiß nicht, wie das in den Ländern ist, in denen du gelebt hast, aber in diesem Land …« Ich wies auf einige der anderen Schüler, die trotz der Jahreszeit in Schwarz oder Dunkelblau gekleidet waren, während nur ein Einzelner mutiges Weiß trug.

Luna spielte mit ihrer Perlenkette. »Die verschiedenen Farben *machen* etwas mit mir. Ich gehe jeden Morgen in mich und spüre nach, und dann ziehe ich die Farben an, die ich brauche. Heute haben wir zum Beispiel Geschichte. Da muss ich eine ganze Menge auswendig wissen. Blau hilft mir dabei, mich zu fokussieren.« Sie zeigte auf ihre blauen Hotpants. »Also habe ich die hier an, damit ich konzentrierter bin.«

»Auf mich haben sie genau den gegenteiligen Effekt.« Mathias schielte in Richtung des besagten Kleidungsstücks.

Luna änderte ihre Position auf dem Sofa, damit sie die Beine auf Mathias' Oberschenkeln ablegen konnte, und er legte seine Hand vorsichtig auf ihr glattes, braunes Schienbein. Sie strich sich mit der Hand über das Top und den Gürtel.

»Die Farben des Feuers danken der Sonne, weil sie scheint und Leben spendet. Ich wusste, dass wir heute Französisch haben, und deshalb war ich ein bisschen aufgeregt. Die grüne Farbe«, sie fasste sich an den Turban, »beruhigt mich.«

Mathias machte nicht den Anschein, als wäre er nach der Besichtigungsrunde über Lunas wohlgeformten Körper in der Lage zu sprechen, daher ergriff ich das Wort. »Dann therapierst du dich also selbst mit Farben?«

»So könnte man es ausdrücken. Ich weiß nicht, ob ihr es bemerkt habt, aber ich habe ein paar Schwierigkeiten damit, meine Gefühle zu kontrollieren.«

Nein, das hatten wir ganz bestimmt nicht bemerkt.

»Ihr könnt euch ja gar nicht vorstellen, was mir alles einfallen würde zu sagen oder zu tun, wenn ich meine Vorkehrungen nicht treffe.«

Nein, das konnten wir uns wirklich überhaupt nicht vorstellen.

»Vielleicht nutzt du das Schwarz auf die gleiche Art, Anne«, sagte sie. »Vielleicht nutzt du es als Schild, weil du dich für den nächsten Angriff rüstest, von dem du nicht weißt, woher er kommt.«

KAPITEL 4

Es war Freitag. Wir hatten Sport, und ich arbeitete daran, mir einen Plan auszudenken, wie ich der Morgenversammlung in der nächsten Zehn-Uhr-Pause entgehen konnte. Es würde in einer Katastrophe enden, wenn ich mich in einem Raum mit über fünfhundert Menschen und deren Vergangenheiten aufhalten müsste.

Ich rieb mir die Augen. In der Nacht hatte ich zweimal die Vision gehabt, und beide Male hatte Monster mich wecken müssen, weil ich im Schlaf weinte. Es war jetzt die fünfte Nacht in Folge, die ich nicht durchgeschlafen hatte, und ich wollte schreien vor Frust über diese beharrliche Erscheinung, die mir den Schlaf raubte.

Unsere Sportlehrerin Helene war Mitte fünfzig. Sie ging mit beschwingten und entschiedenen Schritten durch die Turnhalle. Luna trug einen eng anliegenden gelben Jumpsuit. Die Leute starrten sie an, und einige der Mädels lachten. Sie lachte zurück, nicht wissend, dass die anderen *über* sie lachten, nicht *mit* ihr. Sie griff meinen Oberarm.

»Wow, hast du Muskeln. Trainierst du viel?«

»Ja.«

»Was machst du?«

»Jeden Morgen radle oder laufe ich zehn bis fünfzehn Kilometer. Dann trainiere ich an meinem Boxsack.« Ich sah keinen Grund, zuzugeben, dass ich im Übrigen in sämtlichen Kampfsportklubs der Gegend auf der schwarzen Liste stand. »Außerdem mache ich hundert Liegestütze und Sit-ups.«

»Jeden Tag?«

Ich nickte.

Mathias kam zu uns. »Was macht Anne jeden Tag, außer mindestens drei Leute zu provozieren?«

»Sie fährt Fahrrad, boxt und macht hundert Liegestütze.« Luna begleitete ihre Worte mit ein paar sehr weiblichen Faustschlägen in die Luft.

Mathias pfiff. »Nicht schlecht, Herr Specht. Wofür trainierst du?«

Mein Blick flackerte in Peters Richtung.

Mathias bemerkte es.

»Lasst uns hoffen, dass es nicht dazu kommt.« Er fasste mich an der Schulter und drehte mich mit dem Rücken zu Peter.

In diesem Moment rief die Lehrerin. Allein der Anblick ihres zuvorkommenden Lächelns ermüdete mich.

»Wir werden jetzt Vertrauensübungen machen. Findet euch bitte in Vierergruppen zusammen.«

Oh, oh. Ich machte Anstalten, in Richtung Ausgang davonzuschleichen.

Mathias griff meinen Arm und zog Luna aus dem Lotossitz hoch, in dem sie sich auf dem Boden niedergelassen hatte.

»Mein Gefühl sagt mir, dass du ein paar Schwierigkeiten auf diesem Gebiet hast«, flüsterte er.

»Besten Dank«, murmelte ich.

»Uns fehlt noch einer.« Luna hüpfte zu Klein-Mads, der allein stand. Ich weiß nicht, ob er froh oder entsetzt darüber war, in unsere mystische Gruppe aufgenommen zu werden. Seine Miene hoch über mir war unmöglich zu deuten.

Helene wies uns an, wie wir uns – in irrwitzigem Vertrauen – mit dem Rücken zu den anderen in deren Arme fallen lassen sollten. Die Gruppe sollte einen bis zum Boden hinablassen und anschließend wieder in den aufrechten Stand heben.

Luna warf sich kurzerhand nach hinten, ehe wir bereit waren, und Mathias erwischte sie in letzter Sekunde, bevor sie auf dem

Boden aufschlug. Mads und ich hatten nicht mal mitbekommen, wie sie sich fallen ließ.

Mathias schielte über die Schulter und lehnte sich nach hinten. Wir griffen ihn, führten ihn zu Boden und stellten ihn ohne Probleme wieder auf.

Mads räusperte sich. »Am besten, wir überspringen mich«, sagte er mit seiner tiefen Stimme. Er war keineswegs dick, sah jedoch beinahe aus wie das Trickfoto eines gewöhnlichen Jungen, der übergroß aufgeblasen und mit uns anderen zusammengeschnitten worden war.

Mathias und ich wechselten Blicke. Wir waren geneigt, ihm recht zu geben, doch Luna versicherte Mads, dass wir ihn ohne Weiteres halten könnten. Ich spannte all meine Muskeln an und machte mich bereit. Mads lehnte sich vorsichtig rückwärts in unsere Arme, und wir stöhnten unter seinem Gewicht. Er hielt noch immer ein wenig dagegen.

»Komm schon, Mads«, spornte Luna ihn an. »Lass dich einfach fallen. Wir halten dich.«

Jetzt halt schon die Klappe, Luna.

Mads entspannte sich, und wir spürten sein volles Gewicht. Ich fürchtete, dass wir unter seiner Last alle vier umfallen würden. Vorsichtig führten wir ihn nach unten. Er schwebte in einigen Zentimetern Abstand über dem Boden, und ich wollte schon aufgeben und ihn ganz ablegen. Ich jedenfalls hatte keine Kräfte mehr übrig. Doch Mathias gab ein sehr männliches *Uuuhhh* von sich und stemmte sich dagegen, sodass wir Mads auf wundersame Weise wieder in aufrechte Stellung bekamen.

Ich war dran. Ich wollte abwinken, doch Luna war unerbittlich, also stellte ich mich mit dem Rücken zu den anderen.

Komm schon, Anne, du kannst das.

»Komm schon, Anne.« Luna echote meine Gedanken.

Ich holte tief Luft und ließ mich fallen. Dachte ich.

Ich versuchte es erneut, stand jedoch bloß steif wie ein Brett da.

»Komm schon, Anne.« Lunas Stimme schien weit entfernt.

In diesem Moment kam Peter vorbei.

»Du brauchst aber auch bei allem Hilfe«, sagte er und stieß mich so fest gegen die Brust, dass ich rückwärts umkippte.

Ich trat Mathias auf die Zehen und knallte mit dem Hinterkopf gegen Lunas Kinn, ehe ich auf dem Boden landete. Blitzschnell sprang ich mit geballten Fäusten auf und war schon fast bei Peter, als Mads mich um die Taille packte und meine Arme an den Seiten einklemmte.

»Lass mich los«, fauchte ich, aber er hielt mich fest. Der Kontakt zwischen uns sandte Wellen von Bildern von ihm zu mir. Ich sah Mads allein auf dem Schulhof und fühlte seine Traurigkeit. Ich hörte die gehässigen Rufe der Kinder, und ich sah mich selbst als Kind verbissen gegen einige Schlägerjungs kämpfen. Ich spürte seine Überlegungen, ob er mir helfen sollte, und sein schlechtes Gewissen, als er es bleiben ließ.

»Wir sind neu hier. Mach es nicht gleich kaputt«, flüsterte er.

Mathias trat zu Peter. »Was sollte das?«

»Was meinst du?«

»Du hast sie geschubst.« Mathias zeigte auf mich.

»Wen, Psycho?« Peter sah Mathias verständnislos an. »Die ist ja wohl selbst gefallen. Im Ernst, Alter, ich glaub, die ist nicht ganz nüchtern.«

Jetzt mischte sich auch Luna ein. »Lass sie einfach in Frieden.«

»Ich tue, was mir gefällt.« Peter machte einen Schritt auf mich zu, und auf einmal wurde mir sehr bewusst, dass meine Arme durch Mads' Griff fixiert waren. Doch ehe Peter mich erreichte, sah es aus, als pralle er gegen eine Glasscheibe.

»Du lässt sie in Frieden«, wiederholte Luna.

Und zu meiner Überraschung drehte er sich tatsächlich um und lief durch die Halle davon.

»Was hast du ihm nur getan?« Luna schaute ihm nach und kniff die Augen zusammen.

In diesem Moment stolperte Peter und stürzte beinahe.

Mads ließ mich los, und Mathias hustete leise.

Luna sah die beiden an. »Was?«

»Ich habe ihm mit einem Baseballschläger ins Gesicht geschlagen. Er hat sich die Nase und einen Wangenknochen gebrochen, war wegen einer heftigen Gehirnerschütterung zwei Monate krankgeschrieben und blieb so sehr zurück, dass er das Schuljahr wiederholen musste.« In Erwartung eines Vortrags zu Frieden und Nächstenliebe sah ich Luna gelassen an.

»Du hattest wohl deine Gründe«, erwiderte sie nur.

Morgenversammlung. Die Schüler strömten in die große Aula. Nur wenige Male in meinem Leben bin ich an einem Ort mit über zweihundert Menschen gewesen. Ich versuchte, mich zu verdünnisieren. Einer mehr oder weniger würde wohl niemandem auffallen, doch Luna griff meinen Arm.

»Wo willst du hin?«

Ich wand mich. »Äh, ich hatte gedacht, dass …«

»Los, komm.« Luna zog mich in die Aula.

Der Körperkontakt machte es mir schwer, mich ihr zu widersetzen. Tatsächlich, als ich nachspürte, war ich nicht in der Lage, mich umzudrehen. Ich wunderte mich darüber, während sie mich in den riesigen Saal dirigierte, wo ich umgehend von allen Seiten angegriffen wurde.

Ich sah Beerdigungen, eine erhobene Hand kurz vor dem Schlag und eine Sommerwiese mit Gewitterwolken am Himmel. Ich empfand Wut und Freude, hörte weinende Kinder und eine lachende Großmutter. Es wurde unzusammenhängender und allumfassender, während immer mehr Leute hereinstrudelten und ich aus allen Ecken von Vergangenheiten bombardiert wurde.

Mathias setzte sich auf die andere Seite neben Luna. Sie sagte etwas zu ihm, doch ich sah nur, wie sich ihre Lippen bewegten. Mit geschlossenen Augen beugte ich mich vor. Die Stimmen in meinem Kopf wurden lauter, die Bilder klarer, und die Gefühle übernahmen meine eigenen.

Dann verschwand auf einmal alles. Für einen Augenblick herrschte gesegnete Stille in meinem Kopf. Dann hörte ich Musik. Vorsichtig schlug ich die Augen auf.

Der Saal war verwandelt. Ich befand mich noch immer in der Aula des Gymnasiums, doch sie sah gar nicht mehr aus wie noch vor wenigen Sekunden. Wo ich zuvor inmitten von Hunderten Schülern und Lehrern gesessen hatte, waren nun alle Stühle aus dem Saal geräumt und dieser festlich geschmückt. Um mich herum tanzten junge Leute zu einem Song, der schon in meiner Kindheit ein alter Hit gewesen war. In welchem Jahr ich mich wohl befand?

Mir fiel eine kleine Gruppe auf, die mit dem Rücken zu mir stand. Zwei Mädchen und ein Junge. Eines der beiden Mädchen hatte langes, aschblondes Haar, das andere schwarze Locken, die ihm über die Schultern fielen. An dem Jungen kam mir irgendetwas bekannt vor, auch wenn ich im Halbdunkel nur seine schlanke Silhouette sehen konnte.

Jemand begann hysterisch zu schreien. »Sie hängen draußen am Baum. Sie sind tot!«

Die drei hoben die Augenbrauen und blickten sich um.

Erneut wurde alles schwarz.

»Ist sie immer noch bewusstlos?« Mathias' Stimme klang angespannt.

Meine Hände berührten etwas Kaltes. Fliesen. Vorsichtig hob ich den Blick und erkannte, dass ich auf dem Boden des Mädchenklos lag und Mathias und Luna über mich gebeugt standen.

»Bist du wach? Ich wollte dir gerade eine Ohrfeige geben oder dir einen Eimer Wasser ins Gesicht schütten«, grinste Luna nervös.

Ich wollte etwas sagen, wurde jedoch von einer Welle von Übelkeit übermannt und schaffte es gerade noch, in eine der Toilettenkabinen und zur Kloschüssel zu stürzen, bevor ich mich übergab. Luna war sofort zur Stelle und hielt mir die Haare zurück.

Ich bin Fürsorge nicht gewohnt, war aber dankbar, keine Kotze ins Haar zu bekommen. Als ich fertig war, legte ich die Stirn auf die kühle Klobrille, ehe mir einfiel, mit welchem Körperteil sie normalerweise in Kontakt war. Ich lehnte mich zurück.

»Sollen wir einen Arzt rufen?«, hörte ich Mathias im Hintergrund fragen.

»Mir geht's gut.« Jetzt, wo die Übelkeit nachließ, übernahm die Scham. »Was ist passiert?«

»Das wollten wir dich fragen.« Luna legte eine Hand an meine Wange, und es fühlte sich so gut an, dass ich nicht protestierte. »Wir saßen in der Aula, und du hattest die Augen geschlossen. Dann hast du sie geöffnet, aber es war, als ob du nicht da wärst. Mathias musste dich beinahe raustragen.« Luna kicherte. »Nur damit du's weißt, es könnte sein, dass die Leute jetzt glauben, zwischen euch beiden läuft was.«

»Es ging nicht anders«, warf Mathias ein. »So, wie ich dich kenne, ist ein Anfall vor fünfhundert Menschen eher nicht so dein Ding.«

»Ich habe eine Sozialphobie«, log ich. »Mir wird immer schwindelig und schlecht, wenn ich von vielen Menschen umgeben bin.«

Luna krabbelte rückwärts aus der kleinen Kabine.

»Mein Vater kann Phobien mittels Hypnose heilen.« Sie brach ab, als ihr mein Unwille gegenüber ihren Eltern einfiel. »Hast du auf irgendetwas Lust?«

»Cola.« Ich brauchte Zucker.

Luna sauste davon, und ich war allein mit Mathias. Ich zog die Beine an und lehnte mich mit dem Rücken gegen die dünne Wand der Kabine.

»Wer ist tot?«, fragte Mathias.

Ich sah zu ihm hoch.

Er musterte mich mit verschränkten Armen. »Als ich dich aus der Aula geschleppt habe, hast du geflüstert ›sie sind tot, sie sind tot. Sie hängen draußen am Baum.‹«

Ich gab keine Antwort.

»Sozialphobie, am Arsch«, sagte er.

»Fotografisches Gedächtnis, selber am Arsch«, gab ich zurück.

Wir hielten stumm die Blicke aufeinander gerichtet. Mathias' Augen glitzerten blau.

In diesem Moment kam Luna mit einer Cola in der Hand zurück und sah, wie wir einander anstarrten.

»Liebe Leute, man könnte ja wirklich meinen, da läuft was zwischen euch.« Sie reichte mir die Cola. »Oder dass ihr euch gleich die Köpfe abreißen wollt.«

Ich bin nach einer Vision immer schnell wieder auf den Beinen, daher ging ich nicht gleich nach Hause. Meine Theorie lautet, dass mein Hirn ganz einfach überhitzt. Je mehr Menschen, desto schlimmer wird es. Aber die drei Jugendlichen ließen mich den Rest des Tages nicht mehr los.

Als ich endlich das Schulgebäude verließ, standen zwei eigenartige Personen auf dem Parkplatz. Mein erster Eindruck war, dass sie ... farbenprächtig waren und niemandem glichen, den ich sonst je getroffen hatte. In zwei Punkten war ich mir absolut sicher: Es handelte sich um Lunas Eltern, und sie warteten auf mich. Es war eine Pack-den-Stier-bei-den-Hörnern-oder-flieh-Situation, also ging ich geradewegs auf sie zu. Auf dem Weg betrachtete ich die Leute, die Luna zufolge die besten Freunde meiner weggelaufenen Eltern gewesen waren.

Die Frau war so hell, dass ihre Haut beinahe bläulich schien. Das Haar war lang und silbrig weiß. Sie hatte feine Züge und kornblaue Augen. Nackte Füße schauten unter einem knöchellangen lila Kleid hervor, und sie lächelte ein vorsichtiges, aber warmes Lächeln. Die Farben des Mannes waren der Gegensatz zu ihren.

Seine Haut war mahagonifarben, und seine Dreadlocks reichten ihm bis zur Taille. Ein Silberring in der Nase hob sich schimmernd von der dunklen Haut ab. Sein rotes Hemd war oben aufgeknöpft und entblößte eine tätowierte Brust. Als er den Mund ein wenig öffnete, blitzten mehrere Goldzähne auf.

Das Paar lehnte sich aneinander, ohne sich zu berühren, als wären sie zwei Magneten, die von ihrem jeweiligen Kraftfeld beeinflusst würden. Sie waren die unelternhaftesten Eltern, die ich je gesehen hatte.

Als ich bei ihnen ankam, gab ich mir alle Mühe, eine grimmige Miene aufzusetzen, was jedoch durch das Lächeln der Frau erschwert wurde.

Sie machte den Anfang. »Liebste Anne Stella, ich habe mich so nach diesem Tag gesehnt.«

Meine Augen brannten, als die fremde Frau meinen selten verwendeten Zweitnamen nannte. Hastig blinzelte ich das Gefühl weg.

»Ich nicht. Bis vor wenigen Tagen hatte ich keine Ahnung von eurer Existenz. Also warum tut ihr uns nicht alle den Gefallen und verpisst euch zurück in euer Hippiekollektiv?«

Die vollen Lippen des Mannes wurden zu einem breiten und ein wenig unheimlichen Lächeln. Ich sah etwas in seinem Gesicht. Wiedererkennen?

Seine Stimme war tief und hatte einen starken Akzent. »Ich bin Benedict – Ben –, und das ist Rebecca, Lunas Mutter.«

Bei ihm spürte ich dieselbe Art Überzeugungskraft wie bei Luna. Das Gefühl, ihm nicht widersprechen zu können. Doch ich stemmte mich mental mit aller Kraft dagegen.

»Anne.« Er sagte meinen Namen mit einem stummen E. »Ich habe deiner Mutter und deinem Vater vor knapp achtzehn Jahren mein Wort gegeben. Mein Wort kann nicht gebrochen werden.«

»Ich betrachte es als gebrochen.«

Er sah mich mit leicht zusammengekniffenen Augen an. »Das ist nicht deine Entscheidung.«

Eigentlich wollte ich schon gern wissen, was genau dieser Mann meinen Eltern versprochen hatte, als ich ein Baby war, daher fühlte ich mit meinem Extrasinn vor. Es war, als ob ich nach etwas schnüffelte, horchte oder tastete. Oder versuchte, eine bestimmte Frequenz im Radio zu erwischen. Doch ich traf bloß auf eine Mauer. Da war nichts. Nicht mal eine Grundstimmung. Ich versuchte es erneut, konzentrierter. Nichts.

Mit aller Kraft schleuderte ich ihm meine Hellsichtigkeit entgegen.

Er schwankte leicht, als hätte ich ihm mit dem Finger in die Brust gepikst. Lächelnd neigte er den Kopf.

»Du bist die Tochter deiner Mutter«, sagte er. »Zweifellos.«

Rebecca griff meine Hände, wie Luna es am ersten Tag getan hatte. Der gleiche elektrische und kreative Strom floss von ihr zu mir. Von ihr empfing ich etwas mehr als von Ben, eine freundliche, wenngleich traurige Grundstimmung; doch auch hier stieß ich auf dieselbe Barriere.

Was ich nun tat, kam einem Übergriff gleich, aber ich rechnete nicht damit, dass sie es bemerken würde. Mit aller Kraft hämmerte ich meine Fähigkeit durch ihre Hand in sie hinein. Sie grub sich durch ihren Arm und in ihre Brust, um ihr ein Stück Vergangenheit zu entreißen. Rebecca entwich ein Laut, als habe man sie in eiskaltes Wasser geworfen.

Ich empfing ein flüchtiges Bild. Ein einziges. Von einer Frau mit schwarzem, gelocktem Haar und zornigen braunen Augen. Sie hielt ein winziges, blutverschmiertes Baby in den Armen. »Nimm es«, zischte sie.

Ben wand unsere Hände auseinander und trat zwischen mich und Rebecca. Das Bild der Frau verschwand, und eine unsichtbare Mauer türmte sich zwischen uns auf. Sie drohte mich in die Knie zu zwingen.

»Was zur Hölle seid ihr für Leute?«

Sie kamen nicht zum Antworten, denn in diesem Moment tauchte Luna auf. »Mama. Papa. Was ist hier los?«

Das wollte ich auch gern wissen. Es war das erste Mal, dass jemand bemerkt hatte, wie ich in ihrer Vergangenheit schnüffelte.

Ben und Rebecca machten jedoch nicht den Eindruck, als seien sie gewillt, etwas preiszugeben. Lunas Mutter lächelte ihre Tochter an und strich ihr über die widerspenstigen Locken.

»Luna, mein Schatz. Wir haben nur versucht, Anne zu einem Besuch bei uns zu überreden.«

Ben wandte sich an mich. »Wir wissen von Luna, dass du wütend auf uns bist. Das verstehen wir.«

»Ihr versteht einen Dreck«, sagte ich leise und wandte mich zum Gehen.

Luna griff meinen Arm. »Du darfst nicht gehen, Anne.«

Erneut, wie bei Ben, spürte ich eine Welle von Überredungskraft zu mir herüberwirbeln, doch während ich ihren Vater aussperren konnte, wenn ich all meine Kräfte zusammennahm, war ich bei Luna außerstande dazu.

Ich blieb stehen.

»Anne«, sagte Luna. »Hör dir einfach an, was sie dir zu sagen haben.«

Ich wandte mich wieder Ben und Rebecca zu.

»Danke, *chérie.*« Ben sah seine Tochter überrascht an. Ich meinte, Stolz in seinem Blick zu erkennen. »Wir haben gehört, was mit dem Mädchen passiert ist, und es gefällt uns nicht, dass du ganz allein wohnst.«

Ah ja. Wieder mal die typische Erwachsenenbesorgnis.

In diesem Augenblick kam Monster aus dem Wald galoppiert und setzte sich neben mich. Rebecca riss die Augen auf, und Bens Mund öffnete sich. Monster sah ihnen direkt in die Gesichter.

Ha!

»Ich wohne nicht allein«, sagte ich.

»Du überraschst mich«, sagte Ben. Ich wusste nicht, ob er mit Monster oder mit mir sprach.

Mathias kam hinzu, und ein weiteres Mal sahen Ben und Rebecca deutlich überrumpelt aus. Was allerdings nicht groß verwunderlich war. Ich hatte noch niemanden gesehen, der bei der ersten Begegnung mit Mathias nicht von seiner Schönheit umgehauen worden wäre. Außer Luna natürlich. Mathias reichte Ben die Hand, der sie ergriff.

»Ich habe mich sehr darauf gefreut, Lunas Eltern zu treffen«, sagte er formell.

Schleimscheißer.

Anschließend gab er Rebecca die Hand. Sie und Ben tauschten einen flüchtigen Blick.

»Wir ebenfalls«, sagte sie. »Lunas Freunde sind auch unsere Freunde.«

Und so standen wir da. Ein kohlschwarzer Mann, eine kreideweiße Frau und ein dunkelhäutiges Mädchen mit einem Outfit in der irrwitzigsten Farbkombination, ein Riesenhund, ein göttlich schöner Junge und ich, von Kopf bis Fuß in Schwarz gekleidet. Wir müssen ausgesehen haben wie eine abgedrehte Zirkusfamilie.

Varnar kam aus der roten Haupteingangstür und starrte zu unserem Grüppchen herüber.

Ben, Rebecca, Luna und Mathias bemerkten ihn nicht, doch Monster spannte sich auf einmal an. Er folgte Varnar mit seinen großen Augen, und seine Nackenhaare stellten sich ein wenig auf.

»Nun, es war nett«, sagte ich und wollte mich von der freakigen Gruppe entfernen; diesmal konnten selbst Lunas Überzeugungskräfte mich nicht aufhalten.

»Komm, Monster!«, rief ich über die Schulter.

Er blieb majestätisch vor Ben und Rebecca sitzen. Der dämliche Hund ruinierte total meinen Abgang.

»Los jetzt, Monster!«

Er rührte sich nicht.

Bitte schön, seine Entscheidung. Ich ging mit festen Schritten auf die Fahrradständer zu.

Endlich sprang Monster auf und folgte mir. Ich bemerkte, dass ich die Luft angehalten hatte.

Ben rief mir nach. »Gibt es gar nichts, was wir dir anbieten könnten, damit du uns eine Chance gibst?«

Ich wandte mich um und sandte ihm den eisigsten Blick, den ich auf Lager hatte.

Er klang, als wollte er aufrichtig gern ein Teil meines Lebens sein. Vielleicht hatte ich erstmals die Chance, Mitglied einer Familie zu werden, die mich tatsächlich haben wollte. Ich betrachtete sie alle zusammen, wie sie dort standen und mich ansahen.

»Nein«, rief ich zurück und machte Anstalten zu gehen. Diesmal hatte ich nicht vor, stehen zu bleiben.

Ben schloss die Augen und atmete ein. Obwohl Windstille herrschte, traf mich eine schwache Brise über den Parkplatz hinweg.

Er öffnete die Augen wieder und rief: »Was ist mit deinem ganz eigenen Haus?«

KAPITEL 5

Ein Haus. Ich glaube nicht, dass Ben irgendetwas anderes hätte sagen können, das mich dazu bewegt hätte, ihm zuzuhören, doch jetzt blieb ich wie angewurzelt auf dem grauen Kies stehen.

Ben kam mit wenigen langen Schritten zu mir. Was er zu sagen hatte, eignete sich offenbar nicht dazu, quer über den Parkplatz gerufen zu werden.

»Deine Mutter hat uns euer Haus hinterlassen. Es gehört rechtmäßig dir. Wir hätten eigentlich gewartet, bis du volljährig bist, aber wenn es notwendig ist, um dich zu überzeugen, kannst du es jetzt schon haben.«

»Was wollt ihr als Gegenleistung dafür, dass ihr es mir jetzt gebt statt in vier Monaten?«

Ben schenkte mir ein goldglänzendes und wildes Lächeln. »Komm heute zum Abendessen zu uns.«

»Nur zum Abendessen?«

Er nickte. »Nur zum Abendessen. Und bring den Hund mit.«

»Ich will nichts über meine Eltern hören. Nichts.«

»Wir erwähnen sie nicht.«

»Und Mathias kommt auch«, verhandelte ich weiter.

Ben nickte wieder und streckte seinen Arm aus, damit wir uns die Hand darauf geben konnten. Ich ergriff sie und fühlte, dass wir mit dem Handschlag entweder mein, sein oder vielleicht unser beider Schicksal besiegelten.

Ohne weitere Worte ließ er Monster und mich stehen und machte eine schwungvolle Geste mit seinem langen Arm, wie als

Signal für seine Familie, dass sie ihm folgen sollten. Als Rebecca sich umdrehte, erschrak ich beim Anblick der langen weißen Haare, die sich über ihren Rücken ergossen. Ich war mir sicher, dass sie zu der Dreiergruppe gehörte, die ich in meiner Vision am Morgen gesehen hatte. Die ungewöhnliche Familie kletterte in einen orangen VW-Bulli, den Ben gekonnt vom Parkplatz manövrierte.

»Hast du das gehört, Anne? Wir sind heute Abend bei ihnen zu Hause. Bei Luna. Soll ich dich vorher abholen, dann können wir zusammen hinfahren? Sie wohnen ein Stück außerhalb der Stadt. Ich hab die Adresse.« Mathias redete schnell und hüpfte dabei förmlich auf und ab.

Ich seufzte. »Okay, Romeo. Hol mich um sechs ab.«

Erst als ich nach Hause radelte und Monster neben mir herrannte, kam ich dazu, über Bens Worte nachzudenken, dass meine Mutter ihnen das Haus überlassen hatte.

Es war eine der sehr dürftigen Informationen, die ich über meine Herkunft hatte, und mein Vater glänzte darin mit seiner Abwesenheit.

Ich war fertig angezogen – natürlich in Schwarz –, hatte mein dickes Haar gebürstet und dem Ganzen wie immer mit dunklem Make-up den letzten Schliff verpasst, als es um kurz vor sechs an meiner Tür klopfte.

Mathias trug ein Hemd und hatte sein goldenes Haar zu einem Seitenscheitel gekämmt. Mit seiner griechischen Nase, den saphirblauen Augen und den markanten Wangenknochen ähnelte er einem Zeitschriftenmodel. In der Hand hielt er einen Strauß Blumen.

Wie es wohl wäre, wenn sich jemand meinetwegen so viel Mühe gäbe? Ich schaute auf die Blumen.

»Das wäre doch wirklich nicht nötig gewesen, Mathias«, sagte ich.

Sein Gesichtsausdruck war zum Schießen, und meine Ironie rauschte geradewegs über seinen Kopf hinweg, ohne seine schöne Frisur auch nur im Ansatz durcheinanderzubringen.

»Die sind für Lunas Mutter. Ich verspreche dir, du bekommst ein andermal einen Strauß.« Er grinste, als er bemerkte, dass ich nur Spaß gemacht hatte. »Darf ich mir deine Residenz ansehen?«

Ich machte Platz, damit er meine Mini-Wohnung betreten konnte. Monster allein nahm das gesamte Küchenareal ein. Mein Boxsack hing mitten im Raum, und mein Schlafsofa und der Tisch füllten das wenige, was noch an Platz übrig war. Mathias und ich standen dicht beieinander im Flur.

»Auf jeden Fall ist es hier aufgeräumt.«

So schlau, dass ich eine als Kompliment getarnte Kritik erkennen kann, bin ich gerade noch.

»Gefällt dir meine Wohnung nicht?«

Mathias sah sich um. »Vielleicht ein Bild oder ein paar Pflanzen«, tastete er sich vor. »Hier ist es ein bisschen unpersönlich. Ich sehe nur Dinge, die eine Funktion haben. Etwas, worauf du sitzen, liegen oder woran du essen kannst. Und etwas, an dem du«, er schielte zum Boxsack hinüber, »trainieren kannst.«

»Warum sollte ich etwas besitzen, das keine Funktion hat?«

Mir kam es vor, als verdrehte Monster in der Küche die Augen.

»Ich weiß nicht. Vielleicht, weil sich die meisten wohlfühlen, wenn sie etwas Schönes in ihrer Wohnung haben. Du solltest irgendetwas Hübsches aufhängen.«

Ich lächelte grimmig.

»Ich könnte dich an die Wand nageln.« Ich breitete die Arme aus und nahm eine Jesus-am-Kreuz-Position ein.

Mathias wurde blass. »Es macht mir echt Angst, wenn du so was sagst.«

Ich schüttelte den Kopf. »Ich will keinen Haufen Krimskrams besitzen. Das ist viel zu umständlich, wenn …« Ich verstummte.

Mathias beendete den Satz für mich. »Wenn du wieder umziehen musst.«

»Ja.« Mit einem Husten versuchte ich, meine Stimme zu festigen.

»An wie vielen Orten hast du bisher gewohnt?«

»Vierzehn.« Ich versuchte, es völlig normal klingen zu lassen.

Mathias besaß genügend Anstand, nicht weiter nachzufragen.

Ungefähr zwei Kilometer außerhalb von Ravnssted lag Lunas Zuhause. Es war ein stillgelegter Bauernhof von der Art, wie es etliche in der Gegend gab. Die alten Höfe bleiben bestehen und werden, je nachdem ob die Besitzer es sich leisten können und wollen, mehr oder weniger instand gesetzt. Die Leute leben in den alten Wohnhäusern und füllen die ehemaligen Ställe und Scheunen mit Gerümpel. Das gesamte einst dazugehörige Land ist normalerweise verkauft. Man besitzt höchstens noch ein, zwei Felder.

Das Haus von Lunas Eltern fiel in die Kategorie »eher weniger instand gesetzt«. Auf dem Dach wuchs Moos, und weißer Kalk löste sich von den Mauern, die an mehreren Stellen mit eigenartigen Zeichen und Figuren bemalt waren. In den Bäumen entlang des Feldwegs, der von der Kraghede Landstraße abzweigte und zum Haus führte, baumelten Traumfänger, ein paar Vogelskelette, Tierschädel und ein einzelnes, mit blauem Band umwickeltes rundes Weizenbrot.

Mathias und ich sahen die Dinge verwundert an, während wir daran vorbeiradelten und Monster neben uns hertrabte. Als wir die Räder an der abgeblätterten Hauswand abstellten, kam Luna angerannt, und Ben erschien in der Türöffnung. Mit seiner tiefen Bassstimme hieß er uns in ernstem Ton willkommen.

Innen war das Haus weniger heruntergekommen, es war gemütlich und sauber, für meinen Geschmack allerdings mit viel zu vielen Dingen vollgestopft. Ein würziger und süßlicher Duft hing in der Luft. Die Küche bestand aus massivem, abgenutztem Holz, mit Vorhängen an den Regalen unter der Arbeitsplatte. Schraubgläser mit Kräutern und getrockneten Blumen türmten sich auf den Fensterbänken und auf dem Tisch, während noch mehr davon zum Trocknen an der Decke aufgehängt waren. Im Wohnzimmer hingen die Wände voller Masken, Geweihe, bemalten Stoffen und Landkarten. Auf Regalen und Böden standen Krüge, Figuren und ausgestopfte Tiere. In einer Ecke befand sich ein großer Webstuhl, in den ein halb fertiges Stück Stoff eingespannt war. Mathias und mir fiel es schwer, die richtigen Worte zu finden.

»Gemütlich habt ihr's hier«, brachte er schließlich heraus und überreichte Rebecca feierlich den Blumenstrauß, den sie mit einem Nicken entgegennahm.

Sie holte eine orange Schnur, wickelte sie um den Strauß und hängte ihn mit den Blüten nach unten zwischen all die anderen Blumen und Kräuter an die Decke, während wir versuchten, so zu tun, als sei es völlig normal für eine potenzielle Schwiegermutter, auf diese Weise mit Blumen von einem jungen Mann umzugehen.

Luna scheuchte uns eine schmale Treppe hinauf. »Kommt, ich zeige euch mein Zimmer.«

Monster blieb unten.

Luna zog uns mit in einen Raum, der eine Explosion aus Farben und Gegenständen war. Eine Nähmaschine stand herum, und es war deutlich zu sehen, dass Luna gerade mitten in einem Projekt war. Möglicherweise sogar mehreren Projekten. An einer Schneiderpuppe hing ein halb fertiges weinrotes Kleid mit Tüll und Spitze, und auf den Kleiderbügeln ringsherum waren mehrere Stoffstücke in den verschiedensten Farben drapiert. An der Wand lehnte ein Gemälde, dessen Motiv die Aussicht aus ihrem Fenster zeigte. Es waren Felder zu sehen und dahinter, auf einer Anhöhe, ein kleines weißes Haus. Der knallblaue Himmel füllte die oberen drei Viertel des Bildes, und das Haus glich einer kleinen weißen Perle mitten in all dem Blau.

Luna breitete die Arme aus. »Und? Wie findet ihr's?«

Mathias sah sich um. »Wow.«

Es war ein *Wow*, das man auf mehrere Arten deuten konnte, doch Luna lächelte breit. »Danke.«

»Hast du das alles selbst gemacht?« Ich zeigte auf die Stoffe.

»Ja klar. Ich nähe alle meine Kleider selbst.«

Meine Hand strich über das rote Kleid.

»Gefällt es dir?«, fragte Luna und wirkte plötzlich ein wenig verlegen.

»Ja.« Merkwürdigerweise schon. Ich hatte noch nie ein Kleid wie dieses gesehen. »Warum hast du nicht erzählt, dass du so kreativ bist?«

»Keine Ahnung. Ich muss es einfach tun. Da ist diese Energie in mir, die herauskommt, wenn ich male und nähe. Und wenn ich singe und komponiere.«

»Gibt es überhaupt etwas, das du nicht kannst?«, staunte Mathias.

Schmunzelnd griff sie nach der Gitarre, setzte sich im Schneidersitz auf den Boden und begann zu spielen. Sie sang etwas auf Französisch, das ich nicht verstand, aber ihre Stimme war herrlich.

Sowohl Mathias als auch ich standen wie verzaubert da.

»Hübsch, *chérie*«, sagte jemand hinter uns, als Lunas Stimme verklang.

Mathias und ich zuckten vor Schreck zusammen.

Ben stand in der Tür. »Kommt ihr mit nach unten?«

Im Gänsemarsch trotteten wir die schmale Treppe hinunter.

Monster saß in der Küche. Er sah ziemlich entspannt aus, und Rebecca wirkte nicht, als hätte sie etwas gegen die Anwesenheit des Riesenhundes.

Sie wandte sich an uns. »Luna und Mathias, wollt ihr mir beim Salat helfen?«

Das roch schon von Weitem nach einem Ablenkungsmanöver.

Luna hopste in die Küche und begann, verschiedene Zutaten hervorzuholen. Mathias nahm sie bereitwillig entgegen und legte sie auf die Arbeitsfläche, während ich mich darüber wunderte, was dunkle Schokolade und Chorizowurst in einem Salat zu suchen hatten.

Während die anderen das Essen zubereiteten, sah ich mich im Wohnzimmer um. Ich nahm eine Figur aus einem Regal, wo sie zwischen einem kleinen Schädel mit scharfen Zähnen und einer Statuette dieses hinduistischen Gottes mit dem Elefantenkopf stand. Die Figur hatte die gleiche Größe wie meine Hand und war offensichtlich afrikanisch. Sie stellte einen Mann dar, der auf eine unheimliche Weise aussah wie Ben in Miniaturformat.

Rebecca drehte sich um. »Sei so gut, Anne, stell ihn zurück. Das ist Augustin Odion, und er ist ein wenig … griesgrämig.«

Ich sah sie verwirrt an, stellte die Figur aber wieder an ihren Platz. Ben fasste mich an der Schulter. Ein Schwung seiner wilden Energie schoss in meinen Oberarm.

»Möchtest du das Haus sehen?«

»Was? Jetzt?«

Ben lachte sein tiefes Lachen. »Ja, es steht auf der anderen Seite des Feldes.«

Ich blickte aus dem Küchenfenster. Die beiden hellen Felder, die an Bens und Rebeccas Grundstück grenzten, liefen wie auf Lunas Bild auf eine Anhöhe zu, auf der ein kleines weißes Haus stand. Hinter dem Hügel erstreckte sich der Kraghede Skov.

»Wollen wir?« Er wies mit seiner großen Hand Richtung Tür.

Ob wir wollten? Dieser Mann – ich sah Ben an – hatte meinen Eltern versprochen, sich während ihrer Abwesenheit um mich zu kümmern. Ein Versprechen, das er erst nach fast achtzehn Jahren einlöste. Ich hatte ehrlich gesagt für keinen von ihnen besonders viel übrig, doch deshalb wollte ich noch lange nicht Nein zu einem Haus sagen. Für meinen Teil hätte der Teufel persönlich dort wohnen können. Also ging ich, ohne zu antworten und mit kühlem Blick an ihm vorbei. Monster sprang auf und lief neben mir her.

Nachdem wir uns einen Weg durch das hohe Getreide gebahnt hatten, bogen wir auf einen kleinen Pfad ein, der entlang der Schutzbepflanzung zwischen den Feldern verlief, die parallel nebeneinander zwischen den beiden Häusern lagen. Unterwegs gab Ben mir eine kurze Einführung. Er zeigte nach links, »unser Feld«. Dann zeigte er nach rechts, »dein Feld«.

»Wer hat sie bepflanzt?«

Ben drehte sich zum Antworten nicht um, sondern sprach direkt nach vorn. Ich hatte keine Probleme, seine kräftige Bassstimme zu hören.

»Als wir weggezogen sind, haben wir das Land auf Poul Østergaard überschrieben.« Er zeigte den Hügel hinab, wo das Landgut der Østergaards lag. »Seine Tochter Minna geht in eure Klasse. Wir kennen Poul noch von früher.«

Poul Østergaard kannte ich auch. In der Gegend wurde er nur der Graf genannt, weil er so viel Land besaß und so reich war.

Der Pfad machte einen Knick und führte steil nach oben, und ich dankte meiner guten Kondition, dass ich Bens langen Schritten folgen konnte, ohne nach Luft schnappen zu müssen. Dann erreichten wir das kleine Haus.

Das Gehöft bestand aus einem Wohnhaus und einem Anbau, von dem ich vermutete, dass darin früher einmal eine Scheune oder ein Stall gewesen war. Der Putz blätterte ein wenig von den Wänden, und obwohl hier und da einige Moosflecken auf dem Dach zu erkennen waren, schien es dicht zu sein. *Odinshöhe* stand in eisernen Buchstaben an der Wand.

Ich sprach den Namen laut aus.

»So hat dieser Ort geheißen, lange bevor das Haus hier erbaut wurde«, erklärte Ben.

Viele Orte in Dänemark sind nach nordischen Göttern benannt, und von mir aus hätte der Hügel auch Donald Duck heißen können, solange ich dort nur in Frieden vor anderen Menschen wohnen durfte.

Ben hielt ein paar Schritte vor der tiefblauen Haustür an. Flüsterte er da irgendetwas ganz leise? Er steckte einen Schlüssel ins Schloss, das aufschnappte, bevor wir das Haus betraten.

Vom Flur aus gingen wir in die offene Küche, die wie in Bens und Rebeccas Haus Teil des Wohnbereichs war. Damit endete die Ähnlichkeit aber auch schon.

Während Bens und Rebeccas Haus bis unter die Decke mit Krimskrams und Nippes vollgestopft war, herrschte hier eine totale Zweckmäßigkeit. Ich weiß nicht, ob mich das irritierte oder freute. Ein antiker und reichlich mitgenommener Speer, der an einer der Wände hing, schien der einzige Gegenstand ohne erkennbare Funktion zu sein. In dem kleinen, niedrigen Wohnzimmer stand ein großer, schwerer Esstisch mit einfachen und massiven Holzstühlen. Eine tiefe Furche zog sich längs durch die Tischplatte. Am anderen Ende des Raums befand sich eine alte Küchenbank. Ich wunderte mich, dass es kein Sofa gab, kam jedoch zu dem Schluss, dass die Küchenbank den Platz des traditionellen Sofas einnahm. Meine Eltern waren anscheinend nicht von der gemütlichen Sorte. Auf einem Regal entdeckte ich einen Koloss von Stereoanlage mit Plattenspieler, Kassettendeck und CD-Player. Zwei der Regalfächer waren mit unzähligen Schallplatten und ein paar wenigen CDs bestückt.

»Habt ihr das Haus für mich hergerichtet, oder hat hier in der Zwischenzeit jemand gewohnt?« Ich hatte eigentlich damit gerechnet, dass sich das Haus nach all den Jahren in einem schlechten Zustand befinden würde. Eingeschlagene Fenster, eine dicke Staubschicht und Spuren von ungebetenen Gästen. Doch alles war sauber, und es roch, als hätte jemand gerade erst gelüftet.

»Das Haus hat leer gestanden, aber jetzt ist es für dich bereit«, sagte Ben geheimnisvoll.

Im Eingangsbereich ging eine Tür zum Badezimmer ab, das

zwar hübsch, aber mit den dunkelgrünen Kacheln und Lamellenschränken ein bisschen altmodisch aussah.

Im Obergeschoss gab es nur zwei Zimmer, die durch einen kurzen Flur miteinander verbunden waren. Das eine war ein klassisches Schlafzimmer, paradiesisch schlicht mit einem Doppelbett, einem kleinen Schminktisch mit Stuhl und Spiegel und einem alten Bauernschrank ausgestattet. Bei dem anderen Zimmer blieb ich auf der Türschwelle stehen, außerstande einzutreten.

Darin waren ein großes Gitterbett und ein breiter Wickeltisch. Auf dem Tisch lagen zwei identische Strampelanzüge. Es wirkte fast so, als hätte sie jemand bereitgelegt und die Bewohner des Hauses wären nur für einen kurzen Augenblick nach draußen gegangen. Ein Augenblick, der achtzehn Jahre gedauert hatte. Ich schluckte einen dicken Kloß im Hals hinunter und riss den Blick von den Babykleidern los.

Direkt auf die Wand war ein schönes Tal unter einem blauen Himmel gemalt. Tiere – Pferde, glaube ich – standen verstreut auf dem grünen Teppich aus Gras. Mitten im Tal lag ein See, der exakt die gleiche Farbe wie der Himmel hatte. Am Ende des Tals befand sich ein dunkler Wald, der beinahe wie kaltes Metall glänzte. Die Szenerie hatte etwas Märchenhaftes an sich.

Ich drehte mich abrupt zu Ben um. »Wann kann ich einziehen?«

»Ich muss erst mit deinem Vormund, Grethe, reden. Aber vielleicht in ein paar Wochen.«

»Und so lange bleibt das Haus in deiner Obhut?«

Ben nickte.

»Würdest du etwas für mich tun, bevor ich einziehe?«

Ben nickte wieder, und ich stellte fest, dass er nicht fragte, was mein Wunsch war, bevor er zustimmte.

»Würdest du dieses Zimmer leer räumen?« Ich deutete mit dem Daumen über meine Schulter.

»Natürlich.« Er verzog keine Miene.

Ich sah mich nicht noch einmal um. Aber als ich an die Treppe kam, schaute ich den kleinen Flur entlang.

Monster stand noch immer in der Türöffnung und starrte in das Kinderzimmer. Wenn ein Hund gedankenverloren sein kann, dann war er genau das.

Auf dem Rückweg fragte ich Ben nach der Sache, über die ich die letzten Stunden gegrübelt hatte. »Warum gibst du mir das Haus?«

»Odinshöhe hat dir gehört, seit du geboren wurdest.«

»Ja, aber warum überträgst du es mir *jetzt*? Ich hätte es kriegen können, wenn ich volljährig bin. Du hättest es einfach Grethe regeln lassen können.«

Ben schnupperte in der Luft, als ob er etwas witterte. Dann antwortete er: »Ich glaube, du bist dort sicherer. Mir wäre es lieber gewesen, wenn du bei uns eingezogen wärst, aber ich weiß, dass ich dich dazu nicht überreden kann. Das ist die zweitbeste Lösung.«

»Was meinst du mit *sicherer*?«

»Etwas Böses ist in diese Gegend gekommen, und ich glaube, dass der Tod der jungen Mädchen etwas damit zu tun hat.«

Ein wenig schuldbewusst wurde mir klar, dass ich nicht groß über Tenna Smith Jensen nachgedacht hatte. Meine eigenen Probleme, die im Vergleich dazu recht klein waren, da ich ja immerhin atmete, hatten alles andere überschattet. *Halt, Moment.*

»*Der* Mädchen? Es war doch nur Tenna.«

Ben drehte sich um und baute sich mit wildem Blick vor mir auf. Ich wich einen Schritt zurück.

»Nein«, brummte er. »Es gab noch ein anderes Opfer. Vor einem halben Jahr. Naja Holm.«

Auch wenn ich grundsätzlich nicht sonderlich auf die Leute um mich herum achtete, hätte ich ein ermordetes Teenagermädchen trotz allem mitbekommen. Ich schüttelte nichts ahnend den Kopf.

»Sie wurde nicht weit von dort entfernt gefunden, wo du damals gewohnt hast. Außerhalb von Jerslev.«

Ach so, die.

»Sie wurde nicht ermordet. In den Nachrichten haben sie gesagt, es sei ein Unfall mit Fahrerflucht gewesen.«

Bens Augen wurden eine Spur dunkler.

»Da habe ich etwas anderes gehört. Sie glauben, dass sie ermordet wurde.« Er wandte sich ruckartig um und ging weiter.

Hinter ihm und halb stolpernd, um seinen langen Schritten folgen zu können, rätselte ich darüber, wer *sie* waren, die Ben erzählt hatten, dass Naja Holm ermordet worden war. Ein ganz anderer Teil meines Hirns war damit beschäftigt, sich vorzustellen, wie es wohl wäre, in meinem neuen Zuhause zu wohnen.

Der Rest des Besuches verlief relativ schmerzfrei. Als Ben und ich zurückkamen, sah ich, dass für sechs Leute gedeckt war. Der letzte Teller war für Monster, wie sich herausstellte. Mathias machte ein bestürztes Gesicht, als sich der große Hund ans Tischende setzte, die anderen ließen sich nichts anmerken.

Wir aßen ein ziemlich alternatives, aber überraschend leckeres Gericht. Lunas Salat war die Krönung der Kreation. Ich habe kein besonders großes kulinarische Wissen, doch ich bekam den klaren Eindruck, dass es in diesem Haus sehr unkonventionell zuging, was die Zubereitung von Mahlzeiten anging. Und dass es ihnen recht gut gelang.

Vor dem Essen sprach Rebecca ein Tischgebet. Ich biss die Zähne zusammen. Meine Pflegefamilie Nummer sechs war in einer Freikirche gewesen, und ihre gesamte Welt war nach religiösen Formeln aufgebaut. Ich hatte es nicht besonders lange bei ihnen ausgehalten.

Rebecca legte die Handflächen aneinander, sodass die Fingerspitzen zur Decke zeigten. Das weiße, glatte Haar umkränzte ihr Gesicht. Sie dankte dem Hühnchen und dem Schwein dafür, ihr Leben gegeben zu haben, damit wir essen konnten, und sie dankte dem Gemüse dafür, dass es in der fruchtbaren Erde gewachsen war.

Mathias und ich warfen uns einen heimlichen Blick zu, und ich musste mir auf die Lippe beißen, um nicht laut loszulachen.

Mathias ließ seinen Charme spielen, so gut er konnte, womit er vollen Erfolg bei Rebecca und Ben hatte. Ich war ihm äußerst dankbar, dass er sich ins Rampenlicht begab und niemand mich zwang, am Gespräch teilzunehmen.

Der einzige Punkt, an dem die Stimmung ein wenig sank, war, nachdem Luna, Mathias und ich nach oben gegangen waren. Ich musste auf die Toilette und entdeckte auf dem Weg zum Bad neben Bens und Rebeccas Schlafzimmer ein kleines, grün gestrichenes Zimmer. Eine große Matratze lag auf dem Boden. Darauf türmten sich schillernd bunte Decken und Kissen, und an den Wänden hingen eingerahmte Gemälde von Landschaften aus der ganzen Welt.

»Wem gehört das Zimmer mit der Matratze?«, fragte ich, als ich mich wieder zu Luna und Mathias auf den Boden setzte.

Ein eigenartiger Ausdruck huschte über Lunas Gesicht. »Ich dachte, du würdest hier wohnen.«

Ohne etwas zu erwidern, sah ich auf den Boden und wünschte, ich könnte darin versinken.

Luna fuhr hastig fort: »Meine Eltern haben mir gesagt, dass ich es langsam mit dir angehen lassen soll. Dass du vielleicht gar nicht hier wohnen möchtest. Irgendwas von wegen, dass deine Mutter recht kratzbürstig ist und du, wenn du nach ihr kommst, deine eigenen Ansichten hast. Dass du, falls du aber eher deinem Vater gleichst …« Luna biss sich auf die Lippe. »Ach, nein. Du wolltest ja nichts über sie hören.«

Zu spät. Ich atmete hörbar aus.

»Aber ich habe ihnen nicht so richtig geglaubt. Also habe ich gleich als Erstes, nachdem wir hier eingezogen waren, dein Zimmer eingerichtet.« Sie lächelte ein wenig nervös. »Gefällt es dir?«

Mein Körper machte sich bereit, aufzuspringen und nach draußen zu stürmen.

Mathias verdrehte die Augen. »Oh Mann, ihr beiden. Das ist ja, als würde man einen Stummen und einen mit Tourette-Syndrom zusammenbringen.« Er lehnte sich ein wenig zu mir und flötete mit gekünstelt mädchenhafter Stimme: »Ooohh, danke, Luna. Das bedeutet mir echt viel, aber eigentlich würde ich lieber allein wohnen.« Dann lehnte er sich zu Luna und sagte mit einer tieferen, jedoch immer noch mädchenhaften Stimme: »Selber danke, Anne. Ich war vielleicht ein bisschen voreilig, aber das ist nur, weil ich so gern mit dir befreundet sein möchte. Ich freue mich für dich, dass du einen guten Ort zum Wohnen gefunden hast.«

Er nahm meine Hand und drückte sie in Lunas. Er war verblüffend stark.

Eine Welle von Lunas kreativer und wilder Energie schoss in meine Hand, und ich empfing ein paar kurze, springende Bildsequenzen von Mathias' Griff um meinen Handrücken. Ich schauderte und zog die Hand zurück, schaffte es jedoch, gemeinsam mit ihnen zu lachen, wenn auch ein wenig angestrengt.

Als Mathias und ich nach Hause radelten, zeigte ich in die Richtung meines baldigen Zuhauses.

Mathias pfiff. »Dein eigenes Haus. Cool.«

Der Abend war nicht ganz so schrecklich gewesen, wie ich befürchtet hatte, doch ich freute mich darauf, nach einer sehr langen Woche voller Menschen mit Monster allein zu sein.

Darauf musste ich allerdings noch ein wenig länger warten, denn als wir die Treppe nach oben stiegen – Mathias hatte einen weiteren altmodischen Charakterzug preisgegeben, indem er darauf bestand, mich bis zur Tür zu begleiten –, stand Arthur dort. Er sah Mathias an, der seinen Blick erwiderte.

»Hi, Arthur«, sagte ich. Vielleicht klang ich ein bisschen müde.

»Hallo«, sagte Mathias zu Arthur und reichte ihm die Hand.

In all den Jahren, die ich ihn kenne, hatte ich diesen Ausdruck in Arthurs Gesicht noch nie gesehen. Er schien wie vom Blitz getroffen, ergriff aber vorsichtig Mathias' Hand.

»Das ist Mathias. Wir gehen in dieselbe Klasse«, stellte ich ihn vor.

»Arthur«, sagte er mit zitternder Stimme. Es war offensichtlich völlig undenkbar für ihn, dass ich einen neuen Freund gefunden hatte.

»Woher kennst du Anne?«, fragte Mathias.

»Ach, ich weiß gar nicht mehr so genau«, wich Arthur aus.

Mathias wusste augenscheinlich nicht, was er darauf erwidern sollte.

Wir drei – mit Monster vier – standen da und starrten uns an. Monster sah sich um, als hielte er nach irgendetwas Ausschau.

»Ja also, dann …«, gab ich Arthur und Mathias einen Wink.

»Wollt ihr nicht mit runter ins Frank's und ein Bier trinken?« Mathias schenkte uns sein bezauberndstes Lächeln.

»Ich trinke nichts, komme aber gern mit«, antwortete Arthur schnell, womit er mich etwas in die Bredouille brachte. Eine proppenvolle Bar war auf der einen Seite recht unübersichtlich, andererseits gefiel mir der Gedanke, dass Arthur und Mathias allein loszogen und möglicherweise hinter meinem Rücken über mich lästerten, ganz und gar nicht.

Ich seufzte. »Okay, wenn wir uns raussetzen.«

Monster blieb daheim.

Ich ließ mich ein Stück zurückfallen und blickte in den Himmel hinauf, der lindgrün schimmerte, obwohl es schon fast zehn Uhr war. Es war einer dieser milden Augustsommerabende, an denen die Leute vor lauter Angst, jeder laue Moment könnte der letzte des Jahres sein, zuhauf auf die Straßen und Gassen strömten. Die meisten Gäste im Frank's saßen an diesem Abend daher auf dem kleinen Platz vor der Bar, wo Cafétische und Stühle aufgestellt waren.

Nachdem Arthur seine offensichtliche Verwunderung über meinen neuen Freund überwunden hatte, wirkte er sehr redselig. Sogar unglaublich redselig. Glücklicherweise sprachen Mathias und er nicht über mich, sondern über alte Musik aus den Neunzigern.

Mathias holte Bier. Nach einem Blick von mir in Richtung der langen Schlange vor der Theke, wo sich die Leute gegenseitig anrempelten, hatte er sich schnell dazu bereit erklärt.

»Er wirkt nett.« In Arthurs Stimme schwang Fürsorge mit.

Ich nickte. »Er ist in eine verliebt, die Luna heißt.«

»Bist du deshalb traurig?«, fragte Arthur vorsichtig.

»Nein, überhaupt nicht. Sie ist wirklich lieb.«

Arthur sah mich an, ohne noch etwas zu sagen.

Ich erkannte einige der Gäste an den Nebentischen. Manche schauten heimlich zu uns herüber. Andere glotzten uns unverhohlen an. Jedes Mal, wenn ich etwas zu Arthur sagte, schossen Blicke in unsere Richtung. Peter, der bei Niller saß, sah mir direkt in die Augen, setzte den Finger an die Schläfe und drehte ihn hin und her. Varnar war auch da. Er schielte zu mir herüber, sah jedoch schnell in eine andere Richtung, sobald ich zu ihm schaute. Ein Mädchen in seinem Alter setzte sich zu ihm und stellte zwei Bier auf den Tisch. Ihre dunkelbraunen kurzen Haare waren streng nach hinten gekämmt, und wie Varnar hatte sie olivfarbene Haut. Mit neugierigem Blick sah sie mich an.

Ich schluckte und wandte den Blick ab.

»Erde an Anne.« Arthur wedelte mit der Hand vor meinem Gesicht. »Willst du mir nicht von deiner Freundin Luna erzählen?«, fragte er, offenbar zum zweiten Mal.

»Sie geht in meine Klasse. Wir waren heute Abend bei ihr.«

»Waren ihre Eltern da?«

»Ja, und sie haben etwas wirklich Komisches gekocht.«

Arthur lachte. »Echt?«

Ich nickte. »Ja, wer kombiniert denn bitte Hühnchen, Zimt, Schokolade und Rosinen?«

Arthur lachte erneut.

Vielleicht war ich paranoid, aber es kam mir so vor, als würden die Leute mich anstarren. Sonst behandelten mich die meisten immer, als wäre ich unsichtbar. Wenn sie nicht schon bei meinem bloßen Anblick aggressiv wurden. Zornig sah ich mich um. Sie sollten sich um ihren eigenen Kram kümmern.

»Haben sie sich gefreut?«, fragte Arthur.

»Wer?«

»Lunas Eltern.«

Das war eine eigenartige Frage. Aber ich kannte Arthur. Es war einfacher, ihm zu antworten, als etwas entgegenzusetzen.

»Ja, ich denke schon. Aber sie wirkten auch besorgt. Besonders Lunas Vater. Er hat die toten Mädchen erwähnt.«

»Die gehen mir auch durch den Kopf«, sagte Arthur.

Die Sache war zwar traurig, hatte aber nichts mit mir zu tun.

»He, woher weißt du eigentlich, dass es mehr als ein totes Mädchen gab?«

Arthur wollte gerade etwas erwidern, doch da kam Mathias zurück.

»Bist du sicher, dass du nichts willst? Ich kann dir eine Limo holen.«

Arthur schüttelte den Kopf, sah das Bier allerdings sehnsüchtig an.

Mathias setzte sich. »Machst du eine Ausbildung, oder gehst du arbeiten, Arthur?«

»Nein.« Weiter ins Detail ging Arthur nicht.

»Was machst du dann?«

»Ich sehe, wie ich meine Tage auf andere Arten rumbringe.«

Mathias beließ es dabei.

»Wie alt bist du?«, fragte er stattdessen.

Das wusste nicht einmal ich. Aus meiner Sicht war er schon immer erwachsen gewesen.

Arthur räusperte sich. »Ich bin siebenundzwanzig.«

Hmm. Ich dachte eigentlich, er wäre älter. Schon als ich ihn kennenlernte, hatte ich ihn als Erwachsenen wahrgenommen, aber vielleicht wirkte es damals auch nur so, weil ich selbst ein Kind war.

»Wie alt bist du?«, fragte Arthur zurück.

»Bin gerade achtzehn geworden«, sagte Mathias. »Ich habe letztes Jahr in der Oberstufe angefangen, das Schuljahr aber abgebrochen und stattdessen in einem Café gearbeitet. Deshalb bin ich zwei Jahre älter als die anderen in meiner Klasse.«

»Ich werde auch bald achtzehn«, sagte ich. »Und ich habe ebenfalls ein Jahr mit etwas anderem verbracht.« Ich dachte kurz an das Nordreslev Jugendgefängnis, in das ich kam, nachdem ich Peter eins mit dem Baseballschläger übergebraten hatte.

Arthur, der die Geschichte kannte, tat mir den Gefallen, das Thema zu wechseln. »Als du weg warst, haben wir uns über den Abend bei eurer Freundin Luna unterhalten.«

Falls er darauf spekulierte, von Mathias mehr über den Verlauf des Abends zu erfahren als von mir, dann lag er richtig. Allein Lunas Namen zu hören, ließ in seinem Hirn augenscheinlich ein Feuerwerk explodieren. Ein Feuerwerk, das jede Vernunft verdrängte.

»Wusstest du, dass Lunas Eltern Anne ein Haus geschenkt haben?«

Arthurs Lächeln verschwand. »Sie haben *was* getan?«

Mathias plapperte weiter, und ich hatte den üblen Verdacht, dass Luna ihn mit einer Art Sprechdurchfall angesteckt hatte.

»Sie kennen Annes Eltern, und deshalb haben sie Anne deren altes Haus geschenkt. Anne wird Lunas Nachbarin.« Mathias sah mich neidisch an.

»Annes Eltern. Haben sie etwas über sie erzählt?«

»Nein, weil ich sie gebeten habe, es sein zu lassen«, mischte ich mich ein und bedachte Mathias mit einem wütenden Blick.

Er schlug sich die Hand vor seinen hübschen Mund. »Das hättest du Arthur vielleicht lieber selbst erzählt.«

Versuch's mit *überhaupt nicht erzählt.* Arthur konnte bisweilen ein wenig überfürsorglich sein, und es gefiel ihm ganz sicher nicht, dass ich mutterseelenallein draußen auf dem Land wohnen würde. Nicht dass ihn das etwas anginge. Ich hatte nicht vorgehabt, ihm davon zu erzählen, und nach meinem Umzug wäre es für ihn zu spät gewesen, etwas dazu zu sagen. Jetzt konnte ich mich allerdings auf Hunderte Fragen von ihm einstellen.

Er hatte nur eine einzige. »Warum wolltest du nichts über deine Eltern erfahren?«

»Weshalb sollte ich etwas von zwei Menschen hören wollen, die sich gegen mich entschieden haben?«

Mathias schaute in sein Bierglas. »Vielleicht gab es einen Grund dafür, dass sie so gehandelt haben. Vielleicht können Ben und Rebecca dir etwas erzählen, was dich dazu bringt, sie zu mögen.«

»Ich habe keine Lust, sie zu mögen«, schrie ich beinahe.

Wieder antwortete Arthur mit einer Frage. »Warum nicht?«

Dieses Mal war ich klug genug, nicht darauf zu antworten. Atemlos und mit glühenden Wangen sah ich in mein Glas.

Arthur schien noch etwas sagen zu wollen, doch auf einmal erschauderte er, als ob ihn an diesem lauen Sommerabend ein kalter Wind getroffen hätte.

Und dann begannen die Schreie.

KAPITEL 6

Die Schreie drangen aus dem Hinterhof des Diners.

Wir kamen als Erste bei dem Mädchen an, das wie paralysiert dastand und schrie. Auf der Erde vor uns lag ein zweites Mädchen. In ein und demselben Atemzug registrierte ich, dass es sich um Alice aus meiner Klasse handelte und dass Blut aus einer klaffenden Wunde an ihrem Hals strömte. Ihre Aura war erloschen wie eine durchgebrannte Glühbirne. Die Blutlache wurde immer größer und färbte Alices karottenfarbenes Haar dunkel. Ich wich zurück, als sich das Blut meinen Füßen näherte.

Ich verlor das Gefühl in Gesicht, Fingern und Beinen, und mein Atem wurde schneller.

In diesem Moment erschien eine größere Gruppe. All jene, die soeben noch gemütlich im und vor dem Frank's zusammengesessen hatten. Obwohl ich versuchte zurückzuweichen, wurde ich nach vorn gedrückt, und das Gewicht der vielen Menschen bombardierte meinen Kopf. Gleichzeitig spielte sich die sehr nahe Vergangenheit vor meinen Augen ab.

Über der toten Alice sah ich, wie sich eine halb durchsichtige, sterbende Alice wand. Ich sah, wie sie sich an den Hals griff, als versuchte sie, die groteske Wunde zu schließen. Und ich hörte einen unheimlichen gurgelnden Laut, als sie vergeblich nach Luft schnappte.

Mathias hielt das noch immer schreiende Mädchen im Arm, und ich erkannte erst jetzt, dass es Kamilla war, die ebenfalls in unsere Klasse ging. Ihre Schreie wurden zu abgehackten Sätzen.

»Er ... er kam ... aus dem Nichts. Urplötzlich. Er hat mich nicht mal angesehen«, schluchzte Kamilla. »Er hat sie hier reingezerrt. Ihr mit dem Messer den Hals aufgeschnitten. Dann ... war er weg.« Ihre Augen waren weit aufgerissen, und sie holte keuchend Luft.

Ich sah die Bilder, während sie sprach, sodass Kamillas Worte wie eine Art unzusammenhängende Untertitel waren.

Der Mann war groß gewachsen, hatte langes Haar sowie einen langen Bart und einen irren Blick. Ich konnte ihn riechen. Er stank nach ungewaschenem Körper und Alkohol. Er griff mit seiner Pranke nach Alices Hals, drückte sie rückwärts in den Hinterhof und presste sie gegen die Mauer. Ohne zu zögern, hob er ein riesiges Messer und trennte ihr damit beinahe den Kopf ab. Während er sie mit einem Griff um ihren Kiefer noch immer aufrecht hielt, steckte er mit der anderen Hand das Messer in seinen Gürtel und wischte sich an ihrem weißen Pulli das Blut von den Fingern. Dann ließ er sie auf den Boden fallen und verschwand wieder. Das Ganze dauerte höchstens zwanzig Sekunden. Alices zunächst überraschter Gesichtsausdruck war rasch in Panik umgeschlagen, und sie rang verzweifelt nach Luft.

Schwarze Punkte begannen vor meinen Augen zu tanzen. Ich hielt nach Arthur Ausschau, doch er war fort. Die Menschenmenge schob mich nach vorn, und ich spürte ihre Angst – und ihre Sensationsgier. Wie aus weiter Ferne hörte ich Leute schreien, sobald sie Alice erblickten.

Mathias hielt die unter Schock stehende Kamilla auf den Beinen. Von ihm war also keine Hilfe zu erwarten. Auch meine Beine begannen nachzugeben, und es klingelte in meinen Ohren, doch ich konnte nicht entkommen.

Frank steckte den Kopf zum Hintereingang heraus, und sein mildes, von Lachfältchen durchzogenes Gesicht wurde von Grauen erfüllt, als er das tote Mädchen auf dem Boden sah. Sein Entsetzen segelte zu mir herüber.

Ich versuchte, mich auf Alices blutverschmierten weißen Pulli zu konzentrieren, einfach um mich an irgendetwas festzuhalten. Auf einmal wirkten die Blutspuren nicht länger zufällig. Sie bildeten einen langen Strich sowie zwei kürzere, die schräg nach unten zeigten. Das Zeichen glich unverkennbar dem verzerrten F, das der Mörder dem Mädchen in meiner wiederkehrenden Vision in den Rücken ritzte.

Der letzte Versuch, meinen Kopf aufrecht und mich auf den Beinen zu halten, misslang. Mein Bewusstsein flimmerte ein letztes Mal auf, ehe ich vornüber, in Richtung der Blutlache und Alice, stürzte.

Ich landete in einem Paar starker Arme.

Meine Augen waren bereits geschlossen, doch ich erkannte Varnar an seinem Duft. Bevor ich ohnmächtig wurde, konnte ich gerade noch staunen, wie er es angesichts der blutigen Szene schaffte, die Ruhe zu bewahren, die mehr als hundert Menschen zu überblicken und nicht nur zu bemerken, dass ich stürzte, sondern auch darauf zu reagieren.

Ich vernahm das typische Summen vieler Stimmen, ohne dass man einzelne Wörter heraushören kann. Wenn ich das Bewusstsein verliere, kehrt der Gehörsinn als Erstes zurück, während ich noch eine Weile blind, stumm, lahm und total verwirrt bin. Dann dreht sich mein Körper und die übrigen Sinne kehren wieder, aber die Verwirrung ist immer noch da. Ich bin es gewohnt, ohnmächtig zu werden. Das ist eine der tollen Nebenwirkungen, die meine besondere Fähigkeit mit sich bringt. Ist es so merkwürdig, dass ich Abstand zu anderen Menschen halte?

Dieses Mal lag ich, und mein Kopf ruhte auf etwas Weichem. Einem Kissen. Von meinen bisherigen Ohnmachten zählte diese hier zu den besseren. Das Gefühl währte allerdings nur so lange, bis mir wieder einfiel, was ich gerade gesehen hatte. Ich öffnete die Augen. Wir waren im Diner, und ich sah einen in Weiß und

Orange gekleideten Mann, der dabei war, meinen Blutdruck zu messen. Mathias und Arthur schauten über seine Schulter. Arthurs rotes Haar stand in alle Richtungen ab. Varnar war nirgends zu entdecken.

»Das ist wirklich nicht nötig.« Ich versuchte matt, den Mann wegzuschieben. Wenn ich richtig Pech hatte, würde ich mich gleich übergeben müssen.

»Ich untersuche dich nur.« Der Sanitäter mied meinen Blick.

»Sollten Sie sich nicht lieber um das Mädchen draußen kümmern?«

»Für sie kann ich nicht viel tun.« Er sah flüchtig zur Decke hinauf.

»Das andere Mädchen. Kamilla.«

»Deine Freundin wird bereits versorgt.«

»Sie ist nicht meine Freundin. Keine von ihnen ist meine Freundin. Oder war es.« Ich schloss die Augen wieder. »Mir geht's gut. Ich hab mich bloß erschreckt.«

»Wir haben einen Psychologen, falls du mit jemandem reden möchtest.«

Ich schüttelte den Kopf.

»Kannst du sitzen?«, fragte er.

Ich setzte mich auf, während sich der Sanitäter an Mathias wandte.

»Du musst ihre Eltern anrufen.«

Mathias' Blick flackerte zu mir. »Wir können uns um sie kümmern, kein Problem.«

»Wir?« Der Sanitäter schüttelte den Kopf und fuhr fort: »Wenn du derjenige bist, der ihr am nächsten steht, musst du sie nach Hause bringen. Bleib heute Nacht bei ihr, und ruf Hilfe, falls sie friert oder ihr schwindelig wird.« Er sah Mathias streng an, der eifrig nickte.

Der Mann in Weiß und Orange wandte sich erneut an mich, ohne mir in die Augen zu sehen. »Geh gleich am Montag zu deinem Hausarzt. Vielleicht benötigst du später noch psychologische Unterstützung.«

Ich nickte – wohl wissend, dass ich nicht zum Arzt gehen würde, es sei denn, ich wäre dem Tode nahe, und selbst dann vermutlich nicht.

Er gab Mathias über meinen und Arthurs Kopf hinweg weitere Anweisungen, doch Arthur ließ sich nicht anmerken, dass er übersehen wurde.

Mathias zog mich auf die Beine. »Das war schon das zweite Mal heute.«

»Das zweite Mal?«, fragte Arthur scharf.

»Dass sie ohnmächtig geworden ist«, sagte Mathias.

Jetzt halt schon die Klappe, Mathias!

»Bist du krank? Hast du etwas genommen?« Arthurs Stimme war schrill.

»Du weißt, dass ich niemals Drogen nehme. Ich war bei der Morgenversammlung.«

»Warum das denn, um alles in der Welt?«, fragte er. »Du weißt doch, was dann passiert.«

»Keine Ahnung. Vielleicht habe ich angefangen, die Regeln zu befolgen.«

Arthur musste lachen, doch es verebbte schnell wieder. Dies war kein Abend zum Lachen. »Na komm, ich bringe dich nach Hause ins Bett.«

Mathias protestierte. »Er hat gesagt, ich soll es machen.«

»Ich gehe mit ihr.« Arthurs Ton ließ keine Diskussion zu.

Arthur setzte sich zu mir ans Bett, während Monster sich auf den Boden legte und mich besorgt anschaute. Arthur nahm meine Hand.

Mein Körper zitterte leicht, obwohl ich ihm befahl, damit aufzuhören.

»Hast du den Mörder gesehen?«

Arthur war der einzige Mensch, der wusste, dass ich hellsichtig war.

»Ja«, flüsterte ich.

»Beschreib ihn mir.«

Ich schloss die Augen und rief mir erneut die grausame Vision in Erinnerung. »Er war riesig und hatte langes Haar. Verfilztes. Und einen langen Bart. Er hat gestunken, und sein Blick war irre. Als wäre er auf Drogen oder so.« Ich öffnete die Augen wieder.

Obwohl das Zimmer so dunkel war, wie es in einer skandinavischen Sommernacht werden konnte, sah ich das Entsetzen in Arthurs Gesicht. Er war noch bleicher als sonst, und die Sommersprossen hoben sich deutlich von seiner hellen Haut ab.

»Kennst du ihn?«, fragte ich.

»Ich kenne seine Art.« Er schloss seine grünen Augen. »Hör zu, Anne. Was ich dir jetzt sage, ist sehr wichtig.« Er öffnete sie wieder. »Hab Monster immer und überall bei dir. Und geh so oft wie möglich zu Ben und Rebecca. Du darfst nicht allein sein. Und sollten er oder andere versuchen, dir etwas anzutun, dann ruf mich. Ich werde dich immer hören.«

»Wie kannst du mich hören, wenn wir nicht zusammen sind?«

»Versprich mir einfach, dass du rufst, wenn du in Not bist.« Arthurs Miene lud nicht zum Verhandeln ein, und ich kannte ihn gut genug, um zu wissen, wann er nicht gedachte, weiter ins Detail zu gehen.

»Okay, ich verspreche es«, seufzte ich.

»Danke. Und jetzt schlaf. Du musst dich ausruhen.« Er küsste mich auf die Stirn.

Bevor ich einschlief, schnupperte ich an meinem Oberteil. Es roch nach Varnar.

Sofort stand ich in dem mir inzwischen wohlvertrauten Fichtenwald. Ich fluchte. Heute war anscheinend nicht der Tag, an dem mir eine Auszeit vergönnt war.

Das Mädchen befand sich ungefähr zwei Meter von der kleinen Birke entfernt. Mir blieben also etwa zehn Sekunden, bevor der Mann auftauchen und tun würde, weshalb er gekommen war. Ich trat einen Schritt zur Seite, um wenigstens zu vermeiden, dass er durch mich hindurchging. Die Szene war mir mittlerweile so bekannt, dass ich mir die Zeit nahm und mich umschaute.

Der Wald sah aus wie alle anderen Fichtenwälder auch. Zwischen Bäumen gibt es keine allzu großen Unterschiede. Ich schaute zwischen den Stämmen hindurch auf die offenen Felder. Der Mond war nicht ganz voll, und ich erahnte den Umriss des kleinen Hauses, das ein Stück entfernt auf der Anhöhe stand. Es kam mir bekannt vor. Wo hatte ich es nur schon mal gesehen? Ich suchte in meinem Kopf, doch alles war verschwommen. Als wäre ich nicht ganz ich selbst.

Dann hörte ich die knirschenden Schritte des Mannes. Ich wandte mich um, damit ich sein Gesicht sehen konnte, doch er hatte den Blick gesenkt und die Kapuze über den Kopf gezogen. Er hob die Schnur, und zum zweiten Mal binnen weniger Stunden sah ich ein Mädchen sein Leben verlieren.

Jemand rüttelte mich, und Arthurs Stimme drang zu mir durch. »Anne, wach auf. Du weinst ja.«

Ich schnappte nach Luft, als wäre ich am Ertrinken. Arthurs grüner Blick bohrte sich in meinen, und ich klammerte mich an seinen kühlen Arm.

»Was siehst du?«

Meine Antwort kam instinktiv. »Er erdrosselt ein Mädchen. Und dann ritzt er etwas in ihre Haut. Ich sehe es jede Nacht.« Ich schlug mir mit den Fingerknöcheln gegen die Schläfe.

Arthur hielt vorsichtig meine Hände, damit ich mir nicht wehtun konnte.

»Du hast doch sonst nie mehrfach dieselbe Vision«, sagte er. »Seit wann siehst du das Mädchen, das erdrosselt wird?«

Ich richtete den Blick auf die Bettdecke. Als Kind wusste ich noch nicht, dass ich die Einzige war, die die Vergangenheit sehen konnte, doch ich fand schnell heraus, dass die Leute unangenehm berührt waren, wenn ich den Mund öffnete. Ich wusste nur nicht, auf welche der Dinge, die ich sagte, sie reagierten. Zum Schluss traute ich mich kaum noch, überhaupt irgendetwas zu sagen.

»Erzähl mir von der Vision mit dem Mädchen«, wiederholte Arthur.

Ich schilderte sie ihm, so nüchtern ich konnte.

»Kennst du das Mädchen?« Arthur sah mich an, ohne zu blinzeln.

»Ich kann ihr Gesicht nicht sehen. Nur ihren Rücken. Sie hat lange Haare, vielleicht etwas länger als meine.« Ich zwirbelte eine schwarze Strähne zwischen den Fingern. »Aber sie sind hell, glaube ich. Es ist schwer zu erkennen, weil es Nacht ist.«

»Sind sie vielleicht rot?«, fragte Arthur leise und ließ meine Hände los.

»Ja, schon möglich.«

»Was noch?« Er ließ auffordernd die Hand kreisen. »Dick, dünn, groß, klein?«

»Sie ist schlank und etwa so groß wie ich.«

»Was ist mit dem Mann?«

»Ihn kann ich auch nicht erkennen.«

»Und die Zukunft hast du noch nie gesehen?« Arthur sah aus, als hielte er die Luft an.

»Nein, nie. Ich sehe nur unnütze Ausschnitte aus der Vergangenheit.« Ich schlug mit der geballten Faust auf die Decke. »Was zur Hölle soll ich damit anfangen?«

»Also ist sie bereits tot.«

»Natürlich ist sie bereits tot. Mausetot.«

Arthurs Miene verschloss sich. »Du musst schlafen, Anne.«

Er stellte sich ans Fenster und blickte hinaus, gedankenversunken. Im Schein der Straßenlaternen leuchtete sein rotes Haar schwach.

Ich schloss die Augen, und ich glaube, keine zwei Sekunden später war ich eingeschlafen.

Als ich um elf Uhr aufwachte, war Arthur verschwunden. Er war wohl zu dem Schluss gekommen, dass meine potenzielle Schockphase überwunden sei.

Monster und ich gingen zum Bäcker, wo sich die Leute vor mir in der Schlange drängten, ohne mich wahrzunehmen. Alices Gesicht lächelte mir von sämtlichen Titelseiten im Zeitungsständer entgegen. Ich nahm eine der Zeitungen. Unter Alices Foto waren zwei weitere Bilder von jungen, lächelnden Mädchen. Die Überschrift lautete: *Derselbe Mörder?* Das eine Mädchen war Tenna Smith Jensen. Das andere erkannte ich nicht, doch ihren Namen hatte Ben gestern erwähnt. Naja Holm. Als ich die Mädchen nebeneinander sah, war die Ähnlichkeit nicht zu verkennen: Sie waren alle drei rothaarig. In der Bildunterschrift stand, die Polizei nähme den Naja-Holm-Fall nun wieder auf, insbesondere der Ähnlichkeit zwischen den Mädchen wegen, doch es gäbe noch andere Details, die sie aus Rücksicht auf die Ermittlungen nicht enthüllen wollten. Man hatte den Verdacht, dass ein Serienmörder mit einem Fetisch für rothaarige Teenagermädchen umging. Der Gedanke war naheliegend, und mir fiel Arthurs Frage ein, ob das Mädchen aus meiner Vision rothaarig gewesen sei. Waren es vier Mädchen statt nur drei?

Während ich darauf wartete, an die Reihe zu kommen, überlegte ich, was ich mit dem heutigen Tag anstellen sollte. Ich entschied, einen Ausflug mit dem Rad zu machen, und ich wusste auch schon genau, wohin.

Die Sonne schien von einem wolkenlosen und knallblauen Himmel, und die Hitze flimmerte auf dem Asphalt, als ich mit Monster dicht auf den Fersen die Kraghede Landstraße entlangsauste. Unterwegs kam ich an Lunas Haus vorbei, drosselte das Tempo jedoch nicht. Mein Ziel war ein völlig anderes.

Der kleine Feldweg, der am Fuße des Hügels begann, führte hinauf zu meinem zukünftigen Zuhause. Der Hang war so steil, dass ich mich in die Pedale stellen musste. Oben angekommen, lehnte ich das Fahrrad an die Hauswand und genoss die Aussicht.

Dänemarks gesamter Nordwesten ist flach wie ein Pfannkuchen, wobei dieser Hügel eine der wenigen Ausnahmen bildet. Von hier aus verlief die linke Seite des Hügels schräg abwärts zu Bens und Rebeccas Haus. Hinter mir führte der Feldweg hinunter zur Landstraße, und vor mir erstreckten sich die Felder bis zum großen Landgut Østergaard, das dem Grafen gehörte, und zu meiner Rechten fiel der Hang steil ab und endete am äußersten Rand des Kraghede Skov. Der Wald lag wie ein dunkler und schlummernder Riese am Rande des goldenen Getreidefeldes.

Monster gab den Hütehund und musste springen, um in dem hohen Getreide voranzukommen. Ich lachte, und er stoppte. Es sah aus, als ob sich sein großes Maul zu einem Grinsen verzog. Ich lief den Hang abwärts ins Feld.

»Du verrückter Hund.« Ich erreichte ihn, kniete mich hin und umarmte ihn.

Er legte seinen riesigen Kopf auf meine Schulter.

»Ich bin so froh, dass du hier bist«, flüsterte ich.

Wie zur Antwort atmete er in mein Ohr.

Ich tätschelte seinen Kopf, kam auf die Beine und drehte mich zurück zum Hang, erstarrte jedoch, als ich dorthinauf sah. Auf einmal machte es innerlich klick, und ich wandte mich erneut zum Wald. Ohne nachzudenken, begann ich zu rennen. Monster folgte mir mit einem verwirrten Wuff.

Es war, als träte man vom Tag in die Nacht, als ich aus dem grellen Sonnenlicht in den dunklen Wald kam. Meine Augen mussten sich erst an das grünliche Licht gewöhnen. Es war kühler hier drinnen, und die Härchen auf meinen Armen und Beinen stellten sich auf. Vielleicht lag das daran, dass mir die Umgebung zunehmend bekannt vorkam.

Wälder sehen fast immer gleich aus, doch wenn man sich ein paar Fixpunkte eingeprägt hat, findet man sich schnell zurecht. Ich hatte reichlich Zeit gehabt, mir jeden einzelnen Stein und jede einzelne Fichte zu merken, und war daher keine Sekunde im Zweifel, dass ich schon einmal hier gewesen war. Schon viele Male, um genau zu sein.

Mein Herz hämmerte, als ich zu der Stelle ging, wo ich das Mädchen wieder und wieder hatte fallen sehen. Kälte kroch mir vor Angst über die Arme, doch ich ging weiter.

Ich war darauf vorbereitet, erneut die Vision zu sehen, jetzt, wo ich mich tatsächlich dort befand, wo es geschehen war. Doch ich sah nichts. Ich legte eine Hand auf die Erde und konzentrierte mich, empfing aber nichts außer Bildern von wechselnden Jahreszeiten und vorbeikommenden Menschen. Eine tiefe Ruhe sickerte hinauf in meine Hand. Die Natur kannte keine Eile.

Ich sah keine erdrosselten Mädchen oder Mörder. Keine Rücken mit F-förmigen Schnittwunden. Ich stellte mich dorthin, wo die Vision normalerweise begann, und zitterte unfreiwillig. Mein ganzer Körper schrie danach, wegzulaufen, doch ich zwang mich, stehen zu bleiben.

Als ein Vogel an mir vorbeiflatterte, fuhr ich zusammen, und ich musste mein pochendes Herz überreden, in der Brust zu bleiben, auch wenn es so fest hämmerte, als wollte es am liebsten aus mir herausspringen und ohne mich Reißaus nehmen. Nachdem ich einige Male tief ein- und ausgeatmet hatte, starrte ich nach vorn.

Davon abgesehen, dass es Sommer und mitten am Tag war, war die Szenerie identisch mit der aus meiner Vision, doch ich erspürte nichts mit meiner Spezialfähigkeit. Monster lief in großen Kreisen um mich herum, so als prüfe er das Terrain.

Weshalb blieb mir die Vision verborgen? Es war, wie wenn man auf ein Finde-den-Fehler-Bild starrt. Ich sah, dass es Unterschiede gab, konnte den Fehler jedoch nicht entdecken. Mit geschlossenen Augen rief ich mir die Vision in Erinnerung. Ich schaute wieder nach vorn und sah dieselbe Szene vor mir im Tageslicht.

Ich schlüpfte aus den Schuhen, sodass ich den moosbedeckten Waldboden unter meinen bloßen Fußsohlen spürte. Frustriert schloss ich abermals die Augen und öffnete all meine Sinne, in der Hoffnung, wenigstens einen winzigen Hinweis zu erhalten. Der Wald erzählte mir nichts, dafür fing ich etwas anderes ein.

Die Schritte waren lautlos, doch ich spürte deutlich die Aura von jemandem, der sich zügig in meine Richtung bewegte.

Jemand mit einer sehr zielgerichteten und aggressiven Energie stellte sich direkt hinter mich.

KAPITEL 7

Ich wirbelte herum und ging ohne einen weiteren Gedanken zum Angriff über. Eine meiner Fäuste flog auf das Gesicht des Mannes zu, die andere in Richtung seines Bauchs.

Er wich meinen Schlägen mit eleganter Leichtigkeit aus und fing meine Hände mit seinen. Mein plötzlicher Ausfallschritt brachte uns allerdings beide aus dem Gleichgewicht, und wir stürzten auf den Waldboden. Ich landete auf ihm, doch er rollte uns mit einer schnellen Bewegung herum, sodass er rittlings auf mir saß und meine Hände über meinem Kopf festhielt. Erst da erkannte ich ihn.

Varnars Gesicht war so dicht an meinem, dass seine dunklen Haarspitzen meine Wangenknochen streiften.

»Was treibst du hier?« Seine Stimme klang angestrengt davon, mich unten zu halten, und erneut fiel mir sein leichter Akzent auf.

Ich wand mich, um freizukommen: »Was geht dich das an? Was machst du denn hier?«

Er sagte nichts, doch seine Augen funkelten bedrohlich, und plötzlich wurde mir sehr bewusst, dass ich noch nie das Gesicht des Mannes aus meiner Vision gesehen hatte. Varnar hielt meine Hände nach wie vor über meinem Kopf fest, und er war zu stark, als dass ich mich hätte befreien können. Außerdem nagelte er mich mit seinem kraftvollen Blick am Boden fest.

Ich hatte nur eine einzige Möglichkeit, also nahm ich all meinen Mut zusammen und schleuderte Varnar meine Stirn entgegen, um ihm eine Kopfnuss zu verpassen.

Schnell drehte er sein Gesicht zur Seite, sodass ich danebentraf. Gleichzeitig packte er meine Haare und hielt jetzt sowohl meinen Kopf als auch meine Hände umfasst, während seine Beine den Klammergriff um meinen Körper verstärkten.

Frustriert rang ich nach Luft, doch ich war außerstande, mich zu bewegen.

Der enge Körperkontakt ließ mich seine Gefühle um ein Vielfaches heftiger wahrnehmen, als ich sie jemals von jemandem gespürt hatte, und obwohl ich keine konkreten Bilder aus seiner Vergangenheit sah, spürte ich doch seine enorme Willenskraft. Ich war gelähmt von seinen starken Emotionen, und für einen Moment lag ich vollkommen still da.

Er öffnete den Mund, um etwas zu sagen, doch im selben Augenblick wurde er von der Seite gerammt, und auf einmal war er derjenige, der auf dem Rücken lag. Monsters Kiefer hatten sich fest um seinen Hals geschlossen, und Varnar bekam nur mühsam Luft, klugerweise rührte er sich aber nicht.

Monsters Blick begegnete meinem. Ich brauchte es nur zu sagen, und er würde Varnars Kehle zerfleischen.

Ich legte den Kopf schief und rieb meine Handgelenke, während ich zu verbergen versuchte, wie sehr mich Varnars Nähe aus der Fassung gebracht hatte.

»Was soll ich jetzt tun?«, fragte ich laut.

Varnar zeigte keine Regung, doch Monster knurrte, und es bestand kein Zweifel, wozu er neigte.

In diesem Moment erklang hinter mir eine Stimme, die in irgendeiner nordisch anmutenden Sprache sprach. Die unverständlichen Worte peitschten wie ein Befehl. Ich drehte mich um und sah das Mädchen, das am Abend zuvor mit Varnar im Frank's gesessen hatte. Seine Freundin, vermutete ich. Monster wandte den Blick von mir zu ihr, und er löste widerwillig den Griff um Varnar, der sich schnell zur Seite rollte und mit einem katzengleichen Sprung auf die Beine kam.

Wir vier musterten uns. Die Stille hing für einige recht lange Sekunden zwischen uns. Irgendjemand musste etwas sagen, doch mir persönlich fehlte es an Ideen, wie wir die Geschehnisse von eben durch Worte klären sollten. Monster konnte nicht sprechen, und Varnar machte den Anschein, als sei er zu wütend, um etwas zu sagen. Gott sei Dank ergriff das Mädchen das Wort.

»Ich bin Aella, und ich freue mich, dich kennenzulernen.« Sie lächelte, womit ich nicht unbedingt gerechnet hatte, nachdem mein Hund ihren Liebsten gerade beinahe in Stücke gerissen hätte. Sie sprach mit dem gleichen Akzent wie Varnar. »Varnar tut es mit Sicherheit leid, dass er dir Angst gemacht hat.«

Er sah nicht im Geringsten aus, als täte es ihm leid.

»Warum hast du dich an mich rangeschlichen?«, fragte ich.

»Du hast doch mich angegriffen«, platzte es aus ihm heraus. »Ich war gezwungen dich festzuhalten, damit du keinen von uns verletzt.«

Wenn ich genau darüber nachdachte, hatte er mir tatsächlich nichts getan, außer dass er sich lautlos genähert und hinter mich gestellt hatte.

»Du hast mich erschreckt«, erwiderte ich spitz.

»Gehst du immer gleich auf Leute los, die dich erschrecken?«

Ich zuckte mit den Achseln. So hielt ich es grundsätzlich.

Aella hob die Hände und trat zwischen uns.

»Es ist ja nichts passiert, oder, Varnar? Anne hat bestimmt nichts weiter verletzt als deinen Stolz.« Sie grinste ihn neckisch an und wandte sich dann an mich. »Es ist vollkommen verständlich, dass du nach den gestrigen Ereignissen auf der Hut bist.«

Ich fragte nicht, woher sie meinen Namen kannte, und ich erzählte auch nicht, dass meine Reaktion nichts mit Alices Schicksal zu tun gehabt hatte, so hart es auch sein mochte. Stattdessen sagte ich: »Was habt ihr beiden überhaupt hier zu suchen?«

Aella legte den Kopf schief und sah mich auf eine Weise an, die mich etwas verlegen machte. »Wir wohnen in der Nähe.«

Außer dem Landgut Østergaard, Odinshöhe und dem Haus von Lunas Eltern war mir im Umkreis von einem Kilometer kein weiterer bewohnbarer Ort bekannt.

»Definiere *in der Nähe.*«

»Momentan logieren wir auf Gut Kraghede«, sagte sie unschuldig.

»Der verfallene Gutshof mitten im Wald? Ist der nicht eingestürzt?«

»Nur der Ostflügel. Der Rest ist in Ordnung. Wir haben ein Dach über dem Kopf, und der Ofen funktioniert noch.« Sie sah Varnar an. »Mehr brauchen wir nicht.«

Ihre letzte Bemerkung tat weh. Sie waren offensichtlich verliebt. Die beiden ähnelten einander sogar, wie sich Paare eben ähneln, auf diese nichtgeschwisterhafte Weise.

»Du solltest uns mal besuchen kommen.« Aellas Blick hing ein wenig zu lange auf meinem Gesicht. »Immerhin werden wir Nachbarn.«

»Woher weißt du das?«

»Ich habe gestern das Gespräch zwischen dir und deinem Freund belauscht«, gab sie schamlos zu.

Ich kniff die Augen zusammen. Im Vergleich dazu, wie die Leute normalerweise auf mich reagierten, war sie viel zu nett, und sie starrte mich auch viel mehr an als alle anderen – und zwar zusammengenommen.

»Na dann. Aber ihr solltet nicht damit rechnen, dass ich in der nächsten Zeit bei euch vorbeischaue und mir eine Tasse Zucker leihe.« Ich schnitt eine Grimasse und wagte einen verstohlenen Blick zu Varnar, der meine Haltung bezüglich Aellas Einladung allem Anschein nach teilte. Ich sammelte meine Schuhe auf und marschierte, so würdevoll es mit Blättern in den Haaren und Erde an Armen und Beinen eben ging, aus dem Wald. Wieder hing Varnars Duft in meinen Kleidern. Ich wünschte ihn zum Teufel.

Monster trottete neben mir her und stupste mich mit der Schnauze an.

»Verräter«, murmelte ich. »Solltest du nicht eigentlich tun, was *ich* sage? Oder gehorchst du lieber irgendwelchen fremden Mädchen?«

Natürlich antwortete Monster mir nicht, aber er schnaubte laut.

Wir kamen an meinem früheren und kommenden Zuhause vorbei. Eine genauere Inspektion musste warten. Ich stieg aufs Fahrrad und steuerte in Richtung meiner Wohnung, ohne mich darum zu kümmern, ob Monster mir folgte. Wenn er nicht länger bei mir wohnen wollte, gab es auf Gut Kraghede sicher massig Platz.

Das restliche Wochenende bekam ich Varnars dunkle Augen nicht mehr aus dem Kopf – genau wie sein flüchtiges Lächeln an dem Tag, als er versucht hatte, mich im Gymnasium aufzuhalten. Jedes Mal, wenn er vor meinem inneren Auge auftauchte, ermahnte ich mich, an Aella zu denken. Und daran, dass ich zweimal mit Varnar zusammengestoßen war, außerdem einmal in seinen Armen in Ohnmacht gefallen war, ihn einmal angegriffen und mein Hund ihm beinahe den Kopf abgebissen hatte. Er hielt mich garantiert für eine Idiotin, und ich war geneigt, ihm recht zu geben.

Am Montag herrschte im Gymnasium wegen Alice natürlich Ausnahmestimmung.

Ein Kamerateam hatte auf dem Parkplatz Stellung bezogen und interviewte jene Schüler, die sich am eifrigsten darum bemühten, gefilmt zu werden. Keiner von Alices engen Freunden meldete sich zu Wort.

Wir wurden in die Aula gerufen, damit der Rektor uns informieren konnte. Ich versteckte mich währenddessen hinter der Turnhalle, bekam anschließend aber alles von Luna und Mathias berichtet.

Die wenigen Male, die ich Varnar sah, starrte er mich böse an. Ich versuchte, ihn zu ignorieren, obwohl die Schmetterlinge in meinem Bauch wie wahnsinnig herumflatterten.

Später an diesem Tag war es Zeit für den monatlichen Besuch bei Grethe, meiner Sozialarbeiterin vom Jugendamt. Meine Turnschuhe quietschten leicht auf dem Linoleumboden, als ich durch den Korridor des Ravnssteder Sozialamts ging. Dieses monatliche Gespräch war, solange ich denken konnte, das einzig wiederkehrende Ereignis in meinem Leben gewesen. Früher war ich immer mit diversen Pflegeeltern hierhergekommen, doch seit einigen Jahren erledigte ich die Besuche allein.

Grethes Tür war verschlossen, was bedeutete, dass sie mit einem Klienten sprach. Von drinnen hörte ich eine tiefe Stimme, und ich bereitete mich darauf vor, gleich irgendeine bemitleidenswerte Gestalt herauskommen zu sehen. Ich bewunderte Grethes Mut, mit manchen der Typen, die hierherkamen, allein zu sein. In den Augen vieler anderer gehörte ich wohl selbst zu diesen Typen.

Zu meiner Überraschung trat jedoch Ben aus der Tür. Neben Grethe glich er einem großen, buntgefiederten Vogel – mit seinen langen Dreadlocks, der roten Samthose und dem aufgeknöpften himmelblauen Hemd, das die Sicht auf seine tätowierte Brust freigab. Erst jetzt fiel mir auf, dass es kleine, zu eigenartigen Mustern angeordnete Symbole waren.

Er lächelte mich breit an, und seine Goldzähne blitzten im Licht der Leuchtstoffröhren auf.

»Anne, ich habe gerade mit Grethe besprochen, wie dir das Haus überschrieben wird. Wir sind uns einig, dass du so schnell wie möglich dorthin ziehen sollst.«

Grethe neben ihm sah alles andere als einverstanden aus, doch sie sagte nichts.

»Ich habe Grethe das Haus vorläufig übertragen, da sie nun mal dein Vormund ist.« Dieser Umstand schien ihn etwas zu ärgern.

Dann wandte er sich an Grethe und sagte mit ernster Stimme: »Ich weiß, dass ich Ihnen in dieser Sache vertrauen kann. Sie lassen Anne so schnell wie möglich einziehen und übertragen ihr das Haus an dem Tag, an dem sie achtzehn Jahre alt wird.«

Sein Blick war bohrend, und sie nickte wie eine Marionette, obwohl ihr Gesichtsausdruck das genaue Gegenteil besagte. Ben ließ von Grethe ab und schenkte mir ein weiteres breites, goldglänzendes Lächeln.

»Bis dann, Anne.« Er klopfte mir auf die Schulter, bevor er summend den Gang hinunter verschwand. Die Leute, an denen er vorbeiging, drehten sich um und sahen ihm hinterher.

Grethe schüttelte sich, bat mich in ihr Büro und setzte sich an den Computer. Ich zog mir den Stuhl an die Ecke des Schreibtisches.

»Bei diesem Kerl habe ich mich immer schon unwohl gefühlt.« Sie begann zu tippen.

»Hast du Ben schon mal getroffen?«

»Er war dabei, als du noch klein warst und dem Jugendamt übergeben wurdest«, sagte sie abwesend, während sie mit der Maus herumklickte.

Diese Information war mir völlig neu, andererseits wusste ich aber auch nichts darüber, wie ich dem Jugendamt übergeben worden war.

»Das war damals, als du von Mie und Jens wegmusstest. Ben kannte ja deine Eltern.«

Ich hob eine Hand.

Grethe schüttelte den Kopf. Sie wirkte ein bisschen neben der Spur. Ich hoffte, Ben hatte ihr mit seiner Hypnose, oder was auch immer er da tat, keine dauerhaften Beeinträchtigungen zugefügt.

»Tut mir leid. Ich hätte deine Eltern nicht erwähnen sollen.« Mit der flachen Hand strich sie die schnurgerade Pagenfrisur glatt, die ihr schmales Gesicht umrahmte. Der braune Rollkragenpullover saß ziemlich locker, obwohl er höchstens Größe S hatte. Sie schob die Brille auf der Nase hoch und schniefte. »Nun ja, herzlichen Glückwunsch zum Haus. Ben ist sehr daran gelegen, dass du so bald wie möglich einziehst, auch wenn ich finde, dass ein junges Mädchen in einem Haus so weit draußen auf dem Land nichts zu suchen hat. Besonders nicht mit Blick auf die aktuelle Situation. Der einzige Grund, weshalb ich es erlaube, ist dein großer Hund.«

Es war das erste Mal, dass sie etwas Positives über Monster sagte. Wer hätte gedacht, dass die Sache hier so gut laufen würde.

Grethe bedachte mich mit einem strengen Blick. »Selbstverständlich gibt es ein paar Bedingungen.«

Okay, jetzt kommt's.

»Ich erwarte, dass ich dich dort besuchen kann, um zu sehen, ob alles ordentlich und sauber ist. Ich komme unangemeldet«, sie hob einen Finger, »und ich werde nicht erlauben, dass sich andere über längere Zeit bei dir aufhalten oder dort wohnen.«

»Kein Problem.«

»Und du brauchst einen Job.«

Entsetzen machte sich in mir breit. »Aber ich bekomme doch Geld vom Staat.«

»Anne, ein Haus zu besitzen ist teuer, selbst wenn du es geschenkt bekommst. Es ist eine viel größere Verantwortung, als etwas zu mieten. Du ziehst nicht dort ein, ehe du einen Job hast.«

Ich sah ihr an, dass sie es ernst meinte.

»Wie um alles in der Welt soll ich einen Job finden? Es gibt zurzeit nicht mal genug Arbeit für normale Menschen.«

Grethe schaute wieder auf den Bildschirm. »Ich kann dich vermitteln. Du könntest zum Beispiel an der Kasse im Supermarkt arbeiten. Wir zahlen einen Lohnzuschuss an Arbeitgeber, die sozial schwache Jugendliche einstellen.«

Schlimm genug, dass ich in der Schule den ganzen Tag Leute um mich hatte. Meine Nachmittage im Supermarkt mit noch mehr Menschen zu verbringen, war ein unerträglicher Gedanke.

»Wäre es nicht einfacher, wenn du mir den Zuschuss direkt

gibst? Sie hätten dort bestimmt Angst, dass ich aus der Kasse klaue. Schließlich kennen die Leute meine Vergangenheit.«

»Meines Wissens hast du noch nie etwas gestohlen. Aber ja, möglicherweise glauben sie das.« Angestrengt schaute Grethe durch ihre dicken Brillengläser auf den Bildschirm. »Wir lassen Jobs mit Kassiertätigkeiten mal außen vor, aber es ist wichtig, dass du in Kontakt mit dem Arbeitsmarkt kommst.« Sie knetete ihre Oberlippe zwischen Daumen und Zeigefinger. »Du könntest auch bei DTF arbeiten.«

»In der Messerfabrik? Ich und Tausende Messer?«

»Nein, das geht auch nicht.« Grethe klickte weiter. »Ein Kindergarten? Oder ein Pflegeheim?«

»Würdest du deine Kinder jemandem wie mir überlassen? Oder deinen pflegebedürftigen Mann?«

»Ich habe zwar weder Kinder noch einen Mann«, bemerkte Grethe spitz. »Aber du hast vermutlich recht. Wir schließen Kassenjobs, Messer, Kinder und Alte aus.«

Wir saßen beide da und überlegten. Mir fiel keine Arbeit ein, bei der ich nicht mit anderen Menschen zu tun hatte, was ich vermeiden wollte, und bei der ich nicht in Kontakt mit Bargeld, potenziellen Waffen, Kindern oder Alten kam, was alle anderen gern vermeiden wollten.

»Wir können uns nächsten Monat darüber unterhalten.«

Unmerklich schüttelte ich den Kopf. Ich musste nur die nächsten paar Monate überstehen, dann konnte ich die Schule schmeißen, und Monster und ich würden glücklich bis ans Ende unserer Tage auf Odinshöhe leben.

Schon lustig, dass man immer glaubt, das Ende der Tage läge weit entfernt in der Zukunft.

Ich ging zum Frank's, um die tägliche Ration Hundefutter abzuholen. Auf dem Weg dorthin erzählte ich Monster von meinem Gespräch mit Grethe. Es ist zwar schwachsinnig, sich mit einem

Hund zu unterhalten, aber selbst ich habe manchmal das Bedürfnis, mit jemandem zu reden.

Frank stellte gerade ein paar Flaschen an ihren Platz, drehte sich aber um, als er mich bemerkte.

»Essen für den Hund?« Er steckte den Kopf in die Küche und rief etwas. »Setz dich, solange Milas alles zusammenpackt.« Er richtete sein graues Pomadenhaar. »Hier hat sich heute noch keine Seele blicken lassen. Ich glaube, es ist wegen Freitag.« Seine Stirn kräuselte sich ein wenig.

Ich nickte und kletterte auf einen Barhocker.

Frank betrachtete mich. »Du siehst noch griesgrämiger aus als letztes Mal. Was ist los?«

»Machen Sie sich über meine Probleme mal keine Sorgen.«

Frank hob mahnend den Zeigefinger. »Wenn du mich noch einmal mit Sie ansprichst, bin ich zu Tode beleidigt«. Dann legte er den Kopf leicht in den Nacken. »Vielleicht kann ich helfen.«

»Es ist, weil …«, setzte ich an. »Ach nein, egal.«

Er kratzte sich am tätowierten Arm und beugte sich über den Tresen. »Komm schon. Erzähl's mir. Ich bin neugierig, und mir ist langweilig. Erfüll einem alten Mann einen Wunsch, ja?« Das Letzte sagte er mit lachenden Augen, die von tiefen Falten umkränzt waren.

Ich seufzte. »Ich habe ein Haus bekommen.«

»Na, das ist ja ein schlimmes Problem.« Seine Mundwinkel zogen sich in unterdrückter Belustigung nach oben.

»Das ist es nicht. Es gehört mir erst zu hundert Prozent, wenn ich achtzehn werde.« Ich schnitt eine Grimasse. »Meine Sozialarbeiterin sagt, ich brauche eine Arbeit, bevor ich einziehen darf.«

Frank kniff seine Augen halb zusammen. »Sozialarbeiterin?«

Ich winkte ab, wie um zu signalisieren, dass ich keine Lust hatte, es zu kommentieren.

Er ließ es dabei beruhen. »Wie schwer kann es schon sein, einen Job zu finden?«

»Niemand traut sich, mich in die Nähe von Wertgegenständen oder Dingen zu lassen, die ich als Waffe verwenden könnte. Kinder und Pflegebedürftige zu betreuen ist auch ein No-Go. Da bleibt nicht mehr viel.«

»Kannst du kochen?«

Ich lachte. Frank starrte mich an, und mir fiel ein, dass ich so selten lache, dass die Leute einen Schock bekommen, wenn es mal passiert.

Ich fasste mich. »Nein, ich kann nicht kochen. In der Küche bin ich eine absolute Katastrophe.«

»Ah, sieh mal an, du kannst ja doch lächeln.«

Hitze stieg mir ins Gesicht. Ich wollte schon aufstehen und nach draußen stürmen, doch Frank legte mir die Hand auf den Arm. Ein blitzartiger Strom seiner Fürsorge, gemischt mit diesem traurigen Unterton, den ich schon letztes Mal bemerkt hatte, traf mich.

»Ich nehme es zurück. Maul ruhig weiter.« Er ließ meinen Arm los. »Kannst du Gemüse hacken?«

»Ob ich etwas mit einem Messer zerstören kann? Ja, das kriege ich hin.«

Frank schüttelte den Kopf. »Ich verstehe, wieso die Leute manchmal ein wenig Angst vor dir haben.« Er kratzte sich am Kinn. »Also, wenn du Geschirr spülen und Gemüse schnippeln willst, dann habe ich ein paarmal in der Woche einen Job für dich.«

Ich dachte einen Moment, aber nur einen sehr kurzen Moment, darüber nach, ehe ich nickte. »Wenn du dich traust, mir ein Messer in die Hand zu geben, bist du einer der wenigen.«

»Das Risiko gehe ich ein. Tatsächlich bin ich selbst gar nicht so ungeschickt mit dem Messer«, witzelte er.

»Würdest du meine Sozialarbeiterin anrufen?« Ich schnappte mir einen Kugelschreiber von der Bar und kritzelte Grethes Nummer auf ein Stück Papier. Wenn man die Nummer seiner Sozialarbeiterin auswendig kann, hat man wirklich ernste Probleme. »Sag ihr, dass du mich eingestellt hast. Sie denkt bestimmt, es ist ein Telefonstreich.«

Wieder bedachte Frank mich mit einem eigenartigen Blick. »Schreib mir deine Nummer am besten auch gleich auf.«

»Ich habe kein Handy, aber du kannst meine Schul-E-Mail-Adresse bekommen.«

»Kein Smartphone? Und ich dachte, eure Generation kommt mit Handy in der Hand auf die Welt.« Er ging in die Küche und kam mit einer Tüte voller Essensreste zurück.

Die orange Abendsonne ergoss sich über Bens und Rebeccas Haus wie Flammen, die an den Mauern leckten. Ich stellte das Fahrrad ab und trat mit Monster an meiner Seite vor die Tür. Mir fielen einige merkwürdige Zeichnungen auf, die um den Türrahmen liefen. Sie stellten unzählige rote Schlangen dar, die in- und übereinander verschlungen waren. Bei meinem letzten Besuch hier draußen hatte ich sie nicht bemerkt.

»Das ist ein Schlangenband«, sagte Rebeccas weiche Stimme hinter mir.

Ich hatte sie überhaupt nicht kommen hören.

In ihrem hellen, knöchellangen Kleid, unter dem nackte Füße hervorschauten, und mit dem beinahe weißen Haar, das sich wie ein Mantel um sie hüllte, glich sie dem Glanzbild eines Engels, allerdings ohne Flügel.

»Was ist ein Schlangenband?«

»Es symbolisiert das Böse. Wer durch das Schlangenband tritt, lässt alles Böse hinter sich. Dieses Band habe ich gemalt, damit wir und unsere Gäste dieses Haus stets reinen Herzens betreten.« Sie nahm mich am Arm, was mich wunderte, wenn man bedenkt, wie ich mich bei unserem ersten Körperkontakt aufgeführt hatte. Sie führte mich um das Haus und zeigte mir verschiedene Zeichnungen auf den Mauern.

»Das hier ist ein Greiftier.« Sie blieb vor der Zeichnung eines putzigen kleinen Wesens in Grün und Blau stehen.

Es ähnelte einem Affen mit vier Armen und grinste idiotisch, während es sich mit seinen vier Händen selbst festhielt – an Hals, Armen und Handgelenken.

Rebecca strich mit ihrer schlanken Hand über die Zeichnung. »Das Greiftier steht für den komplexen Menschen, der sich selbst behindert, ohne es zu merken.« Sie sah mich mit ihren großen, kornblumenblauen Augen an. »Diese Seite gibt es bei jedem, doch bei manchen ist sie stärker ausgeprägt. Verstehst du, Anne?«

Ich nickte. »Das Böse hinter sich lassen. Mir selbst nicht im Weg stehen. Yes, check.«

Monster schnaubte empört, aber Rebecca lächelte in sich hinein.

Ich blickte zu den Bäumen am Rand des Feldwegs, in denen immer noch Tierknochen und diverse Lebensmittel baumelten. »Wieso hängt das alles in euren Bäumen?«

Auch Rebecca schaute den Weg hinab. »Wir haben ein Blót abgehalten. Beim Blót opfern wir den Göttern.«

»Den Göttern?« Ich rückte etwas von ihr ab, doch sie hielt mich immer noch am Arm fest.

»Hauptsächlich Odin. Ihn darf man schließlich auf keinen Fall vergessen.« Sie lächelte, als wüsste ich natürlich, wovon sie sprach. »Aber am häufigsten opfern wir Freyr und Freyja. Den Göttern der Fruchtbarkeit und der Liebe. Und Heimdall – dem mystischen Gott.«

»Ah ja.«

»Ben verehrt außerdem Tyr und Thor für ihre Stärke und ihren Mut. Ben ist sehr viel kampfbegeisterter als ich. Du hättest ihn und deine Mutter manchmal sehen sollen.« Rebecca kicherte.

Ich wand mich aus ihrem Griff. Die Frau war ja völlig gaga. Ich schielte zu Monster, der meinen Blick erwiderte. Anscheinend war er gespannt darauf, was ich tun würde. Ich war selbst unschlüssig, ob ich davonlaufen, Rebecca um eine Erklärung bitten oder lieber gleich einen Arzt rufen sollte.

Glücklicherweise stieß Ben in diesem Moment zu uns.

Rebecca drehte sich zu ihm um. »Ich habe Anne gerade von unserem letzten Blót erzählt.«

Ben sah mich ein klein bisschen alarmiert an. Im Gegensatz zu Rebecca schien er zu verstehen, dass es den meisten Menschen recht eigenartig vorkam, an Odin und Thor zu glauben und Essen und Knochen an Bäumen aufzuhängen.

Zeit für einen Themenwechsel. »Ben, Grethe ist damit einverstanden, dass ich nächstes Wochenende einziehe.«

Auf Bens Gesicht zeigte sich ein breites, weißgoldenes Lächeln, das ziemlich furchteinflößend gewesen wäre, hätten seine Augen nicht eine solche Wärme ausgestrahlt.

»Soll ich Samstagmorgen vorbeikommen und dir helfen?«

Ich nickte. »Eigentlich wollte ich mit Luna reden, falls sie zu Hause ist.«

»Ich wusste, ihr würdet Freundinnen werden«, sagte Rebecca.

»Ich will sie nur um einen Gefallen bitten.«

»Sie ist in ihrem Zimmer. Geh einfach nach oben«, sagte Ben.

Froh, diesen beiden Verrückten den Rücken kehren zu können, trat ich durch das Schlangenband – und damit offenbar auch durch alles Böse – und nahm die Treppe mit zwei Stufen auf einmal.

Luna kam aus ihrem Zimmer gehüpft. »Anne«, sagte sie lächelnd. »Was machst du hier?«

Ich biss mir auf die Lippe, unsicher, wie ich sie fragen sollte. »Wenn ich dich um einen Gefallen bitte, wie hoch ist die Chance, dass du es ohne Rückfragen machst und anschließend keinem davon erzählst?«

»Hundert Prozent. Ich vertraue dir«, sagte sie, ohne zu zögern.

Ich vertraue mir nicht mal selbst immer, es war mir also ziemlich unklar, worauf sie dieses Vertrauen gründete, aber das war ja ihre Sache.

»Ich möchte, dass du einen Mann zeichnest. Ich beschreibe dir, wie er aussieht, und du zeichnest ihn. Kannst du das?«

Luna hielt ihr Versprechen, was die Fragen anging. Sie nickte nur, ging in ihr Zimmer und wühlte in dem Chaos nach Papier und Bleistift.

»Ich bin bereit.«

Ich setzte mich neben sie, schloss die Augen und versuchte, mich an den Wilden zu erinnern, wie ich ihn im Geheimen getauft hatte.

»Er hat langes Haar. Es geht ihm bis zu den Schultern«, begann ich. »Ziemlich buschige Augenbrauen. Breiter Kiefer und kleine, schmale Augen, die dicht beieinanderliegen. Und ähm … einen Vollbart.«

Während ich den Mann, so gut ich konnte, beschrieb, ließ Luna den Bleistift über das Papier huschen. Als ich alles wiedergegeben hatte, woran ich mich erinnerte, öffnete ich die Augen und sah fünf Zeichnungen verstreut vor mir auf dem Tisch liegen. Ich persönlich habe absolut null künstlerisches Talent, weshalb ich die Gesichter beeindruckt musterte. Ich nahm eine Zeichnung in die Hand.

»Hier vielleicht etwas breiter.« Ich zeigte auf die Wangenknochen. »Und die Haare sind etwas länger.«

Luna machte sich erneut ans Werk, stoppte dann jedoch abrupt. »Das klingt jetzt wahrscheinlich ein bisschen verrückt.«

Nach allem, was deine Mutter vom Stapel gelassen hat, gibt es nichts mehr, was mich schocken könnte.

»Ich glaube, ich kann ihn besser zeichnen, wenn ich dich berühre.«

Der Zweck heiligt die Mittel, also stimmte ich zu, und einer von Lunas nackten Füßen schlängelte sich zu meinen Zehen. Die prickelnde Kreativität, die ich bereits kannte, strömte aus ihr. Sie begann wieder zu zeichnen, und in kürzester Zeit hielt sie mir ein perfektes Porträt des Mannes, der Alice umgebracht hatte, vor die Nase. Selbst seinen wahnsinnigen Blick hatte sie eingefangen.

Sie reichte mir das Blatt.

»Danke«, murmelte ich und stand auf, um zu gehen.

»Bleibst du nicht noch ein bisschen?«

Ich nestelte mit dem Papier, ohne etwas zu antworten.

»Ich will dir was zeigen.« Luna ging zu ihrem Schrank, kramte darin und holte etwas Fluffiges hervor. »Das Kleid ist fertig geworden.«

Ich erkannte das rote Kleid wieder, an dem sie bei meinem letzten Besuch noch gearbeitet hatte.

»Wie findest du's?« Sie wirkte ein wenig angespannt.

Ich nahm das Kleid und betrachtete es. Es war aus Seide, Spitzen und Tüll genäht, weinrot, und mit einer Menge kleiner schwarzer Perlen besetzt. Sie glitzerten, als ich es in die Abendsonne hielt, die durch das Fenster hereinfiel. Der obere Teil bestand komplett aus Spitze, bis auf ein Stück Seide im Brustbereich. Der Rücken war frei bis zur Taille, wo es in einen Rock aus weichem Tüll überging. Um die Ärmel und an den Seiten war der schwarze Perlenbesatz zu zwei Schlangen geformt. Sie lagen weich um die Brüste, und ihre Köpfe endeten jeweils auf einer Hüfte. Die Augen waren eisblaue Perlen. Obwohl dieses Kleid meilenweit entfernt von meinem ewig abgenutzten schwarzen Outfit war, liebte ich es.

»Es ist für dich«, sagte Luna. »Ich habe damit angefangen, bevor wir uns kennengelernt haben, aber erst in der letzten Woche ist richtig was daraus geworden.«

»Warum?«

Sie fummelte an einer Perle. »Ich vermute, du hast nicht so viele Dinge, die speziell für dich gemacht wurden.«

Ich hatte Lust, das Kleid auf den Boden zu werfen und laut schreiend aus dem Zimmer zu rennen.

»Willst du es nicht anprobieren?« Luna fing meinen Blick ein.

Nein, nein, nein. Ich reichte ihr das Kleid zurück, wobei ich versuchte, abweisend und bestimmt auszusehen, doch es war zu spät. Ihre Überzeugungskräfte wirkten bereits. Oh Mann. Wieso war ich nicht dagegen immun wie bei ihrem Vater? Ich zog mich aus, und Lunas Blick huschte über die lange Narbe auf meinem Brustkorb, aber sie sagte nichts. Schweigend half sie mir in das Kleid.

Es passte perfekt.

Sie trat einen Schritt zurück. »Oh.«

Ich schaute in den großen Spiegel an der Wand und erkannte mich beinahe selbst nicht wieder. Das Kleid war spektakulär. Wenn ich mich auch nur ein kleines bisschen bewegte, sah es aus, als wänden sich die Schlangen um meinen Körper, und die weinrote Farbe verlieh meiner Haut einen elfenbeinhaften Ton. Die schwarzen Perlen hatten exakt dieselbe Farbe wie mein Haar. Sehr zu meinem Widerwillen liebte ich den Anblick von mir in diesem Kleid.

Am Fußende der Treppe erklangen Stimmen.

Rebecca rief: »Luna, du hast noch einen Gast.«

»Hi, Anne und Luna. Ich hoffe, ich störe nicht …« Mathias verstummte und blieb mit offenem Mund stehen, als er mich sah. »Wie schön du aussiehst, Anne«, hauchte er.

»Sie ist sooo sexy in dem Kleid. Ich wusste es.« Luna hopste auf und ab und schlang einen Arm um Mathias, der sich beeilte, seinen Arm ebenfalls um sie zu legen.

»Hört auf.« Ich winkte ab. »Lasst das doch.«

Mathias sah mich an, als studierte er ein seltenes Tier. »Die Farbe steht dir.«

»Danke, danke, aber die Show ist jetzt vorbei. Raus mit euch beiden, damit ich mich wieder umziehen kann.«

Kichernd und eng umschlungen verließen sie das Zimmer.

Ich erlaubte mir selbst einen letzten Blick in den Spiegel. Einen einzigen. Dann streifte ich das Kleid ab und schlüpfte in meine gewohnten Klamotten. Vorsichtig legte ich das Kleid aufs Bett und strich mit der Hand darüber.

Die anderen saßen draußen an einem ramponierten Gartentisch, plauderten und lachten. Selbst Monster, der am Tischende saß, schien sich zu amüsieren. Mit hochgezogener Kapuze ging ich an ihnen vorbei.

Monster sprang auf und lief mir nach.

Da ich nicht komplett unhöflich bin, winkte ich ihnen noch einmal über die Schulter, als ich auf meinem Fahrrad den Feldweg hinabraste.

Luna und ich saßen in einem der Gemeinschaftsräume des Gymnasiums an einem Tisch, und um uns herum stapelten sich Bücher. Ihr antikes Überbleibsel von Laptop schnaufte erschöpft.

Ich las aus einem der Bücher vor. »Die Wikinger waren das Volk, das Skandinavien ab dem 8. Jahrhundert und bis zum Ende des 11. Jahrhunderts bewohnte. Ihre Kultur war durch eine Mischung aus Ehre und rauer Brutalität gekennzeichnet. Sie glaubten, das Schicksal eines Menschen wäre schon von Geburt an festgelegt.«

Wir arbeiteten an unserer Wochenaufgabe über die Wikingerzeit. Sie war am nächsten Tag fällig, wir waren noch lange nicht fertig, und ich konnte mich kaum mehr wach halten. Die Vision schien stärker geworden zu sein, und sie kam häufiger, sodass ich jede Nacht mehrmals schreiend aufwachte.

»Was kommt dann, Anne?«

Ich konzentrierte mich auf Luna, die mich durch eine riesige Brille ohne Sehstärke und mit einem lilafarbenen Gestell ansah. Ihre Augen waren völlig in Ordnung.

»Was?«

Ihre Hände schwebten über der Tastatur. »Was soll ich jetzt schreiben?«

»Ähm«, ich schaute nach unten. Die Buchstaben sahen aus wie verschwommene Ameisen. »Die Wikinger huldigten einer Vielzahl an Göttern in einer Religion, die heute nordische Mythologie oder Asatro – Asenglauben – genannt wird. Die wichtigsten Götter dieses Glaubens sind der Hauptgott Odin, seine Söhne Thor und Balder sowie seine Gemahlin Frigg. Darüber hinaus die Asen Tyr, Heimdall, Loki, Njörd und dessen Zwillingskinder Freyr und Freyja.«

Luna schnaubte, während sie in die Tasten hämmerte.

»Stimmt was nicht?«, fragte ich müde.

»Loki ist kein Gott, sondern ein Riese.«

»Hier steht, dass er einer ist.« Ich tippte mit einer Fingerspitze auf die Buchseite. »Es ist sicher am besten, wenn wir das schreiben, was hier steht.«

»Und Njörd, Freyr und Freyja sind keine Asen, sondern Wanen.«

»Was denn für Wannen?« Ich rieb mir die Augen.

»Keine Wannen, *Wanen*. Sie sind eine andere Art von Göttern als die Asen.« Sie verdrehte die Augen, als hätte sie mir soeben erklären müssen, dass zwei plus zwei vier sind.

»Soll ich nicht einfach weitermachen?« Ich versuchte ein Gähnen hinter meiner Hand zu verstecken.

Luna nickte gequält. »Wenn es unbedingt sein muss.«

»In der nordischen Mythologie existiert außerdem das Geschlecht der Joten. Die Joten sind Riesen ...«

»Nicht alle«, brummte Luna mit zusammengebissenen Zähnen.

Ich ignorierte sie und diktierte weiter. »Unter den Riesen ist der Urriese Ymir der bekannteste, gemeinsam mit Lokis beiden Ungeheuer-Kindern, der Midgardschlange und dem Fenriswolf, sowie seiner Tochter Hel, der Göttin des Totenreichs.« Ich las im Stillen ein wenig weiter. »Dann steht hier noch etwas über irgendwelche Sklaven – Leibeigene. Sie heißen Thjalfi und Röskwa.«

Luna sprang so abrupt auf, dass ihr Stuhl beinahe umkippte. Sie riss mir das Buch aus den Händen und pfefferte es in den nächsten Papierkorb.

Ich fischte es wieder heraus. »Am Ende kriege ich noch eine Strafarbeit, Luna.«

In diesem Moment kam Peter vorbei.

»Na, suchst du nach Essen?«, höhnte er. »Bekommst du nicht genug Sozialhilfe?«

Ich hob das Buch, um es auf ihn zu schleudern, doch Luna hielt meinen Arm fest. Schnell zog ich ihn zurück, bevor sie ihren Überzeugungs-Hokuspokus anwenden konnte.

»Danke für nichts, Luna«, zischte ich. »Können wir das nicht einfach fertig machen?«

In ihren großen goldenen Augen sammelten sich Tränen. »Was im Buch steht, stimmt einfach nicht.«

»Und wenn schon.«

»Nur Thjalfi ist ein Sklave. Röskwa ist frei.«

»Noch mal – und wenn schon.« Ich knetete mir die Stirn.

Luna streckte die Arme nach unten und ballte die Fäuste wie ein kleines Kind. »Ich will nicht schreiben, dass sie beide Sklaven sind.«

»Okay«, sagte ich resigniert. »Dann schreiben wir eben, dass der eine ein Sklave und die andere frei ist.«

»Danke.« Ihre Unterlippe zitterte fast.

»Warum bist du heute denn so empfindlich? Hast du vergessen, etwas Grünes anzuziehen?«

Einen kurzen Augenblick starrte sie mich an, brach dann aber in schallendes Gelächter aus. Sie schob die Brille nach oben und trocknete sich die Augen. Die kurze Krise schien überstanden. Sie kramte in ihrer Tasche, zog ein grünes Halstuch hervor und wickelte es sich um den Kopf.

»Das hat geholfen.«

Ich verkniff mir, dass ich es eigentlich nur im Scherz gesagt hatte. »Warum ist diese Sache so wichtig für dich?«

Luna streckte sich. »Das ist doch unser Glaube.«

Mir fielen die Essensreste ein, die in den Bäumen vor ihrem Haus hingen.

»Gehört ihr wirklich dem Asenglauben an?«

Luna ließ den Nacken kreisen. »Ja, wir glauben an die altnordische Mythologie.«

»Seid ihr dafür nicht ein wenig zu …«, ich suchte nach einem passenden Ausdruck, »dunkel? Also, du und dein Vater zumindest?«

Luna betrachtete ihre goldbraunen Arme. »Ich glaube, mein Vater musste überzeugt werden. Er hat ja einen völlig anderen Hintergrund. Aber das war, bevor ich geboren wurde.«

»Wie wurde er denn überzeugt?«

»Das weiß ich nicht, aber selbst wenn ich es wüsste, könnte ich es dir nicht erzählen.«

»Warum nicht?«

»Weil ich glaube, dass es etwas mit deinen Eltern zu tun hat.«

Hm, na dann. Meine Neugier und meine Prinzipien lieferten sich in meinem inneren Boxring eine Runde gegeneinander. Die Prinzipien gewannen haushoch.

»Du hast recht. Ich will nichts darüber wissen.« Ich rieb mir die Augen. »Wenn du so viel über all das weißt, dann brauchen wir die Bücher ja gar nicht. Kannst du nicht einfach erzählen, und ich tippe?«

»Gute Idee. Lass uns mit Odin anfangen, dem Allvater. Vor ihm habe ich mich schon immer ein bisschen gefürchtet. Er ist so streng und ernst. Er hat zwei Raben, sie heißen Hugin und Munin. Hugin kann in die Zukunft blicken, Munin in die Vergangenheit. Sie sitzen auf Odins Schultern und flüstern ihm zu, was in allen Welten geschehen ist und geschehen wird.« Weiter kam sie nicht, denn Mathias stürmte heran.

Er hielt sein Handy ausgestreckt vor sich. »Das habe ich gerade in den Nachrichten gelesen.«

Wir schauten auf das Display. Lunas Zeichnung von Alices Mörder sah uns mit manischem Blick entgegen. Wir taten so, als wären wir plötzlich schwer mit den Büchern und dem Laptop beschäftigt. Mathias deutete mit dem Finger auf Luna.

»Hast du das gezeichnet?« Er wedelte mit seinem Handy herum.

Ich fluchte innerlich. Ich hatte das Bild heimlich bei der Polizei abgegeben. Mathias' Hyperaufmerksamkeit in Bezug auf Luna hatte ich dabei nicht bedacht. Natürlich erkannte er ihren Zeichenstil wieder.

Luna sah ihn ruhig an. »Ich will dich nicht anlügen, also frag mich nicht.«

Mathias öffnete den Mund, um etwas zu sagen.

Sie hielt eine Hand in die Höhe. »Frag mich nicht.«

Mathias schienen die Worte im Hals stecken geblieben zu sein. Tatsächlich wirkte es so, als säßen sie schmerzhaft dort fest. Also wandte er sich an mich. »Hast du etwas damit zu tun?«

Ich hatte, ganz im Gegensatz zu Luna, absolut kein Problem damit, Mathias eine Lüge aufzutischen. Ich schaute ihm direkt in die Augen.

»Keine Ahnung, wovon du redest. Und woher sollte Luna wissen, wie der Mörder aussieht? Sie war schließlich zu Hause und hat geschlafen, als Alice ermordet wurde.«

Luna holte neben mir tief Luft und kräuselte die Nase.

Mathias gab sich nicht geschlagen. »Anne, hast du ihn an dem Abend gesehen?«

Jetzt mischte Luna sich doch ein. »Mathias, weißt du, was das wichtigste Merkmal von besten Freunden ist?«

Er schüttelte den Kopf.

»Die besten Freunde sind die, die keinen Haufen Fragen stellen.«

»Genau«, fuhr ich fort. »Sie helfen einfach dabei, die Leiche verschwinden zu lassen, und fragen nie wieder danach.«

Sowohl Luna als auch Mathias starrten mich schockiert an.

»Was denn?« Ich zuckte mit den Achseln. »Ist doch bloß eine Redewendung.«

»Keine, die ich schon mal gehört hätte«, erwiderte Luna.

War ich etwa die Einzige mit einem Sinn für Humor?

Mathias setzte sich.

»Ich werde es schon noch herausfinden«, sagte er, ritt aber nicht weiter auf dem Thema herum. »Wie weit seid ihr mit der Wochenaufgabe? Mads und ich sind fast fertig.«

Während Mathias und Luna sich unterhielten, zog ich unauffällig Mathias' Handy zu mir.

Wer kennt den Pippi-Mörder? lautete die Überschrift des Artikels, in dem berichtet wurde, dass die Zeichnung in die Hände der Polizei gelangt war und dass Kamilla die Beschreibung des Täters bestätigt hatte. Der Polizei war sehr daran gelegen, in Kontakt mit der Person zu kommen, von der das Bild stammte.

Mathias nahm sich sein Handy zurück.

»Steht da was, das du nicht schon wusstest?« Er glaubte gerade zu begreifen, was vor sich ging, aber er hatte keine Ahnung.

»Ich wusste nicht, dass sie ihn Pippi-Mörder nennen.«

Mathias hob die Augenbrauen. Seine Miene fragte: *Aber alles andere hast du gewusst?*

»Warum nennen sie ihn Pippi-Mörder?« Unser wortloses Gespräch war an Luna vorbeigegangen.

»Weil alle Opfer rote Haare hatten, wie Pippi Langstrumpf.«

Eine Weile hingen wir unseren eigenen Gedanken nach.

Mathias wechselte das Thema. »Was machst du heute, Anne?«

»Nach der Schule habe ich meine erste Schicht im Frank's. Und heute Abend muss ich packen.«

Luna rutschte auf dem Stuhl hin und her. »Ach ja, stimmt. Ich habe vergessen zu fragen, wann mein Vater am Samstag bei dir sein soll.«

»Je früher, desto besser. Um acht, wenn das nicht zu früh ist.«

»Überhaupt nicht. Er ist immer bei Sonnenaufgang wach und heißt den Tag willkommen.«

Im Frank's wies Milas, der Koch, mich in meine Aufgaben ein. Es war nichts, was ich nicht schon in diversen Pflegefamilien und Wohnheimen kennengelernt und ausprobiert hatte. Nachdem ich

Frank und ihm meine Fähigkeiten mit dem Messer demonstriert hatte, lobten sie meine Schnelligkeit, Präzision und Vielseitigkeit. Sie wichen einen Schritt zurück, als ich das Messer mit einer kurzen Bewegung aus dem Handgelenk auf das Schneidebrett warf, sodass sich die Spitze ein Stück ins Holz bohrte. Okay, vielleicht überspannte ich den Bogen damit ein bisschen, aber die Stimmung hatte mich einfach mitgerissen.

»Jetzt verstehe ich, weshalb die meisten dir kein Messer in die Hand geben wollen«, bemerkte Frank. »Ich hatte geglaubt, du machst Witze.«

Ich lachte. Es war als kameradschaftliches Lachen gedacht, doch ich sah den beiden Männern an, dass sie es eher furchterregend fanden.

Milas schielte zu Frank hinüber, der ihm beruhigend auf die Schulter klopfte. Ich spürte, dass Milas der Zusammenarbeit mit mir mehr als kritisch gegenüberstand.

»Du kannst damit anfangen, den Müll rauszubringen.« Er sprach mit starkem Akzent.

Als ich an ihm vorbeiging, fing ich eine Ahnung der Schrecken ein, die er auf dem Balkan erlebt hatte. Instinktiv blieb ich stehen und sah ihn entsetzt an, beeindruckt davon, dass er immer noch ein ganzer Mensch war. Also, einigermaßen. Seine Aura hatte ein paar ernsthaft beschädigte Kanten. Ich schüttelte sie ab, nahm die beiden großen schwarzen Müllsäcke und trat in den Hinterhof. Ein Schrei fuhr über meine Lippen, als Alices Mörder, der Wilde, mit erhobenem Messer direkt auf mich zurannte.

KAPITEL 8

Der Wilde stieß Alice in den Hinterhof und schnitt ihr die Kehle durch. Dann zeichnete er mit dem Blut das merkwürdige F auf ihren Pullover, warf ihren Körper vor meine Füße und löste sich in Luft auf.

Die sterbende Alice wurde durchsichtig und verschwand.

Ich stand heftig atmend da. Die Müllsäcke hatte ich vor Schreck fallen lassen, und ihr Inhalt lag verstreut auf dem Boden.

»Was ist hier los?« Milas und Frank kamen angerannt. Sie hatten meine Schreie gehört. Frank fasste mich um die Schultern. Beschützerinstinkt und Bilder des kleinen Jungen stürzten zu mir herüber.

Ich schüttelte seinen Arm ab.

»Eine Ratte«, brachte ich hervor. »Eine riesige schwarze Ratte.«

»Du wirkst nicht wie jemand, der Angst vor Ratten hat.«

Ich versuchte, ein ängstliches Gesicht zu machen, was nicht weiter schwer war. Die Vision war so schnell abgelaufen, dass ich nicht mal bemerkt hatte, dass ich die Vergangenheit sah.

»Doch, ich habe eine Mega-Angst vor den Viechern.« Ich kniete mich hin, um die Essensreste aufzusammeln. »Ist schon okay, mir geht's gut.«

»Ruf bei der Gemeindeverwaltung an und gib Bescheid, dass wir Ratten haben, Milas«, sagte Frank, bevor er wieder hineinging.

Milas blieb mit der Hand auf der Türklinke stehen.

»Ich habe schon Leute auf diese Art schreien hören.« Er zögerte, ehe er fortfuhr. »Als letzten Laut, den sie von sich gaben.«

Ich ignorierte ihn. Nach einer Weile hörte ich, wie die Tür geschlossen wurde. Ich legte die Fingerspitzen auf die Steinplatten, beugte den Nacken nach vorn und atmete aus.

Nun standen zwei weitere Personen auf der Liste von Leuten, denen ich gehörig Angst einjagte.

Ich selbst stand ganz oben auf der Liste.

Samstag früh um acht Uhr kam Ben in dem orangen VW-Bulli angefahren. Mathias erschien fünf Minuten später. Ich hatte ihn nicht gebeten zu helfen, aber wahrscheinlich wollte er sich bei Lunas Vater einschmeicheln.

Mein ganzes Leben passte in Bens Auto. Und es war immer noch genug Platz für Mathias' Fahrrad und Monster. Zusammengequetscht auf dem Vordersitz fuhren wir nach Odinshöhe, wo Luna und ihre Mutter bereits auf dem Platz vor dem Haus warteten. Rebecca machte eine feierliche Miene und hielt einen großen Korb in den Armen.

Luna umarmte uns alle drei. Sie behielt Mathias' Hand in ihrer, und er sah nicht aus, als hätte er vor, ihre wieder loszulassen – jemals. Im Nullkommanichts brachten wir meine Sachen hinein. Ben hatte sein Versprechen gehalten. Das Kinderzimmer war leer geräumt, doch das Gemälde zierte noch immer die eine Wand. Wir trugen mein Schlafsofa hinein, und ich hängte den Boxsack auf. Es sollte Gästezimmer und Trainingsraum in einem werden – wobei ich nicht damit rechnete, sonderlich viele Gäste zu bekommen.

Als wir fertig waren, klatschte Rebecca in die Hände.

»Kommt nach draußen, alle miteinander. Wir müssen uns das Wohlwollen der Götter für deinen Einzug in Odinshöhe einholen. Wir werden ein Færa-Blót abhalten.«

Meine Zehen berührten fast meine Fersen, so sehr krümmten sie sich. Ich sah flehentlich zu Mathias, doch er erwiderte meinen Blick nur mit einem herausfordernden Grinsen.

»Was ist ein Færa-Blót?«, fragte er auf dem Weg nach draußen.

»Ein Blót ist ein Ritual, bei dem wir den Göttern und anderen Wesen ein Opfer im Gegenzug für ihr Wohlwollen anbieten.« Wir waren vor dem Haus. »*Færa* ist das altnordische Wort für ›umziehen‹.«

Rebeccas Blick flackerte.

»Was bedeutet es noch außer ›umziehen‹?«, fragte ich misstrauisch.

»›Verhindern‹«, brummte Bens tiefe Stimme hinter mir.

»Was verhindern?«

Er antwortete nicht, und Rebecca hatte es auf einmal sehr eilig, im Korb herumzukramen. Sie reichte jedem von uns ein mit Runen bemaltes Hühnerei.

»Stellt euch in einen Kreis.« Sie wedelte mit der Hand.

Gehorsam bildeten wir einen Ring.

»Erhört mich, ihr Wesen, erhört mich, ihr Götter, erhört mich, ihr Schutzgeister, erhöre mich, Allvater. Wir haben diesen Kreis geschlossen, um ein Opfer für Annes Leben in diesem Haus zu bringen, zu Ehren der Götter, für den Schutz der Geister und Annes Glück. Ich erkläre den Kreis für unantastbar.« Rebeccas Stimme war fest und klar. »Schenkt Anne ein friedliches und glückliches Leben hier auf Odinshöhe. Lasst sie ernten, was sie sät.«

Luna sah besorgt zu mir herüber. Rebecca schleuderte ihr Ei auf den Boden, sodass es auf dem Kies zerplatzte. Mathias gab einen erschrockenen Laut von sich.

»Erhört mich, ihr Wesen, erhört mich, ihr Götter, erhört mich, ihr Schutzgeister, erhöre mich, Allvater. Nehmt unser Opfer an«, rief sie so laut, dass es sicher bis nach Ravnssted zu hören war.

Ben und Luna warfen ihre Eier ebenfalls auf den Boden und sahen Mathias und mich abwartend an. Wir taten es ihnen nach, und ich begann, mich rückwärts aus dem Kreis zu schleichen.

»Erhört mich, ihr Wesen, erhört mich, ihr Götter, erhört mich, ihr Schutzgeister, erhöre mich, Allvater«, donnerte Rebecca mit erhobenen Armen, und ich trat hastig zurück in den Kreis.

Die Eigelbe wurden wie durch ein unterirdisches Saugrohr langsam in die Erde gesogen. Der Boden drehte sich unter meinen Füßen, und meine Nackenhärchen stellten sich auf.

Rebecca ließ die Arme wieder sinken.

»Das Blót ist vollendet, und der Kreis kann nun gebrochen werden.« Sie lächelte. »Kein Opferfest ohne Speis und Trank«, sagte sie gut gelaunt und führte uns ins Haus.

Als wir ihr folgten, sah ich, dass Mathias' Augen weit aufgerissen waren und blau leuchteten.

Monster und ich waren allein im Haus, und ich legte mich auf die Küchenbank und atmete aus.

Im Haus herrschte eine Ruhe, wie ich sie andernorts nur selten erlebt hatte. Ich empfing nicht einmal ein flüchtiges Bild von damals, als meine Eltern hier gelebt hatten. Nur eine Stimmung, die von Frieden und Glück geprägt war.

Monster schnarchte auf dem Fußboden, hochzufrieden mit unserer neuen Wohnsituation.

Da ich wusste, was mich erwartete, hatte ich keine große Lust, ins Bett zu gehen, doch meine Lider waren schwer wie Blei nach den vielen Nächten unruhigen Schlafes.

Der Wald. Nacht. Winter. Die Hand des Mädchens streifte meine.

Verdammt. Ich musste eingeschlafen sein.

»Stopp! Ich will es nicht mehr sehen!«, schrie ich gen Himmel und sank auf den eiskalten Waldboden.

In diesem Moment ging der Mann an mir vorbei, doch ich nahm ihn kaum wahr.

»Ich bin so müde«, flüsterte ich. »Was auch immer ihr mir mitteilen wollt, ich verstehe die Nachricht einfach nicht.« Ich hatte keine Ahnung, zu wem ich sprach. »Lasst mich etwas Schönes träumen.«

Ich kniff die Augen zusammen, legte mich hin und drückte meine Hände auf die gefrorene Erde. Doch sie war nicht mehr gefroren. Sie war glatt und weich, und Wärme wogte mir entgegen.

Vorsichtig linste ich mit einem Auge und stellte fest, dass ich in einem großen Bett mit den weichsten Laken lag, die ich je berührt hatte. An den Wänden des Raumes hingen Gobelins, der Boden war aus Stein. Feuer prasselte in einem offenen Kamin. Davor stand ein Mann mit dem Rücken zu mir.

Du liebe Güte. Ich hatte mich in eine Ritterfantasie verirrt. Gut, ich hatte zwar um einen schönen Traum gebeten, aber das hier war dann doch zu platt.

Der Mann wandte sich um.

Es war Varnar.

Ich hielt den Atem an. Sein Haar war länger und sein Gesicht nicht grimmig, ansonsten sah er aus wie immer. Dann lächelte er, und sein Lächeln wärmte mich mehr als das Feuer im Kamin. Mit zwei langen Schritten war er bei mir am Bett.

Okay. Ich befand mich in einer Ritterfantasie, in der Varnar die Hauptrolle spielte. Ich überlegte, ob ich mir in den Arm kneifen sollte, doch sein Blick machte es überflüssig. Es war mit hundertprozentiger Sicherheit ein Traum. In der Wirklichkeit würde mich Varnar niemals so ansehen.

Er beugte sich zu mir vor, doch aus Angst, mich damit selbst zu wecken, rührte ich mich nicht.

»Ich habe mich danach gesehnt. Schon so lange.« Er sprach sanft und dennoch mit einer gewissen Intensität in der Stimme.

Das Bett gab nach, als er sich neben mich legte, doch ich war zu überrascht, um mich zu bewegen.

Ich wurde in seinen charakteristischen Duft gehüllt, und er beugte sich näher zu mir herüber. Als seine Lippen meine berührten, entwich mir ein halb erstickter Laut.

In diesem Moment wurde ich aus dem Traum gerissen.

Nein, nein, nein. Ich will zurück. Monster stupste mich mit der Schnauze an, und sosehr ich auch versuchte, den Traum festzuhalten, zerrann er wie Sand zwischen meinen Fingern.

»Warum hast du mich geweckt?«, rief ich.

Monster machte einen Schritt zurück und drehte seinen riesigen Kopf um fast hundertachtzig Grad.

»Habe ich im Schlaf wieder merkwürdige Laute von mir gegeben?«

Sein Blick bestätigte es.

»Diesmal war es anders, Monster. Es war …« Wie sollte er es verstehen können? »Ach, egal. Tut mir leid.«

Niemand ist besser darin, einem ein schlechtes Gewissen zu machen als ein Hund, der einen mit gekränktem Blick ansieht. Ich streckte den Arm nach ihm aus und streichelte seinen Kopf. Er schmiegte sich in meine Hand und atmete hinein.

»Komm, lass uns schlafen gehen.«

Ich kroch in das große Doppelbett, und Monster drehte sich einige Male um sich selbst, ehe er sich zusammengerollt auf den Boden legte.

Dann schloss ich die Augen und schlief die ganze Nacht vollkommen traumlos durch.

In den folgenden Tagen verlor ich mich ständig in Gedanken, und in der Schule konnte ich es nicht lassen, nach Varnar Ausschau zu halten.

Die einzigen Momente, in denen ich einen halbwegs klaren Kopf hatte, waren, wenn ich auf den Boxsack einprügelte, Liegestütze machte oder laufen ging. Wenn ich nicht gerade in der Schule oder auf der Arbeit war, flüchtete ich mich daher in diese Aktivitäten. Ich hatte null Appetit, also aß ich nichts. Monster trippelte nervös und mit großen, sorgenvollen Augen um mich herum.

Deshalb war ich froh, als wir am Freitag Sport hatten. Endlich zwei Stunden, in denen die Minuten nicht dahinschleichen würden, während ich darum kämpfte, die Konzentration zu bewahren.

Unsere Sportlehrerin Helene scheuchte uns gut gelaunt ins Freie. Ich versuchte, ihre fröhliche Stimmung zu ignorieren.

Die niedrige, frühe Septembersonne strahlte auf die großen Rasenflächen. Ein kühler Wind hatte vor Kurzem begonnen, sich hin und wieder anzuschleichen, doch der Spätsommer schien sich zu weigern, seinem Ende entgegenzugehen.

Helene kündigte einen Lauftest an. Sie hatte eine Trillerpfeife um den Hals hängen und hielt eine Stoppuhr in der Hand, mit der sie enthusiastisch herumwedelte.

Erst hatten wir eine Minute, um das Fußballfeld in seiner Länge zu überqueren, in der nächsten Runde nur noch fünfundfünfzig Sekunden, und dann reduzierte Helene die Zeit jeweils um weitere fünf Sekunden pro Lauf. Die, die nicht am Ziel angelangt waren, wenn sie in die Pfeife blies, schieden aus.

Wir fingen an, und alle erreichten die andere Seite. In der zweiten Runde schaffte nur einer es nicht. Thomas trottete außer Puste und mit rotem Gesicht vom Feld. Als wir bei fünfunddreißig Sekunden angekommen waren, war die Hälfte ausgeschieden. Einige packten es nicht vor Ablauf der Zeit, andere gaben ganz einfach auf und verließen schnaufend das Feld.

Mathias, Peter und ich lagen jedes Mal vorn.

Luna bremste kurz vor dem Ziel ab und rannte zur Seite, als wir die Bahn in einer halben Minute schaffen sollten. Sie warf sich stöhnend ins Gras. Mathias sah ihr nach, lief jedoch weiter. Bei zwanzig Sekunden waren nur er, Peter und ich übrig.

Ich hatte Blutgeschmack im Mund, meine Beine brannten, und schmerzhafte Stiche bohrten sich in meine Seite. Unter normalen Umständen hätte ich aufgegeben, doch mit Peter auf den Fersen und im Bestreben, Varnar aus meinem Kopf zu vertreiben, machte ich weiter.

Mathias und ich kamen an, bevor die Pfeife ertönte. Peter nicht. Als er fluchend vom Feld ging, fragte ich mich, wie seine Rache ausfallen würde.

Mathias und ich spurteten erneut los.

Ich gab alles, doch Mathias neben mir war nicht einmal außer Atem. Am Rande meines Sichtfelds begannen weiße Pünktchen zu tanzen, als er mich überholte. Wir packten es beide in fünfzehn Sekunden. Ich mit Ach und Krach, Mathias ohne Probleme.

Ich atmete mehrmals tief ein, um mich für die nächste Runde zu rüsten. Zehn Sekunden. Es war unmöglich. Aber ich wollte wenigstens versuchen, Mathias zu überholen.

Er setzte sich augenblicklich an die Spitze. Aus dem Augenwinkel sah ich, dass Helene und der Rest der Klasse uns hinterherstarrten wie einer Weltraumrakete, die in die Luft schießt. Mit offenen Mündern und entgeisterten Blicken.

Mathias sah sie auch.

Ich wusste es, weil im Laufen ein Gefühl von Unsicherheit oder Verlegenheit von ihm zu mir herüberwehte. Er verlangsamte das Tempo bewusst. Ich war ganz sicher, dass er es absichtlich tat, und ich überholte ihn und lag zwei Meter vor ihm, als die Pfeife ertönte.

Stöhnend sank ich ins Gras. Ich keuchte und spürte meinen Puls in den Schläfen pochen. Hinter mir hörte ich Mathias schnaufen, und durch die Punkte, die vor meinen Augen tanzten, sah ich die anderen heraneilen.

»Lass den Scheiß, Mathias.«

»Warum bist du sauer? Du hast doch gewonnen.«

Ich konnte nicht aufstehen, daher schielte ich wütend zu ihm hoch.

»Nur weil du mich hast gewinnen lassen.« Ich schnappte nach Luft. Es ist schwer, jemanden zu beschimpfen und gleichzeitig Atem zu holen. »Hör auf, so zu tun, als wärst du außer Puste.«

Er erwiderte nichts, doch sein Atem entspannte sich.

Die restliche Klasse kam bei uns an.

Helene war ekstatisch. »So etwas habe ich noch nie gesehen. Noch nie hat jemand fünfzehn Sekunden geschafft. Und ihr wart kurz davor, die zehn zu packen, was menschlich praktisch unmöglich ist.«

Ich blickte zu Mathias, der auf den Rasen sah.

Lunas briefkastenrote Laufschuhe hüpften direkt neben meinem Ohr auf und ab.

»Ihr seid so cool, ihr beiden.« Sie warf sich zwischen uns und umarmte uns derart stürmisch, dass Mathias nach hinten umkippte.

»Mathias, du bist unglaublich gut in Form.« Helene scannte ihn prüfend von Kopf bis Fuß.

Er schenkte ihr ein Lächeln mit strahlend weißen Zähnen und allem, was dazugehört. Es war so unfair, dass er das draufhatte.

»Nicht so gut wie Anne anscheinend. Anne, wie viele Kilometer läufst du jeden Tag, fünfzehn?«

Und auf diese Weise gelang es Mathias nicht nur, von seiner bemerkenswerten Fitness abzulenken, sondern auch, die Aufmerksamkeit auf mich zu richten.

Das würde er büßen.

Für den Rest des Tages weigerte ich mich, mit ihm zu reden.

Nach dem Unterricht hatte ich eine Schicht im Frank's, und Mathias und Luna saßen mit Klein-Mads im Gastraum, während ich Gemüse hackte und wie eine Irre die Küche putzte. Zweimal musste ich hinein in die Menschenmenge, um Tische abzuräumen, weil Frank und der Kellner nicht hinterherkamen. Darüber wollte ich später mit Frank sprechen. Soweit ich mich erinnerte, hatte er bei der Jobbeschreibung nichts von Abräumen erwähnt.

Peter saß mit zwei Typen an einem Tisch. Einer der beiden kam mir vage bekannt vor. *Ah.* Es war Markus, ein Drittel der Drecksbande, die mich vor vielen Jahren in den Kraghede Skov gejagt hatte. Er machte nicht den Anschein, als hätte er sich seitdem zu sehr viel mehr qualifiziert, als auf getunten Mopeds herumzufahren und andere zu drangsalieren.

Den anderen kannte ich nicht. Ein einziger Blick reichte aus, um zu wissen, dass ich auch nicht das Bedürfnis hatte, ihn näher kennenzulernen. Praktisch seine gesamte sichtbare Haut war tätowiert, selbst sein glatzköpfiger Schädel und die eine Wange. Seine Augen waren wässrig hellblau, und ein Hauch von Komplett-Psychopath wehte zu mir herüber, als ich an ihm vorbeiging.

An einem der anderen Tische saßen Varnar und Aella, und als ich um sie herumging, lächelte Aella mir zu, während Varnar steif auf die Tischplatte stierte.

»Hey, Nachbarin, du solltest etwas häufiger lächeln. Du siehst aus wie eine, die sich nach jemandem sehnt«, sagte sie.

Ich blieb stehen und starrte sie ungläubig an, ehe ich meinen Blick Varnar zuwandte. Natürlich war ihm klar, dass ich pausenlos an ihn dachte, aber es seiner Freundin zu erzählen, die sich anschließend öffentlich über mich lustig machte, das war bösartig von beiden.

Aella lehnte sich zurück. »Unsere Einladung besteht weiterhin«, fügte sie mit einem herausfordernden Blick hinzu.

Varnar sah zu mir hoch. Das dunkle Haar umrahmte sein Gesicht. Seine Miene war neutral, doch ich spürte, dass er auf meine Antwort wartete. Ich sah ihm direkt in die Augen. Kurz flackerte der Traum wieder auf.

»Ihr könnt mich beide mal«, fauchte ich und sah, wie zwei Paar Augenbrauen in die Höhe fuhren, ehe ich davonstampfte.

Ich erreichte die Küche mit dem überladenen Tablett, das so schwer war, dass es auf meinen Armen schwankte. Mathias eilte mir hinterher.

»Anne, ich verstehe nicht, warum du so sauer auf mich bist.« Er schenkte mir sein wirkungsvollstes Lächeln, doch ich war zu wütend, um mich davon weichkochen zu lassen. *Okay*. Ich war so wütend, dass ich ihn nicht *sehen* ließ, dass es mich beeinflusste.

Er nahm mir das Tablett ab und hielt es mit ausgestrecktem Arm in einer Hand. Ich begann, eine Gurke zu zerhacken, als wäre das arme Stück Gemüse mein Erzfeind. Mathias stellte das Tablett ab und legte die Hand auf meinen Arm. Ich schüttelte ihn ab und schwang dabei unwillentlich das Messer in seine Richtung. Er machte einen Satz zurück, schien aber nicht sonderlich entrüstet darüber, dass ich mit einem zwanzig Zentimeter langen Küchenmesser nach seinem bildhübschen Gesicht hieb.

»Was ist los?«, fragte er.

»Du hast irgendetwas Mystisches an dir. Da ist etwas, was du mir nicht erzählt hast.«

Mathias lachte höhnisch. »Weil *du* mir ja *alles* erzählt hast.«

Ich schnaubte. »Ich brauche dir gar nichts zu erzählen.«

»Was gehen dich dann *meine* Geheimnisse an?«

»Du bist dabei, mit Luna zusammenzukommen, deshalb.«

»Bei allem Respekt, ich glaube nicht, dass es hier um Luna geht.«

Ich wandte mich wieder der Gurke zu, die allmählich so gut wie pulverisiert war. Mathias beugte sich näher zu mir heran.

»Ich glaube, du bist neugierig, und mir geht es genauso in Bezug auf dich. Irgendetwas ist anders an dir, und ich will wissen, was.«

Das Messer verharrte über der Gurke. Mir war nie auch nur der Gedanke gekommen, Mathias von meiner Macke zu erzählen. Ich hatte keine Ahnung, was ich antworten sollte, also gab ich nur ein mädchenhaftes *Pff, also echt* von mir. Das Messer landete mit einem Klirren auf dem Schneidebrett. Dann zerrte ich den schwarzen Müllbeutel aus dem Halter, obwohl er erst halb voll war, riss die Hintertür auf und marschierte in den Hof, wo ich den Sack in die Tonne feuerte.

Ich atmete ein paarmal tief die Luft des stillen Spätsommerabends ein und legte den Kopf in den Nacken. Allmählich tauchten die ersten Sterne am türkisblauen Himmel auf. Als ich den Blick wieder nach vorn richtete, kam der Wilde direkt auf mich zu.

Ich hatte gerade wirklich nicht die Muße für eine Vision. Ich machte eine abwehrende Handbewegung.

»Verschwinde.«

Er kam weiter auf mich zu.

Ich trat vor und fuchtelte mit beiden Händen. »Kschschhh, hau ab.«

Der Wilde legte den Kopf schief und öffnete den Mund, als versuchte er zu verstehen, was ich sagte.

KAPITEL 9

Wir starrten einander an.

Der Wilde, der mir ohne jeden Zweifel gerade in der Gegenwart gegenüberstand, hatte denselben wahnsinnigen Blick in den Augen wie an dem Abend, als er Alice ermordet hatte. Sein strenger Geruch schlug mir entgegen. Er trug eine eigenartige Lederbekleidung, und gegen das gigantische Messer an seinem Gürtel wirkte mein Küchenmesser wie eine Nagelfeile.

Langsam kam er näher. Wie ein Tier, das etwas Unbekanntes untersuchte. Gleichzeitig neugierig und zurückhaltend.

Vorsichtig machte ich einen Schritt in Richtung Tür, doch plötzlich schnellte er blitzartig vor und blockierte auf nahezu elegante Weise meinen Fluchtweg. Adrenalin rauschte durch meine Blutbahnen und befahl mir zu fliehen, aber ich zwang mich, stehen zu bleiben. Ich überlegte, um Hilfe zu rufen, allerdings nur für einen Sekundenbruchteil. Bevor Hilfe käme, wäre ich mausetot.

Er streckte die Hand aus, ergriff eine Locke meines schwarzen Haars und ließ sie durch seine Finger gleiten.

Mir entwich ein Laut, der eine Mischung aus Schluchzen und Einatmen war, was mich selbst irritierte. Sollte ich sterben, hatte ich nicht vor, dabei zu heulen, also presste ich meine Lippen aufeinander und blickte ihm direkt in die Augen. Er war einfach zu lesen.

Seine Aura war animalisch und aggressiv, und die Bilder, die aus ihm herausstürzten, waren deutlich.

Ich sah, wie er Naja Holms Hinterkopf auf den Asphalt knallte, und spürte seine Freude darüber, jemandem Schmerzen zuzufügen. Mit blutverschmierten Fingern zeichnete er das F auf ihre schwarze Jacke. Ein weiteres Mal sah ich ihn Alices Kehle aufschlitzen, aber dann wurde mir klar, was ich *nicht* sah. Ich sah weder Tenna noch das Mädchen im Wald.

Mathias' Aura tauchte hinter mir auf. Direkt auf der anderen Seite der Tür.

»Verschwinde!«, zischte ich und setzte darauf, dass er mich trotz der Tür zwischen uns hören konnte.

Sie quietschte, und Mathias trat nach draußen.

Verdammt, Mathias.

Er stürzte sich zwischen mich und den Wilden und stieß ihn in die Brust. Was ziemlich mutig und zugleich unglaublich dumm von ihm war. Der Wilde stolperte rückwärts und knurrte, dass der Sabber nur so spritzte. Er griff zum Messer und schwang es in Mathias' Richtung, und ich war mir sicher, dass er seinem hübschen Gesicht nun ganz sicher Lebewohl sagen konnte.

Doch auf einmal war da ein leerer Fleck vor mir – also, rein auramäßig.

Mathias' Aura löste sich in Luft auf. Und damit nicht genug. Er wuchs, und dünne hellgrüne, luftige Dampffäden stiegen von ihm auf.

Was zum Teufel?

Dann brüllte er los, und es klang nicht nach einem lebendigen Wesen. Eher wie die tiefen Töne eines bremsenden Zugs, metallisch. Das Geräusch ließ die Erde beben, und der Luftstrom aus seinem Mund traf den Wilden am Kopf und blies ihn um. Ein ekelhafter Geruch nach gekochtem Fleisch breitete sich aus, und als der Wilde mit einem Sprung wieder auf die Beine kam, sah ich, dass sein Gesicht fürchterlich verbrannt war. Hatte Mathias' Atem ihn … *verbrüht?*

Der Wilde schrie nicht. Jeder andere hätte geheult wie ein abgestochenes Schwein, aber dieser Kerl riss lediglich die Augen auf und fuhr sich mit dem Finger über die verbrannte Haut. Dann rannte er.

Mathias brach vor meinen Augen zusammen.

Von der Vorderseite des Frank's hörte ich schwach, wie die Leute nach draußen auf die Straße drängten. Einige schrien. Einer rief »Erdbeben«.

Mathias lag mit geschlossenen Augen am Boden. Er war wieder zu normaler Größe geschrumpft, und seine Aura war zurück. Ich hockte mich neben ihn, hauptsächlich weil meine Beine mich nicht länger tragen konnten.

»Was war das?« Ich versuchte, mir den Schock in meiner Stimme nicht anmerken zu lassen, und legte ihm eine Hand auf die Schulter, doch seine Panik wallte in mich hinein, deshalb ließ ich ihn wieder los.

Mathias blickte auf und sah mich mit seinen brennend blauen Augen an. »Da ist etwas in mir, das darum kämpft, freizukommen. Ich versuche es zu kontrollieren, aber manchmal schaffe ich es einfach nicht.«

Ich atmete aus und ballte meine zitternden Hände. »Was auch immer es ist, es hat uns gerade das Leben gerettet.«

»Ich habe Angst, dass ich jemanden verletzen könnte, den ich gernhabe.«

»Hast du das jemals getan?«

Noch immer waren Rufe zu hören, doch darum konnte ich mich jetzt nicht kümmern. Mathias schüttelte den Kopf. Langsam stand er wieder auf und lehnte sich gegen die Mauer.

»Es war schon immer in mir, aber es wird stärker und stärker.«

»Hast du mal mit jemandem darüber geredet?«

Ein verbittertes Lachen kam über seine Lippen. »Ich habe das letzte Jahr nicht in einem Café gearbeitet.«

So viel hatte ich mir auch schon zusammengereimt. »Was hast du dann gemacht?«

»Zuerst war ich in Untersuchungshaft, aber dann haben sie mich eingeliefert.«

»Was hattest du getan?« Hastig formulierte ich meinen Satz neu. »Was haben sie geglaubt, dass du getan hättest?«

Mathias schenkte mir ein Lächeln, das beinahe war wie sein normales, und wir teilten einen kurzen Moment gegenseitigen Verständnisses. »Sie glaubten, ich hätte auf einen … keine Ahnung, wie ich ihn nennen soll.« Er rieb sich die Stirn. »Auf einen Schlägertypen geschossen.«

Mir stockte der Atem. »Ach, du Scheiße.«

Er nickte. »Jepp. Ach, du große Scheiße.«

»Warum haben sie das von dir gedacht?«

»Weil sie das Loch gesehen haben. Es ging direkt durch seine Brust.«

»Hast du wirklich auf jemanden geschossen?«

Mathias hielt Daumen und Zeigefinger seiner rechten Hand wie eine Kneifzange hoch.

»Nein.« Er schloss seine Finger und streckte den Arm aus. »Ich habe ihn nur von mir weggehalten, als er eine Schlägerei anfangen wollte.«

Okay. Gut.

»Warum haben sie dich eingeliefert?«, fragte ich, so ruhig ich konnte, während ich mich zu ihm schleppte und mich ebenfalls an der Mauer abstützte.

»Weil ich die Wahrheit erzählt habe. Sie haben die Anklage ziemlich schnell fallen lassen, weil sie keine Beweise dafür finden konnten, dass ich auf ihn geschossen hatte. Aber da hatte ich schon versucht, es ihnen zu erklären.«

Man darf *niemals* versuchen, es zu erklären.

»Sie dachten, du wärst geisteskrank«, stellte ich fest.

»Paranoid mit schizophrenen Zügen und verzerrter Realitätswahrnehmung«, korrigierte er.

Ich zuckte mit den Schultern. »Geisteskrank.«

Von der Straße hörte ich immer noch Tumult. Die Leute waren mit ihrer Panik beschäftigt, sodass niemand uns im Hinterhof störte. Mathias machte nicht den Anschein, als würde er das Hier und Jetzt überhaupt wahrnehmen.

Er fuhr fort: »Ich schluckte meine Pillen und bekam Elektroschocks, aber ich spürte keinen Unterschied. Ich lernte, so zu tun, als stünde ich unter Drogen oder als wäre ich bewusstlos. Als ich damit aufhörte, von Superkräften und inneren Dämonen zu erzählen, und mich wie ein guter Patient aufführte, ließen sie mich gehen.«

Ich betrachtete Mathias' Profil im grellen Licht der nackten Glühbirne über der Hintertür. In diesem Moment war er unfassbar schön. Beinahe überirdisch.

»Also seid ihr umgezogen, weil ihr nach diesem Erlebnis eine Luftveränderung gebraucht habt?«, fragte ich.

»Nein«, antwortete Mathias abwesend. »Das haben wir getan, weil seine Freunde hinter mir her waren.«

»Aber du hattest nichts mit ihnen zu tun, oder?«

»Nein. Es war Zufall, dass ich überhaupt in ihre Nähe gekommen bin. Also, der Typ ist nicht gestorben, aber er war ziemlich sauer, als er wieder zu sich kam. Er konnte sich zwar nicht an viel erinnern, doch als er aufwachte, war sein Brustkorb zertrümmert und seine Lunge durchlöchert. Er war der Meinung, ich wäre für beides verantwortlich, und er hat offensichtlich ein paar sehr loyale Freunde. Tut mir leid, dass ich dich angelogen habe.«

»Schon okay, ich belüge dich die ganze Zeit.«

Erst sah er mich verärgert an, doch dann wurde sein Ausdruck sanfter. »Ich dachte, du wärst vielleicht so wie ich. Die Geschichte mit Peter. Die Zeichnung von Alices Mörder. Und du kannst echt schnell rennen. Ich dachte, du hättest ein paar Antworten. Aber ich habe dir bloß Angst eingejagt.« Erst jetzt schien er die wilden Rufe zu bemerken, denn er drehte seinen Kopf in Richtung der Straße.

»Da muss ich dich enttäuschen. Du jagst mir keine Angst ein. Und ich habe keine Ahnung, was du bist.« Ich beugte meinen Arm und spannte die Muskeln an. »Hier sind jedenfalls keine Superkräfte zu finden.«

»Aber du bist auch *irgendwas*.« Er tastete sich behutsam vor.

Ich zögerte, nickte dann aber doch. Meine Spezialfähigkeit konnte sich zwar nicht mit seinem kochend heißen Atem und seinen Knochenbrecherfingern messen. Aber wenn ich ihm damit ein wenig helfen konnte.

»Manchmal sehe ich Dinge, die schon geschehen sind. Und ich kann die Grundstimmung oder die Aura von anderen Menschen wahrnehmen. Das klingt vielleicht bescheuert, aber ich weiß nicht, wie ich es sonst nennen soll.«

»Du hast Alice aus unserer Klasse gesehen«, sagte Mathias. »Und deshalb geht es dir so schlecht, wenn du unter vielen Menschen bist. Du spürst sie.«

Ich reckte ironisch meinen Daumen in die Höhe.

»Was ist mit mir? Kannst du sehen, was ich bin?« Er beugte sich ein wenig zu mir.

Ich wog meine Worte ab, bevor ich antwortete.

»Ja, ich kann deine Vergangenheit sehen«, sagte ich schließlich.

»Aber bin ich normal?«

»Das ist doch niemand«, wich ich aus.

»Kannst du mir nicht einfach die Wahrheit sagen? Ich muss wissen, was ich bin.«

»Okay, Mathias. Du bist anders. Deine Vergangenheit ist löchrig wie ein Sieb, und kurz bevor du in den Superheldenmodus geschaltet hast, bist du komplett von meinem Radar verschwunden. Ich kenne deine Aura, und sie war weg. Jetzt ist sie wieder da.«

Mathias war still.

Der scharfe Geruch von altem Essen und Bier drang langsam zu mir. Ich wünschte, ich hätte meinen Mund gehalten, und wollte gerade irgendetwas Beruhigendes sagen, als Varnar in den Hinterhof gespurtet kam und sich mit wildem Blick umsah.

»Wo ist er?«

Ich spielte die Unwissende. »Wo ist *wer*?«

»Ich weiß, dass er hier war.«

»Er ist weggerannt«, sagte Mathias.

Halt doch die Klappe, Mathias, wenn du dein kleines Geheimnis behalten willst.

Varnar kniff die Augen zusammen und blickte Mathias an.

»Weggerannt?«, wiederholte er skeptisch. Dann richtete er all seine Aufmerksamkeit wieder auf mich, was mein Herz wild in meiner Brust hüpfen ließ. »Hat er dir etwas getan? Hat er dich angefasst? Bist du unverletzt?« Seine Worte waren fürsorglich, klangen jedoch wie eine Anklage.

Ich kam auf die Beine und fühlte mich, als wäre ich hundertachtzig.

»Ich hatte Glück, dass Mathias hier war. Andernfalls wäre ich jetzt wahrscheinlich tot.« Ich fuhr mir mit dem Zeigefinger über den Hals. »Er ist weg, und wir leben. Punkt.«

Aella stürmte in den Hinterhof. Varnar sagte über die Schulter: »Er hat Anne gesehen. Ich bin zu spät gekommen.«

Mach Sachen!

»Falls es dein Wunsch sein sollte, mein heimlicher Beschützer zu sein, dann muss ich dir leider mitteilen, dass du dich wirklich unterirdisch schlecht anstellst«, knurrte ich. »Zum Glück hast du noch deinen Job als Hilfshausmeister, denn du bist der mieseste Bodyguard, den ich je gesehen habe.«

Varnar starrte mich mit offenem Mund an. Ich machte auf dem Absatz kehrt und stiefelte zurück in die Küche.

Bevor ich die Tür hinter mir zuknallte, hörte ich Aella schallend lachen.

KAPITEL 10

Ich streckte mich im Bett. Auf dem Boden schmatzte Monster. Es war Samstagmorgen, ich hatte seit einer Woche nicht mehr von dem Mädchen im Wald geträumt, und auch wenn ich in wachem Zustand praktisch andauernd von Gedanken an Varnar geplagt wurde, litt ich nicht länger unter Schlafmangel.

Wir schlurften nach unten, und ich schwang mich in der Küche zu Höchstleitungen auf, als ich Wasser in einem Topf aufkochte und es in einer Tasse mit Pulverkaffee verrührte. Dann öffnete ich die gläserne Flügeltür, die vom Wohnzimmer in den kleinen Garten hinausführte, dem ich bis jetzt noch gar keine Beachtung geschenkt hatte.

Vor der Tür befand sich eine kleine gepflasterte Terrasse, auf der ein ramponierter Gartentisch mit vier Stühlen stand, die kaum besser aussahen. Der restliche Garten war eine Wildnis aus Blumen und Pflanzen. Zu meinem großen Erstaunen sah der Rasen frisch gemäht und gepflegt aus, wenngleich er einige gelbe Flecken aufwies. Hatte Ben jemanden engagiert, der sich um den Rasen kümmerte, solange das Haus leer stand? Der gesamte Garten war von einer Hecke umgeben, die irgendwer, vielleicht Ben, notdürftig gestutzt hatte, und durch eine kleine Öffnung zwischen den Zweigen gelangte man auf den Feldweg, der von der Kraghede Landstraße zu meinem Haus hinaufführte. Nur in Top und Shorts, setzte ich mich in die Sonne und blickte auf die flache Landschaft. Ich saß etwas erhöht und konnte daher problemlos über die Hecke sehen.

Da das Haus auf dem kilometerweit einzigen Hügel stand, hatte ich eine fantastische Aussicht. Im Westen erstreckten sich Felder und weiß gekalkte Häuser und Höfe, so weit das Auge reichte. Der Horizont wurde ab und an von hohen Windrädern unterbrochen, deren Flügel sich gemächlich drehten. Im Osten lag Ravnssted und in einem Halbmond um die Stadt herum der Kraghede Skov, doch die Stadt und der Großteil des Waldes lagen vor mir verborgen auf der anderen Seite des Hauses. Ich konnte lediglich den kleinen, schmalen Streifen Wald sehen – eine der beiden Spitzen des Halbmondes –, der am Rand meines Feldes entlang verlief. Die Sonne hatte noch immer Kraft, obwohl es Anfang September war, und heute schien sie unverdrossen von einem wolkenlosen Himmel.

Ich nippte an meinem Kaffee und genoss diesen Moment der Zufriedenheit. Es war ein merkwürdiges Gefühl. Monster kam herbeigetrottet, setzte sich und blickte majestätisch über die Landschaft.

»Was wollen wir heute machen?« Ich tätschelte seinen großen Kopf, und er schmiegte sich in meine Hand.

»Wie wär's für den Anfang mit Frühstück«, erklang eine Stimme auf der anderen Seite der Hecke.

Ich sprang auf, sodass der Kaffee zu allen Seiten schwappte.

Aella erschien in der Öffnung der Hecke und betrachtete mein reichlich entblößtes Äußeres. Ihr Blick verharrte einen Moment auf der Narbe an meiner Brust.

»Was zur Hölle machst du hier?«, schnauzte ich.

»Dir auch einen schönen guten Morgen«, erwiderte sie fröhlich und winkte mit einer Tüte, die anscheinend Brötchen enthielt. Sie ging an mir vorbei ins Haus.

Ich folgte ihr und stemmte die Hände in die Hüften. »Du kannst hier nicht einfach so reinplatzen. Es ist *mein* Haus.«

»Richtig, herzlichen Glückwunsch«, sagte sie, während sie ganz selbstverständlich in meinen Schränken und Schubladen herumkramte. »Ah, gut, du hast Butter und Käse.«

»Was machst du hier?«, wiederholte ich meine Frage. In dieser Sekunde nahm Monster das Croissant entgegen, das Aella ihm reichte.

»Echt jetzt, Monster?«, sagte ich.

Er hielt mit dem Croissant im Mundwinkel inne. Dann siegte der Heißhunger, und während er kaute und die trockenen Krümel auf den Boden fielen, beschoss ich ihn mit Killerblicken.

Aella hatte alles gefunden, was sie suchte, und trug die Sachen nach draußen. Vollkommen perplex folgte ich ihr.

»Tut mir leid, dass ich so unangemeldet hereinschneie. Aber wir sind ja Nachbarn, und ich wollte etwas mit dir besprechen.« Sie klopfte auf einen Stuhl.

»Solltest du nicht lieber mit deinem Schatz frühstücken?«

Ihre Miene erstarrte.

»Woher weißt du …?« Dann lachte sie. »Meinst du Varnar?«

Ich sah sie entgeistert an, während sie kicherte.

»Dachtest du, dass ich und Varnar … dass Varnar eine Freundin hat?«

»Was ist daran so lustig?« Ich setzte mich, ohne zu wissen, was ich mit meinem ungebetenen Gast anstellen sollte.

Sie wedelte abwehrend mit den Händen. »Es tut uns leid, dass wir gestern nicht rechtzeitig da waren.«

»Das war wirklich Pech für euch.«

»Ein Mörder geht um, und jetzt hat er dich gesehen. Wer weiß, ob ihm nicht einfällt, dir noch mal ›aufzulauern‹. Sie riss die Papiertüte auf und legte ein Brötchen auf meinen Teller. Beiläufig fuhr sie fort: »Wir sind beide der Meinung, dass wir jetzt, wo wir ohnehin so nah bei dir wohnen, gut ein zusätzliches Auge auf dich haben können. Nur damit du dich nicht wunderst, falls du uns auf deinen Feldern oder am Waldrand siehst.«

Aella sah mich unschuldig an und biss in ihr Brötchen.

Hmmm. Sie bat mich nicht um Erlaubnis. Sie informierte mich darüber, dass sie es tun würden.

»Und was befähigt euch dazu? Angesichts der Tatsache, dass wir von einem kaltblütigen Mörder sprechen?«, fragte ich.

»Sagen wir einfach, wir haben Erfahrung auf diesem Gebiet.«

Ich griff mit meiner Spezialfähigkeit nach ihr, aber es war nicht viel zu holen. Wie bei Varnar bekam ich keinerlei Bilder.

Als Aella fertig gegessen hatte, stand sie auf.

»Damit wäre das geklärt.« Sie musterte mich. Ein Schatten von Schmerz huschte über ihr Antlitz. Sie streckte die Hand aus, um mir eine Haarsträhne aus dem Gesicht zu streichen, die sich über mein Auge verirrt hatte. Ich zuckte instinktiv zurück, und ihre Hand hielt mitten in der Bewegung inne. Dann senkte sie sie.

»Du solltest etwas häufiger lächeln, Anne. Du bist so hübsch, wenn du lächelst.« Sie wandte sich um und verschwand durch die Hecke.

Ich blieb völlig baff zurück. Es war das zweite Mal, dass sie mich aufgefordert hatte zu lächeln. Ich war ziemlich sicher, dass ich das noch nie in Aellas Gegenwart getan hatte, woher wusste sie also bitte, wie ich aussah, wenn ich lächelte?

Am Nachmittag kam Arthur zu Besuch.

Ich hatte einen herrlich ruhigen Tag in meinem Haus verbracht, nachdem ich zwanzig Kilometer gejoggt war, eine extra lange Runde am Boxsack trainiert und hundert Sit-ups sowie hundert Liegestütze auf Knöcheln und Zehenspitzen gemacht hatte. Anschließend putzte ich und wusch meine Wäsche in der uralten Waschmaschine, die im Badezimmer stand und wundersamerweise absolut perfekt funktionierte. Ich hängte die Wäsche auf der Leine hinter der Scheune auf, die ich ebenfalls noch nicht näher inspiziert hatte. Danach putzte ich sämtliche Fenster im Haus.

Okay, die Information, dass Aella und Varnar nicht zusammen waren, hatte einen gewissen Eindruck auf mich gemacht.

Arthur legte wie immer einen stillen Auftritt hin, und ich fuhr leicht zusammen, als er mich ansprach. Ich war gerade dabei, trockene und nach Sonne duftende Wäsche von der Leine zu nehmen, als er plötzlich neben mir stand.

»Glückwunsch zum Haus.«

Ich ließ mir nicht anmerken, wie sehr er mich erschreckt hatte, und tat so, als hätte ich ihn erwartet. »Danke. Gefällt es dir?« Ich widmete mich wieder der Wäsche.

Arthur musterte Odinshöhe.

»Die Fenster müssten gestrichen und das Dach vom Moos befreit werden«, sagte er. »Außerdem sollte es besser isoliert sein. Im Winter wird es kalt.«

Ich hatte das enorme Bedürfnis, mein kleines Haus zu verteidigen. »Das Dach ist völlig dicht. Vorgestern hat es geregnet, und nicht ein Tropfen kam durch.«

Ich warf ein schwarzes T-Shirt in den geflochtenen Korb, den ich im Schlafzimmer gefunden hatte. Arthur wandte sich mir zu und lächelte breit. Sein rotes Haar schimmerte im Sonnenlicht.

»Es ist ein schönes Haus. Es braucht bloß eine liebevolle Hand, aber wer braucht die nicht?« Er klopfte mir auf die Schulter. »Gefällt es *dir*?«

»Ich liebe es.« Ich hatte keine anderen Worte dafür.

»Darf ich mit reinkommen?«

Ich antwortete, indem ich mit dem gefüllten Wäschekorb im Arm zum Haus ging. Drinnen gab ich ihm eine schnelle Führung, ehe wir uns an den großen Holztisch setzten. Arthurs Finger fanden die tiefe Furche im Tisch, und er strich auf dieselbe Weise mit dem Finger darüber, wie ich selbst es jedes Mal tat, wenn ich hier saß.

»Hast du wieder den Traum gehabt?«

Ich schüttelte den Kopf. »Es hat aufgehört. Die ganze letzte Woche habe ich fantastisch geschlafen.«

Arthur atmete vorsichtig aus, bevor er das Thema wechselte. »Ist sonst etwas passiert?«

»Nein, eigentlich nur Schule und Arbeit«, log ich.

Arthur nickte. »Es ist gut, dass du einen Job hast, aber die Schule geht vor.«

Ich gab einen *Pfff*-Laut von mir. Im Verhältnis zu seinem Status als selbstgenügsamer Einzelgänger war er wirklich ein Tugendbold.

Ich ging hinter ihm her zur Tür, wo wir eine Weile an der Schwelle standen.

Arthur zögerte. »Es ist an der Zeit, dass du jemanden triffst. Möglichst bald. Ich glaube, er kann dir ein paar Antworten geben.«

»Und auf welche Fragen soll ich Antworten bekommen?«

»Du weißt schon, deine Träume. Das, was du siehst.« Er blickte hinüber zu den Feldern und zum Wald. »Es ist nicht sicher, ob ich immer hier sein kann. Ich möchte, dass du ihn triffst, damit du dich an ihn wenden kannst, wenn du etwas brauchst. Er weiß praktisch alles.«

Ich glaube, meine Stimme war ein wenig schrill. »Was meinst du damit, dass du nicht immer hier sein wirst?«

Ich hatte noch nie über ein Leben nachgedacht, in dem es Arthur nicht gab.

Er breitete die Arme aus und lächelte. »Es ist nur eine doppelte Absicherung.«

Ich entspannte mich etwas. »Wann soll ich diese mysteriöse Person treffen?«

»Wie wär's mit morgen?«

»Und wo treffen wir ihn?«

»Du meinst, wo triffst *du* ihn? Ich komme nicht mit.«

»Ich gehe nirgendwo allein hin.«

Arthur nahm meine Hand. »Vertraust du mir?«

Ich dachte kurz über die Frage nach. »Ja. Du bist der Einzige, dem ich vertraue. Du und Monster.«

Er drückte meine Hand. »Du würdest es also für mich tun?«

»Meinetwegen. Wo muss ich hin?«

»Du musst nach Jagd.«

Ich hatte ganz bestimmt keine Lust, in ein kleines Nest an der äußersten Westküste zu fahren. Und noch weniger, mich dort mit einem Mann zu treffen, den ich nicht kannte. Wollte ich überhaupt mehr über meine Fähigkeit erfahren? Hin und wieder sah ich die Vergangenheit. Ich konnte sie weder verändern noch sonst in irgendetwas eingreifen. *Nein*, entschied ich zuletzt. Ich hatte keinen Bedarf, weiter in der offenen Wunde herumzupulen. Aber dann musste ich an Mathias denken. Wie er zitterte vor Schreck über den Teil seines Selbst, den er nicht kontrollieren konnte.

Vielleicht vermochte es jener Mann – wer auch immer er war –, Licht in diese Sache zu bringen. Arthur behauptete, dass er auf fast alles eine Antwort hätte. *Na schön, dann tue ich es eben, Arthur. Aber nur für dich und Mathias. Nicht für mich selbst.*

Ich duschte, bezog das Bett neu und schlüpfte in ein frisch gewaschenes T-Shirt. Nachdem ich es draußen aufgehängt hatte, duftete es nach Sonne und frischer Luft, was mich an Varnars Geruch erinnerte. Ich freute mich darauf, unter die Decke zu kriechen und in dem Duft zu schwelgen.

Bevor ich mich ins Bett legte, setzte ich mich an den Schminktisch, um meine nassen Haare zu kämmen. Ich nahm die Bürste und sah in den Spiegel, doch meine Hand stoppte mitten in der Bewegung. Mein Gesicht blickte mich aus dem Spiegel an. Das Haar, das in weichen und vollkommen trockenen Wellen darum herumfiel, war feuerrot.

Mit einem Gefühl, als würden sich kleine Eiskristalle in meinem ganzen Körper ausbreiten, starrte ich in den Spiegel, aus dem mich ein Gesicht, dessen Züge meine genau widerspiegelten, mit einem milden Lächeln ansah, wie ich es selbst niemals auf die Lippen nehmen würde. Ich stand so ruckartig auf, dass der Stuhl hinter mir mit einem lauten Poltern umstürzte.

Monster war mit drei großen Sprüngen die Treppe oben.

»Im Spiegel«, brachte ich stotternd hervor. »Ich habe ein Gesicht gesehen. Mein Gesicht. Aber mit roten Haaren.«

Monster ging zum Spiegel und sah hinein. Er knurrte leise. Ich konnte sein Spiegelbild sehen, mein eigenes aus diesem Winkel jedoch nicht.

Ehe ich mich schlafen legte, hängte ich ein Tuch über den Spiegel. Es war kindisch, doch ich wusste, dass ich andernfalls kein Auge zumachen würde.

Am nächsten Abend fuhr ich mit dem Fahrrad nach Jagd. Es war praktisch unmöglich gewesen, sich blind zu schminken, aber ich weigerte mich strikt, einen Spiegel zu benutzen.

Monster lief den ganzen Weg neben mir her.

Es sind über dreißig Kilometer von Ravnssted nach Jagd, und ich nutzte die Radtour als willkommene Gelegenheit, um Energie zu verbrennen. Ich bin mir nicht sicher, ob Monster es auch so empfand. Sein dickes Fell war zerzaust, und er hechelte schwer, als wir den Ort erreichten, der so weit abseits von allem liegt, dass die Krähen schon längst kehrtgemacht haben. Hier ist Möwenterritorium. Außer Heidekraut, Schafen und Ferienhäusern gibt es nicht viel. Die Bäume sind auf einer Seite kahl rasiert vom unbarmherzigen und stetigen Westwind.

Arthur hatte gesagt, dass ich in die Bar »Zum Bootsmann« gehen sollte, um den mysteriösen Fremden zu treffen. Die Bar wird seit Generationen betrieben, denn sowohl Touristen wie auch Einheimische lieben das Lokal.

Der äußerste Nordwesten Jütlands ist immer schon arm gewesen, doch es waren nicht Hunderte Jahre von Trostlosigkeit, die ich spürte, als ich vom Fahrrad sprang und über den knirschenden Kies des Parkplatzes Richtung Bootsmann ging. Vielmehr hatte ich das Gefühl, als wäre die sandige Erde aus einem zähen und hartnäckigen Stoff, der den Menschen, die auf ihr lebten, einen unverwüstlichen Lebenswillen gab – ganz gleich, was die Natur ihnen bot. Selbst jetzt, wo das Meer der Küste Jahr für Jahr große Stücke entriss, blieben sie, wo sie waren, bis ihre Häuser über den Rand fielen.

Der Parkplatz war gut gefüllt mit Autos, Mopeds und sogar zwei Traktoren. Ich betrachtete die Bar, ehe ich eintrat. Sie liegt so nah am Kliff, welches über vierzig Meter zum darunterliegenden Meer hin abfällt, dass man meinen könnte, sie würde beim nächsten Sandrutsch hinunterstürzen. Erbaut aus schweren dunklen Holzpfählen und mit einem schwarzen Dach aus breiten Brettern, gleicht der Bootsmann einer einstigen Wikingerfestung.

Monster blieb draußen. Er stellte sich artig neben den Hundehaken, seufzte jedoch tief. Mit aller Kraft drückte ich die schwere Holztür auf, wobei ich den eisernen Griff, der in Form eines Wildschweinkopfes gegossen war, fest greifen musste.

Die Bar war rappelvoll. Obwohl ich eine stattliche Anzahl von Kilometern zurückgelegt hatte, ohne auch nur ein einziges Auto zu sehen, trat ich in ein Gewirr von Menschen, die Bier tranken und die Songs einer Liveband mitgrölten. Jetzt, in der Nebensaison, waren kaum noch Touristen hier, und an diesem Abend war es eindeutig die hiesige Bevölkerung, die es krachen ließ.

Die Band war gut, doch ich konnte nur einen kurzen Moment auf die Musik achten, bevor die Bilder und Gefühle der vielen Menschen im Raum auf mich einstürzten. Binnen Sekunden meldete sich der Kopfschmerz. Mir blieb nicht viel Zeit, um Arthurs rätselhaften Freund zu finden.

Ich ging um den großen runden Bartresen herum, der das Herz des Lokals bildete. Dahinter standen zwei Barkeeper, ein Mann und eine Frau. Die Frau, klein, mit langen schwarzen Haaren, hatte eine aggressive Aura. Ihre Arme waren sehnig und von den Schultern bis zu den Handgelenken tätowiert, außerdem trug sie wie ein Bulle einen dicken Ring durch die Nase und große Holzohrringe in beiden Ohren, die die Ohrlöcher fast bis zum Zerreißen dehnten.

Der andere war ein großer Mann mit langem, beinahe weißem Haar, das ihm bis zur Taille reichte. Seine Haut war hell, beinahe durchsichtig, und seine Augenbrauen und Wimpern so weiß, dass sie kaum zu sehen waren. Eine milde Energie strahlte von ihm aus.

Die beiden waren in jeder Hinsicht das komplette Gegenteil voneinander. Geschlecht, Farben, Größe und Aura. Dennoch glichen sie einander aus irgendeinem Grund. Ich verwandte einige kostbare Sekunden darauf, sie zu studieren. Dann wandte ich mich wieder meiner Mission zu. Ohne zu wissen, nach wem ich suchte, drehte ich zwei ziellose Runden durch die Bar.

Gerade als ich beschloss, den Bootsmann unverrichteter Dinge und mit hämmernden Kopfschmerzen zu verlassen, trat ein junger Mann vor mich. Er sah nicht mehr als fünf oder sechs Jahre älter aus als ich, doch nach einem raschen Scan war ich sicher, dass seine Vergangenheit sehr viel weiter zurückreichte.

Womöglich war es der Einfluss der vielen Menschen, der mir einen Streich spielte. Aus Neugier griff ich mit meiner Fähigkeit nach ihm, und auf einmal war mir, als versänke ich in einem Sumpf bodenlosen mentalen Treibsands. Seine Grundstimmung war durchdrungen von einem enormen Appetit auf alles, was das Leben zu bieten hat, mit einem merkwürdigen Unterton von Trauer und Sehnsucht. Ich empfing einige ziemlich deutliche Bilder von ihm, und was ich sah, ließ meine Wangen glühen.

Dunkelblonde Locken standen in einer unbändigen Wolke um sein Gesicht, und den Ausdruck seiner graublauen Augen konnte man nur als sinnlich beschreiben. Das verführerischste Lächeln, das ich je gesehen hatte, spielte um seine weichen Lippen, und er sah mich an, als sei ich ein ausgesuchtes Stück Schokolade, in das er jeden Moment hineinbeißen wollte. Noch nie hatte mich ein Mann auf diese Weise angesehen. Abgesehen von Varnar im Traum, was nicht zählte.

Er ging einmal um mich herum, ehe er sich mit leicht gespreizten Beinen vor mich stellte. Er wippte zum Takt der Musik mit dem Kopf.

»Arthur hätte mir sagen sollen, dass ich nach dem hübschesten

Mädchen in der Bar Ausschau halten soll. Dann wärst du etwas leichter zu finden gewesen.«

War das der mysteriöse Fremde, den ich treffen sollte? Er sah nicht aus wie das Orakel, für das Arthur geworben hatte. Auf mich wirkte er mehr wie ein nerviger Scharlatan.

»Hör auf, mich zu verarschen«, sagte ich.

»Ich war noch nie ernster.« Seine Augen glitzerten.

Ich rieb mir die pochende Schläfe. »Na schön, Papa Schlumpf, spar dir dein Casanova-Gehabe. Wenn wir reden wollen, dann draußen.«

»Papa Schlumpf?«

»Entweder warst du die letzten zwanzig Jahre echt beschäftigt, oder du bist wesentlich älter, als du aussiehst.«

Die sanften Lippen kräuselten sich zu einem Lächeln, das diesmal eher berechnend denn verführerisch war.

»Ach ja, richtig. Du bist eine Seherin.« Er starrte mich durchdringend an, und seine Miene wurde ernst. »Ist es schwer für dich, hier drinnen unter all den Menschen zu sein?«

Ich nickte. Der Schmerz pulsierte hinter meinen Augen, und ich fühlte mich, als stünde ich auf einem schaukelnden Trampolin. Die Ohnmacht war nicht weit.

Er umfasste meine Wange mit einer Hand.

Ich zuckte mit dem Kopf zurück, doch er legte schnell seinen Daumen auf meine Unterlippe, fuhr darüber und hinterließ eine klebrige Flüssigkeit.

Ohne nachzudenken, leckte ich mir über die Lippe. Er gab einen halb erstickten Laut von sich, der eine Mischung aus Stöhnen und Seufzen war.

»Es ist Jahre her, dass ich einen so appetitlichen Mund gesehen habe«, flüsterte er.

Ich wollte ihm gerade eine runterhauen, da geschah das Wunder. Auf einmal entspannte ich mich total, der Kopfschmerz verschwand, und die Bilder und Gefühle, die eben noch gegen meinen Verstand gehämmert hatten, waren fort. Ich konnte weder die Aura noch die Vergangenheit einer einzigen Person im Raum spüren, genauso wenig wie die des Ortes selbst. Es war eine Erlösung. Selbst wenn ich ganz allein bin, spüre ich immer *etwas*. Von der Erde, die ich betrete, vom Stuhl, auf dem ich sitze, oder dem Haus, in dem ich mich befinde. Es gibt immer zumindest einen Abdruck eines Ereignisses oder eines Gefühls. Jetzt war es, als sei ein jahrelanger Tinnitus abgeschaltet worden, an den ich mich zwar gewöhnt hatte, der mich jedoch nach wie vor störte.

Der Mann hielt noch immer mein Gesicht umfasst. Er trat nah an mich heran, doch ich spürte nichts von ihm. Keine Bilder. Keine Gefühle. Ich hätte schreien können vor Erleichterung, sah ihn jedoch nur dösig an.

»Was hast du mir gegeben?« *Denn was auch immer es war, gib mir die ganze Flasche.*

»Ein Geschenk«, flüsterte er mir ins Ohr. »Aber es wäre höflich von dir, zu teilen.«

Er beugte sich zu mir und streifte meine Lippen mit seinen. Benebelt ließ ich ihn gewähren.

Vorsichtig leckte er etwas von der Flüssigkeit ab. Der Stoff, was immer es sein mochte, wirkte auch auf ihn, denn sein Körper entspannte sich deutlich an meinem. Einen Moment ließ er seinen Mund auf meinem ruhen. Dann küsste er mich. Er KÜSSTE mich!

Noch nie zuvor hatte mich jemand geküsst, und ich kannte nicht mal seinen Namen! Gleichzeitig war ich so entspannt und dankbar, dass ich mich ihm einfach entgegenlehnte und es geschehen ließ. Der Raum um mich herum drehte sich, und meine Beine gaben nach.

Ich wollte nicht aufhören, bis mir auf einmal bewusst wurde, dass ich Varnar vor meinem inneren Auge sah, während ich diesen Fremden küsste. Ich wich zurück und blinzelte ein paarmal.

»Delikat«, sagte er. Ob er vom Kuss oder von dem Stoff sprach, wusste ich nicht.

Ich holte tief Luft, um wieder einen klaren Kopf zu bekommen, und stieß ihn mit der flachen Hand von mir weg.

»Keine Ahnung, was bei dir abgeht, aber ich hau jetzt ab.« Ich versuchte, an ihm vorbeizukommen, doch er griff meine Hand.

»Tut mir leid, aber ich habe es nicht ertragen, dich leiden zu sehen. Jetzt ist es besser, oder?«

Ich nickte. »Arthur wird allerdings ausrasten vor Wut, wenn er hiervon erfährt.« Ich wies mit dem Finger zwischen unseren Lippen hin und her und meinte sowohl den Kuss als auch den Stoff.

Der Mann grinste.

»Ich kenne Arthur schon lange, und eines ist sicher: Er rastet niemals aus. Weder vor Wut noch aus sonst irgendeinem Grund.« Er fuhr sich nachdenklich mit dem Zeigefinger über die Lippen. »Aber ich weiß auch, dass es ihm nicht gefallen würde, behalten wir es also lieber für uns.«

»Was bist du für ein mieser Freund? Warum hat er mich hierhergeschickt, um dich zu treffen?«

»Ich bin nicht Arthurs Freund«, sagte der Mann. »Und ich bin nicht der, den du treffen sollst.«

Ich starrte ihn an. »Du bist nicht der, den ich treffen soll? Wer bist du dann?«

»Ich bin nur das Begrüßungskomitee.«

»Und für wen bitte schön?«

»Für jemanden, der schon lange nach dir sucht. Und wir sollten ihn nicht länger warten lassen.«

»Wer ist er?«

Der Mann drückte meine Hand, von der ich ganz vergessen hatte, dass er sie noch immer hielt. Ich zog sie rasch zurück.

»Das wirst du bald sehen«, sagte er.

»Und wer bist du?«

»Ich bin Elias Eriksen«, antwortete er mit einer galanten Verbeugung. »Begrüßungskomitee, Casanova und offenbar auch Papa Schlumpf.«

»Und Verticker von merkwürdigen Drogen.«

»Das ist nur die Spitze des Eisbergs. Ich bin all das und mehr.« Er kam noch näher an mich heran. »Ich kann alles sein, was du dir wünschst.«

»Oh Mann, lass stecken.« Elias ging mir schon jetzt auf die Nerven, und ich bereute, den Kuss zugelassen zu haben. Ich bekam das Gefühl, dass es mich verfolgen würde. »Bring mich einfach zu ihm.«

Elias neigte mit einem Lächeln den Kopf und deutete Richtung Ausgang.

Draußen sprang Monster auf und kam auf uns zugelaufen. Elias fuhr zusammen und schob mich mit einem Arm hinter sich. Monster knurrte, während die beiden einander anstarrten.

»Ist schon okay. Alle beide.« Ich sprang hinter Elias' Rücken hervor und ging zu Monster.

Elias' Miene war nicht zu entschlüsseln, ehe er sich umwandte und uns mit einem Winken bedeutete, ihm zu folgen.

Wir gingen zur Rückseite des Bootsmanns und weiter zur Klippe, die steil zum weit unten liegenden Strand abfiel. Der struppige Strandhafer reichte mir bis zu den Schenkeln, und ich strich mit den Händen über dessen Spitzen. Die Halme schnitten wie kleine Rasierklingen in meine Handflächen.

Die Nordsee lag wie eine Decke vor uns und streckte sich seidenweich dem Himmel entgegen, mit dem sie weit draußen am Horizont zusammentraf. Hier und da tanzten orange Schimmer auf den kleinen Wellen. Die Sonne, riesig und feuerrot, hing tief am Himmel und machte sich zu einer bombastischen Landung im Meer bereit.

Direkt an der Klippe, die Zehenspitzen ragten fast über den Rand, stand ein Mann mit dem Rücken zu uns. Er war in die Strahlen der untergehenden Sonne getaucht, und seine Silhouette zeichnete sich deutlich vor dem Hintergrund ab. Er war groß, und seine Konturen ließen darauf schließen, dass er einen muskulösen und starken Körper hatte, wie ein Tänzer oder ein Schwimmer, mit breiten Schultern und gerader Haltung.

Monster blieb ein Stück zurück, doch Elias begleitete mich bis ganz zu dem Mann.

Wir stellten uns hinter ihn, woraufhin er den Kopf leicht drehte. Das dunkle Haar streifte die Schultern in schimmernden Locken, die jedem Friseur feuchte Träume bescheren würden. Ich erhaschte nur einen flüchtigen Blick auf sein Profil, doch was ich sah, ließ mich nach Luft schnappen. Dann wandte er sein Gesicht wieder der See zu.

»Elias, ich nehme an, du hast meinen Gast gut empfangen.« Seine Stimme war tief und etwas rau.

Elias und ich wechselten einen Blick.

»Er hat mich freundlich empfangen«, sagte ich. »Genug davon. Ich will jetzt wissen, warum ich hier bin.«

Der Mann lachte leise. »Lass uns allein, Elias.«

Elias machte eine merkwürdige halbe Verbeugung und ging einige Schritte rückwärts.

Mit einer Grimasse deutete ich ihm an, dass ich noch mal mit ihm sprechen wollte. Er nickte, wandte sich um und gesellte sich zu Monster.

Ich stellte mich neben den Mann in die orangefarbene Abendsonne, die nun an uns beiden leckte.

Sein Gesicht wurde teilweise von den Haaren verdeckt. Was ich sehen konnte, ließ sich nur als schön bezeichnen. Die Nase war wie mit dem Lineal gezeichnet, die Kieferpartie und das Kinn waren markant, und die Lippen formten einen sanften Bogen. Ich spürte nach, erhielt jedoch nichts von ihm. Elias' Droge musste noch immer wirken.

»Vor nicht allzu vielen Jahren lag dieser Ort kilometerweit im Landesinneren«, sagte er. »Das Meer hier ist gefräßig.«

Ich schaute über die Kante und spürte ein Ziehen im Bauch. Unten ragten ein altes Kanalrohr und einige Drahtseile aus dem

Fels. Eine Gruppe Möwen hatte sich darauf niedergelassen. Weit unter uns lag der Strand.

»Wir stehen also am Rande des Abgrunds«, sagte ich.

»Ich ziehe es vor, es ›an der Spitze Dänemarks‹ zu nennen.«

Ich war dreißig Kilometer mit dem Rad gefahren, hatte freiwillig einen Raum mit über einhundert Menschen betreten, war unter Drogen gesetzt und zum ersten Mal geküsst worden – für das hier?

»Na dann, herzlichen Dank an ›Visit Nordjütland‹«, erwiderte ich mit resignierter Stimme. »Haben Sie noch weitere Touristenslogans in petto, oder können wir jetzt endlich über das reden, weshalb ich hergekommen bin?«

Der Mann schwieg einen Augenblick. »So respektlos hat seit über siebzehn Jahren niemand mehr mit mir gesprochen.«

»Sie haben nichts getan, um meinen Respekt zu verdienen, daher haben Sie ihn nicht. Ich weiß nicht mal, wie Sie heißen.«

Er wandte sich mir direkt zu, und ich wurde beinahe umgehauen von seiner Schönheit. Seine Züge waren edel, mit blaugrünen, tief liegenden Augen und hohen Wangenknochen. Obwohl sie sich kein bisschen ähnlich sahen, erinnerte er mich an Mathias.

Ich weigerte mich, den Blick zu senken, also sah ich ihm unverwandt in die Augen, was sich anfühlte, als würde man von einer Strömung in die Tiefe des Meeres gezogen. Dann lächelte er ein sanftes Lächeln, welches mir das Gefühl gab, die wichtigste Person auf Erden zu sein. In dieser Sekunde wollte ich ihm bis ans Ende der Welt folgen, für ihn morden oder sogar, falls nötig, in den Tod gehen.

Ich brach den Augenkontakt und schaute aufs Meer, während ich versuchte, die Kontrolle über mein pochendes Herz zurückzuerlangen. *Gefährlicher Mann.* War das der Moment, in dem ich besser abhauen sollte? Andererseits war es Arthurs Wunsch gewesen, dass ich ihn traf, und er hatte mich gebeten, ihm zu vertrauen. Ich spürte den Blick des Mannes auf mir, auch wenn ich darauf achtete, ihn nicht direkt anzusehen. Da starrte ich lieber in die gleißende untergehende Sonne.

»Mein Name ist Od.« Er schaute wieder zum Horizont.

Ich atmete aus. Anscheinend hatte ich die Luft angehalten.

»Du warst gut verborgen, Anne. Ich habe viele Jahre nach dir gesucht.«

Od. Ich wendete das merkwürdige Wort innerlich auf der Zunge. Laut sagte ich: »Es sollte nicht so schwer sein, mich zu finden.«

Als Aktennummer im System hatte ich schließlich beinahe ein semi-öffentliches Leben geführt.

»Es war schwerer, als du denkst. Man war der Ansicht, es sei gefährlich für dich, Kontakt zu mir zu haben.«

»Mit ›man‹ meinen Sie Arthur?«

»Unter anderem.«

»Und warum ist ›man‹ der Ansicht, dass es jetzt nicht mehr gefährlich ist?«

»Die Spielregeln sind dabei, sich zu ändern. Und ich behaupte nicht, dass es nicht mehr gefährlich für dich wäre. Ich sage, dass es gefährlicher für dich ist, es nicht zu tun.«

Ich fand nicht, dass ich sonderlich klüger dadurch wurde, mit Od zu reden. Eher im Gegenteil.

»Mir war gar nicht klar, dass ein Spiel gespielt wird«, erwiderte ich.

»Es hat schon vor deiner Geburt begonnen.«

Meine Geduld war am Ende. Er konnte so furchterregend und schön sein, wie er wollte. Ich hatte die Nase voll von diesem kryptischen Gerede.

»Jetzt hören Sie mal zu. Arthur wollte, dass ich mit Ihnen rede. Sie haben nach mir gesucht, hier bin ich. Also spucken Sie sie aus, die große Enthüllung.«

Ods raues Lachen floss über mich hinweg. »Ich möchte dir gern alles erzählen, was du wissen musst. Aber du musst bereit dazu sein, und ich brauchte Gewissheit, dass du die Richtige bist.«

»Und? Bin ich die Richtige?«

Er lachte wieder. »Das bist du. Daran besteht kein Zweifel. Aber du bist nicht bereit für die Wahrheit.«

Ich warf frustriert die Hände in die Luft. »Na, dann vielen Dank für das Gespräch. Schön, dass wir beide unsere Zeit verschwendet haben.«

Ich wandte mich zum Gehen.

»Ich glaube nicht, dass du im Moment mehr wissen möchtest.«

Ich blieb stehen. »Ach ja, und woher wollen Sie wissen, was ich möchte? Mir ist inzwischen sehr wohl bewusst, dass es mehr zwischen Himmel und Erde gibt, als ich gedacht hätte. Sie brauchen also keine Angst zu haben, mich mit den harschen übernatürlichen Fakten zu schocken.«

Od drehte sich um, und erneut war ich in seinem Blick gefangen. Allerdings hatte er den Charme etwas heruntergedimmt, was es leichter für mich machte, ihm in die Augen zu schauen und meinen Zorn aufrechtzuerhalten.

Er sah mich sanft an. »Du bist nicht bereit, die Wahrheit zu hören, weil es erfordern würde, dass ich dir von deinen Eltern erzähle.«

Woher zur Hölle wusste dieser fremde Mann auch nur das Geringste über meine verräterischen Eltern?

»Sie haben recht.« Ich ballte die Fäuste. »Über sie will ich nichts wissen.«

»Das ist schade.«

Ich spürte, dass mehr in seinen Worten lag, als ich begriff. Ich dachte an den eigentlichen Grund, weshalb ich hier war. Mathias. Wenn ich jetzt ginge, würde ich ihm womöglich nicht helfen können. Ich holte Luft.

»Ich wollte Sie um einen Gefallen bitten.«

Od legte den Kopf schief. Ich glaube nicht, dass man ihn überraschen konnte, doch er war so nah dran wie möglich. Mit einem Nicken bedeutete er mir fortzufahren.

»Mein Freund hat Probleme. Würden Sie mit ihm sprechen?«

»Ich bin kein Psychologe, bei dem man sich mal eben Rat holen kann.«

»Ich glaube, seine Probleme liegen innerhalb Ihres, äh ... Kompetenzbereichs.« *Unerklärliche paranormale Phänomene.* »Ich weiß nicht, an wen er sich sonst wenden sollte.«

Od strich sich übers Kinn. »Ein Kompromiss?«

Diesmal war ich diejenige, die nickte, damit er fortfuhr.

»Ich gebe in Bälde ein Fest. Ich möchte, dass du teilnimmst.«

Ein Fest? Warum sollte ich ausgerechnet einem Fest ausgesetzt werden? Sicher mit einem Haufen Leuten, was wohl der Sinn von Festen war. Ich konnte mich nicht erinnern, jemals auf einem gewesen zu sein, doch das grundlegende Konzept war mir bekannt.

Od fuhr fort: »Ich möchte dich bitten, mich dorthin zu begleiten.«

»Sie sehen nicht aus wie jemand, der Schwierigkeiten hat, ein Date zu bekommen.«

Od zeigte ein Lächeln, das mich fast umwarf. »Es ist keine Verabredung. Es ist Politik. Haben wir einen Deal?«

»Geht klar.« *Du schuldest mir einen Riesengefallen, Mathias.* »In welcher Reihenfolge machen wir es?«

»Erst das Fest. Du wirst eine Einladung erhalten.«

Od kehrte mir wieder den Rücken zu. Während wir gesprochen hatten, war die Sonne kopfüber in die Wellen getaucht, und nun senkte sich die Dunkelheit herab. Das Meer sah mit einem Mal düster und gefährlich aus. Offensichtlich war das Gespräch beendet.

Od blieb an der Kliffkante stehen – die Spitze Dänemarks, also ehrlich – und blickte unergründlich in die Ferne. Ich ging zu Monster und Elias, die in dem struppigen Gras saßen.

»Na, was hat es dir gebracht?« Elias kam auf die Beine. »Ich konnte bis hierher sehen, wie frustriert Od war. Was hast du zu ihm gesagt?«

»Das geht dich gar nichts an«, fauchte ich. Od hatte in keiner Weise frustriert auf mich gewirkt. Tatsächlich hatte ich irritierend wenig Kontrolle über das Gespräch gehabt. Und eigentlich wusste ich nicht, was es mir gebracht hatte – außer einer unerwünschten Einladung zu einem Fest.

Elias hob abwehrend die Hände. »Ganz ruhig, war ja nur eine Frage.«

Was mich an etwas erinnerte. »Ich habe auch eine Frage.«

»Schieß los.«

»Was hast du mir vorhin gegeben?«

»Ach, das. Es gibt auch noch andere Möglichkeiten deine Sinne zu betäuben. Denn genau das ist Hellsichtigkeit. Ein überentwickelter Sinn. Hellsichtigkeit ist keine Magie.«

Neue Information. Eventuell nützlich, aber nicht gerade jetzt. »Du hast meine Frage nicht beantwortet. Ich möchte wissen, was es war. Ich will mehr. Keine Sorge, ich bezahle natürlich.«

»Es heißt Kornrade. Ich kann es dir nicht verkaufen. Ich darf es nur bei besonderem Bedarf herausgeben, damit es nicht mit Hintergedanken benutzt wird.«

»Das klappt ja prima«, sagte ich und zog die Augenbraue hoch.

Elias legte sich die rechte Hand aufs Herz.

»Ich bin bloß ein Mensch.« Er sagte *Mensch*, als wäre das keineswegs eine Selbstverständlichkeit. »Versuchung ist die Bürde eines jeden Mannes.«

»Hör zu.« Ich fuhr mir verzweifelt durch die Haare und kam mir vor wie ein Junkie. »In der Schule und auf der Arbeit komme ich normalerweise klar. Aber es gibt Situationen, in denen es mir sehr helfen würde.«

Elias sah mich geduldig an. Er hörte das alles offensichtlich nicht zum ersten Mal.

»Vor ein paar Wochen bin ich gleich zweimal am selben Tag ohnmächtig geworden«, rief ich aus.

Der Schatten eines Gefühls huschte über Elias' Gesicht.

»Du wirst ohnmächtig?« Er schien einen kleinen inneren Kampf mit sich auszufechten, ehe er eine Entscheidung traf. »Ich kann dir beibringen, es besser zu kontrollieren. Ich werde dir ein wenig Kornrade geben, damit du zurechtkommst, bis ich dir gezeigt habe, wie du deine Fähigkeiten abschirmst. Aber du darfst es nicht jeden Tag nehmen. Nur in Notfällen.«

Her damit. Gib es mir. Ich streckte die Hand aus.

Elias zauberte eine Mini-Ampulle mit einem kleinen Schraubverschluss hervor.

»Mehr nicht?«, fragte ich.

»Eine kleine Menge reicht schon. Ich habe dir vorhin nur einen Tropfen gegeben.« Er zwinkerte. »Und den haben wir ja geteilt.«

Er legte mir die Ampulle in die Handfläche und schloss meine Finger darum. Dann drehte er meine Hand, hob sie an seine Lippen und küsste sie. Mit einem Ruck zog ich die Hand zurück.

»Bekomme ich deine Handynummer?«

»Nein, ganz sicher nicht. Außerdem habe ich gar kein Handy.«

Elias riss die Augen auf. »Ich dachte, in diesen Zeiten wäre es völlig unmöglich, ohne eines zu leben.«

»Danke, ich komme gut zurecht.«

»Übrigens ist sie nicht für mich, auch wenn ich liebend gern zu später Nachtstunde lange Gespräche mit dir führen würde.«

Ich konnte mir gut denken, worum sich diese Gespräche in Elias' Vorstellung drehten.

»Od möchte sie haben, damit ich dich wegen des Festes anrufen kann.«

»Ihr wirkt nicht wie Typen, die sich von fehlender moderner Technologie behindern lassen. Euch fällt bestimmt etwas ein, um mich auf andere Weise einzuladen.«

Ich wollte jetzt nach Hause. Mir war bewusst, dass ich Elias für die Kornrade danken sollte. Doch das Wort kam mir nicht über die Lippen.

»Mach's gut«, sagte ich stattdessen. Dann ging ich schnell zu meinem Fahrrad.

Elias rief mir nach: »Anne. Es stimmt nicht, dass der erste Trip der beste ist. Es wird mit jedem Mal besser. Du wirst mich um mehr bitten.«

Mir war sehr wohl bewusst, dass er mir einen Gefallen getan hatte.

»Ich werde schon darauf achten, nicht zu viel zu nehmen.« Ich wedelte mit der Ampulle.

Elias sandte mir einen Fingerkuss. »Ich habe nicht von der Kornrade gesprochen.«

Ich brauchte ein paar Tage, um mein Treffen mit Elias und Od zu verdauen. Ods Worte und seine Erscheinung hatten mich überwältigt, und ich spielte unser Gespräch wieder und wieder im Kopf durch. Elias' Kuss hatte mir zusätzlichen Brennstoff für meine Tagträume von Varnar gegeben, sodass ich die meiste Zeit, gelinde gesagt, benebelt war. Wann immer ich Varnar in der Schule sah, schaute ich rasch woandershin.

Er tat dasselbe.

In der Französischstunde am Dienstag ließ ich mich müde auf den Stuhl neben Mathias fallen. Luna stand vorne am Pult und bombardierte unsere Lehrerin mit einem französischen Redeschwall, sodass die arme Frau ganz verloren aussah.

Mathias legte mir seine warme Hand auf die Schulter.

»Du siehst ein bisschen fertig aus heute. Bist du okay?«

Ich nickte abwesend. »Mir geht's gut. Dir?«

Er zuckte mit den Achseln. »Das Wochenende war schwer. Ich brauche immer eine Weile, um *es* in den Griff zu bekommen. Mit Luna zusammen zu sein, hat geholfen.« Ein verlegenes Lächeln flog über seine Lippen.

Ich schüttelte lächelnd den Kopf. »Ihr zwei …«

Ich wusste, von welchem *es* er sprach. Ob die Kornrade wohl auch bei Mathias wirkte? Die kleine Ampulle lag in meiner Tasche, doch ich hatte nichts mehr davon genommen. Die Wirkung war nach einigen Stunden abgeflaut, und Montagmorgen war mein Spezialsinn mit voller Stärke zurück gewesen. Ich hatte beschlossen, die Kornrade zu rationieren, denn ich hatte keine Ahnung, ob Elias mir jemals mehr davon geben würde.

»Hast du Luna etwas erzählt?«

»Nein, ich traue mich nicht. Was, wenn sie schreiend davonläuft?«

»Irgendetwas sagt mir, dass sie nicht der Typ ist, der schreiend davonläuft.«

»Und dein Geheimnis bleibt natürlich weiterhin unter uns«, fuhr er fort.

»Gut«, sagte ich nur.

Die Lehrerin rief uns zur Ruhe, und Luna kam zu uns getänzelt. Sie setzte sich neben Mathias und drückte ihm einen Kuss auf die Wange. Er nahm ihre Hand unter dem Tisch.

Ich war so mit mir selbst beschäftigt gewesen, dass ich ihre Aufwärmübungen für eine Beziehung nicht weiter verfolgt hatte, auch wenn ich keine Sekunde daran zweifelte, dass sie genau dorthin auf dem Weg waren. Ich brauchte nicht in die Zukunft sehen zu können, um zu erkennen, was zwischen ihnen passieren würde.

Die Lehrerin bat uns zuzuhören. »Heute werden wir uns die Vergangenheit anschauen.«

Mathias beugte sich zu mir. »Das sollte doch dein Gebiet sein.«

Am Abend hatte ich eine Schicht im Frank's.

Die Ausgehlaune der Leute war nach Alices Tod und dem unerklärlichen »Erdbeben« noch nicht wieder so wie gewohnt, daher war die Bar nur spärlich besucht.

Durch die Schwingtür der Küche sah ich, dass Peter zusammen mit dem tätowierten Psychopathen und einem ultradünnen Mädchen mit roten Haaren an einem Tisch saß. Vor ihnen standen etliche leere Biergläser, und das Mädchen war sichtlich betrunken. Ich kannte sie von irgendwoher.

Frank nickte mir anerkennend zu, als ich freiwillig mit einem Tablett in der Hand in die Bar trat und begann, leere Gläser und Flaschen von den Tischen zu räumen, während ich zu der kleinen Gruppe hinüberschielte. Ich war dazu in der Lage, da so wenige Gäste im Raum waren.

Das Mädchen trug ein verwaschenes rosa Top und ausgeblichene, löchrige Jeans, über deren Bund ein schlecht ausgeführtes Arschgeweih prangte. Der Psychopath strich unter dem Tisch mit der Hand über ihren Oberschenkel, während er mit Peter sprach. Das Mädchen begann zu reden, doch keiner beachtete sie.

Peter sah mit gebleckten Zähnen zu mir herüber und sagte etwas zu ihm, woraufhin der Psycho ebenfalls den Blick auf mich richtete.

Als ich in seine wässrigen Augen blickte, lief es mir kalt den Rücken herunter. Zum Glück schien er nur mäßig interessiert und sah schnell wieder weg.

Ich schaute zurück zu dem Mädchen. Sie war zur selben Zeit wie ich im Nordreslev Jugendgefängnis gewesen. Damals hatte sie noch keine roten Haare gehabt, aber eine neue Farbe kann man schließlich in jedem Supermarkt kaufen. Wie hieß sie noch gleich? *Ach ja.* Belinda irgendwas.

»Grüßt du uns nicht mal, Ugly-Anne?«, fragte sie plötzlich laut.

Peter hob mit einem fiesen Grinsen den Kopf. »Ja, warum grüßt du uns nicht, Ugly-Anne?«

Ich wandte mich ab, um in die Küche zu flüchten. Hauptsächlich, um von Peter und dem Psychopathen wegzukommen.

»Du könntest wenigstens Hallo sagen«, rief Belinda und wollte auf mich zugehen.

Jetzt schauten die Leute und kicherten.

Der Psychopath hatte genug und zog sie hart am Arm zurück. Sie stieß gegen die Stuhlkante und stürzte auf den Boden. Im Fallen versuchte sie, sich am Tisch festzuhalten, doch der kippte um, sodass die Gläser auf sie herabregneten. Belinda heulte auf, und der Psychopath packte ihre dünnen Arme und zerrte sie aus dem Diner.

Peter folgte ihnen und warf mir einen bösen Blick zu, der andeutete, dass ich schuld am vorzeitigen Ende seiner Sauftour sei. Ich holte Kehrbesen und Schaufel, ging zum Tisch und begann, die Glasscherben aufzulesen. Frank kam dazu, um mir zu helfen.

»Kennst du die?« Er wies mit dem Kopf Richtung Tür.

»Flüchtig«, sagte ich ausweichend, doch als Frank mich weiter prüfend anschaute, ergänzte ich: »Wir waren zusammen in Nordreslev.«

»Dem Gefängnis?« Er pfiff und kratzte sich mit dem Daumen an seiner Kotelette. »Warum hat sie eingesessen?«

Ich zog die Mundwinkel nach unten. »Keine Ahnung. Sie hat schon von klein auf Dauerkontakt mit den Behörden.«

Frank sammelte die Scherben auf. »Hat sie keine Familie?«

»Glaube nicht.«

Er wog die schweren Glasstücke in der Hand, während er mit leerem Blick in die Luft starrte.

Ich schob die letzten Scherben auf die Kehrschaufel. »Soll ich die nehmen?« Ich zeigte auf seine Hand.

Er ließ die Scherben mit einer schnellen Bewegung auf die Schaufel fallen.

»Hey, pass auf, dass du dich nicht schneidest.«

Er lachte. »Um mich brauchst du dir keine Sorgen zu machen. Ich verletze mich nie.« Er machte eine Geste in Richtung Küche. »Und jetzt marsch, zurück an die Arbeit!« Er untermalte seine Worte mit einem warmen Blick.

Ich kam auf die Beine und versuchte, die Begegnung mit Belinda abzuschütteln, auch wenn es sich anfühlte, als hätte mir jemand mit der Faust in den Magen geschlagen. »Du hast recht, ich muss echt aufpassen. Mein Chef ist nämlich megastreng.«

Frank stand ebenfalls auf und verschränkte seine tätowierten Arme.

»Ja, das habe ich gehört. Er soll vollkommen unberechenbar sein. Schwer gefährlich – vor allem für junge Mädchen.«

»Ich sollte lieber …« Ich zeigte auf die Küche.

In der Nacht kehrte der Traum mit dem Mädchen im Wald zurück. Unvorbereitet, wie ich war, schrie ich so lange, bis Monster mich weckte.

Am nächsten Morgen wurde Belinda erwürgt in ihrem Bett aufgefunden, und ich war neben Peter und dem Psychopathen die Letzte, mit der sie gesprochen hatte.

TEIL II

DIE GEHEIMNISSE DER GÖTTER

Von der Riesen Geheimnissen
und aller Götter
kann ich Wahres sagen,
denn jede Welt hab ich aufgesucht;
durch neun Welten kam ich
bis nach Niflhel hinunter,
dorthin sterben die Menschen aus der Hel.

Vafþrúðnismál
(Das Wafthrudnirlied)
10. Jahrhundert

KAPITEL 11

Am Mittwochmorgen sah unser Klassenlehrer Jan um zehn Jahre gealtert aus.

Alle bemerkten Peters freien Platz. Niemand verlor ein Wort darüber. Kamilla, die nach Alices Tod gerade erst wieder zurückgekommen war, glich einem verschreckten Vogel, und ich selbst hing völlig erschöpft auf meinem Stuhl.

»Für alle, die es noch nicht mitbekommen haben: Heute Morgen wurde ein Mädchen namens Belinda Jaeger ermordet aufgefunden. Jemand ist in ihre Wohnung eingedrungen und hat sie umgebracht. Die Polizei glaubt, dass es derselbe Täter war wie bei …« Jans professionelle Miene bröckelte, und er sah an die Decke. »Alice.«

Er atmete tief ein und aus.

»Belinda war von hier, hat aber für längere Zeit an anderen Orten gelebt.« Sein Blick fiel auf mich. »Was mich daran erinnert. Anne …«

Ich hob meinen müden Kopf mit einem Ruck, und alle starrten mich an.

»Da möchte jemand mit dir sprechen. Du wirst im Büro des Rektors erwartet.«

Die Neugier meiner Klassenkameraden schlug mir entgegen, als ich aufstand und zur Tür ging. Mathias und Luna sahen mich fragend an, ich zuckte zur Antwort mit den Schultern.

Vor dem Büro des Rektors empfing mich Gudrun, die Schulsekretärin. Unter dem blauen Lidschatten wirkten ihre Augen aufgeregt, und ihr Mund verzog sich verärgert, als sie mit mir sprach.

»Gut, dass du da bist. Die Polizei wartet seit einer halben Stunde auf dich.«

Die Polizei?

Gudrun musterte mich von unten bis oben, von der schwarzen Jogginghose hoch zum ausgewaschenen schwarzen T-Shirt mit dem silbernen Totenkopfaufdruck. Sie kam bei meinem müden Gesicht an.

»Ich bin mir sicher, dass sie nicht glauben, du könntest irgendetwas mit der Sache zu tun haben.« Ihr Gesichtsausdruck verriet hingegen, dass ich, ihrer Meinung nach, *alles* damit zu tun hatte.

Der Schulleiter Eivind Holten steckte den Kopf durch die Tür. Sein breites Gesicht war eine von Sorgen verzerrte Grimasse. Als er mich entdeckte, öffnete er die Tür vollständig, um mich hereinzubitten. Ich wollte eintreten, doch er hielt mich am Arm fest.

»Ich bleibe während des Gesprächs bei dir.« Es war ein Versprechen. Meine Vergangenheit, mein Aussehen und das Unbehagen, das ich in ihm hervorrief, waren ihm egal. Ich war eine Schülerin seines Gymnasiums, seines Territoriums, und als solche stand ich unter seinem Schutz.

Ich nickte und ging an ihm vorbei in das Büro. An einem Tisch saßen zwei Polizeibeamte, die ich am Tag, an dem wir von Alices Tod erfuhren, schon einmal in der Schule gesehen hatte. Sie standen auf, und der Ältere der beiden ergriff das Wort. Er war groß gewachsen und früher sicher einmal attraktiv gewesen, machte mit dem dünnen, gelblich grauen Haar inzwischen aber einen eher abgekämpften Eindruck.

»Mein Name ist Lars Guldager, und das ist Hakim Murr«, stellte er sich vor und deutete auf seinen jüngeren Kollegen. »Ich bin Ermittlungsleiter der Polizeistation in Aalborg. Hakim ist Beamter der örtlichen Polizeiwache in Ravnssted. Er hilft uns bei der Aufklärung der Morde an den rothaarigen Mädchen. Das hier ist kein

Verhör. Wir möchten uns einfach nur gern mit dir unterhalten. Herr Holt bleibt aber hier, als dein Beistand.«

»Okay«, murmelte ich.

Als ich dem jungen Polizisten die Hand reichte, spürte ich eine energische und ehrgeizige Aura, und ich nahm seine Kompromisslosigkeit wahr. Sein Blick löste sich ständig von mir, dennoch richtete er seine dunkelgrünen Augen mit einer Art Kraftanstrengung immer wieder auf mich. Er setzte sich und verschränkte seine kräftigen Arme über dem muskulösen Brustkorb.

Als ich die Hand des älteren Beamten berührte, schoss mir eine Flut aus Bildern, Gerüchen und Tönen in den Kopf, und ich musste mich beherrschen, die Hand nicht wegzureißen. Säuerlicher Schweißgeruch. Sonnenaufgang über einem Feld. Über meinem Kopf erklang ein *Wuuuuusch*-Laut. Ein weiteres Geräusch hörte sich wie Regen an. Obwohl keine Wolken am Himmel zu sehen waren, fielen rote Tropfen herab.

Ich ließ seine Hand los und blinzelte, um mich auf das Hier und Jetzt zu konzentrieren.

Wir nahmen Platz.

»Ähm …« Er schaute in seine Papiere, um meinen Namen zu finden. »Anne.« Er hustete kurz, bevor er loslegte: »Niemand wirft dir etwas vor.«

»Davon bin ich auch nicht ausgegangen. Ich habe nämlich nichts getan.« Es klang barscher als beabsichtigt. Ob die Polizei das mit der Phantomzeichnung herausgefunden hatte? Solange sie nur nicht Luna mit in die Sache reinzogen. Das hat man davon, wenn man helfen will.

Es schien, als hätten der ältere Polizist und Rektor Holt meine Anwesenheit für den Augenblick vergessen.

»Haben Sie überhaupt irgendwelche Spuren?«, fragte Holt.

»Nicht sonderlich viele. Sie müssen den Mädchen raten, auf sich aufzupassen.«

Sie unterhielten sich weiter.

Dumdidum.

Ich richtete meine Aufmerksamkeit auf den jungen Polizisten – Hakim. Mit großer Konzentration starrte er mich an und schnaufte frustriert. Ich begegnete seinem Blick mit hochgezogenen Augenbrauen, während Rektor Holt und Lars Guldager weiterplauderten, ohne auch nur ansatzweise in meine Richtung zu schauen.

Hakim klopfte leicht mit einem Fingerknöchel auf den Tisch. »Wollen wir unser Gespräch mit …«, er spähte auf das Blatt seines Kollegen, »… mit Anne nicht fortsetzen?«

Guldager wandte sich wieder mir zu. »Ach ja.« Er richtete sich ein wenig auf. »Du hast gestern mit Belinda gesprochen. Und du kanntest die anderen drei ermordeten Mädchen.«

»Nein, ich kannte sie nicht alle.«

Hakim übernahm. Wieder musste er sich anstrengen, um den Blick auf mich gerichtet zu halten. »Du hast sowohl mit Tenna als auch mit Belinda zusammengewohnt. Mit Naja bist du in Jerslev in die Schule gegangen, und Alice war hier im Gymnasium wie auch in Vringelby in deiner Klasse.«

Ich schüttelte den Kopf. »Ich wusste, wer Belinda und Alice waren, aber Tenna und ich haben nicht zur selben Zeit in Kobbelgården gewohnt. Ich bin ihr nie begegnet. Und ich kann mich nicht daran erinnern, dass mir Naja jemals aufgefallen wäre. In Jerslev habe ich nicht besonders lange gelebt.«

»Hast du in Jerslev gewohnt, als du das Haus deiner Pflegefamilie niedergebrannt hast?« Hakim starrte mich noch immer hoch konzentriert an.

»Darf ich Ihnen etwas zeigen?«, fragte Rektor Holt unvermittelt.

Die beiden älteren Männer standen auf und gingen zu Holts Schreibtisch, wo dieser in einer Schublade zu kramen begann, um irgendetwas herauszuholen. Für einen Moment wollte Hakim sich ihnen anschließen, doch er zwang sich zurück auf den Stuhl und sammelte sich erneut.

Überrascht, dass er sich derart festbiss, antwortete ich auf eine Art, die man auch leicht missverstehen konnte: »Nein, das war eine andere Pflegefamilie.«

»Und was ist mit Belinda?«, fuhr Hakim fort. »Du warst eine der Letzten, die sie lebend gesehen haben. Augenzeugen haben beobachtet, dass ihr euch gestritten habt und du sie gegen einen Tisch gestoßen hast.«

Ich konnte mir schon denken, von welchen Augenzeugen hier die Rede war. Ich ballte die Fäuste unter dem Tisch. »Behaupten *alle*, ich hätte sie gestoßen?«

Hakim lehnte sich nach hinten und knurrte seinen Kollegen an: »Würdest du bitte wieder herkommen?«

Die beiden älteren Männer kamen zu uns zurück getrottet.

»Anne Sakarias. Irgendetwas an deinem Nachnamen kommt mir bekannt vor. Woher stammen deine Eltern?«

Ich zuckte mit den Schultern, während mir die Röte ins Gesicht stieg und mein Herz zu hämmern begann.

Glücklicherweise ritt Lars Guldager nicht weiter auf meinem Nachnamen herum. »Die Sache ist, dass wir nach einer Verbindung zwischen den vier Morden suchen. Uns ist eine Phantomzeichnung des Täters zugespielt worden.« Er legte eine Kopie von Lunas Zeichnung vor mich auf den Tisch. »Hast du diesen Mann schon einmal gesehen?«

Ich blickte in die irren Augen des Wilden, die Luna so lebendig eingefangen hatte.

»Nein«, log ich.

»Sagt dir der Buchstabe F etwas?«, fragte Hakim aus heiterem Himmel.

»F?«

»Ein einzeln stehendes F. Sagt dir das etwas? Weißt du, was es bedeutet?«

Ein unbehagliches Gefühl machte sich in meinem Magen breit. »Warum fragen Sie mich das?«

Die beiden Polizisten wechselten einen Blick, und Lars Guldager schüttelte kaum merklich den Kopf.

In diesem Moment wünschte ich mir, einen der beiden berühren zu können, um mit meinem Spezialsinn herauszufinden, was sie wussten. Ich begnügte mich damit, mich in Hakims Richtung zu beugen, um wenigstens irgendetwas einzufangen. Und das war beinahe schon zu viel des Guten. Mit Mühe und Not gelang es mir, nicht vor Schreck aufzustöhnen.

Ich sah Alices T-Shirt mit dem von blutigen Fingern gezeichneten verzerrten F. Dasselbe Zeichen war auch in Tennas Bauch geritzt. In feinen, kleinen Schnitten, die ein wenig auseinanderklafften, prangte es auf Belindas Stirn, und es war auf Najas Jacke gemalt worden. Ich empfing ein Bild von Hakim, der die schwarze Jacke mit einer speziellen Lampe beleuchtete, sodass das F aus getrocknetem Blut violett schimmerte. In seinem Gesicht spiegelten sich sowohl Entsetzen als auch Triumph. Die Zeichen waren identisch mit jenem, das dem Mädchen aus meiner Vision wieder und wieder in den Rücken geritzt wurde. Wie hatten sie es nur geschafft, dieses Detail vor den Medien geheim zu halten?

Hakim sprang zum nächsten Thema, als wäre die Sache mit dem F belanglos. Mit aller Macht versuchte ich, unberührt zu wirken.

»Was ist mit denen hier? Kennst du sie?« Er legte mir zwei Fotos hin. Eines von Peter und eines von seinem Psycho-Kumpel. Es waren klassische Verbrecherfotos, und beide trugen dieselben Klamotten wie am Vortag.

Ich hatte keinen Grund zu lügen.

»Peter Nybo.« Ich deutete auf das eine Bild. Als ich bemerkte, dass meine Hand zitterte, presste ich den Finger fest auf das andere Foto, um ihn ruhig zu halten. »Wie der da heißt, weiß ich nicht, aber er war gestern zusammen mit Peter im Frank's. Sie haben bei Belinda gesessen.«

»Das war's dann eigentlich auch schon«, sagte Lars Guldager

plötzlich und stand bereits halb, als Hakim ihm bedeutete, sich wieder zu setzen.

»Er heißt Christian Mikkelsen«, erklärte Hakim. Dann zeigte er auf das Bild von Peter. »Ist das derselbe Peter Nybo, auf den du vor einigen Jahren einen bewaffneten Überfall verübt hast?« Er schob das Foto ein wenig in meine Richtung.

Faktisch war Peter sowohl für die Waffe als auch für den Überfall verantwortlich gewesen, aber das würden sie mir niemals abkaufen.

»Dafür wurde ich jedenfalls verurteilt«, sagte ich.

Die beiden Beamten unterhielten sich kurz mit Rektor Holt, und ich nutzte die Gelegenheit, um mich aus dem Büro zu stehlen. Keiner bemerkte es. Draußen atmete ich ein paarmal tief durch, bevor ich zurück in die Klasse ging. Mathias beugte sich zu mir herüber, als ich mich setzte.

»Was ist los? Mit wem musstest du reden?«

»Mit der Polizei.« Ich sank auf dem Stuhl zusammen und rieb mir die Stirn.

»Was hast du ihnen erzählt?« Ich spürte seine leicht zittrige Nervosität.

»Ich habe nur gesagt, ich wüsste nichts.«

Als ich nach der Schule den Feldweg zu meinem Haus hinaufradelte, stand eine breitschultrige Gestalt vor der blauen Haustür. Es war Hakim, der junge Polizeibeamte.

Was zur Hölle machte er hier?

Er riss die Augen auf, als er Monster erblickte, der neben mir herrannte. Der Hund blieb ebenfalls stehen, als ich abstieg, und hielt sich dicht an meiner Seite. Aus seiner Brust war ein Grollen zu hören.

»Ist schon okay.« Ich legte eine Hand auf seinen Kopf.

Hakim änderte seine Haltung. Irritation und noch etwas anderes, Unsicherheit oder Frustration, strömten mir entgegen. Überrumpelt durchforstete ich mein Gehirn nach einer Antwort auf die Frage, was er von mir wollte. Ich beschloss, dass Angriff die beste Verteidigung war.

»Hat Papa Lars dir erlaubt, so weit rauszufahren?«, fragte ich gelassen über die Schulter, während ich mein Fahrrad abschloss.

»Lars weiß nicht, dass ich hier bin. Ich bin nicht im Dienst. Und nenn ihn nicht so, wir sind gleichwertige Kollegen.«

»Gleichwertig? Ich dachte, du wärst ein Praktikant. Wie alt bist du? Zwanzig?« Ich musste mich anstrengen, einen ernsten Gesichtsausdruck zu bewahren.

Er ballte die Fäuste. »Ich bin sechsundzwanzig. Und zu deiner Information: So spricht man nicht mit einem Polizeibeamten.«

»Du hast doch gerade selbst gesagt, dass du nicht im Dienst bist.« Ich ging an ihm vorbei und schloss die Tür auf. Dabei stellte ich mich zwischen das Schloss und Hakim, damit er meine zitternden Hände nicht bemerkte. Ein eigenartiges Gefühl ließ mich zum Waldrand schauen.

Dort unten stand Varnar und sah zu meinem Haus hinauf.

»Komm mit rein«, sagte ich an Hakim gewandt, als ich über die Schwelle trat. Varnar brauchte sich nicht einzubilden, er könnte bestimmen, wer mich besuchte und wer nicht.

Die Schlüssel warf ich auf die Arbeitsplatte, dann setzte ich einen Kessel Wasser auf.

»Kaffee?«

Er nickte und sah sich in meinem sparsam möblierten, aber äußerst funktionalen Zuhause um. Sein Blick blieb an dem großen Speer an der Wand hängen. Auf einmal beschlichen mich Zweifel, ob das Ding überhaupt legal war, doch Hakim kommentierte es nicht.

Ich stellte die Tassen, den Kessel mit heißem Wasser und ein Glas mit Pulverkaffee auf den großen Holztisch und bat ihn, Platz zu nehmen.

»Was haben wir nach heute Vormittag denn noch zu besprechen?«, fragte ich, während ich einen Kaffee zusammenrührte und ihm reichte.

Hakim nahm die Tasse und legte seine großen Hände darum. »Je genauer ich die Fälle der ermordeten Mädchen untersuche, desto öfter tauchst du auf.« Wieder nagelte er mich mit seinem dunkelgrünen Blick fest. Es schien ihm jetzt leichterzufallen, sich auf mich zu konzentrieren.

»Und denkst du nicht, dass ich hier einfach nur viel herumgekommen bin? Auf die eine oder andere Weise habe ich schon mit fast allen aus der Gegend zu tun gehabt.«

Hakims grüne Augen funkelten. »Das haben meine Kollegen auch gesagt, nachdem wir uns mit deinem Fall befasst haben.«

Er sah aus meinem Wohnzimmerfenster. »Ich *weiß*, dass es eine Verbindung zwischen dir und diesen Mädchen gibt.«

»Dann siehst du etwas, das ich nicht einmal selbst sehen kann.«

»Das glaube ich dir«, sagte Hakim aufrichtig. Er nahm einen Schluck Kaffee. »Ich glaube dir, dass du den Zusammenhang selbst nicht kennst. Aber ich weiß, dass es ihn gibt.«

Er machte eine kurze Pause, als überlege er, wie viel er sagen konnte.

»Wir haben Peter Nybo und Christian Mikkelsen wegen des Mordes an Belinda Jaeger vorläufig festgenommen. Aber ich glaube nicht, dass sie es waren.«

»Ist es nicht ein bisschen unprofessionell, mir das zu erzählen?«

»Unorthodox, vielleicht.« Er fuhr mit dem Finger den Henkel der Tasse entlang. »Teilst du meine Auffassung?«

Ich nippte an meinem Kaffee, um ein wenig mehr Bedenkzeit zu haben. Ich hatte nichts zu verlieren, wenn ich die Wahrheit sagte. »Ich glaube nicht, dass einer von ihnen Belinda umgebracht hat.«

»Warum nicht?«

»Ist nur so eine Ahnung.«

»Wie findest du es dann, dass sie verdächtigt werden?«

»Es ist mir egal«, sagte ich, ohne nachzudenken, besann mich aber. »Nein, es ist mir nicht egal, wenn es bedeutet, dass ihr den wahren Täter nicht fangt. Aber sie tun mir nicht leid.«

»Du hast eine gewisse Vergangenheit mit Peter Nybo.«

»So könnte man es ausdrücken.«

»Ich glaube nicht, dass du ihn damals überfallen hast«, sagte Hakim.

In meinem Bauch spürte ich ein überraschtes Ziehen. »Warum nicht?«

»Ist nur so eine Ahnung.« Er wiederholte meine Worte.

In diesem Moment klopfte es an die Tür. Monster sprang auf und bellte ein einziges Mal, dafür aber so laut, dass die Tassen auf dem Tisch erzitterten.

»Erwartest du Besuch?« Hakim drehte sich auf seinem Stuhl herum.

»Nö.« Ich ging zur Tür und machte auf.

Draußen stand Varnar. »Ist alles in Ordnung?«

Hakim kam zur Tür, und die beiden Männer starrten einander böse an. Ich sah vom einen zum anderen. Was bildeten sich diese beiden Kerle eigentlich ein, hier in meinem Zuhause ihr Revier markieren zu müssen?

»Alles ist in Ordnung, solange ihr beiden mich einfach in Ruhe lasst.«

Hakim räusperte sich und gab mir seine Visitenkarte. »Wir waren ja eigentlich fertig. Aber melde dich bei mir, falls dir noch etwas einfällt, das hilfreich sein könnte. Ich habe deine Handynummer nirgends ausfindig machen können. Schreibst du sie mir bitte noch auf?«

»Ich habe kein Handy«, sagte ich genervt. Mein Status als Handylose wurde so langsam zum Problem.

Hakim wollte etwas erwidern, verkniff es sich aber. Er dachte vielleicht, diese Tatsache sei das am wenigsten Eigenartige an mir.

Ich war geneigt, ihm recht zu geben.

Hakim trat seitlich durch die Tür und bedachte Varnar mit einem Komm-mir-nicht-blöd-Blick. Varnar hielt Hakims Blick problemlos stand. Mit schweren, knirschenden Schritten verschwand Hakim über den Kies auf dem Vorplatz.

Mein Herz klopfte heftig in der Brust, als ich allein mit Varnar zurückblieb. Er fuhr sich mit der Hand durch das dunkle Haar. Es fiel zurück und umrahmte wie immer sein Gesicht.

»Ich dachte, er belästigt dich.«

»Wir haben uns nur unterhalten. Er ist Polizist und ermittelt in den Mordfällen.«

Varnar senkte den Blick. Dann hob er den Kopf und sah mir direkt in die Augen.

Die Schmetterlinge in meinem Bauch liefen Amok.

Seine durchdringenden dunkelbraunen Augen bohrten sich in meine, und Bilder aus dem Traum, in dem er die Hauptrolle gespielt hatte, flackerten in meinem Kopf auf. Er schien etwas sagen zu wollen, doch dann drehte er sich plötzlich um und rannte in Richtung Kraghede Skov davon, ohne auch nur Tschüs zu sagen.

Als ich am Donnerstagnachmittag zur Arbeit kam, unterhielten sich Luna und Frank hinter dem Tresen, während Mathias auf einem Barhocker saß und sie bewundernd anstarrte. In der Küche nickte ich Milas zu, band mir eine Schürze um und begann, Salat zu schneiden. Frank steckte seinen Kopf durch die Schwingtür.

»Da will jemand mit dir sprechen.«

Varnar? Ich ging in den Gastraum.

Och nö, Elias.

Er lächelte genauso frech wie beim letzten Mal, während sein Blick durch den Diner schweifte – sicher, um sich ein Bild von der weiblichen Kundschaft zu machen. Er entdeckte Luna und zwinkerte ihr zu.

Mathias richtete sich ein wenig auf seinem Hocker auf.

»So, ich glaube, du hast genug gesehen.« Ich griff Elias am Arm.

Er drehte sich zu mir um und breitete seine Arme aus, um mich zu umarmen. Ich drückte ihm mit der Hand gegen die Brust und schüttelte den Kopf.

»Vergiss es.« Bei der Berührung vernahm ich ein weibliches Stöhnen aus seiner sehr kurz zurückliegenden Vergangenheit. Schnell zog ich die Hand wieder zurück.

Er seufzte. »Muss ich mich wirklich nach dir verzehren?«

»Irgendetwas sagt mir, dass du dich nie lange nach etwas verzehrst.« Ich wischte mir die Hand an der Schürze ab.

Er grinste und fuhr sich durch die unbändigen Locken. »Alle Frauen sind Perlen, aber du, Anne, bist ein funkelnder Diamant.«

Oh Mann, was für ein Schleimscheißer.

Ich wies mit dem Kinn auf einen Barhocker, und er setzte sich.

»Was willst du?«

»Ich bin die Einladung.«

»Wozu?«

»Zum jährlichen Ball der Herbsttagundnachtgleiche im Bootsmann natürlich.«

Ich hatte völlig verdrängt, dass ich Od versprochen hatte, ihn zu einem Fest zu begleiten. »Warum findet der Ball im Bootsmann statt?«

»Od ist der Besitzer. Wusstest du das etwa nicht?«

»Vor einer Woche wusste ich nicht mal, dass Od existiert.«

Elias überreichte mir einen Umschlag, der auf der Rückseite mit einem Wachssiegel verschlossen war. Das Siegel stellte einen Wildschweinkopf dar.

Vorsichtig brach ich das Siegel und zog eine Karte aus dem Umschlag. Der gleiche Wildschweinkopf war auf der Vorderseite in das dicke, exklusive Papier geprägt. Auf der Innenseite befand sich die eigentliche, in roter Tinte und mit schöner Handschrift geschriebene Einladung. Am Samstag, dem 22. September, dem Tag der Herbsttagundnachtgleiche, würde der alljährliche Ball im Bootsmann in Jagd abgehalten. Man würde mich um sieben Uhr abholen. Das Erscheinen in Abendgarderobe war vorgeschrieben.

Abendgarderobe?

Ich wedelte mit der Karte vor Elias' Nase herum. »Was ist mit Abendgarderobe gemeint?«

»Was mich betrifft, ein sündhaft teurer Anzug, der mich verboten sexy aussehen lässt. Was dich betrifft, das Prinzessinnenkleid, von dem du schon immer geträumt hast.«

Ich schnitt ihm eine Grimasse und ließ die Hände nahe an meinem Körper auf und ab gleiten. »Sehe ich aus wie jemand, der davon träumt, ein Prinzessinnenkleid zu tragen?«

»Willst du *wirklich* wissen, was ich glaube, wovon du träumst?«, fragte Elias mit einem Grinsen.

Ich warf die Hände in die Luft. Es war eine Sache, auf ein Fest zu gehen und die Gegenwart einer Menschenmasse zu ertragen, eine ganz andere Sache war es hingegen, ein Kleid anzuziehen. Das hatte ich wohl nicht ganz durchdacht, als ich Od zusagte.

Elias' Gesicht wurde ernst. »Wenn du dir keins leisten kannst, kommt Od gern dafür auf.«

Mir fiel Lunas Kreation mit den Schlangen ein, und ich schüttelte den Kopf. Es war das einzige Kleidungsstück aus der Kategorie Abendkleid, das zu tragen ich jemals in Erwägung ziehen würde. »Ich habe eins, das ich geschenkt bekommen habe.«

»Apropos Geschenk …« Er holte ein viereckiges Päckchen hervor. »Das ist von Od.«

Ich öffnete es und hielt ein funkelnagelneues Handy in der Hand, das teuerste, das es gab. Ich strich mit dem Finger über das kühle Glasdisplay. »Warum?«

»Od möchte dich gerne kontaktieren können, ohne jedes Mal mich schicken zu müssen. Auch wenn mir das natürlich ein ganz besonderes Vergnügen ist.« Elias zuckte mit den Augenbrauen. »Eigentlich wundert es mich, dass du kein Handy hattest.«

»Mich hat doch eh nie jemand angerufen.« Ich blickte Elias in die Augen und sprach mit fester Stimme. »Was will Od als Gegenleistung?« Am besten klärte ich das sofort.

»Du bist eine sehr direkte Person. Das gefällt mir. Du erinnerst mich an jemanden, den ich mal kannte.« Er legte eine kurze Pause ein. »Od möchte deine Freundschaft.«

»Meine Freundschaft lässt sich nicht mit einem Handy erkaufen, egal wie teuer es ist.«

»Das ist ihm durchaus klar. Doch der erste Schritt zu einer Freundschaft mit dir ist, dich erreichen zu können, also nimm es schon.«

Natürlich wollte ich es haben. Ich wollte bloß gern wissen, was der Preis dafür war. Od sollte nicht denken, dass ich ihn ohne Weiteres zahlen würde. Ich legte das Handy zurück in die Schachtel.

»Dann sind wir wohl fertig.« Ich drehte mich um und steuerte auf die Küche zu.

»Da wäre noch eine Kleinigkeit.« Elias packte mich am Arm, sodass ich abrupt stehen blieb.

Aus dem Augenwinkel bemerkte ich, dass Frank mit scharfem Blick in unsere Richtung sah. Er machte einen Schritt auf uns zu, doch ich wedelte ihn weg.

»Was?«, fragte ich.

»Hast du noch Kornrade?«

»Ich habe nicht mal was von der genommen, die du mir gegeben hast.«

»Welch eine Willenskraft. Die meisten wären sofort nach Hause gegangen und hätten die ganze Flasche getrunken.«

»Mit *die meisten* meinst du dich selbst?«

Er antwortete nicht.

Ich fuhr fort: »Wie besprochen hebe ich es mir für den Notfall auf. Für dieses fürchterliche Fest zum Beispiel.«

»Es gibt Leute, die seit Jahren darauf warten, zu diesem Ball eingeladen zu werden.«

»Dann gib ihnen doch meine Einladung.«

Er gluckste. »In eine Verabredung zwischen dir und Od will ich mich nicht einmischen. Nein, ich hatte überlegt, ob ich dir beibringen soll, deine Hellsichtigkeit abzuschirmen.«

»Schhh.« Ich blickte mich um.

»Das ist nichts, was dir peinlich sein muss. Du solltest eher stolz darauf sein.«

»Du hast leicht reden.«

»Ich kann dir helfen.«

Ich überlegte kurz. »Was macht dich eigentlich zum Experten? Hast du dieselben Fähigkeiten wie ich?«

Elias schüttelte den Kopf. »Ich bin zu nichts Derartigem in der Lage. In meinem Körper steckt nicht ein Fünkchen Übernatürlichkeit, selbst wenn ein gewisser Teil von mir ziemlich magisch ist.«

Er grinste frech, und ich gab einen Würgelaut von mir.

»Aber ich kann Leute coachen, die«, er senkte die Stimme, »außergewöhnliche Fähigkeiten besitzen. Abschirmen funktioniert immer gleich, egal um welche Fähigkeit es geht.«

Oh, na dann.

»Kannst du am Sonntag zu mir kommen?« Mit Monster im Haus war ich vor seinen Annäherungsversuchen wohl geschützt.

Elias verbeugte sich. »Es wäre mir eine Ehre. Würdest du mir deine Adresse notieren? Wir hatten unsere Probleme, dich zu finden.«

Das wunderte mich. Wo ich wohnte, war schließlich kein Geheimnis. Als Elias sah, was ich geschrieben hatte, starrte er den Zettel ausdruckslos an. »Der Kreis schließt sich.«

Mir war schleierhaft, was er damit meinte, aber eigentlich war es mir auch egal.

»Ich muss zurück«, ich zeigte in Richtung Küche. »Wir sehen uns am Sonntag.«

»Mit wem hast du denn vorhin gesprochen?«, wollte Luna wissen, als sie etwa eine Stunde später mit einem vollen Tablett in die Küche kam.

»Mit niemand Besonderem. Er heißt Elias.«

Luna stellte ein paar Kaffeetassen in die Spülmaschine. »Ich dachte, du stehst auf den heißen Hilfshausmeister aus der Schule. Und dann taucht auf einmal dieser Typ auf.«

Ich tat ahnungslos, fluchte jedoch innerlich, weil es so offensichtlich war, wie es um meine Gefühle für Varnar bestellt war. »Elias gräbt alles und jeden an. Das hat nichts zu bedeuten.«

»Hm«, antwortete sie. »Hat sich mit dem anderen etwas ergeben? Immer wenn du nicht guckst, schaut er zu dir hin.«

Mein Herz schlug einen Rückwärtssalto.

»Und ich merke doch, wie sehr du auf ihn stehst.« Sie lachte. »Das ist beinahe mit Händen zu greifen.«

»Ich stehe nicht auf ihn«, zischte ich.

»Ich begreife nicht, warum du es nicht zugibst. Es ist doch toll, verliebt zu sein.«

Das sah ich ganz anders. Verliebt zu sein, war abscheulich. Ich konnte nicht essen, schlafen oder denken. Außerdem wurde mir jedes Mal schlecht, wenn ich ihm begegnete, und ich bekam weiche Knie. *Und gerade gestehe ich mir selbst ein, dass ich in Varnar verknallt bin.*

»Was ist mit dir und Mathias? Was läuft da zwischen euch?« Verzweifelt versuchte ich, das Thema zu wechseln.

Luna fingerte mit heruntergezogenen Mundwinkeln an ihrem Nagellack herum. »Ich habe ihn wirklich sehr gern. Er ist einfach so süß.«

»Und was stimmt dann nicht?«

Sie pustete eine dunkle Korkenzieherlocke zur Seite, die ihr vors Auge gefallen war. »Ich habe Angst, dass er eine Freundin in Kopenhagen hat. Auf jeden Fall hält er irgendetwas Großes vor mir geheim. Ich will erst dann mit ihm den nächsten Schritt gehen, wenn ich weiß, was Sache ist.«

Ich focht mit mir selbst aus, wie sehr ich mich einmischen sollte.

»Ich glaube nicht, dass er eine andere hat«, sagte ich vorsichtig. »Er ist wirklich in dich verliebt.« So viel konnte ich ohne Probleme verraten. »Sag ihm, du weißt, dass er etwas vor dir geheim hält, und dass du damit klarkommst – egal was es ist. Denn das kannst du doch, oder? Damit klarkommen, egal was es ist.«

»So langsam glaube ich, du weißt etwas.«

Ich hob die Hände.

»Ich weiß nichts«, log ich.

Luna richtete sich auf. »Du hast recht. Wir reden hier von Mathias. Wie schlimm kann es schon sein?«

Ich dachte an die verbrühte Gesichtshaut des Wilden und den widerlichen Geruch von gekochtem Fleisch.

»Du machst dir unnötig Sorgen, da bin ich mir sicher«, sagte ich laut.

An diesem Abend kuschelte sich Monster extra nah an mich, als wir auf der Küchenbank saßen und fernsahen. Er legte seinen großen Kopf auf meinen Schoß.

Ich genoss die Wärme, die sein Körper ausstrahlte. Selbst sein lautes Schnarchen, das den Film beinahe übertönte, wirkte beruhigend auf mich. Ich spürte ein seltenes Gefühl der Ruhe und Zufriedenheit. Als ob mein Leben endlich begänne, Form anzunehmen.

In der Nacht kletterte der riesige Hund in mein Bett und legte sich dicht neben mich, während sein Atem, der für einen Hund verblüffend frisch war, mir ins Ohr blies.

Am nächsten Morgen war er weg.

Ich suchte überall. Ich rief, und ich weinte.

Er war wie vom Erdboden verschluckt.

Am Freitag in der Schule hoffte ich die ganze Zeit, dass Monster nach dem Unterricht wie immer draußen auf mich warten würde.

Mathias wollte wissen, ob etwas nicht in Ordnung sei. Ich antwortete ihm nicht, und er fragte auch nicht weiter nach. Ich ging zur Morgenversammlung und nahm vorher etwas Kornrade. Sie wirkte zwar, doch ich konnte das Gefühl, meine Hellsichtigkeit für eine Weile los zu sein, nicht genießen.

Kein Riesenhund stand bei den Fahrradständern, als ich nach Hause fahren wollte.

Am Samstagmorgen schlug ich die Augen auf und war für den Bruchteil einer Sekunde gut gelaunt, ehe mir einfiel, dass Monster nicht da war. Ich vermisste ihn bis ins Mark.

Vormittags erledigte ich meine Hausaufgaben, denn am Abend musste ich arbeiten. Die Schicht im Frank's schleppte sich hin, und mir stiegen beinahe die Tränen in die Augen, als Milas mir eine Tüte mit Essensresten für Monster mitgab. Ich nahm sie dennoch mit, für den Fall, dass er wieder auftauchte. Aber als ich mich von Frank, der in seinem alten Pick-up davondonnerte, und Milas, der sich auf den Weg nach Hause zu seiner Familie machte, verabschiedet hatte und allein mein Fahrrad aufschloss, wusste ich, dass er nicht zurückkommen würde. Das Gefühl, verlassen zu werden, berührte etwas tief in meinem Inneren.

Ich schob mein Fahrrad durch die Gasse zwischen der Hauptstraße und der Grønnegade, während ich mir mit dem Handrücken über die Wange wischte.

Hinter mir erklangen Schritte.

Ich blieb stehen und sah mich um.

»Ach, haben sie dich wieder rausgelassen«, sagte ich, als ich Peter erblickte.

Er kam ein paar Schritte auf mich zu. »Du hast mich bei den Bullen verpfiffen, Psycho. Du bist schuld, dass ich drei Tage in einer Zelle schmoren musste.«

»Jeder hat euch zusammen mit Belinda gesehen. Ich habe der Polizei gegenüber nur bestätigt, was sie schon wussten.«

Peter hörte kein Wort von dem, was ich sagte. Er kam näher. »Dieser große Typ, der Kanake, wollte uns nicht gehen lassen, und er hat eine Menge Fragen über dich gestellt. Ich wusste ja, dass du mich schon immer gehasst hast. Aber mir einen Mord anzuhängen?«

Es war offenbar wirklich meine Spezialität, für jedermanns Probleme herhalten zu müssen. Ich lehnte mein Fahrrad gegen die Mauer. Es sollte keinen Kratzer abbekommen, wenn Peter anfing um sich zu schlagen.

»Es wird Zeit, dass dir jemand die Grenzen aufzeigt, Psycho«, zischte er.

»Peter, geh nach Hause, bevor ich dir noch wehtun muss«, sagte ich ruhig.

»Was ist mit mir?«, fragte jemand hinter mir.

Ich drehte mich zum anderen Ende der Gasse. Markus, Peters Handlanger, der dabei gewesen war, als sie mich damals durch den Kraghede Skov jagten, kam in seiner gekrümmten Körperhaltung angeschlurft.

Allmählich fing ich an, mir ein wenig Sorgen zu machen – hauptsächlich um mein schönes, rotes Fahrrad. Mit Peter wurde ich spielend fertig. Und bei Markus ging es lediglich darum, mental die Oberhand zu gewinnen. Sobald ich Peter verdroschen hätte, würde er die Beine in die Hand nehmen und abhauen. So war es schon gewesen, als wir Kinder waren, und so war es auch jetzt. *Okay, dann also Peter zuerst*. Ich ignorierte Markus und machte ein paar Schritte in Peters Richtung.

»Und ich?«, tönte es aus dem Hinterhof des Diners. Der Psychopath, der anscheinend Christian Mikkelsen hieß, trat aus dem Dunkel.

Mit dem Rücken zur Wand begriff ich, dass sie mir aufgelauert hatten. Während ich mir keine sonderlich großen Sorgen darüber machte, mit Peter und Markus fertigzuwerden, war ich mir bei Christian alles andere als sicher. Seine Aura war rau wie Sandpapier, und ich begann, einige Bilder von ihm zu empfangen. Es war nicht schön. Christian schien von der Sorte Typ zu sein, die so lange auf den Gegner einschlug, bis dieser am Boden lag, um ihn dann mit den Stiefelspitzen zu traktieren. Ein leichter Anflug von Angst machte sich in meinem Bauch breit.

Der Schlag kam unerwartet. Normalerweise sehe ich, wie der Gegner Mut sammelt, um zum Angriff überzugehen, doch Christian schlug mich ohne Vorwarnung. Ich schaffte es gerade noch, mich zu ducken und gleichzeitig einen Faustschlag gegen sein Kinn zu feuern. Ich traf ihn nicht mit ganzer Kraft und machte ihn dadurch nur noch wütender.

Markus heulte auf wie eine Hyäne und kam angerannt. Auch Peter schlich sich näher heran.

»Jetzt zeigen wir's dir, Psycho!«, brüllte er.

Christian schlug wieder zu, und dieses Mal traf er mein Jochbein mit voller Wucht.

Sterne explodierten in meinem Sichtfeld, doch ich nutzte die Kraft seines Schlages, um mich auf der Stelle zu drehen und ihn mit einem Roundhouse-Kick in die Seite zu treffen. Der Tritt saß perfekt, aber es gelang mir nicht, meinen Fuß schnell genug zurückzuziehen, und Christian bekam mein Bein zu fassen. Er zog daran, sodass ich auf dem Rücken landete und mit dem Hinterkopf auf den Asphalt knallte. Markus verpasste mir einen Tritt in die Seite.

Feige wie immer.

Ich packte sein Bein und zerrte daran, um ihn aus dem Gleichgewicht zu bringen. Mit einer Faust schlug ich gegen sein Kniegelenk, sodass sein Bein einknickte. Er landete auf dem Hintern, und ich hörte ein lautes Knacken von seinem Steißbein.

Die beiden anderen umkreisten mich.

Ich wusste, dass ich verloren hatte und die Prügel meines Lebens beziehen würde. Aber ich hatte nicht vor, mich kampflos zu ergeben. Also riss ich Markus' Hosenbein hoch und biss so fest in sein Schienbein, bis ich Blut schmeckte.

Er schüttelte sein Bein, damit ich von ihm abließ. Peter stürzte sich auf mich. Seine Hände kratzten und schlugen auf mich ein, um mich von Markus' Bein zu lösen. Zuletzt gelang es ihm, und als sich Peter und Markus zurückzogen, wurde es für eine kurze Sekunde ruhig. Mein Jochbein und Hinterkopf pochten wie wild, und Blut strömte mir aus der Nase. Kratzspuren zogen sich brennend über mein ganzes Gesicht, und es schmerzte an den Seiten, am Bauch und am Rücken.

Schwarze Stiefel erschienen vor meinem Gesicht.

Ich blickte in Christians kristallklare Augen und wusste, was mich erwartete. Instinktiv schloss ich die Augen und krümmte mich zusammen.

Doch die Tritte kamen nicht. Stattdessen hörte ich merkwürdige Geräusche über mir.

Ich öffnete vorsichtig die Augen. Um mich herum, ja nahezu über mich hinweg, führte ein Mann Bewegungen aus, die einem Zwischending aus einem Überfall und einem Tanz ähnelten. Fasziniert starrte ich ihn an. Noch nie hatte ich jemanden auf diese Weise kämpfen sehen. Wobei kämpfen zu viel gesagt ist, denn Peter, Markus und Christian schienen für meinen Retter keine Herausforderung zu sein. In weniger als zwanzig Sekunden lagen sie alle drei auf dem Boden und sahen aus, als seien sie ohnmächtig. Ich hatte kaum registriert, wie es passiert war.

Für einen Augenblick hatte der Mann mir den Rücken zugekehrt. Obwohl er sich nicht bewegte, strömte Energie von ihm aus, und ich erkannte die Aura.

Varnar drehte sich um und sprang heran. Ich lag noch immer auf der Seite, und Blut lief mir aus der Nase. Langsam richtete ich mich auf. Er half mir nicht, wofür ich ihm sehr dankbar war. Ich kroch zu einer der Mauern und lehnte mich mit in den Nacken gebeugtem Kopf dagegen, um das Nasenbluten zu stoppen. Varnar reichte mir ein Stück Stoff, das ich gegen die Nase drückte.

»Danke«, sagte ich. Meine Stimme klang eigenartig nasal durch den Stofflappen. Ich nahm ihn zur Seite, doch sofort strömte das Blut wieder heraus. Ich versuchte es mit dem Lappen aufzufangen, aber es lief mir über die Finger.

Varnar ging vor mir in die Hocke. Er nahm mein Gesicht in die Hände und betrachtete mich eingehend. Ich glaube, mein Herzschlag setzte für einige Sekunden aus.

Dann umfasste er meinen Nasenrücken mit einem beherzten Griff und drückte zu. Ich hielt ein Wimmern zurück, doch mir stiegen die Tränen in die Augen. Die Blutung stoppte augenblicklich. Varnar ließ meine Nase los und nahm mir den Lappen aus den Händen. Dann wischte er mir behutsam das Blut aus dem Gesicht. Er befühlte mein Jochbein und drehte meinen Kopf von einer Seite zur anderen. Dann glitten seine Finger durch mein Haar und drückten sanft gegen meinen Nacken und den Hinterkopf. Vorsichtig zog er die Hände zurück und legte meine Haare über eine Schulter.

Ich saß mucksmäuschenstill da.

»Leg dich hin«, murmelte er.

Ich tat es. Behutsam schob er mein T-Shirt hoch und fuhr mit der Hand über meinen Bauch und die Seiten. Ich stöhnte auf, allerdings nicht vor Schmerzen. Es war kaum auszuhalten. Gleichzeitig wollte ich, dass er niemals damit aufhörte. Er zog mein T-Shirt nach unten und gab mir zu verstehen, dass ich mich wieder hinsetzen konnte.

»Wir müssen einen Krankenwagen rufen«, sagte ich.

»Einen was?«, fragte er, während ich mich langsam aufrichtete.

»Einen Krankenwagen. Einen Arzt.«

»Du bist nicht ernsthaft verletzt«, sagte er.

»Nicht für mich.« Ich zeigte auf die drei bewusstlosen Typen neben mir. »Für die.«

In Varnars Gesicht spiegelte sich Unverständnis. »Sie sind deine Feinde.«

»Mag sein, aber wir können sie nicht einfach liegen lassen.« Ich kramte mein neues Handy hervor, doch meine Hände zitterten. Weniger wegen der Schläge, die ich hatte einstecken müssen, sondern vielmehr wegen Varnars Berührungen. »Ich glaube, du musst das übernehmen.«

Ich gab ihm das Telefon. Er sah es verwundert an.

»Du musst mit dem Finger darüberwischen, damit es angeht.« Ich zeigte auf das Display. »Und dann gib 2301 ein. Das ist der Code.«

Er brachte das Handy zum Aufleuchten, starrte aber das Nummernfeld an, ohne etwas zu unternehmen.

»Du sollst 112 wählen.«

»Ach so, ja.« Er drückte auf die richtigen Ziffern, und als sich eine Stimme meldete, hielt er das Handy an meine unverletzte Wange.

»Drei Männer sind überfallen worden, in der Gasse hinter Frank's Bar & Diner in Ravnssted.«

Varnar unterbrach die Verbindung. Ich hoffte, dass der Notarzt benachrichtigt war.

Wir saßen eine Weile schweigend da.

»Du kannst nicht auf diese Art weiterkämpfen«, sagte Varnar schließlich.

Ich schaute ihn überrascht an. Von allen Menschen und nach der Lehrstunde in der Kunst der Gewalt, die er mir gerade erteilt hatte, war er der Letzte, von dem ich diese Worte erwartet hätte. Es war, als schlüge mir ein Echo von sämtlichen Pädagogen, Pflegeeltern und Lehrern entgegen, mit denen ich jemals zu tun gehabt hatte.

»Ich hatte ja wohl kaum eine andere Wahl. Sie haben mir aufgelauert«, sagte ich.

Varnar runzelte leicht die Augenbrauen. »Das meine ich nicht. Du kannst nicht weiter so kämpfen wie bisher. Ich muss dir beibringen, wie es richtig geht.«

KAPITEL 12

Wir gingen schweigend die Kraghede Landstraße entlang. Während des gesamten Weges sagte keiner von uns ein Wort. Mein Jochbein und mein Hinterkopf schmerzten noch immer höllisch.

Wir bogen in den Feldweg nach Odinshöhe ein, und Varnar schaute zum Himmel.

»Warum sind diese Männer deine Feinde?«

Ich zuckte mit den Achseln.

»Zwei von ihnen kenne ich schon mein ganzes Leben lang. Sie konnten mich noch nie leiden. Den Dritten, den mit der Glatze, habe ich vor ein paar Tagen zum ersten Mal gesehen.« Ich schnitt eine Grimasse. »Aber es braucht nicht viel, damit die Leute mich hassen.«

Varnar widersprach mir nicht. »Sie meinten, du hättest sie angezeigt.«

»Sie glauben, ich hätte der Polizei erzählt, dass sie Belinda Jaeger umgebracht haben.« Ich blieb stehen. Wir hatten die Hälfte des Feldwegs zurückgelegt. »Woher weißt du, was sie dachten?«

Varnar blieb ebenfalls stehen. »Das hat der Typ gesagt, der dich als Erster angesprochen hat.«

»Ja. Das hat er gesagt, *bevor* sie mich überfallen haben.«

Varnar sah mich ausdruckslos an und nickte.

»Heißt das, du warst die ganze Zeit da?«

Er nickte wieder.

Mir blieb die Spucke weg. »Du hast sie mich schlagen und treten lassen, ehe du eingegriffen hast.«

»Ich musste sehen, wie gut du kämpfst. Ich hätte nicht zugelassen, dass sie dich ernsthaft verletzen.«

»Das konntest du nicht wissen«, fauchte ich und begann, Richtung Haus zu marschieren. »Du tust, als seist du der ach so große Beschützer, aber als ich das erste Mal in Schwierigkeiten stecke, kommst du zu spät, und beim zweiten Mal lässt du mich eine Runde Prügel kassieren, bevor du etwas unternimmst.«

Varnar holte mich ein und ging mit langen Schritten neben mir her. »Ich habe mir immer noch nicht verziehen, dass ich neulich zu spät kam. Aber heute Abend habe ich die richtige Entscheidung getroffen. Ich musste wissen, wie gut du dich selbst verteidigen kannst, damit ich ...« Er kniff fest den Mund zusammen.

»Damit du was?«

Er winkte ab. »Ach, egal.«

Wir waren bei meiner Haustür angekommen. Ich wandte mich ihm zu.

»Hör mal, ich bin froh, dass du mir geholfen hast. Aber wenn du das nächste Mal auf ein Mädchen triffst, das von drei Typen verkloppt wird, finde ich, du solltest ihr gleich helfen.«

Ich lehnte mein Fahrrad gegen die Wand und zog den Haustürschlüssel aus meiner Tasche.

»Ich komme morgen Nachmittag zu dir«, sagte Varnar hinter mir.

Ich drehte mich um, und wir sahen einander im Mondschein an.

»Warum?«, fragte ich.

»Damit wir mit dem Training anfangen können. Ich will nie wieder sehen, dass du jemandem ins Bein beißt. Du hattest Glück, dass er dir nicht in den Hals getreten hat. Dann hättest du gelähmt oder tot sein können.«

Ich griff mir unwillkürlich an die Kehle. Daran hatte ich nicht gedacht. Wäre Varnar mir nicht zu Hilfe gekommen – so viel Zeit er sich auch gelassen hatte –, könnte ich jetzt womöglich an einem ganz anderen Ort und in einem ganz anderen Zustand sein als mit ein paar kleinen Schrammen vor meiner Haustür. Davon abgesehen war es wohl kaum das letzte Mal, dass Peter und seine Kumpane Lust bekamen, mit mir zu spielen. Und jetzt, wo ich ganz allein hier draußen wohnte – ich sandte einen düsteren Gedanken an Monster –, musste ich in der Lage sein, mich selbst zu verteidigen.

»Na schön.«

Varnar neigte wie zur Bestätigung den Kopf, ehe er sich umdrehte und loslief. Ich sah ihm nach, bis die Schatten des Waldes ihn vollkommen verschluckt hatten.

In der Nacht träumte ich, dass ich mich selbst in einem Spiegel sah. Mein Spiegelbild schaute mich traurig an und formte die Lippen zu Worten, die ich nicht verstehen konnte. Rote Locken fielen mir ins Gesicht, und auf meiner Schulter ruhte Monsters Kopf. Er blickte mich sanft aus dem Spiegel an und atmete in die rote Haarpracht hinein.

Der Traum glitt hinüber in den nächtlichen Wald, und ich durchlebte erneut den Tod des Mädchens. Diesmal war niemand da, der mich wecken konnte, sodass ich die Vision bis zum Ende sah, weinend und schreiend. Traum und Vision mussten sich vermischt haben, denn als der Mörder auf den Waldrand zulief, wandte er sich um und blickte über die Schulter.

Es war Varnar.

Ein lautes Geräusch polterte durch meinen Traum. Ich setzte mich im Bett auf. Es war Morgen. Meine Wangen waren nass von Tränen, und ich atmete stoßweise.

Jemand hämmerte an meine Haustür.

Ich taumelte schlaftrunken aus dem Bett, lief die Treppe hinunter und riss die Tür auf. Draußen in der Morgensonne stand Elias. Sein Gesichtsausdruck war wie immer keck und flirtend, verwandelte sich jedoch in geschockt, als er mich sah.

»Was im Namen der Götter ist passiert?«, fragte er.

Ich fasste mir an die Wange, die nicht nur nass von Tränen war, sondern auch höllisch wehtat. Ich hatte, ehe ich mich ins Bett warf, nicht die Energie gehabt, mir mehr als notdürftig das gröbste Blut abzuwaschen.

»Ich bin gestern Abend ein paar unangenehmen Typen über den Weg gelaufen«, antwortete ich.

»Wer war es?« Elias' Stimme forderte eine Antwort.

»Nur ein ehemaliger Klassenkamerad und ein paar seiner Kumpel.«

Er atmete aus. »Du kennst sie also schon länger?«

»Das geht dich nichts an.« Ich fuhr mir durchs Haar. »Was machst du hier?«

»Wir haben doch eine Verabredung.«

»Ich hatte total vergessen, dass du kommen wolltest. Können wir es verschieben?«

»Ganz bestimmt nicht. Ich gehe nirgendwohin, ehe ich mich vergewissert habe, dass du okay bist.« Ohne dass ich ihn hereingebeten hätte, ging er an mir vorbei ins Haus.

Ich hob in einer genervten Geste die Handflächen zum Himmel.

»Ich bin okay«, rief ich.

Elias blieb stehen, nahm mich dann am Arm, führte mich ins Badezimmer und schob mich vor den Spiegel.

Ich musste mich überwinden, um hineinzublicken. Zum Glück waren meine Haare schwarz, und ich hatte denselben mürrischen Gesichtsausdruck wie immer. Damit hörte die Ähnlichkeit mit meinem normalen Aussehen allerdings auf. Mein Jochbein war lila und geschwollen und mein rechtes Auge beinahe geschlossen. In den Nasenlöchern hingen Klumpen von getrocknetem Blut, und auf meiner Stirn, der Unterlippe und entlang des Kiefers hatten Peters Fingernägel deutliche Kratzspuren hinterlassen. Mein unverletztes Auge war rot und verweint, und meine Haare glichen einem einzigen verfilzten und verklebten Vogelnest.

»Du bist nicht okay. Du siehst furchtbar aus.«

»Dann solltest du die drei anderen sehen«, sagte ich mit einem Lächeln, doch der Riss in der Lippe ließ es mir schnell wieder vergehen.

Es war nicht einmal gelogen. Was Varnar im Alleingang mit ihnen angestellt hatte, war sehr viel schlimmer als alles, was die drei zusammen mir zugefügt hatten. Elias hob mein Top hoch. Wo Markus mich getreten hatte, zierten lila und blaue Flecken meinen durchtrainierten Bauch.

»Dein Rücken sieht nicht viel besser aus«, kommentierte Elias und strich mit seiner warmen Hand darüber. Seine treibsandartige Aura wogte in mich hinein.

»Das sind nur Kratzer.« Ich schob seine Hand weg und trat ein Stück zur Seite.

»Das mag ja sein, aber ich möchte, dass du dich duschst, damit ich sehen kann, was Blut und Dreck und was tatsächliche Verletzungen sind.«

Ich schnaubte. »Solange du nicht mindestens einen Kilometer entfernt bist, ziehe ich mich garantiert nicht aus.«

»Glaubst du, ich würde eine solche Situation ausnutzen?«

»Es ist schwer für mich zu beurteilen, was du ausnutzen würdest.«

»Ich verspreche, dass ich nicht hinschaue.« Er sah tatsächlich ein wenig beschämt aus. »Ich mache in der Zwischenzeit Frühstück«, sagte er über die Schulter, bevor er die Tür hinter sich schloss.

Erst als ich unter der Dusche stand, merkte ich, wie weh mir alles tat. Mein Rücken schmerzte, meine Bauchmuskeln und Rippen brannten stechend beim Einatmen, und ich hatte brutale Kopfschmerzen. Ich musste die Haare dreimal waschen, um all das eingetrocknete Blut herauszubekommen.

Als ich schließlich so sauber war wie eben möglich und nach meinem Lieblings-Kokosshampoo duftete, stellte ich das warme

Wasser ab und stieg aus der Dusche. Ich trocknete mich ab und wickelte mir das Handtuch um die Haare. Vor dem Spiegel wollte ich noch einmal meine Verletzungen begutachten, daher wischte ich mit der Hand über das beschlagene Glas.

In dem kleinen Streifen flammte eine rote Haarpracht auf, und ich erhaschte einen Blick auf mein Gesicht, das lautlos und verzweifelt versuchte, etwas zu sagen. Ich schrie auf, drehte mich mit dem Rücken zum Spiegel und barg das Gesicht in den Händen. Elias stürzte mit einem gezückten Brotmesser durch die Tür.

»Was ist passiert?« Er starrte mich an, wie ich, nur mit dem Turban auf dem Kopf, vor ihm stand. Dann schlug er sich die Hand vor die Augen, drehte sich um und wollte gehen, doch er verschätzte sich und lief gegen den Türrahmen. Das Messer fiel mit einem lauten Klirren auf den Boden.

»RAUS!«, brüllte ich.

»Ich dachte, es wäre jemand hier.« Noch immer mit einer Hand vor den Augen klaubte er das Messer vom Boden auf und tastete sich hinaus.

Ich atmete ein paarmal aus, wickelte mir das Handtuch um den Körper und humpelte nach oben, um mich anzuziehen. Als ich wieder nach unten kam, saß Elias am Esstisch, der mit Kaffeetassen, Tellern, Brot und Käse gedeckt war. Er hob in einer verteidigenden Geste die Hände.

»Tut mir leid.«

»Ist schon gut. Es war ein Versehen.« Ich setzte mich an den Tisch.

»Wie heißen die Typen, die das getan haben? Und hast du vor, mir zu erzählen, weshalb es passiert ist?«

Ich sah auf die Tischplatte. »Vergiss es.«

Elias bohrte nicht weiter nach.

»Du siehst besser aus«, sagte er. »Es ist nicht so schlimm, wie ich dachte. Aber du wirst die Spuren eine Weile mit dir herumtragen, wenn ich nichts dagegen tue.«

»Sonderlich viel kannst du kaum tun. Ich werde wohl einfach warten müssen, bis sie weg sind.«

»Da irrst du dich«, erwiderte er und holte eine kleine Ampulle hervor, die der mit der Kornrade ähnelte. Die Flüssigkeit in dieser hatte allerdings eine grelle hellgrüne Farbe. Er reichte sie mir. »Willkommen in meiner Welt.«

Ich drehte die Ampulle zwischen den Fingern. »Und das ist?«

»Es heißt Laekna und wird dir helfen, schneller zu heilen. Ich könnte auch einen Heiler holen, der dich auf einen Schlag kuriert, aber das wäre, wie mit Kanonen auf Spatzen zu schießen.«

»Heiler?«

»Wie gesagt: Willkommen in meiner Welt. Die genau genommen auch deine Welt ist, wenn ich es recht bedenke. Du weißt es bloß noch nicht.«

Ich betrachtete die Ampulle in meiner Hand. »Soll ich es einfach trinken?«

»Nur ganz wenig. Etwas mehr als die Menge an Kornrade, die ich dir gegeben habe.« Er sah mich hoffnungsvoll an. »Wir können es ja teilen, wie beim letzten Mal.«

»Nein danke«, sagte ich und schüttelte mich. Es war mir schwer genug gefallen, den ersten Kuss zu vergessen, der sich immer wieder mit meinen Tagträumen von Varnar vermischte.

Mit aufgesetzt verschmähter Miene zog Elias die Mundwinkel nach unten. »Gib mir deinen Finger.«

Ich streckte meinen Zeigefinger aus, und er gab einen Tropfen auf dessen Spitze. Ich steckte den Finger in den Mund und saugte. Die Flüssigkeit war scharf. Ganz anders als die süße, blumige Kornrade. Eher wie Meerrettich oder Chili. Hitze breitete sich in einer Welle von meiner Kehle über mein Gesicht und bis in den gesamten Kopf aus. Sie fegte auch meinen Hals hinunter, durch die Arme und in meinen Bauch, von wo aus sie weiter abwärtsrollte. Als sie mich unter der Gürtellinie traf, entfuhr mir ein leises Keuchen.

Elias verkniff sich ein Lächeln, indem er sich auf die Lippe biss.

Die Hitzewelle pulsierte in meinen Beinen und Zehen, dann war sie weg. Ich saß durcheinander auf dem Stuhl. Dann hob ich die Hand an mein Kinn. Der Schmerz hatte deutlich nachgelassen, und ich konnte wieder mit meinem rechten Auge sehen. Ich fühlte nach den Kratzern von Peters Nägeln. Sie waren vollkommen verschwunden. Als ich mein T-Shirt hochzog, sah ich, dass auch die dunkellila Flecken verschwunden waren. Zurückgeblieben war nur ein schwacher grüngelber Schatten.

Elias betrachtete mich zufrieden. »Viel besser. Morgen wird man gar nichts mehr sehen.«

»Hast du für jede Situation einen Zaubertrank?«, fragte ich, während er die Ampulle verschloss.

»Es sind keine Zaubertränke, sondern Arzneimittel. Sie sind aus Pflanzenextrakten hergestellt und enthalten in bestimmten Fällen zusätzliche, etwas stärkere Zutaten. Aber Hexerei ist nie im Spiel.«

Ich bemerkte, dass er meine Frage nicht beantwortet hatte. »Stellst du sie selbst her?«

»Ich habe viele Jahre darauf verwandt, das Handwerk zu perfektionieren. Es ist meine Spezialität.«

»Du sagst ›viele Jahre‹. Von wie vielen sprechen wir?«

Statt einer Antwort streckte Elias die Hand aus. Ich blickte reglos darauf. Er bedeutete mir, sie zu ergreifen.

»Was jetzt?«

»Versuch selbst, es zu sehen. Ich möchte deine Fähigkeiten testen.«

»Na schön.« Ich musste mir einen Ruck geben, ehe ich seine Hand in meine nahm. Sie war warm und stark, und eigentlich war es schön, sie zu halten. Sobald wir uns berührten, wurde ich förmlich in Elias' merkwürdige, tiefe Vergangenheit hineingesogen.

»Was siehst du?«

Ich schloss die Augen und konzentrierte mich. Die Bilder strömten auf mich zu. Ich hielt sie etwas auf Abstand und konzentrierte mich auf die grundlegenden Impulse, die ich von ihm erhielt.

»Deine Aura ist wie die eines gewöhnlichen Menschen. Und dennoch anders.«

»Inwiefern anders?«

»Sie hat mehr … wie soll ich es ausdrücken? *Volumen*. Es ist alles da. Trauer, Freude, Liebe, Sehnsucht, Begierde, Hass, Mitgefühl. So ist es bei den meisten, auch wenn ein Gefühl in der Regel dominiert. Aber bei dir gibt es mehr von allem. Als hättest du alles doppelt erlebt.«

»Welches Gefühl ist das dominierende?« Elias' Stimme hatte einen angespannten Unterton.

Ich fühlte in ihn hinein. So tief ich konnte. Tiefer, als ich je bei einem anderen Menschen in die Vergangenheit gesehen hatte. Ich sortierte, gruppierte und verglich die Gefühle. Schweiß trat mir auf die Stirn, und ich atmete schwerer. Je weiter ich kam, desto anstrengender wurde es. Es war, als würde ich Betonblöcke bewegen. Normalerweise wurde ich von der Vergangenheit anderer überfallen und tat alles, um sie auf Abstand zu halten. Jetzt, wo ich bewusst in einer Vergangenheit herumsuchte, fiel es mir schwerer, als ich gedacht hätte. Schließlich stieß ich auf etwas. Eine Art Blockade. Hatte ich das Epizentrum von Elias' Gefühlen erreicht?

»Welches Gefühl?«, fragte Elias erneut.

»Unersättlichkeit.« Ich untersuchte die Blockade. »Du begehrst alles und jeden. Du willst alles haben. Alle Erlebnisse und alle Menschen. Deine Begierde reicht für hundert Leben.«

Elias' Griff um meine Hand verstärkte sich, und er setzte an, etwas zu sagen. Ich bedeutete ihm zu schweigen.

»Warte, da ist mehr. Warum möchtest du alles haben und alles erleben?« Ich drückte mental gegen das Gefühl, und es bewegte sich leicht. »Da ist noch etwas dahinter.«

Ich nahm all meine Kräfte zusammen und bekam es endlich aus dem Weg. Ich öffnete die Augen und sah direkt in Elias' graublaue. »Da ist ein Verlust. Du hast etwas verloren, das für immer fort ist.

Selbst wenn du ewig lebst, alles und jeden erlebst, du wirst es nie mehr wiederbekommen.«

Nur für den Bruchteil einer Sekunde sah ich die Tränen in Elias' Augen glitzern, bevor er den Kopf wegdrehte. Dann ließ er meine Hand los und stand auf. Er stellte sich an die Glastür zum Garten und starrte lange von dem Aussichtsposten, als der mein Haus diente, über die flache Landschaft.

Währenddessen wischte ich mir den Schweiß von der Stirn und atmete aus. Endlich wandte sich Elias wieder um, nun mit vollkommen trockenen Augen. Er sah mich mit einem Kommen-wir-zur-Sache-Blick an.

»Deine Hellsichtigkeit ist stark. So stark habe ich sie noch bei niemandem ohne vorherige Anleitung erlebt. Vielleicht ist sie sogar stärker, als ich es je bei irgendwem gesehen habe. Alles Kreative muss dir vollkommen unmöglich sein.«

»Was meinst du damit?«

»Vergangenheitshellsichtige sind außerstande, etwas zu erschaffen.« Elias zuckte mit den Achseln, als hätte er mir gerade erklärt, dass Wasser nass ist.

»Warum nicht?«

»Die Zeit ist sowohl destruktiv als auch kreativ«, antwortete Elias. »Zurückgerichtet ist sie mit Zerstörung in der neutralsten Bedeutung des Wortes gleichzusetzen. Damit Zeit Vergangenheit werden kann, muss das Jetzt zerstört werden. Ihr Vergangenheitshellsichtigen steht daher zumeist in starker Verbindung zu eurer destruktiven Seite und kaum zu eurer kreativen.«

Ich ließ dieses grundlegende Aha-Erlebnis über meine Persönlichkeit sacken, während Elias fortfuhr: »Ich würde wetten, du bist lausig im Malen und Zeichnen.«

Ich nickte langsam. »Und Kochen ist ausgesprochen gefährlich für mich und meine Umgebung.«

Elias' Mund verzog sich zu einem schiefen Lächeln. »Gut, dass du so viele andere Vorzüge hast.«

Ich ignorierte seine Bemerkung. »Hast du viele wie mich getroffen?«

»Hellsichtige? Ja, einige. Darunter solche, die sowohl in die Zukunft als auch in die Vergangenheit blicken konnten. Bei einigen wenigen ist es eine Mischung, aber dann ist ihre Gabe zumeist schwächer ausgeprägt, da sie geteilt werden muss. Hellsichtigkeit ist keine ungewöhnliche Fähigkeit.« Er setzte sich an den Tisch und schlug mit den Handflächen auf die Platte. »Lass uns damit anfangen, dir beizubringen, wie du dich abschirmen kannst. Nimm noch mal meine Hand.«

Ich kam seiner Aufforderung nach.

»Wie verschließt du dich normalerweise vor deinen Fähigkeiten?«, fragte er.

»Ich stelle mir eine hermetisch verschlossene Blase um mich selbst vor, durch die nichts dringen kann. Manchmal denke ich auch an einen Eisenschild.«

»Funktioniert es?«

»Ehrlich gesagt nicht wirklich. Das Einzige, was halbwegs funktioniert, ist, mich von anderen Leuten fernzuhalten, aber selbst dann empfange ich Eindrücke von der Umgebung.«

»Ich glaube, ich kann dir helfen.« Er drückte meine Hand. »Versuch, das Gegenteil zu tun. Öffne dich, so wie du es vorhin gemacht hast.«

»Warum?«

»Schhh. Tu es einfach.«

Ich aktivierte erneut meine Hellsichtigkeit und empfing augenblicklich Gefühle und Bilder von Elias.

Ich sah Frauen. Viele Frauen. Und ich sah ihn über Töpfe und Bottiche gebeugt stehen, die blubberten und schäumten. Außerdem flackerte ein Bild auf, wie er Od umarmte.

Komisch.

»Schließ die Augen«, sagte Elias.

Ich gehorchte.

»Beginne damit, deine Hellsichtigkeit zu akzeptieren. Sie existiert, und das ist in Ordnung.«

Ich versuchte es, doch es war schwer. Ich verabscheute meine Macke. Elias wartete geduldig. Schließlich fand ich einen Balancepunkt, an dem ich sie tolerierte.

Elias spürte, dass ich bereit war. »Und jetzt öffne deine anderen Sinne«, fuhr er fort. »Als Erstes den Geruchssinn.«

Ich schnupperte. Der Duft nach Kaffee kitzelte mir in der Nase. Ich konnte auch Elias' würzigen und leicht süßlichen Duft riechen.

»Lausche.«

Ich lauschte und hörte unseren Atem. Der Wind draußen rüttelte an den Zweigen, und ein einsamer Vogel tschirpte.

»Schau.«

Ich öffnete die Augen, und Elias hielt eine Kette ins Sonnenlicht, das gleißend durchs Fenster brach. An der Kette baumelte ein Kristall. Er fing das Licht und warf es in verschiedenen Farben zurück. Ich musste lächeln, so verzaubert war ich.

Elias lächelte ebenfalls. »Versuch nun, zu deiner Hellsichtigkeit zurückzukehren. Du sollst sie weder bewusst hervorrufen noch dich vor ihr verschließen. Beobachte sie einfach, während du gleichzeitig deine anderen Sinne geöffnet hast.«

Ich fühlte erneut nach. Die Hellsichtigkeit war noch immer da. Ich konnte sie spüren, doch sie war nicht mehr aktiv. Es war, als sei sie eingeschlafen.

»Es funktioniert«, flüsterte ich und hätte heulen können vor Dankbarkeit.

»Fühle«, sagte Elias heiser. Er strich mit den Fingerspitzen seiner freien Hand über meinen Unterarm. Es kitzelte auf eine angenehme Weise.

»Ich habe doch schon gesagt, dass es funktioniert«, sagte ich leicht aus der Puste.

»Ich weiß«, flüsterte er. »Das hier ist für mich.«

Er beugte sich vor.

Ich riss meine Hand los und wich zurück. Meine Hellsichtigkeit flammte erneut auf, und Elias' Gefühl, alles zu verlieren, brach über mich herein.

»Warum hast du das getan?«, rief ich.

»Ich konnte nicht anders. Du bist so hübsch, ganz ohne Schminke. Dein Lächeln ist fantastisch.«

»Ich schmeiß dich gleich raus. Kannst du nicht aufhören, das dauernd zu tun?«

Elias überlegte.

»Ich glaube nicht, nein. Ich bin es gewohnt zu bekommen, was ich will.« Er sah mich mit großen Hundeaugen an.

»Dann hau ab und hol dir, was du willst, wenn es so einfach für dich ist.«

»Alles, was ich in diesem Moment haben will, sitzt direkt vor mir.«

»Ich habe genug in deinem kranken Kopf gesehen, um zu kapieren, dass du mich nur für zwanzig Minuten willst, bevor eine andere, spannendere Frau auftaucht.«

»Da hast du wohl recht«, räumte er ein. »Bloß dass du mich unterschätzt, was die zwanzig Minuten angeht.«

Nachdem ich Elias vor die Tür befördert hatte – denn das tat ich sehr nachdrücklich nach seiner letzten Bemerkung –, saß ich allein am Küchentisch. Erstmals in meinem Leben fühlte sich ein Raum leer an. Normalerweise wäre er mir einfach nur friedlich erschienen. All meine Sinne standen nach Elias' Übung noch immer weit offen, und es kam mir vor, als ob ich alles doppelt fühlte. Rastlos begann ich, den Tisch abzuräumen. Es war erst zehn. Mit einem Ziehen im Bauch fiel mir ein, dass Varnar später vorbeikommen würde. Ich ignorierte das Bedürfnis, mich zu schminken. Ich wagte mich nicht einmal in die Nähe des Spiegels und vertraute meinen zitternden Händen nicht genug, um es blind zu tun.

Einige Stunden später klopfte es sachte.

Ich öffnete, und wie erwartet stand Varnar vor der Tür. Er trug eine lockere schwarze Hose und einen eng anliegenden schwarzen Pullover, der seine breiten Schultern deutlich hervorhob. Sein dunkles Haar war zu einem Knoten gebunden, wodurch seine Gesichtszüge stärker betont wurden.

Er schaute mich durchdringend an. Es machte mich verlegen, doch ich erwiderte seinen Blick.

»Von deinen Verletzungen ist kaum noch etwas zu sehen«, stellte er fest.

Aus irgendeinem Grund wollte ich Elias nicht erwähnen, daher sagte ich nichts.

»Ungeschminkt siehst du anders aus.«

Mein Herz schlug etwas schneller. Elias hatte gesagt, ich sei hübsch ohne Schminke. Ob Varnar das auch fand?

»Vorher war es besser«, sagte er. »Du solltest dir weiterhin die Augen schminken.«

»Okay«, murmelte ich mit zusammengekniffenen Lippen.

Varnar dirigierte mich hinaus in meinen kleinen Garten. Etwas verloren stellte ich mich mit herunterhängenden Armen auf den Rasen. Ich hatte keine Ahnung, wie wir es machen sollten. Varnar machte allerdings den Eindruck, als ob er ganz genau wüsste, was er vorhatte.

»Ich habe ein wenig gesehen, was du kannst. Einiges musst du dir abgewöhnen, anderes musst du verfeinern.« Er ging um mich herum und blieb direkt vor mir stehen. »Ich bin jetzt dein Gegner. Stell dir vor, du weißt, dass der Kampf zwischen uns unvermeidbar ist. Was tust du?«

Darüber brauchte ich nicht nachzudenken. »Ich schlage zuerst, falls es mir gelingt.«

Varnar nickte. Ich hatte richtig geantwortet.

»Wie oft schlägst du?«

»Nur ein Mal. Dann warte ich. Manchmal reicht das schon, damit der andere aufgibt.«

Diesmal schüttelte er den Kopf. »Mehrmals. Fünf, sechs Schläge oder Tritte an verschiedenen Körperstellen. Der Gegner fühlt sich umzingelt und will sich zurückziehen.«

Ich nickte. Das ergab Sinn.

»Anschließend verpasst du ihm den entscheidenden Schlag, hier.« Er streckte den Arm aus und legte seine Handkante an meine Kehle.

Ich schauderte bei der Berührung.

»Oder hier.« Er platzierte den untersten Teil seiner Handfläche an meine Schläfe.

Meine Nackenhärchen stellten sich auf.

»Oder hier.« Er ballte die Hand und führte die Faust bis direkt unter mein Brustbein.

Ich hatte Angst, er könnte mein Herz hämmern hören.

»Gestern Abend hast du auch die Beine benutzt.« Ich versuchte vor allen Dingen, mich selbst abzulenken. »Du hast Saltos und Rad geschlagen und getreten. Kannst du mir das beibringen?«

»Dafür bist du nicht bereit. Du musst noch viel lernen. Weil du getreten hast, konnte dich dein Gegner zu Boden bringen. Das ist einer der wichtigsten Grundsätze. Tritt, schlage oder stehe niemals auf eine Weise, durch die du riskierst, dass dich der Gegner zu Boden bringt. Damit hast du den Kampf so gut wie sicher verloren.«

Die Kritik tat weh, doch ich bat ihn fortzufahren. »Was habe ich sonst noch falsch gemacht?«

»Vieles«, sagte Varnar ohne die geringste Rücksicht auf meine Gefühle. »Deine Hände«, er nahm sie, und ich atmete vorsichtig aus, »müssen immer in der Nähe deines Gesichts sein. Ab der Sekunde, wo du weißt, dass der Kampf unvermeidbar ist. Deine Ellbogen müssen eng an den Körper und deine Hände zur Deckung hierher nach oben.« Er hob meine Hände in die Höhe. »Das Kinn muss nach unten, so beschützt du deinen Hals. Und versuch nie wieder, einem Gegner mit der Stirn eine Kopfnuss zu verpassen.«

Ich musste lächeln beim Gedanken an den Tag, als ich ihn ihm Wald überfallen hatte. Nachdem ich ihn gestern Abend in Aktion gesehen hatte, wusste ich, wie hoffnungslos mein Unterfangen gewesen war. Varnars Lippen formten sich ebenfalls zu einem Lächeln, und erneut war es, als schiene das Lächeln mit der Sonne um die Wette. Er legte seine Hände auf beide Seiten meines Kopfes, ganz oben beim Scheitel.

»Benutz diese beiden Bereiche.« Er drückte leicht zu. Aus der Nähe war sein Duft überwältigend.

Ich schaute auf, und unsere Blicke begegneten sich. Das Lächeln verschwand, und er runzelte kaum merklich die Brauen. Dann ließ er mich los.

»Wir starten mit dem Blocken«, sagte er. Seine Miene war nun vollkommen ausdruckslos. »Ich versuche, dich zu schlagen.«

Wie ein Blitz flog seine Hand nach vorn, und ich duckte mich instinktiv. Im selben Augenblick rammte Varnars Knie meine Schulter, ich taumelte rückwärts und landete auf dem Hintern im Gras.

»Nein«, sagte er. »Halt dich auf den Beinen, mit der Deckung nach oben. Blockier meine Schläge. Deine natürliche Reaktion ist, dich zu ducken, und das ist falsch. Wenn du dich duckst, riskierst du, umgestoßen zu werden. Steck den Schlag lieber ein und bleib dafür auf den Beinen.«

Ich stand auf.

»Noch mal«, kommandierte er.

Ärger brodelte in mir hoch, und ich spürte, wie mein Kampfgeist erwachte.

Varnars Hand flog nach vorn. Diesmal hob ich den Arm, sodass er ihn anstelle meines Gesichts traf.

»Besser, aber du musst die Kraft meines Schlages nutzen, um meinen Arm entweder wegzuschlagen oder ihn umzuleiten und hier in der Achselhöhle zu fixieren. Dann kannst du einen Schlag oder Tritt setzen.« Er zeigte es mir, und ich fixierte seinen rechten Arm. Er schlug erneut nach mir, diesmal mit dem anderen Arm. Blitzschnell kopierte ich die Bewegung von zuvor und fixierte auch diesen Arm. Instinktiv hob ich das Knie und rammte es ihm in den Bauch. Ihm entwich ein dumpfer Laut.

Augenblicklich ließ ich ihn los. »Tut mir leid. Ich weiß nicht, wieso ich das getan habe.«

Varnars Augen blitzten anerkennend auf.

»Es war eine natürliche Reaktion, und das sind die besten. Vorausgesetzt, du hast die richtigen Reaktionen gelernt.« Er griff sich an den Bauch. »Aber du hast an der falschen Stelle getroffen. Der Bauch ist bei den meisten von einer Muskelschicht geschützt.« Er schlug sich darauf, und der Laut ließ deutlich erkennen, *wie* durchtrainiert seine Bauchmuskeln waren. »Du musst entweder höher oder tiefer zielen. Weiter oben kannst du die Rippen treffen, in der Mitte triffst du den Solarplexus. Oder tiefer, dann triffst du den Unterleib oder den Schritt.«

Wir machten weiter. Varnar schlug und wies mich an, und ich blockierte seine Schläge. Mehrfach erinnerte er mich daran, Hände und Arme vor das Gesicht zu halten.

Die Sonne glühte, und zum Schluss musste ich mein Oberteil ausziehen, auch wenn es mir peinlich war, nur im Top vor ihm zu stehen. Doch dann fiel mir ein, dass er mehr oder weniger angedeutet hatte, ich sei hässlich. Selbst wenn ich nichts als sexy Unterwäsche getragen hätte, es wäre völlig egal gewesen. Also warf ich mein Shirt auf die Terrasse und genoss es, die Luft auf meinen nackten Armen zu spüren. Varnars Blick flackerte kurz über den oberen Teil meiner Narbe, der aus dem Ausschnitt des Tops schaute. Auf seiner Stirn glänzte der Schweiß.

»Du bist gut in Form«, sagte er. »Die meisten würden jetzt aufhören wollen.«

Wir trainierten bereits seit über einer Stunde, und meine Kräfte waren nicht mal ansatzweise erschöpft. »Ich bin nicht die Erste, die du trainierst?«, fragte ich.

»Nein«, sagte er kurz.

Ich wartete auf eine weitere Erklärung, doch er blieb stumm. Stattdessen nahm er sein Shirt und – oh mein Gott – zog es sich über den Kopf.

Beim Anblick seines nackten Oberkörpers schnappte ich nach Luft. Seine dunkle Haut glänzte in der Sonne, und als er sich umdrehte, um sein T-Shirt ebenfalls auf die Terrasse zu werfen, sah ich, dass sein Rücken ein einziges Muster aus kleinen Muskeln war, die bei jeder Bewegung spielten. Auf seinem rechten Oberarm hatte er etwas, das wie Brandmale aussah. Feine, kleine weiße Narben, die auf seiner Haut leuchteten. Ich versuchte, weder sie anzustarren noch den Rest von ihm.

Varnar wandte sich wieder zu mir. Ein Teil seines dunklen Haares hatte sich aus dem Knoten gelöst und fiel ihm in feuchten Locken um das Gesicht.

»Weißt du was, ich bin allmählich ziemlich kaputt«, log ich. »Wahrscheinlich ist es besser, wenn wir für heute Schluss machen.« *Und wahrscheinlich ist es auch am besten, wenn du dein Shirt wieder anziehst.*

Varnar ließ seinen Blick einen Moment auf mir ruhen. Dann nickte er und ging ins Haus. Drinnen füllte ich zwei Gläser mit Wasser und reichte ihm eines. Er leerte es in einem Zug.

Ich sah ihn an, während er trank. »Warum hilfst du mir?«, fragte ich.

Er blickte in das leere Glas. »Ich hatte mir schon gedacht, dass du früher oder später fragen würdest.«

Das war keine Antwort, daher schaute ich ihn abwartend an. In diesem Moment klopfte es an der Tür. Innerlich fluchend ging ich hin, um zu öffnen. Das war heute ja ein regelrechter Ansturm an Gästen. Draußen stand Mathias. Er trat ein und plapperte augenblicklich drauflos.

»Ich brauche deinen Rat in Bezug auf Luna.« Er hielt inne, als er Varnar sah, der mit seinem imponierenden, schweißglänzenden nackten Oberkörper mitten in meiner Küche stand. Mathias schaute zu mir und studierte meine rot glühenden Wangen.

Ich wollte es gern erklären. Sagen, dass es nicht war, wonach es aussah, aber das hätte die Sache nur noch peinlicher gemacht. Varnar nahm sein Shirt und ging an uns vorbei. In der Türöffnung blieb er stehen. »Du warst gut heute. Wollen wir es morgen wiederholen?«

Mathias starrte mich mit großen Augen an. Ich biss mir auf die Lippe. Varnar hatte die peinliche Situation überhaupt nicht realisiert.

»Ja, okay. Komm einfach nach der Schule vorbei.«

»Denk dran, dich noch zu dehnen, damit dir später nichts wehtut«, sagte er. »Einige der Stellungen, die du heute eingenommen hat, ist dein Körper wahrscheinlich nicht gewohnt.«

Varnar nickte, als er an Mathias vorbeiging, der aussah, als würde er jeden Moment vor Lachen ersticken. Als Varnar weg war, vergrub ich das Gesicht in den Händen.

Mathias brach in schallendes Gelächter aus. »Was läuft denn da zwischen euch? Ich dachte, du hättest was mit diesem Typen, der neulich in den Diner kam?«

Noch immer mit dem Gesicht in den Händen murmelte ich: »Ich habe mit niemandem was.« Ich lugte zwischen den Fingern hindurch, doch Mathias lachte umso mehr, als wir Augenkontakt bekamen. Schnell verbarg ich wieder mein Gesicht.

»Dann solltest du mir besser erklären, wie es wirklich ist, es sieht nämlich ziemlich verdächtig aus.«

Ich wusste nicht, wie ich es Mathias erklären sollte, doch er kam mir zuvor. Sein scharfer Superman-Blick richtete sich auf mein Gesicht. Das Lachen auf seinen Lippen erstarb.

»Du hast dich verletzt.« Er nahm meine Hände weg und deutete auf meinen Wangenknochen. »Wer hat dich geschlagen?«

»Okay, ich erzähl's dir, aber du musst schwören, es für dich zu behalten.«

Mathias nickte, und ich berichtete ihm in groben Zügen, was passiert war. Als ich endete, kochte er vor Wut.

»Drei gegen einen. Und dann auch noch ein Mädchen. Morgen bringe ich Peter um.«

Ich hatte keinen Gedanken daran verschwendet, ob Peter am Montag in die Schule kommen würde.

»Du musst sie anzeigen.«

»Wenn ich es vermeiden kann, gehe ich nicht einmal in die Nähe der Polizei. Da regle ich die Sache lieber selbst.«

»Was, wenn sie noch mal auf dich losgehen und Monster, Varnar oder ich nicht in der Nähe sind?«

»Deshalb war Varnar heute hier. Er bringt mir bei zu kämpfen.«

»Ach so, jetzt verstehe ich. Es klang, als hättet ihr etwas ganz anderes getrieben.« Er zwinkerte mir zu. »Aber ich hatte gedacht, du wärst schon ziemlich routiniert im Kämpfen?«

»Nicht wie Varnar. Nicht mal ansatzweise.«

Mathias bemerkte etwas in meinem Gesicht.

»Du stehst auf ihn«, sagte er.

Es war mir unsäglich peinlich, wie offensichtlich meine Gefühle waren, und ich schloss die Augen.

»Komm«, sagte Mathias. Er legte mir einen Arm um die Schulter und zog mich zu dem großen Tisch. »Ich glaube, wir sollten reden.«

Einige Tassen Kaffee und eine Tafel Schokolade später hatten wir das meiste bequatscht. Auch Monsters Verschwinden. Mathias meinte, dass er wieder auftauchen würde, klang allerdings selbst nicht ganz überzeugt. Ich erzählte ihm auch von Od und Elias, ließ den Kuss jedoch unerwähnt. Mathias freute sich, dass Od mit ihm sprechen wollte, aber er war sauer auf mich, weil ich nur seinetwegen versprochen hatte, auf ein Fest zu gehen.

»Du hättest mich erst fragen sollen«, sagte er.

»Du hättest mich nur aufgefordert, zu Hause zu bleiben.«

»Ja. Natürlich. Ich kann es dich nicht tun lassen.«

»Du brauchst Antworten. Und ich glaube, dass Od sie dir geben kann. Außerdem lerne ich gerade, mit vielen Menschen zusammen zu sein.«

»Indem du Drogen nimmst?«

»Unter anderem.« Ich ignorierte seinen kritischen Unterton. »Aber ich probiere auch andere Methoden aus. Elias hilft mir, die Fähigkeit abzuschalten.«

»Elias. Und an ihm hast du kein Interesse?«

»Nein! Er baggert mich die ganze Zeit an. Es ist unerträglich.«

»Die meisten Mädchen würden es lieben, so umgarnt zu werden.«

»Ich finde es nervig.«

»Und was, wenn Varnar dich auf diese Art behandeln würde?«

Ich sah auf die Tischplatte. »Das würde er niemals tun.«

»Warum nicht?«

Ich konnte Mathias nicht anschauen.

»Er hat heute zu mir gesagt, dass ich ungeschminkt nicht so gut aussehe. Ich bin mir absolut sicher, dass er nicht in dieser Weise an mir interessiert ist.« Ich spürte Tränen in meinen Augenwinkeln und kam mir erbärmlich vor, aber es tat gut, es auszusprechen.

Mathias legte sanft seinen Zeigefinger unter mein Kinn und hob mein Gesicht. Er sah mich mit seinen wunderschönen blauen Augen an.

»Als ich heute hier reingekommen bin und dich ganz ohne Make-up gesehen habe, warst du einfach nur wahnsinnig hübsch. Du siehst wirklich toll aus.«

»Das brauchst du nicht zu sagen. Ich weiß, dass ich kein großes Glück hatte. Die Leute haben mir immer schon gesagt, dass ich hässlich bin.«

Mathias ließ mein Kinn los.

»Welche Leute? Leute wie Peter?«

»Nicht nur er. Alle finden das. Und wenn sie es mir nicht ins Gesicht sagen, *spüre* ich es.«

»Ich lüge dich nicht an. Du bist irre hübsch. Es war echt schwer zu sehen hinter der ganzen Schminke und deinen andauernd heruntergezogenen Mundwinkeln, aber so ist es. Und dazu hast du einen wahnsinnig tollen Körper. Ich kapiere nicht, wieso Varnar das gesagt hat. Jedenfalls hat er unrecht.«

»Okay, genug. Es ist lieb von dir, aber das reicht jetzt.«

Mathias sagte nichts mehr.

»Worüber wolltest du eigentlich mit mir sprechen?«, fragte ich.

»Luna.« Mathias' Augen ruhten auf einem Punkt draußen vor meinem Küchenfenster. Bens und Rebeccas Haus am Fuße von Odinshöhe. »Ich will einfach nur mit ihr zusammen sein, aber sie zieht sich vor mir zurück. Ich weiß nicht, warum. Ich bin so verliebt in sie, dass es beinahe wehtut. So ist es, seit ich sie zum allerersten Mal gesehen habe.«

Mathias wirkte, als teilte er mein Unbehagen in Bezug aufs Verliebtsein. Er rang die Hände.

»Ich habe neulich mit Luna über dich gesprochen.«

Mathias wandte ruckartig den Kopf um. »Was hat sie gesagt?«

»Sie ist verliebt in dich. Das sagt sie.«

Auf Mathias' Gesicht erschien ein Lächeln, und seine Augen strahlten. Er machte eine kreisende Bewegung mit der Hand, um mir anzudeuten, dass ich fortfahren sollte.

»Sie weiß, dass du ein Geheimnis hast. Sie möchte nicht weiter gehen, ehe sie es kennt.«

Mathias' Miene verdunkelte sich, und er sank auf dem Stuhl zusammen. »Wenn ich es ihr nicht erzähle, will sie nicht mit mir zusammen sein, und wenn ich es tue, flüchtet sie vor mir. So oder so verliere ich sie.«

»Ich glaube eher, dass sie erleichtert wäre. Momentan glaubt sie, dass du eine Freundin hast.«

»Es gibt keine andere. Das habe ich ihr schon gesagt.«

»Ich bin nur die Botin. Das ist eine Sache zwischen euch beiden. Aber ich finde, du solltest es ihr erzählen.«

Mathias sah nachdenklich aus. »Es sei denn, wir tun es *zusammen.*«

»Nein, nein, nein.«

Er fuhr hastig fort: »Sie meint doch ohnehin schon, du könntest praktisch übers Wasser gehen, so sehr bewundert sie dich. Wenn sie herausfindet, dass du auch anders bist, ist es bei mir vielleicht nicht so schlimm.«

»Und bei dir denkt sie nicht, du könntest übers Wasser gehen?«

»Anscheinend nicht, bis ich mein Geheimnis lüfte. Komm schon, wir tun es zusammen.«

»Nie im Leben. Das müsst ihr zwei selbst regeln. Ich will da nicht mit reingezogen werden.«

Mathias ließ die Schultern hängen. »Du hast recht. Das war egoistisch von mir.«

»Ja, war es wirklich.«

Eine Weile saß er da und dachte nach. Dann schaute er auf sein Handy.

»Ich sollte gehen. Es ist schon fast neun. Und du siehst wirklich müde aus.«

»Ich habe auch echt miserabel geschlafen heute Nacht. Ich hatte wieder den Traum.«

»Welchen Traum?«, fragte Mathias.

Oh, stimmt, woher sollte er das wissen?

Ich erzählte ihm von meiner Vision und dem rothaarigen Mädchen im Spiegel. Je länger ich mit Mathias sprach, desto größere Lust verspürte ich, mich ihm anzuvertrauen, nachdem ich ein ganzes Leben mit meinem Geheimnis allein gewesen war.

»Das ist verdammt unheimlich«, meinte er, als ich fertig war. »Wie hältst du das aus?«

»Ich habe keine große Wahl. Und sieh mich bloß mal an.« Ich fuhr mit dem Finger im Zickzack über mein müdes Gesicht.

»Ich meide Spiegel. Den in meinem Schlafzimmer habe ich zugedeckt, und ich wäre dir sehr dankbar, wenn du auch ein Handtuch über den im Bad werfen würdest. Morgen muss ich mich blind schminken.«

Ich massierte mir die Schläfen.

Mathias ging ins Bad und kam schnell zurück. »Schon passiert.«

»Danke.« Ich stand auf, um ihn zur Tür zu begleiten. Ich war so müde, dass ich beinahe im Stehen eingeschlafen wäre. Es war ein langer Tag gewesen, mit mehr Kontakten, als ich sonst in einem ganzen Monat hatte.

In der Tür drehte sich Mathias um. »Steh morgen eine halbe Stunde früher auf als sonst.«

»Warum?«

»Tu es einfach.«

»Okay. Und jetzt hau ab.« Ich machte eine scheuchende Handbewegung, doch er zog mich zu sich und umarmte mich warm. Ich war noch nie auf diese Weise gedrückt worden. Instinktiv zog ich mich zurück.

»Nein«, flüsterte Mathias in mein Ohr.

Ich zwang mich lockerzulassen, während er mich hielt. Seine merkwürdige Aura strömte in mich hinein. Die Bilder und Gefühle sprangen unstet wie immer umher, doch dann schien sich das Tempo auf einmal zu verringern. Die Abstände zwischen den Bildern wurden größer, bis sie zum Schluss vollkommen verschwunden waren, und mit ihnen seine gesamte Aura.

Ich blieb ruhig stehen, hob jedoch den Kopf.

Mathias war genauso schön wie immer, allerdings wesentlich größer. Seine Brust war breiter, und seine Augen schimmerten in einem tieferen Blau als sonst. Ein grünlicher Dampf waberte von ihm zu mir herüber. Er lächelte mich an, und in diesem Augenblick wäre ich für ihn durchs Feuer gegangen. Ich hatte eine Art Déjà-vu.

Er trat zurück, als ihm klar wurde, was passiert war.

Ich umfasste sein Handgelenk. »Ich habe keine Angst vor dir. Du tust mir nichts.«

»Nein.« Seine Stimme hatte mehr Kraft als gewöhnlich. »Ich tue dir nichts.«

Allmählich wurde er wieder kleiner, und die blauen Flammen in seinen Augen erloschen. Durch meinen Griff um sein Handgelenk sah ich die Bilder zurückkehren. Seine Aura war wieder die alte.

»Du musst es Luna erzählen.«

Mathias senkte den Kopf. Das goldene Haar fiel ihm in die Stirn.

»Ja, ich muss mit ihr reden.«

KAPITEL 13

Am nächsten Morgen joggte ich eine große Runde. Dunkle Wolken hingen tief über der Landschaft, und durch sie warf die Sonne ein weiches graues Licht auf die Felder, von denen fast überall bloß noch kurze Stoppeln und große runde Heuballen übrig waren. So früh am Morgen fuhren nur wenige Autos auf den Straßen. Ein einziges Mal sah ich in der Ferne einen Mähdrescher über ein Feld rollen. Weit am Horizont in westlicher Richtung drehten sich die Windräder in gemächlichem Tempo. Sie wirkten wie stoische Riesen.

Gegen halb sieben klopfte es an der Tür. Draußen stand Mathias mit einem großen schwarzen Koffer in der Hand.

»Was ist das?«

»Das ist ein Schminkkoffer.«

»Ein was?«

»S-c-h-m-i-n-k-e«, buchstabierte Mathias, als wäre ich schwer von Begriff.

»Mir ist schon klar, was ein Schminkkoffer ist, aber was machst du hier damit?«

»Ich bin quasi in Schönheitskliniken aufgewachsen. Mit acht habe ich das Frisieren und Nägellackieren gelernt, und bevor ich zwölf war, konnte ich eine Braut für die Hochzeit stylen. Haare, Make-up, alles.«

»Und du bist sicher, dass du auf Mädchen stehst?«

»Ich hatte dich eigentlich nicht als jemanden mit Vorurteilen eingeschätzt.« Er quetschte sich an mir vorbei. »Du kannst dich wegen dieser Spiegelsache nicht selbst schminken, also übernehme ich das für dich«, sagte er.

Guter Punkt. »Was hast du vor?«

Mathias beäugte mein Gesicht kritisch. »Um ganz ehrlich zu sein, habe ich vor, dir das ganz große Programm zu verpassen.«

»Gestern hast du noch gesagt, ich wäre hübsch, wie ich bin.«

»Du bist hübsch. Aber was dieser Idiot von Varnar gesagt hat, macht mich wirklich sauer. Ich werde ihm zeigen, *wie* schön du sein kannst. Komm schon, das wird witzig.«

Und das war es tatsächlich.

Ich musste mich auf die Küchenbank legen, dann schmierte er mir eine Maske ins Gesicht, platzierte Wattepads mit irgendeinem Serum auf meinen Augen und drückte sie leicht an. Während ich so dalag, kümmerte er sich um meine Fingernägel.

Blind, wie ich war, flehte ich ihn mehrmals an: »Kein Pink. Um Gottes willen bloß kein Pink.«

Mathias gluckste nur. »Wart's ab.«

Als er die getrockneten Schlammflocken aus meinem Gesicht entfernte, sah ich, dass er meine Nägel zu sanften Bögen gefeilt und in dunklem Burgunderrot lackiert hatte. Anschließend färbte er mir die Wimpern und Augenbrauen. »Ich kann nicht jeden Tag vorbeikommen und dich schminken, deshalb färbe ich deine Wimpern schwarz. Dann musst du nur noch ein bisschen Lidschatten auftragen, und das kannst du auch ohne Spiegel«, sagte er. Er setzte sich hinter mich, legte meinen Kopf in seinen Schoß und begann, in meinem Gesicht herumzudrücken und zu zwicken.

»Au, Mann, das tut weh.«

Mathias lachte. »Du lässt dich von drei Kerlen verprügeln, ohne einen Mucks von dir zu geben, hältst es aber nicht aus, wenn man dir einen winzigen Pickel ausdrückt. Jetzt reiß dich mal zusammen.«

Ich unterdrückte den Schmerz. Selbst als er mir eine brennende Flüssigkeit ins Gesicht klatschte.

Der enge körperliche Kontakt zwischen uns ließ mich seine seltsame Aura spüren, aber ich war inzwischen so sehr an sie gewöhnt, dass ich sie nicht als aufdringlich empfand. Während Mathias weiter an mir herumnestelte, experimentierte ich mit Elias' Trick. Ich sog den Geruch der Pflegeprodukte ein, lauschte Mathias' Stimme, und es funktionierte tatsächlich. Zu guter Letzt schlummerte meine Hellsichtigkeit beinahe ein.

Mit der Pinzette machte er sich an meine Augenbrauen, und ein weiteres Mal musste ich mir vor Schmerz auf die Lippe beißen.

»Wann sprichst du mit Luna?«

Mathias setzte seine peinigende Arbeit fort. »Morgen. Nachdem ich gestern hier war, habe ich ihr geschrieben, dass ich ihr etwas sagen muss. Heute ist sie arbeiten, aber morgen hat sie Zeit.« Er riss ein besonders widerspenstiges Haar heraus.

Au, verdammte ...!

»Ich bin total nervös«, sagte er.

»Ich bin mir sicher, sie versteht es«, brachte ich zwischen zusammengebissenen Zähnen hervor.

Als Mathias endlich zufrieden war, beförderte er mich in die Senkrechte und musterte mein Gesicht.

»Du bist die schönste Leinwand, die sich ein Künstler wünschen kann.« Er kramte in dem Koffer und zauberte Pinsel, Bürsten und eine wahre Flut an Kosmetikprodukten hervor.

Außer einem Eyeliner und Wimperntusche besaß ich keinerlei Schminkzeug, weshalb mir die meisten seiner Utensilien fremd waren. Für jemanden wie mich, der sich in dreißig Sekunden eine ganze Menge Schminke ins Gesicht schmieren kann, war es ein Rätsel, wozu er eine Ewigkeit lang pinselte, rieb und malte. Zum Schluss bewunderte er sein Werk.

»Du bist perfekt.«

»Schade, dass ich es nicht sehen kann.«

Die Zeit war wie im Flug vergangen, und wir mussten uns plötzlich beeilen. Mathias rief Luna an und fragte, ob wir nicht gemeinsam zur Schule fahren wollten. Sie traf uns mit ihrem Lastenrad auf der Kraghede Landstraße vor Bens und Rebeccas Haus.

»Wow, du siehst fantastisch aus. Warst du das?« Letzteres war an Mathias gerichtet.

Er nickte stolz, während ich den ungeheuren Drang unterdrückte, nach Hause zu radeln, mir das Kunstwerk abzuwaschen und meine gewöhnliche Kriegsbemalung aufzutragen.

»Ist es auch nicht zu viel?«, fragte ich Luna. »Ich habe es noch nicht gesehen.«

»Warum hast du nicht in den Spiegel geschaut?«

Mathias senkte den Blick. Ich zuckte mit den Schultern.

Luna fragte nicht weiter nach. »Es ist wirklich perfekt. Du bist weniger stark geschminkt als sonst.«

»Wieso hat es dann so lange gedauert?«, fragte ich Mathias.

»Die Kunst der Andeutung«, erwiderte er nur.

Im Gymnasium starrten mich die Leute an, was ungewöhnlich war. Ich richtete die Augen auf den Boden.

»Was hast du getan?«, zischte ich Mathias an.

»Mit deinem mies gelaunten Gesichtsausdruck zerstörst du das ganze Kunstwerk«, scherzte er. »Ich habe bloß ein paar kleine Tricks angewendet. Die Leute sehen nicht, was genau anders ist als sonst, sondern nur, dass du auf eine andere Art strahlst. Ich habe darauf geachtet, mich an deinen normalen Stil zu halten. Glaub mir, ich hätte deine Augen viel lieber rotbraun geschminkt, damit ihre Farbe besser zur Geltung kommt, aber irgendetwas sagt mir, dass du mich dann erschlagen hättest. Also habe ich Kohlegrau genommen.«

Wir gingen in den Klassenraum, und viele sahen auf. Ihre Blicke hingen an meinem Gesicht, und ich wäre am liebsten im Boden versunken. Klein-Mads lächelte und fasste sich ans Herz, woraufhin ich einen direkten Flash von etwas erhielt, das ich bei ihm noch nie gespürt hatte. Wärme und Freundlichkeit statt Kummer und Einsamkeit.

Luna starrte mich geistesabwesend an.

Ich schüttelte mich unwillkürlich.

Sie spielte an ihrer roten Perlenkette, auch ansonsten war sie heute von Kopf bis Fuß in Rot gekleidet. Ein rotes, bodenlanges Kleid, rote Chelsea Boots und eine rote Kappe mit roten Nieten, die ein Herz bildeten. Die Kappe wirkte wie ein Accessoire, das man am ehesten in der Garderobe einer Zehnjährigen vermutet hätte.

»Mathias, hast du Lust, mich auch mal zu verwöhnen?«, fragte sie.

Mathias, der gerade den Mund voller Wasser hatte, verschluckte sich.

»Was?«, hustete er.

»Mich verwöhnen. Wie du Anne verwöhnt hast. Make-up und Haare.« Sie klopfte ihm auf den Rücken.

»Ach sooo.« Er schnappte nach Luft. »Das hast du gemeint.«

»Was hätte ich denn sonst meinen sollen?«

»Gar nichts.« Er gewann die Kontrolle über seine Atmung zurück. »Klar doch, sag mir einfach Bescheid.«

Peter humpelte in den Saal, kurz bevor der Unterricht anfing. Sein eines Auge war blau und geschwollen. Minna kam sofort angerannt und wollte wissen, was passiert war.

»Bin die Treppe runtergefallen«, murmelte er, während er mir einen hasserfüllten Blick zuwarf.

Unsere Geschichtslehrerin Margit kam durch die Tür. Ihr graues Haar hatte sie zu einem Knoten gebunden, und um den Hals trug sie eine Kette mit einem großen Bernsteinanhänger. Als Erstes gab sie uns die Wochenaufgaben über die Wikingerzeit zurück. Immer, wenn sie einer Gruppe deren Arbeit überreichte, gab sie kurze Kommentare dazu ab.

»Minna, Thomas und Peter, sehr schön. Niels Åge und Ibrahim, das nächste Mal lest ihr lieber das Lehrbuch, statt euch einen Hollywood-Film anzusehen. Die Marvel Studios lagen ziemlich daneben, als sie Thor mit Captain America zusammengeworfen haben.« Sie blieb vor Luna und mir stehen. »Eine interessante Arbeit habt ihr da geschrieben. Mir gefällt eure Neuinterpretation der Beziehung zwischen Menschen und Göttern und die Idee, dass die altnordischen Geschlechter kreuz und quer miteinander verwandt sind. Und klasse, dass ihr die Fehler im Lehrbuch entdeckt habt. Tolle Quellenkritik.«

Sie nickte anerkennend.

»Wow, wir haben fünfzehn Punkte bekommen. Sind wir nicht cool?« Luna brüllte es beinahe durch die gesamte Klasse. Sie wedelte mit der Vorderseite unseres Aufsatzes herum, auf der die Note in dicker roter Schrift zu lesen war.

Die anderen sahen uns schief an.

Hallo, Luna. Du bist in Dänemark. In Nord-Dänemark, um genau zu sein. So benimmt man sich hier nicht. Es war offensichtlich, dass sie mit dem Konzept »Bescheidenheit« nicht vertraut war.

»Das ist dein Verdienst, Luna. Du wusstest das alles«, sagte ich.

Nach dem Unterricht verließen Mathias und Luna das Klassenzimmer, während ich noch meine Sachen zusammenpackte. Als ich auf den Gang trat, wartete Peter dort auf mich. Bei näherer Betrachtung fiel mir auf, dass sein verletztes Auge beinahe ganz geschlossen und dunkellila verfärbt war.

Peter packte mich am Arm und zog mich ans Ende des Braunen Gangs, der nun völlig verwaist war. Seine feindliche Grundstimmung schoss wie eine bösartige Injektion in mich hinein.

Ich wollte mich aus seinem Griff winden, doch er hielt mich fest.

»Wenn du auch nur ansatzweise irgendwas versuchst, hämmere ich dir das Auge ganz in den Schädel«, zischte ich.

Er ließ mich los. »Ich will nur wissen, was los ist.«

»Du bist ein Riesenidiot. Das ist los. Nicht zu fassen, dass du immer noch so feige bist und deine Freunde mitbringst, um mich zu überfallen.«

»Ich hab es schon allein mit dir aufgenommen.«

»Und wie ist das noch gleich für dich ausgegangen?«

Peter hob seine Hand halb in Richtung Nase. Dann ließ er sie wieder sinken.

»Du solltest lieber die Klappe halten, wenn es darum geht, jemanden in Überzahl anzugreifen. Ich will wissen, wer sie waren.«

»Wer?«

»Die dir geholfen haben. Wie viele waren es? Fünf oder sechs? Das war total unnötig. Die Sache war abgesprochen, wir wollten dir nur einen Schrecken einjagen.«

»Deinen Psycho-Kumpel hattest du dabei jedenfalls nicht unter Kontrolle. Er hätte mich umgebracht«, sagte ich. Peter schüttelte den Kopf, doch ich fuhr fort: »Und vielleicht bin ich ja ganz allein mit euch fertiggeworden?«

»Das Letzte, woran ich mich erinnere, ist, dass du auf dem Boden lagst, nachdem du einen Schlag ins Gesicht und einen in den Bauch abbekommen hattest. Ich bin im Krankenhaus aufgewacht, und dort haben sie mir gesagt, es müssen mindestens fünf gewesen sein«, knurrte er zurück. Misstrauisch beäugte er mein sichtlich verwandeltes und inzwischen kratzerfreies Gesicht. »Steht dir übrigens ganz gut, ein paar auf die Fresse zu kriegen. Sag Bescheid, wenn du noch mehr davon willst.«

Ich erwiderte nichts darauf, sondern blickte Peter bloß ausdruckslos an.

»Ich gehe zur Polizei. Christian und Markus vielleicht auch«, fügte er hinzu.

Ich bekam eine Gänsehaut beim Gedanken daran, wohin sie mich wohl diesmal stecken würden, jetzt, da ich zu alt für den Jugendknast war. Ich gab mir Mühe, meine Stimme selbstsicher klingen zu lassen.

»Und was wollt ihr ihnen sagen? Dass ich blutend am Boden lag, nachdem ihr mich überfallen habt, und dass ich dann fünf Freunde gerufen habe, die ihr nie gesehen habt?«

Peter musterte mich von oben bis unten. »Du hast nicht eine Schramme. Wir haben dir nichts getan. Vielleicht hast du uns mit deinen Freunden aufgelauert?«

In meinem Inneren machte sich eine eisige Kälte breit. Was, wenn Mathias und Luna in diese Sache mit hineingezogen wurden? Plötzlich war ich nicht mehr ganz so froh über Elias' Wunderheilmittel.

»Ihr habt mich überfallen, und ich habe euch allen dreien den Hintern versohlt. Das ist die Wahrheit«, entgegnete ich kalt, bevor ich mich umdrehte und davonging.

»Das wird dir noch leidtun!«, rief Peter mir hinterher.

Im selben Moment bog Mathias um die Ecke.

Oh nein!

Seine Miene verfinsterte sich beim Anblick von Peter. »Wenigstens traust du dich heute alleine an sie heran.«

Jetzt halt schon die Klappe, Mathias, bat ich innerlich.

Peter riss die Augen auf. »Ich wusste es. Das warst du am Samstag.«

Mathias trat ganz dicht vor ihn. Seine Aura flackerte ein paarmal, ehe sie verschwand. Er wuchs ein wenig und starrte Peter mit saphirblauem Blick direkt in die Augen, und ich war heilfroh, nicht das Ziel dieses Blicks zu sein.

Peter sackte sichtlich in sich zusammen.

Mathias' Stimme klang tiefer als gewöhnlich, als er zu Peter sagte: »Ich war nicht da, als ihr zu dritt ein Mädchen überfallen habt. Ein Mädchen, das mir viel bedeutet. *Wenn* ich dabei gewesen wäre, stündest du jetzt nicht hier, sondern lägst tiefgekühlt im Keller des Kreiskrankenhauses.«

Peter war nicht imstande, Mathias' Blick auszuweichen, während er gleichzeitig aussah, als würde er jeden Moment darunter zusammenbrechen.

Mathias ballte die Fäuste, die inzwischen die Größe von Speisetellern angenommen hatten. »Du lässt Anne ab sofort in Ruhe.

Du sprichst sie nicht an, du siehst sie nicht an, und am wichtigsten von allem, du *rührst* sie nicht an. Kapiert?« Das letzte Wort klang, wie wenn Metall gegen Metall reibt.

Peter zitterte am ganzen Körper. Ich schlich an Mathias' Seite und fasste ihn am Arm, der glühend heiß war. Ich fürchtete, Peter könnte unter seinem Blick zerschmelzen.

»Es reicht jetzt«, sagte ich ruhig.

Er richtete seine leuchtend blauen Augen auf mich. Sie waren aus einer anderen Welt. Ich schwankte, als sich sein Blick in mich bohrte, doch ich hielt ihm stand.

»Geh, Peter. Jetzt!«, befahl ich.

Er rannte los, so schnell ihn seine malträtierten Beine trugen. Bevor er den Braunen Gang hinter sich ließ, hörte ich ihn ›Ihr seid ja total krank‹ sagen.

Mathias' Aura kam langsam wieder zurück, und er schrumpfte auf seine normale Größe. Der Arm, den ich umfasst hielt, fühlte sich wieder nach Fleisch und Blut an. Die kühlen Flammen in seinen Augen erloschen.

»Es wird stärker, das da drinnen«, sagte er. »Ich kann es nicht mehr kontrollieren.«

»Doch, das kannst du. Das dort drinnen ist gut. Es schützt andere.«

»Es ist gefährlich.«

»Ja, gefährlich für Arschlöcher.«

Am anderen Ende des Gangs bemerkte ich eine Gestalt. Varnar stand wie festgefroren dort und starrte uns an. Sein Blick wanderte von Mathias zu mir, und ich erkannte die Panik darin.

Ich nickte Varnar zu, um ihm zu signalisieren, dass alles in Ordnung war, woraufhin er wieder um die Ecke verschwand. Hatte er Mathias' Verwandlungsnummer mit angesehen? Was Peter dachte, bereitete mir weniger Sorgen. Ich glaube, er hatte nichts anderes wahrgenommen, als dass Mathias verdammt unheimlich war. Doch Varnar schien einen anderen Überblick über die Dinge zu haben als gewöhnliche Menschen. Er hatte mit Sicherheit bemerkt, dass Mathias anders war. Vor mir bebte Mathias bedrohlich. Ich schob ihn in ein leeres Klassenzimmer, wo er auf einen Stuhl sank.

»Was passiert mit mir? Bin ich verrückt?«

»Du bist nicht verrückt. Ich kann es sehen, wenn es passiert.«

»Wie sieht es aus?«

»Du wirst größer, deine Augen lodern, und manchmal leuchtest du ein bisschen grün«, sagte ich offen.

Mathias' Lachen endete in einer Art Schniefen. »Ich bin der Hulk.«

Ich musste ebenfalls lachen. »Vielleicht. Ich versuche herauszufinden, was du bist. Ich gehe mit diesem Od auf den Ball, und im Anschluss redest du mit ihm, dann sind wir schlauer.«

»Ich weiß, wie schlimm es für dich ist.« Er legte seine schöne Stirn in Falten. »Du bist wirklich eine gute Freundin mit einem großen Herzen.«

Ein Kloß stieg mit gefährlicher Geschwindigkeit meinen Hals hinauf.

»Reiß dich ein bisschen zusammen, Mathias. Nur weil du vielleicht mit einem inneren Alien herumläufst, gibt dir das noch lange nicht das Recht, sentimental zu werden.«

Ein Lächeln kräuselte sich auf Mathias' Lippen, aber er sagte nichts weiter.

Nach der Schule wartete Varnar bei meinem Fahrrad auf mich. Als ich bei ihm ankam, musterte er mich eindringlich, als hätte er die Veränderung erst jetzt bemerkt.

Ich hob das Kinn, während es vor Trotz in mir nur so brodelte.

»Besser?« Ich zeigte auf mein Gesicht.

Er sah mich prüfend an, ohne eine Miene zu verziehen.

»Ja, besser«, sagte er kurz. Seine dunklen Brauen zogen sich zusammen. Dann machte er kehrt und lief davon. Ich sprang auf mein Rad und setzte ihm nach. Stumm joggte er den ganzen Weg bis Odinshöhe neben mir her.

Der Tag war nicht so warm wie der vorherige, und der nordjütländische Wind fegte über das flache Land, weshalb wir diesmal beide unsere Pullis anbehielten. So fiel es mir auch bedeutend leichter, mich zu konzentrieren. Wir setzten unser Training an dem Punkt fort, wo wir am Vortag aufgehört hatten. Ich wartete darauf, dass Varnar auf Mathias zu sprechen kam, doch er verlor kein Wort über ihn. Stattdessen zeigte er mir, wie ich Schläge und Tritte blocken und mich im Verhältnis zu meinem Gegner bewegen sollte.

»Du darfst zu keinem Zeitpunkt stillstehen. Es geht darum, deinen Widersacher zu verwirren. Und in deinen Fußbewegungen darf kein System zu erkennen sein. Ein geübter Gegner könnte so vorhersehen, wo du dich beim nächsten Mal hinbewegst.«

Varnar korrigierte mich, wenn meine Verteidigung missglückte, und erinnerte mich daran, was im Kampf das Allerwichtigste war. »Es bringt dir nicht viel, wenn du am Boden liegst.«

Mit der Zeit wurden die Abstände zwischen seinen Korrekturen immer länger, und ich war stolz auf mich. Mein Körper weigerte sich, müde zu werden, doch nach zwei Stunden beendete Varnar das Training.

»Ich kann noch«, protestierte ich.

»Dein Körper schon, aber dein Geist ist müde. Du machst mehr Fehler, und ich will nicht, dass sie sich bei dir einschleichen.«

Er trug sein dunkles Haar heute offen, und der Wind ließ es wehen. Ich empfand das starke Bedürfnis, mit den Fingern hindurchzufahren und es zu entwirren, doch stattdessen verschränkte ich die Arme.

»Welche Fehler?«

»In der letzten halben Stunde hast du konsequent zwei Schritte nach rechts und dann einen nach links gemacht, anschließend gehst du nach hinten und dann nach vorn.« Er tippte mit dem

Finger gegen seine Schläfe. »Das Gehirn versucht immer Muster anzulegen, selbst wenn es dir gar nicht bewusst ist. Du musst deinen Geist darauf trainieren, dass deine Bewegungen unsystematisch bleiben.« Er strich sich die zerzausten Haare zurück. »Wir machen Schluss für heute. Kannst du morgen wieder?«

Ich nickte stumm.

Ohne mein Nicken auch nur zu erwidern, um unsere Verabredung zu bestätigen, verschwand er im Laufschritt durch die Öffnung in der Hecke.

Anschließend versuchte ich, meine Hausaufgaben zu erledigen, doch ich gab mich schnell geschlagen. Dann schaltete ich den Fernseher ein und zappte mich ziellos durch die Kanäle. In mir sprudelte es vor Energie, und mir fiel es schwer, stillzusitzen. Ich schaltete den Fernseher wieder aus und sah auf mein Handy. Eine Nachricht von Luna. Sie schrieb, dass im Frank's tote Hose sei, und fragte, ob ich vorbeikommen wollte.

Einen Moment blieb ich mit dem Handy in der Hand sitzen. Ich musste sie ohnehin fragen, ob ich mir das Kleid ausleihen durfte, also steckte ich das Handy in die eine Hosentasche, und meinen Geldbeutel in die andere.

Obwohl ich schneller als je zuvor radelte und außerdem einen großen Umweg nahm, um ein bisschen überschüssige Energie zu verbrennen, fühlte ich mich noch immer ein wenig unausgelastet, als ich den Diner betrat, der, wie Luna geschrieben hatte, beinahe menschenleer war.

Frank und Luna hingen hinter dem Tresen. Sie lächelten, als sie mich sahen. Frank wohl vor allem, weil es ihm fast schon körperlich wehtat, seine Bar völlig verlassen zu sehen.

»Anne, du bist gekommen.« Luna klang erstaunt.

Frank musterte mich. »Du siehst hübscher aus als sonst, Anne. Was ist mit dir passiert?«

Ich zuckte mit den Schultern.

Er wechselte taktvoll das Thema.

»Wir haben schon seit mehreren Tagen im Großen und Ganzen keine Gäste mehr.« Er schüttelte den Kopf, und ein angespannter Ausdruck flog über sein Gesicht. »Könnt ihr nicht ein paar eurer Freunde anrufen? Sagt ihnen, dass sie für den halben Preis essen können. Wir müssen die Tische vollkriegen. Es schreckt die Leute ab, wenn es hier so leer ist.«

»Wir könnten Mathias anrufen«, sagte Luna zweifelnd. Dann erhellte sich ihre Miene. »Und Klein-Mads.«

Ich kicherte.

Frank schaute uns verständnislos an.

»Ich habe keine Freunde«, erklärte ich, »und Luna wohnt seit nicht einmal einem Monat in der Stadt. Die Anzahl der Leute, die wir anrufen können, ist ziemlich begrenzt.«

»Natürlich hast du Freunde«, protestierte Luna. »Du hast Mathias und mich – und diesen Arthur, den ich noch nicht kennengelernt habe.«

»Das stimmt tatsächlich«, murmelte ich, während sich eine eigenartige Wärme in meinem Bauch ausbreitete.

Frank schaute zwischen uns hin und her, sagte aber nichts weiter, ehe er seinen Blick auf mich richtete. »Bist du hier, um Futter für deinen Hund zu holen?«

Ich senkte den Blick und schüttelte den Kopf.

Er wandte sich schnell an Luna. »Logg dich doch bitte in unser Profil ein und schreib, dass es heute Abend alles von der Karte zum halben Preis gibt, ja?«

»Das ist eine tolle Idee.« Sie tänzelte zum anderen Ende der Bar und klappte den Laptop auf, der dort stand.

Ich hob eine Augenbraue. »Profil?«

Frank rieb sich das Kinn und strich sein ergrauendes Haar glatt. Er schenkte mir ein schiefes Lächeln. »Irgendetwas sagt mir, dass soziale Medien nicht so ganz dein Ding sind.«

Ich verzog das Gesicht. »Ich bin ja schon in der realen Welt nicht sehr sozial.«

Frank lächelte warm, doch seine Miene wurde schnell wieder ernst.

»Was ist mit deinem Hund?« Als ich nicht antwortete, setzte er nach: »Komm schon. Ich erkenne eine besorgte Hundehalterin, wenn ich sie vor mir habe.«

»Er ist weg«, wisperte ich. Ich wagte nicht, lauter zu sprechen, da ich ansonsten fürchtete, meine Stimme würde brechen.

»Weg?«

»Als ich am Freitag aufgewacht bin, war er weg.«

Frank stützte einen Ellenbogen auf den Bartresen und legte sein Kinn auf der Hand ab. »Mein Hund ist schon ein paarmal auf diese Art abgehauen. Einmal eine ganze Woche. Ein echter Albtraum.«

»Wirklich?«

»Ja. Und es gibt nichts, was ich nicht tun würde, um ihn zurückzubekommen.« Zwischen seinen Augenbrauen bildete sich eine tiefe Furche, und für einen Moment verharrte er in seinen Gedanken. Dann lächelte er mich mit glänzenden Augen an. »Nur mit der Ruhe. Er wird schon wieder auftauchen.«

Es fühlte sich an, als fielen hundert Kilo von meinen Schultern.

Frank tätschelte meine Hand. Durch die Berührung spürte ich einen scharfen schmerzhaften Stich, und ich empfing Bilder von dem kleinen Jungen. Der Junge weinte und schrie. Abrupt wandte Frank sich ab und ging in die Küche.

Luna kam zurück, und ich brachte mein eigentliches Anliegen vor. Sie hüpfte in die Luft, sodass die Locken um ihren Kopf tanzten.

»Du wirst das Kleid tragen. Yay! Ich kann's gar nicht abwarten, dich darin zu sehen. Wann ziehst du es an?«

»Es ist für ein Fest. Für einen Ball, um genau zu sein. Lange Geschichte.«

»Ist es der Ball im Bootsmann in Jagd?«

»Woher weißt du davon?«

»Ich gehe auch hin. Mama und Papa reden über die Feste im Bootsmann, seit ich denken kann, aber sie konnten nie hin, weil wir ja nicht in Dänemark waren. Dieses Jahr klappt es endlich.«

»Kennen sie Od?«

»Wer ist Od?«

»Der Besitzer des Bootsmanns.«

Luna biss sich auf die Lippe. »Nein, den Namen habe ich noch nie gehört. Aber das wird so cool. Wir können uns zusammen fertig machen. Mathias soll uns schminken, das wird toll.«

Toll war nicht unbedingt das Wort, das ich gewählt hätte.

Dienstagnachmittag saß ich an meinem großen Esstisch und mühte mich mit einer Französischaufgabe ab. Ich sollte zehn Sätze über mich selbst auf Französisch schreiben.

Dabei war es weniger die Sprache als solche, die mir Probleme bereitete, sondern vielmehr die zehn Sätze, die mich beschreiben sollten und die ich mit anderen teilen konnte.

Ich schaute auf das Papier, auf dem ich zu schreiben begonnen hatte. Ich heiße Anne. Ich bin siebzehn Jahre alt. Ich habe schwarze Haare. Ich arbeite in einem Diner. *Ich bin hellsichtig. Ich kann die Auren anderer Menschen wahrnehmen. Mein bester Freund ist ein verschwundener Riesenhund. Ich bin in einen Typ verknallt, der drei Männer in einer halben Minute zusammenschlagen kann.*

Draußen senkte sich die Dunkelheit langsam herab, und der Wind rüttelte an den Bäumen. Ich blätterte gerade lustlos in meinem Grammatikbuch, als ich Stimmen hörte.

Vor meinem Küchenfenster sah ich, wie Mathias mit Luna im Schlepptau heranstürmte. Ohne zu klopfen, stieß er meine Haustür auf und stürzte herein. Luna trug ein knallrotes Wickelkleid, rote Sneaker und einen roten Turban. Mir kam der Verdacht, dass Rot gerade ihr Thema war.

»Setzt euch, alle beide«, schrie Mathias beinahe schon.

Etwas in seiner Stimme ließ uns gehorchen, und wir setzten uns jeweils an eine Seite des Tischs.

Er sah mich an. »Erzähl Luna von deiner Fähigkeit.«

Ich presste die Lippen fest aufeinander und schüttelte den Kopf.

Er wandte sich an Luna. »Zeig Anne, was du mir gezeigt hast.«

Luna riss ihre cognacfarbenen Augen auf. »Und was, wenn sie sich erschreckt?«

Er lachte laut auf. »Glaub mir, um Anne zu erschrecken, braucht es eine ganze Menge mehr.«

»Meinst du, ihr wird es gefallen?«, flüsterte Luna, als wäre ich nicht anwesend.

»Sie wird es lieben.« Mathias nahm ihre Hand und drückte sie.

Luna strahlte ihn an und richtete ihren Blick fast schon verlegen auf mich.

Was lief denn hier?

Sie atmete tief ein, ließ Mathias' Hand los und fing an, ihre Finger durch die Luft zu bewegen. Ihre wilde Energie wurde intensiver. Die Luft um sie herum schien förmlich zu knistern.

Irgendetwas unter meinen Handflächen vibrierte plötzlich. Ich sah nach unten und bemerkte, dass der Tisch leicht wackelte. Die leere Kaffeetasse zitterte, und der Teelöffel schlug klirrend gegen den Rand.

Dann deutete Luna auf mein Grammatikbuch und bewegte ihren Zeigefinger in der Luft.

Die Seiten flatterten.

»Was …«, keuchte ich.

Obwohl das Buch einen Meter von ihr entfernt lag, blätterte sie darin. Luna hörte auf und sah uns mit einem vorsichtigen Lächeln an.

»Wie zur Hölle hast du das gemacht?«, fragte ich.

Sie zuckte mit den Schultern. »Ich habe es noch nie jemandem gezeigt. Es ist nichts Besonderes.«

»Du kannst Dinge bewegen, ohne sie zu berühren. Das ist definitiv etwas Besonderes!«

»Ich habe es Mathias gezeigt, nachdem er mir gezeigt hat …«, sie legte eine kurze Pause ein, »… was er kann, wenn er grün wird und all das.«

Am Tischende räusperte sich Mathias.

»Er hat mir erzählt, dass du es schon gesehen hast.« Sie legte den Kopf schief. »Und dass du auch ein Geheimnis hast.«

Erst Arthur, dann Mathias, Od und Elias, und jetzt auch noch Luna.

Ich seufzte. »Ich bin hellsichtig.«

»Du bist *was*?«

»Ich kann in die Vergangenheit sehen.«

Luna beugte sich mit fragendem Gesicht vor. »Kannst du die Vergangenheit von allen sehen?«

Sie schien überhaupt nicht infrage zu stellen, ob es stimmte.

»Mehr oder weniger. Bei manchen nicht so deutlich. Zum Beispiel bei dir.« Instinktiv tastete ich mich mit meiner Spezialfähigkeit in sie hinein.

Sie wand sich auf dem Stuhl.

»Das kitzelt«, kicherte sie.

»Spürst du mich?«

»Ja, aber mach ruhig«, forderte sie mich auf und ergriff meine Hand.

Ich richtete meine Aufmerksamkeit auf Mathias und untersuchte die springenden Bilder seiner Vergangenheit. »Mathias, spürst du mich jetzt?«

Er schüttelte den Kopf.

Luna hopste ungeduldig auf dem Stuhl hin und her und rüttelte an meiner Hand. »Was ist mit mir?«

Ich schloss die Augen und las sie noch einmal. Wieder wand sie sich lachend auf dem Stuhl.

»Ihihihi«, rief sie, als würde ich sie tatsächlich kitzeln. Ich stöberte in ihrem Geist herum, ohne etwas Konkretes zu sehen, doch plötzlich war es, als ob sie sich öffnete, damit ich hineinschauen konnte.

»Was siehst du?«, fragte sie.

»Eine Menge. Zum Beispiel, dass euer Haus in Nepal blau und weiß war. Und es hat nach Sandelholz gerochen.«

Sie nickte und legte sich eine Hand auf die Stirn, als versuchte sie, die Dinge zu ordnen.

»Also, was genau kannst du denn nun? Gedanken lesen?«

Ich zog eine Grimasse. »Nein, überhaupt nicht. Ich kann die Vergangenheit anderer Menschen sehen und ihre grundlegenden Gefühle wahrnehmen. Bei den meisten sehe ich auch eine Art Aura.«

Luna leuchtete auf. »Welche Farbe hat meine? Bestimmt alle Farben des Regenbogens.«

»Ich sehe die Auren nicht in Farben. Ich sehe eine Textur und eine Energie. Deine ähnelt Elektrizität.«

»Kannst du in die Zukunft schauen?«

Ich schüttelte heftig den Kopf. »Wenn ich das nur könnte. Das wäre wenigstens nützlich. Dann könnte ich die Lottozahlen vorhersagen und Unfälle verhindern. Die Vergangenheit kann ich nicht ändern.«

»Du könntest Detektivin werden«, sagte Mathias. »Und Mordfälle lösen.«

»Wird ein bisschen schwer mit den Beweisen«, merkte Luna an. Manchmal war sie scharfsinniger, als ich erwartete. Ich konnte beinahe hören, wie es in ihrem Kopf klick machte.

»Alices Mörder«, brach es aus ihr heraus. »Deshalb wusstest du, wie er aussieht.«

»Also doch«, rief Mathias triumphierend. »Ich hab doch gleich gesagt, dass ihr das wart.«

Luna schlug mit der flachen Hand auf die Tischplatte.

»Du bist also hellsichtig, Anne.« Sie akzeptierte das Unbegreifliche verblüffend schnell. »Was ist mit dir, Mathias? Ich habe nur gesehen, dass du groß und grün wirst. Was bist du?«

Mathias ließ die Schultern hängen. »Ich weiß es nicht. Es überkommt mich manchmal einfach so.«

»Ich weiß auch nicht, was ich bin. Du hast echt Glück, Anne.«

Glück zu haben war so ziemlich das Letzte, was ich mir zuschreiben würde.

»Ihr wusstet übereinander Bescheid.« Luna klang ein wenig gekränkt. »Warum habt ihr mir nichts davon erzählt?«

Ich sah auf den Tisch. »Ich habe Mathias', äh … Veranlagung zufällig mitbekommen.« Dass er die Haut im Gesicht des Wilden verbrüht hatte, erwähnte ich nicht. Er musste selbst entscheiden, ob er Luna davon erzählte. »Und mich hat er durchschaut. Was mir gar nicht recht war.«

»Ich wollte es dir ja sagen, Luna«, sagte Mathias mit flehender Stimme. »Aber ich hatte Angst, wie du reagieren würdest. Wenn wir gewusst hätten, dass du dich mit etwas Ähnlichem herumplagst, hätten wir dir früher davon erzählt.«

Du vielleicht!

Luna zog einen Mundwinkel zurück.

Wir saßen stumm da und schauten uns an. Die drei Freaks.

»Erzähl Luna von dem Traum«, sagte Mathias.

»Von welchem Traum?«, fragte Luna.

Ich kratzte mich am Kopf. »Ich habe diese wiederkehrende Vision, in der ich sehe, wie ein Mädchen ermordet wird. Sie wird von einem Mann erdrosselt, aber ich kann keines der beiden Gesichter erkennen, obwohl ich es jedes Mal versuche. Am Ende ritzt er dem Mädchen ein Symbol in den Rücken. Ich sehe es fast jede Nacht.« Ich verschwieg, dass Varnar auch einmal Teil des Traums gewesen war.

Luna schluckte, doch sie bewahrte die Fassung. »Ist es normal, dass du mehrmals dieselbe Vision hast?«

Neben ihr wirkte Mathias ein wenig bleich.

»Nein. Ich sehe selten dieselbe Szene zweimal.«

»Also muss sie auf irgendeine Art wichtig sein«, folgerte sie und richtete ihren Turban. »Könnte es etwas mit Alice und den anderen Mädchen zu tun haben?«

»Darüber habe ich auch schon nachgedacht«, stimmte ich ihr zu. »Vielleicht gibt es ein weiteres Mädchen, das bis jetzt einfach noch nicht gefunden wurde.«

»Und jetzt sucht sie dich heim, damit du sie findest und sie Frieden haben kann«, sagte Luna dramatisch.

Mathias drehte seinen Kopf schräg nach hinten, als dächte er *nicht dein Ernst?*

»Glaubst du jetzt auch noch an Gespenster?«, fragte er.

Luna zuckte mit den Schultern. »Ja, klar. Ihr etwa nicht?«

Wir schüttelten beide die Köpfe.

»Sollten wir drei nicht zumindest die Möglichkeit in Betracht ziehen, dass sie existieren könnten?« Sie kam aufs Thema zurück. »Gibt es sonst noch außergewöhnliche Dinge in der Vision? Was ist das für ein Zeichen, das er in ihren Rücken ritzt?«

»Es ist so ein seltsames F. Vielleicht die Signatur des Mörders.«

»Wieso das?« Mathias schauderte.

»Also. Als ich mit der Polizei gesprochen habe, wollten sie wissen, ob der Buchstabe *F* mir etwas sagen würde. Weiter ins Detail sind sie nicht gegangen. Deshalb habe ich ein wenig in ihren Köpfen spioniert und gesehen, dass dieses F auch auf allen anderen toten Mädchen war. Tenna wurde es in den Bauch geritzt. Belinda auf die Stirn.«

Am Tischende riss Mathias die Augen auf. »Ach, du Scheiße.«

Ich ignorierte ihn und sprach weiter. »Bei Naja und Alice war es mit Blut auf die Kleider gemalt. Ich kapiere nicht, wie die Polizei es geschafft hat, das geheim zu halten.«

»Wie sieht es aus?« Luna nahm meinen Block und den Bleistift, mit dem ich versucht hatte, auf Französisch etwas über mich zu schreiben, und reichte mir beides. »Probier, es zu zeichnen.«

»Es ist schief und schräg, aber der Kerl wirkt ja auch ein wenig zurückgeblieben«, sagte ich, bevor ich versuchte, das F nachzubilden.

Luna blickte auf das Blatt, als ich es zu ihr zurückschob. Mathias rückte dicht an sie heran und musterte meine unbeholfenen Striche.

»Dieser Elias hat nicht gelogen, als er meinte, dass Vergangenheitshellsichtige vollkommen unkreativ sind.«

Ich knurrte. »So sieht es nun mal aus.«

»Warum ein F?«, murmelte er. »Vielleicht fängt sein Name mit F an. Oder er will sich an jemandem rächen, der irgendwas mit F heißt.«

»Das ist kein F«, sagte Luna leise. »Es ist ein A.«

Mathias und ich sahen auf das Blatt.

»Wie um alles in der Welt erkennst du da ein A?«, wollte Mathias wissen. »Anne mag zwar keine große Künstlerin sein, aber trotzdem.«

Luna fuhr die Striche mit den Fingern nach. »Es ist aus dem älteren Futhark, dem ältesten Runen-Alphabet. Unsere Vorväter haben dieses Zeichen als A genutzt. Die Rune steht für ›Ansuz‹, das bedeutet Gott.«

»Verwendet man heute noch Runen?« Mathias' Stimme klang ein wenig skeptisch.

»Ja, aber nicht mehr als Schriftsprache. Wir nutzen sie als Symbole. Unserem Glauben zufolge sind die Runen magisch. Ein Geschenk der Götter. Meine Mutter sagt immer, dass sie dem Gegenstand, in den sie eingeritzt werden, Kraft verleihen.«

»Oh, fuck.« Mathias wand sich auf dem Stuhl. »Dann ist es irgendwas Okkultes, was er da treibt. Der Typ ist ein Psychopath.«

Langsam schüttelte ich den Kopf. »Das glaube ich nicht. Meiner Wahrnehmung nach ist er strunzdumm. Man braucht trotz allem eine gewisse Intelligenz, um ein Psychopath zu sein.«

Luna wurde bleich um die Nase. »Mein Vater hat mal gesagt,

dass es Leute gibt, die den Asenglauben anders praktizieren als wir. Brutaler. Vielleicht ist diese Sache größer als nur ein Mann.«

Die Härchen auf meinen Armen stellten sich auf. »Größer?«

Luna atmete laut aus. »Es gibt religiöse Zirkel, die Tiere opfern. So wie wir Lebensmittel opfern. Wir nehmen immer nur einen Teil von dem, was wir sowieso selbst essen. Wir töten niemals etwas zu dem Zweck, es zu opfern, aber manche halten die alten Sitten hoch und opfern Ferkel, Hühner und Ziegen. Eigentlich ist es nicht schlimmer als das, was die Landwirte jeden Tag mit Tausenden von Tieren anstellen. Ich glaube nicht, dass die Tiere leiden.«

»Aber sie opfern nur Tiere?«, fragte ich.

»Soweit ich weiß. Doch im altnordischen Glauben lässt man das Opfer nie auf der Erde liegen. Es muss entweder ins Wasser oder in einen Baum oder etwas anderes Hohes gehängt werden, damit die Götter drankommen. Je höher, desto besser. Und es müssen unbedingt neun gleiche Opfergaben sein. Zumindest, wenn sie für Odin bestimmt sind.«

»Klingt das nicht irgendwie nach den Windradmorden?«, schob Mathias ein.

»Nach was?«, fragte Luna. »Was sind denn die Windradmorde?«

»Hast du noch nie davon gehört?«

Luna schüttelte den Kopf.

»Dann bist du wohl die Einzige in ganz Dänemark«, sagte Mathias.

»Ich habe ja auch lange nicht hier gelebt«, erwiderte Luna.

Mathias und ich warfen uns einen düsteren Blick zu.

»Vor ungefähr zwanzig Jahren gab es hier in der Gegend jemanden, der Tiere tötete und sie anschließend in Bäume hängte. Immer neun auf einmal.« Ich unterbrach mich und holte Luft, ehe ich fortfuhr. »Zum Schluss brachte er neun Menschen um. Man hat sie aufgehängt an drei Windrädern außerhalb von Ravnssted gefunden. An jedem Rotorblatt hing eine Leiche.«

Luna öffnete den Mund, doch sie brachte kein Wort heraus.

»Wooaa, das ist echt gruselig«, sagte Mathias.

»Hat man herausgefunden, wer es war?«, fragte Luna.

»Wie sich herausstellte, war der Mörder ein Verrückter aus der Gegend. Er wurde in die Geschlossene eingewiesen und kommt nie wieder frei. Er kann also nicht derjenige sein, der jetzt Mädchen umbringt.«

»Wer waren die Toten, die an den Windrädern hingen?«

Ich atmete durch gespitzte Lippen aus. »Keine Kinder – zum Glück. Ein altes Ehepaar. Zwei Junkies, die mit dem Mörder befreundet waren. Die Frau von Poul Østergaard – dem Grafen – war auch unter den Opfern.«

Luna schnappte nach Luft. »Minnas Mutter?«

Ich nickte. »Der Sohn von Preben, dem Hausmeister, hing auch dort. Er war wohl Mitte zwanzig oder so. Die letzten drei Männer wurden nie identifiziert.«

Niemand von uns sagte etwas. Draußen ließ der Wind einen Ast gegen das Fenster schlagen.

Mathias wechselte das Thema. »Sollen wir der Polizei Bescheid geben, dass es kein F ist? Vielleicht hilft ihnen das weiter.«

»Und was wollen wir ihnen sagen, Mathias?«, fragte ich. »Sie wissen nicht, dass ich weiß, wie das Zeichen aussieht. Soll ich ihnen vielleicht erzählen, ich hätte ihre Vergangenheit gelesen und es in einer Vision gesehen? Nein danke.«

»Wenn es eine Verbindung zu den Windradmorden gibt, muss die Polizei das erfahren.«

»Der Täter sitzt doch hinter Schloss und Riegel«, entgegnete ich. »Die Polizei hat den Fall damals aufgeklärt. Und seitdem ist nichts mehr passiert.«

»Was ist mit dem Mädchen aus deiner Vision? Vielleicht hat es außer ihr noch andere gegeben, von denen niemand etwas mitbekommen hat«, sagte Mathias. »Warum siehst du sie immer wieder?«

»Ich weiß es nicht. Es ist ziemlich eigenartig«, sagte ich. »Ich habe die Stelle unten im Wald gefunden, wo es passiert ist, konnte aber nichts spüren, als ich dort war.«

»Ist es direkt im Wald? Du hast mir nicht erzählt, dass du die Stelle gefunden hast.« Mathias sah aus, als hätte er gerade auf einen Eiswürfel gebissen und seine Zähne würden vor Kälte schmerzen.

»Ich dachte nicht, dass es wichtig wäre.«

»Ich weiß nicht, ob es wichtig ist. Aber es ist verdammt unheimlich«, sagte er.

»Wollen wir hingehen?« Luna sah von mir zu Mathias.

Mathias wurde noch bleicher und spähte aus dem Fenster.

»Was soll das bringen?« Langsam bekam ich selbst eine Gänsehaut.

»Es ist dunkel. Vielleicht siehst du jetzt mehr. Und wir sind mit dabei. Unsere Fähigkeiten könnten dir helfen. Wie letztens, als ich den Mörder gezeichnet habe. Da habe ich deine Kraft angezapft.«

»Wirklich? Wie machst du das?«

»Ich tue es einfach. Es ist, wie wenn man Fussel von einem Stück Stoff zupft. Ich finde, wir sollten dorthin gehen. Jetzt.«

Mathias und ich tauschten zweifelnde Blicke.

»Kommt schon!«, rief Luna, sodass wir beide auf unseren Stühlen zusammenschreckten. »Es ist wichtig, ich spüre es. Vielleicht kann ihr Geist das Totenreich nicht betreten, bis wir ihre Nachricht erhalten haben.«

Sie stand auf.

»Wir gehen jetzt.« Sie marschierte los, und ich wurde von einer Wolke ihrer merkwürdigen Überzeugungskraft getroffen. Sie musste Mathias ebenfalls getroffen haben, denn er sprang von seinem Stuhl auf und lief ihr hinterher.

»Scheiße«, fluchte ich und folgte ihnen.

Im Flur griff ich schnell nach einer Taschenlampe, die ich dort vor ein paar Tagen entdeckt hatte. Ich wunderte mich, dass sie nach den achtzehn Jahren immer noch funktionierte.

Als wir über das Feld gingen, leuchtete ich uns damit den Weg. Die kurzen Stoppeln knackten unter unseren Füßen. Vor einigen Tagen hatte ein Mähdrescher mein Feld nahezu völlig skalpiert.

Mathias und Luna hielten Händchen.

In diesem Augenblick sehnte ich mich zutiefst nach jemandem, der meine Hand halten könnte. Ich schickte Varnar einen traurigen Gedanken. Er würde nie meine Hand nehmen, es sei denn, um mich zu Boden zu werfen und anschließend dafür auszuschimpfen, dass ich nicht auf den Beinen geblieben war.

Wir tauchten in den Kraghede Skov ein, und ich brauchte nicht lang, um die Stelle zu finden. Mit der Taschenlampe leuchtete ich auf den grünen Waldboden neben dem kleinen Birkenbäumchen.

»Hier ist sie gestorben«, sagte ich.

Luna stand genau an der Stelle, wo das Mädchen gestürzt war; instinktiv trat sie einen Schritt zurück. Mathias schimmerte ein bisschen grünlich.

»Kannst du nicht etwas heller leuchten, Mathias? Dann kann ich die Batterien schonen«, witzelte ich.

Die anderen beiden lachten nervös.

»Kannst du etwas spüren, Anne?«, fragte Luna.

Ich konzentrierte mich, aber wie beim ersten Mal, als ich hier gewesen war, sah ich nichts anderes als den ruhigen Wechsel zwischen den Jahreszeiten. Ich stellte mich an die Stelle, von der aus ich die Vision normalerweise sah – ungefähr fünf Meter entfernt von der Birke –, und löschte die Taschenlampe. So in Mondlicht gebadet, war mir die Szenerie unheimlich vertraut, abgesehen davon, dass kein Schnee lag.

Mein Puls beschleunigte sich. Luna und Mathias traten hinter mich, und ich bereitete mich darauf vor, gleich das Mädchen heranlaufen zu sehen.

Nichts geschah.

Ich spürte, dass die beiden mich nicht stören wollten und versuchten, vollkommen still zu sein, doch Lunas angespannte Energie hämmerte gegen meinen Rücken.

»Hör schon auf, Luna.«

»Womit?«

»So ungeduldig zu sein. Ich spüre das.«

»Entschuldigung«, murmelte sie. »Kannst du meine Kraft nicht irgendwie nutzen?«

Ich versuchte, etwas von ihrer Aura auf mich umzuleiten. Sie gab ein *Ihiiiii* von sich und wand sich.

»Es klappt nicht. Ehrlich gesagt lenkst du mich ein bisschen ab«, fuhr ich sie an.

»Ist ja gut«, sagte sie, und beide gingen ein Stück von mir weg.

Ich wagte einen neuen Versuch. Noch immer passierte nichts. Ich drehte mich um und breitete enttäuscht die Arme aus. »Also, ich weiß nicht, was los ist. Ich kann nichts sehen.«

»Und wenn wir die Szene nachspielen?«, schlug Luna vor.

Ich beäugte sie skeptisch. »Was meinst du damit?«

»Mathias und ich. Vielleicht setzt es etwas in Gang. Du kannst uns ja Anweisungen geben.«

»Auf keinen Fall, Leute, das ist viel zu makaber«, rief Mathias.

»Kommt schon.« Luna schickte uns erneut eine Welle ihrer Überzeugungskraft, von der ich inzwischen stark annahm, dass sie mit ihrer Fähigkeit, aus einem Meter Abstand in Büchern zu blättern, in Zusammenhang stand.

Mathias wankte mental. Ich sah regelrecht, wie Lunas Beeinflussung seine Aura angriff, jetzt, wo ich mich darauf konzentrierte. Fasziniert starrte ich sie an.

»Siehst du jetzt etwas? Du siehst ganz anders aus.« Luna sah mich gespannt an.

»Nein. Nur, dass du irgendeinen Trick anwendest, um uns zu überreden.«

»Kannst du das?«, fragte Mathias.

Luna schaute ein wenig beschämt drein.

»Du bist die Erste, die es gemerkt hat«, sagte sie.

Mathias bürstete seine Arme ab, als wollte er Lunas Einfluss damit wegwischen.

»Ich glaube nicht, dass das was nützt«, sagte ich zu ihm.

»Wir können es auch gleich hinter uns bringen. Lass es uns so machen, wie Luna sagt«, seufzte er.

Ich schüttelte den Kopf. Schaden konnte es wohl nicht. Ihr den Rücken zugewandt, instruierte ich: »Luna, geh an mir vorbei.«

Sie lief los. Als sie vorüberging, zuckte ich innerlich zusammen, doch der Anblick ihres turbanbekleideten Nackens beruhigte mich. Außerdem war Luna um einiges größer als das Mädchen in der Vision.

»Ein bisschen langsamer, Luna.«

Sie drosselte ihr Tempo.

»Und jetzt Mathias. Geh hinter ihr her. Ihr müsst bis zu dem Baum da drüben.«

Gehorsam marschierten sie im Gänsemarsch weiter.

»Stopp!«, rief ich, als sie an dem Birkenbäumchen ankamen. »Tu jetzt so, als würdest du sie erwürgen, Mathias.«

Er legte die Hände um Lunas Hals. Von dem Detail mit der Schnur hatte ich nichts erzählt, aber ich schätzte seine Größe im Verhältnis zur Birke ab. Sie stimmte mit der des Mannes aus der Vision überein.

»Auf die Knie, Luna. Und du bewegst dich mit ihr nach unten, Mathias.« Ich beobachtete ihren fingierten Todeskampf. Meine Hellsichtigkeit wurde immer noch nicht ausgelöst.

»Was passiert jetzt?«, rief Mathias aus seiner gebückten Haltung.

Luna lag still am Boden und tat so, als sei sie tot.

Ich gab auf und ging zu ihnen hinüber. »Es hat keinen Sinn. Ich sehe nichts.«

»Siehst du in der Vision sonst noch etwas?«, fragte Luna vom Waldboden aus.

Ich kramte in meiner Erinnerung. »Es passiert nichts, außer dass der Mann sie in die Haut ritzt, anschließend aufsteht und wegläuft.«

Noch immer in der Rolle folgte Mathias meiner Beschreibung. Er bewegte seine Hände über Lunas Rücken und griff dann nach dem Birkenbäumchen, um wieder auf die Beine zu kommen.

Ich erstarrte.

»Oohhh!«, rief ich.

Beide drehten sich zu mir um, während sich alles um mich herum zu drehen begann und mein ganzer Körper zu Eis gefror.

»Was ist los?« Mathias schaltete voll in seinen Beschützermodus und leuchtete hitziggrün.

Ich suchte nach den passenden Worten. »Die Vision endet damit, dass der Mann aufsteht und sich an der Birke abstützt. Unter seinem Gewicht knickt sie ab.«

Unsere Blicke fielen auf das kleine, zierliche Bäumchen.

»Aber sie ist ja gar nicht abgeknickt«, stammelte Luna.

Mathias sah mich an. »Weil es noch nicht passiert ist.«

KAPITEL 14

Wir saßen alle drei etwas benommen an meinem Esstisch.

Als uns die Erkenntnis getroffen hatte, hatten wir jede Würde vergessen und waren aus dem Wald zurück zu mir nach Hause gerannt. Wieder im Warmen und Hellen, schämte ich mich ein bisschen, dass ich mir so in die Hosen gemacht hatte. Den anderen schien es ähnlich zu gehen.

Ich ging in die Küche, um Wasser aufzusetzen.

»Kaffee oder Tee?«

»Hast du auch was Stärkeres?«, fragte Mathias.

Ich kramte im Küchenschrank, wo ich einige verstaubte Flaschen gesehen hatte, und nahm eine heraus. Sie hatte kein Etikett, stattdessen war eine Rune, die einem merkwürdigen P ähnelte, ins Glas geritzt.

»Wird so was mit den Jahren nicht immer besser?«

»Doch«, sagte Mathias. »Her damit.«

Nach einem kurzen Kampf mit dem spröden Korken hatte ich sie offen und schenkte eine goldene Flüssigkeit in drei Gläser. Ich reichte Mathias eines, und er schwenkte es, sodass die Flüssigkeit an den Seiten hinaufleckte. Sie hinterließ fettige Ränder am Glas.

»Was auch immer es ist, es hat einen hohen Alkoholgehalt. Genau das brauche ich jetzt.« Erst nippte er daran, dann nahm er einen großen Schluck und schloss die Augen. »Mhm.«

Ich nahm mein Glas und probierte ebenfalls. Das Getränk war stärker als Wein und schmeckte würzig und süß.

Auch Luna trank einen großen Schluck, formte die Lippen zu einem O und atmete hörbar aus, wie wenn man Schnaps trinkt.

»Ich dachte, du könntest nicht in die Zukunft sehen.«

»Kann ich auch nicht. Oder zumindest konnte ich es nie.«

»Nie, nie, nie?« Sie kniff die Augen zusammen.

Irgendetwas regte sich in meiner Erinnerung. »Da war dieses eine Mal. Aber ich bin mir nicht sicher. Kennt ihr die Geschichte vom Haus meiner Pflegeeltern, das abgebrannt ist?«

Sie nickten. Ein wenig zu schnell. Ich war es dermaßen leid, eine lokale Legende zu sein.

»In der Nacht, als das Feuer ausbrach, hatte ich geträumt, dass meine Pflegemutter auf mich zuläuft. Brennend. Sie war eine lebende Fackel. Und irgendjemand hatte immer wieder geschrien, dass ich aufwachen soll.«

Mathias und Luna sahen mich mit großen Augen an.

Ich fuhr fort, wobei ich mich bemühte, meine Stimme sachlich zu halten: »Das Haus war an fünf verschiedenen Stellen in Brand gesteckt worden, aber die Flammen hatten es noch nicht richtig in ihrer Gewalt. Ich konnte die ganze Familie herausholen, bevor es abgebrannt ist.«

»Und dann wurdest du beschuldigt, es angezündet zu haben«, sagte Mathias.

»Ich habe immer gedacht, ich hätte den Rauch im Schlaf gerochen und deshalb diesen Traum gehabt. Aber jetzt bin ich mir nicht mehr sicher.«

»Wenn das damals eine Vision war, bedeutet es, dass man die Zukunft ändern kann. Deine Pflegemutter ist schließlich nicht im Feuer gestorben, obwohl du es gesehen hattest. Du hast ihren Tod verhindert.« Luna rückte ihren Turban zurecht, der während unserer wilden Flucht etwas verrutscht war. »Also können wir auch den Mord im Wald verhindern.«

»Vielleicht«, sagte ich.

»Aber was genau bedeutet die Vision?« Mathias hielt sein Glas ins Licht der Deckenlampe und betrachtete es. Gefiltert durch die Flüssigkeit fiel ein goldener Schimmer auf sein hübsches Gesicht.

»Es bedeutet, dass irgendein Mädchen eine Verabredung mit dem Tod hat«, sagte ich hart.

Mathias rollte mit den Augen. »So weit habe ich es kapiert. Ich meine, warum siehst du den Mord?«

»Ich glaube, dass Anne ihn verhindern soll«, sagte Luna.

»Warum habe ich dann nicht die anderen gesehen? Naja, Tenna, Alice und Belinda? Wenn es so gewesen wäre, hätte ich ihnen vielleicht helfen können.« Auf einmal brannte mein Hals, und ich musste meine Stimme senken. »Warum sehe ich ausgerechnet dieses Mädchen?«

Keiner hatte eine Antwort darauf, daher schwiegen wir. Ich sah Alices sanftes Lächeln vor mir, doch ich schob das Bild beiseite und leerte mein Glas.

»Im Moment können wir nichts tun. Und es wird langsam spät.« *Freundlicher Wink: Zeit für euch, zu gehen.*

Die beiden anderen tranken ebenfalls aus. Mathias schüttelte sich.

»Brrrrrr. Das Zeug ist stark. Was ist das eigentlich?«

»Keine Ahnung. Stand im Schrank.« Ich steckte den Korken zurück auf die Flasche.

»Ist es okay für dich, allein zu sein?«, fragte Luna. »Du kannst auch bei mir übernachten.«

Ich winkte ab.

»Ich bin es gewohnt.« Auf einmal spürte ich einen Stich von Sehnsucht. »Wir können morgen weiterreden.«

Sie standen auf und machten sich Arm in Arm auf den Heimweg.

Am nächsten Tag in der Schule sprachen wir nicht viel. Mathias und Luna sahen genauso müde aus, wie ich mich fühlte. Aber jetzt wussten die beiden, was sie füreinander empfanden. Sie hielten

Händchen, und einmal küssten sie sich. Die Verliebtheit strahlte von ihnen aus wie eine Hitzewelle. Mal wärmte ich mich darin, mal schien sie mich fast zu verbrennen. Sowohl Jungs als auch Mädchen der ganzen Schule warfen ihnen eifersüchtige Blicke zu, doch Luna und Mathias waren so sehr aufeinander fixiert, dass sie es nicht bemerkten.

In der langen Zehn-Uhr-Pause hingen wir schweigend auf dem roten Plüschsofa ab.

»Hast du in der Vision auf den Mond geachtet?« Lunas Frage kam völlig unvermittelt.

»Was?«

»Der Mond. Ist er voll oder halb, oder wie? Und wo am Himmel steht er?«

»Hat das etwas zu bedeuten?«

»Vielleicht können wir auf diese Weise errechnen, wann es passiert.« Luna spielte mit ihrer roten Perlenkette.

Ich sah sie müde an. »Wie sollten wir das können?«

Luna versuchte, es beiläufig klingen zu lassen, um ihren Mund war jedoch ein Zug von Stolz. »Mein Vater hat mir beigebracht, mithilfe der Gestirne zu navigieren.«

»Während eurer vielen Jahre auf hoher See?« Mathias versteckte ein Grinsen, indem er ihre Hand küsste.

Luna zog sie weg, lächelte Mathias jedoch an, bevor sie ihm einen Klaps auf den Arm gab.

»Wir sind tatsächlich recht viel gesegelt. Und es ist wichtig, sich nicht komplett auf die Technik zu verlassen, falls sie mal ausfällt oder man auf einer einsamen Insel gestrandet ist.«

»Dann ist es fürs Navigieren allerdings zu spät«, bemerkte ich trocken.

»Oh Mann, ihr zwei.« Luna knuffte uns beide. »Ich meine es ernst. Anne, wenn du die Vision das nächste Mal hast, versuch, die Position des Mondes mit der Hand zu messen und dir seine Größe und Form zu merken, dann kann ich es vielleicht berechnen.«

Es wäre tatsächlich eine große Hilfe, wenn wir zumindest ungefähr errechnen könnten, wann es passieren würde. Vielleicht hätten wir damit die Chance, den Mord zu verhindern.

»Echt cool, dass du solche Dinge über den Mond weißt«, sagte Mathias und schlang die Arme um Luna.

Sie lachte. »Ich heiße nicht umsonst Luna.«

Am Nachmittag, nachdem ich fast eine Stunde lang rastlos in meinem Wohnzimmer umhergetigert war, klopfte es endlich an der Tür. Draußen stand Varnar in einer lockeren Trainingshose und einem ärmellosen schwarzen Shirt, das seine muskulösen Arme gnadenlos zur Schau stellte. Die hellen Narben auf seinem rechten Arm standen in Kontrast zu seinem Oberteil und bildeten kleine Erhebungen auf seiner seidenglatten Haut. Ich stellte mir vor, wie ich mit dem Finger darüberstrich. Über ihm ballten sich die Wolken, und in der Ferne rumpelte es.

»Lauf«, sagte er kurz, ehe er sich umdrehte und Richtung Wald sprintete.

Ich stand verdattert da, während er über das nackte Feld davonrannte. Dann folgte ich ihm. Ich brauchte nicht lange, um ihn einzuholen. Als ich neben ihm war, erhöhte er das Tempo. Ich passte mich ohne Probleme seiner Geschwindigkeit an. Kleine Regentropfen begannen zu fallen, und ein grelles Licht zuckte am Himmel auf, gefolgt von einem gewaltigen Donnern.

Wir stürmten in den Wald. Varnar beschleunigte abermals, und ich tat es ihm gleich. Ich schlug einige Haken um die Bäume und bemerkte, dass wir an der Stelle vorbeikamen, wo das Mädchen erdrosselt werden würde und wo Luna, Mathias und ich uns letzte Nacht zu Tode erschreckt hatten.

Der Regen begann auf die Baumwipfel zu prasseln, doch im Wald waren wir geschützt. Nur wenige Tropfen fanden den Weg zu uns herunter, während über uns der Donner krachte. Der Geruch nach feuchtem Moos und Borke war allgegenwärtig.

Wir erreichten den schmalen lehmigen Waldweg gleichzeitig mit schweren Schritten. Ich setzte mich an die Spitze. Jedes Mal, wenn Varnar aufholte, legte ich noch einen Zahn zu, und ich hatte das Gefühl, als flögen wir. Ich schaute nach hinten und lachte. Auch über Varnars Lippen huschte sein seltenes Lächeln.

»Wo wollen wir hin?«, rief ich.

»Zum Gutshof«, rief er zurück.

Mit Varnar dicht auf den Fersen gab ich alles, was ich hatte, und war beinahe enttäuscht, als Gut Kraghede am Ende des Weges auftauchte. Ich drosselte das Tempo und machte auf dem einstigen Hofplatz halt. Jetzt war dort alles zugewuchert.

Varnar blieb hinter mir stehen, und es freute mich zu hören, dass er nach Luft rang. Auch ich atmete stoßweise. Hier auf der Lichtung vor dem Gutshof, wo keine schützenden Bäume standen, traf uns der Regen mit voller Wucht.

Gut Kraghede, früher einmal das Machtzentrum der Gegend, befand sich in einem erbärmlichen Zustand. Die Fenster aller vier Flügel waren eingeschlagen, und der Putz blätterte von den Wänden, die mit Graffitis besprüht waren. Die Dächer hingen wie Baldachine durch, an mehreren Stellen waren sie vollständig eingebrochen. Ich konnte die einstige Größe spüren, und Impulse des geschäftigen Treibens, das hier einst geherrscht hatte, strömten in mich hinein.

»Wir gehen in die alte Reithalle«, sagte Varnar und riss mich zurück in die Gegenwart. Sein dunkles Haar klebte ihm in feuchten Strähnen im Gesicht, und durch den Regen lag sein Shirt noch enger am Körper an. Ich sog ein paarmal tief die feuchte Luft ein, um wieder einen klaren Kopf zu bekommen, sah an mir hinab und stellte fest, dass ich genauso nass war.

Varnar lief über den Hofplatz zu einem verfallenen Gebäude, wo er eine große Schiebetür aufzog und hineinging. Ich folgte ihm und trat in eine offene Halle, deren Boden mit altem Sägemehl bedeckt war. Ein vergangenes Echo von Pferdewiehern und Hufschlag hallte in meinem Kopf, und ein Schwarm Vögel flatterte auf, als wir eintraten. Sie verschwanden durchs Dach, das an einer Seite des Gebäudes vollständig eingestürzt war. Dort, wo wir standen, war es intakt, und ich hörte den Regen auf das Wellblech trommeln.

Ich hob den Blick zu den Sparren hoch über uns. »Was hält diesen Teil davon ab, einzubrechen?«

»Es ist sicher«, sagte Varnar. »Ich bin oben gewesen.«

Ich schätzte die Höhe der Decke auf etwa zehn Meter und versuchte mir vorzustellen, wie Varnar dort oben herumkraxelte. Er fuhr mit den Fingern durch sein nasses Haar und wrang es aus, sodass die Tropfen an seinen Unterarmen hinabrannen. Dann band er es mit einer Lederschnur zu einem Knoten und schüttelte sich das Wasser von den Händen.

Der Anblick der Lederschnur ließ mich schaudern.

»Bereit?«, fragte er.

»Moment«, sagte ich, nahm ebenfalls mein langes Haar und drehte es, damit das Wasser herausgepresst wurde, ehe ich es zu einem straffen Pferdeschwanz band. Mein Kapuzenpulli war schwer vom Regenwasser, daher zog ich ihn aus und warf ihn ins Sägemehl. »Jetzt.«

Varnar sah mich einen Augenblick länger an, als mir behagte. Ein Muskel spannte sich an seinem Hals. Dann stellte er sich vor mich.

»Zuerst üben wir, was ich dir gestern beigebracht habe. Dann machen wir mit verschiedenen Arten von Schlägen weiter.« Er trat unmerklich einen Schritt auf mich zu, und ich hob, ohne nachzudenken, die Hände vors Gesicht und holte dann nach ihm aus. Varnar wich mühelos aus und konterte mit einem Schlag. Ich fing seinen Arm und fixierte ihn. Er ließ es zu. Es war eine Falle, aber ich bemerkte es zu spät. Er bog meinen Arm um meinen Körper und drehte mich dabei herum, sodass er mich nun von hinten hielt. Sein Kinn lag auf meiner Schulter.

»Gute Reaktion, aber du hast meinen Arm zu tief fixiert. Damit hast du es mir leicht gemacht, dich zu fangen und festzuhalten.« Sein Atem kitzelte in meinem Ohr.

Ich trat nach hinten aus, doch er schlang sein Bein um meines. Jetzt war ich vollkommen gefangen, und durch unsere nasse Kleidung spürte ich seine Brust an meinem Rücken. Sein Duft drang mir in die Nase, und seine zielgerichtete Aura hüllte mich ein.

Da ließ er mich los, und ich taumelte nach vorn.

Reiß dich zusammen, Anne! Nur weil du wegen eines Typen weiche Knie bekommst, sollten deine Kampffähigkeiten nicht darunter leiden. Ich schob alle Gedanken an duftendes regennasses Haar und muskulöse Arme beiseite, drehte mich um und griff ihn erneut an. Diesmal schlug ich, so schnell ich konnte.

Varnar wich aus und schlug zurück. Ich blockte ihn mit einem Arm ab und zielte gleichzeitig mit dem anderen auf seinen Solarplexus. Ich traf, doch er machte dabei einen Schritt zurück, sodass der Schlag alle Kraft verlor. Varnar fegte meinen Arm zur Seite, womit er freie Bahn hatte, um mir die Faust gegen die Schulter zu rammen.

Es tat höllisch weh, aber ich ließ es mir nicht anmerken. Stattdessen nutzte ich die Energie seines Schlags, um mich einmal um mich selbst zu drehen, kam neben ihm zum Stehen und knallte ihm einen Handkantenschlag in den Rücken. Seine Hand traf mich daraufhin mit dem Handrücken über der Wange und auf der Seite der Nase. Sie wurde heiß, und ich schniefte. Blut tropfte heraus. Ich spürte, wie mein Kampfgeist aufloderte. Ohne darüber nachzudenken, kopierte ich eine der Techniken, die Varnar bei Peter angewandt hatte. Ich drückte eine Hand auf den Boden und benutzte meinen ganzen Körper als Hebel, um ihn zu treten. Ich traf ihn direkt am Kiefer, und er keuchte vor Schmerz.

Ich wollte schon triumphieren, doch er machte eine Drehung, schwang sein Bein über den Boden und fegte mir damit beide Beine weg. Ich landete rückwärts im feuchten Sägemehl. Es klebte an meinen noch immer nassen Armen. Varnar lachte, und ich sah, dass er Blut an den Zähnen hatte. Fluchend versuchte ich wieder hochzukommen, wohl wissend, dass ich verloren hätte, wenn ich am Boden bliebe. Ich rollte mich auf die Seite und trat ihm mit voller Wucht gegen das Knie. Er gab einen gequälten Laut von sich und sank in gehockter Stellung über mich. Jetzt war es an mir zu lachen, doch nur für den Bruchteil einer Sekunde, denn schon kam seine Hand wieder angeflogen.

»Varnar«, erklang eine scharfe Stimme hinter uns.

Seine Hand verharrte vor meiner Brust in der Luft. Wir schauten beide zur Tür, wo eine klitschnasse Aella stand.

»Du sollst Anne beschützen und sie nicht halb k. o. schlagen.«

Ich wischte mir mit dem Handrücken unter der Nase entlang. Das Blut hinterließ eine breite dunkelrote Spur auf meiner Haut. Varnar stand auf, jedoch ohne das Bein zu belasten, das ich getroffen hatte. Ich selbst kam nur mit Mühe hoch. Aella marschierte zu uns herüber, und ich kam mir vor, als wären wir zwei kleine Kinder, die bei etwas Verbotenem ertappt worden waren.

»Wie soll ich lernen, mich zu verteidigen, wenn wir nicht richtig kämpfen?«, sagte ich defensiv.

Aella richtete den Blick auf Varnar. »Was hast du ihr eingeredet?«

»Ich habe ihr gar nichts eingeredet. Sie lernt ungewöhnlich schnell, wenn sie die Dinge am eigenen Körper ausprobiert. So etwas habe ich noch nie gesehen.«

Seine Worte taten mir gut. Irgendetwas sagte mir, dass sie eher Selbstverteidigung als ernst gemeintes Lob waren, aber sie bedeuteten dennoch etwas.

»Wir haben nicht so fest zugeschlagen«, sagte ich, doch das Blut, das mir aus der Nase und über die Lippen lief, strafte mich Lügen. Ich schniefte kräftig, um den verräterischen Strom zu stoppen, und versuchte, unberührt dreinzublicken. Dabei schluckte ich Spucke mit einem derart starken Eisengeschmack, dass ich würgen musste.

Aella fixierte mich mit ihrem schokoladenbraunen Blick.

»Ich hätte nicht gedacht, dass es jemanden gibt, der genauso unmöglich ist wie Varnar, aber ich habe mich getäuscht.« Varnar wollte etwas erwidern, doch sie hob einen Finger, um ihn zu stoppen. »Ich habe noch nie viel von deiner Art Kampftraining gehalten, aber ich habe mich nicht eingemischt. Mit Anne ist es etwas anderes.«

»Darf ich vielleicht auch mitreden?«, fragte ich.

»Nein«, sagten beide gleichzeitig, während sie sich wütend anstarrten.

»Na gut, dann …« Ich hob meinen durchnässten Kapuzenpulli, der nun auch voller Sägespäne war, vom Boden auf. Draußen schüttete es unverdrossen weiter, und ich sah dem Heimweg nicht gerade entgegen, doch mein Bedürfnis, wegzukommen, war größer. Zögernd steuerte ich auf die Tür zu.

»Du gehst nirgendwohin«, rief Aella über ihre Schulter. »Komm, wir besorgen dir etwas Trockenes zum Anziehen. Varnar soll nicht schuld daran sein, dass du dir auch noch eine Lungenentzündung holst.«

Ich saß auf einer Decke vor einem offenen Kamin, wo wohl einst das Wohnzimmer des Gutshofs gewesen war. Jetzt war es ein maroder Raum mit abgeblätterten Tapeten, ramponierten Möbeln und Fenstern, vor deren zerbrochene Scheiben jemand notdürftig ein paar Bretter genagelt hatte. Aber es war trocken und warm.

Aella hatte mir eine lockere grüne Stoffhose und einen weichen hellbraunen Pulli geliehen. Mir schauderte in der ungewohnten Kleidung. In der Hand hielt ich einen Becher mit einem warmen, starken Getränk. Ich glaube, es war das gleiche, das Mathias, Luna und ich am Tag zuvor getrunken hatten. Meine nassen Sachen hingen dampfend vor dem Kamin.

Varnar war verschwunden, und Aella stand in der verfallenen Küche, wo sie auf dem altmodischen Feuerherd mit einem großen gusseisernen Topf hantierte. Ich versuchte mich daran zu erinnern, wie ich eigentlich noch mal hier gelandet war, als Varnar sich mit einer seiner katzengleichen eleganten Bewegungen neben mich setzte. Er reichte mir eine Schale Suppe und ein Stück Brot. Ich probierte davon und hustete. Sie war irre stark gewürzt.

Varnar lächelte flüchtig. »Aella ist nicht gerade die beste Köchin. Sie wollte es aus Prinzip nicht lernen.«

Schnell nahm ich einen Schluck des warmen Getränks, das fast genauso stark war wie die Suppe, und musste wieder husten.

»Was ist das?« Ich schwenkte den Becher.

»Met.«

Ich schaute in die Tasse. »Ich dachte, Met wäre das Gleiche wie Bier? Es schmeckt überhaupt nicht wie Bier.«

»Nein, es ist nicht das Gleiche.«

Ich wartete vergeblich auf eine weitere Erklärung. Unschlüssig, worüber wir noch reden könnten, biss ich in mein Brot. Varnar hatte ebenfalls nichts zu sagen, also saßen wir einfach schweigend da und sahen in die Flammen.

Mehrmals setzte ich an, ihn zu fragen, weshalb er mich trainierte und warum er und Aella hier auf dem verfallenen Gutshof wohnten, aber die Worte wollten mir nicht über die Lippen. Schließlich legte ich die halbe Brotscheibe auf den Teller, stand auf und befühlte meine Kleidung, die fast trocken war. Ich machte Anstalten, ins Nachbarzimmer zu gehen, um mich umzuziehen, doch Varnar hielt mich zurück.

»Was machst du am Freitag?«

Ich schaute ihn an. Sein Haar war getrocknet, doch in den dunklen Locken leuchteten noch immer Flöckchen von Sägemehl. Ich unterdrückte den Drang, sie herauszupflücken. Er drehte den Kopf und sah mich mit seinen dunkelbraunen Augen an, in denen ich erst jetzt kleine Tupfer von Grün entdeckte.

Ich versuchte, meine Stimme ruhig zu halten.

»Ich muss arbeiten.«

»Und am Samstag?«

»Da gehe ich auf ein Fest. Auf einen Ball, um genau zu sein.«

»Auf einen Ball? Wo?«

»Im Bootsmann in Jagd. Kennst du das?«

Varnar nickte mit einem Ausdruck, den ich nicht deuten konnte.

»Ich habe davon gehört.« Er nahm etwas Anlauf, bevor er weitersprach. »Wer ist deine Begleitung? Dieser Polizist?«

Wo kam das jetzt her? Verlegen wandte ich den Blick von ihm ab und sah stattdessen in die Flammen.

»Nein, er heißt Od.«

»Od Dinesen?«

»Keine Ahnung, wie er mit Nachnamen heißt, er ist der Besitzer des Bootsmanns«, sagte ich. »Aber ich habe gar keine Lust hinzugehen.« Das war mir herausgerutscht.

»Warum nicht?« Varnar richtete sich ein wenig auf.

Wieder redete ich, ohne nachzudenken.

»Ich muss ein Kleid anziehen«, sagte ich kläglich.

Varnar lachte überrascht auf. Ihn lächeln zu sehen, riss mir wie immer fast die Beine weg. Er sah völlig verwandelt aus, wenn die harten Züge wichen.

»Du hast kein Problem, dich in einen Kampf mit drei Kerlen zu stürzen, aber du hast Angst, ein Kleid anzuziehen?«

»Ich mag einfach keine Feste«, murmelte ich und flüchtete mich zu Aella in die Küche.

»Gehst du schon?«

»Ja. Ich ziehe mich schnell um, damit du deine Sachen zurückkriegst.«

Sie befühlte den noch immer leicht feuchten Pullover, den ich über dem Arm hatte. Dann schüttelte sie den Kopf.

»Du kannst die Klamotten gern ausleihen. Ich will nicht, dass du in nassen Klamotten nach Hause läufst.«

Ich wollte protestieren.

Varnars Aura flimmerte hinter mir auf. »Sie kann mir deine Sachen einfach mitgeben, wenn wir das nächste Mal trainieren.«

Mein Rücken wurde auf eine fantastische und gleichzeitig unangenehme Weise warm, und ich fummelte am Ärmel meines Pullis herum, um zu verbergen, wie stark seine Nähe auf mich wirkte. Aella schaute mit zusammengekniffenen Augen von ihm zu mir. Dann nickte sie.

»Abgemacht«, sagte sie und wandte sich brüsk zur Arbeitsplatte, wo sie es plötzlich eilig hatte, den großen Topf abzuspülen. »Begleitest du Anne nach Hause, Varnar?«, fragte sie über die Schulter.

Draußen war die Dunkelheit hereingebrochen. Der Regen hatte aufgehört, und der Geruch nach feuchtem Wald hing in der Luft.

»Du brauchst nicht mitzukommen«, sagte ich.

»Doch, tue ich«, erwiderte Varnar.

Er ging auf den Wald zu und ich hielt mit ihm Schritt. Mir fiel beim besten Willen kein Gesprächsthema ein, und wenn es mein Leben gegolten hätte. Small Talk lag mir ohnehin nicht, aber in seiner Gegenwart war ich noch zehnmal wortkarger als sonst. Ihm schien es ähnlich zu gehen, daher sagte während des gesamten Weges keiner von uns ein Wort. Als wir endlich Odinshöhe erreichten, brachte er mich bis zu meiner blauen Haustür.

Ich drehte ihm das Gesicht zu, um mich zu verabschieden. Danke fürs Training. Schön, dass du mich verkloppt hast. Irgendwas. Doch die Worte steckten mir im Hals fest.

Er musterte mich ernst und sah ebenfalls aus, als wollte er etwas sagen. Dann wandte er sich abrupt um und lief ohne ein Wort zurück zum Wald.

Am Freitagabend stand ich in der Küche des Frank's. Allmählich pendelten sich die Besucherzahlen wieder ein. Die Küche war geschlossen und Milas schon vor über einer Stunde gegangen. Jetzt musste nur noch sauber gemacht und abgespült werden, und das war mein Job.

Aus dem Gastraum hörte ich Gelächter und Gespräche. Der Abend war in das Stadium übergegangen, wo die Musik aufgedreht und ein frisch Gezapftes nach dem anderen über den Tresen gereicht wurde. Franks Laune war gut wie lange nicht mehr, er führte sogar seinen Elvis-Tanz vor der ganzen Menge auf und erntete reichlich Applaus.

Belindas Tod lag über eine Woche zurück, und die Medien waren zu aktuelleren Nachrichten weitergeeilt. Der Hype um den nordjütländischen Pippi-Mörder war also abgeflaut. Die weiblichen Teenager der Stadt bewegten sich noch immer in Grüppchen oder wurden von Freunden, Brüdern oder Cousins eskortiert; auch wenn sie es gut meinten, hätten sie nicht den Hauch einer Chance gegen den Wilden, sollte dessen Blick erneut auf irgendeinen bemitleidenswerten Rotschopf fallen. Nicht dass in der Gegend noch viele übrig gewesen wären. Rothaarige, meine ich. Von Mathias wusste ich, dass seine Mutter im Salon alle Hände voll damit zu tun hatte, Mädchen und Frauen aus der Stadt und Umgebung die Haare in jeder erdenklichen Farbe zu färben, außer in Rot. *Des einen Tod ist des anderen Brot*.

Ich hörte Lunas Stimme. Sie arbeitete an diesem Abend nicht, daher wunderte ich mich, was sie im Frank's machte. Durch die Scheibe der Schwingtür sah ich sie in einem überdimensionalen orangefarbenen Jumpsuit mit hochgezogener Kapuze auf die Küchentür zustürmen. Mathias folgte ihr mit beklommener Miene.

Sie strahlte mich an, als sie die Küche betraten.

»Ich muss dir was zeigen.« Sie zog die Kapuze herunter und präsentierte mir eine beeindruckend rote Haarpracht. Die Locken tanzten um ihr Gesicht, als sie den Kopf in meine Richtung schüttelte. »Sieht es nicht toll aus?«

Ich starrte sie fassungslos an. »Was zur Hölle hast du dir dabei gedacht?«

Lunas Lächeln gefror auf ihren Lippen. »Gefällt es dir nicht?«

»Nein!«, schrie ich. »Bist du komplett bescheuert?«

Tränen traten in Lunas cognacfarbene Augen, und ihre Unterlippe bebte.

Mathias stellte sich zwischen uns. »Okay, Anne, das reicht.«

»Bist du etwa auf ihrer Seite? Findest du nicht, dass es vollkommen irre ist, sich die Haare rot zu färben, wenn in der Gegend ein Mörder mit dem Fetisch für rothaarige Mädchen herumrennt? Hast du nicht selbst erzählt, dass sich momentan jede, die auch nur einen rötlichen Schimmer im Haar hat, eine andere Farbe verpassen lässt? Ist dir klar, dass Luna jetzt praktisch der einzige rothaarige Teenie in ganz Nordjütland ist?« Ich sage selten so viele Sätze auf einmal, aber das hier war ein Notfall.

Mathias sah mit jedem Wort meiner Schimpftirade bedröppelter aus. Seine Wangen liefen rot an vor Scham, und ich schnappte eine Sequenz aus seinem Kopf auf, die Luna zurückgelehnt über einem Waschbecken zeigte, während er rote Farbe aus ihrem Haar wusch. Ich öffnete den Mund. Er wich einen Schritt zurück, als fürchtete er, ich würde ihm eine reinhauen.

»Das hast du nicht getan«, sagte ich.

»Sie hat diesen Überredungs-Hokuspokus an mir benutzt«, flüsterte er.

Ich wandte mich wieder an Luna. »Wieso hast du das gemacht?«

Sie senkte den Blick. »Es ist vor ein paar Tagen irgendwie in meinem Kopf aufgepoppt. Mein Haar *musste* einfach rot werden. Das Dunkle hat meine ganze Energie blockiert, ich konnte nicht klar denken.«

»Du hast jedenfalls recht damit, dass du nicht klar gedacht hast. Wenn du das Dunkelbraun leid warst, warum dann nicht Blond, Blau oder Grün? Scheißegal – Hauptsache, nicht Rot.«

»Du weißt, wie es bei mir mit Farben ist«, sagte Luna mit dünner Stimme. »Nur Rot kann mir helfen, richtig zu denken. Sonst kann ich das mit dem Mond nie im Leben berechnen. Das war der Grund, weshalb ich mich dazu entschieden habe.«

»Du setzt dein eigenes Leben aufs Spiel, um einem Mädchen aus einer Vision zu helfen, seinem hypothetischen Tod zu entgehen?«

»Ja, natürlich.« Sie schaute auf ihre grünen Turnschuhe. »Die ganze Woche habe ich schon versucht, so viel Rot zu tragen wie irgend möglich, aber es hat nicht geholfen. Es ist, als hätte mir das Universum gesagt, dass meine Haare rot sein sollen. Es ist Farbmagie. Du kannst dir nicht vorstellen, was für eine Erleichterung es jetzt ist. Ich …«

Fuck. Luna vertraute so sehr darauf, dass meine Vision stimmte, dass sie bereit war, ihr Leben dafür zu riskieren. Ich griff mir mit beiden Händen an den Kopf.

»Universum. Farbmagie. Dieses Hippie-Gelaber kannst du dir schenken. Mädchen wurden ermordet. Und du weißt, dass es noch nicht vorbei ist.« Ich sah Mathias wütend an. »Sag was. Unterstütz mich gefälligst.«

Er zuckte zusammen.

»Was ist denn mit dir los?«, schrie ich ihn an.

»Du bist ziemlich furchteinflößend, wenn du wütend bist.«

»Ach, verbrüh mich doch.«

Luna verzog einen Mundwinkel. »Warum sollte er das tun?«

Mathias warf mir einen leuchtend blauen Blick zu.

In diesem Moment kam Frank in die Küche. Beim Anblick von Lunas roten Haaren blieb er abrupt stehen.

»Du liebes bisschen!«, entfuhr es ihm. »Bist du sicher, dass gerade der richtige Zeitpunkt ist, sich die Haare rot zu färben?«

Luna zog eine trotzige Schnute.

Ich wandte mich an Mathias. »Bring das in Ordnung.«

Er warf resigniert die Arme hoch. »Ich kann nicht. Nur wenn Luna es selbst will.«

Sie schüttelte so heftig den Kopf, dass ihre Locken zu allen Seiten flogen. Frank wich rückwärts zur Tür, offensichtlich nicht gewillt, in unser Drama verwickelt zu werden.

»Mathias, versprichst du mir, die Mädchen nach Hause zu bringen?« Er warf einen Blick auf Lunas rote Locken. »Seid ihr mit dem Fahrrad da?«

Wir nickten im Takt, und Frank flüchtete sich in die lärmende Bar. Für den Moment gab ich den Versuch auf, Luna zu überzeugen.

»Ich habe zu tun«, sagte ich. »Ihr braucht nicht auf mich zu warten. Ich kann sehr gut allein nach Hause fahren.«

»Ihr schließt in einer halben Stunde«, sagte Mathias. »So lange können wir doch warten.«

»Luna, willst du dir nicht wenigstens die Kapuze aufsetzen, damit man deine Haare nicht sieht?«

Sie gingen zurück in den Gastraum, während Luna sich die Kapuze ihres Jumpsuits über den Kopf zog und die Locken darunterstopfte. Sie sah aus wie ein orangefarbenes Riesenbaby mit einem Hang zu Hip-Hop.

Nachdem Frank endlich die letzten Gäste hinauskomplimentiert hatte, saßen Luna, Mathias und ich am verlassenen Bartresen. Frank bewilligte jedem von uns ein Feierabendbier.

»Du weißt schon, dass es gegen das Gesetz ist, Minderjährigen Alkohol auszuschenken«, sagte Luna mit einem Grinsen und ließ den Finger zwischen ihr und mir hin- und herkreisen, als er uns die Gläser reichte.

»Ach, weißt du, ich habe schon Schlimmeres getan«, sagte er und blinzelte ihr zu. Dann wandte er sich um und stellte eine verirrte Wodkaflasche zurück auf ihren Platz im Regal. Im Wandspiegel hinter den Spirituosen erhaschte ich einen Blick auf sein Gesicht. Tiefe Furchen zogen sich über seine Stirn, und die Brauen waren gesenkt. Er drehte sich wieder zu uns um und fuhr sich mit der Hand durch sein graues Pomadenhaar. In dem gedämpften Licht glänzte es wie Silber. »Was denkt ihr? Haben die Leute da draußen Angst?«

Mathias stellte sein Bierglas auf den Tresen. »Allmählich beruhigen sie sich wieder. Aber die Mädchen sind nervös.« Er schielte zu Luna und mir. »Einige jedenfalls. Und die Eltern, die Töchter in dem Alter haben, sind besorgt. Die Leute reden darüber, was sie mit ihm machen wollen, falls sie ihn erwischen. Und wie ihr euch vielleicht vorstellen könnt, steht ›ihn der Polizei übergeben‹ ganz unten auf der Liste.«

»Ich hoffe, er gibt bald Ruhe.« Frank schauderte und lehnte sich müde gegen den Tresen. »Neben allem anderen ist er schlecht für den Umsatz.«

»Und für die Gesundheit«, fügte ich hinzu und fuhr mir mit dem Zeigefinger quer über den Hals.

Die drei anderen sahen mich an.

»Was denn? Stimmt doch.«

Frank seufzte. »Anne, die Sache ist ernst. Das ist nicht witzig.«

Ich dachte an meine wiederkehrende Vision. Nein, es war bestimmt nicht witzig.

Wir tranken aus und verließen die Bar. Draußen gingen wir zu unseren Fahrrädern, während Frank abschloss. Ich blieb mit einem kleinen Aufschrei vor meinem roten Rennrad stehen. Das Vorderrad war verbogen und der Hinterreifen aufgeschlitzt. Ich berührte das Rad. Eine aggressive Energie ging davon aus. Dann versuchte ich etwas Neues. Ich versuchte zu *sehen*, was passiert war. Man könnte fast sagen, ich fragte es. Zum Schluss erhaschte ich einen Blick auf Christian Mikkelsen, der auf mein Fahrrad eintrat.

»Was ist passiert?«, fragte Luna, obwohl es ziemlich offensichtlich war.

»Es ist eine Nachricht.«

»Was für eine Nachricht?« Luna versuchte vergeblich, das Vorderrad wieder zu richten, indem sie daran rüttelte.

Mathias suchte meinen Blick. »War es Peter?«

Ich schüttelte den Kopf. »Es war dieser Christian.«

»Soll ich mit ihm reden?« Er wuchs ein Stück in die Höhe.

»Nein. Sie glauben doch eh schon, dass ich neulich Abend Freunde dabeihatte, um sie zu verprügeln. Es besteht kein Grund, ihre Aufmerksamkeit auf dich zu lenken.«

»Als ob mir das was ausmachen würde!« Er schrie fast.

»Wirklich, Mathias? Willst du, dass er mit der Polizei redet und sie anfangen, in deiner Vergangenheit zu graben?«

Luna glich einem einzigen Fragezeichen. »Welche Vergangenheit? Gibt es immer noch etwas, das ich nicht weiß?«

Massenweise, Luna.

Mathias senkte den Blick. »Ja, ich habe dir noch nicht alles erzählt.«

Ich fand, das mussten die zwei unter sich klären, und überlegte, wie ich jetzt nach Hause kommen sollte. Ohne das Fahrrad fühlte ich mich, als sei mir ein Bein amputiert worden. Glücklicherweise kam Frank in diesem Moment dazu. Er pfiff, als er Christians Werk sah.

»Ist das deins?«

»Jepp.«

»Weißt du, wer das getan haben könnte?« In Franks Frage schwang eine Drohung mit.

»Nein«, log ich. »Bestimmt irgend so ein besoffener Penner, der heute Abend keine abgekriegt hat und sich deshalb an meinem Fahrrad abreagieren musste.«

Zu Mathias und Luna, die neben mir eine stumme Unterhaltung mit weit aufgerissenen Augen und wilden Gesten führten, sagte ich: »Fahrt ihr ruhig. Ich laufe nach Hause.«

»Auf gar keinen Fall«, protestierte Frank. »Ich fahre dich.«

»Das brauchst du wirklich nicht. Ich komme zurecht.«

»Anne, bitte – uns zuliebe«, sagte Mathias.

Luna sandte einen Nebel von Überredung zu mir herüber.

Ich nickte ergeben. »Meinetwegen.«

Wir verabschiedeten uns, und Frank stellte mein armes Fahrrad in den Hinterhof, wo es bleiben konnte, bis ich es zum Radladen brachte.

»Denk dran, dass wir morgen um zwölf zu dir kommen«, rief Luna mir nach.

»Was macht ihr morgen?«, fragte Frank, als wir zusammen zu seinem Auto gingen.

Ich kratzte mich an der Stirn. »Wir machen uns für ein Fest fertig.«

»Wann ist es denn?«

»Erst abends.«

»Na, das muss ja was sein, wenn ihr den ganzen Tag braucht, um euch aufzubrezeln.«

Ich schüttelte mich in meiner verwaschenen schwarzen Jeansjacke. »Es ist in Jagd.«

Frank sah mich durchdringend an. »Wollt ihr zum Tagundnachtgleiche-Ball im Bootsmann?«

Ich nickte.

»Wie um alles in der Welt seid ihr an die Einladung gekommen?«

»Kennst du den Ball?«

»Ob ich ihn kenne? Ich versuche seit Jahren, dabei sein zu dürfen.« Er sah mich ehrfürchtig an. »Hast du einen Begleiter?«

»Ich würde dich mitnehmen, wenn ich könnte, aber ich gehe mit dem Besitzer des Bootsmanns.« Ich fühlte mich hundertmal wohler in Franks Gesellschaft als in Ods.

Frank schnappte nach Luft. »Du gehst in Begleitung von Od Dinesen? Seid ihr befreundet?«

»Er ist eher der Freund eines Freundes«, sagte ich ausweichend.

Wir kletterten in Franks alten Pick-up, und als er die Hauptstraße entlangdröhnte, lehnte ich mich zurück in den weichen Sitz und genoss die mir unbekannte Sechzigerjahremusik, die er angestellt hatte. In seinem Auto fühlte ich mich wohlig und geborgen. Es lag sicher daran, dass es nach Hund roch.

Ich betrachtete Frank im Profil. Das Haar fiel ihm in einer sanften Welle in die Stirn, und er sang lautlos den Song mit. Die Lachfältchen um seine Augen traten deutlich als Schatten hervor, wann immer wir an einer Straßenlaterne vorbeifuhren. Ich wandte das Gesicht ab und sah stattdessen aus dem Fenster.

»Anne?« Franks Stimme war zögerlich.

»Ja?«

»Ich weiß, ihr Mädchen hört das andauernd, aber magst du nicht versuchen, etwas besser auf dich aufzupassen?«

Wir passierten das Ortsschild von Ravnssted und ließen damit die letzte Straßenlaterne hinter uns. Abgesehen von den Lichtkegeln der Scheinwerfer war die Landstraße rabenschwarz. Auch im Auto herrschte nun Dunkelheit, aber ich konnte Franks Gesicht im gedämpften Licht des Armaturenbretts sehen.

»Ich passe doch auf mich auf.«

Frank lachte.

»Du bringst den Müll raus, obwohl ich gesagt habe, dass Milas es tun soll. Du willst mitten in der Nacht allein nach Hause laufen. Du wohnst weiß Gott wo außerhalb der Stadt, direkt bei einem großen Wald.« Er machte eine kurze Pause. »Ich mache mir doch nur Sorgen wegen dem, was da draußen lauert.«

Er bog in die Kraghede Landstraße ein, und wir fuhren an Bens und Rebeccas Haus vorbei, dessen Fenster schwach erhellt waren.

»Ich habe ja keine roten Haare«, war das Einzige, was ich hervorbrachte.

»Nein, aber du bist etwas Besonderes.«

»Wovon redest du?«

»Die meisten Menschen sehen direkt durch dich hindurch, und andere hassen dich instinktiv.«

Ich versuchte, die Stimmung aufzuheitern. »Du nicht. Du warst immer nett zu mir.«

Wieder runzelte Frank die Brauen. »Ich mochte dich auf Anhieb.«

Bevor Luna, Mathias und Frank auf der Bildfläche erschienen, war niemand außer Arthur je freundlich zu mir gewesen.

»Ich habe darüber nachgedacht, wer er sein könnte«, fuhr Frank fort. Seine Stimme war ein wenig heiser. »Ich glaube, er ist neu hier in der Gegend. Es ist die Art, wie er seine Opfer auswählt. Es wirkt zufällig. Als ob er bloß Stichproben nimmt.«

»Sie sind alle miteinander rothaarig. Das wirkt nicht gerade stichprobenartig.«

»Ich will damit sagen, dass ich ziemlich sicher bin, dass er nicht von hier ist. Du bist im Laufe deines Lebens ja ziemlich viel rumgekommen hier in der Gegend. Da werden dir neue Gesichter schnell auffallen. Ich glaube, davor solltest du dich in Acht nehmen. Vor neuen Gesichtern, meine ich.« Er bog in den Feldweg zu meinem Haus ein. Das Auto rumpelte und holperte über die Löcher und Steine.

»Wir wissen ja, wie er aussieht. Die Zeichnung. Es gibt also keinen Grund, auf neue Gesichter zu achten.«

Frank schaute in die Dunkelheit. »Ich glaube, da draußen gibt es noch mehr Böses als ihn.«

Eine Gestalt stand vor meiner Haustür. Ich zuckte zusammen, als ich erkannte, dass es Varnar war. Was machte er hier, um zwei Uhr in der Nacht? Ich öffnete die Autotür, um hinauszuspringen, doch Frank legte mir eine Hand auf die Schulter.

»Wie gut kennst du den da?« Er wies mit dem Kinn auf Varnar, und der Griff um meine Schulter verstärkte sich, als hätte er Angst, mich aus dem Wagen steigen zu lassen.

»Ich habe ihn erst vor Kurzem kennengelernt«, antwortete ich ehrlich. »Aber er ist in Ordnung.«

Varnar kam auf das Auto zu. Ich kannte seine Bewegungen gut genug, um zu erkennen, dass er sich zum Angriff bereit machte. Es gefiel ihm nicht, dass Frank mich am Arm hielt. Ich nahm Franks Hand weg. Sein Griff war so fest, dass es unangenehm war.

»Frank, er ist in Ordnung«, wiederholte ich.

Frank beäugte Varnar, der zurückstarrte.

»Das will ich mal hoffen.«

Ich lächelte und winkte Varnar, um ihm zu signalisieren, dass alles okay war. Dann lächelte ich auch Frank zu.

»Ich werd's ihm ausrichten.« Ich sprang aus dem Auto, ging zu Varnar und bedeutete Frank, dass er fahren konnte. Er legte den Gang ein und brauste rückwärts den Feldweg hinunter.

Ich stellte mich vor Varnar. »Was machst du hier?«

»Ich wollte sichergehen, dass du gut nach Hause gekommen bist. Hat er dich belästigt?«

»Das ist mein Chef, Varnar. Wie du siehst, habe ich es in einem Stück nach Hause geschafft. Und wie gewöhnlich bist du spät dran mit deinem Vorhaben, auf mich aufzupassen. Was, wenn Frank der geisteskranke Messermörder wäre? Ich war mitten in der Nacht allein mit ihm im Auto auf einer einsamen Landstraße.« Ich rollte dramatisch mit den Augen.

Varnar schnaubte verärgert. »Du hast keine Ahnung, wie schwer es ist, ein Auge auf dich zu haben.«

Ich runzelte verdutzt die Brauen. »Hast du ein Auge auf mich?«

Varnar hob den Blick zum Mond. Das silberne Licht streichelte sein Gesicht, und ich ertappte mich dabei, zutiefst neidisch auf den Mond zu sein.

»Ich muss dir etwas sagen.«

Mein Herz schlug einen Flickflack in meiner Brust.

»Ja?« Ich versuchte, meine Stimme ruhig zu halten.

Varnar sah mich immer noch nicht an. Seine Augenbrauen näherten sich einander fast unmerklich. Mir war aufgefallen, dass das passierte, wenn er sich schwer damit tat, etwas zu sagen. Wie üblich sagte er nichts.

»Ich gehe jetzt ins Bett. Dann sag es halt irgendwann, wenn du bereit bist«, seufzte ich, kehrte ihm den Rücken zu und zog meinen Schlüsselbund aus der Tasche.

»Montagabend«, hörte ich ihn hinter mir.

Ich wandte mich halb um. »Montagabend *was?*«

»Ich komme am Montag um sechs zum Abendessen. Dann sage ich es.«

Ich setzte zu einer Antwort an, doch er lief bereits über das mondbeschienene Feld Richtung Kraghede Skov.

In mir kribbelte es, und ich konnte nicht stillsitzen. Die ganze Nacht lang hatte ich hin und her überlegt, was Varnar mir wohl sagen wollte. In meiner Fantasie erklärte er mir seine ewig währende Liebe. *Ha*, lachte ich innerlich. *Das glaubst du doch selbst nicht*. Dann begann das Gedankenkarussell von vorn.

Um fünf Uhr kapitulierte ich und stand auf. Eine lange Laufrunde, eine ausgiebige Trainingseinheit und all meine Hausaufgaben später war es gerade erst neun. Der unberührte, inzwischen kalte Kaffee stand vor mir auf dem Tisch.

Dumdidum. Was jetzt? Ich drückte mich mit den Händen von der Tischplatte ab und kam auf die Beine. Bewaffnet mit der Taschenlampe steuerte ich auf die Scheune zu, die ich bisher noch gar nicht in Augenschein genommen hatte. Die Schiebetür klemmte, und ich zog mit aller Kraft, ehe sie sich unter lautem Knirschen ein Stückchen öffnen ließ.

Ich leuchtete umher. Die Scheune war voller Gerümpel. Reihe um Reihe mit Gartengeräten, und das große Gitterbett stand direkt neben der Tür. Mein Hals schnürte sich zu, und ich wandte hastig den Blick von dem Bett und den beiden kleinen Decken ab, die darin lagen. Ich wurde auf eine blaue Truhe mit einem runden Deckel aufmerksam, stieg über ein paar Farbeimer und kniete mich neben ihr auf den Boden. Seitenwände und Oberfläche waren von einer dicken Schicht Staub und Spinnweben bedeckt. Die Scharniere quietschten, als ich den Deckel anhob. Im Inneren lag ein Haufen Dinge: Eine Jacke, ein gusseiserner Topf, ein Buch, ein Kästchen mit grünem Samtbezug und mehrere Flaschen des Mets, der auch in meinem Küchenschrank stand. Ich schaute in einen Briefumschlag, schloss ihn aber schnell wieder, als ich ein Foto von Ben und Rebecca darin erblickte. Die Haut in Rebeccas Gesicht war darauf jugendlich glatt. Ich legte das Kästchen und das Buch in den Topf und nahm die Jacke über den Arm. Dann ging ich zurück zur Tür. Auf der Schwelle blinzelte ich ins Tageslicht.

»Na, hast du was Spannendes entdeckt?«

Mir entfuhr ein leiser Aufschrei.

»Tut mir leid«, sagte Arthur. »Ich wollte dich nicht erschrecken.«

»Hast du aber.« Ich stellte den Topf auf dem Boden ab, schaltete die Taschenlampe aus und legte sie in den Topf. Unter Mühen schob ich die Scheunentür wieder zu. »Hilfst du mir, oder was?«

Arthur nahm die Jacke und ging aufs Haus zu.

Nein, was bist du doch für ein Gentleman, Arthur, dachte ich, während ich mich mit dem Topf abmühte.

Drinnen hängte Arthur die Jacke so vorsichtig über die Küchenbank, als sei sie eine zerbrechliche Vase.

»Ob sie dir wohl passt?«, überlegte er laut.

Ich ging zur Bank, nahm die Jacke hoch und hielt sie ins Licht, das durch die Glastür hereinschien. Sie hatte dunkle Stickereien, die auf dem schwarzen Hintergrund kaum sichtbar waren. Die Stickmuster glichen den Malereien an Bens und Rebeccas Haus. Ein Greiftier, Schlangen und Drachen.

»Probier sie an«, sagte Arthur.

Ich schwang die Jacke herum und schlüpfte in die Ärmel. Die Innenseite bestand aus rotem Wildleder, das sich herrlich weich um meine Arme schmiegte.

Arthur betrachtete mich mit einem merkwürdigen Ausdruck.

»Du siehst hübsch aus darin«, sagte er schließlich. »Schau dich im Spiegel an.«

»Nicht jetzt«, erwiderte ich, zog die Jacke aus und warf sie über die Küchenbank.

Arthur strich sie behutsam glatt.

»Woher kennst du Od?« Ich stemmte die Hände in die Hüften.

Arthurs Miene wurde aufmerksam. »Hat er dir etwas erzählt? Was ist dort passiert?«

»Er hat gesagt, ich sei die, für die er mich gehalten hat, angeblich sei ich aber noch nicht bereit, die Wahrheit zu hören. Um also deine Frage zu beantworten: Er hat mir einen Dreck erzählt, und es ist nicht sonderlich viel passiert, außer dass er mich zum Tagundnachtgleiche-Ball im Bootsmann eingeladen hat.«

Arthur riss die Augen auf. »Du darfst da nicht allein hingehen.«

»Tue ich auch nicht. Er will, dass ich ihn begleite.«

»Od? Warum denn das?«

»Vielleicht wegen meiner fantastischen Persönlichkeit.«

Arthur lächelte. »An deiner Persönlichkeit gibt es nichts auszusetzen.«

Über ein Dutzend Erzieher, Ex-Pflegeeltern und Lehrer wären da eindeutig anderer Meinung.

Arthur fuhr fort: »Aber Od tut nie etwas, das keinen tieferen Sinn hat.«

Od konnte sich seinen tieferen Sinn sonst wohin stecken. Ich ging nur wegen Mathias mit.

»Du hast mir immer noch nicht gesagt, woher du ihn kennst.«

Arthur wand sich. »Das erzähle ich dir ein anderes Mal.«

Ich schniefte. »Elias hat auch gesagt, dass ihr euch schon lange kennt.«

Arthurs Augen wurden schmal. »War Elias da? Was hat er gemacht?«

Ich hatte nicht vor, etwas zu verraten, aber es war auffällig, wie selbstverständlich Arthur davon ausging, dass Elias irgendetwas *gemacht* hatte.

»Er hat gesagt, dass ihr keine Freunde seid.«

»Das sind wir auch ganz bestimmt nicht.«

»Ich habe schon mitgekriegt, dass er etwas nervig sein kann, aber er scheint ganz in Ordnung zu sein. Er hat mir geholfen zu lernen, wie ich mich abschirmen kann.«

Arthur schloss die Augen, so als versuche er, sich zu zügeln.

»Anne, die einzige Person, für die Elias ernsthaft etwas tut, ist er selbst. Er hilft dir nur, weil er im Gegenzug etwas dafür haben will. Du darfst nicht mit ihm allein sein.«

Ich reckte trotzig das Kinn vor. »Das bin ich bereits mehrfach gewesen. Er war sogar schon hier.«

Arthur ballte die Fäuste. »Er war hier, bei dir zu Hause?«

Ich nickte.

»Ich verbiete es!« Seine Stimme war schrill. »Er darf nicht noch mal herkommen.«

Ich brach in Gelächter aus. »Du kannst mir nichts verbieten, Arthur. Das ist mein Haus, und ich bestimme selbst, wer zu Besuch kommt.«

»Versprich mir einfach, dich vor ihm in Acht zu nehmen. Man kann ihm nicht vertrauen.«

»Wie auch immer.« Dann fiel mir etwas ein. »Arthur, erinnerst du dich noch an den Traum, von dem ich dir erzählt habe?«

»Ist er wiedergekommen?«

»Ja. Aber das ist es nicht. Weißt du noch, dass ich erzählt habe, das Mädchen sei bereits tot? Dass es vor langer Zeit passiert ist? Ich glaube, ich habe mich geirrt.«

»Was meinst du?«

»Ich glaube, es ist noch gar nicht passiert. Ich bin sogar ziemlich sicher.«

Arthur starrte mich an. »Sie ist nicht tot?«

»Noch nicht«, sagte ich. »Die Vision verändert sich nicht.«

Ein Ausdruck reiner Freude flog über Arthurs Gesicht.

»Aber wir können sie vielleicht verändern.« Er ging mit langen Schritten zur Tür. Dann wandte er sich um, kam zurück und legte mir eine Hand auf die Schulter. »Genieß den Abend. Aber pass auf dich auf, ja?«

Ich wollte erwidern, dass er sich da nicht einmischen sollte, aber in seinen grünen Augen stand eine solche Sorge geschrieben, dass ich es nicht fertigbrachte.

»Na klar, Arthur.«

Er strich mir über die Wange. »Wann bist du nur plötzlich so groß geworden? Du bist kein kleines Mädchen mehr. Ich bin sehr stolz auf dich.«

Ich bekam einen Kloß im Hals und wusste nicht, was ich antworten sollte. Er küsste mich auf die Stirn, bevor er mich losließ und lautlos durch die Tür verschwand. Einen Moment sah ich ihm hinterher. Dann schüttelte ich die Gefühle ab, ging zum Küchentisch und schaute in den Topf, den ich aus der Scheune mitgebracht hatte.

Als Erstes nahm ich das Buch heraus. Es hatte einen roten Ledereinband mit einem eingeprägten Bild, das einer afrikanischen Maske glich. Als ich es aufschlug, sah ich, dass es mit handschriftlichen Notizen gefüllt war, die am ehesten wie Kochrezepte aussahen. Hier und da steckten getrocknete Blumen und Blätter zwischen den Seiten, von denen einige mit Zeichnungen verziert waren. Ich blätterte zur ersten Seite. *Pour Rebecca de Benedict Omikha Sekibo*, stand dort in schön geschwungener Handschrift.

Mit dem Gefühl, in der Privatsphäre eines anderen zu spionieren, klappte ich das Buch zu, legte es auf den Tisch und nahm stattdessen das Kästchen in Augenschein. Es knirschte leise, als ich den Deckel öffnete. Darin lag ein Schmuckstück. Eine Halskette mit einem Anhänger. Die Kette bestand aus dicken Ringen eines Materials, das aussah wie Mattgold, und der Anhänger war ein roter kristallartiger Stein in Form eines Herzes. Um das Herz, vom Mittelpunkt der beiden oberen Bogen hinunter zur Spitze, verlief ein schmales Goldband. Das Schmuckstück war auf eine seltsame Weise schön. Es war sowohl grob als auch fein, sowohl zart als auch stark. Vorsichtig nahm ich die Kette hoch und hielt den Anhänger in der Hand.

Etwas, eine Energie oder Kraft, floss von dem Stein in meine Hand. Ich erhielt keine Bilder von ihm, doch es war, als ob er eine Seele hätte. *Merkwürdig.*

Ich legte die Kette zurück in das Kästchen und schlug den Deckel zu.

»Hochgesteckt.«

»Offen.«

Luna und Mathias standen über mich gebeugt und hielten je eine Strähne meines Haares. In der anderen Hand hatte Mathias einen Schminkpinsel. Sein Handrücken war voller Streifen und Tupfer in verschiedenen Farben. Ich saß in dem roten Kleid mit den Schlangenstickereien auf einem Wohnzimmerstuhl und spreizte die Finger, damit der Nagellack, der die exakt gleiche eisblaue Farbe hatte wie die Augen der Schlangen, trocknen konnte.

»Offen und lockig.« Luna kniff trotzig die Lippen zusammen.

»Aber mit Locken sieht man den Rückenausschnitt nicht. Außerdem sind Locken zu dramatisch. Das Kleid allein ist schon dramatisch genug.«

»Was soll das denn heißen? Stimmt was nicht mit dem Kleid?«

»Darf ich vielleicht auch mitreden?«, versuchte ich zu Wort zu kommen. »Ich möchte gern offene Haare haben. Ohne Locken.«

Sie überhörten mich.

Mathias nahm Luna an der Hand und zog sie ein Stück zur Seite. »Mit dem Kleid ist alles in Ordnung. Es ist schön. Und du bist schön.«

Er gab ihr einen Kuss auf die Wange. Sie kicherte. Die Verliebtheit der beiden strömte über mich hinweg, doch ich bemühte mich, es zu ignorieren. Luna trug ein bodenlanges goldenes Seidenkleid mit einem tiefen Ausschnitt vorn, der meiner Meinung nach auf den Rücken gehörte. Auf dem Kopf hatte sie einen lila Turban, auf den wir bestanden hatten, um das rote Haar zu verbergen.

Mathias fuhr fort: »Und Anne allein ist auch recht dramatisch.«

»He, ich sitze hier.«

Wieder beachtete mich keiner. Luna biss sich nachdenklich auf die Lippe.

»Ich habe über ihr Kleid entschieden, also ist die Frisur dein Part.«

»Darf ich eigentlich auch irgendetwas entscheiden?«

Endlich sahen sie mich an und lachten dann einstimmig, als wäre ich eine Dreijährige, die etwas Niedliches, aber ziemlich Unsinniges gesagt hat.

Nach weiteren zwei Stunden, in denen Mathias auch Luna schminkte, waren wir endlich fertig. Ich konnte mich logischerweise nicht selbst sehen, befühlte jedoch mein Haar, das Mathias eine Ewigkeit lang bearbeitet hatte. Er hatte toupiert, geflochten und gesprayt, und nun thronte dort auf meinem Kopf eine Frisur, von der ich nur erahnen konnte, wie sie aussah.

»Tada!«, sagte er. »Du bist mein Meisterwerk.«

Luna stand vor mir und betrachtete mich. Dann grinste sie Mathias an. »Und du meinst, Locken wären zu dramatisch.«

Er zuckte mit den Achseln. »Ich hab mich mitreißen lassen. Anne hat so tolle Haare.«

Wie bitte? Ich tastete verzweifelt meine Haare ab, um eine Vorstellung davon zu bekommen, wie es aussah.

»He, nicht anfassen«, rief Mathias.

»Mach dir keine Sorgen. Es sieht fantastisch aus«, sagte Luna.

Ich schüttelte den Kopf. »Gut, dass es überstanden ist. Außerdem werde ich bald abgeholt.«

»Warum fährst du nicht mit uns? Im Auto ist genug Platz.«

»In meiner Einladung steht, dass ich abgeholt werde. Besser, ich halte mich an meinen Teil des Deals, damit Od sich auch an seinen hält.«

Mathias ließ den Kopf hängen. »Tut mir leid, dass du es meinetwegen machen musst.«

»Ja, mir tut es auch verdammt leid. Aber jetzt mache ich es nun mal, und ich habe keinen Bock, mir auch noch einen Kopf über deine Schuldgefühle machen zu müssen. Also lass stecken.«

Mathias knuffte mir lächelnd in die Schulter. »Spiel du ruhig die Harte. Ich weiß, dass du einen weichen Kern hast. Und dass du mir einen Riesengefallen tust.«

Ich öffnete den Mund, um zu widersprechen, doch Luna wechselte schnell das Thema. »Welche Schuhe wirst du anziehen?«

»Meine schwarzen Turnschuhe, denke ich.«

Sie starrte mich entsetzt an. »Du willst doch nicht ernsthaft unsere ganze Arbeit mit deinen ollen Turnschuhen ruinieren!«

»Wartet kurz.« Ich ging in den Flur und holte meine Bikerstiefel aus einer Kiste. Eigentlich waren es Winterstiefel, aber der Herbst dieses Jahr war kalt, sodass ich sie problemlos tragen konnte. Sie waren aus schwarzem Leder und hatten Nieten und Schnallen. Ich zeigte sie Luna. Sie schnitt eine gequälte Grimasse und sah Hilfe suchend zu Mathias. Er runzelte die Brauen.

»Stiefel sind besser als Turnschuhe«, sagte er.

Erleichtert zog ich sie an.

Luna fluchte. »Du warst so perfekt.«

Ihre Enttäuschung segelte zu mir herüber, und ich verspürte den starken Drang, es wiedergutzumachen. Sie hatten sich wirklich wahnsinnig Mühe gegeben, um mich für das Fest zu stylen. Luna hatte sogar eine kleine schwarz-rote Tasche passend zum Kleid für mich genäht, in die ich meine Geldbörse und anderen Kleinkram stecken konnte.

»Ich könnte noch ein Schmuckstück anlegen«, rutschte es mir zu meiner großen Überraschung heraus.

Beide sahen mich verblüfft an.

»Hast du Schmuck?« Mathias klang skeptisch.

»Schmuckstück. Einzahl. Ich habe es heute in der Scheune gefunden.«

»In der Scheune«, seufzte Luna. »Klingt nicht gerade vielversprechend.«

Ich zeigte ihnen das Kästchen. Mathias öffnete es und nahm die Kette heraus.

»So etwas habe ich noch nie gesehen. Sie ist hübsch.«

Luna nahm sie ihm aus der Hand und keuchte. »Ich spüre eine Kraft darin.«

»Wirklich? Ich nämlich auch. Meinst du, ich sollte sie besser nicht umbinden?«

Luna schüttelte den Kopf.

»Es ist eine gute Kraft. Du *musst* sie heute Abend tragen.« Sie bekam denselben träumerischen Ausdruck, wie wenn sie über Farbmagie und Liebe redete. Es war sinnlos, ihr zu widersprechen. Sie hielt mir die Kette hin. »Spuck drauf.«

»Was?«

»Du sollst draufspucken. So weiht man Amulette ein.«

»Ich wusste nicht, dass es ein Amulett ist.«

»Bevor du nicht draufgespuckt hast, ist es auch keins.« Luna verdrehte die Augen, als wäre ich schwer von Begriff. Sie besprühte mich mit ihrer Überredungszauberei, und ich merkte, wie ich gegen meinen Willen die nötige Spucke im Mund sammelte, während ich ihr einen bösen Blick zuwarf.

Der Verschluss der Kette war hart wie Stein. Mathias musste mir helfen, ihn aufzubekommen. Es war ein S-förmiger Draht, denn er mühelos aufbog, in den äußersten Metallring steckte und wieder zusammenklemmte. Er trat einen Schritt zurück.

»Perfekt. Der Stein hat exakt dieselbe Farbe wie das Kleid.«

»Merkwürdig, dass er einfach draußen in der Scheune herumlag«, sagte Luna. »Und eigentlich auch, dass in all den Jahren, die das Haus leer stand, nie jemand eingebrochen ist.«

Voll und ganz deiner Meinung.

»Übrigens habe ich auch etwas gefunden, das du deiner Mutter geben solltest.« Ich reichte ihr das Buch, das noch immer auf dem Küchentisch lag. »Ich glaube, es gehört ihr.«

Luna nahm das Buch und blätterte darin.

»Sieht aus wie eines ihrer Notizbücher. Sie hat zu Hause haufenweise davon mit Rezepten.« Sie klappte das Buch zu. »Ich muss jetzt los.«

Sie küsste Mathias so leidenschaftlich, dass ich ihnen den Rücken zukehrte und durch die Glastür über die flache Landschaft blickte, um ihnen diesen Moment zu geben.

»Wir sehen uns dort, Anne«, sagte Luna. Sie hatten ihre Kuss-Session abgeschlossen.

Ich winkte ihr, und sie schoss wie ein goldener Blitz aus der Tür und lief über das Feld.

Mathias sah ihr durchs Küchenfenster nach. »Versprichst du mir etwas?«

»Was?«

»Pass heute Abend auf dich auf. Und auf Luna.«

Ich nickte, ohne zu wissen, dass ich das eine Versprechen unmöglich halten konnte, ohne das andere zu brechen.

KAPITEL 15

Das Geräusch von quietschenden Reifen und Schotter, der zu allen Seiten aufstob, drang an meine Ohren.

Kurz darauf klopfte es an der Tür. Draußen stand Elias, und wie angekündigt trug er einen eleganten schwarzen Anzug. Ich musste zugeben, dass er wirklich gut aussah. Seine Locken waren ausnahmsweise halbwegs gebändigt, und er hatte einen gebührend ernsten Gesichtsausdruck.

Hinter ihm stand ein gelber Sportwagen, dessen Marke ich nicht kannte. Aber nach meinem bisherigen Eindruck von Elias sah der Wagen erwartungsgemäß großkotzig aus.

Elias betrachtete mich wortlos.

»Keine schmierigen Anmachsprüche?«, fragte ich, während ich die schwarze Jacke überzog, die ich in der Scheune gefunden hatte.

Seine Augen hingen einen Moment auf der Jacke.

»Du bist so schön, dass ich all meine Sprüche vergessen habe.« Auf seinen weichen Lippen war nicht mal die Spur eines Lächelns zu sehen.

Ich gab einen sehr unweiblichen *Hrmpf*-Laut von mir. »Bringen wir's einfach hinter uns.«

Elias hielt mir die Autotür auf, und ich raffte mein Kleid, damit ich beim Einsteigen nicht auf den Saum trat.

»Schicke Schuhe.« Er beäugte die schweren, nietenbesetzten Lederstiefel.

»Man weiß ja nie, wen man vielleicht treten muss«, erwiderte ich mit einem zuckersüßen Lächeln.

Elias beugte sich zu mir. »Gut zu hören, dass dein verändertes Aussehen sich nicht auf deinen sanften Charakter ausgewirkt hat.«

Ich drückte ihm einen Finger auf die Brust und schob ihn kommentarlos zurück. Er lachte und schlug die Tür zu. Dabei erwischte ich versehentlich einen Blick auf den Seitenspiegel, in dem mein von rotem Haar umrahmtes Gesicht versuchte, sich mir mit stummen Lippenbewegungen verständlich zu machen. Keuchend wandte ich mich ab.

Elias glitt auf den Fahrersitz. »Was hast du im Spiegel gesehen?«

»Gar nichts«, murmelte ich und sah durch die Frontscheibe auf die nahezu in völliger Dunkelheit daliegende Landschaft, während er das Auto den Feldweg hinuntersteuerte.

»Hast du geübt, dich abzuschirmen?«, fragte er.

»Ja, jeden Tag. Es klappt schon besser. Aber ich kann immer noch nicht in einem Raum mit mehr als zwanzig, dreißig Menschen sein, ohne die Krise zu kriegen.«

»Das zu lernen, dauert Jahre. Üb einfach weiter.«

»Wie viele kommen heute Abend?«

Elias lenkte das Auto auf die Kraghede Landstraße. »Um die sechshundert.«

Ich schnappte nach Luft. »Dann muss ich Kornrade nehmen.«

»Od hat darum gebeten, dass du es nicht tust.«

»Dann hoffe ich, er fängt mich auf, wenn ich ohnmächtig werde.«

»Ich glaube, du schaffst das. Wenn du dich konzentrierst.«

Ich stöhnte und griff mir an den Kopf. »Das wird die Hölle.«

Wir fuhren weiter, während ich den starken Drang unterdrückte, die Tür zu öffnen und bei voller Fahrt aus dem Auto zu springen. *Denk an Mathias, denk an Mathias*, sagte ich mir stumm mein Mantra auf.

Der Parkplatz des Bootsmanns war unverkennbar mit einer anderen Klasse von Autos gefüllt als beim letzten Mal. Statt Traktoren und Motorrollern standen dort nun haufenweise teure Schlitten, deren Marken ich nicht kannte. Auf einem großen Nummernschild prangte das Abbild einer goldenen Krone mit einer Eins.

»Ist es das, was ich glaube?«

Elias warf einen Blick auf das Auto. »Od hat schon immer enge Verbindungen zum Königshaus gepflegt.«

»Definiere *immer*.«

Er lächelte nur geheimnisvoll und fuhr zur Rückseite der Bar, wo er den Wagen vor der Hintertür parkte – mit der Front so nah am Abgrund, dass sich mein Magen zusammenzog. Die Vorderlichter schienen in die Leere über dem Steilhang, der zum weit unter uns liegenden Strand hin abfiel. Elias schaltete das Licht aus, und die Tiefe verschwand vor meinen Augen.

Ich trat auf den dunklen Parkplatz, wo der Wind an meinem Kleid zerrte und mir Sandkörner ins Gesicht peitschte. Ich zog die Jacke fester um mich. Der kräftige Geruch nach Meer drang in meine Nase, ich hörte Möwengeschrei, unterlegt vom Rauschen der Wellen als einer Art Hintergrundmusik.

»Ist es eigentlich schlau, eine Bar an den Rand eines Abgrunds zu bauen?« Ich konnte mir die Frage nicht verkneifen.

Elias zuckte mit den Schultern. »Das macht einen Teil des Reizes aus. Im Bootsmann zu trinken bedeutet, das Schicksal herauszufordern. Wir verlieren jedes Jahr ein paar Gäste.«

Ich fröstelte und schlang mir die Arme um den Körper.

»Frierst du?«, fragte er und legte mir einen Arm um die Taille. »Du brauchst nur Bescheid zu sagen, falls ich dich wärmen soll.«

»Und du brauchst nur Bescheid zu sagen, falls du gern in hohem Bogen über den Abgrund fliegen möchtest.«

Er lachte, öffnete die Hintertür und ließ mir mit einer Handbewegung den Vortritt. Wir gingen einen schmalen Gang entlang, bis wir zu einer schweren Holztür kamen.

Ods Büro war sechseckig und hatte keine Fenster, dafür aber ringsherum Türen zu allen Seiten. Ich hatte noch nie einen so merkwürdigen Raum gesehen. Od saß an einem Schreibtisch in der Mitte. Der Tisch war aus Holz gezimmert und mit verschiedenen Tierschnitzereien verziert. Wölfe, Pferde, Schlangen und Wildschweine. Davor stand ein großes braunes Ledersofa, und auf dem Boden lag ein überdimensionales rotes Kuhfell.

Meine Spezialfähigkeit sagte mir, dass der Raum schon sehr lange so aussah. Vielleicht Jahrhunderte. Ich spürte auch, dass in diesem Zimmer schon sehr viele Dinge geschehen waren. Dramatische Dinge. Ich konnte nichts Genaues erkennen, alles war verschwommen, doch die Luft vibrierte vor Ereignissen. Eine eindeutige Mitteilung, die mir mein Unterbewusstsein sandte, jagte mir einen heftigen Schock ein. Die Mitteilung wurde von inneren Alarmglocken und heulenden Sirenen begleitet. Sie ließ mich wissen, dass ich schon einmal in diesem Raum gewesen war.

Ich versuchte, mir meinen inneren Aufruhr nicht anmerken zu lassen, und konzentrierte mich stattdessen auf Od, dessen Schönheit mich wie beim letzten Mal beinahe umhaute. Ich bemühte mich um eine gleichgültige Miene, es gelang mir aber nicht so ganz.

»Anne. Ich freue mich, dich zu sehen.« Er nickte Elias zu, der rückwärts durch die Tür verschwand und sie mit einem letzten schwelenden Blick in meine Richtung hinter sich schloss.

Fast wollte ich ihn bitten zu bleiben. Mit Od allein zu sein, zerrte an meinen ohnehin schon zum Zerreißen gespannten Nerven. Ich zog die Jacke aus. Od stand auf, nahm sie mir aus den Händen und betrachtete mich.

»Das ist ein hübsches Kleid.«

»Es ist ein Geschenk meiner Freundin Luna.«

»Sekibo?«

»Ja, kennen Sie sie?«

»Noch nicht.« Er legte meine Jacke aufs Sofa und ließ die Hand einen Moment darauf ruhen, ehe er fortfuhr: »Aber ich kenne ihre Eltern. Halte Geschenke stets in Ehren. Besonders die von Freunden. Sie tragen eine große Kraft in sich.«

Od streckte die Hand in meine Richtung aus, und ich wich instinktiv einen Schritt zurück. Er hielt mitten in der Bewegung inne und sah mir direkt in die Augen. Dann lächelte er. Ich fühlte mich wie ein Eiswürfel auf einer Herdplatte und konnte mich plötzlich nicht rühren.

Vorsichtig nahm er den Herzanhänger in die Hand. »Apropos Geschenke. Das hier war ein Geschenk. Aber nicht an dich.«

Ich grub tief in mir selbst nach dem letzten Rest Trotz, der mir geblieben war. »Aha, und woher wissen Sie das?«

»Weil dieser Anhänger ein Geschenk an deine Mutter war.«

»Von wem?«

»Von mir«, antwortete er ruhig.

Ich sog scharf die Luft ein. »Sie hatten hoffentlich nichts mit meiner Mutter am Laufen.«

Od lachte. »Nein, bei den Göttern, ganz sicher nicht. Ich würde es niemals wagen, mich ihr auf diese Art zu nähern. Oder auf überhaupt irgendeine Art.«

Ich konnte mir kaum vorstellen, dass es Dinge gab, die Od nicht wagte, und ein Haufen neugieriger Fragen brannte mir auf der Zunge, aber ich kniff die Lippen zusammen und fummelte stattdessen am Verschluss des Anhängers.

Od sah mich sanft an. »Ich finde, du solltest ihn anbehalten. Die Sympathie, die ich für deine Eltern gehegt habe, hege ich auch für dich.«

»Und ich finde, Sie sollten die Klappe halten«, schnauzte ich, während ich wütend an der Kette zerrte.

Ods Augenbrauen schossen in die Höhe.

Ach so, man soll Od ja mit Respekt behandeln, bla, bla, bla.

Ich bekam mein Temperament wieder einigermaßen in den Griff.

»Helfen Sie mir, oder was?«

Er sah aus, als müsste er sich ein Schmunzeln verkneifen. »Nein.«

Meine Wut kochte erneut hoch. »Na, dann danke für gar nichts.«

Ods raues Gelächter hüllte mich ein wie ein warmer Wind.

»Anne, du brauchst nicht so zornig zu sein. Ich wünsche dir nichts Böses.«

»Es schert mich ehrlich gesagt herzlich wenig, was Sie mir wünschen.« Ich versuchte, den Augenkontakt zu vermeiden, doch er hielt meinen Blick fest. Hielt ihn fest wie in Ich-konnte-mich-nicht-von-der-Stelle-rühren. Er legte mir die Hand an die Wange, und ich war nicht in der Lage zurückzuweichen. Es war das erste Mal, dass er mich berührte. Seine Hand war warm und die Aura so stark und erfüllt von Güte, dass mir Tränen in die Augen stiegen.

Ich sah Ausschnitte seiner Vergangenheit. Od im Beisein verschiedener Menschen. Od zusammen mit Arthur, Elias, Rebecca, Ben und der dunklen gelockten Frau, die ich auch in Rebeccas Vergangenheit gesehen hatte. Diesmal war sie weder blutverschmiert, noch hielt sie ein Baby, diesmal bebte sie vor Zorn. Ich hatte eine recht deutliche Ahnung, um wen es sich bei der Frau handelte, was mich aus der Fassung brachte. Es erschreckte mich auch zu sehen, wie weit seine Vergangenheit zurückreichte. Noch weiter als die von Elias. Od war ein sehr alter Mann. Doch all das erschütterte mich nur halb so stark wie der Umstand, dass Ods Bilder ungeordnet und unsystematisch hin und her sprangen. Ich kannte nur eine einzige andere Person, deren Vergangenheit so aussah, und das war Mathias.

»Was sind Sie?«, flüsterte ich.

»Ich bin ein Mensch. Genau wie du.« Ods blaugrüne Augen bohrten sich tiefer in meine.

Ich spürte, wie ich in die Tiefe gewirbelt wurde.

»Was sind Sie noch?« Ich weigerte mich zu blinzeln, aus Angst, den Tränen damit freien Lauf zu lassen.

Od nahm die Hand von meiner Wange und sah zu Boden. Ich klappte beinahe vor ihm zusammen.

»Es ist an der Zeit hineinzugehen«, sagte er.

So leicht würde er nicht davonkommen. »Sie wollten, dass ich es sehe.«

Er legte den Kopf schief. »Was genau solltest du sehen?«

»Sie sind nicht dumm, also hören Sie auf, so zu tun, als wären Sie es«, fauchte ich. »Sie haben Elias gesagt, dass ich keine Kornrade nehmen soll, und jetzt kann ich spüren, dass Sie …« Ich wusste nicht, wie ich es ausdrücken sollte. »Dass Sie irgendetwas sind. Ich will wissen, was.«

Ich versuchte, meiner Stimme einen fordernden Ton zu verleihen, doch meine Willenskraft verließ mich unter Ods sanftem Blick.

»Deine Fähigkeiten sind sehr stark.« Er ignorierte meine Frage. »Ich habe darum gebeten, dass du keine Kornrade nimmst, weil ich möchte, dass deine Sinne heute Abend hellwach sind.«

»Sie sind nicht sonderlich wach, wenn ich ohnmächtig werde.«

Od lachte wieder sein raues Lachen. »Ich glaube nicht, dass das passiert.«

Er reichte mir den Arm als Zeichen, ihn zu ergreifen.

Ich zögerte einen Augenblick, legte dann aber meine Hand in seine. Augenblicklich spürte ich seine Kraft und sah nach unten. Kleine Silberfäden stiegen dampfend von seinem Arm auf, rankten sich um meinen und glitten in mich hinein. Ich spürte, wie sich seine Kraft in mir ausbreitete. Obwohl ich es kaum wagte, schielte ich zu ihm hinauf. Er ragte silbern glänzend hoch über mir. Ich zwang mich, nicht wegzulaufen. Wo hätte ich auch hinlaufen sollen? Über den Abgrund?

Od drehte mir das Gesicht zu, seine Augen leuchteten, und falls möglich, war er noch schöner als zuvor. Seine Aura war fort. Mein Herz hämmerte. Auf einmal schien der Raum mit den sechshundert Menschen sehr verlockend.

»Sie sind echt unheimlich, wissen Sie das eigentlich?«, brachte ich stammelnd hervor.

Er nahm wieder seine normale Größe an. Der silberne Glanz verschwand, und die Aura kehrte zurück.

»Ich wollte dir keine Angst machen. Ich habe dir Kraft gegeben, um den Abend durchzustehen.«

»Ich will immer noch wissen, was Sie sind«, flüsterte ich mürrisch, während ich in mir nachspürte, ob sich irgendetwas anders anfühlte.

»Geduld«, sagte Od. »Bist du bereit?«

»Versuchen wir's. Nach Ihnen«, sagte ich. In diesem Moment war es mir egal, ob ich vor allen Gästen zusammenbrach. Ich wollte keine Sekunde länger mit Od allein sein.

Er wandte sich zu einer der vielen Türen und nickte. Sie öffnete sich, ohne dass er sie berührte. Ich hatte es aufgegeben, mich von Details dieser Art überraschen zu lassen, also ging ich mit festem Griff um Ods Arm hindurch.

Der Lärm eines Menschenmeers wogte mir entgegen, als wir einen kleinen Gang betraten, dessen Wände mit Spiegeln bedeckt waren. Ich hielt den Blick auf den Boden gerichtet. Der Gang führte in die Bar. Erst jetzt fiel mir auf, dass kein Laut in Ods Büro gedrungen war.

Der Bootsmann war bis zum Rand mit festlich gekleideten Menschen gefüllt. Als wir eintraten, wurde es vollkommen still. Die Musik stoppte, und aller Augen richteten sich auf uns. Ich wünschte mir sehnlichst, der Boden würde sich auftun und mich verschlucken. Wenigstens bekam ich keine Kopfschmerzen, und mir wurde nicht übel, auch wenn die Gegenwart all dieser Leute gewaltsam gegen meinen Geist drückte.

Dann begannen Blitze zu zucken, und Klatschsalven erschollen. Od schritt lächelnd durch den Raum, während ich mich an seinen Arm klammerte.

»Willst du nicht wenigstens versuchen auszusehen, als ob dir die Sache keine Schmerzen bereiten würde?«, sagte er aus dem Mundwinkel.

»Nicht Teil der Absprache«, flüsterte ich zurück, versuchte jedoch, die Schultern zu straffen und würdevoll in die Menschenmenge zu blicken. Ein Lächeln verweigerte ich. Irgendwo musste Schluss sein.

Allmählich verebbte der Applaus, und die Leute wandten sich wieder ihren Gesprächen zu. Mehrere der Gäste kannte ich vom Sehen. Und jetzt meine ich nicht, dass ich sie im Frank's oder im Supermarkt gesehen hatte. Nein, ich kannte sie aus dem Fernsehen und aus Klatschblättern. Ich entdeckte einen bekannten Geschäftsmann, eine Sängerin, mehrere Politiker und einige Schauspieler. Es gab auch Personen, die ich nicht zuordnen konnte, doch die meisten sahen extravagant und einige sogar richtig geheimnisvoll aus.

Auf der Bühne begann die Band wieder zu spielen. Als mir klar wurde, wer sie waren, blieb mir die Luft weg.

»Wie in aller Welt haben Sie die dazu gekriegt, hier aufzutreten?« Ich zeigte auf die Gruppe.

Od sah auf. »Oh, sie waren an der Reihe. Sie haben schon seit Jahren darauf gewartet.«

»Und wie haben Sie all die anderen berühmten Leute in diese Bar mitten in der Pampa gelockt?«

»Heute Abend ist jeder sonstige Ort in Dänemark die Pampa.«

Als ich es endlich schaffte, den Blick von den Promis loszureißen, bemerkte ich, dass der Bootsmann seit meinem letzten Besuch eine Verwandlung durchlaufen hatte. Keine Spur mehr von Bierkrügen, runden, abgewetzten Holztischen und Fischerleuten in lockerer Kleidung. Stattdessen waren dort nun neun Langtische aufgestellt, die sich vor Speisen und Getränken nur so bogen. Große Etageren mit Obst, Nüssen und Brot standen auf den Tischen. Spanferkel mit Äpfeln in den Mündern, Schinken und Schüsseln mit dampfendem Gemüse. An den Wänden hingen hübsch gewebte Gobelins und

Tierfelle zusammen mit Getreidegarben sowie Zwiebel- und Knoblauchzöpfen. Zur Krönung stand eine Eisskulptur in der Mitte des Raumes. Sie stellte eine nackte Frau mit einem Baby dar, das an ihrer Brust saugte. Aus der anderen Brust floss eine helle Flüssigkeit. Die Gäste füllten der Reihe nach ihre Gläser damit. *Bah!*

Wir stellten uns an die große, runde Bar, die mit Zweigen und Herbstlaub dekoriert war. Dahinter standen die beiden Barkeeper, der helle, hochgewachsene Mann, der sein langes silberweißes Haar an diesem Abend kunstvoll geflochten trug, und die kleine schwarzhaarige, tätowierte Frau, die noch nicht mal ihr zerschlissenes Top gewechselt hatte. Sie schaute genauso säuerlich drein wie beim letzten Mal, und ich spürte, dass das Fest und die feinen Gäste sie einen Dreck kümmerten.

Eine Frau blieb vor uns stehen und bot uns ein Tablett mit Gläsern an. Ich riss die Augen auf, als ich sah, dass sie schwanger war und sich ein großer, nackter Bauch aus ihrem Kleid hervorwölbte. Dann bemerkte ich, dass das gesamte Personal aus schwangeren Frauen bestand, deren Bäuche aus Lagen von orangefarbenem, weinrotem oder goldenem Stoff herausschauten.

Od reichte mir ein Glas und nahm sich selbst eins. Es war bereits voll, sodass ich immerhin darum herumkam, es bei der Eis-Statue aufzufüllen. Das Glas war matt, und um den Stiel rankte sich ein rotbraunes Metallgeflecht.

»Na, da habt ihr zur Feier des Tages ja wirklich das gute Geschirr herausgeholt«, bemerkte ich und nahm einen Schluck. Das Getränk war würzig und hochprozentig.

»Elias organisiert diese Feste mit seinem üblichen Sinn für Dramatik«, sagte Od. Er setzte seine perfekten Lippen ans Glas und trank.

»Das kann man so sagen.«

»Das Fest feiert die Ernte und die Tagundnachtgleiche. Die dunkle, kalte Zeit steht bevor, und wir danken den Göttern, dass die Vorräte für den Winter eingebracht sind.«

Ich schüttelte den Kopf. *Schon wieder diese Götter.*

Od fuhr fort: »Wir sind dankbar für die Fruchtbarkeit der Frauen, die gute Ernte und die fetten Tiere«. Die Speisen auf den Tischen sind die Opfergaben.«

»Sie sehen aber schon, dass Ihre Gäste auf dem besten Weg sind, die Opfergaben aufzufuttern? Werden die Götter da nicht stinkig?«

Od lachte leise. »Die Speisen und die Getränke sind ein Symbol für den Überfluss des Herbstes und die Opfer, die wir zu geben bereit sind. Es macht nichts, dass wir davon essen. Die Götter werden schon bekommen, worauf sie Anspruch haben.«

»Die Veranstaltung hier ist also eine Art Blót?«

Od nickte beifällig. »Hast du schon einmal ein Blót abgehalten?«

Ich dachte an Rebeccas kleine Zeremonie auf meinem Hofplatz. »Wir haben ein Færa-Blót abgehalten, als ich in Odinshöhe eingezogen bin.«

»Gut«, sagte Od. »Ich rate dir, dich mit den Göttern gut zu stellen.«

»Glauben Sie ernsthaft an die alten Götter?«

»Tust du es nicht?«

»Nein, natürlich nicht.«

»Das wird ihnen nicht gefallen.«

»Es ist mir herzlich egal, was irgendwelchen Göttern, an die ich sowieso nicht glaube, gefällt oder nicht.«

»Gerade du solltest eigentlich einen offenen Geist haben.«

»Ehrlich gesagt habe ich genug damit zu tun, meinen Geist zu verschließen. Und wenn ich an etwas glauben soll …«, ich leerte das Glas und stellte es auf den Tisch. Die schwarzhaarige Barkeeperin schnappte es sich mit verdrießlicher Miene. »… dann will ich gern Beweise für seine Existenz sehen.«

Od trank aus und sah in sein leeres Glas. »Gib acht, worum du bittest.«

Ich wollte etwas erwidern, doch in diesem Moment kam ein Pärchen auf uns zu. Ich erstarrte.

Od schien völlig gelassen. Wahrscheinlich war es Tagesgeschäft für ihn, mit Spitzenpolitikern und ihren international bekannten Schauspieler-Ehefrauen herumzuhängen. Er lächelte und gab dem Mann die Hand, woraufhin er sich der Frau zuwandte und sie auf beide Wangen küsste.

»Sie sind schöner denn je«, sagte er.

»Und Sie sind schön wie *immer*«, antwortete sie mit einem Funkeln in den Augen.

»Darf ich Ihnen Anne vorstellen.« Od machte eine Geste in meine Richtung.

Der Mann reichte mir die Hand, und ich ergriff sie.

»Anne und wie weiter?«, fragte er.

Ich wollte gerade antworten, doch Od kam mir zuvor.

»Nur Anne für den Moment.«

Der Mann sah kurz zu Od und dann wieder zu mir. »Na schön, Anne-für-den-Moment. Gefällt dir das Fest?«

»Nein«, antwortete ich ehrlich. »Ich mag keine Feste.«

Er lachte schallend. »Geht mir genauso. Aber Ods Feste sind eine Ausnahme.« Er klopfte ihm auf die Schulter und wandte sich dann an seine Frau. »Kommt ihr einen Augenblick ohne uns zurecht?«

Sie nickte und lächelte zuckersüß. »Sicher besser als mit euch.«

Die beiden Männer verschwanden durch den Gang zu Ods Büro, und ich blieb allein mit der Schauspielerin Schrägstrich First Lady zurück und hatte keinen Schimmer, was ich sagen sollte. Ein professionelles Lächeln klebte auf ihren Lippen, und sie hatte die ganze Zeit über im Auge, aus welchen Ecken gerade fotografiert wurde.

»Dein Kleid ist phänomenal. Ist es von einem dänischen Designer?« Sie berührte die Spitzen an meinem Schlüsselbein.

Als ihre Finger meine Haut streiften, empfing ich ein Rauschen aus Intelligenz und Stärke. Sie hatte eine ähnliche elektrische Energie wie Luna, doch weniger kraftvoll.

»Irgendetwas sagt mir, dass Sie nicht so sehr auf Kleider stehen, wie die meisten glauben«, sagte ich.

»Und irgendetwas sagt mir, dass du mehr auf sie stehst, als du selber glaubst«, antwortete sie mit einem verschmitzten Lächeln. »Es ist nicht verwerflich, die eigene Schönheit auszunutzen.« Sie ließ den Blick über die Menge gleiten. »Du bist in die Gesellschaft von mächtigen Männern gekommen.«

»Ja, wie typisch, dass sie ins Büro gehen, um wichtige Dinge zu besprechen, während wir hier stehen und über Kleider quatschen.«

Die Frau lächelte erneut, gab jedoch nicht zu erkennen, ob sie mir beipflichtete. Stattdessen wechselte sie das Thema. »Weshalb habe ich dich noch nie getroffen?«

Weil du die First Lady bist und ich eine kriminelle Jugendliche.

Das glatte Lächeln wich nicht von ihren Lippen.

»Ich war nicht immer die First Lady, und du siehst nicht aus wie eine Kriminelle.«

Ich merkte, wie mir der Kiefer runterklappte. *What the fuck?*

»Welch eine Sprache.« Sie sah mich gespielt tadelnd an. »Entschuldige mich bitte.«

Sie wandte sich um und schritt würdevoll davon. Ich stand allein da und kam mir reichlich fehl am Platz vor.

»Du hast einen Klebegeist«, sagte eine schrille Stimme hinter mir.

Ich drehte mich um. Dort stand eine mollige Frau in einem Kleid mit Leopardenmuster und mit einer beeindruckenden Schicht blauem Lidschatten. Sie war einen Kopf kleiner als ich, doch ihr blondiertes Haar war so hoch toupiert, dass sie damit fast auf meine Größe kam. Neben ihr stand ein wettergegerbter Mann mit Rund-um-den-Mund-Bart. Die kleine Frau schnipste um meinen Körper herum.

Ich trat einen Schritt zurück. »Was machen Sie da?«

»Ich versuche, den Geist zu kontaktieren. Ich möchte wissen, ob er gut oder böse ist.« Sie schaute auf einen Fleck hinter mir. »Zeig dich!«, rief sie.

Einige der anderen Gäste drehten sich um.

»Er ist abgehauen.« Sie richtete den Blick auf mich. »Ich hab dich noch nie gesehen. Wie heißt du?«

»Anne.« Meinen Nachnamen behielt ich für mich. Nachdem nicht mal der Ministerpräsident ihn wissen durfte, war ich ziemlich sicher, dass ich ihn auch vor diesem schrägen Pärchen geheim halten sollte.

Die Frau strich ihr Kleid glatt. »Ich bin Ulla, und das ist mein Mann Jørn.«

Jørn strahlte mich an.

Die Frau puffte ihr Haar noch weiter hoch.

»Ich sage dir, du hast einen Klebegeist. Ich kann dir helfen, ihn auszutreiben, wenn du möchtest.«

Ich hatte keine Ahnung, was ich darauf antworten sollte. Diese Frau konkurrierte meiner Meinung nach mit Rebecca um den Preis für die Knalltüte des Jahres. Ich hatte nicht gedacht, dass ich mich jemals freuen würde, Elias zu sehen, doch nun atmete ich erleichtert auf, als er sich zu uns gesellte.

Zu meiner Überraschung errötete Ulla bei seinem Anblick.

»Ihr habt Anne kennengelernt. *Siehst* du etwas, Ulla?«, fragte er.

Ulla sah ihn herzlich an. »Nicht die Spur.«

Mir fielen nur zwei Gründe ein, weshalb sie log. Entweder kannte sie Elias nicht gut genug, um ihm zu vertrauen, oder sie kannte ihn *zu* gut.

»Nichts außer einem sehr hübschen Mädchen«, fügte sie hinzu und schielte von mir zu Elias.

»Anne ist nicht das einzige hübsche Mädchen heute Abend.« Er zwinkerte.

Ich erhielt einen kurzen Blick auf eine etwas jüngere Ulla und einen Elias, der aussah wie immer. *Igittigitt*.

Jørn legte besitzergreifend den Arm um seine Frau.

»Wir müssen weiter.« Er zog Ulla mit sich.

Sie drehte sich um und sagte über die Schulter: »Anne, denk daran, mich zu kontaktieren, falls du Hilfe möchtest. Elias weiß, wo du mich finden kannst.«

Wir sahen dem Pärchen nach.

»Freunde von dir?«, fragte ich Elias.

»Ulla ist eine alte Bekannte. Ihr Mann ist nicht sonderlich gut auf mich zu sprechen.«

»Warum nur?«

»Sie war sehr attraktiv, als sie jünger war.«

»Und eines Tages werde ich alt sein, und du baggerst eine neue an, die jetzt noch nicht mal geboren ist.«

Elias sah mich ausdruckslos an. »So läuft es schon seit sehr langer Zeit.«

»Wirst du es nie leid? Ich meine, irgendwann ist es doch immer dasselbe.«

»Es gibt immer neue Frauen.«

»Und du warst mit Ulla zusammen. Als sie neu war.«

Elias lehnte sich nah zu mir heran. »Keine Sorge, es gibt genug von mir für euch alle.«

Ich schubste ihn weg.

»Was ist sie denn für eine Irre?«

»Sie ist alles andere als irre. Sie ist das machtvollste Medium in ganz Dänemark.«

Ich biss an. »Medium?«

»Sie kann mit den Geistern kommunizieren. Den Seelen der Verstorbenen. Mit denen, die noch immer hier sind.«

»Willst du mir jetzt erzählen, dass es Gespenster gibt?«, fragte ich müde.

»Geister, Wiedergänger, Spukgestalten.«

»Lass mich raten. Als die junge Ulla überall Gespenster gesehen hat, bist du ihr galant zur Seite geeilt, hast ihr beigebracht, sich abzuschirmen, und schon lag Liebe in der Luft.«

Elias sah weg. »So ähnlich.«

Ich schaute mit gespielter Angst zu allen Seiten. »Schweben hier gerade überall Geister herum?«

»Es sind nicht so viele, wie man meinen könnte«, antwortete Elias ernst. »Die meisten begeben sich direkt ins Reich der Toten. Aber diejenigen, die noch Angelegenheiten zu regeln haben, bleiben.«

Allmählich ging mir das ganze Gerede über Aberglauben, Götter, Gespenster und Opfergaben wirklich auf den Zeiger. »Ich weiß nicht, welche Pilze ihr alle gegessen habt, aber ich glaube kein Wort von diesem Quatsch.«

»Ist es nicht ein tröstender Gedanke für dich, dass nach dem Tod noch etwas kommt?«

Ich schüttelte den Kopf.

»Ich glaube, wenn man stirbt, ist alles vorbei. Wie wenn man einen Stecker zieht. Ich habe schon mal einen toten Menschen gesehen.« Alices glasige Augen tauchten vor meinem inneren Auge auf, aber ich schob das Bild weg. »Da war nichts. Keine Aura. Ihr Körper war wie eine leere Hülle.«

»Interessant.« Elias betrachtete mich einen Moment lang, ehe er fortfuhr: »Aber das wundert mich nicht. Ich habe dieselbe Erfahrung gemacht.

»Was weißt du darüber? Du kannst keine Auren sehen. Und du kannst nicht mit toten Menschen sprechen wie diese Ulla angeblich.«

»Nein.« Er lächelte. »Aber ich kann so viel anderes.«

Ich schnaubte. »Es interessiert mich nicht, was du kannst. Und ich glaube bestimmt nicht an Geister.«

»Glaub mir, Geister sind die kleinste der Enthüllungen, die dich erwarten.« Elias schnappte sich ein Glas von einer vorbeigehenden Schwangeren. Er leerte es in einem Zug. Dann fuhr er fort: »Eigentlich spielt es keine große Rolle, was du über die Geisterwelt denkst. Eines Tages wirst du schon noch herausfinden, wie es ist. Im Moment solltest du nicht über den Tod nachdenken. Erst mal sollst du leben.«

Er strich mit der Hand über meinen nackten Rücken.

»Ja, ich finde es eines Tages heraus. Die Frage ist, ob *du* es jemals herausfinden wirst.«

Er erstarrte einen Augenblick, dann nahm er die Hand weg und sah mich wütend an. »Auch ich muss irgendwann gehen.«

Ich hatte einen wunden Punkt getroffen. An dem Tag, als Elias mir freiwillig Einblick in sein tiefstes Inneres gewährte, hatte ich seine gemischten Gefühle dem Tod gegenüber gespürt. Das Einzige, was Elias mehr fürchtete als den Tod, war, niemals zu sterben.

Ich wollte mich entschuldigen, weil ich zu weit gegangen war, doch da traf mich eine mir wohlvertraute knisternde Energie im Rücken. Ich drehte mich um und sah Luna und ihre Eltern.

Elias lächelte sie förmlich an. »Ben, Rebecca. Schön, euch nach all den Jahren wiederzusehen.«

Zwei Paar Augen, ein Paar dunkelbraune und ein Paar kornblumenblaue, blitzten auf. Eine Wolke von Antipathie schoss von Ben und Rebecca zu Elias und traf mich im Vorbeifegen am Arm. *Au, verdammt!* Ich trat ein wenig zur Seite.

»Die Freude beruht nicht auf Gegenseitigkeit«, knurrte Ben.

Elias wankte leicht, behielt das Lächeln jedoch auf den Lippen.

»Ich glaube, ich hatte noch nicht das Vergnügen, Ihre hübsche Tochter kennenzulernen.« Er reichte Luna die Hand.

Luna trat zwischen ihn und ihre Eltern. »Das Vergnügen bekommst du auch nicht.«

Ich hätte nie gedacht, dass die sonst so sanfte Luna derart furchteinflößend sein konnte; aber in diesem Augenblick war ich froh, nicht Elias zu sein. Er erbleichte ein wenig.

»Ich sehe schon, ich bin hier unerwünscht.« Er wandte sich mir zu. »Wir sehen uns, wenn du nach Hause gefahren werden möchtest. Und wann immer ich sonst noch etwas für dich tun kann.« Dann verschwand er in der Menge.

»Warum seid ihr alle so sauer auf Elias?«, fragte ich.

»Wer ist sonst noch sauer auf ihn?« Luna sah mich an.

Ich schüttelte den Kopf. »Niemand.«

In Bens braune Augen war die Wärme zurückgekehrt.

»Anne, du siehst fantastisch aus. Du gleichst …« Er hielt inne, als Rebecca ihm einen warnenden Blick zuwarf. »Du gleichst einer Göttin.«

»Das habe ich Luna zu verdanken. Sie hat das Kleid genäht.«

Luna lächelte. »Du sahst umwerfend aus, als du hereinkamst. Alle haben getuschelt, wer du wohl bist.«

Ben nahm meinen Arm mit festem Griff. »Komm, ich möchte dir jemanden vorstellen.«

Er ging los, und mir blieb nichts anderes übrig, als ihm zu folgen. Vor einem Dreiergrüppchen blieb er stehen, ein Mann um die fünfzig, flankiert von einer jungen Frau und einem jungen Mann. Der Mann war das komplette Gegenteil von Ben; drahtig, nur wenig größer als ich, und er trug einen neutralen grauen Anzug. Sein stahlgraues Haar war kurz geschnitten, seine Brille hatte einen dunklen Metallrahmen. Ohne Ben wäre er mir niemals aufgefallen.

Die beiden Jüngeren rissen die Augen auf, als sie Ben sahen. Der ältere Mann lächelte, und seine grauen Augen hinter der Brille funkelten bei Bens Anblick. Sie gaben sich die Hand. »Lange her, Benedict. Viel zu lange.«

»Niels, wie schön, dich zu sehen.« Ben wandte sich an mich. »Anne, das ist Niels Villadsen.«

Der Mann blickte mich durchdringend an. Wir schüttelten uns die Hand, und Intelligenz und Autorität schossen meinen Arm hinauf. Niels stellte mir die beiden anderen vor. »Und das sind Mette und Steen.«

Der junge Mann sah mich gleichgültig an, gab mir aber die Hand. Er ergriff das Wort, was er, hatte ich das Gefühl, bei nahezu jeder Gelegenheit tat, und sprach Ben an: »Ich wollte Sie schon immer kennenlernen. Oder besser gesagt, seit ich während des Studiums über Sie gelesen habe.«

Was war hier los?

Ben räusperte sich. »Würden Sie uns bitte entschuldigen? Wir müssen allein mit Niels sprechen.«

Steen wirkte ganz und gar nicht, als wollte er uns entschuldigen, doch Mette zog ihn fort.

Niels sah ihnen nach. »Sie werden mit jedem Jahr jünger und ambitionierter.«

Ben lachte tief und dröhnend. »Bist nicht eher du derjenige, der mit der Zeit älter und gelassener geworden ist?«

»Älter ja«, Niels' Augen blitzten. »Aber so, wie die Dinge stehen, ist nicht die Zeit, sich zurückzulehnen.«

Ich fühlte mich wie ein einziges großes Fragezeichen.

»Niels, nicht viele hier wissen es, aber Annes voller Name lautet Anne Stella Sakarias.«

Niels sog die Luft ein und musterte mich.

»Tatsächlich, jetzt sehe ich es. Du warst gut versteckt. Und heute Abend bist du also Ods Begleiterin. Ja, das sendet natürlich ein starkes Signal.«

»Kann mir vielleicht mal jemand erklären, wovon ihr da redet?« Ich bemühte mich, mit gedämpfter Stimme zu sprechen, dennoch führte mein Tonfall dazu, dass sich einige Köpfe in unsere Richtung drehten.

»Dann musst du mir erlauben, dir von deinen Eltern zu erzählen«, sagte Ben.

Ich kniff die Lippen zusammen und schüttelte den Kopf.

»Weiß sie es nicht?«, fragte Niels ungläubig.

»Anne möchte nichts wissen. Sie ist ein sehr willensstarkes Mädchen.«

Niels lächelte. »Klingt das nach jemandem, den wir kennen?«

Die beiden Männer teilten einen einvernehmlichen Blick, und ich hatte Lust, mit dem Fuß aufzustampfen.

Niels spürte meinen Ärger. »Ich würde dir raten, deine Einstellung zu überdenken. Über kurz oder lang wirst du jede Information benötigen, die du bekommen kannst. Es gibt viele, die dir helfen können. Ben und Rebecca wären meine erste Wahl. Aber auch ich stehe gern zur Verfügung.«

Er reichte mir eine Visitenkarte. Als seine Finger meine Hand streiften, sah ich einen jüngeren Niels mit tiefschwarzem, dreckverschmiertem Haar sowie Kratzern und Blutergüssen im Gesicht und an den Armen. Verschwunden waren der Anzug und das weiße Hemd. Stattdessen trug er ein schmutziges Trägershirt, das erkennen ließ, dass er trotz seiner bescheidenen Größe muskulös und gewandt war. Er lief mit Ben an seiner Seite einen steinernen Korridor entlang. Beide Männer hatten einen beinahe verzweifelten Gesichtsausdruck.

Ich versuchte zu verbergen, dass ich gerade diese Vision hatte, indem ich das Kärtchen studierte. Das offizielle Emblem des dänischen Staates war darauf gedruckt. *Niels Villadsen*, AMPA, stand darunter.

»Sie sind von einer Behörde?« Ich konnte mein Unbehagen nicht verbergen.

Niels nickte. »Wir sind eine kleine Abteilung, die dem Büro des Ministerpräsidenten unterstellt ist. Nur wenige wissen von uns.«

»Es passt euch vermutlich ganz gut in den Kram, dass ihr unbekannt seid.«

Ein Lächeln erreichte seine Augen. »Und ich vermute, dass du dieses Gefühl kennst.«

»Wofür steht AMPA?«

»Das erfordert eine längere Erklärung. Ich gebe sie dir gern, sobald du dazu bereit bist.«

Ich wollte etwas Bissiges erwidern, da verstummte auf einmal die Musik. Die Sängerin ergriff das Wort. »Zuallererst möchten wir uns dafür bedanken, dass wir heute Abend hier spielen dürfen. Es ist eine große Ehre für uns.«

Die Leute klatschten höflich.

»Außerdem danken wir natürlich Od Dinesen für dieses wie immer wundervolle Tagundnachtgleiche-Fest.«

Diesmal klatschten die Gäste heftiger, und vereinzelte *Wuhuu*-Rufe erschollen.

»Und nun möchte ich gern den Gastgeber willkommen heißen.«

Die Leute applaudierten wie die Wahnsinnigen, als Od die Bühne betrat. Die Sängerin reichte ihm das Mikrofon, doch er schüttelte den Kopf. »Vielen Dank.« Auch ohne das Mikro trug seine Stimme deutlich durch den großen Raum. »Heute Abend feiern wir, dass wir dem Winter in warmen Häusern und mit gefüllten Vorratskammern entgegensehen können. Die Zeiten haben sich geändert, doch wir dürfen nach wie vor nicht vergessen, welche Geschenke das Leben und die Gaben des Lebens sind.«

Sein Blick fegte durch den Bootsmann, und er sah mir geradewegs in die Augen. Auf einmal hatte ich das Gefühl, als spräche er direkt zu mir. Es war, als würde ich durch seinen Blick herumgeschleudert, mit seiner Stimme ganz nah an meinem Ohr.

»Schätze deine Freunde wert. Sie sind das Wichtigste für dein Überleben.« Seine Augen loderten. »Du kannst es nicht allein schaffen.«

Dann gab er mich frei und sah in eine andere Richtung. Noch eine Sekunde länger, und ich wäre umgekippt. Verwirrt schaute ich mich um. Alle im Raum schienen wie festgenagelt und starrten mit glänzenden Augen zur Bühne, als wären sie in Trance. Am anderen Ende des Raumes entdeckte ich Elias. Sein Blick begegnete meinem, dann wandte er mir den Rücken zu und verschwand durch eine Tür.

Ich bemerkte, dass ich wieder an der Bar stand. Wie war ich hierhergekommen? Abgesehen von Ods Stimme war es vollkommen still im Bootsmann.

Neben mir stand ein Mann.

»Trink mit mir«, sagte er. Er achtete nicht auf Od und die vielen Menschen, die wie Steinsäulen um uns herumstanden. Der Mann überragte die meisten, auch wenn er nicht an Klein-Mads heranreichte. Seine linke Seite lag verborgen im Schatten, und was ich von seinem Gesicht sehen konnte, war schön auf eine raue Art. So wie ein Berg, das Meer oder ein Unwetter schön sein können. Dichtes dunkles Haar fiel wie ein Umhang über seinen Rücken. Er war merkwürdig anziehend, und ich konnte den Blick nicht von ihm lassen. Sein Alter konnte ich beim besten Willen nicht einschätzen.

»Wer sind Sie?«, fragte ich benommen.

Der Mann schob mir ein gefülltes Glas hin, das einen Augenblick vorher noch nicht da gewesen war.

»Mein Name ist Svidur.« Er trank einen Schluck aus seinem Glas. »Und du bist Anne Stella Sakarias.«

Ich sah keinen Grund, es zu bestreiten, also schwieg ich.

»Du gleichst deiner Mutter.«

»Kennen Sie sie?«

»Ich kannte sie. Ich kenne sie. Ich werde sie immer kennen.«

Ich wusste nicht, was ich sagen sollte. Svidur wies mit dem Kopf auf die sich biegenden Tische.

»Es ist ein üppiges Blót heute Abend. An Speisen und Getränken gibt es reichlich. Aber sieh dir bloß an, wie sie sich vollstopfen. Nur ein Tölpel schlingt ohne Gespür dafür, wann sein Magen genug hat.«

Ich folgte seinem Blick. »Anscheinend sind es Opfergaben.«

»Opfergaben. Pah.« Er nahm einen weiteren Schluck. »Opfer sind nicht mehr das, was sie einst waren.«

»Und was waren sie?«

»Hangadrott«, sagte er. »Ja, *das* erfreut die Götter. Ich kann mir kein Gebet denken, das der Allvater nicht erfüllen würde, wenn du ihm das gibst.«

»Ich habe keine Ahnung, wovon Sie reden.«

Svidur wechselte das Thema. »Etwas, was du heute Abend gesagt hast, stört mich.«

»Es wäre nicht das erste Mal, dass ich etwas sage, woran sich die Leute stören.«

Er lachte ein tiefes, raues Lachen, dann fuhr er fort: »Du hast gesagt, du glaubst nicht an die Götter. Das hat mir nicht gefallen.«

»Das war ein privates Gespräch.«

»An diesem Ort ist nichts privat.« Er sah sich um. »Warum glaubst du nicht an sie?«

Ich zuckte mit den Achseln. »Warum sollte ich an einen Haufen ausgedienter Götter glauben, die sich mit nichts als ein paar uralten Moorleichen und umgepflügten Grabhügeln rühmen können? Tut mir ja leid, es zu sagen, aber es ist ein paar Jährchen her, dass sie populär waren.«

»Sie haben eine größere Anhängerschaft, als du glaubst«, sagte er.

»Nur weil viele an etwas glauben, heißt das nicht, dass es wahr ist.«

»Was braucht es, um dich daran glauben zu lassen?«

»Beweise.«

Svidur machte einen *Tsss*-Laut und hob den Zeigefinger. »Beweise und Glauben sind Gegensätze. Wenn du einen Beweis hast, ist es *Wissen*. Um zu glauben, musst du überzeugt sein – ohne zu wissen, dass es wahr ist.«

Ich dachte eine Weile darüber nach.

»Und woher soll diese Überzeugung kommen? Bisher haben mir die Götter nicht gerade viel geholfen.«

»Vielleicht haben sie dir mehr geholfen, als dir bewusst ist.«

Ich stellte mein Glas ab. »Es scheint Ihnen ja wirklich gegen den Strich zu gehen, dass ich nicht an sie glaube. Was geht Sie das eigentlich an?«

Svidur wandte mir sein Gesicht zu, und ich keuchte, als ich in seiner linken Augenhöhle ein dunkles Loch klaffen sah. Sein rechtes Auge war weit aufgerissen.

»Weil der Glaube der Menschen das Einzige ist, was uns von Ragnarök und dem Chaos trennt.« Er türmte sich vor mir auf.

»Wer sind Sie?« Meine Stimme zitterte. Ich wurde von schallendem Applaus unterbrochen und blinzelte verwirrt.

Od hatte anscheinend seine Rede beendet, und die Leute klatschten ekstatisch in die Hände. Ich schaute mich um. Svidur war verschwunden, stattdessen stand ich inmitten des tosenden Lärms johlender und pfeifender Menschen.

Was auch immer Od gesagt hatte, es erregte Jubel wie bei einem Rockkonzert. Ich griff mir an den Kopf. Was war da gerade passiert? Die Eindrücke hämmerten gegen mein Hirn. Die Stärke, die ich von Od erhalten hatte, hatte ihre Wirkung verloren.

Da kam Luna angehüpft.

»War das nicht eine unglaubliche Rede? Ich hatte das Gefühl, als würde er direkt zu mir sprechen. Was er über Liebe und Frieden gesagt hat, war so schön.« Sie brach ab. »Ist alles okay?«

»Hier sind so viele Menschen. Mir ist schlecht.« In meinen Ohren begann es leise zu klingeln.

Luna legte einen Arm um mich. »Komm, wir gehen an die frische Luft.«

Draußen auf dem Parkplatz entfernten wir uns ein Stück vom Eingang. Ich lehnte den Kopf gegen die raue Holzwand des Bootsmanns. Abgesehen von einer einzelnen Laterne war es stockduster, und das Meer rauschte tief unter uns. Die Nacht war kühl, doch der Wind hatte sich etwas gelegt. Ich genoss die prickelnden Kälteschauer, die durch meinen Körper gingen. Luna schaute in den Himmel. Wolken hatten sich vor den beinahe vollen Mond geschoben, und kein Stern war zu sehen.

»Hier ist es so friedlich«, sagte sie.

»Mhm.« Für eine längere Antwort fehlte mir die Energie.

»Was für ein Fest«, fuhr sie fort.

»Ja, hoffentlich ist es bald überstanden.« Ich kratzte mich vorsichtig mit der Fingerspitze am Kopf, um meine Frisur nicht zu ruinieren.

»Ich verstehe nicht, was du meinst. Das ist das beste Fest, auf dem ich je gewesen bin.«

»Anscheinend waren wir nicht auf demselben Fest.«

Luna schnaubte lächelnd. »Ich glaube, wir erleben ganz generell nichts auf dieselbe Weise.«

Ich konnte ihr nur recht geben und wollte ihr gerade beipflichten, doch das Gefühl einer sich nähernden Aura prickelte in meinem Bewusstsein. Die Erkenntnis, zu wem sie gehörte, traf mich wie ein Peitschenhieb, und Angst presste mir fast die Luft aus den Lungen.

Luna sah mein Gesicht. »Was ist?«

»Los, zurück in den Bootsmann. Jetzt sofort!«, flüsterte ich.

Sie sah sich mit großen Augen um. Vorsichtig wichen wir zum Eingang zurück, doch es war zu spät. Der Wilde glitt aus der Dunkelheit heran. Sein Gesicht schien fast geheilt, doch es war von verkrusteten Wunden und Blasen bedeckt. Von der einen Kopfhälfte hing das Haar in dünnen Strähnen herab, und seine Kopfhaut schimmerte im Licht der Laterne.

»Sollen wir wegrennen?«, wisperte Luna.

Ich schüttelte kaum merklich den Kopf. Mir war noch allzu bewusst in Erinnerung, wie schnell und behände dieser riesige Mann sich bewegen konnte. Eine wütende Flamme durchbrach seine Aura, als er mich erkannte. Er schaute zu Luna, und seine primitiven Triebe wandelten sich von Zorn zu Verlangen. Langsam kam er näher. Seine Hände und sein Hemd schimmerten dunkel und feucht, und ein ekelerregender Eisengeruch drang in meine Nase. Die Ekstase nach einem Mord vibrierte um ihn herum, und ich sah einen kurzen Film, der höchstens eine Stunde zurücklag. Ich kannte das Mädchen nicht, doch mein Magen zog sich voller Mitgefühl zusammen.

Lunas Blick hing an den dunklen Flecken. Vorsichtig machten wir ein paar weitere Schritte Richtung Tür, doch ich wusste, dass es vergebens war; ich machte mich kampfbereit und versuchte, an all das zu denken, was Varnar mir beigebracht hatte.

Der Mann war jetzt ganz nah bei uns. Wie beim letzten Mal schlug mir sein Gestank aus Blut, Exkrementen und eitrigen Wunden entgegen. Er hielt den Blick auf Luna gerichtet.

Ich sah, dass sie gegen den Brechreiz ankämpfte, und ich konnte gerade noch *Oh nein* denken, als er die Hand ausstreckte und den lila Turban packte. Mit einem Ruck riss er ihn weg, und Lunas knallrote Locken fielen ihr über die Schultern. Mit einem schaurigen Grinsen, das seine braunen Zähne entblößte, senkte er die Hand zum Gürtel. Einen Moment ruhte sie auf dem gigantischen Messer, während sein Verlangen nach Luna gegen den Drang kämpfte, sie zu töten. Der verübte Mord hatte Begierde in ihm ausgelöst. Zu töten erregte ihn jedes Mal, das spürte ich deutlich. Ich ging in den Kampfmodus. Vielleicht konnte Luna entkommen, bevor er mich k.o. schlug. Doch er war noch schneller, als ich gedacht hatte, und ehe ich überhaupt reagieren konnte, packte er Lunas Haare mit seiner Pranke, riss sie mit sich und schleifte sie mit langen Schritten hinter sich her in die Dunkelheit. Dann waren sie verschwunden.

KAPITEL 16

Ich rannte in die Dunkelheit, konnte jedoch nichts erkennen und verfluchte die Wolken, die den Mond verdeckten. Blind sprintete ich in eine Richtung, um im nächsten Moment abrupt stehen zu bleiben. Wenn ich jetzt keinen kühlen Kopf bewahrte, würde ich Luna niemals rechtzeitig finden. Obwohl jede Faser meines Körpers danach schrie weiterzulaufen, zwang ich mich stillzustehen. Ich lauschte, hörte aber nur das Rauschen der Brandung weit unter mir. Dann versuchte ich etwas, das ich noch nie zuvor getan hatte. Ich warf meine Spezialfähigkeit in die Nacht hinaus. Erst in eine Richtung, dann in eine andere. Ich stellte mir ein großes Fischernetz vor, das ich wieder und wieder durch die Dunkelheit zog. Doch ich konnte Luna nicht finden. Dann begriff ich, dass ihre Aura zu diffus war.

Die des Wilden hingegen war mehr als deutlich.

Ich versuchte es erneut. Endlich spürte ich seine tierischen Impulse und zoomte an sie heran. Gerade pulsierten sie vor Lust. Ohne zu sehen, wohin ich die Füße setzte, lief ich durch die Finsternis auf ihn zu. Seine abstoßende Aura war meine Laterne in der Nacht. Als ich mich ihm näherte, sah ich seine jüngste Vergangenheit.

Sie waren in einem Sommerhaus ganz in der Nähe. Seine Hände glitten über Lunas Körper, während sie sich mit aller Kraft wehrte. Er schlug ihr ins Gesicht, Luna schrie, drehte sich um und wollte davonlaufen, doch er packte sie um die Hüfte, zog sie zurück und versuchte, ihr Kleid hochzuzerren.

Ich rannte so schnell ich konnte und erreichte endlich das Haus. Mit einem eisigen Schauder traf mich die Erkenntnis, dass ich sie unter der Wirkung der Kornrade niemals aufgespürt hätte.

Ich fand sie im Wohnzimmer. In diesem Augenblick öffnete sich draußen die Wolkendecke, und Mondlicht brach herein. Der Wilde drehte sich zu mir um, den Griff noch immer um Lunas Hüfte. Wut und Angst ließen mich erschaudern. Unwillkürlich ballte ich die Fäuste und zeigte in einem tierischen Knurren die Zähne.

Jetzt, wo ich hier war, hatte ich absolut keinen Plan, was ich tun sollte. Angriff war wohl die beste Lösung, also ging ich auf ihn los und attackierte ihn mit einer Serie aus Schlägen und Tritten. Wie Varnar es mir beigebracht hatte, verteilte ich die Schläge auf Kopf und Körperseite und versetzte ihm einen harten Fußtritt knapp oberhalb des Knies.

Er schleuderte Luna wie eine Stoffpuppe von sich, und sie knallte mit ihrer Stirn gegen die Kante eines Couchtischs. Benommen sah sie zu mir hoch. Der Wilde zeigte sich wenig beeindruckt von meinen Schlägen. Er kam einige Schritte auf mich zu und holte aus. Trotz seiner grobschlächtigen Gestalt war er schnell. Seine Faust traf mich brutal in die Seite, und ich hatte ein Gefühl, als sei die Hälfte meiner Rippen eingedrückt. Die andere flog auf meinen Kopf zu, und ich konnte gerade noch rechtzeitig die Hände zur Deckung nach oben nehmen, wie Varnar es wieder und wieder mit mir geübt hatte.

Der Treffer lähmte meinen Arm, sodass es mir schwerfiel, ihn zu lenken, wodurch mein nächster Schlag ins Leere ging und zudem mein Gesicht ungeschützt war.

Der Wilde schlug mich mit dem Handrücken. Die Kraft des Schlages schleuderte mich rückwärts in ein Regal. Hätte er mich mit der Faust getroffen, wäre mein Jochbein zertrümmert gewesen. Bücher und Dekokram stürzten auf mich, als das Regal umkippte. Eine schwere Keramikschale krachte mir auf den Kopf, und vor meinen Augen tanzten goldene Pünktchen. Innerlich hörte ich Varnars Stimme. *Du darfst dich nicht zu Boden bringen lassen.* Als der Kerl auf mich zurannte, griff ich nach der schweren Schale und hielt sie mit einer Hand vor mich. Er hatte sein riesiges Messer gezogen, und es schlug mit einem dumpfen Klonk gegen sie. Die Schneide glitt an der Tonoberfläche der Schale entlang und traf meine Hand, sodass Blut an meinem Arm hinablief. Ich schwang die Schale mit aller Kraft und traf den Wilden seitlich am Kopf. Ein normaler Mensch wäre zu Boden gegangen, doch er zuckte nicht mal mit der Wimper. Wieder hielt ich meinen improvisierten Schutzschild vor mich, diesmal mit beiden Händen. Die freie Hand des Wilden schnellte vor und krachte in die Schale, sodass ich nun mit zwei großen Scherben in den Händen dastand. Das Messer stieß erneut vor, diesmal in Richtung meines Bauchs. Gleich würde ich herausfinden, ob Sterben wirklich wie das Ziehen eines Steckers war.

Der Arm des Mannes wurde von einem Tritt zur Seite gefegt, und das Messer flog aus seiner Hand. Als ich sah, wer getreten hatte, wogte eine Welle der Erleichterung durch mich hindurch.

Varnars Timing war ausnahmsweise perfekt. Wäre er eine Sekunde später gekommen, hätte mich das Messer aufgeschlitzt. Ich hatte keine Zeit, mich zu fragen, wie er uns gefunden hatte. Er glitt auf den Wilden zu und erinnerte mehr denn je an eine Raubkatze. Der Wilde knurrte, und die beiden Männer gingen zum Angriff über.

Meine Erleichterung schwand etwas, da sich der Mann ebenso schnell bewegte wie Varnar, allerdings wesentlich größer war. Jedes Mal, wenn Varnar getroffen wurde, sah ich kurz den Schmerz in seiner Aura aufflackern. Wenn der Wilde getroffen wurde, erkannte ich gar nichts. Nur eine ungebrochene Mordgier.

»Lauf weg!«, rief Varnar mir zu.

»Und Luna und dich zurücklassen?«, schrie ich zurück und schwang eine der Keramikscherben in Richtung des Wilden.

Ich traf ins Leere, und er lachte, als er Varnar einen Tritt in den Solarplexus verpasste. Varnar flog rückwärts, konnte sich jedoch auf den Beinen halten. Er revanchierte sich mit einer Serie von Schlägen ins Gesicht und auf den Körper des Wilden.

Ich warf die Reste der Schale weg, lief um die beiden herum und versuchte, in den Kampf einzugreifen, doch sie bewegten sich so schnell, dass ich fürchtete, mehr Schaden als Nutzen anzurichten.

Varnar schlug eine Art Flickflack, und genau in dem Moment, als er mit einer Hand auf dem Boden aufkam, konnte er dem Wilden mit der anderen das riesige Messer entwinden. Er griff erneut an, und ich stellte fest, dass er, wenn überhaupt möglich, mit einem Messer in der Hand noch eleganter war. Elegant und todbringend.

»Na los, Anne, verschwinde.« Er machte eine Drehung und traf den Wilden im Gesicht; ein Schnitt von der Stirn durch die Augenbrauen und über die Wange.

Ich ignorierte seine unsinnige Aufforderung, mich aus dem Staub zu machen.

Für jede Wunde, die Varnar dem Wilden mit dem Messer zufügte, steckte er selbst etliche Faustschläge ein, und obwohl der Wilde bereits blutete wie eine gestochene Sau, schien es ihm nicht das Geringste auszumachen. Varnar machte einen letzten Ausfallschritt, doch der Wilde packte das Messer mit einer Hand. Die Klinge schnitt in seine Handfläche, als er das Messer umschloss, und Blut quoll zwischen seinen Fingern hervor. Die Schneide nach wie vor fest umklammert, schob er Varnar zurück und griff mit der freien Hand nach dessen Handgelenk. Dann landete das Messer auf dem Boden. Ohnmacht und Erschöpfung umgaben Varnar, und ich begriff: Er wusste, dass er verlieren würde. Auf dem Boden mühte sich Luna vergeblich, hochzukommen. Ich sah von ihr zu Varnar. Dann stürmte ich auf den Wilden zu und schlug ihn, so oft und so fest ich konnte. Er fegte mich weg wie eine lästige Fliege, und ich taumelte seitlich aufs Sofa.

Varnar sah mich im Mondlicht an. Sah mich an, als wollte er jedes kleinste Detail von mir in sich aufnehmen. Ein merkwürdiger Ausdruck huschte über sein Gesicht, und aus irgendeinem Grund erinnerte ich mich an den Rittertraum, den ich von ihm gehabt hatte. Dann wandte er sich erneut dem Wilden zu und tat, was man – wie er mir immer wieder eingebläut hatte – unter keinen Umständen tun sollte. Er senkte die Arme und ließ sein Gesicht damit ungeschützt.

»Lauf!«, rief er mir zu, bevor der Wilde ihm die Faust mit voller Wucht gegen den Kiefer schmetterte.

Blut kam aus Varnars Mund, ich schrie, und er sank auf die Knie. Die schweren Stiefel des Mannes trafen ihn in die Seite, und er stürzte um. Varnar lag am Boden, und der Wilde bearbeitete ihn mit Tritten. Ohne nachzudenken, sprang ich ihm auf den Rücken, biss ihn in den Hals, kratzte ihn im Gesicht und zerrte an seinen Haaren. Alles, was ihm irgendwie wehtat.

Varnar rief etwas halb Ersticktes vom Boden.

Der Wilde drehte sich mit mir auf dem Rücken in einem wilden Tanz, sodass mein rotes Kleid um uns herumwirbelte. Er schlug nach hinten aus, und ich klammerte mich an ihn, während die Schläge auf mich einprasselten. Schließlich rannte er rückwärts gegen die Wand. Der Aufprall presste mir die Luft aus den Lungen. Ich konnte mich unmöglich länger festhalten und landete zusammengekrümmt neben Varnar. »Du unmögliches Mädchen«, zischte er und versuchte, auf die Beine zu kommen. Doch ehe es ihm gelang, trat ihm der Mann an die Schläfe, und Varnars Lichter erloschen. Der Wilde schnappte sich sein Messer und erhob es über Varnars leblosem Körper. Ich warf mich dazwischen, die Klinge glänzte über uns im Mondlicht.

Diesmal hatte Varnar mich nicht gerettet. Er hatte bloß das Unvermeidliche aufgeschoben, und ich hatte ihn im Fall mit mir gerissen. Wenn der Wilde mit uns fertig war, käme Luna an die Reihe, und sie würde nicht so gnädig davonkommen.

Dieser Gedanke bewegte mich zu einer Verzweiflungstat.

»Arthur«, flüsterte ich. »Du hast mal gesagt, dass du mich immer hören wirst, komme, was wolle. Ich stecke in Schwierigkeiten. Ernsthaften Schwierigkeiten.«

Es war lächerlich und hoffnungslos, und ich kam mir entsprechend dumm vor, als der Wilde das Messer auf mich richtete.

»Nein!«, schrie Luna auf einmal von ihrer Position am Boden.

Der Wilde erstarrte und wich zurück. Ich hörte ein Zischen und spürte, wie sich etwas über meine Hüften bewegte. Ich sah hinab. Die in Schwarz gestickten Schlangen wanden sich auf meinem Kleid, und mir entfuhr ein überraschter Ausruf. Luna hob die Hand, und die Schlangen richteten sich auf, schnellten nach vorn und attackierten den Wilden. Die eine traf ihn an der Wange, und er griff sich ins Gesicht.

Die Augen der Schlangen leuchteten kalt im Mondschein.

Lunas Hand drehte sich schnell in der Luft, und die Schlangen griffen erneut an. Diesmal biss ihn eine Schlange in den Oberschenkel, die andere in den Arm.

Er schwang das Messer und schlug einer der Schlangen den Kopf ab. Perlen regneten über meine Beine und auf den Boden. Die andere Schlange ging wieder zum Angriff über, während Luna irgendetwas rief.

Der Wilde wirbelte herum und sah von ihr zu den Schlangen. Erkenntnis blitzte in seinen Augen auf, und er schlug ihr seitlich gegen den Kopf. Luna sackte zusammen, woraufhin die Schlangen zurück auf mein Kleid glitten und wieder vollkommen reglos dalagen. Der Wilde beugte sich über Luna und begann, seine Hose aufzuknöpfen.

Oh nein. Ich krabbelte auf ihn zu, doch er trat nach hinten und traf mich mit dem Absatz am Jochbein.

Ich spürte, wie mein Bewusstsein schwand.

Dann hob er Luna hoch und warf sie aufs Sofa. Das Blut und der Kampf hatten ihn nur noch weiter erregt. Er hob Lunas Kleid.

Sie weinte.

Benommen versuchte ich hochzukommen, doch mein Körper wollte mir nicht gehorchen.

Luna schrie, als der Wilde sich vorbeugte, um sich in sie hineinzupressen.

KAPITEL 17

Luna schrie immer noch.

Ich blinzelte und sah mich um. Ich musste für einen kurzen Moment das Bewusstsein verloren haben.

Der Wilde ließ von ihr ab, während er mit tollwütigen Augen auf seinen Schritt sah, der in Flammen stand, und es war mir ein Rätsel, wieso er nicht laut aufjaulte vor Schmerzen. Luna wich auf dem Sofa vor ihm zurück.

Im selben Moment strömte neongrünes Licht durch die offene Tür.

Mathias donnerte in seiner grün leuchtenden, gigantischen Erscheinung in das kleine Sommerhaus. Mit Augen, die blauen Lichtkegeln glichen, überblickte er das Chaos. Dann packte er den Wilden mit einer Hand um die Taille – ja, mit *einer* Hand –, schüttelte ihn heftig und schleuderte ihn gegen die Wand. Der Wilde glitt zu Boden und blieb reglos liegen, während sein Unterleib schwelte und sich der Geruch von verbranntem Fleisch verbreitete.

Mathias kniete sich vor Luna und hob sie sachte hoch. In seinen riesigen Armen sah sie aus wie ein Kind, und sie klammerte sich weinend an ihn.

»Seid ihr okay?«, fragte er mich mit seiner tiefen, metallischen Stimme.

»Ich schon.« Fieberhaft befühlte ich Varnars Gesicht, das ein einziges blutiges Durcheinander war. »Varnar atmet, aber er braucht Hilfe.«

Ich stand auf, rutschte jedoch auf dem blutigen Boden und den Perlen aus und konnte gerade so die Balance halten.

»Was ist mit dem da?« Luna zeigte auf den bewusstlosen Mann mit dem qualmenden Schritt.

»Was habt ihr mit ihm gemacht?«, fragte Mathias.

Tränen liefen Lunas Wangen hinab.

»Ich weiß es nicht. Ich glaube, das war ich. Sein … ist in Flammen aufgegangen, als er versucht hat …« Sie geriet ins Stocken.

Mathias' blaue Augen funkelten bedrohlich, und ich dachte, er würde den Wilden auf der Stelle erschlagen, doch er biss die Zähne zusammen. Dann riss er eine Stromleitung aus der Wand und schnürte die Arme und Beine des Wilden damit fest zusammen.

»Lasst uns noch warten, bis wir entscheiden, was wir mit ihm machen.« Mathias' Ton ließ vermuten, dass er bereits die eine oder andere Idee hatte. Er half Varnar mit einem Arm auf, mit dem anderen drückte er Luna fest an sich. »Auf meinen Rücken«, forderte er mich auf.

»Kannst du uns wirklich alle drei tragen?«

»Rauf!«, befahl er, und seine Stimme klang wie eine Naturgewalt.

Ich zwang meinen Körper zu gehorchen, kletterte auf seinen Rücken und klammerte mich an seinem Hals fest. Dann rannte Mathias los, mit einem unfassbaren Tempo durch die vom Mondlicht erhellte raue Landschaft.

»Wie hast du uns gefunden?«, fragte ich ihn in sein Ohr.

»Ich habe geschlafen, und plötzlich war da jemand, der schrie, dass ihr in Lebensgefahr schwebt. Dann bin ich einfach aus dem Bett gesprungen und losgerannt. Die Stimme hat mich hierhergeführt. Wo sind wir überhaupt?«

Erst jetzt fiel mir auf, dass er nur mit einem T-Shirt und einer Schlafanzughose bekleidet war.

»Wir sind in Jagd. Das ist über dreißig Kilometer von Ravnssted entfernt.« Ich deutete auf das schwache Licht des Bootsmanns. »Wir müssen dorthin.«

»Es ist höchstens zehn Minuten her, dass mich die Stimme geweckt hat«, sagte er, eher zu sich selbst als zu mir.

Ich dirigierte ihn zum Hintereingang. »Wer war das?«

»Ich weiß, es klingt merkwürdig, aber die Stimme klang nach deinem Freund Arthur.«

Mir wurde am ganzen Körper kalt.

Mathias legte Varnar vorsichtig auf dem Boden ab und hielt Luna in beiden Armen.

»Ich muss nach drinnen und Od finden. Wie sehe ich aus?«, fragte ich.

Mathias begutachtete mich mit professioneller Miene, obwohl er barfuß und im Schlafanzug vor mir stand und dabei hellgrün leuchtete.

»Du hast einen roten Abdruck auf der Wange, aber ansonsten siehst du verblüffend gut aus. Wenn du dich von hellem Licht fernhältst und es schnell über die Bühne bringst, könnte es sein, dass niemand etwas merkt.« Er arrangierte ein paar Haarnadeln neu. »So.«

Ich atmete tief aus, um meine Nerven unter Kontrolle zu bekommen.

»Schnell rein und schnell raus.«

Ich lief um den Bootsmann herum zum Haupteingang, wo ich am Wildschweintürgriff zog und wieder hinein zum Fest ging. Unfassbar, dass so wenig Zeit vergangen war, seit ich den Ball zusammen mit Luna durch diese Tür verlassen hatte. Im Schatten der Wände hielt ich Ausschau nach Od. Ich kam an zwei Männern vorbei, die in ein Gespräch vertieft waren. Einen der beiden erkannte ich von einer TV-Musikshow wieder, die jeden Freitag für leere Straßen sorgte.

»Hast du Od Dinesens Rede gehört? Toll, was er über die Kunst gesagt hat. Dass sie das Wichtigste überhaupt ist«, sagte er.

»Das habe ich gar nicht mitbekommen«, entgegnete der andere, den ich als Fernsehjournalisten identifizierte. »Aber es war eine fantastische Pointe, dass man immer danach streben sollte, die Wahrheit ans Licht zu bringen.«

Sie sprachen weiter über ihre unterschiedlichen Wahrnehmungen von Ods Rede, und mein Verdacht, dass Od in seiner Freizeit mit irgendeiner Art von Massenmanipulation herumexperimentierte, wurde eindeutig bestätigt.

Endlich entdeckte ich ihn inmitten eines Kreises ergebener Zuhörer. Ich versuchte, ihm ein Zeichen zu geben, doch im selben Moment griff mich jemand am Arm und presste mich gegen die Wand.

Elias stellte sich dicht vor mich und versperrte mir die Sicht auf Od. »Wo warst du?«

»Ich muss mit Od reden.« Ich trat nach vorn, doch er drückte mich wieder gegen die Wand. Mein Rücken schmerzte noch vom Treffen mit dem Wilden, und ich gab einen gequälten Laut von mir.

Erschrocken ließ Elias mich los. »Entschuldigung. Das wollte ich nicht. Was ist passiert?«

Ich überlegte einen Moment, entschied jedoch, dass ich ihn lieber zu einem Mitwisser werden ließ, anstatt zu versuchen, ihn anzulügen.

»Luna und ich wurden von dem Kerl überfallen, der die rothaarigen Mädchen umgebracht hat. Zwei Freunde haben uns geholfen, aber einer von ihnen wurde verletzt.«

»Wie seid ihr entkommen?«

»Wir haben ihn überwältigt und gefesselt«, erklärte ich knapp.

Elias bedachte mich mit einem skeptischen Blick.

»Weißt du, wer er ist?«, fragte ich.

»Ich weiß, wozu er fähig ist«, wich er meiner Frage aus und berührte vorsichtig die rote Stelle auf meiner Wange. »Hat er dir wehgetan?«

»Ja«, sagte ich und hob meine Hand, um ihm die große blutende Wunde zu zeigen.

Elias rieb sich die Stirn. Dann sagte er mit einer Eindringlichkeit, die ich noch nie bei ihm erlebt hatte: »Hör mir jetzt gut zu, Anne. Das ist enorm wichtig. Du darfst weder Od noch Lunas Eltern oder irgendwem von der AMPA etwas davon erzählen.«

»Ja, aber …«

»Unter keinen Umständen.«

»Warum?«

»Vertrau mir einfach.«

Ich sah ihn verächtlich an. »Dir vertrauen?«

Elias beugte sich vor, und ich wurde in seine Aura gehüllt, die sprudelte vor … War es Angst? Er sprach hastig in mein Ohr. »Wenn sie herausfinden, dass er dich angerührt hat, ist der Pakt gebrochen. Es wird Menschenleben kosten. Viele Menschenleben.«

Ich hörte seine Worte, doch ich verstand sie nicht. *Welcher Pakt? Wessen Leben?*

In diesem Augenblick kamen Niels Villadsen und seine Begleiter an uns vorbei. Elias legte eine Hand auf meine geschwollene Wange, nahm meine blutige Hand in die andere und verbarg dadurch die große Wunde. Plötzlich war seine Miene wieder die gewohnt flirtende. Er schmiegte sich eng an mich und gab mir einen Kuss auf die gesunde Wange.

Niels beäugte uns misstrauisch.

Irgendetwas in Elias' Stimme hatte mich dazu bewogen, ihm zu glauben, obwohl ich keinen blassen Schimmer hatte, wovon er redete. Die Furcht in seiner Aura hinterließ bei mir ebenfalls einen gewissen Eindruck. Ich versuchte, ihn möglichst verliebt anzuschauen, um Niels loszuwerden, aber er beobachtete uns weiterhin mit prüfendem Blick. *Na gut.* Dann musste ich mich eben im Dienst der guten Sache opfern, also presste ich meine Lippen auf die von Elias. Erst zuckte er überrascht mit dem Kopf, doch er fing sich erstaunlich schnell und glitt mit der größten Selbstverständlichkeit in den Kuss hinein. Er legte seine Hand um meinen Nacken.

Es war schön, wirklich schön, also beendete ich den Kuss so schnell wie möglich. Über Elias' Schulter sah ich, wie Niels sich von uns entfernte.

»Das war fantastisch«, flüsterte Elias mir ins Ohr. Er drehte sich um und sah Niels hinterher. »Wir müssen dich hier rausbringen, bevor irgendjemand etwas bemerkt.«

Ich warf einen langen Blick hinüber zu Od, der noch immer von Leuten umringt war, dann nickte ich widerwillig.

Am Hintereingang fanden wir Mathias, Luna und Varnar in einer jämmerlichen Verfassung vor. Varnar war bewusstlos, und als ich sein blutverschmiertes Gesicht sah, drehte sich mir vor Angst der Magen um. Mathias hatte sich mit dem Rücken an die Wand gesetzt und hielt Luna in den Armen. Sie hatte die Augen geschlossen, und Mathias' Körper glühte noch immer leicht neongrün. Müde schaute er zu uns auf.

»Gut, dass ihr gekommen seid.«

Elias betrachtete den schimmernden Mathias.

»Jetzt verstehe ich«, sagte er. Dann kniete er sich vor Varnar. »Was für ein Chaos. Kommt mit rein.«

Mathias rüttelte Luna sanft, woraufhin sie die Augen aufschlug und sich unsicher aufrichtete. Ich legte ihr einen Arm um die Hüfte, um sie auf den Beinen zu halten.

»Willst du nicht meine Eltern holen?«, murmelte sie.

»Pscht«, sagte ich. »Sie dürfen nichts von der Sache wissen.«

»Wieso nicht?«

»Vertrau mir.« Ich wiederholte Elias' Worte, ohne den Grund für die Geheimniskrämerei auch nur zu ahnen.

Sie taumelte weiter.

»Ich vertraue dir, Anne«, sagte sie dösig.

Elias öffnete die Hintertür und schob uns hinein. In Ods Büro legte Mathias Varnar behutsam auf dem Sofa ab. Elias kramte in seinen Taschen und zog eine kleine Ampulle mit Laekna und eine Spritze heraus.

»Du bist wirklich immer vorbereitet«, sagte ich mit hochgezogener Augenbraue.

Er zwinkerte mir zu, bevor er Varnars Ärmel hochkrempelte und ihm die Spritze verabreichte. Seine Verletzungen gingen augenblicklich spürbar zurück.

»Er ist übel zugerichtet, hat aber keine gebrochenen Knochen. Das hier lindert die schlimmsten Verletzungen. Er muss jetzt einfach schlafen«, sagte Elias.

Als Luna sah, wie sich Varnars Wunde schloss, riss sie die Augen auf. »Was hat er ihm gegeben?«

Matt schaute ich sie an. »Das erkläre ich dir später. Jetzt solltest du auch einen Tropfen davon nehmen, damit wir zurück auf den Ball kommen, ehe deine Eltern sich Sorgen machen.«

Sie blickte an sich herab. Ihr goldenes Kleid war zerrissen, blutig und vorne schwarz vor Dreck, und ihre roten Korkenzieherlocken standen in alle Richtungen ab. Dunkellila Flecken prangten auf ihren Wangen.

»Glaubst du nicht, sie machen sich größere Sorgen, wenn sie mich in diesem Zustand sehen?« Brav nahm sie einen Tropfen Laekna. Es schüttelte sie, als das Mittel seine Wirkung entfaltete. Die Blutergüsse wurden erst durchsichtig und verschmolzen dann mit dem Farbton ihrer Haut.

»Stimmt, wahrscheinlich schon.« Ich sah sie an, während ich selbst einen Tropfen einnahm. Inzwischen war es fast schon eine regelmäßige Begebenheit, dass Elias mir hochwirksame Mixturen verabreichte, nachdem ich knapp dem Tod entkommen war. Keine Ahnung, ob das mehr über ihn oder über mich aussagte. Ich schloss für einen Moment die Augen, während das Laekna die Schmerzen linderte. Ich blickte nach unten. Die Wunde auf meiner Hand war jetzt nur noch ein langer Kratzer.

»Du hast wohl keinen Bedarf, oder?« Elias wedelte mit der Ampulle vor Mathias' Gesicht.

Mathias schaute auf seine nackten Zehen. »Nein.«

»Gut. Jetzt müssen wir nur noch dafür sorgen, dass niemand von den dramatischen Ereignissen dieses Abends Wind bekommt.« Offenbar hatte sich Elias selbst zum Anführer ernannt. »Anne, du siehst einigermaßen normal aus. Du wirst hierbleiben müssen, bis das Fest zu Ende ist.« Er wandte sich an Luna. »Du kannst nicht wieder rein. Ich denke, es ist am besten, wenn …«, er drehte sich zu Mathias, »wie heißt du eigentlich?«

»Mathias.«

»Wenn Mathias dich und diesen jungen Mann nach Hause bringt.«

Er fragte weder nach einem Transportmittel noch danach, warum Mathias einen Schlafanzug trug.

»Was soll ich mit Varnar machen?«, fragte Mathias.

»Ist das dieser junge Mann hier?« Elias musterte den ohnmächtigen Varnar mit neu erwachtem Interesse.

Ich blickte zu Mathias. »Weißt du, wo Gut Kraghede liegt?«

Er schüttelte den Kopf.

»Kann er hierbleiben?«, fragte ich.

Elias lachte. »Glaub mir, das ist keine gute Idee.«

»Verdammt. Dann muss er zu mir nach Hause. Bring ihn ins Gästezimmer. Was ist mit deinen Eltern, Luna?«

Sie trommelte sich auf die Lippen.

»Ich könnte Mama auf dem Handy anrufen, aber meins liegt zu Hause.« Elias reichte ihr seines, doch sie schüttelte den Kopf. »Und was ist, wenn sie sieht, dass ich von deinem Handy aus anrufe?«

»Immer mit der Ruhe. Meine Nummer ist unmöglich nachzuverfolgen. Nur diejenigen, denen ich rund um die Uhr zur Verfügung stehe, kennen sie.« Er hob vielsagend die Augenbraue und sah mich dabei an.

Luna nahm das Handy und wählte eine Nummer. Schnell erklärte sie Rebecca, dass sie gemeinsam mit Mathias auf dem Heimweg sei. Mich beeindruckte ihre Fähigkeit, die Wahrheit zu umgehen, ohne dabei direkt zu lügen.

Mathias hob Varnar hoch. »Was ist mit dem Mörder? Er liegt noch immer dort draußen in dem Sommerhaus.«

»Ich kümmere mich darum.« Elias schloss kurz die Augen. »Ich begleite deine Freunde nach draußen«, sagte er an mich gewandt, als Luna und Mathias sich aufmachten.

Ich winkte ihnen zu, ehe sie durch eine der vielen Türen verschwanden. Elias' Handy lag auf dem Tisch, wo Luna es hingelegt hatte, und leuchtete. Ich biss mir auf die Lippe und schnappte es mir. Dann kramte ich in der Tasche, die Luna für mich kreiert hatte, nach meinem Portemonnaie und zog eine Visitenkarte heraus. Schnell schickte ich eine SMS, löschte sie aus dem Postausgang und legte das Handy zurück auf den Tisch. Die Müdigkeit übermannte mich, also ließ ich mich auf das Ledersofa fallen und lehnte mich mit geschlossenen Augen nach hinten. Ich war gerade eingeschlummert, als ich einen kleinen Stoß spürte und Elias sich neben mir niederließ.

»Und jetzt?«, fragte ich, ohne die Augen zu öffnen.

»Wir könnten da weitermachen, wo wir vorhin aufgehört haben.« Seine Fingerkuppen fuhren über die Rüschen an meiner Schulter bis hinunter zum Handgelenk.

»Träum weiter.« Ich stieß seine warme Hand weg.

»Ich weiß, dass du mich anziehend findest. In diesem Punkt habe ich mich noch nie geirrt.«

»Herzlichen Glückwunsch zu deinen Wahnvorstellungen.«

»Wie mir scheint, wird mich heute Nacht ein unerlöstes Begehren quälen.«

»Irgendetwas sagt mir, dass du sicher eine andere in der Hinterhand hast, die sich deines Begehrens annehmen wird.« Ich sah ihn an.

Er blickte gespielt schuldbewusst zu Boden. »Du kennst mich schon so gut. Aber nur, damit du es weißt: Du warst mein Plan A für heute Abend.«

»Wie romantisch! Dir ist schon klar, in welchem Jahrhundert

wir leben, oder? Wir haben nicht mehr siebzehnhundert-schieß-mich-tot, als Mädchen für dich nur Pläne waren.«

Elias lachte ohne einen Funken von Scham. »Komm, wir müssen Od finden. Ihr dreht zusammen eine Runde und bringt die Leute zur Tür, um ihnen zu signalisieren, dass der Ball vorbei ist. Anschließend fahre ich dich nach Hause.«

»Kann ich ein bisschen Kornrade nehmen?«

Elias schüttelte den Kopf. »Laekna und Kornrade vertragen sich nicht gut. Gibt einen miesen Trip.«

Ich streckte mich. »Dann bringen wir es hinter uns.«

Eindrücke von den vielen Menschen brachen über mich herein, als Elias mich nach drinnen führte. Womit auch immer Od mich vor Beginn des Balls aufgetankt hatte, jetzt wirkte es nicht mehr. Der Boden unter mir schwankte bedrohlich. Od erspähte uns durch das Lokal und war mit wenigen langen Schritten bei uns.

»Alles in Ordnung?«

»Wunderbar«, sagte ich, während es in meinen Ohren klingelte.

Er nahm mich am Arm, und ein wenig seiner Stärke sickerte von ihm in mich hinein. Es reichte, damit ich mich aufrechthalten konnte. Wir ließen Elias stehen und gingen gemeinsam durch den Raum. Die Leute drehten sich um und lächelten. Mehrere hielten uns an und bedankten sich bei Od für das Fest. Eine Journalistin fragte mich nach meinem Namen, doch ich antwortete ihr nicht.

»Wo hast du gesteckt? Ich habe dich seit mehreren Stunden nicht mehr gesehen«, flüsterte er mir zu.

»Ich war die ganze Zeit hier.« Ich schaute ihn mit dem glaubwürdigsten Lächeln an, das ich zustande brachte.

»Ich habe dich nicht gesehen.«

»Sie waren sicher zu beschäftigt damit, die Masse zu hypnotisieren«, bemerkte ich trocken.

Od lachte rau.

Meine Beine wurden wackelig, und er legte den Arm um mich, ohne eine Miene zu verziehen. Wir umrundeten die Bar, an der Od stehen blieb und einem Sternekoch die Hand schüttelte, den ich schon einige Male im Fernsehen gesehen hatte.

»Vielen Dank für das Essen«, sagte er. »Es war vorzüglich.«

Der Koch erwiderte irgendetwas, aber ich hörte nicht hin. Jetzt hielt mich nur noch Ods fester Griff um meine Hüfte auf den Beinen. Wir gingen weiter.

»Ich habe den Eindruck, als hättest du einen aufregenden Abend erlebt«, sagte Od.

»Und worauf gründen Sie diesen Eindruck?«, fragte ich, als wir an Ben und Rebecca vorbeikamen.

Sie warfen mir misstrauische Blicke zu, und ich versuchte, heiter auszusehen, was sie wahrscheinlich nicht weniger misstrauisch stimmte. Wir erreichten den verspiegelten Flur, der zu Ods Büro führte, und drehten uns zu den Gästen um, die wie verrückt applaudierten, während ich zu kaschieren versuchte, dass ich kurz vorm Umkippen war.

»Du wirkst ein wenig neben der Spur«, sagte Od zwischen zwei enthusiastischen Zurufen.

In meinem Körper begann es zu prickeln, wie immer, bevor ich in Ohnmacht falle.

»Ich bin es nicht gewohnt, mit so vielen Menschen zusammen zu sein.«

»An deinen Stiefeln klebt etwas, das aussieht wie Blut.«

»Ich habe Wein verschüttet.« Durch den heulenden Ton in meinen Ohren konnte ich kaum noch meine eigene Stimme hören.

»Die Schlangen auf deinem Kleid haben sich bewegt, und eine der beiden hat keinen Kopf mehr.«

Ich sah an mir herab. Die schwarzen Schlangen auf meinem Kleid waren in einem völlig anderen Muster verschlungen als zu Beginn des Abends, und der Kopf der rechten Schlange fehlte.

»Oh.«

Od lächelte seinen Gästen ein letztes Mal zu, ehe wir uns in sein Büro zurückzogen. Das letzte Stück musste er mich fast schon schleifen. Sobald er die Tür hinter uns zugeschlagen hatte, sackte ich in seinen Armen zusammen.

Die Schnur straffte sich um den Hals des Mädchens, und es fiel in den Schnee, während sich ihre Arme und Beine schwach bewegten. Sie gab einen rasselnden Laut von sich, als sie ein letztes Mal versuchte, Luft zu holen.

Keuchend und mit den Händen um meinen eigenen Hals wachte ich auf. Die Kette hatte sich um meine Kehle gewickelt, und ich lockerte sie mit den Fingern.

Draußen war es hell, und ich lag in meinem Bett.

Ich erinnerte mich vage daran, auf einer Rückbank zu liegen, getragen zu werden, und an Elias' Geruch. Als ich die Decke anhob, sah ich, dass ich nur Unterwäsche trug. Elias konnte was erleben, wenn ich ihn das nächste Mal sah.

Hinter mir atmete jemand schwerfällig. Vielleicht musste Elias gar nicht so lange auf seine Abreibung warten. Ich wollte gerade loslegen, als mir ein ganz besonderer Duft in die Nase stieg.

Der Duft nach Wald und frischer Luft.

Ich regte mich nicht, bis die Atemzüge hinter mir wieder rhythmischer wurden. Dann drehte ich mich vorsichtig um.

Nur wenige Zentimeter von meinem Gesicht entfernt lag Varnar. Befand ich mich schon wieder in einer Vision? Ich kniff mir in den Oberschenkel. *Au.* Nein, er lag wirklich da. Direkt vor mir. Ich konnte es nicht lassen, ihn zu betrachten, jetzt, wo ich endlich die Gelegenheit dazu hatte.

Im Schlaf wirkten seine Züge weicher, und er sah jünger aus. Das Haar lag wie ein dunkler Heiligenschein um sein Gesicht, und seine Augenbrauen waren ausnahmsweise nicht zusammengezogen. Die dichten Wimpern waren fein geschwungen, seine leicht geöffneten Lippen sanft nach oben gezogen, sodass er beinahe zu lächeln schien. Jemand hatte ihm das Blut abgewaschen, doch eine Hälfte seines Gesichts war ein einziger Bluterguss. Ohne Laekna wäre es bis zur Unkenntlichkeit angeschwollen gewesen, doch so war nur noch ein dunkler Schatten zu erkennen. Sein Pullover lag ordentlich zusammengelegt am Fußende des Betts, und es war eine bittersüße Qual, seinen glatten, muskulösen Oberkörper zu bestaunen.

Eigentlich hätte ich wegschauen sollen, doch ich konnte nicht. Ich sah die Brandmale auf seinem Arm, und als ich sie eingehender studierte, erkannte ich, dass es Runen waren. Eine von ihnen ähnelte einem sonderbar verzerrten M. Ich widerstand dem starken Drang, mit meinen Fingern darüberzustreichen.

Varnar regte sich. Er wachte gerade auf.

Hastig drehte ich meinen Kopf ins Kissen, schloss die Augen und tat so, als würde ich schlafen. Eine Haarsträhne glitt über meine Wange. Es kitzelte fürchterlich, aber ich ignorierte es. Ich spürte, dass er jetzt wach war, doch er rührte sich nicht. Ich blieb so still liegen, wie ich nur konnte, und versuchte, meine Atmung zu verlangsamen.

Enorme Erleichterung und etwas, das an pures Glück erinnerte, strömten aus ihm, und völlig unerwartet spürte ich einen Finger, der mir vorsichtig das Haar aus dem Gesicht strich.

Dann nahm ich meinen Mut zusammen und öffnete die Augen. Seine Hand hielt in der Bewegung inne, doch er ließ sie auf meiner Wange liegen. Der Schlaf lag noch immer wie Nebel über seinem Gesicht, und für einen kurzen Augenblick sah ich die Andeutung eines Lächelns auf seinen Lippen. Dann formten sich seine Brauen zu einer wütenden Miene. Er zog die Hand zurück, rollte sich auf die Seite und setzte sich mit dem Rücken zu mir auf die Bettkante.

»Du bist auf ihn gesprungen«, sagte er in den Raum hinein. »Ich habe dir gesagt, dass du weglaufen sollst, doch du hast dich direkt in den Kampf mit ihm gestürzt.«

Sein Rücken war ein Geflecht aus kleinen, angespannten Muskeln, und es kribbelte mir in den Fingern, beruhigend darüberzustreichen.

»Er hätte dich umgebracht«, flüsterte ich.

Varnar ignorierte mich. »Ich war mir sicher, dass du stirbst. Er ist viel stärker als du. Er ist sogar stärker und schneller als ich. Er hätte dich getötet, aber du hast versucht, gegen ihn zu kämpfen.«

»Trainierst du mich nicht genau dafür? Damit ich kämpfen kann, wenn ich selbst oder andere überfallen werden?«

Varnar drehte sich um und sah mich mit einem solchen Zorn an, dass ich mich wand.

»Ich trainiere dich, damit du am Leben bleibst«, schrie er.

Noch nie zuvor hatte ich ihn auf diese Weise schreien gehört, und ich erschreckte mich so sehr, dass ich im Bett hochfuhr und bis zum Fußende zurückwich. Er wollte noch mehr sagen, aber im selben Moment polterte Mathias, nur in Boxershorts, durch die Tür, und obwohl Varnar einen imposanten Körper hatte, verursachte mir der Anblick von Mathias, so nahezu völlig entblößt, doch ein wohliges Schaudern.

»Was ist hier los?« Er sah uns an. Varnar zum Zerreißen gespannt auf der Bettkante und ich mit Tränen in den Augen am anderen Ende des Betts. »Ist alles okay, Anne?«

Ich nickte, konnte aber nichts sagen.

Varnar stand auf und schnappte sich mit einer brüsken Bewegung seinen Pullover, bevor er Mathias anblickte. »Ich weiß nicht, wie es passiert ist, aber irgendwie haben wir das gestern Abend überlebt. Ich vermute, dass du etwas damit zu tun hast. Dafür danke ich dir, und auch dafür, dass du diesem … diesem törichten Mädchen geholfen hast.« Die letzten Worte spie er geradezu aus.

Mathias sah zu Boden. Varnar sagte nichts weiter und stapfte in Richtung Tür.

»Warte!«, rief ich und sprang aus dem Bett, die Decke um mich gehüllt. Ich hörte die Verzweiflung in meiner Stimme.

Varnar blieb in der Türöffnung stehen, drehte sich aber nicht um.

»Ich kann dich im Moment nicht einmal ansehen«, sagte er und atmete schwer aus. »Ich komme morgen Abend. Dann können wir reden.«

Er lief die Treppe hinunter, und ich sah ihm hinterher. Am Fußende hielt er kurz an, um sich den Pullover überzuziehen. Dann riss er die Haustür auf. Draußen stand Grethe, die zum Klopfen bereite Faust in der Luft erstarrt. Sie schaute auf Varnars immer noch sichtbare Bauchmuskeln. Dann richtete sie ihren Blick auf sein Gesicht mit dem großen, dunklen Bluterguss. Er starrte sie zornig an, ehe er sich an ihr vorbeischob und über die Felder in Richtung Kraghede Skov verschwand. Grethe sah hinauf zum oberen Ende der Treppe, wo Mathias und ich standen. Ich mit der Decke um mich gewickelt und Mathias in Boxershorts.

Oh Scheiße!

»Grethe, was machst du hier?«, fragte ich.

Langsam ließ Grethe die Hand sinken.

»Ich habe dir doch gesagt, dass ich unangemeldet vorbeikomme.« Sie trat in den Flur.

»Deine Sozialarbeiterin?«, fragte Mathias leise.

»Jepp«, flüsterte ich zurück.

In diesem Augenblick kam Luna aus dem Gästezimmer gehüpft, sie trug nichts außer einem BH und Mathias' Schlafanzughose. Sie bemerkte Grethe am Fuß der Treppe nicht.

»Hast du es dir heute Nacht mit Varnar gemütlich gemacht?« Sie kicherte. »Wir mussten dir alle Kleider ausziehen, weil du dich total vollgekotzt hattest, als Elias dich hier abgeliefert hat. Du warst eiskalt.«

Doppel-Scheiße!

Ich wedelte hastig mit der Hand, um ihr klarzumachen, dass sie die Klappe halten sollte, doch wie immer prallten solche Andeutungen an ihr ab.

»Geht's dir nicht gut? Mir geht es heute wirklich super. Was auch immer Elias uns gegeben hat, das Zeug ist echt krass.«

Mathias eilte zu ihr und bugsierte sie hastig zurück ins Gästezimmer.

»Kann ich mir ein paar von deinen Klamotten für den Heimweg leihen?«, rief sie noch. »Mein Kleid ist verbrannt, und es ist Blut drauf. Sowohl deins als auch Varnars. Und ein bisschen von Wer-auch-immer-er-ist.«

Dreifach-Scheiße!

Grethe sah aus, als ginge sie in ihrem Inneren das komplette Sozialarbeiterhandbuch durch, um herauszufinden, wie sie reagieren sollte.

»Wir beide müssen uns unterhalten.« Das war alles, was sie herausbrachte. Mit steifen Schritten ging sie ins Wohnzimmer.

Ich zog mir hastig eine Hose und einen Kapuzenpulli über und kramte mein einziges gelbes T-Shirt hervor. Im Gästezimmer reichte ich es Luna zusammen mit einer grauen Jogginghose. Mathias hatte sie offensichtlich von Grethes Auftauchen in Kenntnis gesetzt.

»Entschuldigung. Ich wusste nicht, dass deine Sozialarbeiterin hier ist«, sagte sie.

»Wenn ich Glück habe, gibt sie sich damit zufrieden, mich aus dem Haus und zurück in die kleine Wohnung zu werfen. Wenn ich Pech habe, muss ich wieder in ein Wohnheim oder zu einer Pflegefamilie.«

»Warum das denn?« Luna zog die Kleider an.

Mathias schlüpfte wieder in seine inzwischen recht schmuddelige Schlafanzughose. Ich beäugte ihn kritisch.

Er breitete die Arme aus. »Ich habe nichts anderes. Bin gestern ziemlich überhastet zur Tür raus.«

Ich seufzte, wandte ihm den Rücken zu und deutete auf die Kette um meinen Hals. »Kannst du mir die bitte aufmachen? Sie klemmt.«

Mathias öffnete den Verschluss, als wäre er aus Butter. Der Herzanhänger und die Kette fielen in meine Hand.

Ich richtete mich wieder an Luna. »Dass ich hier wohnen darf, ist an ein paar Bedingungen geknüpft. Ich darf niemanden bei mir einziehen lassen, und ich darf auch keine wilden Partys schmeißen.«

»Das hast du doch beides nicht gemacht.«

»Nein, aber die Wahrheit kann ich ihr nicht sagen. Und jetzt glaubt sie, wir hätten heute Nacht eine Orgie gefeiert. Warum seid ihr überhaupt hier?«

»Ich wollte Varnar nicht allein lassen, solange er bewusstlos war. Ich dachte, das wäre die beste Lösung«, antwortete Mathias.

»Da hast du falsch gedacht«, fuhr ich ihn an und kämpfte damit, mein Temperament in Schach zu halten. »Kommt, gehen wir besser runter.«

Im Wohnzimmer saß Grethe auf der äußersten Kante der Küchenbank und starrte erschrocken auf den großen Speer an der Wand. Dann richtete sie den Blick auf uns.

»Wo ist dein Hund?«, wollte sie wissen.

»Er ist weggelaufen«, sagte Luna, lächelte mir wissend zu und reckte mir einen Daumen entgegen. Offenbar ging sie davon aus, dass Grethe mit Monster nicht ganz einverstanden war. Ich unterdrückte den Impuls, das Gesicht in den Händen zu vergraben.

»Ich würde gern allein mit Anne sprechen«, sagte Grethe höflich zu Luna und Mathias.

Mathias nickte und ging rückwärts zur Tür. Er nahm Luna am Arm und zog sie mit sich. Die Glücklichen, sie konnten das sinkende Schiff verlassen. Von allen Zeitpunkten hatte sich Grethe den allerschlimmsten ausgesucht, um bei mir aufzutauchen. Warum war sie nicht gestern Morgen gekommen, als ich allein daheim und das Haus frisch geputzt war?

»Anne, ich bin enttäuscht von dir«, sagte sie. »Ich bin kurz davor, unsere Abmachung rückgängig zu machen, und …«

Sie schaffte es nicht, ihren Satz zu beenden, da es an die Tür klopfte.

Was kam denn jetzt?

Vor der Tür stand Hakim in voller Polizeimontur. In seinem dunklen Haar hingen kleine Regentropfen, und die durchdringenden grünen Augen funkelten, als er in mein Haus marschierte und dabei feuchte Fußabdrücke auf den Bodenfliesen hinterließ.

»Ich muss mit dir reden.« Beim Anblick von Grethe, die sich erhob und ihn alarmiert anschaute, hielt er inne. »Wer sind Sie?«

»Grethe Johansen. Ich bin Annes Sozialarbeiterin vom Jugendamt.« Sie beäugte ihn misstrauisch von oben bis unten. »Und Sie?«

»Mein Name ist Hakim Murr, und ich ermittle in den Pippi-Morden.« Er straffte den Rücken. »Ich muss allein mit Anne sprechen. Es eilt.«

»Sie können nicht einfach unangemeldet hier aufkreuzen und verlangen, allein mit ihr zu reden.«

Das sagte die Richtige. Ich gab ein leises *Ha!* von mir, und sie bedachte mich mit einem scharfen Blick. Auf einmal war ich sehr damit beschäftigt, meine nackten Zehen zu inspizieren.

»Das kann ich sehr wohl, und das tue ich auch«, entgegnete Hakim. »Ich möchte Sie bitten zu gehen.«

Grethe schnappte verärgert nach Luft.

»Na, na.« Ich hob die Hände und trat zwischen die beiden. »Ein aufdringlicher Beamter nach dem anderen, bitte.«

Ich wandte mich an Grethe. »Es ist nicht, wonach es aussieht. Ich kann das alles erklären.« Ich wusste nur nicht, wie, ohne diverse übernatürliche Dinge preiszugeben.

Dann wandte ich mich Hakim zu. »Was eilt denn so sehr?«

Er schielte zu Grethe. »Ich muss mich unbedingt unter vier Augen mit dir unterhalten.«

Wieder sah ich Grethe an. »Können wir das morgen besprechen? Ich muss doch sowieso zu dir?«

Sie schob ihre Brille auf der Nase nach oben. »Möchtest du, dass ich bleibe? Du bist nicht dazu verpflichtet, eine Aussage zu machen, es sei denn, er hat einen Gerichtsbeschluss oder er nimmt dich fest.«

Trotz meiner Irritation wusste ich, dass sie mich nur beschützen wollte. Wie sie es schon mein ganzes Leben lang getan hatte. Ich schüttelte den Kopf.

»Ich rede mit ihm. Er ist in Ordnung.«

Grethe seufzte. »Schön. Wir sehen uns morgen.«

Als ich die Tür hinter ihr schloss, drückte ich meine Stirn für einen Moment gegen das kühle Holz.

»Schlimme Nacht?«, fragte Hakim.

Ich richtete mich auf und rieb mir die Augen. »Ereignisreicher Morgen.«

»Dann bin ich also in Ordnung?« Er betrachtete mich mit einem leichten Lächeln.

»Irgendetwas musste ich ja sagen, damit sie geht. Was willst du?«

Er sah mich prüfend an. »Hast du geweint?«

»Das geht dich überhaupt nichts an.«

Er wollte etwas erwidern, hielt sich aber zurück. »Du hast recht. Entschuldigung. Hast du heute schon die Nachrichten gesehen?«

Ich schüttelte den Kopf, und er schaltete den Fernseher ein. Der Bericht hatte gerade begonnen.

»Gestern Abend hat die Spirale der Gewalt in Nordjütland anscheinend ein Ende gefunden, allerdings erst nachdem der Täter erneut ein junges Mädchen ermordet hat, diesmal in der Kleinstadt Lønstrup an der Westküste.«

Ich erkannte das Mädchen wieder, das ich in der Vergangenheit des Wilden gesehen hatte. Ihr Schulfoto wurde gezeigt. Auf dem Bild lächelte sie in die Kamera. In meiner Vision hatte sie geschrien, während sie vor ihm davonrannte, wobei ihr langes rotes Haar um sie flatterte. Er holte sie mit Leichtigkeit ein und stach ohne Weiteres mit seinem großen Messer zu. Dann zeichnete er ihr mit Blut das F-Zeichen auf die Wange.

Ich bemerkte, wie Hakim mich beobachtete.

»Die achtzehnjährige Ida Bendixen wurde gestern gegen neun Uhr abends erstochen hinter dem Alten Kino in Lønstrup aufgefunden. Es wird angenommen, dass es sich bei ihr um ein weiteres Opfer des Pippi-Mörders handelt. Später am Abend erhielt die Polizei einen anonymen Hinweis auf den Mann, der im Verdacht steht, die Morde begangen zu haben. Der Mann wurde in einer Ferienhaussiedlung in der Nähe der Stadt Jagd, nur zehn Kilometer von Lønstrup entfernt, gefunden. Er war selbst Opfer eines gewaltsamen Überfalls geworden, und die Polizei geht davon aus, dass es sich um eine Form von Selbstjustiz handeln könnte.«

Das Fernsehbild wechselte zu einer verwehten Düne. Im Hintergrund rauschte das Meer, der Himmel war grau, und auf der Kameralinse zeichneten sich Wassertropfen ab. Der Journalist, den ich am Vorabend im Bootsmann gesehen hatte, kämpfte damit, sich im starken Westwind aufrecht zu halten. Er trug noch immer den schwarzen Anzug und die Fliege, und es sah nicht danach aus, als hätte er geschlafen.

»Hinter mir sehen Sie das kleine Sommerhaus, in dem die Polizei heute Nacht den grausigen Fund eines Mannes machte, der zum Opfer eines fast folterähnlichen Übergriffs geworden war.«

Die Kamera zoomte auf die Hütte, wo ich ein paar Stunden zuvor Luna und den Wilden aufgespürt hatte.

»Gleichzeitig können wir hoffen, dass die Tat das Ende der Schrecken markiert, die Nordjütland im letzten halben Jahr heimgesucht haben. Bei mir ist der Ermittlungsleiter Lars Guldager.« Der Journalist wandte sich ihm zu. »Was können Sie zu den Ereignissen von heute Nacht sagen?«

Der Kommissar sah müde, aber erleichtert aus. »Der aktuelle Stand ist, dass wir eine weitere ermordete Jugendliche gefunden haben. Wir haben Grund zu der Annahme, dass sie ebenfalls ein

Opfer des sogenannten Pippi-Mörders geworden ist. Außerdem ist es uns gelungen, einen Tatverdächtigen vorläufig festzunehmen.«

Sensationslüstern lehnte sich der Reporter nach vorn. »Stimmt es, dass der Täter zum Opfer eines gewaltsamen Überfalls wurde?«

»Aus Rücksicht auf die laufenden Ermittlungen kann ich dazu nichts sagen.«

»Es heißt, seine Geschlechtsorgane seien verbrannt und die Finger an einer Hand nahezu abgetrennt worden«, drängte der Journalist weiter.

»Kein Kommentar«, erwiderte Guldager mit warnendem Blick.

»Seine Rippen seien zertrümmert und die Haut in seinem Gesicht verbrüht gewesen, als hätte jemand ihm kochendes Wasser übergeschüttet …«

Pfff, dachte ich. Die Verbrühung war alt. Das Niveau der Journalisten war echt unterirdisch.

»Kein Kommentar.« Guldagers Augen blitzten den Reporter nun direkt an, und er fügte hinzu: »Bedenken Sie außerdem, dass der Verhaftete bisher lediglich verdächtigt …«

Der Reporter fiel ihm ins Wort.

»Vielen Dank, Lars Guldager.« Er blickte wieder in die Kamera. »Das war es aus Jagd, wo alles darauf hindeutet, dass der Pippi-Mörder nun bekommen hat, was manche als verdient bezeichnen würden, nachdem er im Lauf der letzten sechs Monate fünf jugendliche Mädchen in Nordjütland ermordet hat.«

Hakim stellte den Ton ab, doch die Bilder von Ida Bendixen und dem Sommerhaus liefen weiter. Es fiel mir schwer, die Augen vom Bildschirm zu lösen, und noch schwerer, Hakims Blick zu begegnen.

Er stand abwartend neben mir.

»Bist du den ganzen Weg hierhergekommen, nur um meinen Fernseher anzuschalten?«, fragte ich in die Stille. »Das bekomme ich ganz gut allein hin.«

»Ich wollte sehen, wie du auf die Meldung reagierst.«

»Und? Wie reagiere ich darauf?«

»Du wirkst nicht sonderlich überrascht.«

»Früher oder später musstet ihr ihn ja kriegen.«

»Ich habe ihn verhaftet.«

»Dann bekommst du wohl eine Medaille oder so was.« Meine Augen waren noch immer auf den Bildschirm geheftet.

»Mir hat gestern Abend jemand eine SMS geschickt, in der stand, wo wir ihn finden konnten. Es war unmöglich, das Handy zu orten.«

Ich versuchte, wie jemand auszusehen, der höflich zuhörte, ohne auch nur einen blassen Schimmer zu haben, wovon er redete.

»Der Kerl hätte mich beinahe umgebracht. Er war gefesselt und fast bewusstlos, und trotzdem hätte er mich fast erwürgt. Ich musste auf ihn schießen. Ich hätte besser jemanden mitgenommen.«

»Du bist allein hingefahren?«, keuchte ich. Erst jetzt fiel mir die purpurrote Stelle an Hakims Hals auf. Meine SMS hätte ihn beinahe das Leben gekostet.

Seine Augen funkelten triumphierend. »*Das* war die Reaktion, die ich hören wollte.«

Verdammt. Ich war direkt in die Falle getappt.

»Ist er tot?«, fragte ich. Mit einem Mal war ich unglaublich müde.

Hakim schüttelte den Kopf. »Nein. So zäh wie dieser Mistkerl sind nur die wenigsten.«

Da konnte ich Hakim nur zustimmen.

»Er hat nicht einmal geschrien, als ich auf ihn geschossen habe. Und wie er aussah. Wer auch immer ihn gefoltert hat, ist wirklich gründlich vorgegangen.«

Innerlich amüsierte ich mich darüber, dass die Polizei glaubte, der Wilde wäre gelyncht worden.

»Ich würde immer noch gern wissen, wieso du hier bist.« Es schien mir das Schlauste, weiter die Unwissende zu spielen. »Habe ich diese Ida Bendixen etwa auch schon einmal getroffen?«

»Nicht direkt. So, wie es aussieht, besteht zwischen euch nicht die geringste Verbindung.«

»Noch mal, warum bist du hier?«

Hakim zog sein Handy hervor und drückte kurz darauf herum, ehe er es mir vors Gesicht hielt. Ich sah auf die Internetseite, die er aufgerufen hatte. Es war eine Klatschseite mit Fotos, die während des Balls aufgenommen worden waren. Das erste Foto zeigte Od und irgendein schmollendes Model. Ich blickte Hakim verständnislos an.

»Während des Überfalls hast du dich zweihundert Meter entfernt auf einem der größten Ereignisse des Jahres aufgehalten. Du warst sogar die Begleitung des Gastgebers.«

Ich war beeindruckt, dass Hakim mich auf dem Foto erkannte, wenn es mir nicht einmal selbst gelang. Ich versuchte, eine gleichgültige Miene aufzusetzen.

»Es ist wohl nicht verboten, auf ein Fest zu gehen.« Wieder schaute ich zum Fernseher, um seinem prüfenden Blick zu entgehen.

Hakim ignorierte meinen defensiven Ton. »Wir haben das Sommerhaus auf Spuren untersucht.«

Mein Puls stieg, und meine Fähigkeit, unwissend zu tun, wurde auf eine harte Probe gestellt. Die Geschichte, dass Mathias angeklagt worden war, weil er auf jemanden geschossen hatte, wäre nicht schwer auszugraben, und seine Fingerabdrücke waren garantiert bei der Polizei registriert. Auch mein Fall mit Peter und dem Baseballschläger.

»Und?« Die Frage klang schwach aus meinem Mund.

»Irgendjemand hat dort sauber gemacht. Wir haben nicht einmal ein Haar oder einen Blutstropfen gefunden.«

Ich atmete langsam aus und sandte ein stummes *Danke* an Elias.

»Das erschwert die Ermittlungen natürlich«, sagte ich.

»Ja. Und auch die Tatsache, dass unser Verdächtiger kein Wort sagen will.«

Ich bezweifelte offen gestanden, dass er überhaupt sprechen konnte. Bisher hatte ich ihn nur knurren und grunzen gehört.

»Darfst du mir das alles überhaupt erzählen? Ist das nicht vertraulich?«

»Nennen wir es einen verzweifelten Versuch.«

Ich fuhr mir durchs Haar, das dringend eine Dusche und eine Bürste benötigte.

»Sag mal, solltest du jetzt nicht eigentlich schlechten Sekt aus einer Kaffeetasse trinken? Du hast den Mörder gefasst, yay.« Ich riss meine Arme wie zu einer Siegespose hoch, aber dann schnappte ich eine frische Erinnerung aus seinem Inneren auf. »Ah. Deine Kollegen feiern ja wirklich gerade. Ihnen ist es egal, wer den Kerl gefoltert hat, solange er hinter Schloss und Riegel ist. Aber du bist gegangen. Weil es dir nicht egal ist.«

»Woher weißt du das?« Hakim versuchte, die Fassung wiederzuerlangen, indem er sich umdrehte und aus dem Fenster in Richtung Kraghede Skov blickte, der im Dunst des Nebels kaum zu erkennen war. Es war einer dieser Tage, an denen er über der Landschaft hing, als wäre eine riesige Wolke vom Himmel gefallen.

»Nein«, fuhr er dann fort. »Es ist mir nicht egal. Einerseits habe ich wirklich Verständnis für diejenigen, die es getan haben, aber sie müssen trotzdem zur Verantwortung gezogen werden. Doch das ist es eigentlich nicht. Ich habe so eine Ahnung.«

»Mhm. Noch eine deiner Ahnungen.«

Er sah mich irritiert an, bevor er wieder zum Wald starrte, wo das Mädchen erdrosselt werden würde. »Ich habe so eine Ahnung, dass die Sache noch nicht zu Ende ist.«

Das konnte ich definitiv so unterschreiben. »Dir geht der ganze Ruhm, den Fall gelöst zu haben, verloren, wenn du noch weiter in der Sache wühlst.«

»Scheiß auf den Ruhm!«, rief er.

Ich atmete ruckartig ein, bevor ich mich wieder fing. »Ich begreife immer noch nicht, was das mit mir zu tun hat. Es sei denn, du fährst in der Gegend herum und prüfst bei allen Gästen des Balls, ob die Fernseher funktionieren.«

Hakim seufzte. »Mehr kriege ich wohl nicht aus dir heraus. Ich gehe jetzt.«

Dann stoppte er. »Ach so, eins noch.« Er griff in seine Tasche. »Wir haben am Tatort zwar weder Blut noch Haare oder sonstige Spuren gefunden, dafür aber das hier.«

Er öffnete seine Hand. Darin lag ein durchsichtiges Tütchen mit einer kleinen, eisblauen Perle, die exakt die gleiche Farbe hatte wie mein Nagellack. »Kommt dir die bekannt vor?«

Ich antwortete nicht, und er lächelte kühl, bevor er sich umdrehte. In wenigen langen Schritten war er bei der Tür.

»Wenn dir doch noch etwas einfällt, dann ruf einfach an.« Er blickte über die Schulter und sah mich mit seinen klaren grünen Augen an. »Oder schick eine SMS.«

Ich sah ihn an meinem Fenster vorbeigehen und lehnte mich müde über die Arbeitsfläche, während es in meinem Hirn ratterte. Eine Weile starrte ich einfach nur zum Küchenfenster hinaus. Dann holte ich mein Handy und die Visitenkarte hervor, die ich von Niels Villadsen bekommen hatte. Ich tippte AMPA in das Suchfeld ein, fand jedoch nichts, was mich auf die Spur der anonym aussehenden Staatsbediensteten vom Vorabend brachte. *Niels Villadsen*, gab ich stattdessen ein. Drei Personen tauchten auf, doch keiner von ihnen war der Niels Villadsen, den ich getroffen hatte. Dann suchte ich nach *Klebegeist* und kam mir richtig bescheuert dabei vor. Ich erhielt einige Treffer, klickte auf den ersten und wurde auf eine düster aussehende Homepage in Schwarz und Grau geleitet, deren Überschriften in nebligweißen Buchstaben verfasst waren.

Klebegeister sind eine Gattung von Geistern, die sich an einen bestimmten Menschen »kleben«. Oft ist der Geist ein Verstorbener, der zu Lebzeiten unter irgendeiner Form von Abhängigkeit litt, wie zum Beispiel von Drogen, Alkohol oder spezifischen Gefühlen wie Aggres-

sion oder sogar Gewalt. Klebegeister befriedigen ihre eigene Abhängigkeit durch die Person, an die sie sich kleben.

Ich hatte keine Lust, weiterzulesen. Genervt schob ich das Handy zur Seite. Irgendetwas weckte meine Intuition, und eine plötzliche Eingebung ließ mich aufstehen und nach draußen gehen.

In der Scheune fand ich schnell den Umschlag mit den Fotos, der noch in der blauen Truhe lag. Schwere Tropfen fielen auf das Blechdach, und ich hastete zurück über den Hof. Meine Haare waren feucht, als ich wieder ins Haus kam. Das erste Foto hatte ich schon einmal gesehen. Es zeigte die junge Rebecca. Auf dem nächsten war die Frau mit dem dunklen lockigen Haar abgebildet. Mein Magen zog sich zusammen, und ich legte das Bild mit der Rückseite nach oben weg. Rasch blätterte ich durch die nächsten Aufnahmen, die allesamt Ben, Rebecca und die Frau zeigten, entweder in Odinshöhe oder in beziehungsweise vor Bens und Rebeccas Haus. Auf einem Bild waren meine ersten Pflegeeltern, Jens und Mie, zu sehen. Traurigkeit überkam mich, als ich so mit dem Bild in der Hand dasaß.

Auf einem anderen Foto standen Rebecca und die Frau mit dem schwarzen Haar vor dem Kraghede Skov, beide mit dicken schwangeren Bäuchen. Auf den Fichtenzweigen lag eine feine Schneeschicht. Ihre Bäuche berührten sich in der Mitte, und die Frauen lachten. Meine Augen brannten, und ich blätterte schnell weiter zu einem Bild mit drei Personen. Ich schaute es an, ohne dass mein Hirn verstehen wollte, wer darauf zu sehen war. Mit einem Mal wurde es mir klar. Für ein paar Sekunden bekam ich keine Luft. Dann sprang ich so hastig auf, dass der Stuhl hinter mir umkippte. Ohne ihn aufzuheben, rannte ich nach draußen.

Auf dem Hofplatz drehte ich mich im Kreis.

»Arthur, komm raus. Und zwar sofort!«, rief ich. »Ich weiß, dass du mich hören kannst.«

Ich blickte über das Feld. Es war nun so neblig, dass ich nicht mal das Ende erkennen konnte.

»Arthur!«, rief ich so eindringlich, wie ich nur konnte.

Im Nebel zeichnete sich der Umriss einer Gestalt ab. Sie kam näher. Aus dem Dunst trat Arthur, sein Gesichtsausdruck wirkte angespannt.

»Du kannst es ruhig ausspucken.«

»Was ausspucken?« Sein Gesicht war so blass, dass es fast schon grau war.

»Du hast mich gestern Nacht gehört, als ich mitten im Nirgendwo um Hilfe gerufen habe. Und du hast Mathias aus über dreißig Kilometern Entfernung zu uns gelotst. Du bist weiß wie ein Laken, und ich habe dich noch nie etwas essen oder trinken sehen. Und ich kann weder deine Aura noch deine Vergangenheit wahrnehmen.«

»Das bedeutet nicht zwangsläufig …«, setzte Arthur an, doch ich unterbrach ihn.

»Dann versuch mal, das hier zu erklären.«

Er sah auf das Foto, das ich ihm entgegenhielt, und wurde noch blasser, diesmal kreideweiß. Das Foto war vergilbt, vielleicht hatte es in der Sonne gestanden. Es zeigte die schwarzhaarige Frau und die junge Rebecca. Zwischen ihnen, jeweils einen Arm um die Schultern der beiden gelegt, stand Arthur. Er glich sich aufs Haar und war keinen Tag jünger als jetzt, obwohl das Bild über fünfzehn Jahre alt sein musste.

»Ich frage dich noch mal«, sagte ich langsam. »Und wenn du mir keine Antwort gibst oder mich anlügst, dann schwöre ich, dass ich nie wieder mit dir rede. Was bist du, und wer bist du?«

Arthur öffnete und schloss mehrmals den Mund, ehe er sprach.

»Du darfst vor dem, was ich dir jetzt sage, keine Angst bekommen. Ich bin derselbe, der ich immer gewesen bin. Egal was ist.«

»Was zur Hölle bist du?«, zischte ich.

Arthur sah mich mit seinen großen grünen Augen an.

»Ich bin ein Geist. Ich bin vor fast achtzehn Jahren gestorben. Und ich bin dein Vater.«

KAPITEL 18

Die Beine knickten mir weg, und ich fiel auf den feuchten Kies.

Arthur kniete sich vor mich und griff meine Hand. »Ich bin immer noch ich.«

Ich schüttelte heftig den Kopf. »Du verarschst mich.«

»Wenn es doch bloß so wäre. Ich wünschte, ich wäre am Leben und könnte dir ein richtiger Vater sein.«

»Meine Eltern haben mich verlassen.«

»Du musstest bei Fremden aufwachsen. Aber ich habe dich niemals verlassen.«

Wortlos starrte ich Arthur an. Irgendwie war es, als wollte der Sauerstoff nicht in meiner Lunge bleiben, und ich schnappte nach Luft. Ich versuchte, ruhiger zu atmen. Ich war als Kind nicht im Stich gelassen worden, und es gab ein Leben nach dem Tod. Das darf man wohl als existenziellen *mental overload* bezeichnen.

»Warum kann ich dich sehen?«, begann ich mit der naheliegendsten Frage.

Trauer legte sich wie ein Schleier auf Arthurs Gesicht. »Weil du die Vergangenheit sehen kannst und ich vergangen bin.«

Ich hielt verbissen die Tränen zurück. »Ich kann sonst keine Geister sehen.«

»Doch, kannst du. Du weißt nur nicht, dass es Geister sind. Das wissen sie selbst nicht einmal immer. Außerdem sind wir nicht so viele.« Arthur schniefte. »Du ahnst nicht, wie wenige ich in all den Jahren zum Reden hatte.«

Ich presste mir die Handflächen gegen die Schläfen, damit mein Kopf nicht explodierte.

Arthur sah es und winkte ab. »Aber du sollst dir nicht meine Probleme anhören.«

»Du wolltest gerade etwas über andere Geister sagen«, flüsterte ich.

»Die anderen würden keinen Kontakt zu dir suchen, da sie selbst nicht wissen, dass sie tot sind. Nur Medien ziehen Geister an. Sie wirken regelrecht wie Magneten auf sie, und es ist ihre Aufgabe, denjenigen, die sich verirrt haben, auf ihrem Weg hinüber zur anderen Seite zu helfen.«

Beim Gedanken, dass irgendwelche Geister um uns herumschwebten, bekam ich eine Gänsehaut. Dann wurde mir klar, dass ich mich gerade mit einem unterhielt. Ich versuchte, mich zu fassen.

»Und ich bin kein Medium?«

»Soweit ich weiß, bist du nur hellsichtig.«

Mein Gehirn war am Überbrodeln. »Ich kann dich anfassen. Warum kann ich dich anfassen?«

»Das ist kompliziert. Ich erkläre es dir später. Überhaupt muss ich dir einiges erklären. Dinge, die dein Weltbild verändern und dich vermutlich erschüttern werden.«

Ich atmete aus und lachte dabei – vielleicht ein bisschen schrill.

»Was das angeht, stecke ich wohl schon mittendrin.« Ich sah auf. »Andere können dich nicht sehen, oder? Oh Mann, ich fass es nicht. Ich bin rumgelaufen und habe mit mir selbst geredet. Kein Wunder, dass die Leute denken, ich wäre bekloppt.« Ich stockte. »Warum kann Mathias dich sehen? Weißt du, was er ist? Dasselbe wie Od, oder?«

Arthur sah auf den Kies. »Ich habe eine Vermutung, was er ist. Und ich weiß, was Od ist. Aber es liegt nicht bei mir, dich über sie aufzuklären. Welche *Art* man ist, ist Privatsache. Man spricht nicht hinter jemandes Rücken darüber. Schon gar nicht, wenn die Person es selbst nicht weiß.«

»Ist das so eine Art Gentleman-Agreement für Übernatürliche?«

»So kann man es ausdrücken.«

»Wie heißt ihr? Als Gruppe, meine ich.«

»In der Regel sagen wir, dass wir der verborgenen Welt angehören.«

»Wir?«

»Wir sind mehrere, die auf die ein oder andere Weise ein Teil der verborgenen Welt sind.«

»Lass mich raten: Od, Elias, Ben und Rebecca?«

»Unter anderem. Und auch du selbst.«

»Was ist mit Luna?«

»Sagen wir einfach, du und deine Freunde, ihr seid die nächste Generation, und ihr müsst dasselbe durchmachen wie wir, als wir in eurem Alter waren.« Arthur stand auf. »Komm, du erkältest dich noch.«

Ich versuchte aufzustehen, aber meine Glieder fühlten sich an, als wögen sie hundert Kilo. Arthur wollte mir helfen, doch er hatte keine Kraft im Arm.

»Deshalb bist du also so ein Schwächling?«

»Was meinst du?«

»Du warst nie sonderlich stark. Das fand ich immer ein bisschen peinlich für dich.«

Arthur drückte mir eine Hand ins Kreuz und schob mich nach drinnen. »Eigenlob stinkt bekanntlich, aber ich möchte doch gerne betonen, dass es eine gewisse Stärke erfordert, das Totenreich auf Abstand zu halten und Gegenstände mit reiner Willenskraft zu bewegen.«

»Ha, ha. Sehr witzig.« Ich ging ins Wohnzimmer, stellte den Stuhl wieder auf, der immer noch mit der Lehne auf den Fliesen lag, und setzte mich an den Esstisch, auf dem die Fotos verstreut lagen.

Arthur betrachtete sie. Mit einem bleichen Finger schob er sie auseinander, sodass er die zuunterst liegenden sehen konnte. Er starrte auf ein Foto der Frau mit dem dunklen lockigen Haar. Sie trug die schwarze Jacke, die ich in der Scheune gefunden hatte. In den Händen hielt sie einen Strauß aus Wildblumen, Disteln und verschlungenen Zweigen. Sie blickte barsch in die Kamera, doch in ihren Augen leuchtete etwas. Glück, glaube ich.

»Ist das meine Mutter?«, fragte ich vorsichtig.

Arthurs Augen glänzten. Ob Geister weinen konnten?

»Die Aufnahme wurde am Tag unserer Hochzeit gemacht. Nie zuvor hatte ich eine schönere Frau gesehen. Das habe ich bis heute nicht. Außer dir natürlich.« Er versuchte zu lachen, doch es kam als hohler Laut heraus. »Ich kann vieles von ihr in dir erkennen.«

Ich fasste mir ein Herz. »Ist sie tot?«

Eine Pause entstand. »Nein. Sie ist nicht tot. Aber sie wurde vor vielen Jahren von uns getrennt. Sie hat dich nicht willentlich verlassen.«

»Wie heißt sie?«

»Thora.« Es klang, als täte es Arthur physisch weh, den Namen auszusprechen.

Ich wollte nicht weiter nachbohren, daher wechselte ich das Thema.

»Wo bist du, wenn wir nicht zusammen sind?«

»Meistens bei meinem Körper.«

Ich schluckte.

»Aber ich kann dich immer spüren«, fuhr Arthur fort. »Wie gestern, als du mich gerufen hast.«

Mir wurde etwas klar. »Bist du mein Klebegeist?«

Arthur räusperte sich und schaute weg. Diese Art Geist genoss wohl nicht das beste Ansehen unter den Spukwesen.

»Ich habe mich an dich geheftet, als du mit vier ins Kinderheim kamst. Es ist die einzige Möglichkeit, wie ich dich immer spüren kann. Was glaubst du, wie überrascht ich war, als du mich plötzlich angesprochen hast.« Er lächelte bei der Erinnerung daran. »Du kannst dir nicht vorstellen, wie glücklich es mich gemacht hat – und wie traurig.«

»Warum traurig?«

»Weil deine Fähigkeiten stark sind. Eine solche Gabe zu haben, ist nicht einfach. Und es gab niemanden, der dich anleiten konnte. Ich wusste, du würdest es schwer haben, daher habe ich mich entschieden, mich an dich zu heften, um dich im Auge behalten zu können.«

»Ich habe über Klebegeister gelesen. Sie sind abhängig von Stoffen oder Gefühlen, und sie nähren sich von denen, an denen sie kleben. Als du noch gelebt hast, warst du da drogensüchtig oder so?«

»Ich bin abhängig von einem Gefühl, das ich bei dir nähren kann.«

»Das ist der Grund für mein Temperament. Die Aggression. Und all die Schlägereien. Es ergibt total Sinn.«

Arthur lachte. »Oh nein. Für diesen Teil deiner Persönlichkeit bist du selbst verantwortlich. Und vielleicht deine Mutter. Sie kann recht … Davon erzähle ich dir ein andermal.«

»Welches Gefühl dann?«

Arthur beantwortete die Frage mit seinen warmen grünen Augen. »Rate mal.«

Ich sah aus dem Fenster, während ich mit meinen Emotionen kämpfte. »Ich habe gestern ein Medium getroffen. Sie konnte dich spüren. Sie hat gesagt, sie könnte Klebegeister austreiben.«

Arthurs Miene wurde ernst. »Ulla. Sie ist in Ordnung, aber sie meint, dass alle Geister übertreten sollten. Die meisten Medien teilen diese Ansicht.«

»Was passiert, wenn sie dich austreibt?«

Jetzt stand pure Angst in Arthurs Gesicht geschrieben. »Dann kappt sie das Band zwischen uns. Im Moment fungierst du als Anker, zusammen mit Odinshöhe. Ich bin auch an diesen Ort gebunden.«

»Stimmt ja. Es ist eigentlich dein Haus.« Ich überlegte. »Sonst noch was, das ich über dich wissen sollte?«

»Ähm, ja. Damals, als du von Peter und den beiden Jungs im Wald überfallen wurdest, konnte ich dir nicht helfen.«

»Warst du an dem Tag dort?«

»Ich habe gesehen, wie sie dich verfolgten und schlugen, und ich konnte nichts tun. Der Albtraum eines jeden Vaters. Das hat mich zum Nachdenken gebracht.«

»Mit welchem Ergebnis?«

Arthur räusperte sich erneut. »Ich habe mich entschieden, upzugraden.«

»Was upzugraden?«

»Mich.« Arthur machte eine verlegene Pause, ehe er fortfuhr. »Ich habe mich entschieden, ein Poltergeist zu werden, damit ich Dinge berühren und bewegen kann. Auf diese Weise kann ich dir besser helfen.«

»Wie hast du mir denn jemals geholfen?«

»Wie, glaubst du, bist du an den Baseballschläger gekommen, als Peter dich überfallen hat?«

Okidoki. »Du bist also ein Klebe- und ein Poltergeist ... Wusstest du, dass Peter einen Monat lang im Krankenhaus lag?«

Arthur lächelte schief. »Ich bin vielleicht tot, aber bestimmt kein Engel.«

»Seit wie vielen Jahren freust du dich schon darauf, diesen Spruch abzulassen?«

»Mindestens zehn.« Arthur lachte.

Ich grübelte eine Weile. »Elias hat gesagt, es gäbe einen Pakt, den Ben, Rebecca, Od und jemand von der AMPA unterschrieben haben. Worum geht es da?«

Arthur stieß einen wenig väterlichen Fluch aus. »Der *geheime* Pakt ist nicht mehr so geheim, wenn Elias ihn ausplaudert.«

»Ich glaube, er hat es nur mir erzählt, und ich hab eh kein Wort von seinem Gefasel verstanden«, sagte ich vorsichtig.

»Mach nicht den Fehler zu glauben, du wärst etwas Besonderes für Elias und könntest ihm vertrauen. Das haben schon andere vor dir getan, und es ist sie teuer zu stehen gekommen.«

Über diese Bemerkung würde ich später nachdenken. »Was steht in dem Pakt?«

»Das kann ich nicht sagen. Damit würde ich ihn brechen.«

»Hast du ihn unterschrieben?«

Arthur sah zur Decke. »Ja und nein.«

»Entweder hast du unterschrieben oder nicht.«

Arthur rückte nur zögerlich mit der Sprache heraus. »Der Pakt wurde von deiner Mutter, Ben, Rebecca, Od, Niels Villadsen und einigen anderen unterschrieben, die du nicht kennst.«

»Also hast du nicht unterschrieben.«

Arthur schwieg einen Moment, ehe er antwortete. »Sie haben mit meinem Blut unterschrieben.«

»Kannst du mit Ben und Rebecca reden?«, fragte ich. Hauptsächlich um zu vergessen, was er gerade gesagt hatte.

Arthur schnitt eine verärgerte Grimasse. »Ich hatte im Laufe der Jahre sporadisch Kontakt mit ihnen, aber sie besitzen nicht dieselben Fähigkeiten wie du und Mathias.«

»Aber sie haben welche?«

»Wie gesagt. Diese Dinge erzähle ich nicht weiter.«

»Also stimmt es wirklich, dass die Toten schweigen.«

Arthur zeigte auf sich selbst. »Dieser hier jedenfalls schon.«

»Darf ich Mathias und Luna erzählen, was und wer du bist? Ich werde auch sagen, dass es ein Geheimnis ist.«

Arthur neigte den Kopf. »Du hast meine Erlaubnis.«

»Wie bist du denn gestorben?«, platzte ich heraus.

Zunächst flackerte Arthurs Blick. Dann seine ganze Gestalt. Ich starrte ihn erschrocken an, während er immer durchsichtiger wurde und würgte, als ob er sich übergeben müsste.

»Was ist los?«, rief ich.

Arthur antwortete nicht, sondern sank in die Knie, um dann wie bei einem epileptischen Anfall zuckend auf den Rücken zu kippen.

»Arthur!«, schrie ich und beugte mich über ihn, hatte allerdings nicht den leisesten Schimmer, wie man Erste Hilfe bei Geistern leistete.

Er zuckte ein letztes Mal und verschwand mit einem *Puff*. Ich stand allein in meinem leeren Wohnzimmer.

»Arthur? Komm zurück.«

Um mich herum herrschte Stille. Was war gerade passiert? Hatte ich ihn umgebracht? *Wow, Glanzleistung, Anne.* Überlasst es ruhig mir, meinen bereits toten Vater zu killen. Mit zitternden Händen griff ich nach meinem Handy und wählte die Nummer.

Elias antwortete sofort.

»Guten Morgen. Wie geht es dir heute? Es war ein äußerst prickelndes Erlebnis, dich letzte Nacht in einem bewusst- und machtlosen Zustand ganz für mich allein zu haben. Bis du dich erbrochen und meinen Anzug ruiniert hast.« Er lachte.

»Elias, dafür habe ich jetzt keine Zeit. Wie komme ich in Kontakt mit Ulla?«

»Ulla? Was willst du von ihr?«

»Gib mir einfach ihre Nummer. Sofort!«

»Was bekomme ich dafür?«

»Wie wär's, wenn ich im Gegenzug niemandem erzähle, dass du den geheimen Pakt gebrochen hast, indem du mit mir darüber geredet hast?«

»Ich habe ihn nicht unterschrieben, also bin ich nicht an den Pakt gebunden. Aber woher weißt du auf einmal, dass er geheim ist?«

»Was glaubst du wohl, was ich dir darauf antworte?«

»Vermutlich, dass es mich nichts angeht.« Jemand sprach im Hintergrund, und Elias antwortete gedämpft, ich konnte aber nicht hören, was er sagte. Er kehrte zurück. »Okay, diesmal helfe ich dir gratis. Das nächste Mal kostet es was.«

Erneut waren Geräusche im Hintergrund zu hören.

Eine Frauenstimme sprach in den Hörer. »Hallo?«

Ich stutzte. »Ulla?«

»Ja, mit wem spreche ich?«

»Hier ist Anne Sakarias. Was machen Sie bei Elias?« Ich unterbrach mich. »Vergessen Sie's. Geht mich nichts an.«

Ullas schrilles Lachen gellte mir ins Ohr.

»Nein, nein. Ich bin glücklich verheiratet. Ich bin rein geschäftlich hier. Was kann ich für dich tun? Soll ich deinen Klebegeist austreiben?« Sie klang hoffnungsvoll.

Ich keuchte entsetzt. »Nein. Auf keinen Fall. Ich muss Sie etwas fragen. Ich weiß nicht so genau, welche ungeschriebenen Regeln es dafür gibt, über solche Dinge zu sprechen, aber es ist ziemlich dringend, also frage ich einfach direkt, okay?«

»Prima. Sowohl Lebende als auch Tote, die frei von der Leber weg reden, sind mir am liebsten.«

»Wenn man mit einem Geist spricht ...«

»Jaaaa?«

»... und dieser Geist auf einmal durchsichtig wird, würgen muss, Krämpfe bekommt und zum Schluss verschwindet. Was ist dann passiert?«

Am anderen Ende der Leitung war es eine ganze Weile still.

»Hallo, sind Sie noch da?«, fragte ich.

»Ja, ich bin hier. Bist du ein Medium?«

»Nein, ich bin hellsichtig. Vergangenheitshellsichtig. Offenbar ist er der Einzige, mit dem ich reden kann.«

»Hm. Dann verstehe ich. Worüber hast du mit dem Geist gesprochen?«

Jetzt war ich diejenige, die schwieg, während ich überlegte, wie viel ich ihr verraten sollte. »Wir haben über seine Vergangenheit geredet. Und dann habe ich gefragt, wie er gestorben ist.«

Am anderen Ende erklang ein empörtes Schnauben. »Das hast du nicht!«

»Darf man das nicht?«

»Nein, danach fragt man einen Geist nicht. Niemals direkt. Sie mögen vielleicht fast wie normale Menschen erscheinen, aber selbst die Ausgeglichensten von ihnen sind zutiefst traumatisiert. Sie können zwar darüber sprechen, *dass* sie tot sind, aber nicht darüber, wie der Tod sie ereilt hat. Für die meisten kommt der Tod als Schock.«

»Kann ich mir vorstellen. Habe ich ihn umgebracht?«

»Nein, nein, Süße. Er ist ja schon tot. Aber er braucht eine Weile, um sich zu beruhigen.«

»Was ist mit ihm passiert?«

»Jetzt wird es ein wenig technisch, aber wenn ein Verstorbener mit seinem eigenen Tod konfrontiert wird, spürt er den Tod erneut eintreten. Es fühlt sich recht physisch für sie an, obwohl sie in Geistform sind.«

»Igitt.« *Tut mir leid, Arthur.* »Kann ich etwas tun, um ihm zu helfen?«

»Lass ihn ausruhen. Er wird sich für zwei oder drei Wochen in seine irdischen Überreste zurückziehen.«

Ich wollte nicht darüber nachdenken, dass Arthurs Leiche irgendwo da draußen lag.

»Danke.«

»Gern geschehen, meine Liebe. Wenn du das nächste Mal mit ihm sprichst, versuch ihn zu überreden, zur anderen Seite überzutreten. Es ist nicht vorgesehen, dass sie hierbleiben. Früher oder später geht es immer schief.«

Nie im Leben!

»Mache ich.«

Wir beendeten das Gespräch, und ich ließ mich schwer auf die Küchenbank sinken. Nach einer kurzen Denkpause stand ich auf und ging die Fotos durch. Ich fand eines, auf dem Rebecca, meine Mutter, Ben und Arthur beisammenstanden. Den leicht mürrischen Ausdruck meiner Mutter kannte ich von mir selbst. Arthur lachte breit, und Rebecca lächelte engelsgleich. Ich steckte das Bild in die Tasche und eilte los.

Als ich mit schnellen Schritten über das Feld zu Lunas Haus lief, die Kapuze der Regenjacke eng über den Kopf gezogen, war der Nebel zu einem Nieselregen geworden, der sich als feine Tröpfchen auf mein Gesicht legte. Ich drehte mich um und sah die Umrisse von Odinshöhe, die beinahe vollkommen im Dunst verborgen lagen. Das Haus auf der Hügelkuppe war kaum zu erkennen.

Ich hämmerte gegen die Tür und betrachtete dabei das Schlangenband, das nach den Ereignissen der letzten vierundzwanzig Stunden nicht mehr ganz so verrückt wirkte. Ben öffnete. Das Weiße in seinen Augen schimmerte wie poliertes Elfenbein.

»Komm rein«, sagte er mit seiner tiefen Bassstimme. »Soll ich Luna rufen?«

»Eigentlich wollte ich mit dir reden. Mit euch beiden, um genau zu sein, falls Rebecca da ist.«

Bens Lippen wurden zu einer unheimlichen Grimasse, die sicher als Lächeln gemeint war. Er führte mich ins Wohnzimmer, wo Rebecca an dem großen Webstuhl saß und arbeitete. Als sie mich sah, stand sie auf.

»Liebste Anne Stella. Willkommen.«

»Das *liebste Anne* kannst du dir sparen.« Ich ging zum Esstisch und knallte das Foto darauf. Mit einem Finger schob ich es ihr hin. Ben kam dazu und schaute auf das Bild. Sein Gesicht war schwer zu lesen, doch Rebeccas Augen füllten sich mit Tränen.

»Deine Eltern.« Ihre Stimme brach.

»Erzählt«, sagte ich kurz. »Ich bin bereit.«

»Ich weiß nicht, wie ich es sagen soll.« Rebecca tupfte sich die Tränen weg. »Deine Mutter ist an einem Ort, den sie nicht verlassen kann. Und dein Vater …«

Ich sah die beiden kühl an. »Mein Vater ist mausetot. Hat ins Gras gebissen. Den Löffel abgegeben. Ich weiß.«

Rebecca riss die Augen auf. »Woher weißt du das?«

»Das braucht euch nicht zu kümmern. Ihr sollt mir einfach nur erklären, was zur Hölle hier vorgeht.«

Ben sah mich ruhig an. »Was möchtest du wissen?«

»Ich gebe euch ein paar Stichwörter. Pakt, Gefahr eines Blutbads und, ach ja, nicht zu vergessen, das Blut meines Vaters als Tinte benutzt.«

Sie sahen mich schweigend an. In Rebeccas blauen Augen stand Entsetzen geschrieben, doch Ben verzog keine Miene. Dann sagte er: »Das dürfen wir nicht preisgeben, wir sind mit Blut daran gebunden.«

»Mit dem Blut meines Vaters?«

»Unter anderem.« Seine Stimme gab keinerlei Gefühle zu erkennen.

Rebeccas Stimme dagegen war dünn. »Weiteres Blut würde fließen, wenn wir darüber sprechen.«

»Vielleicht brauchst du gar nicht zu sprechen.« Ich schleuderte meine Spezialfähigkeit auf sie.

Ben hob die Hand, und eine Kraft schoss daraus hervor. Sie rammte mich wie eine Hitzewelle am Brustkorb und warf mich zurück. Der Luftstoß wehte das Foto vom Tisch, und ich landete auf dem Boden.

»Halte dich fern von meiner Frau«, dröhnte Ben und türmte sich vor mir auf.

»Was seid ihr?«, fragte ich atemlos.

Wie beim letzten Mal, als ich gefragt hatte, kamen sie nicht dazu, zu antworten, denn Luna unterbrach uns. Sie war ins Wohnzimmer gekommen.

»Was meinst du damit, was sie sind?« Sie nahm meine Hand und zog mich hoch. »Und was machst du da unten?«

Ich kam auf die Beine und hob das Foto auf.

»Dein Vater«, begann ich.

Rebecca sah mich flehentlich an. Dem Anschein nach hatten sie auch ihrer Tochter das eine oder andere Detail verschwiegen.

»Deinem Vater ist das hier runtergefallen.« Ich wedelte mit dem Foto. »Ich habe es gesucht.«

Luna kaufte mir die Erklärung ab und besah sich das Bild.

»Das sind deine Eltern. Aber dieses Bild habe ich noch nie gesehen. Heißt das, du möchtest jetzt etwas über sie erfahren?«

»Ich habe es in der Scheune gefunden. Hast du übrigens deiner Mutter das Notizbuch gege…«

Luna legte schnell den Arm um mich und drehte mich schwungvoll herum, ehe ich den Satz beenden konnte.

»Wir müssen los«, sagte sie und zog mich in den Flur. »Tschü-üs.«

Ben und Rebecca sahen uns hinterher und lehnten sich, wie beim ersten Mal, als ich sie gesehen hatte, gegenseitig an ihre Kraftfelder.

»Wohin wollen wir?«, fragte ich verwirrt.

»Wir haben doch heute Schicht im Frank's.«

Verdammt. Ich hatte total vergessen, dass ich arbeiten musste.

Luna zog ihre Stiefel an. »Frank hat angerufen und gefragt, ob wir früher kommen können. Die ganze Stadt feiert, dass der Mörder gefasst wurde und dass die Mädchen wieder rote Haare haben und sich sicher fühlen können. Heute Abend gibt es ein Happening, hab ich im Internet gelesen. Hast du's auch gesehen?«

»Ich bin nicht auf den sozialen Medien«, sagte ich genervt.

»Tja, der Rest der Welt jedenfalls schon. Und wie es aussieht, hat der Rest der Welt vor, heute Abend ins Frank's zu kommen, wir sollten uns also besser beeilen.«

»Fühlst du dich fit genug, um zu arbeiten?«, fragte ich vorsichtig.

»Es war schrecklich«, sagte Luna. »Ich sehe immer wieder vor mir, was passiert ist.« Sie schlüpfte in eine rote Regenjacke mit weißen Punkten. »Aber ich habe mit Mathias darüber geredet, das hat mir geholfen.«

Draußen holte sie ihr verrostetes Lastenrad aus der Scheune.

»Spring rauf«, sagte sie.

Ich setzte mich auf die Ladefläche zwischen Vorderrad und Lenker und zog die Beine unter die Regenjacke, um keine nasse Hose zu bekommen. Luna manövrierte das riesige Fahrrad den Feldweg hinunter.

»Gibt's was Neues seit letztem Mal?«

»Ich hab total den Überblick verloren«, antwortete ich. »Lass mal sehen. Morgen muss ich meiner Sozialarbeiterin erklären, dass ich weder eine Sexorgie noch eine Drogenparty in meinem Haus veranstaltet habe und dass ich nach wie vor allein in Odinshöhe wohne. Die Polizei, mit Ausnahme von Hakim, der im Grunde bloß eine studentische Hilfskraft ist, glaubt, die Morde an rothaarigen Mädchen wären Geschichte, aber heute Morgen hatte ich wieder die Vision, der Mord steht also nach wie vor auf dem Plan. Und wo wir schon bei Hakim sind: Er weiß, dass ich gestern in dem Sommerhaus war. Dann habe ich rausgefunden, dass mein Vater tot und meine Mutter irgendwo gefangen ist. Gestern habe ich Ods Aura gesehen, und ich bin ziemlich sicher, dass er und Mathias das Gleiche sind – was auch immer das ist.« Während der Aufzählung hatte ich für jeden der Problempunkte einen Finger in die Höhe gestreckt. Jetzt senkte ich die Hand und ballte die Faust. »Aber das Schlimmste ist, dass Varnar morgen zum Abendessen zu mir kommt.«

»Ich wusste das mit deinem Vater«, sagte Luna. »Ich hätte es dir gesagt, aber du wolltest ja nichts hören. Es tut mir leid. Woher weißt du, dass er tot ist?«

»Er hat es mir erzählt.«

»Wer?«

»Mein Vater.« Ich wandte mich halb zu ihr um und sah sie an.

Ihre Stirn kräuselte sich. »Dein Vater hat dir erzählt, dass er tot ist?«

»Jepp.« Ich wischte mir die Regentropfen aus dem Gesicht. »Wie sich herausgestellt hat, ist Arthur in Wirklichkeit mein verstorbener Vater. Durch meine Hellsichtigkeit kann ich ihn sehen und mit ihm reden.«

Luna nahm es überraschend gelassen. »Ich hab ja gesagt, dass es Geister gibt.«

»Du findest es kein bisschen unheimlich, dass ich mit meinem toten Vater rede?«

Sie zuckte mit den Achseln. »Im Asenglauben ist es unsere Überzeugung, dass man, wenn man stirbt, entweder nach Walhall, Folkwang oder Helheim kommt. Manchmal haben die Seelen einen Grund, in unserer Welt zu bleiben. Der Tod ist kein Ende, sondern ein Portal, um weiterzukommen.«

»Echt jetzt?« Ich konnte mir ein höhnisches Grinsen nicht verkneifen. »Er hat übrigens auch gesagt, dass sie Kontakt zueinander haben. Deine Eltern und er.«

Luna richtete sich im Sattel auf. »Wirklich?«

»Hast du sie jemals gefragt, ob sie sich heimlich mit übernatürlichen Dingen beschäftigen?«

»Nein, ich glaube, sie sind ziemlich normal.«

»Luna. Deine Eltern sind nicht mal ansatzweise normal.«

»Nicht? Inwieweit sind sie anders als andere Eltern?«

»Normale Eltern hier in der Gegend sind Handwerker oder Büroangestellte. Die Väter tragen keine roten Lederhosen und Batikhemden, und die Mütter hängen kein Essen in die Bäume. Und das sind nur die Äußerlichkeiten. Sie fühlen sich auch anders an.«

»Du meinst ihre Aura?«

»Ja«, sagte ich und blickte auf die nassglänzende Landstraße. Der Regen hatte nachgelassen, allmählich lichteten sich die grauen Wolken am Himmel, und Blau schimmerte durch. »Sie sind ganz sicher anders. Ich weiß nur nicht, wie. Arthur wollte es mir nicht sagen. Man spricht nicht hinter dem Rücken anderer über deren Fähigkeiten, bla, bla, bla.«

Luna bog in die Bredgade ein. »Ich frag sie einfach. Auch nach den Schlangen auf deinem Kleid und wie ich den Mörder in Brand gesetzt habe, damit er mich nicht vergewaltigen konnte.«

Ach so, ja. Nebensächliche Details.

»Luna«, sagte ich. »Du darfst es ihnen nicht erzählen. Anscheinend gibt es da einen Pakt, den sie mit dem Blut meines Vaters unterschrieben haben, und darin steht …« Ich hielt inne. »Eigentlich weiß ich nicht wirklich, was dort festgehalten ist. Aber Elias hat sehr eindringlich darauf bestanden, dass wir weder deinen Eltern noch Od oder Niels Villadsen von dem Wilden erzählen dürfen. Das würde angeblich zu Blutvergießen führen oder so.«

»Was?«, sagte Luna. »In was bei Hel sind sie da verwickelt?«

»Hab versucht, sie zu fragen.« Ich imitierte Bens tiefe Stimme. »Das dürfen wir nicht preisgeben, wir sind mit Blut daran gebunden.«

Ich drehte mich zu ihr um und rollte dramatisch mit den Augen.

»Ha«, machte Luna. »Das klingt nach ihm.«

»Wie gesagt, ich hab den Überblick verloren.«

Luna schnaufte, während sie in die Pedale trat. »Was hast du da übrigens über Varnar gesagt?«

Mein Magen zog sich zusammen. »Er kommt morgen zum Abendessen. Um zu reden.«

»Uhuuuu«, flötete Luna. »Worüber wollt ihr denn reden?«

»Keine Ahnung. Ich bin total in Panik, weil ich was für ihn kochen muss.«

Luna machte eine Vollbremsung, und ich flog beinahe vom Fahrrad.

»Willst du mir etwa sagen, deine größte Sorge im Moment ist, dass du dem Typ, auf den du stehst, nichts kochen kannst?«

Ich presste die Lippen aufeinander. »Ja.«

Lunas Zähne blitzten auf, und sie lächelte warm. »Du bist echt verknallt in Varnar, oder?«

Ich nickte. »Aber zwischen uns läuft es immer schief. Jetzt ist er wütend auf mich.«

»Ja, Mathias hat es erzählt. Aber er würde doch nicht andauernd auftauchen, wenn er nicht auch irgendetwas fühlen würde.«

»Stimmt, er hat die Angewohnheit, immer in der Nähe zu sein, wenn ich Hilfe brauche.«

»Na gut, dann mache ich es.«

»Du machst *was?*«

»Kochen natürlich.« Sie setzte das Fahrrad wieder in Bewegung.

Frank umarmte uns, als wir ankamen. Die Bar war bereits gefüllt und das gesamte Personal zur Arbeit gerufen worden.

»Was bin ich froh, euch zu sehen.« Die tiefen Fältchen umkränzten seine Augen, und Erleichterung umgab ihn wie eine Wolke. Ich konnte nicht klar erkennen, ob die Aussicht auf einen fantastischen Umsatz oder die Gefangennahme des Wilden der Anlass war. Vielleicht beides.

»Ihr könnt euch nicht vorstellen, wie viel hier los ist.« Er strich sich über das pomadige Haar. »Gebt ihr mir die Nummer von eurem Kumpel Mathias? Dann frage ich ihn, ob er als Barkeeper einspringen will. Er hat schon mal in einem Café gearbeitet, oder? Und er ist über achtzehn?«

Luna nickte, bevor ich sie stoppen konnte. »Ich schicke dir seine Nummer.«

Ich wusste nicht, ob Mathias wirklich jemals in einem Café gearbeitet hatte oder ob es nur eine Coverstory war, aber da musste er sich selbst rauswinden.

»Na, dann hopp, an die Arbeit!«, befahl Frank mit gespielt barschem Ton. Er zwinkerte uns zu, und wir hasteten los.

Ich hatte noch nie im Leben so viel zu tun gehabt. In irrem Tempo hackte ich, spülte ab und räumte Geschirr weg. Luna und die anderen Bedienungen stürzten durch die Schwingtür und wieder hinaus und lieferten volle Tabletts und Bestellungen ab. Milas und ich arbeiteten wie Roboter am Fließband und kamen wie durch ein Wunder hinterher. Inmitten all des Chaos schleppte Frank ein leeres Fass herein.

»Hast du Mathias erreicht?«, fragte ich.

»Ja. Er kommt später. Gerade hilft er seiner Mutter bei irgendeinem Projekt.«

»Was machen sie?«

»Keine Ahnung, und es ist mir auch egal. Solange er nachher kommt und mithilft.« Er verschwand wieder.

Nach einigen Stunden kam Luna in die Küche. »Jetzt geht's los.«

»Was geht los?«

»Du solltest dir wirklich ein Profil in den sozialen Medien anlegen. Dann wüsstest du, was um dich herum passiert.«

»Ich glaube, dazu braucht es mehr als ein Profil im Internet.«

Sie griff meine Hand, zog mich aus der Küche und durch die Bar, die auf einmal wie leer gefegt war. Sie blieb stehen. »Da draußen sind recht viele Leute. Hast du etwas von dem Zeug, das Elias dir gegeben hat?«

Ich hatte die Ampulle mit der Kornrade immer in der Tasche, also zog ich sie heraus, träufelte einen Tropfen auf meinen Finger und leckte ihn ab. Mein Körper entspannte sich augenblicklich, und mir wurde klar, wie sehr ich sonst immer die Vergangenheit spürte.

Draußen hatten sich die Leute entlang der Hauptstraße aufgestellt. Es dauerte einen Moment, bis mir auffiel, dass die Menge praktisch ausschließlich aus Männern bestand. Luna schleifte mich durchs Gedränge, und ich stolperte hinter ihr her.

Als wir um die Ecke bogen, sah ich, woran Mathias und seine Mutter gearbeitet hatten.

In den kleineren dänischen Gemeinden ziehen gemeinsame Krisen gerne Fackelzüge nach sich, und genau so einen erblickten wir, als wir um die Ecke zur Grønnegade bogen. Man sollte den Zusammenhalt in der Bevölkerung nicht unterschätzen – vielleicht zeigen die Leute mit dem Finger auf andere und verurteilen sich gegenseitig, aber wehe, ein Außenstehender kommt daher und stört den Frieden. Wie etwa ein geistesgestörter Mörder mit einer Vorliebe für rothaarige Mädchen.

Aber es waren nicht die unzähligen, in der Abenddämmerung leuchtenden Fackeln, die mich staunen ließen. Es war der Anblick Hunderter Frauen, jung und alt, dick und dünn, groß und klein. Jede von ihnen hatte rote Haare. Luna blickte auf sie.

»Das alles wurde an nur einem Tag auf die Beine gestellt. Wer sich nicht getraut hat, es selbst zu machen, konnte sich bei Mathias' Mutter kostenlos die Haare färben lassen.«

Ich sah eine kleine, hübsche Frau mit zum Anlass passend karottenrot gefärbten Locken herumflitzen. Ihre Augen glichen denen von Mathias. Sie glättete, kämmte, steckte Haarklammern fest und unterhielt sich nach allen Seiten.

»Manche haben Perücken auf, aber alle sind rothaarig«, erklärte Luna. »Es ist zum Gedenken der toten Mädchen und ein Signal, dass der Mörder gescheitert ist.«

Ich sah, dass mehrere Leute Bilder der Mädchen trugen.

In diesem Moment schloss sich Mathias uns an.

»Hey, Anne. Ist es nicht cool?«

»Doch, ziemlich beeindruckend.« Normalerweise hegte ich keine warmen Gefühle für meine Mitbürger, aber irgendetwas an dieser gemeinsamen Aktion rührte mich.

»Ich hab was für dich mitgebracht.« Mathias nahm meine Hand und zog mich zu einem provisorischen Friseurtisch. Er öffnete eine Schachtel.

»Auf keinen Fall. Das mache ich nicht.« Ich wich zurück, doch er hielt mich fest.

»Komm schon, sei doch ein Mal bei einer gemeinsamen Sache dabei.« Er zog einen Stuhl für mich heraus und bedeutete mir, mich zu setzen.

»Vergiss es.« Ich wollte die Flucht ergreifen, doch eine Wolke der Überredung traf mich im Nacken. Ich wirbelte herum und funkelte Luna wütend an. »Lass das gefälligst.«

Sie grinste mich an, während ich machtlos Platz nahm und mir von Mathias die rote Perücke aufsetzen ließ. Als er fertig war, musterte Luna mich prüfend.

»Die roten Haare stehen dir wirklich gut. Viel besser als das Schwarz.«

Mathias nahm ihre Hand. »Ich muss jetzt rüber zu den Männern. Der Umzug ist ja nur für Frauen.«

Jemand drückte mir eine Fackel in die Hand, und schon marschierten wir los. Ich glaube, es war noch nie so still auf der Hauptstraße wie an diesem Abend, als die rothaarigen Frauen zu Hunderten mit ihren Fackeln loszogen. Selbst mit der Kornrade spürte ich, dass die Luft schwer von Gefühlen war. Die Gesichter der Frauen leuchteten im Schein der Fackeln, und entlang der Straße standen mehrere Leute, die ich kannte. Klein-Mads und Eivind schauten ehrfürchtig zu, und selbst Suzuki-Ib und Niller aus meiner Klasse hatten ernste Gesichter. Ganz hinten stand Hakim. Seine Miene war besorgt, als er zu mir herüberblickte.

Der Zug endete auf dem Platz vor Frank's Diner, wo ein kleines Podium aufgebaut war. Die Bürgermeisterin hielt eine Rede, und auch sie hatte ihre sonst braunen Haare rot gefärbt. Jemand stellte sich dicht hinter mich und umschlang meine Taille.

»Was machst du hier?«, fragte eine Frauenstimme nahe an meinem Ohr. Sie klang sowohl leidenschaftlich als auch verzweifelt. Ich drehte mich um, ihre Arme blieben jedoch auf meiner Taille liegen. Ihr Gesicht war nur Millimeter von meinem entfernt, und ich starrte direkt in ein Paar braune Augen, die mich mit wildem Verlangen ansahen. Für eine Sekunde dachte ich, sie wollte mich küssen. Ich schubste sie weg.

»Aella, was soll das? Wieso grapschst du mich an?«

Ein Meer von Gefühlen flog über ihr Gesicht, und hätte ich

keine Kornrade genommen, hätte ich sie deuten können. So allerdings war ich ratlos. Sie ließ mich los und trat einen Schritt zurück.

»Ich dachte, du wärst jemand anders.« Sie zwirbelte eine Strähne des roten Perückenhaars zwischen den Fingern.

Ich schob ihre Hand weg. Aella drehte sich um und verschwand in der Menge.

Was war das denn bitte? Ich eilte zurück in die Küche und zu Milas. Als er mich sah, lächelte er, wie er es sonst nur selten tat.

»Anne«, sagte er mit seinem schweren Akzent. »Du siehst hübsch aus mit den roten Haaren. Ich bin so froh, dass ihr Mädchen euch wieder sicher fühlen könnt. Ihr seid zu jung, um Angst um euer Leben zu haben.«

Ich nahm die Perücke ab. Mir schauderte beim Anblick der roten Haare, die über meine Schultern wallten.

In den nächsten Stunden hatten wir wieder alle Hände voll zu tun. Die Bar war proppenvoll, und Frank hatte eine Band engagiert, deren Musik den Boden beben und die Fensterscheiben zittern ließ. Mathias stand mit Frank und Lars-Ole, dem anderen Barkeeper, hinter der Theke. Bei einem der Male, als ich die Küche verließ, fiel mir auf, dass die Schlange bei Mathias die mit Abstand beliebteste war. Ich bedeutete ihm per Zeichen, dass ich mit ihm reden wollte. Er folgte mir in den Hinterhof, wo ich ihn kurz auf den neuesten Stand brachte.

Seine blauen Augen schimmerten leicht. »Ich kann Geister sehen?«

»Offensichtlich.«

»Wow.« Mathias fuhr sich durch sein dichtes, honigfarbenes Haar. »Und Arthur, ich meine, dein Vater, glaubt, ich wäre so ähnlich wie Od?«

»Nein, ich glaube, du bist das Gleiche wie Od. Aber besser, du fragst ihn selbst.«

Mathias nickte. »Kommst du mit?«
»Na klar.«

Nachdem wir die Küche geschlossen hatten, ging ich in die Bar. Die Kornrade machte es erträglich, also lehnte ich mich gegen den Tresen und lauschte der Band. Die Leute tanzten auf der winzigen Tanzfläche. Frank wirbelte Luna herum, und ich bewunderte, wie gewandt er trotz seines Alters noch war. Mathias erschien neben mir, nahm meine Hand und zog mich auf die Tanzfläche.

»Nein, nein, nein.« Ich schüttelte hektisch den Kopf. Ich hatte noch nie in der Öffentlichkeit getanzt.

»Komm schon, Anne«, lockte er mich. »Auch wenn du's nicht glaubst, aber man darf ruhig mal Spaß haben.«

Mit seiner übermenschlichen Kraft zog er mich mit sich, und ich ergab mich der Musik. Als Luna uns entdeckte, jauchzte sie und warf einen Arm um jeden von uns. Frank lachte uns an und tanzte mit Elvis-Schritten zurück zum Tresen. Luna, Mathias und ich hüpften vor der Bühne herum. Zum ersten Mal in meinem Leben tanzte und sang ich mit Freunden. Es war ein Abend, der zu Freude und Optimismus einlud.

Nur schade, dass es für sehr lange Zeit der letzte war.

KAPITEL 19

Grethe klickte auf die Maus, während sie mit ihrer freien Hand die Brille nach oben schob. Ich saß auf der Stuhlkante, und mir war der kalte Schweiß ausgebrochen, während ich auf das Urteil wartete. Sie schwang sich auf dem Bürostuhl herum und sah mich mit ihren Mausaugen an.

»Ich habe lange über das nachgedacht, was ich gestern bei dir gesehen habe.« Die Erinnerung an Varnars Bauchmuskeln und den beinahe nackten Mathias flackerten in ihrer Vergangenheit auf.

Ja, darüber hast du sicher gründlich nachgedacht.

»Und ich bin zu dem Ergebnis gekommen«, Grethe legte eine dramatische Pause ein, in der ich die Luft anhielt, »dass ich es nur schwer rechtfertigen kann, dich weiter allein in dem Haus wohnen zu lassen.«

»Es war nicht das, wonach es aussah.«

Grethe lächelte zuckersüß. »Wie war es dann? Erklär es mir. Ich möchte gern deine Seite der Geschichte hören.«

Verzweifelt versuchte ich, eine Erklärung zu finden, die nicht zu unrealistisch klang. »Meine Freunde haben übernachtet. Aber es war das erste und einzige Mal.«

»Warum haben sie bei dir übernachtet?«

»Wir waren auf einem Fest.« Die Wahrheit.

Grethe kramte in ihrer Tasche und holte eine Zeitung heraus. Sie blätterte darin und zeigte mir eine Schlagzeile. *Mordverdächtiger in der Nähe von berühmtem Herbstball festgenommen.* Auf einem Foto war Hakim neben einer Trage zu sehen. Die Person, die darauf lag, war unkenntlich gemacht worden, doch es handelte sich offensichtlich um den Wilden. Darunter befand sich ein kleineres Foto von Od und mir. *Herbsttagundnachtgleiche-Ball im Bootsmann in Nordjütland*, lautete die Bildunterschrift. Grethe hielt mir die Zeitung vors Gesicht.

»Ein Fest? Du warst auf einer der größten Veranstaltungen des Jahres, und du hast den Gastgeber begleitet, der, soweit ich informiert bin, über dreißig Jahre alt ist.

Plus ein paar Hundert.

»Es war nicht auf diese Art. Es war kein Date.«

»Was war es dann?«

»Ein Tauschhandel«, rutschte es mir heraus. *Ups*. Grethes dünne Augenbrauen schossen in die Höhe, und ich hob abwehrend die Hände. »Nicht so ein Tauschhandel. Er kennt meine Eltern. Und Ben und Rebecca.«

»Ganz in der Nähe wurde ein Mörder festgenommen.«

»Das hat doch nichts mit mir zu tun.« *Jedenfalls nicht, soweit du weißt.*

»Die beiden anderen Männer, die ich bei dir gesehen habe. Woher kennst du sie?«

»Mathias ist mit meiner Freundin Luna zusammen. Und der andere ist mein Nachbar.«

»Warum lag dein Nachbar in deinem Bett?«

Das geht dich überhaupt nichts an, Grethe!

»Woanders war kein Platz«, sagte ich.

Grethe fragte nicht weiter nach Varnar. »Wie gut kennst du Mathias Jarl Hedskov?«

»Er ist einer meiner besten Freunde.«

»Wusstest du, dass er angeklagt wurde, weil er auf jemanden geschossen hat?«

»Er wurde freigesprochen«, verteidigte ich ihn.

»Mhm.« Grethe tippte etwas in den Computer, ehe sie fortfuhr: »Deine Freundin, Luna Sekibo, hat einen Elias erwähnt, der euch etwas gegeben haben soll. Ich hoffe doch schwer, damit waren keine Drogen gemeint?«

Oh doch, mystische und in einem Spezialverfahren hergestellte Drogen.

»Nein, auf keinen Fall. Er hat uns von seinem selbst gebrannten Johannisbeerschnaps gegeben.«

»Schnaps.« Ein leichtes Stirnrunzeln verriet, dass Grethe mir kein Wort glaubte. »Musstest du dich deshalb übergeben?«

Ich nickte stumm.

»Wer ist dieser Elias?«

»Er arbeitet für Od Dinesen.«

»Und wie ist deine Beziehung zu ihm?«

»Ich habe keine Beziehung zu ihm. Ich finde ihn total nervig.« Das war jedenfalls nicht gelogen.

»Was ist mit der Polizei? Ich habe nicht nur Hakim Murr bei dir zu Hause getroffen, sie haben mir außerdem mitgeteilt, dass sie dich verhört haben.«

»Sie haben eine Menge Leute verhört.«

»Sie sagten, du wärst nicht gerade kooperativ gewesen.«

»Bin ich das jemals?«

Ein kurzes Lächeln flog über Grethes Lippen, ehe sie mich weiter mit Fragen bombardierte. »Warum hatte Luna Blut auf ihrem Kleid?«

»Wir sind hingefallen.« Ich breitete die Arme aus.

»Alle zusammen?«

»Äh, ja.« Ich merkte selbst, dass das nicht sonderlich überzeugend klang.

»Wie viel bedeutet es dir, in dem Haus zu wohnen?«

»Alles. Es bedeutet mir alles.«

»Dann wirst du dich mehr anstrengen müssen.«

»Das tue ich doch. Ich arbeite. Ich gehe in die Schule. Vor zwei Wochen habe ich fünfzehn Punkte für eine Hausaufgabe bekommen. Ich habe Freunde gefunden. Vielleicht nicht genau die

Freunde, die du gut fändest, aber ich habe welche.« Ich war bereit, auf die Knie zu gehen und zu betteln.

Zum Glück war das nicht notwendig, denn Grethes Züge entspannten sich.

»Du bekommst noch eine Chance.«

Erleichtert atmete ich auf. »Danke.«

»Aber solltest du es nicht schaffen, dann geben wir das Haus zum Verkauf frei. Wir wurden schon von einem potenziellen Käufer kontaktiert, der bereit ist, es sofort zu kaufen.«

Ich starrte sie schockiert an. »Das könnt ihr doch nicht machen. In drei Monaten bin ich volljährig, dann kann ich mit dem Haus tun, was ich will.«

»Bis dahin können wir zu dem Schluss kommen, dass es am sinnvollsten ist, es zu verkaufen. Es ist nur zu deinem Besten. Wir versuchen derzeit, die Anzahl an sozial Benachteiligten in der Kommune zu verringern.«

»Ich bin doch nicht sozial benachteiligt.«

Grethe schob erneut die Brille auf die Nase. Hinter den Gläsern wirkten ihre Augen mild. »Ich wünsche mir nur, dass du in der Spur bleibst. Es ist mein Ziel, dich auf den richtigen Weg zu bringen, bevor du ganz auf eigenen Beinen stehst. Egal, was dazu nötig ist.«

Grethe saß am längeren Hebel, also nickte ich nur.

»Ich werde keine Probleme machen.«

Ich trottete vom Sozialamt zum Diner, wo ich Mathias vor und Luna hinter der Theke antraf. Mathias biss gerade in einen Burger und winkte mir fröhlich zu. Etwas mürrisch kletterte ich auf einen Barhocker.

»Was ist los mit dir?«, fragte Luna.

Ich schilderte ihr mein Gespräch mit Grethe.

»Das können sie doch nicht machen. Es ist dein Haus.«

»Sie haben schon immer alles Mögliche über meinen Kopf hinweg entschieden. Also dürfen sie wohl auch mein Haus verkaufen.« Mir kam ein Gedanke. »Arthur ist an Odinshöhe gebunden. Was, wenn jemand das Haus kauft und es abreißt?«

»Immer mit der Ruhe.« Mathias klopfte mir auf die Schulter. »Warum sollte das passieren?«

Ich schüttelte seine Hand ab. »Grethe hat in deiner Vergangenheit herumgeschnüffelt und die schlimmsten Schlüsse daraus gezogen.«

»Verdammt. Ich hatte gehofft, dass niemand in dieser Stadt es herausfinden würde.«

Ich stand auf. »Ich hau wieder ab. Wollte nur schnell mein Fahrrad holen.«

Mathias erhob sich ebenfalls. »Ich helfe dir. Mit dem Vorderrad kannst du es nicht schieben.«

»Anne, ich komme so um fünf bei dir vorbei«, sagte Luna.

»Warum kommt Luna heute zu dir?«, fragte Mathias, als wir im Hinterhof standen. Er hob mein verbogenes Fahrrad mit einer Leichtigkeit an, als wäre es aus Styropor.

Verlegen gab ich zu, dass sie für mich kochen würde.

Mathias' Miene erhellte sich zu einem Lächeln. »Klingt gut.«

Wir machten uns auf den Weg zu Ravnssteds einzigem Fahrradhändler, Fahrrad-Timmy. Mathias brachte mein Rad zur Ablieferstation hinter dem Laden, während ich schon mal hineinging. Timmy stand persönlich hinter dem Tresen und schraubte an einem Fahrrad, das an Ketten von der Decke hing. Seine Tattoos reichten von seinem kahlen Schädel bis zu den Handgelenken, und in der Stadt rankten sich Gerüchte um seine dunkle Vergangenheit.

»Was kann ich für dich tun?«

»Hinten im Hof steht ein rotes Herrenrennrad. Das Vorderrad ist verbogen und der Hinterreifen zerstochen, da müssten Schlauch und Mantel erneuert werden.«

Timmy nickte und notierte sich alles auf einem Zettel.

»Weißt du, wer es war?« Er sah noch immer auf den Zettel, doch auf seiner Glatze bildeten sich zornige Furchen.

Beim Gedanken, dass dieser Mann Fahrräder offensichtlich lieber mochte als Menschen, musste ich schmunzeln. »Keine Ahnung.«

Mathias kam in den Laden, und auf einmal sah ich in Timmys Aura Wiedererkennen aufblitzen. Es wurde von etwas anderem abgelöst. Erwartung? *Eigenartig*. Mathias schien ihn nicht zu kennen, also dachte ich nicht weiter darüber nach. Ich konnte nicht ständig neue ungelöste Rätsel zu meiner Liste hinzufügen.

»Du kannst es am Mittwoch abholen«, sagte Timmy und reichte mir einen Zettel.

Draußen trennten sich Mathias' und meine Wege. Er hatte Frank versprochen, am Abend eine Schicht zu übernehmen.

»Sind wir jetzt Kollegen?«, fragte ich.

»Ja, Frank hat mich eingestellt. So kann ich auch mit Luna zusammenarbeiten.«

»Dich hat es ja wirklich erwischt.«

Mathias fuhr sich mit der Hand über sein schönes Gesicht. »So war es noch nie.«

»Hattest du schon andere Beziehungen?« Ein kleiner Funken aus seiner Vergangenheit sagte mir, dass es so war.

»Hätte ich bloß keine gehabt. Ich wünschte, sie wäre die Erste gewesen. Du weißt schon, was ich meine.«

»Nein, weiß ich nicht. Auf diesem Gebiet habe ich keine große Erfahrung.«

»Aber vielleicht bald.« Er hob vielsagend die Augenbrauen.

»Ich glaube kaum, dass Varnar deshalb zu mir kommt. Ich bin mir ziemlich sicher, dass er nicht auf diese Art an mir interessiert ist.«

»Das kann ich mir wirklich nur schwer vorstellen«, erwiderte Mathias und sah mich an, als wolle er sagen: *Du bist viel attraktiver, als du glaubst.*

»Das hat nichts mit mangelndem Selbstbewusstsein zu tun. Ich glaube einfach nicht, dass er überhaupt in solchen Bahnen denkt.«

»Das tun alle Männer«, sagte Mathias und zog mich in eine Umarmung, die mich völlig überrumpelte.

Ich ließ es zu und erwiderte dieses Zeichen der Zuneigung sogar.

»Hals und Beinbruch heute Abend«, flüsterte er mir ins Ohr. »Ich wünsche dir das Beste.« Er hielt mich mit gestreckten Armen von sich. »Aber hoffentlich beweist er, dass er dich auch wirklich verdient hat. Sonst bekommt er es mit mir zu tun.«

Ich wollte ihm entgegnen, dass vielmehr ich diejenige war, die beweisen musste, Varnar verdient zu haben. Dass er mir garantiert erklären würde, ich solle es mir abschreiben, dass jemals etwas zwischen uns passieren würde.

»Danke, Mathias«, war alles, was ich flüsternd herausbrachte, bevor ich mich umdrehte und nach Hause lief.

Um fünf kam Luna mit einer Tüte, die sie auf meiner Arbeitsfläche auspackte.

Ich studierte den Inhalt. »Bist du dir sicher, dass man Lavendel und Rosen ins Essen werfen kann?«

»Ja, klar«, sagte sie. »Das passt megagut zu Apfelblättern und Rote-Bete-Saft.« Sie kramte in meinen Schränken und holte den großen gusseisernen Topf, ein Schneidebrett sowie mehrere Löffel und Messer hervor. Aus ihrer Hosentasche fischte sie einen zusammengeknüllten Zettel.

»Was ist das?«

»Das Rezept. Für dieses Gericht braucht man ein paar ziemlich spezielle Zutaten, doch zum Glück hatte meine Mutter das meiste. Sie ist immer im Wald oder in der Heide unterwegs und sammelt Kräuter und Wurzeln.«

»Was gibt es denn?«

Luna blickte durch einen Vorhang roter Locken über die Schulter.

»Liiiieeebessuppe.« Sie kicherte. »Das Rezept ist aus dem Notizbuch meiner Mutter, das du in deiner Scheune gefunden hast.«

Ich verdrehte die Augen. »Dass die Suppe so heißt, werde ich Varnar bestimmt nicht sagen.«

»Hilfst du mir beim Schnippeln?«

»Gern. Darin bin ich Expertin.« Ich nahm ein scharfes Messer und begann zu hacken, was Luna mir hinlegte. Rasch häuften sich fein geschnittene Früchte, Gemüse und frische Kräuter, von denen ich nicht einmal die Hälfte kannte, auf meinem Brett. Vor dem Herd rieb sich Luna die Hände und schüttelte sie dann dreimal hintereinander. Ich spürte einen kleinen knisternden Hauch in ihrer Aura. »Was tust du da?«

»Das macht meine Mutter immer, wenn sie kocht.« Sie murmelte irgendetwas.

»Was?«

»Schhhh. Ich bitte die Götter, diese Speise zu segnen.« Sie wisperte weiter, und ich ließ sie in Ruhe. Dann fing sie an, die Zutaten anzuschwitzen, und als alles im Topf war, rührte sie um. Erst dreimal in die eine Richtung, dann dreimal in die andere. »Gib die Muscheln mal in eine Schüssel, bitte.«

Ich tat, was sie sagte. Dann ließ sie die Muscheln in den Topf plumpsen.

»Öffnet die Herzen«, sagte sie, und wieder knisterte es in ihrer Aura.

»Was hast du gesagt?«

»Das sind Herzmuscheln«, erklärte sie. »Sie müssen offen sein. Ihr dürft keine von denen essen, die noch geschlossen sind.«

»Okay.« Ich schielte auf mein Handy. Es war kurz vor sechs.

Luna erklärte das Essen für fertig und umarmte mich, bevor sie sich verkrümelte.

Kurz darauf klopfte Varnar an die Tür.

Ich war wie gelähmt und einige Sekunden nicht in der Lage, mich zu rühren. Endlich schaffte ich es, einen Fuß vor den anderen zu setzen. Varnars dunkles Haar fiel ihm wild ums Gesicht und rahmte es auf eine Art und Weise ein, die mir fast den Atem raubte. Er sah nicht mehr wütend aus, Gott sei Dank, aber er wirkte sehr ernst. Sein Duft schlug mir entgegen, als er in den Flur trat. Mir fehlten die Worte, also ging ich einfach voran ins Wohnzimmer und ließ ihn folgen. Eine sonderbare Nervosität schwirrte um ihn herum, und auch er schwieg. Er musterte den Speer an der Wand.

»Woher hast du den?«, war seine Eröffnungsreplik.

»Der hing schon hier, als ich eingezogen bin. Hat bestimmt meinen Eltern gehört.«

Er blieb stumm, während ich das Essen auf den Tisch stellte. Wir setzten uns, und ich schenkte uns zwei Gläser Met ein.

Varnar wollte gerade den ersten Löffel nehmen, doch dann legte er ihn zur Seite. »Ich muss dir jetzt etwas sagen. Bevor ich den Mut verliere.«

Das Herz schlug mir bis zum Hals, und es fühlte sich an, als legte es sich auf meine Stimmbänder, sodass ich für den Moment verstummte.

Er zögerte.

»Ich hätte gestern nicht sauer auf dich sein dürfen.« Er fuhr die Rundung des Löffels mit dem Zeigefinger nach. »Ich war so wütend, weil dir nichts passieren darf.« Er hob den Blick und sah mir direkt in die Augen. »Nicht du sollst mich retten.« Er senkte seine Stimme zu einem Flüstern. »Ich bin es, der auf *dich* aufpassen sollte.«

»Aber das hast du doch. Der Wilde war kurz davor, mich abzustechen, aber du hast seinen Arm weggetreten. Und auch bei der Sache mit Peter und seinen Kumpels warst du da.« Ich versuchte zu lächeln, doch mein Gesicht fühlte sich an wie eine steife Grimasse. »Du passt auf mich auf, und ich auf dich.«

»Nein.« Varnar beugte sich vor und legte seine Hand auf meine. Wärme schoss in meinen Arm, während ich wie versteinert und mit aufgerissenen Augen dasaß. »Du darfst mich nie wieder verteidigen. Wir zwei haben kein gleichgestelltes Verhältnis.«

Ich schluckte meine verschmähten Gefühle herunter. »Ehrlich gesagt habe ich keine Ahnung, wovon du redest. Und überhaupt hast du nicht zu bestimmen, was ich tun darf, und was nicht.«

Varnar zog seine Hand zurück. »Du bist sehr stur.«

»Danke gleichfalls.«

Er hob einen seiner Mundwinkel und lächelte ein winziges bisschen, ehe er es unterdrückte und von Neuem die Brauen runzelte.

»Wolltest du mir noch etwas anderes sagen, oder warum bist du heute Abend hergekommen?«, fragte ich schließlich.

Varnar griff wieder zum Löffel und rührte in der Suppe herum, offensichtlich um die Zeit in die Länge zu ziehen.

»Ja.« Er legte eine unerträglich lange Pause ein. »Ich bin gekommen, um dir zu sagen, dass es kein Zufall ist, dass ich immer in deiner Nähe bin.«

In meinem Magen zog sich alles zusammen. Er hob den Löffel an die Lippen, als wollte er noch mehr Zeit gewinnen, und kostete von dem Essen.

»Es ist, weil …« Er unterbrach sich. »Was ist das für eine Suppe?«

»Äh. Muschelsuppe.« Ich weigerte mich, den Namen zu nennen, den Luna verwendet hatte.

Varnar setzte zu einem erneuten Versuch an.

»Ich bin immer in deiner Nähe, weil …« Er geriet ins Stocken und ballte die Faust um den Löffel. Für einen Augenblick glaubte ich, er würde ihn verbiegen. »Weil …« Die Worte steckten ihm im Hals fest. Er atmete schwer, als wäre ihm sehr heiß. »Weil …«

»Weil was?«, fragte ich.

Plötzlich hob er den Kopf und sah mich mit demselben Blick an wie in meinem Traum.

»Ich denke die ganze Zeit an dich.«

Dieser Satz überrumpelte mich dermaßen, dass ich ihn anstarrte, ohne auch nur einen Mucks von mir zu geben.

»Von dem Moment an, in dem ich aufwache, bis ich schlafen gehe. Und sogar wenn ich schlafe. Ich träume von dir.«

Mir fiel es immer noch schwer zu sprechen, also nickte ich unmerklich.

»Ich auch«, sagte ich heiser.

Varnar ließ den Löffel fallen, der klirrend auf dem Boden landete. Er stand auf, trat hinter mich, packte meinen Stuhl an der Lehne und drehte ihn brutal um. Ich unterdrückte ein Keuchen, als die Stuhlbeine über den Fliesenboden quietschten. Was auch immer ich von diesem Abend erwartet hatte, das hier hätte ich mir in meinen wildesten Fantasien nicht träumen lassen – *okay*, in meinen allerwildesten Fantasien vielleicht schon.

»Varnar, ist alles in Ordnung mit dir?«, fragte ich vorsichtig.

Er kniete sich vor mich, nahm meine Hand und legte sie an seine Wange.

»Ja. Zum ersten Mal seit Jahren. Es fühlt sich so richtig an, mit dir zusammen zu sein.«

Ganz behutsam strich ich mit meiner Hand über seine Wange. Er fasste das als Signal auf, denn er lehnte sich nach vorn und legte seine Lippen auf meine. Seine starken Hände umfassten meine Schultern, und er zog uns beide hoch, während er mich mit stürmischer Verzweiflung küsste. Hunderte von Kometen explodierten in meinem Inneren. Zusätzlich zu meinen eigenen schossen nun auch Varnars Gefühle wie eine Schockwelle in mich hinein. Es war nicht ansatzweise vergleichbar mit Elias. Elias zu küssen war schön gewesen, aber eben nicht so, als wäre ich von einer sanften Elektrizität umgeben.

Varnar drückte mich an den Tisch und beugte uns beide darüber. Ich hörte schwach, wie Teller und Gläser unter uns umfielen. Die Metflasche zersplitterte auf dem Boden, doch ich bemerkte es kaum. Das Einzige, was ich wahrnahm, waren sein Mund auf meinem und sein Körper auf mir. Ich ließ meine Finger durch sein Haar gleiten, wie ich es mir schon so lange erträumt hatte. Es war noch weicher als in meiner Vorstellung. Seine Hände lagen unter meinem Pullover auf dem Rücken, sie strichen über meine nackte Haut.

»Ich habe mich so lange danach gesehnt«, flüsterte er mit seinem Mund an meinem Hals.

Ich zog mich ein Stückchen zurück und blickte ihn an. Seine Worte glichen denen aus meinem Traum so sehr, dass es fast schon unheimlich war. Mir fiel auf, dass sein Blick verschleiert war, doch dann küsste er mich wieder, und ich vergaß meinen Traum und alles andere auch.

Wir küssten uns weiter, und es fühlte sich gleichzeitig wie ein Sekundenbruchteil und eine Ewigkeit an. Ich saß auf der Tischkante, die Beine um seine Taille geflochten, die Arme um seinen Hals. Er hob mich hoch und trug mich in den Flur, ohne dass sich unsere Lippen trennten.

Eine Spur aus umgestoßenen Möbeln und anderen zersprungenen Dingen hinter uns herziehend, kamen wir die Treppe hinauf und landeten auf meinem Bett. Ich auf dem Rücken und er über mir. Seine Haare berührten den äußeren Rand meiner Wangen und bildeten auf diese Weise einen kleinen Raum, in dem unsere Gesichter einander ganz nah waren. Sein Hemd war weg – hatte ich es ihm etwa ausgezogen? Ich ließ meine Finger seinen Rücken hinabgleiten, der sich wie in Seide verpacktes Eisen anfühlte. Er strich über die lange weiße Narbe entlang meinem Brustbein.

»Woher stammt die?«

»Ich weiß es nicht.«

Er küsste sie vom oberen Ende bis nach unten kurz über meinem Nabel. Dann drehte er den Kopf und legte seine Wange auf meinen Bauch. Das dunkle Haar verteilte sich in einem weichen Fächer über meinen Oberkörper.

»Du bist so schön«, hauchte er.

»Findest du mich nicht hässlich?« Die Worte waren mir herausgerutscht, ehe ich sie aufhalten konnte.

Varnar ließ sein Kinn in der Kuhle an meinem Nabel ruhen und sah mich auf eine Weise an, die eine Hitzewelle über mich hinwegfegen ließ.

»Nichts an dir ist hässlich.«

»Das hast du aber gesagt.« Es war mir unmöglich, den verletzten Klang aus meiner Stimme zu halten.

Varnars Brauen zogen sich zusammen. »Ich habe nie gesagt, dass du hässlich bist. Ich sage nichts, was ich nicht meine. Lieber schweige ich.«

»Doch, du hast es gesagt, als …« Ich schaffte es nicht, den Satz zu beenden, denn seine Hand wanderte an meiner Seite entlang, und mich überkam eine behagliche Gänsehaut.

»Schh … Du bist schön! Das fand ich von Anfang an. Und das werde ich immer finden.« Er schob sich wieder nach oben, bis sein Gesicht über meinem war. Mit gestreckten Armen hielt er sich über mir. Dann senkte er sich langsam hinab und küsste mich erneut.

Das Gefühl seines warmen Körpers und seiner forschenden Hände war neu und aufregend. Ich spürte alles doppelt, weil dieselben Impulse auch aus ihm herausströmten.

»Hast du schon mal …?«, flüsterte er. Er beendete die Frage nicht.

»Nein. Du?«

»Nein«, sagte er und sah mich mit sanftem Blick an. »Wenn du nicht willst, verstehe ich das.«

Zur Antwort zog ich ihn dicht an mich heran.

Obwohl ich mir Varnar und mich häufig zusammen vorgestellt hatte, war ich dennoch nicht ganz vorbereitet. Ich hörte mich keuchen, während Varnar im selben Moment einen Laut von sich gab, den ich in meinem Herzen aufbewahren werde bis zu dem Tag, an dem ich sterbe.

Er war überall. Er schwebte über mir, er war in mir, und sein Duft legte sich um mich.

Zum Schluss lagen wir eng beisammen, und sein Gefühl reinen Glücks rieselte auf mich herab wie kleine Schneeflocken und vermischte sich mit meinem eigenen. Er ließ sein Kinn auf meinem Brustkorb ruhen, während ich mit matter Hand über sein Haar streichelte. Sein warmer Atem kitzelte auf meiner Haut, und er hielt mich so fest, als fürchtete er, ich könnte verschwinden.

»Ich fühle mich gerade so vollkommen anders. Das hier fühlt sich so richtig an«, murmelte er. Langsam glitt er in den Schlaf, und sein Körper entspannte sich.

Lange lag ich einfach nur da und betrachtete ihn im Mondschein, der durch das schräge Dachfenster hereinfiel. Ich streichelte ihm über die Haare und den Rücken und trank förmlich seinen Geruch. Wieder und wieder fuhren meine Finger über die Narben auf seinem Arm, und ich versuchte, jedes Detail dieses Augenblicks einzufangen. Am Ende konnte ich nicht länger gegen die Müdigkeit ankämpfen.

Als ich aufwachte, lag ich allein im Bett. Ich streckte mich wohlig und erlaubte mir ausnahmsweise mal ein Gefühl von Glück. Ich rollte mich herum und legte meine Hand auf die Stelle, wo Varnar geschlafen hatte.

In der Matratze war ein taufrischer, wütender Abdruck. Ich runzelte die Stirn und berührte das Laken mit beiden Händen, riss sie jedoch schnell wieder weg. Ein aufblitzender Funke gewaltiger Entrüstung stob in mich hinein. Varnar hatte mein Bett zornentbrannt verlassen.

Barfuß und mit bangen Ahnungen lief ich die Treppe hinunter.

Varnar war in der Küche, das spürte ich schon vom Flur aus. Und seine Gefühle waren ein Wirrwarr aus Wut und Ratlosigkeit.

Ich zögerte, ehe ich zu ihm hineinging.

Ein heilloses Durcheinander aus umgefallenen Gläsern, Tellern und Scherben breitete sich vor mir aus. Eine Stehlampe lag umgekippt auf dem Boden, und ich stellte sie vorsichtig wieder auf, als ich mich hineinschlich.

Varnar stand am Herd und starrte in den gusseisernen Topf. Vorsichtig hob er den Suppenlöffel und schnupperte daran. Als er mich hinter sich bemerkte, fuhr er herum und sah mich derart hasserfüllt an, dass ich unwillkürlich einen Schritt zurückwich.

»Was hast du getan?«, brüllte er.

Völlig verwirrt sah ich ihn an. »Was meinst du?«

Er hielt mir den Löffel hin, und ich betrachtete ihn verständnislos.

»Zauberei«, sagte er. »Du hast Hexenwerk an mir verübt.«

Ich lachte ungläubig. »Wovon um alles in der Welt redest du?«

Varnars Gesichtsausdruck ließ mir das Lachen schnell vergehen.

»Es ist falsch, um nicht zu sagen strafbar, Hexerei an einem Gefährten ohne dessen Wissen zu verüben.«

»Hexerei und Zauberei? Das gibt es doch gar nicht.«

»Wie erklärst du dir dann das hier?« Er breitete die Arme aus und zeigte auf mein chaotisches Wohnzimmer.

»Was soll ich erklären?«

Mit drei langen Schritten war Varnar bei mir und packte meine Arme mit einem schmerzhaften Griff.

»Du hast mich gestern verhext«, herrschte er mich an. »Die Suppe, die wir gegessen haben, war mit Magie zubereitet.«

»Ich kann überhaupt nicht kochen«, erwiderte ich mit dünner Stimme. »Ich war das nicht.«

Er ließ mich los, und ich wäre beinahe zusammengeklappt. »Wer dann?«

»Luna«, antwortete ich. »Aber ich glaube auch nicht, dass sie wusste …«

Mehr konnte ich nicht sagen, bevor Varnar mich am Handgelenk durch die Tür nach draußen zog. Er rannte über das Feld auf Lunas Haus zu und schleifte mich hinter sich her.

»Varnar, ich habe keine Schuhe an«, klagte ich.

Er ignorierte mich und lief weiter. Ich stemmte meine Fersen in die schwarze Erde.

»Stopp!«, rief ich, so laut ich konnte.

Endlich hielt er an.

Ich atmete aus. »Was ist denn los?«

»Die Suppe, die wir gegessen haben, war verhext«, erklärte er mit dem Rücken zu mir. »Das war der Grund, wieso wir …«, er suchte nach den Worten, »… getan haben, was wir getan haben.«

Von seinem Griff um mein Handgelenk spürte ich eine starke Empfindung. Erleichterung? *Shit!* Er war erleichtert, dass er nicht selbst die Verantwortung für das trug, was passiert war.

»Es tut mir leid, dass ich dich beschuldigt habe«, sagte er. »Du bist einem ebensolchen Unrecht ausgesetzt worden wie ich. Uns beide trifft keine Schuld für das, was heute Nacht geschehen ist.«

Ich verschwieg ihm, dass mein Suppenteller immer noch unangerührt auf dem Esstisch in Odinshöhe stand, doch meine Wangen brannten beim Gedanken daran.

»Ich werde die Hexe dafür zur Verantwortung ziehen.«

Er riss mich wieder hinter sich her.

Vor Bens und Rebeccas Haus brüllte Varnar: »Luna Sekibo! Komm heraus!«

Es dauerte nicht lange, bis Luna in der Türöffnung auftauchte. Sie blickte uns verwirrt an. Varnar kochte vor Zorn, während ich barfuß, in dünnen Leggins und einem kurzen Top vor Kälte bibberte. Erst jetzt merkte ich, dass es windig war und nieselte.

»Was ist denn los?«, fragte Luna.

»Steh zu deinen Übeltaten, Hexenweib!«, rief Varnar dramatisch.

Luna lachte überrascht. »Hexenweib?«

Varnar richtete anklagend den Zeigefinger auf sie. »Du hast uns verhext.«

Ihr Lächeln erstarrte. »Hat es funktioniert?«

Ich glotzte sie an. »Du wusstest, was du tust?«

Sie schüttelte den Kopf. »Nicht wirklich. Ich habe gedacht, es würde vielleicht irgendwas bewirken, aber auf keinen Fall etwas Schlimmes. Es war eher zum Spaß. Was ist denn passiert?«

Ich sah weg, peinlich berührt, doch Varnar trat einen Schritt vor. »Zum Spaß. Zum Spaß! Findest du das Unglück anderer etwa lustig? Du hast unwiderruflichen Schaden angerichtet.«

Jedes einzelne seiner Worte traf mich wie ein Faustschlag. Luna sah von mir zu ihm. Ihr Mitleid brannte beinahe schlimmer als Varnars wütende Worte. Sie hatte Tränen in den Augen.

»Ich habe das Rezept in Mamas Buch gefunden. Ich wusste nicht, was es bewirken würde. Kann sein, dass ich eine vage Vorstellung hatte, aber ich dachte, es wäre das, was ihr wollt. Dass ihr nur einen kleinen Schubs braucht.«

»Ganz und gar nicht«, widersprach Varnar. »So ist es auf keinen Fall zwischen uns.«

Ich starrte auf meine nackten, schlammigen Zehen.

Varnar fuhr fort. »Und es war nicht das Rezept, das dazu geführt hat. Nicht allein jedenfalls. Du warst das. Das, was du kannst.«

»Was kann ich denn?«

»Das weißt du nicht? Du musst doch wenigstens ahnen, dass starke Kräfte in dir schlummern, bei dem, was deine Eltern sind.«

»Entwicklungshelfer?« Luna schien nun vollends verwirrt.

Varnars Blick flog zwischen uns hin und her. »Ihr habt wirklich keinen Schimmer, oder? Hat euch denn niemand auch nur das Geringste erklärt?«

»Was denn?«, fragten Luna und ich wie aus einem Mund.

Varnar griff sich an den Kopf und drehte sich um die eigene Achse. Es geschah sicher nicht oft, dass er die Fassung verlor. Wenn es jedoch dazu kam, war er offenbar vollkommen ratlos.

»Es ist nicht gerecht, euch weiter im Dunkeln zu halten, aber es obliegt nicht mir, euch von diesen Dingen zu erzählen«, sagte er.

»Was auch immer ich getan habe, es tut mir leid. Es war nicht meine Absicht«, sagte Luna.

Varnar nickte würdevoll.

»Ich glaube dir.« Mich sah er nicht an. »Anne. Wir müssen lernen, damit zu leben, was heute Nacht passiert ist. Wir können es nicht ungeschehen machen, so falsch es auch war.«

Ich schloss die Augen und wünschte, ein Blitz würde mich auf der Stelle treffen und meinem Leiden ein Ende bereiten. Als ich sie wieder aufschlug, war Varnar verschwunden. Luna begegnete meinem Blick, und ich spürte, wie meine Unterlippe zu beben anfing. Bevor ich die Tränen zurückdrängen konnte, hatte Luna die Arme um mich geschlungen, und ich schluchzte an ihrer Schulter.

»Schhh«, sagte sie. »Komm mit rein.«

»Wo sind deine Eltern?«, schniefte ich.

»Mein Vater ist nach Jagd gefahren, er wollte mit Od sprechen. Und Mama ist unterwegs, Kräuter sammeln.« Luna zog mich ins Haus und in ihr Zimmer. Dort warf sie mir ein Handtuch zu und wühlte in ihrem Kleiderschrank. »Hier. Der ist braun. Es ist das dunkelste Kleidungsstück, das ich besitze.«

Ich trocknete meine Haare und Augen, bevor ich in den Jumpsuit schlüpfte, den sie mir herausgesucht hatte.

»Wow. Der steht dir echt wahnsinnig gut.« Doch Lunas Stimme erstarb, als sie meinen Gesichtsausdruck bemerkte. Im Moment war ich *ganz und gar nicht* in der Stimmung, über Klamotten zu reden. »Was ist gestern Abend passiert?«

»Ich weiß nicht. Er ist rübergekommen und hat von der Suppe probiert, nur einen Löffel, und plötzlich hat er mich geküsst. Und dann …« Es gelang mir nicht, weiter ins Detail zu gehen. »Es war ziemlich wild«, sagte ich nur und setzte mich auf die Matratze.

Luna warf mir einen vorsichtigen Blick zu. »Wart ihr zusammen? So richtig?«

Trotz der hoffnungslosen Situation konnte ich ein Lächeln nicht unterdrücken. »Ja.«

»Wie war es?«

Ich schüttelte leicht den Kopf.

»Fantastisch.« Dann biss ich mir auf die Lippe. »Nur schade, dass Varnar das nicht so sieht.«

»Hat er das gesagt?«

»Nein, er hat gesagt, dass es falsch war. Aber das ist doch dasselbe.«

»Ooh nein, ist es nicht. Vielleicht stimmt mit ihm etwas nicht.«

»Darauf können wir uns mit Sicherheit einigen.« Ich ließ mich rücklings in die knallbunten Kissen und Decken fallen. »Ich muss wohl einfach verstehen, dass er nicht dasselbe für mich empfindet wie ich für ihn und dass Magie notwendig war, um ihn zu mir ins Bett zu bekommen.«

Ich spürte, wie mir schon wieder die Tränen in die Augen stiegen. In diesem Moment schlug die Haustür zu.

»Mama«, rief Luna. »Kannst du mal hochkommen?«

Einen Moment später steckte Rebecca den Kopf durch die Tür. Sie trug einen langen blauen Mantel, und ihr silberweißes Haar war feucht. Ihre Füße waren wie immer nackt.

»Was hast du gesammelt?«, fragte Luna.

»Weißdorn und Weide. Heute ist der erste Dienstag nach der Tagundnachtgleiche, und man muss sie im Morgengrauen sammeln«, sagte Rebecca wie selbstverständlich.

Luna druckste ein wenig herum. »Mama, ich habe gestern ein Rezept aus einem deiner Bücher nachgekocht.«

Rebecca nickte mit einem abwesenden Lächeln.

»Anne und einer ihrer Freunde haben davon gegessen. Und es ist etwas passiert.«

»Was denn? Ist euch schlecht geworden?«, fragte Rebecca in meine Richtung.

»Nicht direkt.«

»Welches Rezept war es denn, Luna?«

Luna kramte auf ihrem Schreibtisch in Stapeln aus Stoffen und Zeichnungen. Sie fand das Notizbuch und zeigte ihrer Mutter die Seite.

»Das hier.«

Ein sehr seltsamer Ausdruck legte sich über Rebeccas Gesicht, als sie Luna das Buch aus den Händen nahm.

»Woher hast du das?«

»Anne hat es in ihrer Scheune gefunden.«

Rebecca errötete stark, was in heftigem Kontrast zu ihren hellen Haaren stand. Sie sah mich angsterfüllt an.

»Deine Mutter bringt mich um«, sagte sie tonlos. »Habt ihr …?«

Ich nickte, zog die Knie an mein Gesicht und vergrub den Kopf in meinen Armen. Noch nie war mir etwas so peinlich gewesen.

»Mama, ich glaube, du musst mir ein paar Dinge erklären«, sagte Luna.

»Wenn dein Vater nach Hause kommt, werden wir dir alles erklären. Zuerst will ich unter vier Augen mit Anne sprechen.« Luna protestierte, doch Rebecca hielt eine Hand hoch. »Luna, Schatz. Geh nach unten und setz Wasser auf. Anne braucht eine Tasse Tee.«

Luna zog einen Schmollmund, gehorchte aber. Rebecca schloss die Tür hinter ihr. Dann setzte sie sich neben mich auf die Matratze. Ich behielt die Arme über dem Kopf und drückte meine Stirn gegen die Knie. Sie legte mir eine warme Hand auf den Rücken. Ihre elektrische Energie kitzelte mich.

»Anne. Deine Mutter ist nicht da, um mit dir darüber zu sprechen.« Sie hielt kurz inne. »Vergangene Nacht mit deinem Freund …« Sie nahm erneut Anlauf, ehe sie fortfuhr. »… habt ihr da verhütet?«

»Nein«, sagte ich. »So weit haben wir nicht gedacht.«

»Das kann ich mir vorstellen. Ihr seid nicht die Ersten, die das unter dem Einfluss des Liebeszaubers vergessen.« Eine Erinnerung blitzte kurz in ihr auf, doch sie packte sie schnell beiseite, und ich schaffte es nicht, sie zu deuten.

»Liebeszauber?«

»Ja. Dieses Rezept habe ich vor vielen Jahren geschrieben, um einem Paar dabei zu helfen, zueinanderzufinden. Sie waren füreinander bestimmt, brauchten aber ein wenig Unterstützung.« Sie seufzte. »Das alles ist meine Schuld. Ich habe einen Trank, den ich dir geben kann. Dann musst du wenigstens nicht mehr darüber nachdenken, dass ihr nicht verhütet habt.«

»Ist das eine Art magische Pille danach?«

»So könnte man es nennen, ja. Wenn du ihn trinkst, bist du für ein Jahr geschützt, und die Wirkung reicht außerdem ein paar Tage zurück. Ich gehe nicht davon aus, dass du dir im Moment ein Kind wünschst.«

Ich schüttelte heftig den Kopf. Wobei ich kaum glaubte, dass Verhütung in der nächsten langen Zeit ein Thema sein würde – bei meinem Glück in der Liebe. Ich dachte einen Moment nach.

»Hast du dieselben Fähigkeiten wie Elias?«

Rebecca musterte mich kritisch. »Was weißt du über seine Fähigkeiten?«

»Nicht viel«, log ich und blickte nach unten. »Ich weiß nur, dass er irgendwelche Tränke mischt.«

»Nein«, sagte Rebecca. »Was ich kann, ist nicht das Gleiche. Mein Mann und ich wurden beide mit unseren Gaben geboren.«

»Welche Gaben?«

»Wir sind Hexen«, sagte sie schließlich.

»Hexen?« Ich spürte, wie ein Grinsen auf meinen Lippen erschien. »Etwa solche New-Age-Wicca-ihr-brüht-Kräutertee-und-umarmt-Bäume-Hexen?«

Rebecca hob die Hände und ließ ihre Finger auf und ab federn. Einige Meter entfernt, auf Lunas Schreibtisch, stieg ein Papierstoß in die Höhe. Sie führte die Arme zu ihrem Körper, und der Stapel schwebte langsam auf uns zu. Sie setzte ihn vor uns ab.

»Nein«, sagte Rebecca. »Wir sind solche Wir-beherrschen-Zaubersprüche-und-betreiben-weiße-Magie-Hexen.«

Eine ganze Menge Puzzleteile über Luna und ihre mystischen Eltern setzten sich in meinem Kopf zusammen.

»Fliegt ihr auf Besen?« Ich konnte es mir nicht verkneifen.

»Wenn das Wetter gut ist.« Rebecca verzog keine Miene.

Ich war mir nicht sicher, ob sie mich auf den Arm nahm, deshalb ging ich zu den wichtigen Fragen über.

»Warum habt ihr Luna nichts davon gesagt? Sie hat selbst ein paar ziemlich krasse Fähigkeiten.«

»Luna hat möglicherweise einen sehr kraftvollen Mix aus Magie in sich. Wir wussten nicht, was die Mischung aus skandinavischer und afrikanischer Magie ergeben würde. Eventuell hätten sich die beiden Kräfte gegenseitig neutralisiert, daher gab es keinen Grund, Luna in Gefahr zu bringen, indem wir es ihr erzählten. Falls sich herausstellen sollte, dass sie Fähigkeiten besitzt, werden wir uns dann darum kümmern.«

»Dann legt mal besser die Sicherheitsgurte an und kümmert euch in einer höllischen Geschwindigkeit darum«, entgegnete ich. »Ich habe sie nämlich schon einige ziemlich heftige Dinge tun sehen. Und warum ist sie eigentlich in Gefahr, wenn sie etwas darüber weiß?«

»Du hast dir sicher schon zusammengereimt, dass vor eurer Geburt ein paar Dinge passiert sind. Diese Ereignisse haben alles verkompliziert.«

»War der Tod meines Vaters eine der Komplikationen?« Meine Stimme war hart.

»Er war mein bester Freund, Anne.« Traurigkeit zeichnete sich auf Rebeccas Gesicht ab. »Es vergeht kein Tag, an dem ich ihn nicht vermisse. Du ahnst nicht, wie fantastisch er war.«

»Ich kann es mir ganz gut vorstellen«, murmelte ich.

»Wir waren all die Jahre auf der Flucht. Wir dachten, es wäre am sichersten für Luna, nicht zu viel über die Vergangenheit zu wissen. Jedes Mal, wenn uns jemand auf der Spur war, zogen wir um, und zurück nach Dänemark konnten wir nicht. Es war einfach zu gefährlich.«

»Und jetzt ist es das nicht mehr?«

»Es ist gefährlicher als je zuvor. Aber wir konnten dich nicht im Stich lassen.«

»Wer ist euch auf der Spur? Und was meinst du mit ›mich im Stich lassen‹?«

Rebecca rieb sich die Stirn. »Ich muss erst mit Ben reden, bevor ich dir mehr erzähle. Das alles dreht sich um politische Verhältnisse, die er besser versteht als ich.«

»Politische Verhältnisse?«

Sie hob ihre schlanken weißen Hände. »Ich sage jetzt nichts mehr. Würdest du bitte warten und mit Luna erst über diese Dinge sprechen, wenn wir selbst mit ihr geredet haben?«

»Natürlich.« Die Fragen nach Gefahren und Flucht fügte ich der Liste über die vielen ungelösten Rätsel meines Lebens hinzu. »Wie spät ist es?«

»Fast acht.«

»Oh. Der Unterricht fängt um neun an.«

»Das schafft ihr schon. Jetzt komm erst mal mit nach unten und frühstücke was. Dann könnt ihr gemeinsam in die Schule fahren.«

»Ich habe keine Schuhe«, jammerte ich.

»Wie bist du ohne Schuhe hierhergekommen?« Sie winkte ab. »Ist auch egal. Ich habe noch ein altes Paar von deiner Mutter hier. Passt dir Größe achtunddreißig?«

»Mhm.«

Sie lächelte ihr engelhaftes Lächeln. »Dann ist ja alles halb so schlimm.«

Dieser Aussage konnte ich mich absolut nicht anschließen.

Unten im Erdgeschoss hatte Luna Wasser gekocht. Rebecca stellte sich an den Herd. Sie rieb ihre Hände und schüttelte sie dreimal hintereinander, so wie ich es bei Luna am Tag zuvor beobachtet hatte. Anschließend streute sie verschiedene Kräuter in das Wasser und murmelte vor sich hin. Ich erkannte das Knistern ihrer Aura wieder, es war das gleiche wie bei Luna. Sie rieb eine

Wurzel in das Gebräu und rührte es um – erst dreimal in die eine Richtung, dann dreimal in die andere. Ich zwang den Tee herunter. Er schmeckte scharf und ein klein wenig nach Heu.

Rebecca suchte mir ein Paar Schnürstiefel mit hohen Absätzen heraus. Ich zog sie an, und sie passten mir gut. Ein Hauch der Vergangenheit stieg von ihnen in mir herauf. Es war nachts vorm Ravnssted-Gymnasium, und meine Mutter und Arthur liefen davon. Ich spürte Adrenalin und Zorn. Dann roch ich etwas Tierisches. Schaf oder Ziege.

»Die Schuhe harmonieren mit dem Jumpsuit«, sagte Luna und riss mich zurück in die Gegenwart. »Cool, dich mal in etwas anderem als Schwarz zu sehen.«

Nichts konnte mir gleichgültiger sein. Mein Aussehen war das Letzte, worüber ich mir gerade Gedanken machte. Luna zog einen Kamm durch mein zerzaustes Haar, flocht eine Locke und fixierte sie mit Haarklammern. Dann steckte sie mich in einen langen pinken Woll-Cardigan.

Stöhnend zog ich ihn mir an. Ganz gleichgültig war es mir doch nicht.

Im Französischunterricht trafen wir auf einen neugierigen Mathias.

»Wie ist es gelaufen?«, flüsterte er mir hinter Lunas Rücken zu, während unsere Lehrerin Verben an die Tafel schrieb.

Ohne zu antworten, sah ich auf die Tischplatte. Luna tuschelte ihm etwas ins Ohr, und er schaute über ihre Schulter zu mir.

»Nicht im Ernst«, hörte ich ihn sagen.

Ich versuchte, sie zu ignorieren. Als die Stunde zu Ende war, stand ich auf und verließ das Klassenzimmer, ohne auf die anderen zu warten. Zum Leidwesen meiner ohnehin schon schlechten Laune raunte Peter mir etwas im Vorbeigehen zu.

»Wie ich gesehen habe, bist du heute Morgen mit Looney Tunes gefahren. Ist dein Fahrrad etwa kaputt?« Er grinste mich gehässig an.

Auf dem Gang begegnete ich Varnar, der jetzt wieder seine dunkelgrüne Arbeitshose und das enge schwarze T-Shirt trug. Ich schlug den Blick nieder, als wir aneinander vorbeigingen, und er drehte den Kopf weg, doch seine Schuldgefühle trafen mich von der Seite wie ein kalter Windstoß.

Als Nächstes hatten wir Geschichte. Margit spielte an ihrer Bernsteinkette.

»Heute sprechen wir über den Übergang zum Christentum in Dänemark. Im Jahr 965 bekehrte König Harald Blauzahn die Dänen zum christlichen Glauben. Es geschah aus politischen Gründen, denn inzwischen war ein Großteil Europas christlich geworden. Nach diesem Wechsel sah man die alten Götter als böse Geister an, und die Menschen sollten sich daran gewöhnen, Jesus und Gott anstelle der nordischen Götter anzubeten. Diejenigen, die dem alten Glauben weiterhin treu blieben, waren nun Heiden und wurden rechtlich verfolgt, was damals bedeutete, dass man sein Leben auf irgendeine grausame Weise verlor.«

Ich hörte nur mit halbem Ohr zu. Mir war nicht ersichtlich, wie Ereignisse von vor über tausend Jahren irgendeine Bedeutung für mich haben könnten. Gudrun, die Sekretärin, öffnete plötzlich die Tür und schaute in unser Klassenzimmer.

»Hier ist jemand, der mit Anne Sakarias sprechen möchte«, sagte sie.

Alle glotzten mich an.

»Wer?«, fragte ich müde.

Gudrun zog die Tür ein Stück weiter auf, und Hakim in seiner Polizeiuniform kam zum Vorschein. Ein Raunen ging durch die Klasse, und ich schloss die Augen und atmete ein paarmal ein und aus, bevor ich mich erhob.

»Danke«, sagte Hakim vor der Tür zu Gudrun, »ab hier übernehme ich.«

Gudrun ging, schaute sich aber noch mehrere Male über die Schulter nach uns um.

»Vielen herzlichen Dank auch. Mitten im Unterricht von einem Polizisten abgeholt zu werden, war genau das, was meinem Ruf noch gefehlt hat.«

Hakim blickte zum Klassenraum.

»Darüber habe ich nicht nachgedacht. Ich dachte, sie würden es mir nicht erlauben, dich aus der Klasse zu holen, wenn ich in Zivil komme.«

Ich empfing eine kurze Sequenz von Hakim, der in gewöhnlicher Kleidung von einer Dame schief angesehen wurde. Ich wusste nur zu gut, wie die Welt einem aufgrund des Aussehens mit Misstrauen begegnete. Der Unterschied war, dass ich mein Make-up abwaschen und die Kleider wechseln konnte. Ich bekam den Eindruck, dass Hakim seine Uniform so oft wie möglich trug, was ich sehr verständlich fand.

»Und das konnte nicht warten?«, fragte ich.

»Nein«, antwortete er rasch. Erst jetzt fiel mir auf, dass er dunkle Ränder unter den Augen hatte und sein kurzes schwarzes Haar in alle Richtungen abstand. »Ich muss mit dir reden. Jetzt.«

»Gut.« Ich ging vor. »Ich weiß, wo wir uns unterhalten können.«

»Du bist so eine Art Chamäleon, oder?«, sagte er, während wir den Braunen Gang entlangliefen.

»Was meinst du?«

»Die ersten Male warst du mit schwarzem Make-up zugekleistert und hast zerrissene Klamotten getragen. Dann bist du in einem Designerkleid auf einem Ball mit verschiedenen Prominenten und Mitgliedern des Königshauses aufgetaucht, und am nächsten Morgen hast du ausgesehen wie ein Drogenwrack. Jetzt siehst du aus, als wärst du frisch aus einem Modemagazin gesprungen.«

Ich blickte an mir herab. »Meine Freundin Luna ist einfach nur richtig gut im Nähen. Dieses Teil hier habe ich mir von ihr geliehen. Und normalerweise trage ich auch keine Schuhe mit Absätzen.«

Mehr sagte ich nicht dazu. Mein Äußeres konnte unmöglich ein Fall für die Polizei sein. Wir kamen bei der Insel an und setzten uns auf das rote Sofa.

»Was gibt es denn so Wichtiges?«

Hakim zog die Jacke aus. Seinen muskulösen Oberkörper hatte er in ein weißes T-Shirt gezwängt, in dessen Brusttasche ein Stück Papier steckte. Über seinen Oberarm lief eine breite Tätowierung. Sie stellte eine orientalisch anmutende Schlange dar, die sich selbst in den Schwanz biss. Auf einmal erinnerte er mich eher an einige meiner alten Mitinsassen im Jugendknast als an einen jungen, aufstrebenden Polizisten. Er griff mit der Hand in seine Jackentasche und zog ein paar Fotos hervor. Die ermordeten Mädchen. Er legte die Bilder in einer Reihe vor mir auf den Tisch.

»Ich habe seit zwei Tagen nicht geschlafen. Ich habe gegrübelt und gegrübelt. Würdest du mir fünf Minuten zuhören?«

»Ja.« Ich legte die Hände in den Schoß und schaute die Bilder an.

»Das ist die chronologische Reihenfolge, in der sie ermordet wurden.« Nacheinander zeigte er auf die Fotos. »Naja Holm, Tenna Smith Jensen, Alice Gorm, Belinda Jaeger und Ida Bendixen.«

Die Mädchen lächelten uns entgegen, und mir schauderte.

»Was haben sie alle gemeinsam?«, fragte Hakim.

Die Antwort darauf war leicht.

»Rote Haare«, sagte ich. »Und ihr Alter.«

»Was haben sie nicht gemeinsam?«

Wieder betrachtete ich sie. »Keine Ahnung. Worauf willst du hinaus?«

»Sozialer Hintergrund und Todesursache«, sagte Hakim und ignorierte meine Frage. Er setzte seine Zeigefinger jeweils auf Alices und Idas Foto. »Mit einem Messer getötet und normale Kindheit.« Dann zeigte er auf das von Naja Holm. »Schlag gegen den Kopf und normale Kindheit.« Er drehte die drei Bilder um. »Alice,

Naja und Ida wurden auf brutale Art umgebracht, und sie wuchsen alle in völlig durchschnittlichen Verhältnissen auf; aber Alices Eltern sind Pädagogen, Najas Vater ist Landwirt, und Idas Mutter ist Goldschmiedin, so ähnlich sind sie sich also doch nicht. Haarfarbe und Alter scheinen ihre größte Gemeinsamkeit zu sein.« Jetzt zog er die Bilder von Tenna und Belinda vor sich, sodass sie nebeneinanderlagen. »Diese beiden Mädchen wurden stranguliert, und wir haben bei der Obduktion Spuren eines unbekannten Betäubungsmittels gefunden. Unserer Einschätzung nach waren sie nicht bei Bewusstsein, als sie getötet wurden. Die Mädchen haben sehr wahrscheinlich nichts davon mitbekommen. Außerdem waren sie beide sozial benachteiligt und hatten schon mehrere Umzüge, Heimaufenthalte und Pflegefamilien hinter sich.«

»Du glaubst, dass es nicht derselbe Mörder wie bei Naja, Alice und Ida war?«

Warum hatten sie dann alle fünf das gleiche Zeichen?

Hakim stellte sich dieselbe Frage, diesen Gedanken stahl ich ihm direkt aus seinem Kopf. Bilder der Mädchen mit der Rune in verschiedenen Variationen flimmerten aus seinem Bewusstsein in meines. Das von Belinda, mit geschlossenen Augen und blauen Lippen auf einem Stahltisch liegend, hinterließ den größten Eindruck bei mir.

Falls Hakim mein seltsamer Gesichtsausdruck aufgefallen war, ließ er es sich nicht anmerken. »Ich kann mir nicht vorstellen, dass ein und derselbe Mann in der Lage ist, so unterschiedliche Morde zu begehen. Und schon gar nicht der, den wir gefasst haben. Er wirkt beinahe geistig zurückgeblieben. Tennas und Belindas Morde erscheinen mir durchdacht. Richtiggehend raffiniert. Ich glaube, dass der Mann, den wir haben, für höchstens drei der fünf Pippi-Morde verantwortlich ist.«

»Und deine Kollegen teilen deine Einschätzung nicht.«

Hakim kratzte sich am Kopf, sodass seine Haare noch struppiger abstanden. »Sie sind der Meinung, wir sollten den Fall zu den Akten legen. Ich habe ohnehin nicht wirklich etwas zu sagen, schließlich bin ich nur der Dorfpolizist.«

»Und der Wilde hat nichts ausgesagt?«

»Der Wilde?«

Ups. Ich rieb mir die Nase. »So nenne ich ihn.«

»Das passt gut zu ihm«, sagte Hakim und sah mich prüfend an. »Nein, er hat nichts ausgesagt. Er ist völlig apathisch.«

Ich bemerkte, dass Varnar uns vom anderen Ende des Cafés aus beobachtete. Er hatte sich an einen Tisch gesetzt und die Hände zusammengefaltet auf die Tischplatte gelegt. Mein Magen zog sich zusammen, als sich unsere Blicke trafen. Was auch immer er dachte, es gefiel ihm nicht, dass ich mich mit Hakim unterhielt. Ich reckte trotzig das Kinn und konzentrierte mich wieder auf die Fotos vor mir.

»Ich kann mir vorstellen, dass es frustrierend ist, wenn deine Kollegen dir nicht glauben, aber ich kapiere nicht, wieso du andauernd zu mir kommst. Was hat diese Sache denn mit mir zu tun?«

Hakim lehnte sich auf dem Sofa zurück und durchbohrte mich mit seinen grünen Augen. »Du hast mal erwähnt, es wäre reiner Zufall, dass es einen Zusammenhang zwischen dir und den Mädchen gibt. Du bist viel umgezogen, und auf die eine oder andere Art haben sich eure Wege zu irgendeinem Zeitpunkt gekreuzt.«

Ich nickte.

Er sprach weiter. »Was Naja und Alice angeht, stimme ich dir zu. Ich glaube, es war reiner Zufall, dass du Kontakt zu ihnen hattest. Zu Ida hattest du sogar überhaupt keine Verbindung. Was du am Samstag in dem Sommerhäuschen getrieben hast, ist mir zwar schleierhaft, aber ich glaube, auch das war Zufall.«

Ich wollte protestieren, doch Hakim warf mir einen derart erschöpften Blick zu, dass ich meinen Mund hielt.

»Wenn wir uns auf Tenna und Belinda konzentrieren, dann vermute ich wie du, dass ein anderer Täter sie umgebracht hat. Einer, der noch frei herumläuft. Er ist klug, und er geht äußerst selektiv vor. Er sucht seine Opfer nach einem sehr spezifischen Profil aus. Außerdem ist er human. Es wirkt fast so, als wollte er die Mädchen gar nicht töten. Jedenfalls will er nicht, dass sie Angst haben oder leiden müssen.«

»Warum tut er es dann?«

»Ich glaube, er sucht nach jemandem.«

»Was meinst du?«

»Ich glaube, er sucht nach einem bestimmten Mädchen, von dem er selbst nicht weiß, wer es ist, über das er aber einige wenige Informationen hat. Ihr Alter und soziales Profil, ihren Wohnort und logischerweise ihre natürliche Haarfarbe.«

»Kann sein, dass du recht hast. Aber ich verstehe immer noch nicht, was für eine Rolle ich bei der Sache spiele.«

Hakim griff in seine Brusttasche. »Heute Vormittag habe ich Joan Flint in Hjørring besucht. Deine ehemalige Pflegemutter. Sie hat mir etwas mitgegeben.«

Seine vorgebeugte Haltung verriet mir, dass jetzt das große Finale kam. Er hatte noch ein Ass im Ärmel, und er war gespannt, wie ich darauf reagieren würde. Ich enttäuschte ihn nicht, denn in meinem Gesicht müssen Schock und Entsetzen gestanden haben, als er ein letztes Foto aus der Brusttasche hervorholte und vor mich auf den Tisch legte.

Es war ein Schulfoto von mir aus der vierten Klasse. Ich blickte verdrossen in die Kamera, und plötzlich traf es mich wie ein Schlag, wie sehr ich Arthur ähnelte. Das Foto stammte aus der Zeit, bevor ich anfing, meine Haare schwarz zu färben. Es war aus der Zeit, als ich noch meine natürliche, rote Haarfarbe hatte.

»Ich glaube, er sucht nach *dir*«, sagte Hakim.

TEIL III

DIE WEGE DER MUTTER

Eine Tochter entstammt
der strahlenden Göttin,
eh der Wolf sie würgt:
Glänzend fährt
nach der Götter Fall
die Maid auf den Wegen der Mutter.

Vafþrúðnismál
(Das Wafthrudnirlied)
10. Jahrhundert

KAPITEL 20

»Das ist doch absurd. Warum sollte er nach mir suchen?«

»Die Frage musst du mir beantworten. Und warum hast du nicht gesagt, dass deine Haare gefärbt sind?«

»Was spielt das für eine Rolle?«

»Ich will dir sagen, was das für eine Rolle spielt. Fünf Morde an rothaarigen Mädchen, Anne!« Hakim hatte die Stimme erhoben.

»Ich habe die ganze Zeit gedacht, er hätte bloß einen Fetisch«, murmelte ich. Aus dem Augenwinkel sah ich, wie Varnar sich halb aufrichtete. Ich wedelte mit der Hand, damit er wegblieb.

»Deinem Freund gefällt nicht, dass wir miteinander reden.«

»Er ist nicht mein Freund.«

»Wer ist er dann?«

Ich schloss die Augen und barg meine Stirn in der Handfläche. »Das weiß ich auch nicht.«

Hakim schwieg, doch seine Miene sagte alles.

»Was meint Lars Guldager zu der ganzen Sache?«

Hakims Blick zuckte. »Lars hält den Fall für abgeschlossen. Ich kann ihn nicht von meiner Theorie überzeugen.«

»Irgendetwas sagt mir, dass du mir nicht alles erzählt hast.«

»Wie kommst du darauf?«

»Lars Guldager muss einen guten Grund haben zu glauben, ihr hättet den Richtigen.«

Es gelang mir nicht, Hakim dazu zu bringen, die Rune zu erwähnen. Er sah mich durchdringend an.

»Und ich glaube fast, dass du den Grund bereits kennst.«

Verfügte dieser Mann über einen eingebauten Lügendetektor? Ich war gefühlsmäßig zu erschöpft und ausgelaugt, um Katz und Maus zu spielen.

»Wolltest du mir nicht noch weitere Fotos zeigen?«, fragte ich müde.

Einen Augenblick lang sah Hakim mich einfach nur an.

»Du bist wirklich ein merkwürdiges Mädchen«, sagte er, bevor er die Hand in die Jackentasche steckte und sein Handy herauszog. Er tippte ein paarmal. »Ich hoffe, du hast einen starken Magen«, bemerkte er und reichte es mir.

Die Bilder, durch die ich nun wischte, hatte ich schon gesehen. Nur nicht in diesem Format. Ich zwang mich, eines nach dem anderen anzuschauen. Irgendwie hatte ich das Gefühl, es den Mädchen schuldig zu sein. Hakim saß vollkommen ruhig neben mir und beobachtete mich. Er suchte wohl nach einer Regung in meinem Gesicht, doch ich spürte nur, wie meine Züge versteinerten. Durch das Berühren des Handys empfing ich unzählige Bilder von Hakim, wie er die Aufnahmen durchging. Er musste Stunden damit zugebracht haben, die blutigen Zeichen zu studieren.

»Hast du eine Ahnung, was es bedeutet?«, fragte er leise.

»Auf den ersten Blick sieht es aus wie ein F, aber es könnte auch das Runenzeichen für A sein. Ansuz. Soweit ich weiß, bedeutet es Gott auf Altnordisch.« Ich gab Lunas Worte wieder.

»Woher kennst du die Rune?« Hakim kniff die Augen zusammen.

»Wir haben gerade das Thema Wikingerzeit in Geschichte.« Ich atmete innerlich auf, erleichtert, der Polizei damit endlich den Tipp gegeben zu haben. »Lars Guldager glaubt, dass es derselbe Mörder ist, weil alle Mädchen dasselbe Zeichen haben«, schlussfolgerte ich. »Ein einzelner Verrückter.«

Hakim nickte. »Jedenfalls sagt er das.«

»Wenn es mehrere sind, könnte es eine große Sache sein.«

»Vielleicht. Es kann aber auch sein, dass es einfach zwei Verrückte sind.«

Hakim steckte seinen muskulösen Arm in den Jackenärmel. Sämtliche Impulse, die ich von ihm empfing, sagten mir, dass er am liebsten auf der Stelle aus dem Schulgebäude und in die nächste Bibliothek stürzen wollte, um alles über das Runen-Alphabet nachzulesen.

»Bis ich herausfinde, ob ich recht habe, solltest du dich vor jedem in Acht zu nehmen.« Hakims Warnung war wie ein Echo von Franks Worten. »Falls es einen zweiten Mörder gibt, könnte es jeder sein.«

»Du glaubst doch nicht ernsthaft, dass jemand hinter mir her ist, oder?«

»Ich weiß es nicht, aber ich wollte zuallererst dir von meinem Verdacht erzählen.«

»Und was soll ich jetzt mit dieser Info anfangen?«

»Du sollst auf dich aufpassen. Was dir, glaube ich, wirklich nicht leichtfällt. Und erzähl um Gottes willen keinem, dass du eigentlich rothaarig bist. Falls der Kerl bereits deine Identität herausgefunden hat, wird er versuchen, dir nahe zu kommen. Du darfst mit niemandem allein sein, bei dem es sich potenziell um den Mörder handeln könnte.«

»Wenn du recht hast, trifft das ja auf jeden zu«, sagte ich resigniert.

»Dann sieh zu, dass du mit niemandem allein bist. Zum Glück hast du ja deinen großen Hund.«

»Er ist weggelaufen.« Meine Stimme brach.

Hakim richtete sich ein Stück auf. »Du kannst mich jederzeit anrufen, wenn du beunruhigt bist. Dann komme ich.«

»Ist das ein Annäherungsversuch?« Ich grinste. »Am Ende sollte ich mich vielleicht davor hüten, mit *dir* allein zu sein.«

»Wieso sollte ich dich warnen, wenn *ich* dich töten wollte?«

»Vielleicht, weil du es gar nicht willst.«

Hakim lächelte, und auf einmal verstand ich, warum alle Mädels ihm nachschauten.

»Exakt so solltest du denken.« Er war im Begriff zu gehen.

»Hakim«, sagte ich und stand auf.

Er blieb stehen und sah mich abwartend an.

»Du hast gesagt, Tenna und Belinda wurden erwürgt.«

»Ja.«

»Wie hat er es gemacht? Mit den Händen?«

»Er hat eine Schnur benutzt. Das Labor hat Lederfasern gefunden. Warum fragst du?«

»Ach, nur so.« Ich bemühte mich um einen beiläufigen Tonfall.

Seine grünen Augen ruhten einen Moment auf mir, dann ging er davon. Meine Beine gaben nach, und ich ließ mich aufs Sofa fallen. Es knarzte leicht, als sich auf einmal jemand neben mich setzte. Ich atmete Varnars Duft ein, ohne ihn anzusehen.

»Was willst du?«, fragte ich.

»Fragen, ob wir heute Nachmittag trainieren?«

»Ich dachte, du willst nichts mehr mit mir zu tun haben.«

»Unser Training steht in keinerlei Verbindung mit … der anderen Sache. Ich finde, wir sollten weitermachen, als ob nichts passiert wäre.«

Das kann ich nicht.

»Okay«, sagte ich und kam mir vollkommen erbärmlich vor. Ohne weitere Worte zu verlieren, stand er auf und ging mit seinen Katzenschritten davon.

»Rothaarig.« Luna starrte mich an. »Bist du wirklich rothaarig?«

Sie, Mathias und ich hatten uns ans Ende des Gelben Gangs verzogen, wo ich ihnen von meinem Gespräch mit Hakim berichtete.

»Ich färbe mir die Haare, seit ich dreizehn bin.«

»Krass«, sagte sie. »Ist das nicht irre, Mathias?«

Er sah sie betreten an.

»Warum erzählt ihr euch die ganze Zeit Geheimnisse, ohne mich einzuweihen?«, rief sie.

»Hast du es gewusst, Mathias?« Ich drehte mich zu ihm. »Seit wann schon?«

»Seit dem ersten Mal, als ich dich gesehen habe. Wenn man ein bisschen Ahnung auf dem Gebiet hat, erkennt man, ob eine Haarfarbe natürlich ist.«

»Wieso hast du nichts gesagt?«

»Ich dachte, du hättest bestimmt deine Gründe, nicht darüber reden zu wollen.«

»Was hat der Polizist sonst noch gesagt?« Luna richtete gedankenverloren den Zeigefinger auf ein Papierkügelchen, das ein Stück weiter den Gang hinunter auf dem Boden lag, und ließ ihn kreisen. Ganz langsam rollte das Kügelchen los. Mathias sah es und nahm ihre Hand, woraufhin das Papier wieder zum Stillstand kam.

Am anderen Ende des Gangs war Mads stehen geblieben, um zu uns herüberzuschauen, doch er ging weiter, als ich den Kopf hob und ihn anblickte. Ich kehrte zurück zu Hakims Besuch.

»Wir haben über das Zeichen gesprochen. Ich habe ihm gesagt, dass es wahrscheinlich eine A-Rune ist. Er hat auch erzählt, dass sowohl Tenna als auch Belinda mit einer Lederschnur erwürgt wurden.«

»Deine Vision«, hauchte Mathias. »Du hast hoffentlich vor, bei Schwarz zu bleiben.«

»Definitiv. Die roten Haare fand ich schrecklich.«

»Dann kannst du jedenfalls nicht das Mädchen aus der Vision sein«, sagte Mathias zuversichtlich.

Als Varnar einige Stunden später bei mir zu Hause auftauchte, hatte er Aella als Anstandswauwau dabei. Mechanisch gingen wir Schläge und Blöcke durch, und ich strengte mich an wie nie zuvor. Jedes Mal, wenn er nah genug herankam, dass ich seinen Duft riechen konnte, wich ich zurück. Er schien dasselbe bei mir zu tun. Aella schaute mit zunehmender Verwirrung zwischen uns hin und her. Ein paarmal erwischte ich sie dabei, wie sie mein Gesicht studierte.

Wie sich allerdings zeigte, war sie ebenfalls sehr geschickt in der Selbstverteidigung und eine deutlich bessere Lehrerin als Varnar. Sie stellte sich hinter mich, legte ihre Arme seitlich an meine und griff meine Hände. Dann führte sie meine geballten Fäuste durch die Luft, erst langsam, dann immer schneller.

Endlich verstand ich eine Serie von Schlägen, die Varnar schon mehrfach vergeblich versucht hatte mir beizubringen. Warum hatte er es nicht gleich wie Aella gemacht? *Natürlich!* Er wusste, was ich für ihn fühlte, und hatte deshalb die Nähe vermieden.

Als sie fort waren und die Dunkelheit sich herabsenkte, begannen Hakims Worte in meinem Kopf zu kreisen. *Ich glaube, er sucht nach dir.* Hat man erst mal Angst, ist sie schwer wieder abzuschütteln. Mehrmals meinte ich, Schritte draußen im Kies und jemanden an der Tür zu hören. Schließlich tat ich etwas Megapeinliches und nahm das größte und schärfste Messer mit ins Bett, das ich finden konnte.

Allein und mit einem Messer unter dem Kopfkissen, fühlte sich das Bett viel zu groß und leer an. Das Bettzeug roch immer noch nach Varnar, und ich vergrub den Kopf im Kissen und heulte. Ich heulte, weil ich ihn gehabt und dann wieder verloren hatte. Weil Monster weggelaufen, mein Vater tot und meine Mutter verschwunden war, und weil ich mein ganzes Leben lang geglaubt hatte, dass mich niemand haben wollte. Und gerade als ich mir den Gedanken erlaubt hatte, dass vielleicht doch jemand mit mir zusammen sein wollte, hatte mir Varnar mit aller Deutlichkeit das Gegenteil zu verstehen gegeben.

Die Vision war gestochen scharf, und ich atmete die klirrende Winterluft ein. Jetzt würde ich es ein für alle Mal klären. Was sollte ich noch mal tun? Ach ja. Der Mond. Ich schaute durch die Baumreihen und hob die Hand.

Der Mond hing eine Handbreit über Odinshöhe. Das Mädchen ging an mir vorbei, und ich wollte ihr folgen, doch ich war so konzentriert, dass ich mich nicht rühren konnte.

Wie beim allerersten Mal ging der Mann durch mich hindurch. Mich schüttelte es am ganzen Körper, als seine Aura einen schleimigen Streifen an mir hinterließ und ich seine Gegenwart bis ins Mark spürte. Ich blieb zurück, wie an der Erde festgenagelt, während er seinen Weg fortsetzte. Dann, als er dem Mädchen die Schnur um den Hals legte und sie erwürgte, durchzuckte mich auf einmal die Erkenntnis.

Ich hatte nicht den geringsten Zweifel. Ich wusste nicht, wo oder wann, aber zu irgendeinem Zeitpunkt in meinem Leben war ich dem Mörder schon mal begegnet.

KAPITEL 21

»Hexe«, sagte Luna freudestrahlend, als sie am Mittwochmorgen ihre orange Tasche auf den Tisch pfefferte und sich zwischen mich und Mathias auf das rote Sofa plumpsen ließ.

»Wer ist eine Hexe?«, fragte Mathias.

»Ich. Ist das nicht irre? Meine Eltern haben mir gestern Abend alles erklärt. Es ist so eine Erleichterung, endlich zu wissen, was ich bin.«

Mathias sah sie niedergeschlagen an. »Du hast echt Glück.«

Sie schlang ihre Arme um ihn und küsste ihn stürmisch. »Vielleicht erfährst du es auch bald. Wann redest du mit Od?«

Sein Blick wurde blau, und er sah mich fragend an.

»Ich werde Elias anrufen und etwas ausmachen.« Ich lenkte das Gespräch wieder auf Luna. »Was hast du sonst noch herausgefunden?«

Sie rieb sich die Hände. »Jetzt hört gut zu. Es gibt eine ganze Welt voller Magie und übernatürlicher Dinge. Die Eingeweihten nennen sie ...«, sie legte eine Kunstpause ein, »... die verborgene Welt.«

»Wow«, sagte Mathias.

»Ja, wow«, sagte ich etwas halbherzig.

»Echt jetzt? Wusstest du das etwa auch schon?«

»Arthur hat es mir erzählt.«

»Wenn es noch andere Dinge gibt, die du schon weißt, dann spuck sie lieber gleich aus. Nur damit wir nicht dauernd mit Neuigkeiten ankommen und glauben, du wärst wirklich überrascht.«

Ich dachte kurz nach. »Mehr gibt es wohl erst mal nicht. Außer dass ich mir sicher bin, den Mörder schon mal getroffen zu haben.«

»Was?!«

»Aber das habe ich erst heute Nacht herausgefunden«, fügte ich schnell hinzu.

»Und wer ist es?« Luna beugte sich vor.

»Ich weiß es nicht«, gab ich zu. »Ich weiß nur, dass ich seine Aura in meiner Vision gespürt habe und dass ich sie kenne. Aber die Aura wirkte wie gefiltert oder verzerrt, deshalb kann ich nicht sagen, wer er ist. Ich habe übrigens versucht, mich dieses Mal auf den Mond zu konzentrieren.«

Lunas Miene erhellte sich. »Zeichne ihn mal auf.«

Ich lachte. »Alles Kreative ist für mich wegen meiner Vergangenheitshellsichtigkeit ein Ding der Unmöglichkeit.«

Luna kicherte. Dann streifte sie einen ihrer Schuhe ab. »Hoch mit dem Pulli. Du weißt, warum.«

Ich hob ihn an. Luna legte mir ihren eiskalten Fuß auf den Bauch, und ich gab ein schauderndes *Ihihii* von mir, während Mathias uns mit hochgezogenen Augenbrauen zusah.

»Gib mir mal ein Blatt Papier und einen Bleistift aus meiner Tasche«, bat Luna ihn.

So gut ich konnte, beschrieb ich ihr die Position des Mondes über Odinshöhe. Luna war beeindruckend schnell fertig und präsentierte uns eine detaillierte Skizze des nächtlichen Waldes mit dem leuchtenden Mond. Mich schauderte, als sich die Szene vor mir zeigte.

»Sieht es so aus?«, fragte Luna.

Ich nickte. »Du bist echt gut im Zeichnen.«

»Ich weiß«, sagte Luna strahlend. »Ich bin wirklich mega-talentiert.«

Ich musste ihr unbedingt beibringen, die nordjütländische Bescheidenheit wenigstens vorzutäuschen.

In der Zehn-Uhr-Pause rief ich Elias an, der sofort ans Telefon ging. Für unser gewöhnliches Geplänkel aus Annäherungsversuchen und Abweisungen war ich nicht aufgelegt, also kam ich direkt zur Sache. »Od schuldet mir den Gefallen, sich mit meinem Freund Mathias zu treffen. Wann kann er?«

Elias lachte. »Dir ebenfalls einen guten Tag. Wie geht's?«

»Gut«, antwortete ich. »Würdest du bitte in Ods Kalender oder Horoskop schauen, oder womit auch immer ihr eure Termine plant?«

»Einen Augenblick.« Es folgte ein gedämpfter Wortwechsel am anderen Ende der Leitung. Im Hintergrund erkannte ich Ods raue Stimme. Elias meldete sich wieder. »Könnt ihr heute Abend?«

Ich überlegte. »Wir arbeiten beide bis um zehn. Geht es danach?«

»Soll ich euch abholen?«

»Wenn du uns anschließend wieder nach Hause fährst.«

»Nichts täte ich lieber.«

»Dann sehen wir uns um kurz nach zehn im Frank's.«

Nach der Schule holte ich mein Fahrrad ab.

Fahrrad-Timmy war schweigsam, und ein sonderbarer Vibe umgab ihn, als hätte er wegen irgendetwas ein schlechtes Gewissen. Ich prüfte mein Fahrrad genau, entdeckte jedoch keinen Hinweis darauf, dass er geschludert hätte, und musste mich ein weiteres Mal daran erinnern, dass es nicht meine Aufgabe war, alle Rätsel dieser Welt zu lösen.

Die Schicht im Frank's war himmlisch ruhig.

Als ich mich nach der Arbeit an die Bar setzte, unterhielt sich Frank gerade mit Elias. Peter saß mit Johnny-Bum und Niller aus unserer Klasse in einer der Nischen. Mein Magen machte einen Hüpfer, als ich Varnar allein in einer dunklen Ecke entdeckte. Mathias stand am anderen Ende der Bar und sortierte Gläser ins Regal.

Frank winkte mich zu sich. »Dein Freund hier teilt meinen Geschmack für alte Musik. Ich habe noch nie jemanden getroffen, der so viel über Musikgeschichte weiß.«

Wenn du wüsstest, wie groß Elias' Geschichtswissen tatsächlich ist.

Laut sagte ich: »Erzählst du den Leuten, wir wären befreundet, Elias?«

Elias legte sich die Hand unters Kinn und sah mich mit seinem feurigsten Blick an. »Wenn du mehr als nur mit mir befreundet sein willst, dann weißt du ja, dass ich bereit bin.«

Frank lachte laut. »Ich würde es nie wagen, so mit Anne zu sprechen. Haben Sie keine Angst vor ihr wie alle anderen?«

»Ich habe viel größere Angst, dass jemand sie mir vor der Nase wegschnappt.« Er schaute direkt in Varnars Richtung.

»Dafür besteht ganz sicher kein Risiko«, sagte ich scharf.

Elias' Augen blitzten auf. »Falls jemand die Chance hatte und sie vertan hat, dann ist derjenige dümmer als erlaubt. Man wirft Gold nicht einfach auf die Straße.«

»So ist es«, sagte Frank und legte mir einen Arm um die Schulter. »Du bist vielleicht ein wenig starrsinnig, aber dafür lieben wir dich. Wäre ich fünfundzwanzig Jahre jünger, würde ich mein Glück bei dir versuchen.«

Ich sah zu Elias, und wir mussten beide lachen. Der Altersunterschied hielt Elias mit Sicherheit von gar nichts ab.

Plötzlich stand Peter neben uns.

»Noch zwei Bier«, sagte er an Frank gewandt, der mich losließ. Er nickte Peter zu, nahm zwei Biergläser und begann zu zapfen.

Peter starrte mich an, ohne zu blinzeln.

Oh Mann. Ich hatte gerade so gute Laune bekommen.

»Na, willst du deine Haare nicht wieder rot werden lassen, Psycho, so wie früher?«, sagte er so laut, dass alle es hören konnten. »Vielleicht gibt es noch mehr Leute, die rothaarige Mädchen um die Ecke bringen wollen.«

Die Musik lief weiter, doch sämtliche Gespräche erstarben. Varnar hob den Kopf, Franks Hand erstarrte am Zapfhahn, und Elias riss die Augen auf. Ich nahm an, Elias und Frank würden mich verteidigen, doch sie sahen nur schockiert in Peters Richtung. Frank reichte ihm das Bier und nahm das Geld entgegen.

So viel zu Hakims Ratschlag, meine natürliche Haarfarbe geheim zu halten.

Varnar kam zu mir herüber und zog mich auf die Seite. Er wollte mir nicht in die Augen sehen.

»Wie kommst du nach Hause?«

»Ich muss erst noch woandershin. Elias fährt mich danach heim.«

Varnars Lippen bildeten einen dünnen Strich. Er hob seinen Blick in Elias' Richtung, der sich auf dem Barhocker nach hinten lehnte und vielsagend die Augenbrauen hob. Varnar sagte kein Wort mehr, stand auf, ging davon und ließ die Tür hinter sich zufallen.

Frank rief Mathias und mich zu sich.

»Schließt ihr ab?« Er drückte mir einen Schlüsselbund in die Hand. »Soll ich euch den Code aufschreiben?«

Mathias tippte sich mit einem Finger an die Schläfe. »Sag ihn einfach. Ich habe ein phänomenales Gedächtnis.«

Ich atmete kräftig aus, um ein Lachen zu unterdrücken, Frank bemerkte aber nichts. Er wirkte mit einem Mal zerstreut, nannte ihm eilig den Code und verschwand aus der Tür.

Mathias und ich machten alles fertig, während Elias draußen auf uns wartete. Ich schaltete die Lichter aus, und Mathias gab den Code ein, bevor wir den Diner verließen und die Tür schlossen.

Elias lehnte an der Mauer und drückte sich mit einem Fuß ab, bereit zu gehen. Aus der dunklen Gasse hinter dem Frank's kam plötzlich ein Mann, der eine Hand hinter seinem Rücken verborgen hielt. Er hatte ein Halstuch über Mund und Nase gezogen, daher konnte ich nur erkennen, dass er eine Glatze hatte und dünn war. Er steuerte direkt auf Mathias zu. Zu spät richtete ich meine gesamte Aufmerksamkeit auf ihn.

Was …?

Triumph und Wiedererkennen pulsierten aus ihm. Er nahm den Arm nach vorn, und ich sah, dass er eine abgesägte Schrotflinte in der Hand hielt.

»Hast du wirklich gedacht, wir würden dich nicht finden?« Er zielte mit dem Gewehr auf Mathias. »Das hier ist ein Gruß von Big T.«

Instinktiv machte ich einen Schritt nach vorn, zwischen die Waffe und Mathias, doch Elias packte mich an der Taille und riss mich genau in dem Moment zurück, als der Mann den Abzug betätigte.

Ein lauter Knall erscholl, gefolgt von einem Krachen, und ich stand so nah daneben, dass ich die Druckwelle spürte. Eine Blutfontäne spritzte auf mich, als Mathias' Brustkorb explodierte.

Der Mann rannte davon, und seine Schritte hallten in der Gasse hinter uns wider, während Mathias vor mir blutüberströmt zu Boden sank. Ich schrie und warf mich nach vorn, weil mein Freund in einer Blutlache lag, mit einem riesigen Loch an der Stelle, wo seine Brust hätte sein sollen. Neben ihm kniend, umfasste ich sein Gesicht mit beiden Händen. Ich wusste, dass er am liebsten Luna als Letztes auf dieser Welt gesehen hätte, aber jetzt musste er sich mit mir begnügen. Er sah mich mit seinen wunderschönen, strahlend blauen Augen an und versuchte zu lächeln. Seine Zähne waren voller Blut.

»Anne«, sagte er mit schwindender Stimme.

Ich schluchzte heftig, als sich seine Augen schlossen und er vollkommen reglos dalag.

Seine Aura flimmerte schwach, bevor sie ganz erlosch, als hätte jemand eine Kerze ausgepustet.

KAPITEL 22

»Wir müssen gehen.« Elias' Stimme klang sanft, und er legte mir eine Hand auf den Arm.

»Warum hast du mich weggezogen?«, rief ich. »Ich hätte ihn retten können.«

»Anne«, wiederholte Elias etwas lauter.

»Lass mich«, schluchzte ich, während ich Mathias' hübsches, blutüberströmtes Gesicht streichelte.

Er lag beängstigend reglos da.

Ich griff seine Hand.

Es musste Einbildung sein, aber ich meinte, ein schwaches Zucken zu spüren.

Ich schaute auf unsere Hände.

Er drückte kaum merklich meine Hand.

Bitte was?

Neongrünes Licht begann aus ihm herauszuwabern, und er blinzelte.

»Was ist passiert?«, fragte er.

Ich sah auf die zerfetzte Jacke. Seine Brust war entblößt und eigentlich nicht mehr vorhanden.

»Was zur …« Meine Stimme erstarb.

Elias packte meinen Arm und zog mich hoch.

»Wir müssen ihn zu Od bringen. Jetzt sofort!« Er half Mathias auf die Beine.

»Wie? Das ist doch unmöglich?«, flüsterte ich.

»Hilf mir, ihn zum Auto zu bringen.«

Mechanisch kam ich seiner Aufforderung nach, und wir stützten Mathias, der mit wackeligen Schritten zwischen uns ging.

»Elias, was zur Hölle ist hier los?«, fauchte ich. »Lebt er?«

»Er lebt. Vermutlich steht er unter Schock, aber für einen wie ihn ist das bloß eine Schramme.«

»Für einen wie *ihn*?«

»Od wird dir alles erklären. Jetzt müssen wir ihn erst mal hier wegschaffen, bevor jemand die Polizei und den Rettungsdienst alarmiert. Der Schuss und deine Schreie dürften in halb Dänemark zu hören gewesen sein.«

Bevor wir losfuhren, schnitt Elias Mathias' Jacke und den Pulli auf. Mir kam es fast hoch, als ich die Verletzungen sah, die der Schuss angerichtet hatte. Mathias' Aura war vollkommen verschwunden, und er flimmerte hellgrün.

Es war eine seltsame Fahrt.

Mathias hockte auf dem Rücksitz und blickte stumm in die Dunkelheit. Ich saß neben ihm und redete auf ihn ein, voller Panik, er könnte entweder die Augen schließen und sterben oder aber an sich hinabsehen und das klaffende Loch in seiner Brust entdecken. In einer Tour wiederholte ich, dass er es schon schaffen werde, wusste allerdings selbst nicht, ob es stimmte oder eine dicke, fette Lüge war.

Elias schwieg.

Als wir beim Bootsmann ankamen, betrat ich als Erste Ods sechseckiges Büro. Bei meinem blutüberströmten Anblick riss er erschrocken die Augen auf.

»Nicht ich«, sagte ich durch zusammengebissene Zähne.

Od gewann seinen gewohnt gelassenen, sanften Ausdruck zurück, als er sah, wer der Verletzte war. Wir bugsierten Mathias aufs Sofa, wo er, anscheinend ohne sonderlich viel von seiner Umgebung mitzubekommen, sitzen blieb. Blutige Haarsträhnen klebten ihm im Gesicht.

»Wie hat er sich denn so übel verletzt?«, fragte Od.

Elias stellte sich mit verschränkten Armen hinter das Sofa. »Sieht aus, als wäre er heute Abend von seiner Vergangenheit in Form eines Schlägertypen mit abgesägter Schrotflinte eingeholt worden.«

Od besah sich die Verletzungen, ohne auch nur im Entferntesten alarmiert zu wirken. Er beugte sich zu Mathias hinunter, sodass ihre Gesichter auf einer Höhe waren. Dann fokussierte Mathias seinen Blick auf Od.

»Sie«, sagte er apathisch.

Ich sah vom einen zum anderen. »Ihr kennt euch?«

»Ihm gehört der Salon meiner Mutter«, sagte Mathias mit merkwürdig monotoner Stimme, die so überhaupt nicht nach ihm klang. »Warum haben Sie den Salon gekauft?«, fragte er Od.

»Um dich hierherzubekommen.« Ods Augen blitzten auf. »Ich beobachte dich schon lange, Mathias Jarl.«

Ich wunderte mich, woher Od Mathias' mittleren Namen kannte. Er benutzte ihn nie.

»Warum haben Sie mich beobachtet?«

»Weil ich alle deiner Art beobachte.«

»Was bin ich?« Mathias' Stimme hatte einen Hauch Leben zurückgewonnen.

Od setzte gerade zu einer Antwort an, doch ich unterbrach ihn mit einem genervten Seufzer.

»Hallo, gibt es nicht eine etwas wichtigere Frage?« Ich deutete auf Mathias' Brust. »Wird das wieder okay?«

Ich blickte auf das Loch und sah etwas da drinnen pochen. Mathias' Gesicht zeigte keine Regung, doch hinter den halb zersprengten Rippen begann sein entblößtes Herz schneller zu schlagen, während wir auf Ods Antwort warteten. Od lehnte sich gegen den Schreibtisch.

»Mathias wird in kürzester Zeit heilen. In einer Woche ist nicht einmal mehr eine Narbe zu sehen.«

Jetzt, wo ich genau hinschaute, hatte die Wunde bereits begonnen, sich an den Rändern zu schließen. Die Blutung hatte längst aufgehört, und einige Schrotkörner ploppten aus der Wunde. *Uff.* Ich atmete aus, und Od wandte sich wieder Mathias zu.

»Ich wollte nicht, dass du es auf diese Weise erfährst, aber es lässt sich nie vorhersehen.« Er lächelte mitfühlend. »Mathias, du weißt sicher schon eine Weile, dass du anders bist. Dass etwas anderes, etwas Nicht-Menschliches, in dir wohnt.«

Mathias nickte langsam.

»Das liegt daran, dass du ein Hybrid zwischen zwei Geschöpfen bist. Eine Hälfte von dir *ist* menschlich. Die Hälfte deiner Mutter. Doch dein Vater ist kein Mensch.« Od hielt inne, als suchte er nach Worten. »Dein Vater ist ein Gott«, sagte er schließlich, und ich merkte, wie sich mein Mund öffnete. Od bedeutete mir mit erhobener Hand, dass er noch nicht fertig war. »Das heißt, deine andere Hälfte ist göttlich. Wesen wie dich nennt man Demigötter.«

Ich fand meine Stimme wieder und hörte selbst, dass sie nahezu hysterisch klang. »Seien Sie still!«

Od sah mich gelassen an. »Du machst es deinem Freund nicht einfacher, es zu verstehen.«

Ich atmete ein paarmal tief ein und aus, um mich zu sammeln. »Sind Sie auch so ein Demigott?«

»Ja.«

»Wie ist das möglich?«

»Die Götter existieren«, sagte Od, und in seinen Worten schwang ein *Akzeptier es einfach* mit. »Sie gehören in eine andere Welt, doch hin und wieder kommen sie in diese. Und manchmal sehen sie einen Menschen, der ihnen gefällt. Wesen wie Mathias und ich sind das Ergebnis.«

»Wenn Sie *Götter* sagen, dann meinen Sie Odin und Thor und die alle?«

Od nickte.

»Und die gucken sich Menschen aus, mit denen sie ins Bett gehen, und daraus entstehen dann Demigötter?«, fragte ich.

»So ist es«, sagte Od und lächelte.

»Wer ist mein Vater?«, fragte Mathias mit halb geschlossenen Lidern.

»Ich weiß nicht, welcher der Götter es ist. Wenn die Zeit reif ist, wird sich dein Vater dir zeigen.«

Von Ods menschlicher Hälfte empfing ich deutlich, dass er nicht die ganze Wahrheit sagte. Aus Rücksicht auf Mathias hielt ich den Mund.

Mathias runzelte leicht die Brauen, als ob sein Verstand nicht ganz folgen könnte. Dann schloss er die Augen, und seine Atmung wurde langsam und rhythmisch.

»Ich glaube, mehr verkraftet er nicht«, sagte ich.

»So geht es den meisten, wenn sie es erfahren. Einige reagieren sehr heftig. Eigentlich nimmt er es sehr gut auf.« Od wandte sich an Elias. »Mach ihn sauber und besorg ihm ein Bett. Er kann heute Nacht hier schlafen.«

Elias, der sich ausnahmsweise mal im Hintergrund gehalten hatte, rüttelte Mathias, der dösig auf die Beine kam. Sie gingen zur Tür.

»Elias«, sagte Od.

Sie blieben stehen, und Elias drehte sich um.

»Verbrenn seine blutige Kleidung und entsorge das Waschwasser im Meer. Wenn du fertig bist, kannst du Anne nach Hause fahren.«

Elias' Gesichtsausdruck veränderte sich nicht. Er nickte, und sie verschwanden durch die Tür.

»Warum das?«

»Unser Blut ist kraftvoll. In den falschen Händen kann es großen Schaden anrichten.«

»Wollen Sie damit sagen, dass Elias falsche Hände hat?«

Od antwortete nicht. Stattdessen öffnete er eine Tür des Schreibtisches und holte eine Flasche und zwei Becher heraus. Er schenkte eine goldene Flüssigkeit ein und reichte ihn mir. »Direkt aus Heidruns Eutern.«

Ich nahm den Becher und nippte an dem Getränk. Es schmeckte gleichzeitig scharf, süß und würzig und wärmte und beruhigte jede Faser meines Körpers. Ich setzte mich.

»Sie sind also zur Hälfte ein Gott?«

Od erwiderte meinen Blick bestätigend.

»Wer ist Ihr Vater?« Ich unterbrach mich selbst. »Ah. Od Dinesen. Odins Sohn. Hab ich recht?«

Od nickte. »Odin ist mein Vater.«

Von der Hausarbeit in Geschichte wusste ich noch, dass Odin der Obergott in Walhall war. »Sind Sie so eine Art Boss für die Demigötter?«

»In gewisser Weise. Meine Aufgabe ist es, den Überblick über sie zu behalten und diejenigen, die sich in der menschlichen Welt befinden, anzuleiten. Nicht alle gehen mit ihrer Übermenschlichkeit gleichermaßen gut um.«

Eine Weile schwieg ich, unfähig, Worte zu finden.

»Gibt es auch noch an anderen Orten Demigötter?«, fragte ich schließlich.

Od faltete die Hände um den Becher. »Hier werden wir Demigötter genannt. Wir sind stärker, klüger und schneller als die Menschen, und wir werden als attraktiver wahrgenommen.«

Ich hob die Augenbrauen, um anzudeuten, dass Od nicht gerade an mangelndem Selbstbewusstsein litt.

Mit einem Lächeln fuhr er fort: »In Walhall gibt es ebenfalls einige unserer Art, aber dort werden sie Halbgötter genannt. Die Halbgötter werden von Göttinnen geboren und haben menschliche Väter. Sie werden buchstäblich als halbe Götter betrachtet und nehmen daher den niedrigsten Rang in der Hierarchie ein. Demigötter haben menschliche Mütter und werden hier in Midgard geboren. Genetisch sind wir gleich, und doch werden wir sehr unterschiedlich behandelt.«

»Das stinkt den Halbgöttern wahrscheinlich ein bisschen?«

Od legte den Kopf schief. »Einigen.«

Ich lehnte mich müde zurück. »Wie alt sind Sie?«

Od antwortete nicht.

Ich verdrehte die Augen. »Den Punkt, an dem mich noch irgendetwas schocken kann, habe ich hinter mir gelassen. Sie können es mir ruhig erzählen, falls es kein Geheimnis ist.«

»Es ist kein Geheimnis. Jedenfalls nicht für die Eingeweihten.« Er sah mich durchdringend an. »Und allmählich gehörst du wohl zu diesem Kreis.« Er lächelte erneut, und ich schmolz wie üblich dahin. »Ich wurde im Jahr 754 geboren«, sagte er leichthin, doch für eine Sekunde sah ich die Last der vielen Jahre auf seinen Schultern.

Auf meine eigene Weise wusste ich, wie schwer die Vergangenheit wiegen kann. Ich schloss die Augen und ließ sein Alter sacken.

»Ist Elias genauso alt wie Sie?«

»Elias muss dir seine Geschichte selbst erzählen.«

Ja, ja, dachte ich. *Man redet nicht über andere*.

»Möchtest du sonst noch etwas wissen?« Od sah mich an. »Dann nur zu.«

»Da wäre noch eine ganz grundlegende Frage, auf die ich gern eine Antwort hätte«, sagte ich. »Ich habe gesehen, wie Mathias die Brust weggeblasen wurde und er kurz darauf wieder aufgestanden ist. Können Demigötter überhaupt sterben?«

»Wir können sterben. Er *ist* ja gestorben.« Od legte den Kopf schief. »Aber im Tod muss ein Element der Selbstopferung enthalten sein. Man könnte sagen, wir müssen ihn aus freien Stücken wählen. Und wenn wir uns opfern, ist unser Tod äußerst kraftvoll.«

»Er …? Meinen Sie …? Aber das mit der Selbstopferung ist doch eine ganz andere Religion. Ich dachte, wenn man einem Glauben angehört, schließt das alle anderen aus.«

Od leerte seinen Becher. »Manche sind der Meinung, dass die Götter im Grunde dieselben sind, nur mit unterschiedlichen Namen in den verschiedenen Kulturen. Odin und Janus sind eins,

Hel und Kali, Freyja und Aphrodite, und so weiter. Andere halten es für eine Todsünde, andere Götter außer den eigenen anzuerkennen. Aber eines ist sicher. Die Götter existieren nur, wenn jemand an sie glaubt.«

Hm. »Wissen Sie, woher die Götter kommen?«

»Manche denken, sie hätten das Universum und die Menschen erschaffen, andere glauben, der Mensch hätte die Götter erdacht und diese seien Manifestationen des menschlichen Glaubens.«

»Ein bisschen wie die Henne und das Ei«, sagte ich trocken.

Od lachte sein typisches raues Lachen. »Genau.«

»Und Sie sind sowohl Henne als auch Ei.«

»Das bin ich wohl.«

»Und welche Ihrer Hälften hat dann die andere erschaffen?«

Od überlegte eine Weile. »Wissenschaftler haben mal ein Experiment durchgeführt«, sagte er. »Sie maßen die Gehirnaktivität von religiösen Menschen während der Meditation. Wie sich herausstellte, ist dasselbe Hirnareal aktiv, wenn man innerlich die Stimme eines Gottes vernimmt, wie wenn man etwas Konkretes hört. Bittet man dieselben Menschen, sich vorzustellen, dass sie etwas hören, wird ein völlig anderes Hirnareal aktiv.«

Ich beugte mich vor. »Das ist doch ein Beweis dafür, dass die Götter existieren.«

»Oder aber dafür, dass das menschliche Gehirn in der Lage ist, etwas Konkretes rein aus Überzeugung zu erschaffen.« Od beugte sich ebenfalls vor und hielt meinen Blick fest.

Wie immer war ich außerstande, mich zu rühren.

»Das menschliche Gehirn«, sagte er, während er die Hand ausstreckte und mir mit dem Finger über die Stirn strich, »ist ein Mysterium. Hat das Gehirn die Götter erschaffen, oder haben die Götter das Gehirn erschaffen? Selbst nach über zwölfhundert Jahren habe ich darauf keine Antwort.«

Er zog die Hand zurück. Ich schreckte hoch, wie wenn man aus einem dieser Träume erwacht, in denen man in die Tiefe stürzt.

Od fuhr unbeirrt fort: »Wichtig ist im Grunde nur, dass die Götter auf den Glauben der Menschen angewiesen sind. Wer vergessen wird, siecht dahin und vergeht. Im Laufe der Zeit hat es viele verschiedene Gottheiten gegeben. Die meisten von ihnen sind inzwischen verschwunden.«

»Wer ist vergessen worden und dann vergangen?«

»Es gab beispielsweise den keltischen Gott Lugh. Vor einigen Tausend Jahren beteten viele Millionen Kelten ihn an. Doch dann töteten die Römer die Druiden, und die Leute hörten allmählich auf, an ihn zu glauben.« Od zuckte mit den Achseln. »Und dann verschwand er. Als ob er nie existiert hätte.«

»Warum?«

»Die Götter brauchen es, von den Menschen angebetet zu werden.«

»Also ist es eigentlich egal, ob zuerst die Henne oder das Ei kam.«

Od lachte wieder. »Du musst aufhören, die Götter mit Hennen gleichzusetzen.«

Ich ignorierte ihn. »Wenn es die Götter gibt – zumindest die nordischen –, wie sieht es dann mit der Mythologie aus? Existiert zum Beispiel Walhall? Ich meine, ist es ein Ort?«

»Ja. Es ist ein Ort. Ich besuche ihn jedes Jahr ein paar Mal.«

»Wo liegt Walhall?«

»Walhall liegt an keinem geografischen Ort. Es befindet sich eher auf einer anderen Ebene. Ich stelle mir unser Universum als ein Haus vor, in dem die Welten auf die verschiedenen Stockwerke verteilt sind.«

»Welten? Mehrzahl?«

»Ja. Hast du ernsthaft gedacht, diese Welt sei die einzige?«

»Darüber habe ich noch nie nachgedacht – also ja, vermutlich schon.«

»Wenn man sich das Universum als Haus vorstellt, dann befindet sich die Welt der Menschen, Midgard, im Erdgeschoss. Jötunheim, die Welt der Riesen, und mehrere andere Welten liegen im ersten und Walhall im zweiten Stock. Ganz oben, auf dem Dach des Hauses, wenn man so will, breitet Yggdrasil, die Weltesche, ihre Äste über alle Welten aus.«

»Was ist im Keller?«, wollte ich wissen.

Ods Blick wurde dunkel. »Lass uns jetzt nicht darüber sprechen.«

Ich nahm einen Schluck von der Flüssigkeit. Sie brannte den ganzen Weg die Kehle hinunter, und ich atmete hörbar aus. »Sollte ich sonst noch etwas wissen?«

»Jede Menge, aber ich würde vorschlagen, wir gehen es langsam an.« Od richtete seinen sanften Blick auf mich. »Was ist mit dir, Anne? Wie geht es dir?«

»Tja. Ich hatte ein paar ereignisreiche Tage. Unter anderem habe ich herausgefunden, dass Arthur mein Vater ist. Aber das wussten Sie ja schon.« Ich schnitt eine spöttische Grimasse. »Übrigens danke, dass Sie diese Information mit mir geteilt haben.«

»Dir das zu erzählen, war nicht meine Aufgabe. Arthur und ich waren uns einig, dass er dir seinen … Zustand erklären sollte.«

»Ja, ja …« Ich hielt inne. »Können Sie und Mathias mit ihm reden, weil ihr Demigötter seid?«

»Ja. Unsere göttliche Seite ermöglicht es uns, mit den Geistern zu sprechen. Anders als die Menschen unterscheiden die Götter nicht zwischen der Welt der Lebenden und der der Toten.«

»Ich kann ihn auch sehen.«

»Du bist bei Weitem kein gewöhnlicher Mensch.« Od füllte erneut unsere Becher.

»Im Vergleich zu euch allen bin ich eigentlich ziemlich normal.« Ich hob den Becher und prostete ihm ironisch zu. »Davon abgesehen, dass ein Polizist glaubt, ein Mörder sei hinter mir her.«

Od neigte erneut den Kopf zur Seite, so wie er es anscheinend tat, wenn ihn etwas überraschte oder verärgerte. »Wie kommt er darauf?«

»Weil ich eigentlich rote Haare habe, und er meint, dass dort draußen immer noch jemand rumläuft, der mit Vorliebe rothaarige Mädchen mit dunkler Vergangenheit erdrosselt.«

Od kam nicht zum Antworten, denn in diesem Moment kehrte Elias zurück.

»Mathias schläft«, sagte er. »Anne, möchtest du nach Hause?«

So was von. Ich nickte, und Elias verschwand durch die Tür. Ich stand auf und wollte ihm folgen, doch Od stellte sich vor mich. Ich musste den Kopf in den Nacken legen, um zu ihm hochzuschauen.

Er sah mir in die Augen, und ich war in seinem Bann.

»Pass auf dich auf«, sagte er und küsste mich sanft wie ein warmer Windhauch auf die Stirn. Er schimmerte leicht silbrig. Dann wandte er sich ab, und es war, als hätte jemand die Sonne erlöschen lassen.

Ich stolperte hinaus zu Elias, der im Auto auf mich wartete. Während der Fahrt war er ungewohnt schweigsam und gedankenverloren. Der einzige Moment, in dem er mir flüchtig Beachtung schenkte, war, als er mir eine Tüte Bonbons reichte.

Nach der Hälfte der Strecke wurde es mir zu blöd. »Willst du nicht irgendetwas sagen?«

Elias hielt den Blick auf die Straße gerichtet.

»Worüber?«, erwiderte er mit einer Stimme bar jeden Gefühls. »Darüber, dass du in Wirklichkeit rothaarig bist? Dass du heute Abend so töricht warst, dir beinahe die Birne wegpusten zu lassen?«

Er bremste leicht, als sich die Fahrbahn teilte, und hielt sich rechts. »Oder dass die Polizei den Verdacht hat, jemand könnte hinter dir her sein, und du trotzdem nicht auf dich aufpasst?«

»Was soll das heißen, ich passe nicht auf mich auf? Und woher weißt du, dass die Polizei glaubt, jemand wäre hinter mir her?«

»Ich habe dein Gespräch mit Od durch die Tür belauscht«, antwortete Elias ohne jede Scham. »Und du passt in vielerlei Hinsicht nicht auf dich auf. Davon abgesehen, dass du dich, unmittelbar bevor sie abgefeuert wurde, vor eine Waffe gestellt hast, bist du soeben mitten im Niemandsland zu einer Person ins Auto gestiegen, die gerade erst mitgehört hat, dass du rothaarig bist, und obendrein deinen Hintergrund kennt.«

»Wir beiden sind schon öfter allein gewesen.«

»Da wusste ich das mit deiner Haarfarbe nicht.«

»Aber du willst mir doch nichts tun.«

Elias bremste scharf, lenkte das Auto auf den Seitenstreifen und schaltete die Scheinwerfer aus. Hier draußen auf dem Land gab es keine Straßenbeleuchtung. In der Ferne sah ich die beiden rot glühenden Lichter eines Windrads. Sie glichen einem Paar böser Augen.

»Woher willst du das wissen?«, fragte er in die Dunkelheit, und auf einmal hörte ich sein hohes Alter in Form eines zynischen Untertons, der sonst nicht in seiner Stimme mitschwang.

Langsam, aber stetig beschleunigte sich mein Puls. »Ich warne dich: Falls du vorhast, etwas zu versuchen, werde ich dir so was von in den Arsch treten.«

Ich hatte mir nie Gedanken darüber gemacht, ob Elias kämpfen konnte, aber spontan schätzte ich, dass meine Chancen nicht schlecht standen.

»Zwei der Mädchen wurden vor ihrer Ermordung betäubt. Ich habe dir gerade ein Bonbon gegeben.«

Ich leckte mir über die Lippen, die noch immer leicht süß schmeckten.

Elias fuhr fort: »Ich brauche nur zu warten, bis die Betäubung wirkt, dann bist du mir vollkommen hilflos ausgeliefert.« Er schaltete die kleine Deckenlampe des Autos ein und drehte sich zu mir. In der spärlichen Beleuchtung wirkte sein Gesicht älter. Reglos blickte er mich an. Ich starrte zurück. Falls Elias mir etwas antun wollte, würde er es durchziehen, egal ob ich um mein Leben flehte oder nicht.

»Wenn du mich umbringen willst, warum hast du mich dann weggezogen, als Mathias angeschossen wurde?«

»Vielleicht möchte ich erst meinen Spaß mit dir haben, bevor ich dich töte.«

»Was hast du vor?«, flüsterte ich, wütend über meine dünne Stimme.

»Ich habe vor, etwas zu demonstrieren.«

»Und zwar was?«

»Dass du den Ernst der Lage nicht begreifst und dich dadurch in Lebensgefahr bringst.« Sein Gesicht nahm wieder den üblichen kecken Ausdruck an.

Ich hatte große Lust, ihm eine runterzuhauen. »War das nur, um mir eine Lektion zu erteilen?«

»Ja. Hat es funktioniert?«

»Vielleicht ein bisschen«, sagte ich.

Elias schien eine Untertreibung zu erkennen, wenn er sie hörte. Er lachte und lenkte das Auto zurück auf die Fahrbahn.

Ich seufzte. »Einen Augenblick dachte ich wirklich, du wärst es. Alles hätte gepasst. Auch dass du heute Abend von meiner richtigen Haarfarbe erfahren hast.«

»Ach was. Ich weiß schon lange, dass du rothaarig bist.«

»Woher?«

»Ich habe es gesehen, als ich dich durch einen unglücklichen Zufall …«, er hielt abwehrend eine Hand hoch, »… im Bad überrascht habe.«

»Was? Oh, äh, ach ja.« Ich errötete und verbarg mein Gesicht in den Händen. »Es wundert mich ja, dass du das nicht schon früher erwähnt hast«, murmelte ich zwischen den Fingern hindurch.

»Anders, als die meisten glauben, bin ich ein Gentleman.«

Vorsichtig senkte ich die Hände. »Ist wirklich jemand hinter mir her?«

»Durchaus denkbar.«

Wir bogen in die Kraghede Landstraße ein.

»Bevor du geboren wurdest, haben sich deine Eltern mit einigen Leuten überworfen. Es wäre möglich, dass du die Folgen zu spüren bekommst.« Elias hielt inne.

»Lass mich raten«, sagte ich ergeben. »Du kannst mir keine weiteren Details erzählen.«

Elias sah mich kurz mit einer Mischung aus Wärme und Traurigkeit an, ohne zu antworten. Wir holperten den Feldweg hinauf und hielten vor Odinshöhe an.

»Bittest du mich noch herein?«

»Was glaubst du wohl?«

»Ich habe gesehen, wie du Varnar heute Abend angeschaut hast, und ich weiß, wenn ich chancenlos bin. Ich habe es aufgegeben, dein Herz zu gewinnen – vorerst.«

Unwillkürlich lachte ich auf. »Irgendetwas sagt mir, dass es nicht mein Herz ist, an dem du interessiert bist.«

»Du hast mich wie immer durchschaut.« Er neigte den Kopf. »Aber tatsächlich wollte ich nur einige Grundregeln durchgehen, wie sich eine möglicherweise gejagte junge Frau am Leben hält.«

Das konnte vermutlich nicht schaden, und falls Elias vorhatte, mich abzumurksen, hätte er es irgendwo draußen in der Pampa getan. Ich winkte ihn herein.

Am Esstisch schenkte sich Elias ein weiteres Glas Met ein, während ich selbst an einer Tasse Tee nippte. Was mich anging, hatte ich für heute genug Alkohol intus. Bei ihm schien das Gegenteil der Fall zu sein – es war bereits sein drittes Glas. Zwei Kerzen auf dem Tisch waren das einzige Licht im Haus.

Ich hatte mich notdürftig im Bad gewaschen, aber irgendwie wollte Mathias' Blut nicht gerinnen. Obwohl der Anschlag auf ihn Stunden zurücklag, war das Blut auf meinen Kleidern und in meinen Haaren noch immer warm und feucht. Das Wasser im Waschbecken färbte sich im Handumdrehen blutrot, und mit Ods Worten über das Demigötterblut im Hinterkopf spülte ich es anschließend gründlich weg. Dann ging ich ins Schlafzimmer, stopfte die blutigen Klamotten in eine Plastiktüte und versteckte sie ganz hinten im Schrank.

»Regel Nummer eins«, sagte Elias. »Bleib niemals allein mit jemandem, dem du nicht vertrauen kannst.«

»Woher weiß ich, wem ich vertrauen kann?«

Elias strich sich durch die wilden Locken. »Du musst Logik und dein Gefühl gebrauchen. Beispielsweise kenne ich deine natürliche Haarfarbe und deinen Hintergrund. Hätte ich dir etwas antun wollen, hätte ich es schon längst getan. Das ist die Logik, die du anwenden solltest. Dann sind da Luna und Mathias. Glaubst du im Herzen, dass sie dir schaden wollen?«

Ich schüttelte sofort den Kopf. »Nein. Ich vertraue den beiden zu hundert Prozent.«

»Was wäre, wenn einer der beiden zwischen dir und dem anderen wählen müsste?«

Ich schaute auf die Tischplatte, ohne eine Antwort herauszubringen. Elias ging nicht weiter darauf ein und fuhr fort: »Gibt es noch andere, denen du vertraust?«

Ich überlegte. »Arthur und Monster.«

Elias nickte. »Gut. Man soll sich im Leben einige wenige aussuchen, die man niemals infrage stellt. Sei dir allerdings bewusst, dass ebenjene dir am meisten schaden werden, sollten sie dich dennoch verraten. Noch etwas: Nur weil dich jemand nicht töten möchte, bedeutet das nicht, dass du demjenigen vertrauen kannst.«

»Trifft das beispielsweise auf dich zu? Ich wurde davor gewarnt, dir zu vertrauen.«

»Von Arthur?«

»Jepp.« Ich trank einen Schluck Tee.

Elias senkte den Blick. »Es ist verständlich, dass Arthur so etwas sagt.«

Ich wartete auf eine Erklärung, die jedoch nicht kam. »Lunas Eltern mögen dich auch nicht.«

Elias' trauriger Ausdruck wurde bitter. Dann wechselte er unvermittelt das Thema. »Was ist mit dem jungen Varnar? Kannst du ihm vertrauen?«

Schon bei der Erwähnung seines Namens zog sich mein Bauch zusammen. »Ja, ich glaube schon.«

»Warum?«

Ich war nicht bereit, in Varnars Fall mein Gefühl entscheiden zu lassen.

»Logisch betrachtet«, sagte ich, »weiß er schon seit einigen Tagen, dass ich rothaarig bin.«

»Hast du es ihm erzählt?« Elias leerte sein Glas und stützte sein Kinn auf die Hand.

»Nein. Er muss es vorgestern herausgefunden haben. So ungefähr auf dieselbe Art wie du.« Meine Wangen brannten, und ich schaute weg.

Ein Gefühl von Verschmähung schoss in Elias auf, aber er ließ sich nichts anmerken. »Warst du seitdem mit ihm allein?«

Ich überlegte. »Nein. War ich nicht.«

Elias sagte nichts weiter, sondern ließ mich den Gedanken allein zu Ende denken. Ein eisiger Schauer kroch mir über den Rücken.

»Kommen wir zu Regel Nummer zwei. Nimm niemals Essen oder Getränke von jemandem an, wenn du auch nur den geringsten Zweifel an seinen Absichten hegst.«

»Woher wusstest du, dass die Mädchen betäubt wurden?«

»Ich habe mein Quellen.«

»Weißt du, welches Betäubungsmittel es war?«

»Ich vermute, eine Mixtur namens Stjórna. Trinkt man sie, gerät man in eine Art hypnotischen Zustand, in dem man tut, was auch immer einem befohlen wird.«

»Kannst du sie herstellen?«

»Das können alle, die das Rezept haben. Die Herstellung ist nicht schwer.«

Hm. In der Vision schien der Mörder das Mädchen zu kontrollieren, und sie wehrte sich nicht gegen ihn.

»Wenn man nun etwas von diesem Ströhna eingenommen hat«, fing ich an.

»Stjórna«, korrigierte mich Elias und schenkte sich nach.

»Okay, meinetwegen auch Stjórna. Wenn man entdeckt, dass es einem verabreicht wurde, kann man etwas dagegen tun?«

»Nein, du verlierst das Bewusstsein und gerätst unter die Kontrolle deines Gegners. Es sei denn, du lernst, dagegen anzukämpfen.« Elias' Stimme klang auf einmal wie die eines Arztes.

Ich richtete mich auf. »Wie kämpft man dagegen an?«

»Indem man es übt. Ich kann dir eine Zeit lang regelmäßig kleinere Dosen verabreichen, damit sich dein Körper an den Stoff gewöhnt.« Er lächelte schief. »Das erfordert allerdings das erwähnte Vertrauen.«

»Ich werd's mir überlegen und melde mich bei dir«, sagte ich. Ohne darüber nachzudenken, strich ich mit der Hand über die tiefe Furche im Esstisch.

Elias' Blick folgte meiner Bewegung, er kommentierte sie jedoch nicht.

»Regel Nummer drei«, sagte er. »Solltest du dich in einer lebensgefährlichen Situation befinden, dann nimm alle Hilfe an, die du bekommen kannst, und denk erst später an die Konsequenzen.«

»Was meinst du?«

»Häufig wirst du Möglichkeiten haben, die du nicht wahrnehmen möchtest oder vielleicht sogar geschworen hast nicht zu nutzen. Aber wenn es dein Leben retten kann, dann tu, was auch immer nötig ist.«

Ich hatte keine Ahnung, wovon Elias da faselte. »Du scheinst ja sehr viel Erfahrung mit solchen Situationen zu haben.«

»Ich habe sehr viel Erfahrung mit allem.«

Einen Augenblick sahen wir uns an. Odinshöhe war von Dunkelheit umhüllt, und unser Platz am Esstisch musste, abgesehen von Ben und Rebeccas Haus, der einzige erleuchtete Ort im Umkreis von mehreren Kilometern sein.

»Wie alt bist du eigentlich?« Ich unterbrach mich selbst. »Ist es okay, wenn ich frage? Od wollte es nicht sagen.«

Elias sah auf die Tischplatte. »Ist schon in Ordnung. Ich wurde 1613 geboren.«

»Bist du auch so ein Demigott?«

Elias' Mundwinkel zog sich nach oben. »Ich bin zu einhundert Prozent menschlich.«

»Fuck«, rutschte es mir heraus. »Du bist aber kein Geist, oder?«

Elias lachte laut. Da fiel mir ein, dass ich ihn sowohl essen als auch trinken sowie mit einem Haufen Leuten hatte reden sehen, die weder Demigötter, hellsichtig noch ein Medium waren.

»Wie kannst du dann so alt sein?«

»Es gibt verschiedene Wege, ein hohes Alter zu erreichen«, wich Elias aus.

»Möchtest du das vielleicht genauer erklären?«

Elias schüttelte langsam den Kopf.

Auf einmal übermannte mich die Müdigkeit. »Hast du noch weitere gute Ratschläge, oder sind wir fertig?«

»Ich glaube, ich habe das meiste genannt.« Elias stand auf und wankte. »Ich fahre jetzt.«

»Bist du betrunken?«

»Nein, nein. Ich kann problemlos fahren.« Er machte einige Schritte vom Tisch weg, taumelte allerdings.

»So kann ich dich nicht fahren lassen. Stell dir vor, du fährst jemanden an. Wieso hast du so viel getrunken, wenn du mit dem Auto unterwegs bist?«

Er schielte zur halb leeren Metflasche.

»Es ist Jahre her, dass ich dieses Zeug zuletzt getrunken habe. Und ich musste den Schock betäuben, nachdem ich für den Bruchteil einer Sekunde dachte, du würdest erschossen.« Er verzog die Lippen zu einem freudlosen Lächeln. »Ich müsste sehr viel mehr trinken, wenn es meine Gefühle aufwiegen sollte.«

Ich warf entnervt die Arme hoch. »Dann penn halt hier. Hauptsache, du versprichst mir, dich nicht ans Steuer zu setzen. Ich gehe ins Bett. Und solltest du auch nur in die Nähe meines Schlafzimmers kommen, sei dir bewusst, dass ich mit einem Messer unter dem Kopfkissen schlafe.«

Elias legte sich die Hand aufs Herz. »Ich gebe dir mein Wort, dass ich mich deinen Gemächern fernhalte – bis du mich selbst hineinbittest.«

»Schön!« Ich ließ Elias im Wohnzimmer zurück, ging nach oben und fiel ins Bett.

Ein einziges Mal in der Nacht wachte ich auf, als von unten Musik erklang. Elias musste den alten Plattenspieler zum Laufen gebracht haben, und mir wurde bewusst, dass die Plattensammlung, die noch immer in dem alten Holzregal neben der Küchenbank stand, meiner Mutter und Arthur gehört hatte.

Als ich am nächsten Morgen hinunterkam, fielen gleißend helle Sonnenstrahlen ins Wohnzimmer. Auf dem Esstisch standen zwei leere Flaschen, darum herum lagen alte Schallplatten verstreut. Meine Bank stand schief, und ich rückte sie im Vorbeigehen ein wenig an ihren Platz zurück. Durch die offene Terrassentür sah ich Elias in der Morgensonne sitzen. Die Locken klebten ihm an der Stirn, und er hatte den Kopf über ein Glas gebeugt, das umgekehrt auf dem Tisch stand. Konzentriert starrte er hinein. Eine kleine Fliege krabbelte innen an der Wand des Glases entlang und versuchte, die durchsichtige Mauer zu durchdringen.

»Hast du überhaupt geschlafen?«, fragte ich. »Wie viel hast du getrunken?«

Elias gab keine Antwort.

»*In vino veritas*«, hörte ich ihn zu sich selbst flüstern.

Ich trat näher. »Was hast du da?«

Jetzt schaute er auf. Die Pupillen seiner graublauen Augen waren riesig. Er beugte sich leicht auf dem Stuhl vor, und einen Augenblick fürchtete ich, er würde vornüberkippen, doch er gewann die Balance zurück, indem er sich wieder nach hinten lehnte. Er nahm einige Male Anlauf.

»Eine Eintagsfliege«, nuschelte er. »Gerade ist sie voll des Lebens, doch morgen schon wird sie tot sein. Von der gesamten Ewigkeit lebt sie nur einen einzigen Tag lang.«

»Immerhin hat sie Glück mit dem Wetter«, sagte ich und betrachtete die Fliege in ihrem sonnenbeschienenen Glasgefängnis.

Elias richtete mühsam den Blick auf mich. Dann lachte er, doch es klang eher wie ein Schnauben. Er fuhr sich durch die feuchten Locken, dann wandte er sich wieder dem Glas zu.

»Ich grüble darüber nach, wie ich sie am Leben halten kann. Ihr Leben verlängern. Vielleicht könnte ich eine Mixtur brauen. Aber wie soll ich die Formel exakt berechnen, wenn das Wesen so winzig ist?« Er lachte erneut, diesmal mit einem hysterischen Unterton.

Die Fliege begann, sich um sich selbst zu drehen und mit den Flügeln zu flattern. Ich streckte den Arm aus und hob das Glas an. Die Fliege schwirrte davon und verschwand.

»Was hast du getan?«, rief Elias und machte eine fegende Armbewegung, mit der er das Glas vom Tisch wischte, sodass es auf den Steinfliesen zersplitterte. Er packte mein Handgelenk.

»Sie hat gelitten«, verteidigte ich mich.

»Ich hätte sie retten können.« Der Zorn eines Besoffenen glühte in seinen Augen.

»Entspann dich. Es war nur eine Fliege.« Ich versuchte, meine Hand zurückzuziehen.

»Es ist deine Schuld, dass sie heute sterben wird.«

Sein Gesicht verzog sich zu einer Grimasse, und er schloss die Augen. Dann löste er den Griff, beugte sich auf dem Stuhl sitzend vor und lehnte die Stirn gegen meinen Bauch, während er stoßweise einatmete. Er schlang die Arme um meine Taille, und ich spürte, wie Tränen mein T-Shirt durchnässten.

»Warum glaubt ihr alle, dass ihr ewig lebt?«, murmelte er in den Stoff.

Ich stand da und schaute hinunter auf seinen Nacken. Meine Hände schwebten über ihm, und ich hob und senkte sie einige Male. Schließlich legte ich sie auf seinen Kopf und streichelte über die Locken. Langsam entspannte er sich, und seine Atmung wurde ruhiger. Dann lehnte er sich schwer gegen mich. Wenn ich ihn nicht sofort hochbekam, würde er vom Stuhl fallen.

Ich knuffte ihn. »Komm. Du musst ins Bett.«

Irgendwie schaffte ich es, ihn auf die Beine zu hieven, und führte ihn in mein Gästezimmer. Dort bettete ich ihn aufs Schlafsofa und deckte ihn zu. Mit Augen, die nur noch schmale Schlitze waren, schaute er mich an.

»Danke«, flüsterte er.

»Wofür?«

»Danke, dass du einen alten Mann getröstet hast«, murmelte er. Dann schloss er die Lider, und sein Atem wurde langsam und rhythmisch.

Eine Weile stand ich vor dem Sofa und betrachtete sein jugendliches Gesicht und die weichen Locken. Dann strich ich ein einziges Mal mit der Fingerspitze über seine Wange, bevor ich das Zimmer verließ und mich auf den Weg in die Schule machte.

Vor der ersten Stunde versuchte ich, Luna so schonend wie möglich die Ereignisse des vergangenen Abends beizubringen. Leider zählt Feinfühligkeit nicht zu meinen Stärken, daher liefen ihr die Tränen übers Gesicht, bevor ich überhaupt bei der Heimfahrt mit Elias angelangt war.

»Mathias ist also okay?«, fragte sie.

»Laut Od wird er es in einer Woche sein.«

»Bist du ganz sicher?«

»Nein, ich bin mir nicht sicher. Als ich ihn das letzte Mal gesehen habe, war seine Brust pulverisiert, und ich konnte direkt auf sein Herz sehen.«

Lunas Augen verdrehten sich.

»Aber es hat noch geschlagen«, fügte ich hastig hinzu.

Sie schlug sich die Hand vor den Mund, sprang auf und rannte zum Klo.

Ups.

Kurz darauf kam sie reichlich blass um die Nase zurück. Sie ließ sich auf das rote Sofa fallen.

»Ich habe genug gehört. Aber ich bin froh, dass du dabei warst.«

»Hätte eigentlich gut darauf verzichten können.« Ich pulte an der zerschlissenen Polsterung des Sofas herum. »Aber sieh's auch mal positiv: Immerhin hat er herausgefunden, was er ist.«

»Unfassbar, dass er ein halber Gott ist. Das erklärt einiges.« Sie überlegte einen Moment. »Wer war der Typ, der auf ihn geschossen hat?«

»Keine Ahnung. Aber es war irgendein Racheding. Ich weiß nur nicht, wie sie ihn hier in diesem Nest gefunden haben.« Eine Weile starrte ich in die Luft.

Fuck! Fahrrad-Timmy. Er hatte Mathias erkannt, als wir mein Rad dort zur Reparatur ablieferten.

Luna bemerkte nichts von meinem Geistesblitz.

»Wir werden es wohl nie rauskriegen«, meinte sie.

Ich nickte abwesend. »Was ist mit dir? Haben dir deine Eltern noch etwas erzählt?«

Sie strahlte. »Massenhaft. Ich gehe jetzt in die Hexenlehre. Wir haben schon angefangen, alles Mögliche durchzugehen. Grundregeln und so.«

»Falls du vorhast, an mir zu üben, vergiss es. Ich hab keine Lust, in eine Kröte verwandelt zu werden.«

Wir lachten beide, dann wechselte Luna das Thema. »Hast du mit Varnar geredet?«

Ich studierte meine immer noch eisblauen Nägel. »Wir haben vor zwei Tagen zusammen trainiert. Aber Aella war mit dabei. Und selbst wenn sie nicht da gewesen wäre, hätten wir wahrscheinlich nicht darüber gesprochen.«

»Ich hätte schwören können, dass er deine Gefühle erwidert.«

Ich verzog das Gesicht. »Er fühlt sich einfach furchtbar, nach dem, was passiert ist.«

»Bildest du dir das nicht nur ein?«

»Nein, Luna. Ich *spüre* es. Zweifel ausgeschlossen.«

Luna biss sich auf die Lippe. »Glaubst du, du kommst über ihn hinweg?«

»Das muss ich ja wohl.« Ich wechselte das Thema. »Was ist mit dir und Mathias?«

Luna zog sich ihren neongelben Schal fester um die Schultern.

»Nicht so viel. Es fühlt sich einfach richtig an. Als wären wir schon immer füreinander bestimmt gewesen.« Sie schüttelte den Kopf, sodass die knallroten Locken auf und ab hüpften. »Es beruhigt mich, mit ihm zusammen zu sein. Ich brauche kaum darüber nachzudenken, welche Farben ich anziehen soll.«

»Lustig. Er hat dasselbe über dich gesagt.«

»Ehrlich?«

»Ja. Wenn ihr zusammen seid, fällt es ihm leichter, seine göttliche Seite zu kontrollieren.«

Luna schaute auf ihr Handy und seufzte. »Wir müssen los, Sport fängt gleich an. Oh Mann, dafür hab ich heute echt nicht die Energie.«

Ich verkniff mir zu sagen, dass es mir genau andersherum ging. Ich hatte wirklich das Bedürfnis, mich auszupowern.

Die Mutter in Pflegefamilie sechs, die mit der Freikirche, hatte mir wieder und wieder vorgebetet, dass Rache falsch sei. »Halte die andere Wange hin, Anne«, sagte sie, und da ich ihrem Rat im wahrsten Sinne des Wortes folgte, lief ich infolgedessen eine Woche lang mit einem Veilchen herum. Das war in dem Jahr, als ich zum zweiten Mal mit Peter in eine Klasse ging. Ab da war Schluss mit Nachsichtigkeit gegenüber denen, die mich oder die wenigen Menschen, die ich gernhabe, piesacken. Fahrrad-Timmy war keine Ausnahme.

Mühelos kletterte ich über den Zaun in den Hinterhof, wo Reihe um Reihe von Drahteseln mit kleinen weißen Zetteln stand. Ich hielt nach Kameras oder einer Alarmanlage Ausschau, entdeckte jedoch nichts. Dann fühlte ich mit meinem Spezialsinn nach und sah einen Strom von Menschen kommen und gehen. Die meisten schoben Fahrräder hinein oder hinaus.

Nachdem Elias mir beigebracht hatte, mich abzuschirmen, und ich meine Fähigkeit aktiv nutzte, statt sie nur herunterzufahren, konnte ich sie wesentlich besser steuern. Ein unerwartet positiver Nebeneffekt. Ich streifte durch den Hinterhof und berührte wahllos verschiedene Dinge, bis ich ein Stück brauchbarer Vergangenheit auffing. Zu später Nachtstunde sah ich einen Lieferwagen ankommen.

Timmy winkte ihn in den Hinterhof. Dann öffnete er die Seitentür des Wagens, steckte den Kopf hinein und sprach mit jemandem im Inneren. Ein Paar Arme reichte ihm eine Kiste hinaus. Dann erschien ein Gesicht. Ich erstarrte, als ich den Mann erkannte. Was zur Hölle machte er hier? Darüber musste ich später nachdenken. Jetzt beobachtete ich erst mal, wie Timmy die Kiste in einen Schuppen trug. Hinter mir fuhr der Lieferwagen rückwärts vom Hinterhof und verschwand wieder. Timmy sperrte den Schuppen mit einem riesigen Vorhängeschloss ab. Den Schlüssel versteckte er unter den Dachsparren.

Ich blinzelte die Vision fort und war wieder allein im Hinterhof. Schnell angelte ich mir den Schlüssel, der an der Stelle lag, wo Timmy ihn versteckt hatte. Ich atmete ein paarmal aus, dann steckte ich ihn ins Schloss.

Die Kiste stand noch immer im Schuppen. Ein hastiger Blick hinein offenbarte einen Haufen Tütchen mit roten und blauen Pillen, allesamt mit einem kleinen aufgedruckten Wolfskopf auf der Seite.

Alter! Das waren Drogen im Wert von Hundertausenden Kronen. Ich hatte meine Mitbewohner in diversen Wohngruppen kiloweise von dem Scheiß in sich reinstopfen sehen. In dem Milieu, dem ich unfreiwillig angehört hatte, waren genau diese Pillen dafür bekannt, relativ rein und ungefährlich zu sein. Vor allem waren sie irre teuer, was zu ihrem exklusiven Ruf beitrug. Die roten Pillen, die Skalli genannt wurden, putschten auf und führten zu einem beinahe manischen Verhalten, das diejenigen, die sie genommen hatten, glauben ließ, sie könnten auf Wasser gehen. Die blauen Pillen wurden Hati genannt und verursachten einen tiefen, gedankenverlorenen Rausch.

Instinktiv wich ich zurück. Allein schon mit der Kiste im selben Raum zu sein, konnte mich ein Jahr Jugendknast kosten. Ich hastete aus dem Schuppen, ließ das Schloss einrasten und legte die Schlüssel zurück. Mit einem Satz sprang ich über den Zaun und rannte ein Stück die Straße hinunter. Dann blieb ich stehen, lehnte mich gegen eine Mauer und zog mein Handy hervor.

Hakim nahm beim zweiten Klingeln ab.

»Wie ernst nehmt ihr es mit anonymen Tipps? Kann man davon ausgehen, dass ihr einen anonym bleiben lasst?«

»Ich kann hören, dass du es bist, Anne.«

»Dann habe ich vielleicht gar nichts zu erzählen.«

»Okay. Ich kann nicht hören, dass du es bist.«

Ich machte eine lange Pause, während der Hakim geduldig am anderen Ende wartete.

»Ich denke, du solltest Fahrrad-Timmy mal genauer unter die Lupe nehmen. Fang mit dem Schuppen in seinem Hinterhof an.«

»Hat es etwas mit den toten Mädchen zu tun?«

»Das glaube ich nicht, aber du solltest es trotzdem tun.«

»Ich werde es mir anschauen. Wo bist du? Ich kann sofort ko…«

Ich legte auf. Dann ging ich zurück zum Diner, um mein Fahrrad zu holen, das ich beim letzten Mal dort hatte stehen lassen, und fuhr nach Hause.

In Odinshöhe angekommen, ging ich direkt ins Bett und versuchte mit geschlossenen Augen, die Ereignisse der letzten Tage sacken zu lassen. Es war keine leichte Aufgabe, und bevor es klappte, glitt ich in den Schlaf.

Ich fand mich in dem großen Bett in dem merkwürdigen Raum mit den gobelinbedeckten Wänden wieder. In der Luft hing noch immer ein würziger Geruch, und das Feuer prasselte im Kamin.

Instinktiv sah ich mich nach Varnar um.

»Er ist nicht hier«, sagte eine Mädchenstimme.

Ich sprang aus dem Bett und wirbelte herum. In einem Sessel in der Ecke saß eine Gestalt. Sie war in einen Umhang gehüllt und hatte die Kapuze über den Kopf gezogen, sodass ich ihr Gesicht nicht erkennen konnte, doch den Konturen unter dem Stoff nach war sie nicht sonderlich groß. Falls es zum Kampf käme, konnte ich es ganz sicher mit ihr aufnehmen. Dann schlug ich mir im Geiste gegen die Stirn: Das hier war doch ein Traum.

»Wer bist du?«, fragte ich, wich rückwärts zur Tür und tastete in meinem Rücken nach der Klinke.

»An deiner Stelle würde ich nicht da rausgehen«, sagte sie. Als sie sprach, klang es wie die verzerrte Variante einer Stimme, die ich kannte, jedoch nicht zuordnen konnte.

»Was ist denn da draußen?« Hinter mir suchten meine Hände weiter nach der Klinke.

»Ströme von Träumen«, antwortete sie. »Wenn du die Tür öffnest, verschwindest du in ihnen.«

Ich ließ meine Stimme hart werden. Traum oder nicht, sie sollte nicht die Macht haben, mir Angst einzujagen. »Was willst du von mir?«

Irgendetwas kratzte auf der anderen Seite der Tür.

Das Mädchen rutschte auf dem Sessel vor und sprach hastig: »Ich will dir sagen, was du tun sollst.«

»Und das wäre?«

Wieder schabte es auf der Außenseite der Tür. Diesmal klang es wie ein Paar Klauen. Irgendetwas schnaufte oder schnüffelte. Das Mädchen richtete sich auf, und eine Locke feuerroten Haars fiel aus der Kapuze.

»Schau in den Spiegel, Anne.«

Ich schreckte aus dem Schlaf hoch und schielte mit hämmerndem Herzen zu dem bedeckten Spiegel.

»Nein, Scheiße, nein«, murmelte ich in die Dunkelheit.

KAPITEL 23

Zwei Wochen vergingen. Zwei lange, unerträgliche Wochen.

Ich vermisste Varnar, ich vermisste Arthur, ich vermisste Monster, und ich vermisste etwas oder jemanden, den oder das ich nicht genauer definieren konnte.

Mathias kam schnell wieder auf die Beine, und ziemlich genau wie Od gesagt hatte, war nach einer Woche nicht einmal mehr eine Narbe auf seiner wohlgeformten Brust zu sehen. Eine neue Ruhe ging von ihm aus, aber gleichzeitig war er von Melancholie geplagt.

Wir sprachen eines Tages darüber, als er seinen großen Schminkkoffer bis zu mir schleppte und mich wissen ließ, dass meine Augenbrauen und Wimpern zu hell für mein schwarzes Haar seien. Ich lag mit dem Kopf in seinem Schoß, während er sich mit einer Pinzette an meinen Augenbrauen zu schaffen machte. Schwermut sickerte durch seine Beine und Hände in mich hinein.

»Warum bist du so traurig?«, fragte ich. »Du hast gerade erfahren, dass du nahezu unsterblich bist.«

Mathias hielt kurz inne, machte sich jedoch schnell wieder ans Werk. »Ist es so offensichtlich?«

»Für mich schon.«

Er seufzte. »Ich habe mit Od geredet. Er hat mir gesagt, dass er über tausend Jahre alt ist. Vielleicht werde ich das auch.«

»Das ist doch cool. Womöglich wirst du irgendwann mal Teil einer Raummission in eine andere Galaxis«, scherzte ich.

Erneut unterbrach Mathias seine Folter in meinem Gesicht.

»Das ist es ja. Ihr werdet alle vor mir sterben. Meine Mutter, du.« Er legte eine kurze Pause ein, in der ich hören konnte, wie er Mut sammelte, den Namen auszusprechen. »Und Luna.«

»Bis dahin ist es noch lange hin«, versuchte ich ihn zu trösten, doch der Morgen mit Elias tauchte in meiner Erinnerung auf. Vielleicht war ewiges Leben kein ganz so riesiger Gewinn, wie man glauben mochte.

»Wenn ich über tausend Jahre alt werde, dann sind die nächsten siebzig keine lange Zeit«, sagte Mathias. Er versuchte, seine Stimme unbeschwert klingen zu lassen, aber mich täuschte er damit nicht. »Ich muss mir einfach über vieles klar werden.«

Ich wusste genau, was er durchmachte.

Varnar und ich trainierten weiterhin, doch Aella war immer mit dabei.

Sie war eine gute Lehrerin, und beide stürzten sich mit einem Feuereifer in mein Training, was mir verdeutlichte, dass auch sie auf den Anne-schwebt-in-Lebensgefahr-Zug aufgesprungen waren. Wenn wir zusammen waren, verströmte Varnar Frustration, Schuld und Kummer. Er vermied es, mich zu berühren, und überließ die Eins-gegen-eins-Übungen Aella.

Elias war offenbar schwer beschäftigt, weil Od verreist war. Ich hörte nicht viel von ihm, abgesehen von ein paar Anrufen, bei denen er wieder ganz er selbst, also nervig war. Seinen betrunkenen Zusammenbruch erwähnte er nicht und schien sich grundsätzlich nicht an diesen Morgen erinnern zu können, was mir nur recht war. Ich hatte nicht das Bedürfnis, ihn daran zu erinnern, dass er meinen Pullover wegen einer Fliege nass geheult hatte.

Das einzig Gute in diesen beiden Wochen war, dass die Polizei Fahrrad-Timmy festnahm. Wie erwartet spürte Hakim das Drogenlager auf, und mit seinem gewohnten Ehrgeiz legte er rund um Timmy ein größeres Netzwerk offen, das Drogen in ganz Nordjütland vertrieb und weiterverkaufte. Wer an der Spitze dieses Drogenrings stand, fand Hakim allerdings nicht heraus, was mich nicht verwunderte.

Mitten im Oktober traf uns der erste Sturm, und er zerrte und riss an der flachen Landschaft wie ein ausgehungertes Raubtier. Da ich auf dem einzigen Hügel im Umkreis von Kilometern wohnte, erstaunte es mich, dass mein Haus ihm standhielt, doch es schien robuster zu sein, als es den Anschein machte.

Ich schaute aus meinem Wohnzimmerfenster in Richtung des Kraghede Skov und ertappte mich selbst dabei, wie ich darüber nachsann, ob es Varnar dort draußen in dem verfallenen Hof gut ging. Und Aella natürlich.

Der Strom fiel aus, kurz nachdem der Nachrichtensender vermeldet hatte, dass die Polizei die Bewohner des ganzen Landes dazu anhielt, nicht ins Freie zu gehen, um sich nicht in Lebensgefahr zu begeben.

Ich zündete Kerzen an, die auf den Fensterbänken flackerten, obwohl die Fenster fest verschlossen waren. Auf einmal realisierte ich, dass jemand gegen meine Tür hämmerte. Bei dem Sturm war es schwierig zu hören. Draußen stand Ben in einem langen gelben Regenmantel, roter Mütze und grünen Gummistiefeln. Er sah aus wie ein Reggae-Musiker, der sich als Bio-Lehrer verkleidet hatte, oder umgekehrt.

»Ich wollte nachsehen, wie du bei dem Sturm klarkommst«, sagte er mit seiner melodischen Stimme. »Darf ich reinkommen?«

Ich ging Elias' Schritt-für-Schritt-Anleitung zum Selbstschutz durch. Würde Ben mir nach dem Leben trachten, hätte er mich, kaum dass ich die Tür geöffnet hatte, weggezappt oder irgendetwas in der Richtung. Ich winkte ihn herein.

»Ich kann dir nicht mal eine Tasse Tee kochen, gerade ist der Strom ausgefallen«, sagte ich.

Ganz so, als wäre er zu Hause, griff Ben in einen meiner Schränke, holte zwei Tassen heraus und füllte sie mit Wasser. Dann steckte er je einen Zeigefinger in die Tassen.

»Es ist eine Weile her, dass wir uns unterhalten haben«, sagte er mit seinem schweren Akzent. »Wie geht es dir?«

»Gut.« Ich schielte zum Wasser in den Tassen, das zu blubbern und zu dampfen anfing.

Ben ließ sich nicht anmerken, dass er seine Finger in kochendes Wasser getaucht hielt. »Soweit ich mitbekommen habe, hat Od Dinesen dir erzählt, was er ist.«

Ich nickte.

»Dann hat er dir also auch erzählt, dass die Götter existieren.«

»Ja, das hat er.« Ich konnte den zweifelnden Ausdruck in meinem Gesicht nicht verbergen.

»Glaubst du ihm nicht?« Ben holte einen Beutel hervor und schüttete ein paar getrocknete Blätter in unsere Tassen.

»Ich habe keine Beweise dafür, dass es sie gibt.«

»Du hast gesehen, wie Mathias erschossen wurde.« Ben bewegte sich trotz seiner enormen Größe elegant auf den Esstisch zu. »Mathias hat überlebt, und er ist zur Hälfte ein Gott. Ist das etwa kein Beweis?«

»Nur weil Od behauptet, Mathias wäre ein Demigott, ist das noch lange kein Beweis. So vieles ist rätselhaft und könnte ganz andere Erklärungen haben, als dass es Götter gibt. Um mich dazu zu bringen, Essen in Bäumen aufzuhängen, braucht es schon ein bisschen mehr.«

Ben grinste sein typisches Raubtierlächeln. »Du besitzt eine gesunde natürliche Skepsis.«

Draußen tobte der Sturm weiter, und ich nippte an dem Tee. Mir ging auf, dass Ben, hätte er mich mit Stjórna betäuben wollen, gerade die perfekte Gelegenheit gehabt hatte.

Du bist wirklich schlecht darin, auf dich aufzupassen, Anne.

Ben sah mich an, und eine sonderbare Erwartung und Nervosität huschte über sein Gesicht.

»Jetzt sag es schon«, forderte ich ihn auf.

»Was soll ich sagen?«

»Das, weswegen du hergekommen bist. Du hast offensichtlich etwas auf dem Herzen.«

»Du solltest mich nicht lesen können.« Die buschigen dunklen Brauen senkten sich.

Erstaunt riss ich die Augen auf. »Hat Luna verraten, dass ich hellsichtig bin? Gibt es nicht alle möglichen Regeln darüber, dass man nichts über andere erzählen darf?«

»Luna hat nichts verraten«, erwiderte Ben. »Ich weiß es aufgrund meiner Magie. Aber warum kannst du mich lesen? Ich habe mächtige Beschwörungen auf mich gelegt, um es zu verhindern.«

»Nur mit der Ruhe, ich kann deine Aura kaum sehen«, sagte ich. »Die Beschwörungen funktionieren einwandfrei. Aber vielleicht solltest du auch irgendein Kraut nehmen, um dein Gesicht unter Kontrolle zu bekommen. Denn alles, was ich nicht mit meiner Hellsichtigkeit wahrnehme, kann ich an deiner Mimik ablesen.«

»Es ist nicht das erste Mal, dass ich das zu hören bekomme.« Er lächelte in sich hinein.

»Was wolltest du mir denn jetzt sagen?«

»Ich muss dir von etwas erzählen, das ich getan habe, als du noch ein Kind warst.«

Ich spürte, wie sich meine Augen verengten. »Was hast du getan?«

Ben kam nicht direkt zur Sache, sondern holte zu einer weiteren Erzählung aus.

»Ich war dabei in der Nacht, als du geboren wurdest. Du warst zwei Monate zu früh und so klein; es hätte nicht viel gefehlt, und du wärst gestorben.« Sein Blick fiel kurz auf die Narbe, die aus dem Halsausschnitt meines Oberteils herausragte.

Ich zog den Kragen ein wenig nach oben und sah ihn abwartend an.

»Ich habe dich erst vier Jahre später wiedergesehen, als ich dich von Jens und Mie fortbringen musste. Du warst so ein hübsches und fröhliches kleines Mädchen und hattest so viel von Arthur an dir.«

»Du hast mich von ihnen weggebracht? Ich kann mich nicht an dich erinnern.«

»Dafür habe ich gesorgt.« Er ballte eine große Faust. »Ich hatte geglaubt, du wärst bei Mie und Jens in Sicherheit. Hatte geglaubt, sie wäre nur hinter uns her, also reisten wir weit weg, um dich nicht in Gefahr zu bringen. Deinen Vater hatte sie schon umgebracht, und deine Mutter war ihre Gefangene.«

»Von wem redest du? Wer ist *sie*?«

Ben schüttelte seinen großen Kopf, sodass die schweren Dreadlocks hin- und herflogen. »Wie viel hat Od dir über die anderen Welten erzählt?«

»Er hat über Walhall gesprochen und einige andere Märchenorte. Ich weiß nicht mehr, wie er sie genannt hat, und ehrlich gesagt habe ich ihm auch nicht geglaubt.«

»Es sind keine Märchenorte. Es gibt diese anderen Welten wirklich.«

»Du meinst, Parallelwelten?« Ich brachte es kaum heraus, ohne zu lachen.

Ben nickte ernst. »Ich habe es auch nicht geglaubt, als ich zum ersten Mal davon erzählt bekam. Auch in meinem Fall war es Od, der mir alles vor langer Zeit erklärt hat. Er beschrieb unser Universum als ein Haus mit mehreren Stockwerken. In jedem Stockwerk gibt es eine oder mehrere Welten.«

»Ich dachte, dass er einen an der Klatsche hat. Er ist so eigenartig, und die Hälfte von dem, was er sagt, sortiere ich direkt wieder aus.«

Ben lachte überrascht auf.

»Jedes Mal, wenn ich denke, du bist aus demselben Holz wie Arthur geschnitzt, taucht deine Mutter in dir auf.« Dann fuhr er in ernsterem Ton fort. »Du solltest auf Od hören, und er ist mit Respekt zu behandeln. Er hat keinen *an der Klatsche*, wie du es nennst.«

»Ich entscheide selbst, wen ich mit Respekt behandle«, gab ich schnippisch zurück. »Erzähl mir von den anderen Welten.«

Ben sah mich einen Augenblick an, bevor er mit seinem kleinen Finger über die Rillen in meiner Tischplatte fuhr. Sein Finger hinterließ blaue Linien auf dem dunklen Holz. Vor einem Monat hätte ich bei diesem Anblick laut nach Luft geschnappt, doch jetzt beschwerte ich mich bloß, dass er meinen Tisch ruinierte.

Er winkte mit seiner freien Hand ab. »Das geht wieder weg.«

Er zeichnete weiter leuchtend blaue Linien auf meinen Tisch. Vor mir entfaltete sich ein detailliertes Bild einer eiförmigen Weltkarte.

»Wie Od dir sicher erzählt hat, ist das nordische Universum in Welten aufgeteilt. Sie befinden sich auf unterschiedlichen Ebenen.« Er zog zwei waagerechte Striche mitten durch das Oval und schrieb in schön geschwungener Schrift *Midgard – Albenheim – Schwarzalbenheim* hinein.

»Die Welten sind durch eine Art Membran voneinander getrennt. Sie liegen dicht beieinander, aber man kann nicht direkt zwischen ihnen verkehren, außer an einigen ausgewählten Orten, an denen es Passagen gibt. Auf derselben Ebene wie unsere Welt, Midgard, liegen Albenheim, wo die Lichtalben leben, und Schwarzalbenheim, das Zuhause der Schwarzalben.« Ben ritzte sie mit dem kleinen Finger in das Bild, und ich erkannte die Konturen Skandinaviens wieder, während mir die beiden anderen Welten unbekannt waren.

Ich wollte etwas sagen, doch Ben hob eine Hand. Zum ersten Mal bemerkte ich, dass kleine Zeichen in seine Handflächen tätowiert waren.

»Über uns liegen Jötunheim, die Heimat der Riesen, und Wanenheim, das Zuhause der Wanen«, fuhr Ben fort. »Hier befindet sich auch Muspellsheim, doch dort wohnt niemand außer dem Riesen Surt.« Er zeichnete die neuen Gebiete ein, schrieb die Namen dazu und setzte einen weiteren waagerechten Strich durch das Ei.

»Blöd für Surt«, murmelte ich, was mir einen gereizten Blick von Ben einbrachte.

Na gut, dann eben keine Witze.

»Hier oben liegt Asgard, wo die Asen leben und wo sich auch Walhall und Folkwang befinden.«

Er kritzelte es auf meinen Tisch. Dann zeichnete er darüber einen Baum, dessen Äste die gesamte ovale Weltenkarte umfassten.

»Der Weltenbaum Yggdrasil breitet seine Blätter über das ganze Universum aus«, erklärte er. »So ist es seit der Schöpfung, als Odin und seine Brüder alles erschufen.«

Ich deutete auf den untersten Teil der Ei-Karte, der noch leer war. »Was ist dort unten?«

»Niflheim«, sagte Ben. »Unter anderem.«

»Unter anderem?«

Ben seufzte. »In der Unterwelt befindet sich außerdem noch Helheim. Das ist das Totenreich. Wer nicht im Kampf stirbt, kommt dorthin.«

Ben sah von seiner Zeichnung auf, die jetzt am ehesten einem leuchtenden Techno-Spinnennetz glich.

»Über Hunderte von Jahren beteten die Völker des Nordens zu den nordischen Göttern, doch das änderte sich, als das Christentum über Europa hinwegfegte.« Eine Bitterkeit, die ich nicht begriff, flammte in ihm auf. »Mit der Zeit wurden beinahe alle bekehrt, entweder mit dem Schwert am Hals oder mit Almosen in der Hand. Zuletzt gab es nur noch wenige in Midgard, die am alten Glauben festhielten. Die Götter wussten, dass Götter, zu denen niemand mehr betet, vergehen. Deshalb öffneten sie eine Welt für jene, die dem alten Glauben treu blieben. Eine Welt, die seit ewigen Zeiten versteckt war.«

Selbst bei aller Routine, die ich inzwischen darin entwickelt hatte, all die Fakten über Mythen aufzunehmen, drohte mein Hirn zu platzen.

»Wie heißt diese Welt?«

»Inzwischen wird sie Freiheim genannt, doch ihr ursprünglicher Name war Hrafnheim. Das bedeutet so viel wie das ›Heim der Raben‹ und geht auf Odins Raben Hugin und Munin zurück.« Ben schrieb den Namen auf die Karte und zeichnete etwas, das aussah wie eine Insel.

»Gibt es irgendeine Verbindung zu Ravnssted?«

Bens Augen funkelten. »Ja«, sagte er.

Ich wartete vergeblich auf eine vertiefende Erklärung. Ben sprach weiter: »Midgards Diener der Götter sammelten die Anhänger des alten Glaubens und boten ihnen an, sich in Hrafnheim niederzulassen. 1054 begannen sie mit der Umsiedlung von Asengläubigen aus ganz Skandinavien.«

Ich runzelte die Augenbrauen. »Und Hrafnheim existiert immer noch?«

»Ja, selbst wenn dort gerade dunkle Zeiten herrschen«, sagte Ben düster.

»Wie war es früher?«

Ben brummelte irgendetwas in einer Sprache, die ich nicht verstand, und machte ein konzentriertes Gesicht. »Sieh in mich hinein«, murmelte er.

Skeptisch tastete ich mich mit meinem Spezialsinn vor und spürte einen winzigen Riss in seinem ansonsten undurchdringbaren mentalen Schutzschild. Vorsichtig blickte ich hinein und sah eine Landschaft, die so wunderschön war, dass ich mir die Hand vor den Mund schlug. Es gab dort schneebedeckte Berge, tiefe, grüne Täler und dampfende Geysire. Ich sah das Ganze von oben, als säße ich auf dem Rücken eines riesigen Vogels. Ein mächtiger Wald mit orangefarbenen Blättern fing meinen Blick, bevor Ben mich wieder abrupt aus seiner Vergangenheit hinauskatapultierte.

»Hey«, protestierte ich. »Ich will mehr sehen.«

»Du hast gesehen, was nötig ist«, knurrte er.

Ich rieb mir die Stirn. »Danke für den Vortrag in alternativer Geschichtsschreibung. Interessant. Aber was hat diese Parallelwelt mit mir zu tun?«

Ben bleckte auf ziemlich furchterregende Weise die Zähne. Zwei seiner Goldzähne glänzten im Schein der Kerzen.

»Entschuldige. Ich habe den Faden verloren. Das kommt mit dem Alter.«

Ich musterte Ben, der mit seinen paarundvierzig nicht wie jemand aussah, dem man bald eine Demenzdiagnose stellen würde.

»Ben, wie alt bist du eigentlich?«, fragte ich spontan.

Er beantwortete meine Frage nicht, sondern sagte stattdessen: »Hab Nachsicht mit mir. Es ist wichtig, dass du mich das hier erklären lässt.«

»Eigentlich wolltest du mir erzählen, was du getan hast, als ich ein Kind war«, fuhr ich ihn an.

Wieder zeigte er seine Zähne. »Lass mich ausreden.«

»Schön. Erzähl mir mehr über die Götter und ihre seltsamen Parallelwelten.« Ich lehnte mich zurück, verschränkte die Hände im Nacken und täuschte Geduld vor.

»Hrafnheim war jahrhundertelang ein einigermaßen friedlicher Ort, wo man den nordischen Göttern huldigte, doch vor ungefähr zwanzig Jahren stellte eine Frau namens Ragnara ein Rebellenheer aus Sklaven auf.«

»Und sie kam an die Macht?«

»Letzten Endes, ja. Sie regiert jetzt in Hrafnheim und hat die Welt in Freiheim umbenannt.«

»Kennt ihr sie?«

Ben blickte vor sich auf die Tischplatte. »Wir kennen sie, und sie kennt uns.«

»Wie das?«

»Um eine lange Geschichte abzukürzen: Ragnara bekam die fixe Idee, deine Mutter wäre eine Bedrohung für sie.«

»Warum hat sie das geglaubt?«

»Ragnara hat einen Magier und Seher namens Bork in ihren Diensten. Er sah voraus, dass das Blut deiner Mutter Ragnaras Tod herbeiführen würde, was ansonsten eigentlich als unmöglich gilt.«

»Zu einem gewissen Zeitpunkt stirbt doch jeder.«

»Ragnara nicht. Sie kann nicht sterben«, sagte Ben beiläufig, so als hätte er mir gerade erzählt, dass sie lange Haare habe oder von schwedischer Abstammung sei.

»Ist sie eine Demigöttin?«

»Demigötter und Halbgötter können sterben. Selbst wenn sie sehr zählebig sind. Ragnara ist ein ganz gewöhnlicher Mensch. Sie besitzt keine magischen Fähigkeiten wie ich oder kann hellsehen wie du.«

Ich schüttelte den Kopf. »Dann ist es doch unmöglich.«

»Ragnara ist jedoch einen Handel mit jemandem eingegangen – wir wissen nicht, mit wem. Dieses Wesen sorgt dafür, dass nichts und niemand sie töten kann.«

»Das klingt nach einem Märchen. Einer Sage.«

Erneut blitzten Bens Raubtierzähne auf. »Wir befinden uns in einem Grenzgebiet, wo beinahe alles möglich ist.«

»Aber dieser Seher hat vorausgesagt, dass meine Mutter sie umbringen kann?«

»Nein. Er hat gesehen, dass ihr Blut zu Ragnaras Tod führen kann. Vielleicht steckt wortwörtlich irgendetwas in Thoras Blut, das Ragnara töten kann. Vielleicht bedeutet es aber auch, dass der Tod deiner Mutter ebenfalls fatal für Ragnara wäre.«

»Was hat sie also getan?«

»Sie kam hierher.«

»Hierher, ins langweilige Ravnssted?«

»Es war alles andere als langweilig. Es war blutig. Ragnara und ihre Leute hielten hier ein Blót nach den alten Sitten ab.«

Mir widerstrebte es, doch ich musste fragen.

»Die Windradmorde?«

Ben nickte langsam. »Ragnara wollte Thora in die Hände bekommen und die Prophezeiung verstehen. Koste es, was es wolle. Nur ein einziger Gott kennt die Zukunft im Detail, doch Ods Vater war nicht gewillt, sein Wissen mit Ragnara zu teilen.«

»Odin?« Mir fiel es schwer, den Zweifel in meiner Stimme zu verbergen. Stattdessen versuchte ich, fokussiert zu bleiben. »Dann hat Ragnara meine Mutter also gefangen genommen, um sie am Leben zu halten und um zu verhindern, dass jemand irgendeinen Zauber mit ihrem Blut treibt?«

Die Erkenntnis, dass ich gerade den Aufenthaltsort meiner Mutter ermittelt hatte, traf mich wie viele kleine Nadelstiche. Ich beugte mich zu Ben vor. Seine Geschichte war auf einmal äußerst relevant für mich geworden.

»Richtig«, sagte Ben. »In der Nacht, in der du geboren wurdest, nahm Ragnara deine Mutter gefangen.«

»Habt ihr je herausgefunden, was die Prophezeiung bedeutet?«

Ben schüttelte den Kopf. »Wir wissen es immer noch nicht, aber eins ist sicher: Ragnara wagt nicht, deine Mutter zu töten – aus Furcht, dies könnte zu ihrem eigenen Tod führen. Doch die Prophezeiung kann auch etwas anderes bedeuten.«

Er blickte mich ernst an.

Mir wurde am ganzen Körper kalt. »Ich?«

Ben nickte. »Du bist Thoras Blut. Ich habe große Sorge, dass Ragnara glaubt, du könntest die Fähigkeit besitzen, ihr das Leben zu nehmen.«

»Wie lange weißt du das schon?«

»Ich hatte den ersten Verdacht, als du vier Jahre alt warst. Ich war mir sicher, dass sie nicht nach dir suchen würde, da wir einen Pakt geschlossen hatten, nach dem du nicht angerührt werden darfst. Wir handelten ihn unter recht ... dramatischen Umständen aus. Ragnara ist nicht dafür bekannt, sich an Abmachungen zu halten, doch der Pakt ist mit Blut unterzeichnet, und ein Blutpakt ist ein bindendes Versprechen.«

»Ist das der Pakt, der mit Arthurs Blut unterschrieben wurde?«

»Es war notwendig.«

Ich schluckte. »Aber sie hat ihr Wort nicht gehalten, vermute ich mal.«

»Ich weiß nicht, ob es Ragnara war. Wäre ich sicher gewesen, hätte ich das Recht gehabt, einen Konflikt zu beginnen.« Ben ging nicht weiter darauf ein, was genau *Konflikt* bedeutete, doch ich bekam das Gefühl, dass es nichts Schönes war. »Man hat versucht, dich zu vergiften, doch Mies und Jens' Tochter aß den vergifteten Apfel. Sie wäre beinahe gestorben, und ich wagte nicht länger, dich bei ihnen wohnen zu lassen. Also habe ich dich verborgen, indem ich dich in Grethes Obhut gegeben habe.«

»Wie konntest du mich verbergen, indem du mich den Sozialbehörden übergeben hast? Ich werde überwacht, seit ich denken kann.«

Ben räusperte sich. »Es gibt viele Arten, Menschen zu verbergen. Manchmal ist es am besten, sie einfach in der Öffentlichkeit zu verstecken.«

Er machte eine Pause, ehe er weitersprach. »Jetzt erzähle ich dir, was ich tun musste.«

»Was hast du getan?« Meine Stimme wurde hart, und ich trommelte mit dem Finger auf den Tisch.

»Ich habe dich mit starken Beschwörungen belegt. Die meisten Menschen, die dir begegnen, interessieren sich nicht für dich. Manche bemerken nicht einmal, dass du existierst. Und einige wenige werden regelrecht von dir abgestoßen.«

Ich hielt die Luft an, außerstande, etwas zu entgegnen.

Ben nutzte die Gelegenheit, um fortzufahren. »Ich habe zusätzlich einen anderen Zauber auf dich gelegt, der dafür sorgt, dass alle, die versuchen, dich zu finden, große Schwierigkeiten damit haben.«

Ich presste die Lippen zusammen, und mein Herz begann heftig zu pochen. Ben sprach schneller.

»Grethe habe ich von den Beschwörungen ausgenommen«, erklärte er. »Aber das wird jetzt sicher zu technisch.«

Mehrmals setzte ich an, etwas zu sagen, doch ich konnte mich nicht entscheiden, welches Wort zuerst aus meinem Mund kommen sollte.

»Heb diese Beschwörungen auf. Und zwar SOFORT!«, brüllte ich schließlich.

Sein Blick war entschuldigend, doch unnachgiebig. »Das werde ich nicht tun, bevor ich nicht weiß, dass du in Sicherheit bist. Aber ich verstehe deinen Zorn.«

»Zorn … Zorn …« Ich war so wütend, dass mir der Atem fehlte. »Du hast mich isoliert. Du hast mich unerwünscht, ungeliebt und … einsam gemacht!« Wieder musste ich abbrechen, um Luft zu holen. Die Erkenntnis traf mich mit einem beinahe körperlichen Schmerz. »Du hast mein Leben zerstört.«

»Aber du hast trotz allem ein Leben. Was ich getan habe, geschah nur, um dein Leben zu retten, ich habe deinen Eltern mein Wort gegeben. Ich habe es Arthur auf dem Sterbebett versprochen.«

Ich konnte nicht mehr zuhören, und es war, als habe der Sturm, der draußen tobte, Besitz von mir ergriffen.

»Hatte ich etwa all die Jahre deine Dreckszauber auf mir?«

»Ich habe dich mit weiteren Zaubern belegt, als du vierzehn wurdest«, gestand Ben. »Als es zu dem schweren Brand im Haus deiner Pflegefamilie kam. Ich bin mir ziemlich sicher, dass Ragnara dahintersteckte.«

Er kniff die Augen halb zu und wandte den Kopf ab, als erwartete er eine Explosion. Er wurde nicht enttäuscht. Ich sprang auf und feuerte meine Tasse zu Boden, dass die Scherben in alle Richtungen flogen. Dann rannte ich los.

Ben rief mir hinterher. »Es ist lebensgefährlich, bei diesem Wetter nach draußen zu gehen!«

Das war mir herzlich egal. Ich wollte nur weg von ihm, bevor ich meine Hände um seinen Hals legte und zudrückte. Im Freien wurde ich beinahe vom Wind in die Luft gehoben und am Feld entlang in Richtung Kraghede Skov geblasen. Mein gesamter Körper protestierte gegen den beißenden Sturm und den eiskalten Regen. Was Ben mir zugerufen hatte, stimmte. Ein solches Unwetter ist lebensbedrohlich, und jeder, der keinen Respekt vor einem Herbstorkan im Nordwesten Dänemarks hat, ist definitiv geisteskrank.

Ich wollte eigentlich bloß den schlimmsten Zorn verrauchen lassen. Doch im selben Moment sah ich eine Gestalt unten auf dem Feld, ganz dicht am Waldrand. Es war ein Mädchen, das mir den Rücken zugewandt hatte.

»Geh nicht da rein!«, rief ich, so laut ich konnte.

Sie hörte mich nicht, sondern steuerte mit unsicheren Schritten auf den Wald zu. Dabei trug sie lediglich ein dünnes Kleid, und sie war barfuß. Ich schnappte nach Luft, während der Wind an mir zerrte und zog. War sie das Mädchen aus meinen Träumen? Schnell schaute ich hinauf zum Mond. Er war nur halb voll, und auf dem Boden lag kein Schnee. Das stimmte überhaupt nicht mit dem Rest meiner Vision überein. Auch die Haare des Mädchens waren zu kurz, außerdem war sie zu schmächtig und zu klein. Dennoch summte eine eigenartige Ahnung in mir, und ich lief den Hügel hinunter auf sie zu.

Mehrere Male blies mich der Wind um, und ich fiel in den weichen Matsch. Den ganzen Weg rief ich dem Mädchen zu, dass sie nicht in den Wald gehen durfte. Sie würde dort von einem umstürzenden Baum oder herunterfallenden Ästen erschlagen werden. Doch entweder konnte sie mich nicht hören, oder sie stand schlicht und ergreifend unter dem betäubenden Einfluss von Stjórna. Ich stolperte weiter und wurde vom Wind zurückgehalten oder plötzlich wieder mehrere Meter nach vorn katapultiert.

Direkt beim Übergang in den Wald traf mich eine seitliche Windböe und schleuderte mich gegen den Stamm einer Fichte. Es tat höllisch weh, doch ich konnte das Mädchen nicht alleinlassen. Entweder tauchte gleich der Mörder auf und würde sie umbringen, oder sie käme im Sturm ums Leben. Wieder und wieder schrie ich ihr zu, während der Wind mich hin und her warf. Das Mädchen wankte einfach weiter, und weder der Wind noch mein Rufen schienen eine Wirkung auf sie zu haben.

Den Wald zu betreten war, wie in den Schlund eines gigantischen, knurrenden Wildtieres zu steigen. Die Bäume rauschten und schlugen gegeneinander, und alles um mich herum war in Bewegung. Ich geriet viel zu weit hinein und brachte mich damit selbst in Gefahr, doch ich musste versuchen, das Mädchen aus dem Wald zu bekommen. Ich atmete so tief ein, wie ich konnte, und brüllte, was meine Stimme hergab.

»Stopp!«

Endlich blieb das Mädchen stehen. Langsam drehte sie sich um und sah mich mit verwirrter Miene an. Sie griff sich an den Hals, um den eine Lederschnur baumelte. Um mich herum herrschte Chaos, doch mein Inneres gefror zu Eis, als sich unsere Blicke trafen.

Es war Belinda.

KAPITEL 24

Belinda – oder Belindas Geist, wie es wohl sein musste – funkelte mich hasserfüllt an. Ich hatte nicht gesehen, dass sie sich bewegte, aber auf einmal war sie ganz nah bei mir. Die Rune auf ihrer Stirn schimmerte dunkel im schwachen Mondlicht, und sie richtete einen knochenweißen Finger auf mich.

»Ugly-Anne, was hast du mit mir gemacht?« Sie schlug nach mir, doch ihr Arm fuhr direkt durch meine Brust, und eine eiskalte Flamme durchschnitt mein Inneres. Mit wildem Blick schaute Belinda auf ihren Arm.

Oh nein. Sie wusste nicht, dass sie tot war.

»Ich habe dir nichts getan, Belinda«, versuchte ich sie zu beschwichtigen, während ich zurückwich.

Sie krümmte die Finger zu Klauen und wollte mir durchs Gesicht kratzen. Wieder und wieder fuhren ihre Hände durch mich hindurch. Frustriert starrte sie darauf, während sich Eiskristalle in meinen Wangen ausbreiteten.

»Was ist hier los?«, kreischte sie.

Ein riesiger Ast brach von dem Baum, unter dem wir standen. Er verfehlte mich um Haaresbreite.

Belinda bemerkte nichts.

Ich machte kehrt, um aus dem Wald zu laufen. Belindas Geist musste allein klarkommen, ich schwebte nämlich in akuter Lebensgefahr. Im wahrsten Sinne des Wortes! Ein Paar kalter Arme umklammerte meine Taille von hinten. Sie glitten durch mich hindurch wie ein Messer durch weiche Butter, doch die Kälte lähmte meine Hüfte, und ich stürzte vornüber. Ich rollte mich auf den Rücken, und schon war sie direkt über mir.

»Du darfst nicht gehen«, flehte sie. »Du bist seit Ewigkeiten die Erste, die mit mir spricht.«

Ich dachte daran, dass Ulla gesagt hatte, die meisten Geister seien zutiefst traumatisiert. In diesem Moment war ich absolut ihrer Meinung, dass Geister nicht in unsere Welt gehörten und schnellstmöglich ins Jenseits übertreten sollten.

Belinda hockte rittlings über mir, ihre durchsichtigen Hände lagen auf meinem Hals. Während sich die Kälte durch meine Luftröhre in die Lunge ausbreitete, rief sie in den tosenden Sturm: »Ich weiß noch, wie wir im Frank's miteinander geredet haben. Seitdem ist alles so komisch. Die Leute antworten nicht, wenn ich sie anspreche. Und die ganze Zeit habe ich das Gefühl, als bekäme ich keine Luft.«

Belindas Hände verstärkten den Griff um meinen Hals, und obwohl sie kein Poltergeist wie Arthur war, musste ich husten und konnte nicht aufstehen. Die große Fichte über uns knarzte bedrohlich. Ein weiterer Ast brach ab und stürzte dicht neben meinem Gesicht zu Boden. Die Erde unter uns bewegte sich unheilvoll, als der Baum ins Wanken geriet. Er würde jeden Moment umkippen.

»Belinda, lass mich los! Ich kann dir nicht helfen.«

»Du. Darfst. Nicht. Gehen«, heulte sie.

Wieder erzitterte die Erde, und die Fichte ächzte.

»Der Baum. Er erschlägt uns«, hustete ich.

Belinda reagierte nicht, stattdessen begann sie, mein Gesicht mit Faustschlägen zu bearbeiten, die allesamt durch meinen Kopf hindurchglitten. Der Baum neigte sich in unsere Richtung. Mit einer letzten Kraftanstrengung rollte ich mich seitlich unter Belinda weg, außer Reichweite des Baumes. Ich kauerte mich zusammen, als die Fichte mit einem ohrenbetäubenden Donnern auf der Erde aufschlug. Belinda schrie, als der Baum auf sie krachte und sie unter dem meterdicken Stamm gefangen wurde. Einen Moment lang blieb ich mit den Armen um den Kopf geschlungen liegen. Dann schaute ich vorsichtig auf.

Belinda ragte unter dem umgestürzten Baum hervor. Ihr Unterleib war unter dem knorrigen Stamm begraben. Sie sah an sich herab und schrie erneut. Dann watete sie aus dem Baum heraus, als wäre er ein fließendes Gewässer, und steuerte mit zum Angriff erhobenen Armen direkt auf mich zu.

Ich richtete mich halb auf und rief: »Du bist tot. Du bist ein Geist. Du wurdest mit der Lederschnur erdrosselt, die um deinen Hals hängt.«

Mit verzerrtem Mund blieb Belinda stehen. Sie tastete nach der Schnur und sah aus, als ob sie sich schwach an etwas erinnerte. Dann griff sie sich an die Kehle, als bekäme sie keine Luft, und fiel zu Boden.

»Tut mir leid, aber ich muss das tun«, flüsterte ich. Laut rief ich: »Du bist tot. Du bist tot. Du bist tot.« Dabei richtete ich mich vollends auf und stellte mich über sie.

Belinda wand sich auf dem Waldboden und hielt sich hustend den Hals. Dann verschwand sie mit einem *Puff*, genau wie Arthur an dem Tag, als ich ihn nach seinem Tod gefragt hatte.

Kaum war sie fort, begann ich heftig zu zittern. Ein weiterer Baum krachte dicht neben mir zu Boden. Diesmal bebte die Erde so sehr, als die Wurzeln herausgerissen wurden, dass ich den Halt verlor und fiel. Ich rappelte mich auf und versuchte, mich aus dem Wald hinauszuschlagen, doch ich war tiefer hineingeraten, als mir bewusst gewesen war. Endlich erahnte ich das Feld, doch gerade als ich dachte, ich würde es schaffen, hob sich der Erdboden unter mir ein weiteres Mal. Eine der mächtigsten Fichten am Waldrand gab just in diesem Moment den jahrelangen Angriffen des Westwinds nach. Sie kippte, als sich das gigantische Wurzelwerk aus der Erde löste.

Wie von einem Katapult wurde ich in die Luft geschleudert. Erst schlug der Baum auf dem Boden auf, dann landete ich in einer Wolke aus Erde und Nadeln mit dem Bauch auf dem Stamm. Die Luft wurde mir aus den Lungen gepresst, und ich rutschte auf den Boden, wo ich keuchend liegen blieb, während mir schwarze Punkte vor den Augen tanzten. Ich schloss die Lider, bereit, mich von der Leere umhüllen zu lassen, als ich auf einmal spürte, wie sich jemand näherte. Automatisch spannte ich die Muskeln an, um mich für Flucht oder Kampf zu wappnen, da erkannte ich Varnars zielgerichtete Aura.

Er lief zu mir und kniete sich neben mich.

Ich schlang meine Arme um ihn und schluchzte. In diesem Moment war es mir vollkommen egal, dass es ihn anekelte, mir nahe zu sein, ich wollte einfach nur seinen warmen, lebendigen Körper an meinem spüren. Im ersten Moment erstarrte er, doch dann legte er seine Arme um mich und hielt mich fest. Es war, als ob sein starker Lebensgeist die Kälte vertrieb, die Belindas Hände in mir hinterlassen hatten.

»Wir müssen hier weg«, murmelte er in mein Ohr. Er half mir auf und zog mich weiter in den Wald.

»Wir müssen raus aus dem Wald, nicht tiefer hinein, sonst werden wir erschlagen!«, rief ich.

»Am Waldrand, wo die Bäume Platz zum Umstürzen haben, ist es am gefährlichsten. Wir schaffen es nicht bis zum Feld, ohne getroffen zu werden.« Varnar zog mich mit sich Richtung Gut Kraghede.

Nach einem kurzen, nervenaufreibenden Lauf durch die Dunkelheit, in der ich nicht das Geringste erkennen konnte, Varnar uns jedoch völlig problemlos zwischen den umstürzenden Bäumen und herabfallenden Ästen hindurchnavigierte, erreichten wir das verfallene Gehöft.

Er zog mich ins Wohnzimmer, wo Aella in einem ramponierten Sessel wartete.

Sie sprang auf, als wir hereinkamen.

Varnar bedeutete mir, auf mehreren Decken am Boden Platz zu nehmen, und setzte sich neben mich. Ich atmete stoßweise und nahm nichts um mich herum wahr, außer dass ich mich krampfhaft an Varnar festklammerte.

»Wo hast du sie gefunden?«

»Am Waldrand.«

»Was hast du bei diesem Wetter im Wald gemacht?« Aellas Stimme klang anklagend.

Noch immer um Luft ringend, starrte ich sie an.

»Ich glaube, Anne muss sich ausruhen«, sagte Varnar. »Wir reden später.«

Aella sah aus, als wäre sie noch nicht fertig, hielt sich jedoch zurück. Sie verschwand und kehrte wenig später mit einem Stoß Kleider zurück. Dann verließ sie das Zimmer.

Irgendwie bekam mich Varnar aus meinen nassen Klamotten und zog mir Aellas über. Allmählich kehrte die Wärme in meinen Körper zurück, und ich wurde ruhiger. Doch noch immer zitterte ich leicht und konnte Varnar nicht loslassen, der wortlos an meiner Seite wartete.

»Tut mir leid«, sagte ich, als ich wieder in der Lage war zu sprechen.

»Was tut dir leid?«

»Ich weiß, du magst es nicht, wenn ich dich anfasse.« Es war mir egal, wenn er nur aus Mitleid zuließ, dass ich mich an ihn klammerte, solange ich nur weiter seinen warmen Körper an meinem spüren durfte.

Ein Gefühl, das ich als Nachgiebigkeit erkannte, strömte von Varnar zu mir. Er drückte mich sanft auf die Decken, legte sich neben mich und hielt mich im Arm. »Ist schon in Ordnung«, sagte er. Er schien mehr zu sich selbst als zu mir zu sprechen.

»Wann motzt du mich an?« Ich drehte den Kopf zu ihm.

Der Ansatz eines Lächelns blitzte in seinen Augen. »Warum sollte ich dich anmotzen?«

»Ich bin mitten in einem Sturm in den Wald gegangen, und normalerweise wirst du immer sauer auf mich, wenn ich etwas Gefährliches tue.«

»Ich weiß, dass du nicht absichtlich in den Wald gelaufen bist.« Er hielt kurz inne. »Wogegen hast du gekämpft?«

»Hast du mich gesehen? Lagst du auf der Lauer wie neulich bei Peter und Christian?« Meine Stimme bekam einen säuerlichen Ton.

»Nein. Ich habe deinen Kampf gespürt, aber ich konnte deinen Gegner nicht wahrnehmen.«

»Wie meinst du das?«

Varnas dunkelbraune Augen mit den winzigen grünen Sprenkeln bohrten sich in meine, und ich begann erneut zu zittern, diesmal jedoch nicht vor Furcht.

»Ich spüre alles, was im Wald geschieht«, sagte er. »Ich wusste, dass du da warst, kaum dass du ihn betreten hattest. Es hat nur eine Weile gedauert, zu dir zu kommen. Du bist immer so furchtbar schwer zu finden.« Er runzelte die Stirn.

Ich verfluchte Bens magische Teflonbeschichtung. »Wieso kannst du den Wald spüren?«

»Ich bin im Wald aufgewachsen. Nicht in diesem hier, aber ich verstehe die Sprache aller Wälder.«

»Die Wälder haben eine Sprache?«

Varnar nickte. Feine Schwaden von Ehrfurcht und Sehnsucht umwaberten ihn, während seine Gedanken zurückwanderten. Zum ersten Mal erhaschte ich einen winzigen Blick auf seine Vergangenheit.

Er war jünger. Ein Kind. Mit einem ausgelassenen Lachen kletterte er barfuß auf einen hohen Baum. Seine Kleidung war fremdartig, und er rief etwas in einer Sprache, die ich nicht verstand. Hinter ihm sah ich eine Siedlung, die nichts aus dieser Welt glich. Die Blätter an den Bäumen waren orangegolden. *Hey … Das war derselbe Ort, den ich in Bens Vergangenheit gesehen hatte.*

Mir kam ein Gedanke. »Wenn ich *Hrafnheim* sage, was sagst du dann?«

Er zögerte einen Augenblick, ehe er antwortete: »Dann sage ich *Zuhause*. Auch wenn es nun Freiheim heißt. Der Name Hrafnheim ist verboten.«

»Du kommst aus Hrafnheim«, flüsterte ich. Vielleicht war jetzt der Moment, in dem ich zurück in den lebensgefährlichen Orkan spurten sollte. Aber etwas in mir weigerte sich, den Platz an Varnars Seite zu verlassen, also musste ich einfach darauf vertrauen, dass nicht er hinter mir her war.

Mein Gesicht musste meine Gedanken verraten haben.

»Ich habe versucht, es dir zu sagen … an dem Abend, als wir …« Er stockte und suchte nach Worten.

Ich senkte den Blick, während er sich sammelte.

»Was ich nicht geschafft habe dir zu erzählen, ist, dass Aella und ich hierher nach Midgard geschickt wurden, um dich zu beschützen.«

»Geschickt? Von wem?«

Varnar zögerte. »Von deiner Mutter. Deine Mutter hat uns geschickt.«

Mutter. Das Wort klang merkwürdig in meinem Kopf. Ein paarmal sagte ich es im Geiste, bis mir klar wurde, dass ich Varnar gar nicht geantwortet hatte.

»Du kennst meine Mutter«, brachte ich heraus.

»Ich berichte ihr«, sagte er.

»Du berichtest ihr? Was bedeutet das?«

»Sie ist meine Kommandantin.«

Kommandantin?!?

»Ich dachte, sie wäre die Gefangene von dieser Wie-auch-immer-sie-heißt?«

»Das ist sie. Aber sie leitet auch den Widerstandskampf gegen Ragnara. Das tut sie seit Jahren im Geheimen, aus dem Inneren von Ragnaras Schloss heraus.«

Ich beäugte ihn misstrauisch. Womöglich tischte er mir hier gerade ein fettes Märchen auf.

»Du glaubst mir nicht?«

Ich seufzte. »Keine Ahnung, was ich glauben soll. Vor ein paar Monaten sah mein Leben noch komplett anders aus. Jetzt steht auf einmal alles kopf.«

Varnar sah mich an. »Mir geht es genauso.« Er hielt sich nicht mit Details auf, sondern wechselte stattdessen das Thema. »Du hast vorhin gegen etwas gekämpft. Was war es?«

Ich kaute an meiner Unterlippe. Wenn ich Varnar von meinen Fähigkeiten erzählte, glaubte er vielleicht, ich wäre gaga. Andererseits hatte er mir gerade erzählt, dass er als Bodyguard von meiner Mutter geschickt worden war, die eine geheime Widerstandsbewegung in einer mythologischen Parallelwelt anführte, in der eine tyrannische Königin regierte – und dass er die Waldsprache verstand. Was konnte groß schiefgehen? Ich räusperte mich.

»Ich bin hellsichtig. Ich kann die Vergangenheit sehen.« Varnars Miene blieb unbewegt, also fuhr ich hastig fort: »Und weil Geister der Vergangenheit angehören, kann ich auch sie sehen. Vorhin bin ich dem Geist von Belinda Jaeger begegnet. Sie ist eines der ermordeten Mädchen.«

»Ich weiß, wer sie ist«, sagte Varnar. »War sie wütend?«

»Sonderlich gut gelaunt war sie jedenfalls nicht. Aber sie konnte mich schon zu Lebzeiten nicht ab. Sie glaubt, ich hätte etwas mit ihrem Schicksal zu tun.«

»Was womöglich in gewisser Weise stimmt. Vielleicht spürt sie das.«

»Im Ernst jetzt, glaubst du etwa auch, dass ein Mörder hinter mir her ist?«

Statt zu antworten, sah Varnar mich nur mit ernstem Blick an.

»Herr im Himmel!« Ich rollte mit den Augen.

»Vielleicht nicht gerade die Gottheit, die ich anrufen würde, aber vom Prinzip her hast du recht«, lächelte Varnar, und beinahe hätte ich vergessen, wie abstoßend er mich fand.

»Hast du eine Ahnung, wieso mich jemand umbringen will?«

Varnar schüttelte kaum merklich den Kopf. »Ich weiß nur, was ich wissen muss, um dich zu beschützen.«

»Und was musst du dafür wissen?«

»Dass dein Mörder dein Alter kennt und weiß, dass du hier in der Gegend ohne Eltern aufgewachsen bist. Er kannte weder deinen Namen, noch wusste er, wie du aussiehst – abgesehen von deinen roten Haaren. Anfangs ermordete er Mädchen, auf die die Beschreibung passte – auch wenn sich diese als falsch erwies –, aber ich glaube, inzwischen ist er dahintergekommen, wer du bist. Ich selbst hatte ebenfalls nach einem rothaarigen Mädchen gesucht. Es war pures Glück, dass du an jenem Tag direkt in mich hineingelaufen bist.«

»Wie hast du mich denn dann erkannt?«

»Anscheinend weiß ich mehr als der Mörder«, wich Varnar aus.

»Wie meinst du das?«

Er presste die Lippen fest aufeinander, und es war offensichtlich, dass ich nicht mehr aus ihm herausbekommen würde. Aber da war noch etwas, das ich wissen wollte.

»Jetzt redest du von dem Typ, der noch immer frei herumläuft. Was ist mit dem anderen? Dem, den die Polizei festgenommen hat?«

»Das ist Naut Kafnar. Es ist abscheulich, dass sich Ragnara mit jemandem wie ihm verbündet hat.«

Auf einmal roch ich Rauch und hörte Schreie. Unwillkürlich sah ich mich um.

»Was ist los?« Varnars Körper spannte sich an, und er richtete sich halb auf.

»Hast du nichts gehört?«

»Nur den Wind.« Er legte den Kopf schräg und lauschte.

Ich schlug mir innerlich gegen die Stirn. Ich musste etwas aus Varnars Vergangenheit aufgeschnappt haben. »Tut mir leid«, murmelte ich.

Varnar sah mich mit gerunzelten Brauen an.

Ich kehrte zum Thema zurück. »Was meinst du mit *jemandem wie ihm?*«

»Er ist ein Berserker.«

»Von den Berserkern habe ich gehört.«

»Tatsächlich? Ich dachte, du wüsstest nicht, dass Freiheim existiert.«

»Wusste ich auch nicht. Aber ich habe in meinem Geschichtsbuch über die Berserker gelesen. Anscheinend waren das so ein paar Schlägertypen in der Wikingerzeit.«

»Ich vergesse immer wieder, dass die Geschichte unserer beiden Welten eng verwoben ist.« Varnars Miene verdüsterte sich. »Meiner Meinung nach war es ein Fehler, die Berserker an der großen Einwanderung teilhaben zu lassen. Sie führten die alte Tradition der Raubzüge fort. Stattdessen hätten sie hier in Midgard bleiben sollen, wo sie infolge des neuen Glaubens vernichtet worden wären. Aber Od Dinesen hatte Erbarmen mit ihnen. Er ist für seine Barmherzigkeit bekannt.«

»Od?« Es war eine Sache, dass ich Ods theoretisches Alter kannte. Etwas ganz anderes war es, mit ihm als Teil der älteren nordischen Geschichtsschreibung konfrontiert zu werden.

»Od Dinesen hat die große Einwanderung organisiert. Wusstest du das nicht?«

»Ich weiß seit etwa einer Stunde, dass Hrafnheim existiert.«

Varnar verkrampfte sich kaum merklich, als ich Hrafnheim beim Namen nannte, kommentierte es jedoch nicht und sagte: »Es überrascht mich, dass man entschieden hat, dich so lange unwissend zu halten. Wenn jemand ein Recht hat, die Wahrheit zu erfahren, dann du.«

Ich kam nicht dazu, zu fragen, welche Wahrheit er meinte oder warum ich einen Sonderstatus verdiente, denn in diesem Moment erklang draußen Bens polternde Stimme. Aella protestierte, doch er stürmte ins Wohnzimmer und erhaschte gerade noch einen Blick auf Varnar und mich, wie wir zusammen auf den Decken lagen. Dann sprang Varnar mit der für ihn typischen Geschmeidigkeit auf, bereit zum Angriff.

»Du bist wohlbehalten. Was machst du hier?«, knurrte Ben mich an.

»Wie bist du durch den Wald gekommen?«, gab ich statt einer Antwort zurück. »Es ist lebensgefährlich da draußen.«

Ben schnaubte. »Ein läppischer Sturm stellt keine Gefahr für mich dar. Du weißt nicht, womit ich es zu meiner Zeit aufgenommen habe.«

»Apropos *deine Zeit* …«, begann ich, doch Ben schnitt mir das Wort ab.

»Nicht jetzt«, herrschte er mich an. »Was im Namen der Götter hast du dir gedacht? Läufst einfach mitten in einem Orkan in den Wald. Ich verbiete dir, so etwas je wieder zu tun.«

Varnar trat dicht zu Ben, der sowohl größer als auch älter war als er, doch Varnar sah ihm direkt in die Augen. »Du hast ihr nichts zu verbieten.«

Ben wandte seine Aufmerksamkeit Varnar zu, den er bis jetzt keines Blickes gewürdigt hatte. »Wer bist du, Junge?«, knurrte er mit tiefer Stimme.

»Varnar vom Waldvolk im Bronzewald«, sagte Varnar und richtete sich noch etwas weiter auf.

»Lüg mich nicht an.« Bens Augen blitzten drohend.

»Ich lüge niemals.«

»Willst du behaupten, du wärst der Varnar, der die Warägergarde angeführt hat und *starb*, als er Ragnara beschützte?«

Varnar hob eine Augenbraue. »Ich bin nicht ganz so tot, wie es die Gerüchte wollen.«

Ben schüttelte so heftig den Kopf, dass ihm die dicken Dreadlocks um die Ohren flogen. »Bork hat *gesehen*, dass Varnar gestorben ist. Er sieht immer die Wahrheit.«

»Bork hat gelogen«, erwiderte Varnar.

»Weshalb hätte er das tun sollen?«

»Er hat die Seite gewechselt.«

»Bork war schon immer auf Ragnaras Seite«, spie Ben.

»Nein. Bork war schon immer auf der Seite des Gewinners. Er weiß, dass Ragnaras Zeit womöglich abläuft.«

Ben sann einen Moment über diese Information nach. »Bork ist eine hinterhältige Schlange. Das klingt wie etwas, das er erfinden könnte. Was ist mit Eskild Schwarzauge?«, fragte er dann.

Varnar senkte den Blick. »Eskild ist noch immer auf Ragnaras Seite.«

Ich blickte vom einen zum anderen und fuhr dazwischen: »Wovon zur Hölle redet ihr da?«

Die beiden sahen mich an, als hätten sie mich komplett vergessen.

»Hier geht es um politische Belange, Anne«, fuhr mich Ben an. »Zu viel zu wissen, bringt dich in Gefahr.«

Ich sah bittend zu Varnar, doch der schien ganz Bens Meinung zu sein.

»Varnar und ich müssen unter vier Augen sprechen«, fuhr Ben fort. »Bleib für heute Nacht hier und ruh dich aus, Anne.«

Die beiden wandten sich zum Gehen.

»He!«, rief ich, und sie drehten sich um, Ben mit einem zu einer ärgerlichen Grimasse verzogenen Gesicht, Varnar mit unleserlicher Miene.

»Habe ich nicht auch das Recht zu erfahren, was los ist?«, wollte ich wissen.

»Du hast keinerlei Anrecht, mehr zu erfahren als das, was nötig ist, um dich zu beschützen. Weißt du zu viel, bringt es dich nur zusätzlich in Gefahr«, erwiderte Varnar. Sein Ton war abweisend, und ich kam mir angemessen dämlich vor, wie ich da in einem Haufen Decken auf dem Boden hockte.

»Ganz meine Meinung«, sagte Ben. »Morgen führen wir unser Gespräch fort, und es wäre mir lieb, wenn du diesmal nicht wie ein Teenie davonstürmen würdest.«

Ben und Varnar verließen das Wohnzimmer.

»Ich *bin* ein Teenie!«, rief ich ihnen hinterher und rappelte mich auf. Dann schälte ich mich aus den Decken und suchte nach meinen Schuhen. Sturm hin oder her, ich hatte nicht vor, auch nur eine Sekunde länger in dieser verfallenen Bruchbude von einem Gutshof zu bleiben.

Aella steckte den Kopf herein. »Wo sind sie hin?«

»Sie wollen politische Angelegenheiten bequatschen«, fauchte ich und zog mir wütend die Schuhe an.

Aella breitete die Arme aus. »Ich weiß nicht so viel wie Varnar, aber was ich weiß, erzähle ich dir gern.«

Das war offensichtlich ein Versuch, mich zu ködern, statt mich mit Gewalt zum Dableiben zu zwingen. Ich war mir allerdings ziemlich sicher, dass sie nicht zögern würde, Letztere anzuwenden, falls der Köder nicht funktionierte.

Ich biss an und setzte mich in den Sessel. »Okay. Kennst du meine Mutter auch?«

Aella nickte. »Thora. Ja. Aber nicht so gut wie Varnar. Er betet sie förmlich an.«

Ich kräuselte die Nase angesichts dieser Information.

»Varnar würde auf Thoras Befehl hin in den Tod gehen«, sagte Aella.

»Und du würdest das nicht?«, fragte ich.

»Kommt auf den Befehl an«, meinte sie mit einem schiefen Lächeln.

»Aber ihr seid beide in der geheimen Widerstandsbewegung aktiv?« Fast musste ich kichern, als ich es sagte.

Doch Aella nickte ernst. »Ich bin schon länger als Varnar dabei. Tatsächlich stehe ich seit vielen Jahren auf Thoras Seite. Varnar fiel es schwer, sich von Eskild Schwarzauge loszusagen. Doch Eskilds letzte Taten trieben ihn dazu, und als er endlich überlief, stieg er sehr schnell auf. Jetzt zählt er zu Thoras engsten Gefolgsleuten.«

»Also, *wer* ist dieser Eskild Schwarzauge?«

Aella blinzelte zweimal. »Ich vergesse ständig, dass du nichts über Hrafnheim weißt. Eskild war von Anfang an Ragnaras Heerführer. Außerdem heißt es, er sei der Vater ihres Sohnes, doch das weiß niemand mit Sicherheit.«

»Ragnara hat einen Sohn?«

»Sverre«, zischte Aella. Sie hätte ebenso gut *Made* sagen können.

»Wie ist er?«

»Er ist ein Dreckskerl, sonst gar nichts. Und er hasst Varnar, weil Varnar durch seine Kompetenz Ragnaras und Eskilds Anerkennung gewonnen hat.«

»Wie hat Varnar das geschafft?«

»Als wir als Kinder nach Sént kamen, absolvierten wir das Ausbildungsprogramm der Armee. Das war, lange bevor wir die Seiten wechselten und uns der Widerstandsbewegung anschlossen.«

»Was ist Sént?« Allmählich war ich meine Unwissenheit wirklich leid.

»Sént ist die größte Stadt in Hrafnheim«, sagte Aella. »Schloss Königsburg steht dort. Ragnara hat es in Besitz genommen, als sie die Macht an sich riss.«

»Und ihr kamt dorthin?«

»Ja. Und von Anfang an zeichnete sich Varnar durch sein Talent und seinen Einsatz aus. Im Alter von fünfzehn war er einer von Ragnaras persönlichen Leibwächtern. Mit sechzehn bildete er all die neuen Leibwachen aus, und ein Jahr später wurde er zum Anführer der Warägergarde ernannt.«

»Du kennst ihn schon seit deiner Kindheit?«

»Ja. Wir sind zusammen im Bronzewald aufgewachsen«, sagte Aella leichthin, doch tiefe Trauer huschte dabei über ihr Gesicht.

»Warum seid ihr in Ragnaras Schloss gekommen?«

Aella blickte stumm in die Flammen. Dann endlich antwortete sie. »Wir hatten kein Zuhause mehr. Eskild hat vor zwölf Jahren alle Kinder aus dem Bronzewald geholt.«

»Warum? Was war mit den Erwachsenen?«

Wieder schwieg Aella, während sie eingehend ihre Hände studierte. Und wieder roch ich Rauch und hörte Schreie. Ich wartete still, bis sie bereit war, weiterzusprechen. »Varnar ist jetzt der Älteste unseres Volkes«, sagte sie leise.

Ich überlegte noch, was ich antworten sollte, da kam Varnar zurück.

»Benedict ist gegangen. Du kannst hier übernachten, Anne. Ich lege mich in die Scheune. Aella hat ihren Schlafplatz in der Küche, sie ist also ganz in der Nähe, falls du etwas brauchen solltest.« Er sandte Aella einen Mach-dich-vom-Acker-Blick, woraufhin sie aufstand und sich trollte.

Er stand auf der Türschwelle, ballte mehrmals die Fäuste und spreizte die Finger. Von meinem Platz in dem zerschlissenen Sessel aus sah ich ihn abwartend an. Ohne ein weiteres Wort kehrte er mir den Rücken zu und ging.

Obwohl ich am liebsten nach Hause wollte, gab ich der Angst vor umstürzenden Bäumen und Gespenstern nach und rollte mich auf dem Boden vor dem Kamin zusammen. Der Gedanke, dass Varnar es vorzog, in einer kalten, baufälligen Scheune inmitten eines Orkans zu schlafen, statt mit mir in einem Raum zu sein, war kaum zu ertragen.

Ich öffnete die Augen und fand mich in der bekannten Szene im Wald wieder. Anscheinend war ich genau in dem Moment gelandet, in dem das Mädchen soeben ihren letzten röchelnden Atemzug getan hatte. Ihr Rücken war entblößt, und Blut floss aus der

Rune. Der Mann verschwand zwischen den Bäumen. Mein Blick folgte ihm, ehe ich wieder auf das Mädchen am Boden schaute. Sie lag da wie eine schlaffe Stoffpuppe, die jemand achtlos fortgeworfen hatte. Ihre Wange wurde von den Haaren verdeckt, sodass ich mich hinknien und nah zu ihr hinunterbeugen musste, um ihr Gesicht sehen zu können.

Mit einem entsetzten Aufschrei wich ich zurück.

Die Gesichtszüge waren mir wohlvertraut, im Tod jedoch zu einer erstarrten Grimasse verzerrt. Die Haarfarbe, die im Mondlicht hellgrau erschienen war, passte absolut nicht. Aber das änderte nichts daran, dass es meine toten Augen waren, die mir entgegenstarrten, und dass das Gesicht des Mädchens mein eigenes war.

KAPITEL 25

Meine Schreie mussten Aella geweckt haben, denn sie war es, die mich aus der Vision herausholte. Sie kniete neben meinem Schlaflager und rüttelte mich.

Ich kämpfte gegen ihren Griff an. Doch dann erkannte ich sie und riss mich von der Vision los.

»Was hast du gesehen?«, fragte Aella mit angespannter Stimme.

Ich schüttelte den Kopf, ohne antworten zu können.

Sie schien mich an sich ziehen und die Arme um mich schließen zu wollen, doch mein Gesichtsausdruck musste ihr signalisiert haben, es lieber bleiben zu lassen. Sie fragte mich erneut: »Was hast du gesehen? Hat sich etwas verändert?«

Sich verändert!?

»Woher zur Hölle weißt du, was ich sehe?«, brachte ich heraus. Ich schlang die Arme um mich und rubbelte meinen Körper warm. Das Feuer war inzwischen verloschen, im Ofen glommen nur noch ein paar schwache Glutnester.

Aella stand auf und legte etwas Feuerholz nach. »Ich habe den Verdacht, dass du eine Seherin bist«, sagte sie mit dem Rücken zu mir.

»Woher kommt dieser Verdacht?«

»Das kann ich nicht sagen«, wich sie aus, während sie in der Glut herumstocherte. »Ich weiß nicht, ob es sicher ist.«

»Sicher für wen?« Ich war die Versuche, dieses Puzzle blind zusammenzusetzen, so was von leid.

Aella drehte sich zu mir um. Ihr Gesicht war verschlossen. »Soll ich hier bei dir schlafen? Ich kann dich wecken, falls es noch mal passiert.«

Die Wärme kroch in mich zurück und vertrieb die Kälte, die nun zum zweiten Mal an diesem Abend meinen gesamten Körper lähmte. »Mir geht's gut. Es war nur ein Traum.«

Aella presste die Lippen aufeinander. Dann nickte sie.

»Ruf mich, wenn du etwas brauchst«, sagte sie, bevor sie barfuß aus dem Raum ging.

Ich legte mich hin und schloss die Augen. Sofort sah ich vor meinem inneren Auge mein eigenes Gesicht mit dem glasigen Blick und dem Haar, das im Mondschein so hell wirkte. Mit einem Keuchen riss ich die Augen wieder auf.

Den Rest der Nacht lag ich wach da und starrte ins Feuer. Ich traute mich nicht, wieder einzuschlafen.

Am nächsten Morgen begleitete Varnar mich durch den verwüsteten Wald nach Hause. Immer wieder mussten wir über große Äste steigen oder unter ihnen hindurchkriechen, sie lagen kreuz und quer über den kleinen Pfad verstreut. Keiner von uns sprach, bis wir Odinshöhe erreicht hatten.

»Es ist gut, dass du jetzt weißt, dass ich auf Thoras Befehl hin hier bin.«

Du meinst, es ist gut für dich, dass ich weiß, dass du deine Zeit nicht aus freien Stücken mit mir verbringst. Ich entgegnete nichts und wandte mich zur Tür, um hineinzugehen.

»Können wir trainieren?«, fragte er hinter mir. »Ich möchte dir gern etwas zeigen.«

Ich drehte mich wieder zu ihm um. »Jetzt?«

»Hast du etwas anderes vor?«

»Eigentlich nicht.«

Er erwiderte nichts mehr, sondern ging ums Haus herum in meinen Garten. Ich folgte ihm.

Varnar stellte sich auf dem Rasen vor mich. Seine Hand flog nach vorn, und ich wich ihr relativ leicht aus, um anschließend einen Handkantenschlag gegen seine Kehle zu setzen. Er blockte und schob meinen Arm zur Seite. Ich fixierte seinen Arm und verpasste ihm einen Fausthieb in den Solarplexus. Mit seiner freien Hand traf er mich am Oberarm, doch ich nutzte die Kraft seines Schlags, um herumzuwirbeln, mein Bein hinter ihm zu platzieren und ihn mit beiden Händen fest gegen die Brust zu stoßen, sodass er nach hinten umfiel. Ich wusste, dass er mich gewähren ließ. Hätten wir richtig gekämpft, hätte er mit Leichtigkeit gewonnen, aber es war, als tanzten wir einen eingeübten Tanz.

Es war einen Monat her, dass wir zum letzten Mal nur zu zweit trainiert hatten, und obwohl Aella eine gute Lehrerin war, war es doch nicht das Gleiche, wie mit Varnar zu kämpfen.

Er stand auf und klopfte seine Hände ab. »Du bist besser geworden.«

Ich versuchte, sein Kompliment beiseitezuwischen.

»Noch mal.« Er stellte sich vor mich, und wir gingen in die zweite Runde. Ich spürte, dass er das Training ebenfalls genoss. Seine Faust schnellte geradewegs auf mein Gesicht zu, und instinktiv hob ich die Arme, sodass der Schlag auf meine Unterarme traf. Ich ließ mich von seiner Kraft einige Schritte nach hinten stoßen, sodass er ein paarmal ziellos in die Luft schlug. *Ha!* Damit hatte er nicht gerechnet.

Er belohnte mich mit einem allzu seltenen Lächeln. Dann rannte er direkt auf mich zu, und ich bereitete mich auf einen Frontalangriff vor. Doch plötzlich war er verschwunden, und ich blickte über die Schulter. Ohne dass ich die geringste Ahnung hatte, wie er dorthin gelangt war, stand er hinter mir, und bevor ich reagieren konnte, traf er mich mit der flachen Hand in der Seite. Wäre seine Hand zur Faust geballt gewesen, hätte er mir eine Rippe gebrochen.

»Wie hast du das gemacht?«, fragte ich zusammengekrümmt.

»Diese Schritte haben mir schon mehrfach das Leben gerettet«, sagte er. »Sieh es dir noch mal an.«

Wieder stellte er sich vor mich. In langsamem Tempo zeigte er mir, wie er nach vorne lief, eine Art Tanzschritt machte und dann einen Flickflack schlug, wodurch er seine Position blitzschnell änderte und hinter mir landete. Ich versuchte, es ihm nachzutun, doch mein erster Ansatz war ziemlich holprig. Ich fluchte.

»Probier es noch mal.«

Ich wagte einen neuen Versuch. Es klappte etwas besser, aber ich war immer noch hoffnungslos weit von Varnars eleganter Bewegungsabfolge entfernt. Wir machten eine Weile so weiter, doch es endete jedes Mal damit, dass ich schimpfte und fluchte.

Zum Schluss rief ich: »Stelle nur ich mich so wahnsinnig blöd an? Die anderen, die du trainiert hast, haben es bestimmt auf Anhieb hinbekommen.«

Varnar hockte auf dem Rasen und sah mich an. »Das habe ich außer dir noch niemandem beigebracht.«

Ich blickte ihn verwirrt an. Er hatte vor mir doch schon Hunderte trainiert. Meine Gedanken wurden von Luna unterbrochen, die ihren Kopf über die Hecke streckte.

»Hi, Anne.« Sie bemerkte Varnar, und ihre Miene änderte sich zu einer ängstlichen Grimasse. »Hi, Varnar.«

Er nickte ihr stoisch zu.

Sie sah wieder zu mir. »Mein Vater hat mich geschickt, um dich abzuholen. Hast du Zeit?«

Ich schickte einen fragenden Blick zu Varnar. Er stand auf und schaute von Luna zu mir. Dann rannte er aus dem Garten und sprintete übers Feld auf den Wald zu.

Luna sah ihm hinterher. »Sagt er nicht Tschüs?«

Ich zuckte mit den Schultern. »So gut wie nie.«

»Das ist ja witzig.«

»Was ist daran witzig?«

»Du machst das auch nie. Kommst du?«

Rebecca empfing uns. Sie sah aus, als wollte sie mich umarmen, hielt sich jedoch zurück. »Kommt rein«, sagte sie stattdessen.

Ich folgte ihr ins Wohnzimmer, das zur Feier des Tages völlig umgeräumt war. Die Möbel waren an die Wände gerückt, und auf dem Fliesenboden waren ein Kreidekreis sowie eine Menge Runen aufgezeichnet. Rund um den Kreis standen brennende Wachskerzen. Luna setzte sich mit einer Bongotrommel im Schoß auf den Boden.

Eine Bongotrommel?

Ben steckte den Kopf durch die Tür.

»Anne.« Mit einem Nicken bedeutete er mir, mitzukommen.

Draußen stellte ich mich mit verschränkten Armen vor ihn.

Er sah mich mit zusammengezogenen Augenbrauen an. »Ich will nicht mit dir diskutieren. Du musst einfach akzeptieren, dass ich getan habe, was ich getan habe, um dich am Leben zu halten.«

»Wirklich ein tolles Leben, das ich da hatte.«

Ben hob seine großen tätowierten Hände. »Ich habe Arthur versprochen, dich zu beschützen.«

»Ich bin mir nicht sicher, ob mein Vater mit der Art und Weise zufrieden ist, wie du diese Aufgabe gelöst hast.«

»Ich weiß besser als du, was Arthur denkt. Du hast ihn nie kennengelernt und er war mein bester Freund«, sagte Ben schroff.

»Und was, glaubst du mit deiner weitreichenden Kenntnis meines Vaters, würde er wohl dazu sagen, dass du mir ein Leben in Isolation beschert hast, ohne einen festen Rückzugsort und mit praktisch allen Leuten gegen mich?«

»Er würde sagen, das Wichtigste ist, dass du lebst.« Bens tiefe Stimme klang viel zu selbstsicher.

Ich zog meine Mundwinkel geringschätzig nach unten. »Ich glaube, da irrst du dich.«

»Wie wäre es, wenn wir ihn fragen würden?« Bens Zähne blitzten hinter seinen breiten Lippen auf.

Für einen kurzen Augenblick wurde ich durch das Getrommel und Lunas singende Stimme aus dem Wohnzimmer abgelenkt. Dann richtete ich meine Aufmerksamkeit wieder auf Ben.

»Was meinst du damit, ihn fragen?«

»Meine Frau bereitet gerade ein Seiðr vor, mit dem sie Kontakt zu den Toten aufnehmen kann.«

»Was ist ein Seiðr?«

»Es ist ein altnordisches Ritual. Die Seiðrfrau kann sich ganz nah an die Welt der Toten heranbewegen.«

Das versprach ja interessant zu werden.

Zurück im Wohnzimmer, fiel mir auf, dass Rebecca die Kleidung gewechselt hatte. Wobei Kleidung zu viel gesagt war. Ihre Tracht bestand aus zusammengenähten Tierhäuten und war entlang der Nähte mit Federn, Knochen und Zähnen geschmückt. Auf dem Kopf trug sie einen Eisenreif mit großen, gewundenen Hörnern, und in der Hand hielt sie einen langen goldenen Stab, dessen Ende aus einem bronzenen Vogelkopf bestand.

Luna saß noch immer mit der Trommel im Schoß auf dem Boden. Auch sie trug einen Reif mit Hörnern auf dem Kopf, allerdings eine kleinere Version. Hätten sie beide nicht so ernst dreingeschaut, hätte ich mich echt schlappgelacht. Ben machte in der Tür kehrt.

Ich griff nach seinem Arm. »Bist du nicht mit dabei? Ist das hier nicht genau dein Ding?«

»Ein Seiðr ist nichts für Männer«, raunte er, bevor er verschwand und mich mit dieser Hippie-Faschingsfeier allein ließ.

Rebecca hob feierlich die Hand. »Ich möchte versuchen, eine Verbindung zu einem verstorbenen Freund aufzubauen. Ich muss in den Raum zwischen den Welten treten und mit ihm sprechen.«

Auf dem Boden begann Luna zu trommeln und leise in einer Sprache zu singen, die ich nicht verstand. Ob sie wusste, dass es Arthur war, den sie hervorzulocken versuchten? Wahrscheinlich nicht. Ansonsten hätte sie ihrer Mutter wohl erzählt, dass ich einfach mit ihm reden konnte. Das heißt, wenn er wieder auf den Beinen war, nachdem ich ihn zurück zu seinem Leichnam befördert hatte.

Rebecca fuhr fort: »Im Seiðr rufe ich den Geist des Toten an, und sowohl er als auch ich betreten das Schattenreich, damit wir miteinander sprechen können.«

Sie begann im Takt zu Lunas Trommelschlägen hin und her zu gehen. Die Knochen und Zähne an ihrem Kleid rasselten. Ich kniff die Lippen zusammen, um nicht loszuprusten. Rebecca verfiel in einen Singsang und schüttelte ihren Oberkörper in Bewegungen, die am ehesten einem bizarren Samba ähnelten. Ich biss mir auf die Zunge.

Mit geschlossenen Augen hob Rebecca die Arme. »Um die göttliche Verwandlung zu ehren, durch die Freyja zum Falken wird, durch die Odin zur Schlange wird und durch die Njörd zum Fisch wird, habe ich mich in die Haut von Tieren gehüllt. Toter Freund. Bester Freund«, rezitierte sie. »Ich muss mit dir sprechen, mein Freund.«

Am Boden intensivierte Luna ihre Trommelschläge. Dann spürte ich, wie sich eine kühle Hand um meine schloss. Ich drehte den Kopf und blickte in Arthurs grüne Augen. Er lächelte mich an.

»Arthur, es tut mir wirklich leid«, flüsterte ich.

»Du konntest es ja nicht wissen. Es macht nichts. Aber ich habe dich vermisst.«

Mit Tränen in den Augen nickte ich ihm zu, während Luna und Rebecca nichts ahnend mit ihrer Beschwörung fortfuhren. Arthur sah zu ihnen hinüber und lachte laut. Auch mir entschlüpfte ein Kichern. Von ihrer Position am Boden sah Luna mich missbilligend an.

Ich versuchte verzweifelt, die Maske aufrechtzuerhalten, doch Arthur, der an meiner Seite schallend lachte, erschwerte mein Vorhaben erheblich.

»Ich kapiere nicht, wieso sie jedes Mal in diesen Fummel schlüpft, wenn sie Kontakt zu mir aufnimmt. Und dann dieses Getanze. Ich kann sie auch ohne sehr gut hören.« Er hatte Mühe, seine Worte zwischen den Lachanfällen herauszubekommen.

»Aber kann sie dich hören?«, fragte ich.

Rebecca sah mich irritiert an, bevor sie die Augen schloss und weitersang.

Arthur schüttelte den Kopf. »Kaum. Es ist wirklich schwer, eine Nachricht zu übermitteln. Aber es ist schon toll, dass sie überhaupt Bruchstücke empfängt. Es kommt sehr selten vor, dass uns diejenigen, die nicht mit der Gabe geboren sind, hören können.«

»Kannst du ihr nicht einfach schreiben? Oder so ein Ouija-Brett verwenden, das sie immer in Gruselfilmen haben? Immerhin bist du ein Poltergeist«, flüsterte ich.

»Das wäre keine gute Idee«, meinte Arthur.

Ich wollte fragen, wieso, doch im selben Augenblick hob Rebecca ihre Hände und rief: »Mein Freund. Bist du hier?«

»Jaaaa«, brüllte Arthur so laut, dass ich mir das Ohr auf der Seite, auf der er stand, zuhalten musste.

Rebecca wackelte mit dem Kopf, sodass sie beinahe mit den großen Hörnern an die Deckenlampe stieß. »Ich kann ihn nicht hören. Luna, spiel lauter.«

Arthur sagte etwas zu mir, doch bei all dem Lärm verstand ich kein Wort.

»Arthuuuuuurr!«, rief Rebecca.

»Ich bin hier!«, schrie Arthur zurück.

Luna sah mich fragend an, ich nickte und deutete in Arthurs Richtung.

»Äh, Mama«, sagte sie.

»Er ist nah«, rief Rebecca. »Ich spüre ihn.« Wieder schüttelte sie ihren Oberkörper.

»Mama«, wiederholte Luna.

»Luna.« Rebeccas Stimme war scharf. »Du darfst das heilige Seiðr nicht unterbrechen.«

Mit zerknirschter Miene dämpfte Luna ihr Trommelspiel.

»Ich habe gestern mit Belinda Jaegers Geist gesprochen«, wisperte ich Arthur zu.

»Belinda Jaeger. Ist sie noch nicht übergetreten?«

Gleichzeitig rief Rebecca wieder. »Arthuuur! Wir wollen dich etwas fragen.«

»Leiser! Ich höre dich sehr gut!«, schrie Arthur.

Rebecca legte den Kopf schief und lauschte angespannt.

»Ich kann ihn hören. Er sagt, er habe noch immer Mut.«

»Nein«, brüllte Arthur. »Hör endlich mit diesem Geschrei auf. Ich kann alles verstehen.«

»Ja, natürlich werden wir nach Anne sehen.« Rebecca schaute mich triumphierend an, als würde ihre Fehlinterpretation von Arthurs Worten die Isolationszauber ihres Mannes wiedergutmachen.

Arthur hob resigniert die Arme. »Jetzt siehst du mal, womit ich all die Jahre zu kämpfen hatte. Die Kommunikation ist schwer. Ich will später mehr über dein Treffen mit Belinda wissen.« Er stellte sich direkt neben Rebecca, sein Mund war ganz dicht an ihrem Ohr. »Gibt es etwas Neues von Thora?«

»Was?«, schrie Rebecca. Erneut versetzte sie ihren Körper in einen Schütteltanz.

Ich hielt das Theater nicht mehr aus. »Er will wissen, ob es etwas Neues von meiner Mutter gibt.«

Auf dem Boden trommelte Luna unbeirrt weiter.

»Luna, lass das endlich sein«, fuhr ich sie an. »Ich höre ja nicht mal meine eigenen Gedanken.«

Luna stoppte die Trommelei. »Man darf ein Seiðr nicht abbrechen, Anne. Es ist heilig.«

»Heilig, schmeilig …«, gab ich zurück.

Luna sah ihre Mutter flehend an.

»Sei mal still, Luna.« Rebecca musterte mich ehrfürchtig und mit einer Spur Misstrauen. »Kannst du ihn hören?«

»Er steht direkt neben dir.« Ich zeigte auf Arthur, der Rebecca mit einer Mischung aus Zuneigung und Kummer ansah.

Rebecca fuhr herum und ließ den Stab fallen. Er landete geräuschvoll auf den Fliesen. Luna entwich ein erschreckter Aufschrei, doch Rebecca kümmerte der Lärm nicht. Sie sah sich um und stellte sich schließlich so, dass ihr Gesicht direkt vor Arthurs war. Allerdings richtete sie den Blick auf die falsche Stelle. Schmerz flog über Arthurs Gesicht. Er hob eine Hand, ließ sie jedoch gleich wieder sinken.

»Sag, dass ich sie vermisse. Alle beide«, bat er mich.

»Er vermisst dich und Ben.«

Rebecca stiegen Tränen in die Augen.

»Wir vermissen dich auch«, stammelte sie. »Wir suchen immer noch einen Weg.«

»Was denn für ein Weg?« Ich wusste nicht, an wen ich meine Frage richtete.

Arthurs Blick verriet, dass Rebecca zu viel gesagt hatte.

Ich sah ihn auffordernd an. »Was für ein Weg?«, wiederholte ich.

Er zögerte. »Sie versuchen, einen Weg zu finden, mich wieder zum Leben zu erwecken«, sagte er.

»Bitte was?!?« Meine Antwort wurde zu einem Schrei.

Rebeccas Blick irrte umher, ohne Arthur zu finden, obwohl er direkt vor ihrer Nase stand. »Was sagt er?«

Ich ignorierte sie. »Warum hast du mir nichts davon erzählt?«

»Ich wollte dir keine falschen Hoffnungen machen. Es ist unmöglich. Oder so gut wie unmöglich.«

»Warum versuchen sie es dann?«

»Was sagt er?«, fragte Rebecca noch einmal.

Ich warf die Hände in die Luft. »Dass ihr versucht, ihn wieder zum Leben zu erwecken. Ist das möglich?«

»Ich hätte nichts sagen sollen«, erwiderte sie nur.

»Nein, hätte sie nicht.« Arthur schüttelte den Kopf.

»Du hättest es besser früher gesagt«, meinte ich.

»Sagt Arthur, dass ich es dir besser früher erzählt hätte?« Rebecca legte sich eine Hand aufs Herz.

»Oohhh, Mann«, stieß ich aus und schüttelte meine geballten Fäuste. »Das ist doch echt nicht zum Aushalten hier. *Ich* sage, dass *du*«, ich zeigte auf Rebecca, »es mir hättest sagen sollen. Arthur ist offensichtlich der Meinung, dass ich am besten gar nichts wissen sollte. Er hat mir erst vor Kurzem gesagt, dass er mein Vater ist. Und außerdem ein Geist.«

»Wie lange kannst du ihn schon sehen?«, flüsterte Rebecca.

»Seit ich vier bin.«

»Ich bin ja so froh, dass er bei dir war. Und du bei ihm. Er war fantastisch, als er noch gelebt hat, aber als Toter ist er noch viel beeindruckender. In der Nacht, in der er starb …«

Arthur zitterte, als sie es erwähnte.

Ich hielt eine Hand hoch. »Könntest du bitte nicht von dem Moment reden, als er du-weißt-schon-was? Es scheint, als wären Geister ziemlich allergisch dagegen.«

»Tatsächlich? Das wusste ich nicht.« Rebecca sammelte sich. »Luna, Schatz. Würdest du bitte deinen Vater holen?«

Luna, die unser Gespräch wie ein Tennismatch verfolgt hatte, sprang auf.

Rebecca fuhr fort: »Sag Arthur, dass wir alles in unserer Macht Stehende getan haben, um dich zu beschützen.«

»Sag es ihm doch selbst. Und du darfst ruhig ins Detail gehen. Er hört dich sehr gut.«

»Wirklich?«

Ich nickte.

Ein Lächeln huschte über Rebeccas Lippen. »All die Jahre habe ich mir das Seiðrgewand übergezogen und den Totentanz aufgeführt.«

Neben mir musste auch Arthur lachen.

Rebecca schaute in seine Richtung, obwohl für sie nur Luft zu sehen sein musste. »Wir mussten deine Tochter mit Beschwörungen belegen, um sie zu schützen.«

Ich merkte, wie sich meine Augenbrauen zusammenzogen, und schaute Arthur abwartend an, dessen Miene meine widerspiegelte.

»Welche Beschwörungen?«, fragte er.

»Er fragt, welche.«

»Ben hat sie mit einem Reka- und mit einem Neitt-Zauber belegt.« Rebecca sah nervös in die Luft vor sich, dorthin, wo sie Arthur vermutete.

Arthurs Gesichtsausdruck wandelte sich von ratlos zu verstehend. »Ach, daran liegt es«, sagte er. »Ich habe nie kapiert, wieso die Leute einfach durch dich hindurchsehen und warum manche so gereizt auf dich reagieren. Ich dachte, du hättest etwas von der Persönlichkeit deiner Mutter geerbt, aber für mich warst du immer einfach nur liebenswert.«

»Was ist mit meiner Mutter? Ist sie ein Monster, oder was?«

Rebeccas Stirn kräuselte sich. »Deine Mutter? Warum redet er von deiner Mutter?«

Ich stöhnte frustriert auf. Selbst wenn ich Arthur hören und sehen konnte, war die Kommunikation zwischen Toten und Lebenden echt anstrengend.

Ich gab Arthurs Worte wieder, und erneut musste Rebecca lachen. »Nein, sie ist kein Monster. Sie ist nur manchmal ein bisschen … furchteinflößend.«

Neben mir machte Arthur ein nachdenkliches Gesicht. »Ein Reka und ein Neitt. Das sind starke Zauber. Aber ihr wart überzeugt, dass euch keine andere Wahl blieb. Das Wichtigste ist, dass Anne lebt.«

Ich starrte ihn mit offenem Mund an.

»Was sagt er?«, fragte Rebecca.

»Nichts Vernünftiges«, antwortete ich.

»Sag ihr, was ich gerade gesagt habe«, forderte Arthur.

Ich schüttelte den Kopf. »Vergiss es. Sie haben mein Leben zerstört.« Ich zeigte auf Rebecca.

»Wenigstens hast du ein Leben. Sieh doch, wie es mir ergangen ist.«

In diesem Moment kamen Ben und Luna dazu. Rebecca hatte stumm neben uns gestanden und meinen Teil des Gesprächs verfolgt.

»Ist er hier?«, fragte Ben außer Atem.

»Ja. Anne kann ihn sehen. Und problemlos mit ihm reden«, erklärte Rebecca.

Ben sah sich im Raum um.

Ohne etwas zu sagen, deutete ich auf die Stelle, an der Arthur stand.

Ben trat ganz nah an ihn heran, aber wie seine Frau richtete er seinen Blick auf die falsche Stelle.

»Ich möchte dir so vieles sagen, Arthur«, begann er.

»Aber zuerst will ich dich etwas fragen, Ben. Warum habt ihr mir nicht erzählt, dass ihr Arthur wieder zum Leben erwecken könnt?«, fragte ich.

Ben erstarrte. »Weil es nahezu unmöglich ist, die Toten zurückzubringen. Dazu benötigt man mächtige Magie oder göttliche Intervention. Wir haben auf der ganzen Welt nach einer Lösung gesucht.«

»Habt ihr einen Weg gefunden?« Ich versuchte, mir meine Hoffnung nicht anmerken zu lassen.

»Wir konnten nichts Konkretes finden. In all diesen Jahren sind wir Luftschlössern hinterhergejagt.«

»Dann seid ihr gar keine Entwicklungshelfer?« Luna sah zwischen ihren Eltern hin und her.

Rebecca legte ihr eine Hand auf die Wange. »Nein, mein Schatz. Wir sind Exil-Hexen auf der Flucht vor dem Tod und auf der Jagd nach einer Möglichkeit, ihn auszutricksen. Wir haben sogar in den anderen Religionen gesucht.«

»Was ist mit eurem eigenen Glauben? Dem Asenglauben?«, fragte ich, hauptsächlich um Luna ein wenig Zeit zu geben, sich zu sammeln. Ich wusste nur zu gut, wie es ist, wenn mit einem Fingerschnipsen die gesamte bekannte Welt auf den Kopf gestellt wird.

»Odin kann die Toten zum Leben erwecken«, sagte Rebecca. »Aber er wollte Arthur nicht auferstehen lassen.«

»Warum nicht?« Ich sah abwechselnd zu Ben, Rebecca und Arthur.

Arthur schaute zu Boden. Ben und Rebecca tauschten einen Blick.

Schließlich antwortete Ben. »Weil er deine Mutter begehrt. Vielleicht liebt er sie sogar. Aber sie wollte ihn nicht. Als einzige Sterbliche überhaupt hat sie einen Gott abgewiesen. Weil sie deinen Vater liebt. Odin hat es Arthur nie verziehen, dass er Thoras Liebe für sich beansprucht hat.«

Okay. Hm … Ich hatte keine Ahnung, was ich davon halten sollte. Eigentlich glaubte ich nicht an die alten Götter, auch wenn alle um mich herum überzeugt zu sein schienen, dass sie existierten.

»Also«, wagte ich einen Versuch. »Woher wisst ihr, dass es die Götter gibt? Ich meine, wisst ihr überhaupt, was es heißt, ein Gott zu sein?«

Eine Weile war es still im Raum. Rebecca setzte an, etwas zu sagen, doch plötzlich merkte Arthur auf.

»Es ist jemand auf dem Weg hierher. Er kommt direkt auf uns zu.«

Im selben Moment hob Ben ruckartig den Kopf und sah seine Frau an. Sie wechselten einen wissenden Blick. Ben ging eine Runde durch das Wohnzimmer. Zum Schluss stellte er sich mit geschlossenen Augen vor die große Haustür, während er leise vor sich hin brummte. Rebecca trat hinter Luna und mich.

Ich schaute zu Arthur. »Wer ist auf dem Weg hierher?«

»Was meinst du?«, fragte Luna.

»Ich habe mit Arthur gesprochen.«

Rebeccas Stimme klang gedämpft. »Kann Arthur sehen, wer es ist?«

Ich gab die Frage mit einer hochgezogenen Augenbraue an Arthur weiter. Er schüttelte den Kopf.

Ben stellte sich mit dem Rücken an die Wand, und legte seine Hand mit ausgestrecktem Arm auf die Türklinke. Ich selbst versuchte, mit meiner Spezialfähigkeit Ausschau zu halten, und nahm jemanden wahr, der mir vage bekannt vorkam.

»Könnt ihr ihn spüren?«, fragte ich in den Raum hinein.

»Ja«, antworteten Ben, Rebecca und Arthur wie aus einem Mund.

»Wer ist es?«

»Auf Abstand können wir keine Menschen erkennen. Wir spüren sie nur, weil wir unser Haus mit Zaubern umgeben haben. Wenn sich jemand nähert, der nicht in diese Magie eingeschlossen ist, bemerken wir es sofort«, flüsterte Ben. »Und diese Person ist nicht mit eingeschlossen. Normalerweise halten sich die Menschen wegen unserer Zauber fern, doch dieser Kerl steuert direkt auf unsere Eingangstür zu.«

Wieder führten Ben und Rebecca eine lautlose Diskussion über unsere Köpfe hinweg, und ich merkte, wie sich die Luft im Raum mit Magie und Emotionen auflud.

»Luna, Schatz«, sagte Rebecca sanft. »Weißt du noch, wie ich dir beigebracht habe, Energie in den Händen zu sammeln?«

»Ja, du hast gesagt, ich soll gut aufpassen, sie nicht fallen zu lassen, weil sie sonst explodieren und im schlimmsten Fall jemanden töten könnte.«

»Jetzt kannst du gern anfangen, Energie zu sammeln. Und lass sie ruhig ein wenig locker sitzen. Wenn ich ›Wirf‹ sage, dann wirf sie in dieselbe Richtung wie ich.«

»Aber …«, protestierte Luna.

»Pst«, machte Rebecca.

Arthur legte eine kalte Hand auf meinen Arm. »Ich gehe raus und sehe nach.«

Er verschwand durch die Wand nach draußen.

Obwohl ich mit seinem Status als Verstorbener inzwischen vertraut war, erschauderte ich, als ich sah, wie er durch die feste Steinwand ging, als bestünde sie aus Nebel.

Einen Augenblick später war er wieder zurück. »Es ist ein junger Mann. Niemand, den ich kenne. Aber er kennt uns. Und er ist ziemlich zielstrebig«, teilte er mir mit.

Ich gab die Information an den Rest unserer kleinen Versammlung weiter. Wir standen vollkommen reglos da. Dann knirschte der Kies vor der Tür, und ein Schatten huschte am Küchenfenster vorbei.

Rebeccas Augen waren weit aufgesperrt, und Ben riss die Tür auf und stürmte nach draußen. Schnell kam er wieder herein, einen Mann im Schwitzkasten, den er durchs Wohnzimmer schleifte und auf den Küchenboden warf. Er baute sich über ihm auf, die tätowierten Handflächen auf ihn gerichtet. Auch Rebecca richtete ihre Hände auf den Mann. Vor lauter Schreck ließ Luna ihre Energiekugel los, die nur wenige Zentimeter neben dem Kopf des Mannes auf den Fliesen zerplatzte. Ein ohrenbetäubender Knall dröhnte durch das Haus, als die Kugel ein großes Loch in den Boden sprengte.

Der Mann schrie, krümmte sich zusammen und hielt schützend die Arme über seinen Kopf. »Ich komme in Frieden«, rief er. »Niels Villadsen schickt mich.«

Am Klang seiner Stimme erkannte ich ihn wieder. »Ich glaube er ist von der AMPA. Er war auf dem Ball im Bootsmann.«

Ben sah den Mann mit wildem Blick an. Dann senkte er langsam die Hände. Der Mann hob den Kopf und schaute Ben über seine Arme hinweg an.

»Wow«, sagte er. »Fast wäre ich von Benedict Sekibo in Stücke gefetzt worden.«

Irgendetwas sagte mir, dass er das eine ziemlich coole Art zu sterben fand, wenn es denn schon sein musste. Ben richtete sich ein wenig auf, und neben mir verdrehte Arthur die Augen.

»Sie wären fast von meiner Tochter in Stücke gefetzt worden«, korrigierte Ben und schenkte Luna einen anerkennenden Blick.

Mit einem Kopfnicken gab er Luna und Rebecca zu verstehen, dass sie ihre Hände ebenfalls herunternehmen sollten. Ben reichte Steen – so hieß der junge Mann, wie mir wieder einfiel – eine seiner Pranken. Steen ergriff sie vorsichtig, und mit einem kräftigen Ruck zog Ben ihn hoch. Steen wankte kurz, ehe er festen Stand fand, und richtete seine Hornbrille.

»Was haben Sie auf meinem Grund und Boden zu suchen?«, fragte Ben.

Steens Augen zuckten nervös unter Bens Blick, und er sah stattdessen zu Rebecca, die immer noch die riesigen Hörner und die merkwürdige Bekleidung trug. Sie versuchte, so zu tun, als wäre das völlig normal, was ihr aber nur zum Teil gelang.

»Ich komme mit einer Nachricht von Niels Villadsen, die ich persönlich übermitteln soll.« Endlich wandte Steen den Blick von Rebecca ab, doch nun fasste er stattdessen Luna ins Auge, die mit ihren kleineren Hörnern und den rauschenden roten Locken aussah wie ein wahnsinnig hübscher Troll. »Halten Sie gerade ein Seiðr ab?«, fragte er und besah sich den Fußboden, auf dem die Kreidezeichen zwar ein wenig verwischt, aber immer noch erkennbar waren. »Ich habe noch nie eines erlebt.«

»Das geht Sie nichts an«, sagte Ben barsch.

Steen nickte rasch. »Natürlich nicht. Am besten stelle ich mich erst einmal vor, das war doch ein eher unglücklicher Einstieg.«

Hut ab, dass er sich so schnell wieder fing.

»Ich arbeite gemeinsam mit Niels Villadsen bei der AMPA, mein Name ist Steen Arneson.« Er sah Ben ehrfürchtig an. »Wir haben uns auf dem Ball im Bootsmann kennengelernt, aber daran erinnern Sie sich wahrscheinlich nicht mehr.«

»Sind Sie mit Magnus Arneson verwandt?«, wollte Rebecca wissen.

»Ja. Er war mein Vater.«

»Mein Beileid«, sagte sie und reichte ihm die Hand, die er sogleich ergriff. »Magnus war ein guter Mensch.«

Steen drehte sich um und reichte nun auch Luna die Hand.

»Ich habe dich auf dem Herbstball gesehen, aber wir haben nicht miteinander gesprochen.« Er sah sie etwas länger an, als angebracht war.

Luna bemerkte es nicht, doch Ben knurrte leise.

Steen stand einen Moment stumm da, bis Rebecca sich räusperte und auf mich zeigte.

Wir gaben uns die Hand.

»Ich heiße Anne. Wir kennen uns schon«, sagte ich leise.

»Wirklich?« Steen runzelte die Augenbrauen. »Woher?«

»Aus dem Bootsmann. Ich war auch auf dem Ball.«

»Haben wir uns unterhalten?« Ihm war anzusehen, wie er in seiner Erinnerung kramte.

»Kurz«, antwortete ich.

»Ich kann mich beim besten Willen nicht an dich erinnern.«

Ich bedachte Ben mit einem säuerlichen Blick. *Diese verdammten Beschwörungen.*

Rebecca unterbrach uns. Sie machte eine Geste in Richtung des Esstischs, der noch immer an der Wand stand, um Platz für die Kreidezeichen und die Kerzen auf dem Boden zu machen.

»Kommen Sie, setzen Sie sich. Wir waren alles andere als gastfreundlich. Sie denken sicher, wir wären Barbaren.«

Die Goldzähne hinter Bens Lippen zeigten sich funkelnd, als sie das sagte, und neben mir grinste Arthur. Steen schielte zu Ben und richtete seine Haare, bevor er sich einen Stuhl nahm. Rebecca zog den Hörnerreif ab und verschwand in der Küche, um Tee aufzusetzen. Ben setzte sich vor Steen und starrte ihn an, ohne zu blinzeln, während der arme Mann sein Bestes gab, um sich seine Nervosität nicht anmerken zu lassen. Auch Luna nahm ihre Hörner ab und setzte sich.

Ich stand mitten im Raum und wusste nicht, ob ich ebenfalls zur Unterhaltung eingeladen war oder nicht. Rebecca legte mir eine warme Hand auf den Rücken und schob mich sanft in Richtung des Tischs.

»Setz dich nur. Ich habe das Gefühl, dass diese Sache auch dich betrifft.«

Ich setzte mich, und Arthur stellte sich hinter meinen Stuhl.

»Welche Nachricht ist so wichtig, dass Sie meinen Boden betreten, ohne sich vorher zu erkennen zu geben?«, fragte Ben.

Steen rutschte auf dem Stuhl herum und nahm die Tasse Tee entgegen, die Rebecca ihm reichte. »Es war nicht meine Absicht, mich nicht zu erkennen zu geben.«

Ben forderte Steen mit einer kreisenden Handbewegung zum Weiterreden auf.

»Ich komme mit Neuigkeiten aus Freiheim. Sie sind vertraulich, daher konnte Niels nicht riskieren, sie selbst zu überbringen. Wir biegen die Regeln in einer Weise, dass wir nahe daran sind, sie zu brechen.«

»Was ist passiert?« Rebeccas Stimme zitterte leicht.

»Ragnaras Seherinnen haben die Prophezeiung endlich gedeutet. Ohne Bork. Er ist als Verräter enttarnt und gefangen genommen worden. Wir wissen nicht, zu welchem Schluss Ragnaras andere Seher gekommen sind, aber was auch immer es ist, es hat Thora dazu bewogen, Schloss Königsburg zu verlassen. Sie ist geflohen.«

Ben riss die Augen auf, Arthur rief irgendetwas, und Rebecca rang um Atem. Luna und ich sahen uns verständnislos an.

»Was bedeutet das?«, fragte ich.

Ben musste Luft holen, bevor er sprach. »Das bedeutet, dass der Pakt offiziell gebrochen ist.« Er schlug mit der Faust auf den Tisch, dass die Tassen klirrten. »Und wenn Thora geflohen ist, dann muss ihr Leben in Gefahr sein.«

Steen unterbrach ihn. »Es ist mehrere Monate – über ein halbes Jahr – her, dass Thora geflohen ist. Die Berichte aus Freiheim erreichen uns mit enormer Verzögerung, seit wir keine diplomatischen Beziehungen mehr aufrechterhalten.«

»Das passt zu dem Zeitpunkt, als das erste Mädchen ermordet wurde«, sagte Ben.

Rebecca sah nachdenklich aus. »Und wenn Ragnara es wagt, Thora umbringen zu wollen, dann meine ich ziemlich sicher zu wissen, was die Seher herausgefunden haben.«

»Und zwar was?«, fragte ich.

»Nicht Thora ist der Schlüssel. Du bist es.«

Ben sah mich ernst an. »Die Jagd auf dich hat begonnen.«

Steen blickte fragend von mir zu Ben, der einen Finger auf mich richtete.

»Sie ist Thoras Tochter.«

»Ohhh«, hauchte Steen. Ein gewaltiger Strom aus reiner Furcht schoss aus ihm heraus. Steen sprang so schnell auf, dass seine Tasse umkippte, was er nicht einmal bemerkte. Er wich vor uns zurück, und seine Stimme klang fast schon hysterisch. »Das ist mir zu brenzlig. Ich sollte Ihnen nur die Nachricht überbringen. Ich wusste ja nicht einmal selbst, was sie bedeutet.« Er rüttelte am Türgriff hinter sich. Dann riss er die Tür auf und rannte hinaus. Seine schnellen Schritte waren auf dem Kies vor dem Haus zu hören.

»Wir müssen Annes Schutzzauber verstärken«, sagte Ben an seine Frau gewandt. »Es gibt keine andere Möglichkeit.«

»Sag ihnen, dass ich einverstanden bin«, bat Arthur mich.

Ich schüttelte heftig den Kopf. »Das könnt ihr vergessen.«

»Das hast nicht du zu entscheiden«, sagte Ben.

»Ben, vielleicht sollten wir erst darüber reden«, wandte Rebecca ein. »Die Leute werden ihr noch feindseliger gegenübertreten. Vielleicht sogar Luna und Mathias. Und wir selbst.«

»Wir werden über gar nichts reden. Es ist meine Pflicht, sie zu beschützen, ob sie will oder nicht.«

Ich sah, wie sich ein Kraftfeld um ihn bildete. Rebecca seufzte resigniert, und auch ihre Aura begann zu knistern.

»Nein, nein …« Ich stand auf und bewegte mich, wie Steen kurz zuvor, auf die Tür zu.

Ben erhob sich und baute sich zwischen mir und dem Weg in die Freiheit auf. »Und wenn ich dich festhalten muss.«

Er wollte mich packen, doch Luna sprang zwischen uns. Sie hielt dem dunklen Blick ihres Vaters mit ihrem eigenen cognacfarbenen stand. Noch nie hatte ich ihre Augen auf diese Weise funkeln sehen. Bens Blick brannte ihrem entgegen, und ich war beeindruckt, dass sie sich nicht beugte.

»Du rührst sie nicht an, es sei denn, sie will es selbst«, fauchte sie, und zum ersten Mal, seit ich sie kannte, hatte ich tatsächlich Angst vor ihr.

Ben trat einen Schritt zurück und sah seine Tochter mit einer Mischung aus Zorn und Stolz an.

»Lauf, Anne!«, rief Luna mir über die Schulter zu.

Ich duckte mich unter Bens breitem Arm hindurch, stolperte ins Freie und rannte in Richtung Odinshöhe davon.

Sofort war Arthur neben mir.

»Du kannst zur Hölle fahren«, schrie ich ihn an. »Jetzt ist endgültig Schluss damit, dass ihr miese Entscheidungen für mich trefft.«

»Ich werde tun, was nötig ist, um sicherzustellen, dass du beschützt bist«, sagte er.

Ich bremste in der gepflügten Erde ab und drehte mich zu ihm um. »Ihr habt ein ziemlich falsches Verständnis davon, was es heißt, mich zu beschützen. Ich will nicht noch weiter isoliert werden. Ich will die wenigen Freunde, die ich endlich gefunden habe, nicht wieder verlieren. Lieber soll mich Ragnara erwischen.« Für einen winzigen Moment erschien das Bild der vergangenen Nacht von meinem eigenen toten Gesicht vor meinem inneren Auge.

Arthur ignorierte mich. »Es tut mir leid, Anne«, sagte er nur, als er eine eisige Hand um meinen Unterarm legte und begann, mich in die Richtung von Bens und Rebeccas Haus zu ziehen.

Ich versuchte, mich zu wehren, aber es war, als hätte er die Kontrolle über meine Muskeln und meinen Körper übernommen.

»Hör auf damit. Was tust du?«

»Besitz ergreifen. Das mache ich sehr selten. Nur wenn es absolut nötig ist.«

Ich wand mich, sah jedoch trotzdem, wie sich meine Füße entgegengesetzt zu derjenigen Richtung bewegten, die ich eigentlich hatte einschlagen wollen.

»Stopp. Ich erwähne deinen Tod. Ich tue es!«

Arthur strengte sich noch mehr an, und gegen meinen Willen lief ich auf Rebeccas und Bens Haus zu.

Verdammt.

»Du bist tot!«, rief ich in meiner Machtlosigkeit. »Du bist in Benedicts Armen gestorben.«

Ich spürte, wie Arthurs Energie abnahm. »Nein, Anne«, sagte er verzweifelt.

»Doch, Papa«, flüsterte ich. Laut rief ich: »Du. Bist. Tot!«

Er löste seinen Griff um meinen Arm und fiel auf die Erde, wo er zuckend lag, bevor er sich vor meinen Augen auflöste.

Ich blinzelte die Tränen weg und rannte dann weiter auf Odinshöhe zu. Auf dem Weg über das steil zu meinem Haus hinaufführende Feld fluchte ich. Mann, was war ich es leid, dass andere ständig zu wissen glaubten, was das Beste für mich sei. Und wie leid war ich die ganzen Leute, die von irgendjemandem geschickt wurden, um mich herumzukommandieren. Keuchend schimpfte ich vor mich hin. »Mein Vater schickt mich. Niels Villadsen schickt mich.« Ich sandte einen bösen Gedanken an Varnar. »Deine Mutter hat mich geschickt.«

Ich stapfte weiter den dunklen Hügel hinauf.

Als ich den Rand meines Hofplatzes erreichte, erkannte ich die Umrisse einer Gestalt, die vor meiner Haustür saß. Instinktiv blieb ich stehen. Dann rannte ich mit laut klopfendem Herzen los.

Monster saß reglos vor Odinshöhe, doch er blickte mich mit sanft glühenden Augen an.

Ich wollte mich auf den Boden werfen und ihn an mich pressen. Ich wollte weinen vor Erleichterung, ihn endlich wiederzusehen. Ich wollte sagen, dass ich ihn mehr vermisst hatte, als ich jemals für möglich gehalten hätte. Aber ich tat nichts davon. Stattdessen stellte ich mich mit verschränkten Armen vor ihn.

»Und wer hat dich geschickt?« Ich legte so viel Härte in meine Stimme, wie ich aufbringen konnte.

Monster legte seinen Riesenkopf auf die Seite, als würde er angespannt lauschen. Dann öffnete er sein gewaltiges Maul, und es dröhnte in seiner Brust. Mit einer Stimme, die so tief war, dass sie eher wie ein Löwe als wie irgendetwas Menschliches klang, antwortete er: »Deine Schwester.«

TEIL IV

DAS KIND ODINS

Ich sah Balder,
dem blutenden Gott,
Odins Kind,
das Schicksal bestimmt;
gewachsen war,
überm Feld hoch,
schmal und sehr schön,
der Mistelzweig.

Völuspá
(Die Weissagung der Seherin)
10. Jahrhundert

KAPITEL 26

Mir blieb der Mund offen stehen. Ich kam nicht dazu, etwas zu erwidern, bevor ich hinter mir knirschende Schritte im Kies hörte.

Aella rannte mit tränenüberströmtem Gesicht auf uns zu. Sie kniete sich vor Monster und krallte die Hände in das Fell auf seinen Schultern. »Ist sie in Sicherheit?«

Ich starrte die beiden an und suchte noch immer nach Worten, wurde jedoch erneut unterbrochen, diesmal durch Rufe.

Es war Lunas Stimme. »Sie kommen!«

Ich drehte mich um und sah ihr rotes Haar in der Sonne glänzen, während sie in einem Affentempo den Feldweg zu Odinshöhe heraufspurtete. Ein Stück weiter den Hügel hinunter bewegten sich Ben und Rebecca eilig auf uns zu.

Ich beugte mich über Aella und Monster und öffnete die Tür. »Rein mit euch!«, kommandierte ich.

Wir stürzten in den Flur, und ich wirbelte in der Türöffnung herum, während Hund und weinendes Mädchen im Wohnzimmer verschwanden.

Familie Sekibo war uns dicht auf den Fersen, daher dachte ich mir, dass es keine Rolle spielte, ob ich mich drinnen oder draußen aufhielt. Bens und Rebeccas Magie war so stark, dass sie höchstwahrscheinlich die Tür mit Gedankenkraft sprengen und mich so oder so mit Beschwörungen belegen könnten. Luna aber, die in diesem Moment den Hofplatz erreichte, machte einen Sprung wie eine Gazelle und segelte auf eine Weise durch die Luft, die für einen Menschen nicht möglich sein sollte.

Ich hüpfte zur Seite, als mir klar wurde, dass sie mit den Füßen voran direkt auf die Türöffnung zusteuerte. Sie schaffte eine Punktlandung vor der Tür, hatte aber so viel Schwung, dass sie weiterrannte und geradewegs gegen die Wand im Flur knallte.

»Ich kann's noch nicht so ganz kontrollieren«, sagte sie, machte kehrt und war mit einem einzigen langen Schritt zurück an der Tür.

Draußen näherte sich in schnellem Tempo Bens große Gestalt. Er hatte wilde, leuchtende Augen. Mein Puls beschleunigte sich, als er mit erhobenen Händen auf mich zustürmte, da knallte Luna ihrem Vater die Tür direkt vor der Nase zu. Sie beschrieb einige Gesten mit den Armen, und Magie knisterte um sie herum, als sie rief: »Bulwark allt!« Dann schoss eine Welle aus Energie los, die so stark war, dass ich hintenübergeschleudert wurde und auf dem Boden landete.

Über und um meine Tür herum spannte sich etwas, das zunächst aussah wie ein Spinnennetz. Rasch wurde es dicker, bis die Fäden wie gummiartige, beige Würste wirkten. Als Ben von außen gegen die Tür hämmerte, gab sie nach, und die Würste schnalzten mit einem lauten *Boing* vor und zurück, hielten jedoch stand.

Wieder machte Luna mehrere Gesten, und in Windeseile breiteten sich dicke Gummiseile über die Wände meines Hauses aus, die auch die Fenster und Türen zum Garten bedeckten. Zum Schluss sah Odinshöhe aus wie das Innere eines riesigen Kokons. Das Netz filterte das Licht und tauchte das ganze Haus in ein schummriges Halbdunkel. Luna lehnte sich mit schweißglänzender Stirn an die Wand.

»Ich hatte keine Ahnung, dass du das kannst«, sagte ich, während ich wieder auf die Beine kam.

»Ich auch nicht«, schnaufte sie. »Ich hab improvisiert.«

Ich schielte zur Tür.

»Das hält schon«, sagte sie. »Ich bin mir sicher.«

Im Wohnzimmer hörte ich Aella sprechen. Monster knurrte irgendetwas zurück. Ach ja, richtig. Ich musste noch eben zu einem sprechenden Hund und der Tatsache, dass ich eine Schwester hatte, Stellung beziehen.

Wir gingen nach drüben und stellten uns vor Aella und Monster.

»Guten Tag, Luna«, sagte Monster mit seiner gutturalen Stimme.

»Hi. Cool, dass du wieder da bist«, antwortete Luna. »Äh, du kannst reden?«

Monster lachte kehlig.

Unfähig zu blinzeln, stierte ich ihn an. »Ich nehme einfach mal an, du kommst ebenfalls aus Hrafnheim«, sagte ich.

Monster ließ sich einen Moment Zeit mit der Antwort. Er schnüffelte und glich in jeglicher Hinsicht einem ganz gewöhnlichen Hund. Also, einem gigantischen gewöhnlichen Hund. Sämtliche Parameter für Normalität wurden allerdings gesprengt, als er erneut zu sprechen begann.

»Ich komme aus Hrafnheim«, bestätigte er.

Ich nickte und atmete tief ein. »Du hast etwas von einer Schwester gesagt?«

Aella antwortete an seiner statt: »Du hast eine Schwester. Eine Zwillingsschwester. Ihr seht vollkommen gleich aus. Nur dass sie rote Haare hat. Ihr Name ist Serén.«

»Ich habe eine Schwester«, sagte ich mehr zu mir selbst. Ich starrte in die Luft, während mein Hirn auf Hochtouren lief. »Ist sie in eurer Welt?«

Monster und Aella nickten.

Ah. Deshalb hatte mich Varnar trotz meiner schwarzen Haare erkannt. Weil er wusste, wie meine Schwester aussah.

»Weiß sie, dass es mich gibt?«

Monster bleckte die Zähne, als er sprach: »Sie hat mich geschickt. Sie weiß, dass du in Gefahr bist.«

Ich ließ mich auf die Küchenbank plumpsen. All die Fragen drohten sich ineinander zu verheddern.

»Hat sie auch …« Ich zwang mich, den Satz zu beenden. »Hat sie auch solche Abscheuzauber auf sich wie ich?«

Aella schüttelte den Kopf. »Alle mögen sie. Jedenfalls die, die sie nicht töten wollen.«

Ich war kurz davor, wieder aufzuspringen. »Ist sie auch in Lebensgefahr?« Es kam fast als Schrei heraus.

Monster legte seinen riesigen Kopf schief. »In ihr fließt ebenso Thoras Blut wie in dir.«

»Ist sie bei meiner … ich meine, bei *unserer* Mutter aufgewachsen?« Aus irgendeinem Grund schmerzte mir die Kehle bei dieser Frage.

»Sie kennt Thora schon ihr ganzes Leben lang, aber sie hat erst vor einem Jahr erfahren, dass sie ihre Mutter ist.«

Ich dachte eine Weile darüber nach. Die anderen gaben mir Zeit und schwiegen. Die Vorstellung, mit meiner Schwester zusammen zu sein, mischte sich mit meinen Erinnerungen an die Einsamkeit – auf dem Schulhof, in einem Zimmer bei einer weiteren Pflegefamilie oder in einer Wohngruppe. Von draußen hörte ich schwach Bens Rufe, nahm sie jedoch kaum wahr.

»Wie hat sie herausgefunden, dass es mich gibt?«, flüsterte ich.

Monsters tiefe Stimme erklang: »Thora hat es ihr erzählt, bevor sie geflüchtet ist.«

»Ist meine Schwester auch hellsichtig – so wie ich?«

Aella nickte. »Sie kann die Zukunft sehen.«

Ich lehnte mich zurück und rieb mir die Schläfen.

»Warum ist sie dort, und ich bin hier?«

Aella fuhr sich durch ihr kurzes Haar. »Es ist sehr verwickelt, und ich weiß nicht einmal einen Bruchteil. Nur dass du hier in Midgard geboren wurdest und Serén in Hrafnheim.«

Was? Ich merkte, dass ich es nicht laut gesagt hatte, sondern Aella nur verständnislos anstarrte. Sie warf die Arme hoch, und ihr Blick fiel auf die lange Narbe, die aus dem Ausschnitt meines Pullis hervorlugte. »Wie gesagt. Es ist sehr kompliziert.«

Ich versuchte, eine weitere Frage zu formulieren, doch erneut gellte draußen Bens Stimme, und eines der Fenster zersplitterte, während die Gummiseile nachgaben. Auch Rebecca rief nach ihrer Tochter.

»Wir müssen etwas tun«, sagte ich und atmete aus. »Sonst reißen sie ganz Odinshöhe ein. Und ich will nicht noch mehr Magie auf mir haben.«

Luna trat zu dem zerschlagenen Fenster, vor dem Ben stand und auf die elastischen Seile einhämmerte.

»Papa, jetzt hör schon auf.«

»Luna, ich befehle dir, das Bollwerk zu entfernen!«, brüllte er.

»Nein!«, rief sie zurück. Dann folgte ein Wortschwall auf Französisch, von dem ich nicht viel verstand. Allerdings erkannte ich einige der nicht ganz so jugendfreien Ausdrücke.

Ben antwortete erst auf Französisch, dann in einer afrikanischen Sprache und zum Schluss auf Dänisch. »… und wenn ich all meine Macht anwenden muss.«

»Ben«, bat Rebecca hinter ihm. »Beruhige dich.«

»Was passiert da bei der dysfunktionalen Hexenfamilie?«, flüsterte ich Aella und Monster zu.

Luna wandte sich um. »Ich kann ihn nicht beschwichtigen. Er ist völlig außer sich. Vielleicht …«, überlegte sie.

»Was?«

»Demigötter stehen in der Hierarchie über den Hexen. Vielleicht kann Mathias ja etwas tun.« Sie zog ihr Handy hervor und rief ihn an.

»Hi, Schatz«, sagte sie. »Bist du mutig genug, nach Odinshöhe zu kommen und ein paar aufgebrachte Hexen zur Vernunft zu bringen?«

Am anderen Ende der Leitung sagte Mathias etwas.

»Sie wollen irgendwelche Beschwörungen auf Anne legen, die sie nicht möchte. Sie wollen …« Sie nahm das Telefon vom Ohr und schaute darauf. »Oh. Er ist schon losgelaufen.«

Ungefähr zwanzig Sekunden später hörte ich draußen Mathias' gedämpfte Stimme.

Ben protestierte.

Dann war da ein grünlicher Lichtschimmer, der Klang von Mathias' Stimme mit einem metallischen Ton und anschließend Stille.

»Was ist los?«, rief Luna.

»Sie sind gegangen«, rief Mathias zurück. »Äh, wie komme ich zu euch rein?«

Lunas Arme malten mehrere große Kreise über ihrem Kopf. »Bulwark burtu«, sagte sie.

Die Gummiwürste wurden schlaff und glitten langsam nach unten, um mit einem furzenden Geräusch auf dem Boden aufzuschlagen. Sie hinterließen fettige Streifen auf meinen Fenstern.

»Na toll«, sagte ich. »Drei Stunden Putzen für mich.«

Luna verschränkte die Arme. »He. Ich hab dich gerade gerettet.«

»Danke. Du hast nicht zufällig auch noch einen Saubermachzauber parat, wenn du schon dabei bist?«

»Die schweren Sachen kann ich nur, wenn ich richtig in Fahrt bin. Dann passiert es einfach.«

Die Haustür ging auf, und Mathias kam herein. Er kletterte über die Reste von Lunas magischer Barrikade, die nun aussah wie ein großer beiger Geleeklumpen. Das Zeug pappte an seinen Strümpfen. Offensichtlich war er ein weiteres Mal so schnell aus dem Haus gehastet, dass er keine Zeit gehabt hatte, sich Schuhe anzuziehen.

»Was hast du mit Ben und Rebecca gemacht?«, fragte ich.

Mathias sah auf seine eingesauten Socken. »Od meinte, wir Demigötter könnten über Wesen, die in der Hierarchie unter uns stehen, bestimmen. Also habe ich ihnen einfach gesagt, sie sollen nach Hause gehen und dich in Frieden lassen. Und da sind sie gegangen.«

»Oje, mein Vater schäumt garantiert vor Wut«, lachte Luna. »Er ist es absolut nicht gewohnt, Befehle entgegenzunehmen.«

Irgendetwas kitzelte meine Hellsichtigkeit und sagte mir, dass es sich nicht ganz so verhielt. Ich schob den Gedanken beiseite.

»Glaubst du, sie geben es auf, mir weitere Beschwörungen aufzuerlegen?«

»Sie rühren dich nicht an, ehe ich es erlaube«, sagte Mathias mit einer Selbstsicherheit, die mich an Od erinnerte. Er ließ den Blick durch mein chaotisches Haus mit all den Schleimflecken schweifen und musterte Monster und Aella, die ihm zunickten. »Was war hier los?«

»Lange Geschichte«, sagte ich und fasste alles so kurz wie möglich zusammen.

Mathias ging zu Luna und legte den Arm um sie, als bräuchte er etwas zum Festhalten.

»Ach ja, und Monster kann sprechen«, fügte ich hinzu.

Mathias starrte den gigantischen Hund an, der ein tierisches Lachen hören ließ.

Ich wandte mich wieder an Aella und suchte nach Worten. »Was ist mit meiner Schwester … Serén? Wo ist sie?«

Furcht flammte so heftig in Aellas Aura auf, dass ich die Augen zusammenkneifen musste.

Monster hechelte eine Weile, bevor er antwortete. »Sie ist in Sicherheit bei meinem Volk. Deshalb musste ich dich verlassen, Anne. Um sie zu retten. Ragnara hatte herausgefunden, dass Serén in Wahrheit Thoras Tochter ist. Ich konnte sie gerade noch rechtzeitig aus der Stadt bringen.«

Aellas Gesichtszüge entgleisten, und kurz dachte ich, sie würde ohnmächtig. Stattdessen stand sie auf und starrte durch die Terrassentür, auch wenn Lunas magische Barrikade fettige Schlieren darauf hinterlassen hatte.

Ich sandte Monster einen grimmigen Blick. »Die ganze Zeit über hast du keinen Piep gesagt, du dummer Hund. Wieso nicht?«

Er lachte mit seiner tiefen Stimme. »Erstens bin ich kein Hund.«

»Okay … Jetzt sag nicht, du bist in Wahrheit ein Mensch? Ein Gestaltwandler oder so was?«

»Ich bin ganz sicher kein Mensch«, sagte Monster beleidigt. »Ich gehöre dem Wolfsvolk an.«

»Dem Wolfsvolk?«

»Wir stammen vom Riesenwolf Managarm ab.«

Luna runzelte die Brauen. »Managarm, der Sohn des Fenriswolfs und der Riesenfrau Hyrrokkin? Er hat vom Blut sterbender Menschen gelebt und Sonnen- und Mondfinsternisse bewirkt, indem er es verspritzte.«

»Und eure Vorväter haben Hexen verbrannt und Sklaven gehalten. Keiner sollte für die Taten seiner Ahnen zur Rechenschaft gezogen werden«, blaffte Monster.

»Guter Punkt«, flüsterte sie.

»Und woher kennst du meine Schwester?«, fuhr ich dazwischen. Möglicherweise sprach ich unnötig laut.

Aella wandte sich halb um und wechselte einen Blick mit Monster. »Serén ging in den Eisenwald, wo das Wolfsvolk lebt, und suchte Etunaz auf.«

»Wer ist Etunaz?«

»Ich«, murmelte Monster.

»Soll ich aufhören, dich Monster zu nennen?«

»Eigentlich gefällt mir der Name ziemlich gut«, erwiderte Monster mit einem breiten Grinsen.

»Das Wolfsvolk ist den Menschen nicht wohlgesinnt«, sagte Aella. »Es war äußerst mutig von Serén, in den Wald zu gehen.«

»Warum hast du sie dann angehört?«, fragte ich Monster – Etunaz.

Er sah nachdenklich aus. »Deine Schwester«, sagte er, »ist eine recht besondere Person.«

Bei seinen Worten neigte Aella den Kopf. »Serén hat erkannt, dass ein Bündnis dem Wolfsvolk den Frieden geben könnte, den es immer gesucht hat. Die Alternative ist Chaos.«

Wieder musste ich nach Worten suchen, und sie kamen wie eine Anklage heraus. »Warum hast du nie mit mir gesprochen?«

»Du warst nicht bereit«, sagte Monster und atmete aus, sodass seine Lefzen flatterten. »Außerdem war ich lange zufrieden damit, nur zuzuhören.«

»Was hat dir Serén noch erzählt?«

Monster machte eine Pause, ehe er weitersprach. »Sie hat gesehen, dass Ragnarök eintritt, wenn eine von euch beiden getötet wird. Die Welt wird untergehen.«

»Welche der Welten?«

Monster schüttelte langsam seinen großen Kopf, während die Stille im Raum hing. »Das weiß sie nicht.«

KAPITEL 27

Später am Abend, als die anderen nach Hause gegangen waren und ich die Spuren von Lunas Zauber weggeputzt hatte, streckte sich Monster auf dem Boden meines Schlafzimmers aus, während ich im Bett lag.

Ich hatte Luna gezwungen, mein Fenster mit Zauberkraft zu reparieren. Sie hatte es geschafft – auf ihre Weise. Jetzt hatte es eine grün genoppte Scheibe mit einem orangen Rahmen. Aber es war ganz und dicht.

Monster atmete schwer. Es war ein wenig so, als würde ein Freund bei mir übernachten. Abgesehen davon, dass ich nie Freunde gehabt hatte, die ich mit nach Hause hätte nehmen können, oder ein Zuhause, in dem sie hätten übernachten können. Und dass mein Übernachtungsgast ein Riesenwolf war. Komischerweise kam es mir völlig natürlich vor, mit ihm zu sprechen. Im Grunde hatte ich das ja ohnehin schon die ganze Zeit getan. Der Unterschied war nur, dass er mir jetzt antwortete.

»Woher wusste meine Schwester, dass ich in Gefahr bin?«, fragte ich.

Monster schmatzte. »Sie hatte eine Vision von einem Mädchen, das in einem Wald erdrosselt wird. Zuerst dachte sie, sie selbst wäre die Ermordete, aber als Thora ihr von dir erzählte, wurde ihr klar, dass es vielleicht gar nicht so war. Also fing sie an, dir die Vision zu schicken.«

Ich stützte mich auf die Ellenbogen. »Wie *schickt* sie mir die Vision?«

»Keine Ahnung. Ich weiß nur, dass die mächtigsten Seherinnen sich gegenseitig ihre Träume schicken können.«

Ich sank zurück aufs Kissen, während Monster auf dem Boden wartete, bis ich meine Gedanken geordnet hatte.

»Wie ist es in Hrafnheim?«, fragte ich und drehte mich auf die Seite, mit dem Gesicht zu ihm.

»Ich bin im Eisenwald aufgewachsen«, sagte er mit seiner grollenden Stimme. »Die Bäume dort sind grau wie Eisen und haben harte, scharfe Blätter. Man betritt keine Erde, sondern Kohle. An manchen Stellen schwelt und glüht es. Andere sind eiskalt. Es ist gleichzeitig schön und Furcht einflößend.«

»Klingt herrlich. Warst du schon an anderen Orten in Hrafnheim?«

»Das Wolfsvolk hat sich schon immer von den Menschen ferngehalten. Ich war nur wenige Male in meinem Leben außerhalb des Eisenwalds.«

»Wie alt bist du eigentlich?«

»Wir messen unser Alter nicht auf die gleiche Weise wie ihr Menschen.«

»Dann zählt ihr also in Hundejahren?«, witzelte ich.

Monster knurrte leise. »Wir rechnen in Lebensphasen. Zuerst ist man Welpe. Dann wird man ein sogenannter ›Leibwolf‹. An irgendeinem Punkt fordert man den Anführer des Rudels heraus, oder man beschließt, bei der Leibgarde zu bleiben. Wenn man älter wird, lässt einen das Rudel zurück, und man lebt allein, bis man stirbt.«

»Grausam«, sagte ich.

»Natürlich«, entgegnete Monster.

»In welcher Lebensphase befindest du dich?«

»Ich bin ein wenig atypisch«, sagte er ausweichend.

»Wie meinst du das?«

»Ich gehöre dem Fenrisstamm an. Dem Königsgeschlecht der Wölfe. Mein Vater ist der Anführer des Fenrisstamms und damit König über das gesamte Wolfsvolk.«

»Du bist ein Prinz.«

»Prinz Etunaz vom Volk der Wölfe«, sagte er mit seiner rostigen Stimme. »Mein älterer Bruder, Liutpold, hätte meinem Vater als König nachfolgen sollen.«

»Hätte?«

»Er ist tot. Varnar hat ihn umgebracht.« In Monsters Stimme war keine Gefühlsregung zu hören.

»Varnar hat deinen Bruder umgebracht?« Plötzlich verstand ich, wieso Monster so heftig reagiert hatte, als er Varnar die ersten Male sah.

»Es war Liutpolds eigene Schuld. Er hat Ragnara angegriffen, und zu dem Zeitpunkt war Varnar Anführer der Warägergarde. Varnar hat nur seine Pflicht getan.«

»Du bist ein sehr versöhnlicher Wolf«, sagte ich. »Ist Varnar damals offiziell gestorben?«

»Nach dem Kampf war Varnar verschwunden, woran nichts Verwunderliches ist. Wenn meine Gefährten ihn tatsächlich getötet hätten, wäre nichts von ihm übrig geblieben.«

Ich fragte nicht weiter nach, wieso man verschwand, nachdem man von einem Riesenwolf getötet wurde.

Monster fuhr fort: »Es wird gemunkelt, Ragnara hätte Liutpolds Fell neben ihrem Bett liegen.«

Ich musste schlucken und beeilte mich, das Gespräch in eine andere Richtung zu lenken als Varnars fingierten Tod und Monsters Bruder, der als Bettvorleger diente. »Dann bist du wohl so eine Art Kronprinz.«

»Es fällt mir schwer, mich unterzuordnen«, sagte Monster, statt auf meine Frage zu antworten. »Ich halte nicht viel von den alten Sitten. Aber davon kann ich dir später erzählen.«

Meine Lider wurden langsam schwer. Monsters Rückkehr verlieh mir eine tiefe Ruhe, und zum ersten Mal seit Wochen entspannte ich mich. »Ich habe in meinem ganzen Leben keinen einzigen Freund gehabt«, murmelte ich. »Und wenn ich dann endlich einen finde, ist es Kronprinz Etunaz vom Wolfsvolk. Ziemlich cool.«

Ich schloss die Augen und begann einzuschlummern.

»Eigentlich gefällt es mir ziemlich gut, Annes Hund Monster zu sein«, sagte er und schmatzte.

»Was bedeutet Etunaz überhaupt?«, flüsterte ich.

Monster lachte kehlig. »Menschenfresser.«

Ein paar Tage nach Monsters Rückkehr trainierten Varnar und ich gemeinsam. Der Riesenwolf war mit Aella auf Gut Kraghede, während Varnar und ich in der alten Reithalle gegeneinander kämpften.

So langsam stieg ich hinter seinen genialen Trick. Wir waren ihn Hunderte von Malen durchgegangen, aber im Moment übten wir nur die ziemlich vielen unterschiedlichen Tritte, Bewegungen, Blöcke und Schläge, die Varnar mir inzwischen beigebracht hatte. Seine flache Hand schnellte direkt auf mein Gesicht zu. Ich blockte den Schlag lässig und nutzte die Kraft, um eine halbe Drehung zu machen und neben ihn zu kommen. Ich war ziemlich stolz darauf, einen Treffer zu landen, und verpasste ihm einen Faustschlag gegen die Schulter.

»Monster hat mir erzählt, dass Serén mir Visionen schickt«, erzählte ich zwischen den Schlägen.

»Ich weiß. Aella hat mir davon berichtet«, erwiderte Varnar, während er einen eleganten Flickflack schlug und mein Kinn dabei mit der Schuhspitze streifte. Er deutete den Tritt bloß an. Hätte er seinen Fuß nur einen Zentimeter bewegt, wäre mein Kiefer gebrochen gewesen.

Verdammt! Ich machte einen Roundhouse-Kick, traf ihn im Bauch und zog mein Bein so schnell zurück, dass er in die Luft griff, als er versuchte, es festzuhalten. *Yes!*

»Sie schickt dir Visionen, die damit enden, dass entweder du stirbst oder Serén, richtig?« Varnars Stimme klang gleichgültig.

Sogar kalt. Doch seine Aura brannte vor Gefühlen. Gleichzeitig schlug er nach mir, doch ich wich ihm aus. »In der Vision ist das Gesicht des Mörders verborgen.«

»Man sieht nur seinen Rücken«, sagte ich. Ich stemmte eine Hand in den Boden und nutzte meinen Körper als Hebel, sodass ich ein Bein nach oben schwingen und Varnar mit einem Fuß in den Rücken treffen konnte. »Eigentlich ist es auch egal, wer es ist. Ich bin bald so gut im Kämpfen, dass ich mit jedem fertigwerde. Selbst mit dir.«

Ehe ich es realisierte, war Varnar direkt vor mir. Seine Fäuste bewegten sich so schnell, dass ich sie kaum sehen konnte. Er schlug nicht hart zu, dennoch schmerzten die vielen Hiebe überall an meinem Körper. Er traf meinen Kopf, meine Schultern, meinen Bauch und meine Brust in einem blitzschnellen Hagelsturm. Dann stieß er mich so fest, dass ich nach hinten fiel und auf dem Rücken landete. Er sprang rittlings auf mich und legte seine Hände um meinen Hals. Er drückte nicht zu, doch sein Griff war so fest, dass ich mich nicht rühren konnte. Er beugte seinen Kopf ganz nah zu mir herunter.

»Du kannst mich nicht besiegen«, zischte er. »Glaub das niemals. Hochmut ist der sichere Weg in die Niederlage.«

Meine Hände klammerten sich um Varnars, aber ich konnte sie keinen Millimeter bewegen. Angestrengt wisperte ich: »Dann ist es ja gut, dass nicht du derjenige bist, der den Auftrag hat, mich zu töten.«

Seine dunklen Augen bohrten sich in meine. »Begreifst du es nicht? Ich *war* es. Der Befehl war erteilt. Ich war mit einer völlig anderen Mission auf dem Weg hierher als mit der, die ich jetzt habe. Hätte ich mich nicht Thora angeschlossen, wäre ich dein Mörder geworden.«

Ich begegnete seinem durchdringenden Blick. *Nein. Ich weigerte mich, das zu glauben.*

»Du hättest mich nicht umgebracht«, sagte ich vorsichtig. »Du würdest niemand Unschuldigen töten, nur weil dir jemand den Befehl dazu erteilt.«

»Ich bin Soldat.« Er sagte es, als erklärte diese einfache Aussage alles. Dann fuhr er fort: »Und Serén hat es gesehen. Es war in der Zukunft. In deiner. In meiner.« Seine Stimme wurde sanfter. »In unserer.«

Für einen kurzen Augenblick sah ich die Szene wieder, die ich zu jenem Zeitpunkt für einen Traum gehalten hatte, die, in der ich die Vision aus dem Wald mit meinen vielen Tagträumen von Varnar vermischt hatte. War das Serén gewesen, die versuchte, mich vor ihm zu warnen?

Er lockerte den Griff um meinen Hals, ließ die Hände aber darauf liegen. »Du darfst niemandem vertrauen. Nicht einmal mir.«

Hinter meinen Augen spürte ich kleine Stiche. »Ich kann nicht anders.«

Ich dachte, Varnar würde noch etwas sagen, doch er ließ mich los und stand auf.

Ich blieb noch einen Moment mit pochendem Herzen auf dem Rücken liegen. Dann setzte ich mich auf.

»Warum hast du eigentlich die Seiten gewechselt?« Ich versuchte, meiner Stimme den Anschein von Gleichgültigkeit zu verleihen.

Varnar hatte mir den Rücken zugewandt. »Ich konnte mich nicht länger an Eskilds Taten beteiligen. Als Aella mir anvertraute, dass sie in Wahrheit für Thora kämpfte, fasste ich den Entschluss.«

»Warum ist Aella übergelaufen?«

»Dafür gibt es mehrere Gründe. Dieselben wie bei mir, außerdem …« Er drehte sich um. »Außerdem liebt sie die Falsche.«

»Was meinst du? Oh … Ist das in eurer Welt nicht erlaubt?«

Varnar schüttelte kaum merklich den Kopf. »Vor Ragnaras Zeit wurde es akzeptiert. Es war sogar normal. Aber jetzt ist es verboten.«

Ich atmete langsam aus. »Sie ist mit meiner Schwester zusammen, oder?«

Es überraschte mich, als ich Missbilligung in Varnars Gesicht entdeckte.

»Findest du es falsch, jemanden desselben Geschlechts zu lieben?«, fragte ich erstaunt.

Sein Gesicht erstarrte zu einer harten Maske, ehe er antwortete. »Ich finde es falsch, überhaupt zu lieben.« Damit drehte er sich um und verließ die Reithalle mit festen Schritten. Ich blieb noch kurz in dem modrigen Sägemehl sitzen, bevor ich mich aufrappelte.

Als ich am Freitag im Diner arbeitete, trug ich freiwillig ein Tablett sauberer Gläser hinter die Theke und begann, sie an ihren Platz im Regal zu stellen.

Frank stand am anderen Ende der Theke und quittierte es mit einem überraschten Grinsen. Er kam zu mir.

»Du bist heute ungewöhnlich umgänglich«, sagte er, während eine leichte Besorgnis von ihm herüberschwappte. »Ich habe überlegt, ob ich dich heute Abend nach Hause fahren soll?«

»Nein, ich bin mit dem Fahrrad da«, lehnte ich ab. »Aber danke für das Angebot.«

Er nickte mit ernster Miene und fuhr sich mit der Hand durch das Pomadenhaar.

Als ich das nächste Mal in den Gastraum kam, sah ich, dass Elias am Tresen saß und sich mit Frank unterhielt. Er winkte mich heran, sobald er mich entdeckte.

»Du strahlst ja«, stellte Elias fest.

»Was willst du?«, blaffte ich ihn an.

»Na bitte, so kenne ich dich. Sauer wie eine Zitrone, aber süß wie ein Stück Sahnetorte.«

Ich funkelte ihn an.

»Warum bist du jetzt wieder böse auf mich? Als ich dich das letzte Mal gesehen habe, hast du mich in dein Bett gelegt und meine

Wange gestreichelt. Ein eindeutiges Anzeichen für warme Gefühle. Wenn nicht romantische, dann doch wenigstens fürsorgliche.«

Ich verschränkte die Arme. »Spar dir den Mist, Elias.«

Er fuhr sich mit den Fingern durch die Locken. »Was habe ich getan?«

»Ich habe dich in einer Vision gesehen«, fuhr ich ihn an. »Bei Fahrrad-Timmy. Du hast eine Kiste abgeliefert.«

In Elias' Gesicht und in seiner Aura zeichnete sich Verstehen ab. Von Reue oder Scham war dagegen keine Spur zu sehen, wie ich mit Verärgerung zur Kenntnis nahm.

»Stehst du eher auf Skalli oder auf Hati?«, fragte er. »Ich gebe Freundschaftsrabatt.«

»Den Dreck rühre ich nicht an. Warum zur Hölle dealst du mit Drogen? Ich habe Leute gekannt, die von dem Zeug abhängig waren.«

Elias zuckte mit den Schultern. »Wenn ich es nicht mache, tun es andere. Ich stelle reineren Stoff her als irgendjemand sonst, die Pillen sind ungefährlich und haben keine Nebenwirkungen, außerdem bekommt man einen fantastischen Trip.«

»So rechtfertigst du das also vor dir selbst?«

»Ja«, antwortete er ehrlich. »Von irgendwas muss ich schließlich leben.«

»Du hast eine Arbeit. Bei Od. Bist du nicht sein Stellvertreter, wenn er unterwegs ist?«

»Lass es mich so sagen, ich bin gerne unabhängig.«

»Irgendwie paradox, dass deine Unabhängigkeit an die Abhängigkeit anderer geknüpft ist.«

»Paradox ist mein zweiter Vorname.« Er grinste und zwinkerte mir zu.

Frustriert warf ich die Hände in die Luft. »*Egoistisch* wäre ein passenderer Name.«

»Nicht in jeder Situation«, sagte er mit glühendem Blick.

»Warum bist du hier? Du hast zehn Sekunden.«

»Ähnliches Thema«, sagte er. »Ich bin hier, um dir anzubieten, dich an Stjórna zu gewöhnen.«

»Du bist hier, um mir anzubieten, mir eine Betäubung zu verpassen, bei der ich mich zu einhundert Prozent in deine Gewalt begebe und du mit mir machen kannst, was du willst?«

»Exakt. Und das Ganze sogar gratis.«

»Und warum genau sollte ich mich darauf einlassen?«

»Eines Tages wird es dir möglicherweise das Leben retten«, sagte Elias ernst. »Glaub es oder glaub es nicht, aber mir ist wirklich sehr daran gelegen, dich am Leben zu halten.«

»Nur so lange, bis es dir einen Vorteil verschafft, jemandem mit dem Gegenteil zu helfen«, erwiderte ich.

Elias kniff die Lippen zusammen und stand auf. »Wir müssen nicht allein sein. Dein heiliger Mathias kann dabei sein. Oder die unschuldige Luna. Oder der unfehlbare Varnar, obwohl ich persönlich ihm nicht über den Weg trauen würde. Er ist darauf trainiert, Befehlen zu gehorchen, ohne nachzudenken. Ich entscheide immerhin selbst, was ich tue.« Damit verschwand er nach draußen und knallte die Tür hinter sich zu.

Frank tauchte an meiner Seite auf. »Deine Männer sind hart zu meiner Tür«, kommentierte er und kratzte sich seine grauen Koteletten. »Ist noch gar nicht lange her, dass dieser Rowdy sie nach dem Gespräch mit dir beinahe zertrümmert hat.«

»Wer?«

»Der, der immer in deiner Nähe ist und dich sehnsüchtig anstarrt, wenn du nicht hinguckst.«

Da ich ihn immer noch verdattert ansah, erklärte er weiter: »Mit den halblangen dunklen Haaren?«

Varnar.

»Das sind nicht meine Männer. Keiner von ihnen.« Damit marschierte ich zurück in die Küche, wo ich die Spülmaschine so aggressiv einräumte, dass der arme Milas vor Nervosität beinahe das Essen fallen ließ.

Als ich nach Hause kam, musste ich lange mit einer Tasse Tee am Esstisch sitzen und ins Leere starren, um zur Ruhe zu kommen. Ich löschte alle Lichter bis auf eine Kerze, die auf dem Tisch brannte. Endlich gelang es mir, ein wenig herunterzufahren, und ich stellte mich darauf ein, ins Bett zu gehen.

Da klopfte es leise an der Tür. Monster sprang auf und gab ein einzelnes Bellen von sich, das die Fenster erzittern ließ.

Ich sah auf mein Handy, das anzeigte, dass es schon nach elf war. Also ging ich zur Tür und öffnete in der Gewissheit, dass Monster seinem Namen alle Ehre machen und den Mörder ungekocht fressen würde, wenn der schon dumm genug war, sein Kommen anzukündigen.

Draußen stand Od, den ich seit Wochen nicht mehr gesehen hatte. Im Mondschein wirkte er enorm, und er glänzte metallisch.

»Darf ich reinkommen?«

Ich trat zur Seite, und plötzlich füllte er meinen ganzen Flur. Er duckte sich unter dem Türrahmen hindurch und ging ins Wohnzimmer, wo er sich an den Tisch setzte und seine riesigen Hände über die Holzoberfläche gleiten ließ. Sein Zeigefinger fand die tiefe Furche und blieb darin liegen.

»Es ist viele Jahre her, dass ich zuletzt hier war, aber der Ort ist mir sehr vertraut. Bevor das Haus gebaut wurde, huldigte man auf diesem Hügel den Göttern.« Er machte den Anschein, als verweilte er in Gedanken weit in der Vergangenheit.

Ich stand in der Küche und wusste nicht recht, was ich tun sollte. »Willst du etwas trinken oder so?«

Od sah mich an, als hätte er vergessen, dass ich anwesend war. Seine Augen schimmerten leicht phosphoreszierend.

»Met«, sagte er in einer tieferen Stimme als gewöhnlich.

Ich holte eine Flasche aus dem Schrank und wischte den Staub davon ab. Die Metsammlung meiner Eltern reduzierte sich allmählich erheblich. Dann stellte ich zwei Gläser auf den Tisch und schenkte uns ein. Das Glas verschwand beinahe völlig in Ods gigantischer Hand.

Wir tranken schweigend. Od schloss die Augen und saß unbeweglich wie eine Marmorstatue auf seinem Stuhl. Es fiel mir schwer, sein bildschönes Gesicht nicht anzustarren. Von seinem Platz auf dem Boden betrachtete Monster ihn besorgt und zog eine seiner buschigen Brauen in die Höhe. Ich fand ebenfalls, dass Od sich sonderbar verhielt. Er war weit von seinem gewohnten milden und kontrollierten Selbst entfernt.

»Wo bist du in den letzten Wochen gewesen?«, fragte ich.

Od öffnete eines seiner Augen einen Spaltbreit. Ich war mir ziemlich sicher, dass ein Silberstrahl herausfiel.

Er setzte das Glas ab. »Ich war in Asgard.« Er öffnete die Augen ganz und hielt eine funkelnde Hand vor sich.

»Du leuchtest«, bemerkte ich.

Od ließ die Hand in der Luft und richtete seine strahlenden Augen auf mich.

»Und du wirkst größer.« Ich versuchte, meiner Stimme einen festen Klang zu geben.

Er lächelte, und wie immer hatte er mich total in seiner Gewalt.

»Das liegt daran, dass ich mit den Göttern zusammen war«, sagte er. »So wie die Menschen den menschlichen Teil in mir beeinflussen, wirken die Götter auf den Gott in mir ein. Im Moment bin ich stärker, schöner und weiser als sonst.«

»Herzlichen Glückwunsch«, murmelte ich und verdrehte die Augen.

Ods leuchtender Blick wandelte sich in ein Gleißen. Eine leichte Unruhe machte sich in mir breit.

»Es ist doch ziemlich gut, dass du stark bist«, sagte ich vorsichtig.

»Ich will diese Stärke nicht!«, brüllte er und knallte eine Riesenfaust auf den Tisch, dass er wackelte. Er atmete keuchend aus.

Ich wurde von einem warmen Luftstoß getroffen, der auch die

Kerze löschte. Mathias' Dampfatem noch gut in Erinnerung, schob ich den Stuhl beiseite, stand auf und wich ein paar Schritte zurück.

Od loderte kalt im Dunkel, und seine blendenden Augen waren auf mich gerichtet. Sofort stand Monster zwischen uns, die Vorderpfoten auf die Tischplatte gestemmt, und reckte knurrend seinen Mammutkopf in Ods Blickfeld. Die beiden starrten einander an, und ich bewunderte Monsters Mut. Käme es zum Kampf, hätte er trotz seiner beeindruckenden Größe und Stärke keine Chance gegen einen Demigott.

Doch es war Od, der den Blick zuerst niederschlug. Er sank auf dem Stuhl zusammen.

»Entschuldige.« Er vergrub das Gesicht in den Händen. »Wenn der Gott in mir an Stärke gewinnt, wird der Mensch schwächer, und ich verliere meine Barmherzigkeit.«

Monsters Nackenhaare legten sich langsam wieder, und ich spürte, wie die Gefahr nachließ. Er setzte die Pfoten zurück auf den Boden, blieb aber weiter zwischen Od und mir stehen.

»Es ist in Ordnung, Monster. Oder?« Das Letzte war an Od adressiert.

Er wandte mir wieder den Blick zu. »Darf ich die Nacht in deinem Bett verbringen?«

Überrumpelt ließ ich mich auf den Stuhl fallen, und aus Monsters Brust stieg ein Grollen.

Od machte eine abwehrende Geste. »Nicht so. Ich brauche deine Menschlichkeit, damit ich wieder zurückfinden kann.«

Ich wollte Nein sagen, so bestimmt ich nur konnte, doch als ich die Verzweiflung in Ods Augen sah, nickte ich kurz.

Monster rollte mit den Augen, als wollte er sagen: *Im Ernst jetzt?*

Ich kroch unter die Decke, während Od im Bad war, unsicher, was ich erwarten sollte.

Monster und ich hatten im Wohnzimmer ein wortloses Gespräch geführt, in dem er mich mit dem, wie ich es deutete, Blick eines großen Bruders und einem Wink mit der Schnauze in Richtung Badezimmer aufforderte, den unverschämten Demigott vor die Tür zu setzen. Zur Antwort hatte ich die Lippen zusammengepresst und trotzig die Augenbrauen gehoben. Beleidigt zog sich Monster ins Gästezimmer zurück.

Ein schwaches Licht erschien in der Türöffnung. Es war Ods silbrig leuchtender Körper. Er hob die Decke an und legte sich neben mich. Ich schloss die Augen und öffnete sie erst wieder, als er still an meiner Seite lag. Wir sahen einander an, ohne uns zu berühren. Dann nahm er meine Hand, und ich zuckte zusammen, als ich einen Strom spürte, der von ihm in mich floss.

»Was ist das?« Ich betrachtete Ods leuchtendes Gesicht.

Seine Augen waren geschlossen, und ich sah die langen, dunklen Wimpern vor der glitzernden Haut. Er lächelte, und ich merkte, wie sein innerer Aufruhr von Erleichterung abgelöst wurde.

»Was du da sehen und spüren kannst, ist Göttlichkeit.«

Ich steckte meine Füße zwischen seine Beine, und wieder fühlte ich diesen kühlen Strom. Mir kam es vor, als wäre ich eine aufladbare Batterie an einer Steckdose.

»Stört es dich nicht, dass du deine Stärke verlierst?«

»Gerade verliere und gewinne ich gleichermaßen an Stärke«, sagte er. »Und es ist schön, hier mit dir zu liegen. Für dich ist es auch angenehm.«

Mir war nicht ganz klar, ob es eine Frage oder eine Feststellung war.

Ich spürte nach und ließ die Stärke in meinen Körper sickern.

»Ja, es ist angenehm.«

Od fasste mich leicht an der Schulter und drehte mich auf die andere Seite, sodass mein Rücken seine Brust berührte. Er schlang seine silberschimmernden Arme um mich, und auf diese Weise, schwimmend in einem See aus Göttlichkeit, fiel ich in den Schlaf.

Am nächsten Morgen nahm ich all meinen Mut zusammen und schaute in den Spiegel am Schminktisch. Ich drehte den Kopf hin und her und stellte fest, dass ich aussah wie immer. Kein rotes Haar oder sanftes Lächeln. Aber ich war eine hübschere Ausgabe meiner selbst. Meine Haut sah gesünder aus als normal, ich hatte frische, rote Wangen, und mein schwarzes Haar glänzte. Das Weiße in meinen Augen war weißer als sonst, und als ich die Zähne entblößte, fiel mir auf, dass auch sie strahlend weiß waren.

Im Spiegel begegnete ich Ods Blick, als er sich hinter mich stellte, sich hinunterbeugte und sein Kinn auf meinen Kopf legte. Die starken Hände, die jetzt wieder ihre normale Größe hatten, glitten durch mein Haar und legten sich auf meine Schultern. Sein Silberglanz war verschwunden.

»Nebenwirkungen?«, fragte ich trocken und zwirbelte eine meiner glänzenden Locken zwischen den Fingern.

Er ließ meine Schultern los und räusperte sich.

»Du wirst in den nächsten Monaten nicht krank werden. Deine Knochen und Muskeln sind für eine Weile kräftiger, und du bist schneller als sonst. Und falls du eines natürlichen Todes stirbst, habe ich deine Lebenszeit um etwa zehn Jahre verlängert.« Er drehte sich rasch um und setzte sich auf die Bettkante.

Ich fuhr herum und starrte ihn an.

»Und du hast nicht daran gedacht, mir das zu sagen, bevor du mich mit Göttlichkeit vollgepumpt hast?« Ich stand auf und stellte mich vor ihn. »Was ist, wenn ich gar nicht zehn Jahre länger leben will? Was, wenn ich kein kostenloses Bleaching wollte?«

Od schlug den Blick nieder.

Ich führte den Gedanken zu Ende. »Warum hast du deine Göttlichkeit nicht einem alten Menschen gegeben, der dann länger hätte leben können? Oder einem Kranken? Einem Kind?«

Mit schmerzvoller Miene sah Od mich an. »Wenn der Gott in uns dominiert, werden wir selbstverliebt. Wir tun, was wir selbst wollen, statt anderen zu helfen.«

Ich hob die Augenbrauen, als er *wir* sagte. »Ich finde, du drückst dich vor deiner Verantwortung.«

»Gestern wollte ich deine Gesellschaft«, fuhr Od fort, »also habe ich sie mir genommen.«

»Meine Gesellschaft *genommen*? Wenn ich mich richtig erinnere, habe ich dir erlaubt, hier zu schlafen.«

Od biss sich auf die Lippe und starrte auf seine Hände.

»Du hättest mich doch nicht gezwungen?« Ich war mir sicher. Fast sicher.

»Nein, ich hätte mir den Zutritt zu deinem Bett nicht erzwungen.« Er sah auf und lächelte schwach, doch selbst das führte schon dazu, meine Willenskraft außer Gefecht zu setzen.

Mir wurde klar, dass Demigötter mehrere Möglichkeiten hatten, wenn es darum ging, ihren Willen durchzusetzen.

Od sprach weiter: »Ich erlaube mir selbst nicht, mich zu lange bei den Göttern aufzuhalten.«

»Wenn du länger in Asgard geblieben wärst, hättest du wahrscheinlich …«

Od blieb stumm, und das war Antwort genug.

Irgendetwas meldete sich in meinem Hinterkopf. »Deshalb ist Elias so alt, richtig? Du zapfst seine Menschlichkeit an, wenn deine Göttlichkeit überhandnimmt.«

Wieder bestätigte Ods Schweigen meine Vermutung.

»Du musst es Mathias erzählen. Der Gedanke, dass Luna eines Tages alt wird und vor ihm stirbt, macht ihn völlig fertig. Auf diese Weise könnte sie weiterleben.«

Od schaute mich an. Seine Augen waren noch immer voller Kummer, und ich verstand nicht, warum. »Elias hätte vor vielen Jahren sterben sollen. Ich habe eine Regel gebrochen und sein Leben gerettet. Bei derselben Gelegenheit bekam er ein paar Hundert Jahre zusätzliche Lebenszeit geschenkt. Manchmal tut er auch für mich, was du heute Nacht getan hast. Deshalb altert er nicht.«

Ich versuchte mir das Bild von Od und Elias, die in Löffelchenstellung im Bett lagen, aus dem Kopf zu schlagen, doch es poppte immer wieder auf.

»Seid Elias und du, also … seid ihr zusammen?«

»Willst du wissen, was Elias für mich ist?«

Ich nickte stumm, war mir aber nicht ganz sicher, ob ich die Antwort wirklich hören wollte.

»Elias ist das Kind einer Frau, die ich vor vielen Jahren kannte. Abgesehen vom Blut ist er durch und durch mein Sohn.«

Ods Blick schweifte weit in die Vergangenheit zurück. Ich kniete mich vor ihn und ergriff seine Hände. Sofort sah ich die Vergangenheit des menschlichen Od. Wie bei Mathias sprangen die Bilder, und dazwischen waren schwarze Löcher. Aber ich konnte Männer und Frauen in altmodischen Kleidern sehen. Ich sah das Meer, Holzschiffe und nach Fäkalien stinkende Städte. Eine Flut aus Gesichtern und Szenerien flog vorbei. Der Bilderstrom stoppte bei einem Paar graublauer Augen im sommersprossigen Gesicht einer Frau. Eigentlich war sie nicht hübsch, aber als sie lächelte, schlug mir eine Welle von Wärme entgegen. Sie streckte die Hand aus und streichelte meine Wange, die sich plötzlich feucht anfühlte. Ich nahm ihre Hand und sah, dass sie voller Blut war.

»Wenn du dich entscheiden musst, dann rette Elias«, sagte sie.

Ich schaute zu Boden und sah einen Jungen in einer Blutlache liegen.

Die Frau sackte zusammen, während sie ihre freie Hand auf den Bauch presste. Mir drehte sich der Magen um, als ich erkannte, was sie zu verbergen versuchte. Der Raum, in dem wir uns befanden, glich einer Schlachthalle. Da waren Waffen, Instrumente. *Oh nein.* In meiner Vision öffnete Od den Mund und brüllte mit einer gewaltigen, metallischen Stimme: »Hilf mir, Vater! Hilf mir, Odin!«

Die Vision endete abrupt.

Der Gott in Od musste übernommen haben, was mich von den weiteren Ereignissen ausschloss. Ich landete wieder in meinem Körper auf dem Schlafzimmerboden, wo ich noch immer Ods Hände hielt. Er musterte mich eingehend.

»Deshalb hast du Mathias nichts davon erzählt«, flüsterte ich. »Du willst ihm keine falschen Hoffnungen machen, dass Luna für immer mit ihm zusammenleben könnte. Sie kann auf andere Weise sterben. Auch wenn seine Kräfte ihr Leben verlängern.«

Od beugte den Nacken und sah auf unsere ineinander verflochtenen Hände hinab. Dann blickte er auf, jetzt wieder mit seinem gewohnt milden und beherrschten Gesichtsausdruck. Das Gespräch war beendet. Er ließ mich los und erhob sich.

»Lädst du mich zum Frühstück ein?«

Ich kam auf die Beine. »Ja, natürlich.«

Monster würdigte uns keines Blicks, als wir die Küche betraten, aber als Od ihm eine Portion Rührei mit Speck zubereitete, besiegte seine Verfressenheit den Ärger über Ods Verhalten vom Vorabend. Während wir aßen, tauschten sie Anekdoten aus Hrafnheim aus.

Zum zweiten Mal innerhalb von zwölf Stunden klopfte es an meine Tür.

Ich öffnete, und ausnahmsweise freute ich mich nicht, Varnar zu sehen. Ich spähte in die Küche, wo Od gerade Teller und Kaffeetassen vom Tisch räumte. Es war ein wenig schwer, eine Ausrede für die Anwesenheit des barfüßigen Demigotts in meiner Küche um neun Uhr früh an einem Samstagmorgen zu finden. Doch ich entschied, dass ich Varnar keine Erklärung schuldig war, und winkte ihn herein.

Er strahlte eine sonderbar resignierte und zornige Stimmung aus, als er Od entdeckte, dennoch nickte er respektvoll.

»Es ist eine Ehre, Sie zu treffen«, sagte er.

»Ganz meinerseits«, lächelte Od. »Über dich wird Großes erzählt, Varnar aus dem Bronzewald.«

Monster, dessen Nackenhaare sich aufgerichtet hatten, kam auf die Beine und stellte sich vor Varnar. Wolf und Mann sahen einander an, und die Luft war dick vor Gefühlen. Varnar sah Monster direkt in die Augen, wirkte dabei aber weder triumphierend noch entschuldigend.

»Du bist der Mörder meines Bruders«, knurrte Monster.

Ich hielt die Luft an.

Varnar nickte.

»Wenn du dazu imstande warst, Liutpold zu töten, dann bist du auch der richtige Wächter für Anne. Ich danke dir, dass du sie in meiner Abwesenheit beschützt hast.«

»Dein Bruder war ein würdiger Gegner. Er hat tapfer gekämpft«, erwiderte Varnar.

Monster schnaubte. »Liutpold war ein Idiot.«

Ich zog eine Augenbraue hoch.

»Er war mein Bruder, aber wir waren uns in vielen Dingen uneins«, fuhr Monster fort. »Ich war dagegen, Ragnara anzugreifen, doch er wollte nichts davon hören. Das hat ihn das Leben gekostet.« Er legte Varnar seine große Pranke auf die Schulter.

Sie sah aus, als würde sie mindestens eine Tonne wiegen, doch Varnar ließ sich nichts anmerken.

»Verbündete?«, fragte Monster.

Varnar legte seine Hand ebenfalls auf Monsters Schulter. »Verbündete«, antwortete er.

Ich atmete langsam wieder aus. Od neben mir schien das Gleiche zu tun.

»Setz dich«, sagte ich. »Was willst du?«

Varnar setzte sich an den Tisch, alles andere als entspannt. »Gestern Abend war jemand im Wald. Einer, der nicht dorthin gehört. Ich glaube, sein Ziel war Odinshöhe, aber irgendetwas oder irgendjemand muss ihn verschreckt haben. Als ich hier ankam, war keine Spur von ihm zu sehen. Ich bin die ganze Nacht in der Umgebung Patrouille gelaufen.«

»Wann ist er verschwunden?«, fragte ich.

»Kurz vor Mitternacht.«

Od warf mir einen Blick zu.

»Wer war es?« Ich richtete meine Augen wieder auf Varnar.

»Ich weiß es nicht. Aber ich vermute, dass es jemand aus Freiheim war.«

»Warum sagst du nicht Hrafnheim?«, zischte ich.

»Gewohnheit.« Er sah mich kühl an.

»Ragnara hat allen verboten, den alten Namen zu verwenden. Es kann einen Menschen das Leben kosten, Hrafnheim zu sagen«, schob Monster ein.

»Gilt diese Regel auch für Riesenwölfe?«

»Es kann uns schon das Leben kosten, einfach nur zu sein, wer wir sind.«

»Woher weißt du, dass es jemand aus deiner Welt war?«, fragte Od neutral und umging damit wohlweislich die Hrafnheim-versus-Freiheim-Diskussion.

»Der Wald hat mir berichtet, dass jemand dort war, der nicht nach Midgard gehört.«

Keiner zweifelte Varnars Fähigkeit an, die Sprache des Waldes zu verstehen.

»Vermutlich ist er verschwunden, als er mich gesehen hat. Ich habe hier übernachtet«, sagte Od. »Ich bin kurz vor Mitternacht gekommen.«

Herzlichen Dank, Od! Das hättest du nun wirklich nicht erzählen müssen.

Varnars Gesicht flammte zornig auf.

Od sprach weiter: »Danke für deinen Bericht. Du bist ein guter Soldat.«

Wieder ein wütendes Blitzen in Varnars Augen.

Das Testosteron-Niveau war etwas zu hoch geworden, daher mischte ich mich ein.

»Ich muss bald zur Arbeit und mich vorher noch fertig machen.

Wenn es sonst nichts mehr gibt, könnt ihr euch gern vom Acker machen.«

Od sah mich mit leicht schief gelegtem Kopf an.

Ich schürzte die Lippen. »Ich gehöre nicht zu denen, die meinen, dass man dir mit Unterwürfigkeit begegnen muss.«

»Unterwürfigkeit ist nicht dasselbe wie Respekt«, entgegnete Od.

»Du hast dich in letzter Zeit nicht besonders respekteinflößend verhalten«, gab ich zurück, während ich mit den Fingern auf die Tischplatte trommelte.

Auf dem Boden lachte Monster kehlig.

Od lächelte sein einnehmendstes Lächeln, und zu meiner großen Verärgerung schmolz ich dahin. Er lehnte sich über den Tisch und legte mir eine Hand auf die Wange. Verzaubert, wie ich war, lehnte ich mich ihm ebenfalls entgegen. Aus irgendeiner Ecke meines Bewusstseins schrie es, dass ich das gerade direkt vor Varnars Augen tat, aber ich konnte mich nicht dagegen wehren.

»Wenn du es wünschst, werde ich gehen. Aber hab Dank für das Geschenk, das du mir heute Nacht gemacht hast.«

Eine Aussage, die man gehörig missverstehen konnte. Und der Gott in Od war wohl immer noch so präsent, dass er das Bedürfnis hatte, seine Macht zu demonstrieren.

Ich lief rot an, konnte mich aber immer noch nicht rühren.

Od stand auf und nickte Varnar und Monster zu, ehe er Odinshöhe verließ.

Ich blinzelte und schüttelte den Kopf, als wäre ich gerade aus einem tiefen Schlaf erwacht. Varnar war ebenfalls aufgestanden und starrte mich mit zusammengekniffenen Lippen an.

»Er hat nur hier geschlafen«, setzte ich an. »Es ist nichts passiert, außer …«

»Das geht mich nichts an«, unterbrach er mich. »Du solltest einen Demigott mit Hochachtung behandeln. Manche von ihnen solltest du sogar fürchten.«

Mit festen Schritten ging er zur Tür.

Ich blieb sitzen und sah ihm mit Tränen in den Augen hinterher. Monster schaute mich besorgt an. Er winselte.

»Hör auf, so zu gucken«, sagte ich barsch.

Monster schnaubte.

»Der Polizist ist auf dem Weg«, sagt er.

Ich ging zur Tür, die Varnar offen gelassen hatte, und sah Hakim über den Hofplatz auf mich zukommen. Er blickte sich über die Schulter nach Varnar um, der über das Feld in Richtung Kraghede Skov rannte. Dann drehte er den Kopf und schaute Ods groß gewachsener Erscheinung nach, die mit raschen Schritten den Feldweg hinab verschwand.

»Du hast ja immer einen wahren Auflauf an Gästen«, sagte er, als er mich in der Türöffnung entdeckte.

»Der Grund, hier rauszuziehen, war ja eigentlich, möglichst isoliert von anderen Menschen zu leben«, sagte ich. »Ich finde, die Isolation wird ihrem Ruf nicht wirklich gerecht.«

Hakim trug ausnahmsweise mal keine Polizeiuniform, sondern Jeans und einen schwarzen Kapuzenpullover. So wirkte er wie jemand, bei dem man lieber die Straßenseite wechselte, und nicht wie ein rechtschaffener Polizist.

»Was machst du hier?«, fragte ich schärfer als beabsichtigt.

Hakim kratzte sich in seinem kurzen schwarzen Haar. »Ich komme besser gleich zur Sache.«

»Schieß los.« Ich bat ihn nicht herein.

»Der Mann, den ich im Sommerhaus in Jagd festgenommen habe, der, den du den Wilden nennst, ist tot.«

»Tot?«

»Er wurde heute Morgen gefunden.«

Ich war zwar nicht traurig über den Abgang des Wilden, trotzdem breitete sich Gänsehaut auf meinen Armen aus.

»Wie ist er gestorben?« Plötzlich war mein Mund ganz trocken.

»Jemand ist bei ihm eingebrochen und hat ihm Gift gegeben. Die Tür zu seiner Zelle stand offen.«

Der Wilde war nicht sanft in den Tod geglitten. Ich pickte die Bilder direkt aus Hakims Kopf. Was auch immer der Mann bekommen hatte, es hatte ihn brutal umgebracht. Ich sah ihn erstarrt daliegen, Blut lief ihm aus Augen, Ohren und Nase. Der Schaum um seinen Mund war grellrot. In der Vision stand Hakim über die Leiche des Wilden gebeugt und trug Gummihandschuhe. Hakims Augen waren etwas geschwollen, und seine Haare standen in alle Richtungen ab. Er trug dieselbe Kleidung wie jetzt.

Ich fand meine Stimme wieder. »Weißt du, wer es getan hat?«

Hakim schüttelte den Kopf. »Das Eigenartige ist, dass es keinen Hinweis auf einen Kampf gibt. Es sieht beinahe so aus, als hätte er sich das Gift freiwillig verabreichen lassen. An seinem Arm habe ich eine Einstichstelle wie von einer Injektion gefunden.«

»Habt ihr keine Überwachungskameras?«

»Das gesamte Überwachungsnetzwerk hatte zwischen Mitternacht und ein Uhr einen Systemfehler.«

»Noch was?«, fragte ich müde. Jetzt konnte er mir ebenso gut alles erzählen.

Hakim zog sein Handy hervor und wischte auf dem Display herum, bevor er es mir reichte. Es zeigte ein Foto des abgewetzten Linoleumbodens in der Zelle. Darin war ein Zeichen eingeritzt, das ich besorgniserregend gut kannte. Die Rune Ansuz. Das Foto war auf das Zeichen in dem grau melierten, weichen Bodenmaterial herangezoomt, doch am Bildrand erkannte ich einen bläulichen, dicken Finger, der mit verkrustetem Blut überzogen war. Unter dem Nagel war deutlich ein grauer Rand auszumachen.

»Er hat es in den Boden gekratzt, bevor er gestorben ist«, kombinierte ich.

»Oder jemand hat seine Hand geführt«, erwiderte Hakim.

Mir wurde schlecht, doch ich versuchte, ruhig zu klingen. »Sosehr ich es auch schätze, direkt nach dem Frühstück das Foto eines blauen, blutigen Fingers präsentiert zu bekommen, verstehe ich trotzdem nicht, wieso du bis hierher fährst, um mir das zu zeigen.«

»Sind wir schon wieder bei diesem Thema? Ich glaube, dass jemand …«

»… hinter mir her ist und mich auf die schrecklichste Art und Weise umbringen will. *Ich hab's kapiert*. Du hättest auch einfach anrufen können. Es bringt mich wohl kaum in weitere Gefahr, dass der Mörder tot ist. Ganz im Gegenteil.«

Hakim schaute auf seine Turnschuhe. »Ich habe versucht anzurufen. Du bist nicht drangegangen.«

»Oh. Mein Handy liegt noch in meiner Tasche.« Ich hatte mich immer noch nicht daran gewöhnt, ein Handy zu besitzen.

Hakim räusperte sich, und bei mir fiel der Groschen.

»Du hast gedacht, mir könnte etwas zugestoßen sein.«

»Die Morde an den Mädchen haben aufgehört, obwohl es hier gerade eine Flut an rothaarigen Teenagermädchen gibt. Das sagt mir, dass der Mörder inzwischen genau weiß, wen er töten will. Deine Identität ist allgemein bekannt, und mittlerweile wissen alle, dass du von Natur aus rote Haare hast. Unser Hauptverdächtiger ist tot, und entweder er oder sein Mörder hat die Mordsignatur auf dem Boden der Zelle hinterlassen, höchstwahrscheinlich als Nachricht, dass die Sache noch nicht vorbei ist. Und dann gehst du nicht ans Handy, wenn ich dich anrufe. Ja, ich habe gedacht, dir wäre etwas zugestoßen.«

»Na ja, ist es aber nicht.«

»Ich dachte, ich fahre hier raus und finde deine entstellte Leiche. Würdest du in Zukunft dein Telefon also bitte bei dir tragen, damit du hörst, wenn ich anrufe?«

»Ich werd's versuchen.«

»*Versuchen?*«, rief Hakim. »Du sollst es nicht versuchen. Du sollst dich zusammenreißen und kapieren, in was für einer Gefahr du schwebst.«

Bei seinem Ausbruch kam Monster angestürmt. Er knurrte so bedrohlich, dass selbst ich für einen Sekundenbruchteil Angst vor ihm bekam. Er sprang vor mich und bellte Hakim direkt ins Gesicht.

Hakim wich zurück.

»Schon gut, Monster«, sagte ich und legte ihm eine Hand auf den enormen Kopf, der vor Aufregung zitterte. An Hakim gewandt sagte ich: »Wie du siehst, werde ich beschützt. Monster ist immer bei mir.«

Hakim atmete stoßweise, und seine Hand war auf den Rücken gewandert. Ganz gleich wie groß und stark Monster war, eine Kugel in die Stirn würde er wohl kaum überleben.

Ich stellte mich zwischen die beiden.

»Danke, dass du nach mir gesehen hast. Ich werde in Zukunft besser auf mein Handy achten.«

Hakim nickte, und es schien, als hätte es ihm die Sprache verschlagen. Seine dunkelgrünen Augen unter den buschigen Brauen waren weit aufgerissen. Dann fasste er sich wieder.

»Darf ich dir eine letzte Frage stellen?« Seine Stimme zitterte ein wenig. Das hätte meine auch getan, wenn Monster mir auf diese Art ins Gesicht gesprungen wäre.

»Frag schon«, sagte ich.

»Ich habe niemandem erzählt, dass du mir den Tipp mit Fahrrad-Timmy gegeben hast, und das werde ich auch nicht. Ich frage dich auch nicht, woher du wusstest, was er treibt. Aber es frustriert mich, dass ich an niemand Höheren herankomme. Es gibt jemanden über ihm, und dieser *Jemand* hört nicht damit auf, Drogen zu produzieren. Sie sind schon wieder auf dem Markt. Ganz unter uns, weißt du etwas, das mir weiterhelfen könnte?«

Langsam bewegte ich den Kopf hin und her. »Nein.«

Ich wusste nicht, ob ich log, um Elias oder um Hakim zu schützen.

Im Schlafzimmer machte ich mich für die Schicht am Abend fertig. Das Wetter war Ende Oktober noch mal kälter geworden, also wühlte ich im Kleiderschrank nach einem Pullover. Ganz hinten, an der Rückwand des Schranks, stießen meine Hände auf eine Plastiktüte. Es war die, in die ich an dem Abend, als Mathias angeschossen worden war, meine blutigen Kleider gestopft hatte.

Ich zog die Tüte heraus und öffnete sie. Zu meiner großen Verwunderung waren die Kleider immer noch feucht und warm. Ich nahm das schwarze Top heraus, und sofort färbte sich meine Hand feuerrot. Mathias' Blut war nicht geronnen, obwohl inzwischen – ich zählte es an den Fingern ab – fast ein ganzer Monat vergangen war. Ich stopfte das Top zurück, knotete die Tüte zu und steckte sie wieder in den Schrank.

Im Frank's war der Tod des Wilden das große Gesprächsthema. Die Gäste prosteten sich zu und freuten sich darüber, dass er weder rothaarigen Teeniemädchen noch sonst irgendwem jemals wieder Schaden zufügen würde. Einige Details waren nach außen gedrungen und wurden nun an den Tischen weiterverbreitet und diskutiert.

Ich hegte keine warmen Gefühle für den Wilden, trotzdem hinterließ der kollektive Enthusiasmus über den makabren Tod eines fremden Menschen ein unbehagliches Gefühl in meinem Bauch.

Ein willkommener Nebeneffekt meiner Nacht mit Od war, dass ich es im Diner aushalten konnte, obwohl der Laden gut gefüllt war. Deshalb ging ich freiwillig eine Runde mit dem Tablett durchs Lokal. Quer durch den Raum traf mein Blick den von Frank, und er schaute mich ernst an, als Johnny-Bum und Niller auf der kleinen Bühne und unter Zuhilfenahme von Ketchup und Bierschaum als Requisiten den Tod des Wilden nachspielten. Schnell verzog ich mich wieder in die Küche.

Als ich gerade die Spülmaschine ausräumte, erklangen Schreie aus der Bar. Ich steckte den Kopf durch die Schwingtür und entdeckte Christian Mikkelsen aka der Psychopath, der mich innerhalb der letzten zwei Monate sowohl bewusstlos geprügelt als auch mein Fahrrad ruiniert hatte. Als er mich erkannte, rastete er vollends aus.

»Du dreckige Hure!«, brüllte er und richtete seinen ausgestreckten Zeigefinger auf mich. »Die Polizei hat mich heute schon wieder eingebuchtet. Was hast du ihnen diesmal erzählt?«

»Geh zurück in die Küche, Anne«, sagte Lars-Ole, der Barkeeper, nervös, obwohl er selbst ein hartgesottener Nordjütländer war.

Ich blieb stehen. »Kein beschissenes Wort habe ich denen über dich erzählt. Wahrscheinlich haben sie dich festgenommen, weil du ein Vollpsychopath bist«, rief ich zurück.

Christian machte ein paar drohende Schritte auf mich zu, doch Lars-Ole stellte sich mit herausgestreckter Brust dazwischen.

»Hey, hey … Wir wollen hier keinen Stress«, versuchte er zu schlichten.

»Dann seht lieber mal zu, dass die da verschwindet«, spie Christian zu mir gewandt.

In diesem Moment kam Frank dazu. Blitzschnell hatte er die Situation erfasst und war mit zwei langen Schritten bei Christian. Ein aggressiver Vibe ging von ihm aus, sodass ich die Aura beinahe nicht als Franks erkannte.

»Wenn du meine Bar nicht augenblicklich verlässt, wird das böse für dich enden.« Trotz Franks Alter zweifelte ich keine Sekunde daran, dass er absolut in der Lage dazu war, seine Drohung wahr zu machen.

Wie zuletzt, als Christian mich überfallen hatte, schlug er ohne Vorwarnung nach Frank. Er war schnell, aber Frank war schneller.

Ich hatte kaum mitbekommen, was geschah, da lag Christian schon auf dem Bauch, und Frank hockte auf seinem Rücken. Christians Arme waren schmerzvoll nach hinten gedreht, und obwohl er sich hin und her wand, konnte er sich kaum bewegen. Er schäumte vor Wut, fluchte und schrie. Lars-Ole und Frank rissen ihn auf die Füße und schleiften ihn weg.

Bevor sie ihn rausschmissen, rief Christian: »Du wirst es noch bereuen, sie eingestellt zu haben.«

Dann warfen ihn die beiden Männer in hohem Bogen aus der Tür. Die Gäste im Frank's applaudierten.

Ich ging zu Frank. »Tut mir leid.«

»Es ist doch nicht deine Schuld, dass er ein Idiot ist.« Frank richtete sich die Haare, die bei dem Handgemenge ein wenig durcheinandergeraten waren. »Lieber hier drinnen als draußen, wenn du auf dem Heimweg bist. Heute Abend fahre ich dich nach Hause, egal ob du mit dem Rad da bist oder nicht. Nur für den Fall, dass er dir irgendwo auflauert.«

Das war Christian definitiv zuzutrauen, also nickte ich. »Okay. Schön. Wenn du magst.«

Er gab mir einen Klaps auf die Schulter, lachte und schob mich in Richtung Küche. »Und jetzt komm mal in die Pötte. Ich bezahl dich nicht fürs Rumstehen.«

Die Bar war leer, und Frank wischte über die Theke, während ich den Boden fegte. Der letzte Gast war von dannen getorkelt, und nach den vielen Stunden voller Lärm klingelte die Stille in meinen Ohren. Ein Haufen aus Bieretiketten, Dreck und ein paar vereinzelten Münzen sammelte sich vor mir auf dem Boden. Frank kam mit einer Kehrschaufel zu mir. Seine gewohnten Züge hatten sich in eine müde Maske verwandelt. Er ging in die Hocke und hielt die Schaufel, während ich den Dreck daraufschob. Abwesend pickte er die Münzen heraus und ließ sie in seiner Hand klimpern.

»Was hast du an dir, dass du die Leute so provozierst?«

»Ich weiß es nicht«, log ich. »Ich glaube, dieser Christian ist einfach nur wütend. Punkt. Er hat sich mich ausgeguckt, aber es hätte genauso gut jemand anderen treffen können.«

Frank sah zu mir auf. »Aber nicht nur er. Die meisten bemerken dich nicht einmal. Das geht über meinen Verstand. Ich finde, du bist so ein nettes Mädchen.«

Ich klopfte den Besen auf dem Boden aus, bevor ich ihn schnell in den kleinen Schrank hinter der Bar brachte, wo wir die Putzsachen aufbewahrten. Hinter mir stand Frank auf und folgte mir. Er hängte die Kehrschaufel in den Schrank und schloss ihn mit einem Klicken.

»Willst du ein Feierabendbier?«, fragte er mich.

»Wenn die Leute wüssten, dass du Alkohol an Minderjährige ausschenkst, wäre dein guter Ruf dahin.«

»Was die Leute nicht wissen, tut ihnen nicht weh«, sagte er lachend.

Darin konnte ich ihm uneingeschränkt recht geben, also kletterte ich auf einen Barhocker, während er zwei Gläser aus dem Regal an der Wand holte.

Etwas kratzte an der Tür, und Frank hob ruckartig den Kopf. Hinter der milchigen Fensterscheibe ließ sich der Umriss von Monsters gigantischem Körper erahnen.

»Das ist mein Hund«, sagte ich. »Darf ich ihn reinlassen?«

Enorme Erleichterung schwappte von Frank herüber, als er nickte. Hatte er geglaubt, das da draußen wäre Christian?

»Das Rätsel um deine gute Laune ist gelöst«, sagte er, und das freundliche Funkeln in seinem Blick kehrte zurück. »Ich habe doch gesagt, dass er wiederkommt.«

Ich öffnete Monster die Tür. Er setzte sich und starrte sehnsüchtig auf die beiden frisch gezapften Biere.

»Schmeckt dir Bier?«, fragte ich ihn, und er nickte kaum merklich. Ich sah Frank an. »Darf Monster auch eins haben?«

Frank gluckste, bevor er Monster Bier in das einzige Glas zapfte, das groß genug war, dass seine Schnauze Platz darin fand.

Frank ließ sich dazu überreden, mich nach Hause radeln zu lassen, jetzt, wo Monster zurück war. Er meinte, niemand wäre so dämlich, auf uns beide gleichzeitig loszugehen. Doch er rang mir das Versprechen ab, mich von ihm fahren zu lassen, falls Monster mich einmal nicht eskortieren konnte.

Monster hielt klugerweise seinen Mund, nickte aber zustimmend. Er war hochzufrieden, ein Bier getrunken zu haben. Als wir nach Hause kamen, schwärmte er von den kulinarischen Erfahrungen, die er in dieser Welt gemacht hatte – nicht dass ich dazu beigetragen hätte.

Ich kippte ins Bett, und er ließ sich mit einem Plumps, der meine Matratze erzittern ließ, auf den Boden fallen.

»Ich möchte dich etwas fragen«, sagte ich mit bereits geschlossenen Augen.

»Was?« Wäre er ein Mensch gewesen, hätte ich gesagt, dass er eine Whisky-Stimme hatte.

»Es war meine Schwester, die ich im Spiegel gesehen habe, richtig? Die Male, als ich mich selbst mit roten Haaren gesehen habe?«

Monster brummte bestätigend.

»Hat sie etwas über die Nachrichten erzählt, die sie mir sendet?«

»Wie schon gesagt, eigentlich weiß ich nicht viel. Nur, dass es riskant ist, wenn sie dich in Träumen oder durch Spiegel kontaktiert.«

»Inwiefern riskant?«

»Sie können überwacht werden. Und man kann Leute auf diese Weise orten.«

Ich erinnerte mich an das schabende Geräusch, als ich im Traum mit Serén gesprochen hatte. Wir mussten beinahe aufgespürt worden sein.

Monster fuhr fort: »Jetzt, wo bekannt ist, dass Serén Thora Todesbluts Tochter ist, kannst du davon ausgehen, dass sie nach ihr suchen. Schon die geringste Spur würde Ragnaras komplettes Heer auf den Plan rufen.«

»Dann sollte ich also nicht damit rechnen, mehr von ihr zu hören?«

»Nein, höchstens in einer Notsituation«, schmatzte Monster.

»Aber sie ist im Eisenwald? Ist sie dort in Sicherheit?«

»Sicherer als in Schloss Königsburg in Sént«, wich er meiner Frage aus.

Hmmm. »Weißt du, wo sich meine Mutter aufhält?«

»Nein. Und sie schickt keine Nachrichten dieser Art. Sie ist ja keine Seherin.«

Das erklärte, weshalb Ben und Rebecca all die Jahre keinen Kontakt zu ihr gehabt hatten.

»Glaubst du, Ragnara setzt andere auf mich an, jetzt, wo der Wilde tot ist?«

Monster gähnte und beendete sein Gähnen mit einem sehr hundehaften Fiepsgeräusch. »Ich bin mir sicher, dass sie schon unterwegs sind.«

KAPITEL 28

Am Montagmorgen waren Lunas Haare lila. Lila!

»Warum?«, fragte ich mit gerunzelter Stirn.

Sie drehte sich mit breitem Lächeln vor dem roten Plüschsofa in der Insel. Die violetten Locken tanzten um ihr hübsches Gesicht.

»Weil Lila die Farbe der Magie und der Spiritualität ist. Alles, was mir hilft, die Hexenkunst zu erlernen, ist willkommen. Und die roten Haare brauche ich nicht mehr. Ich habe das Datum errechnet. Den Tag, an dem entweder du stirbst oder deine Schwester.«

Ich glaube, ihr war nicht bewusst, wie unpassend ihr Lächeln während dieser Verkündung war. Stolz strömte aus ihr heraus, also entschied ich, das Lächeln damit in Zusammenhang zu bringen.

»Wann?«

»Also, wenn es dieses Jahr ist, dann passiert es am 21. Dezember kurz nach Mitternacht«, sagte sie. »Da ist Wintersonnenwende.«

»Das ist ja lustig«, sagte ich von meinem Platz auf dem Sofa.

Mathias zog die Brauen hoch. »*Lustig* ist nicht unbedingt das Wort, das ich in Anbetracht der Lage verwenden würde.«

»Nein, nicht weil es die Wintersonnenwende ist. Aber der Einundzwanzigste ist mein Geburtstag.«

Die beiden sahen mich an, und Luna stoppte ihre Pirouetten. »Warum hast du uns nicht gesagt, wann du Geburtstag hast?«

»Warum hätte ich das tun sollen?«

Mathias setzte die Miene auf, die er gern benutzte, wenn er mich mal wieder als soziale Analphabetin betrachtete.

»Na ja, du weißt schon. Geschenke. Kuchen. Und *Happy Birthday to you, happy birthday to you.*« Den letzten Teil bot er singend dar.

»Ich hab's nicht so mit Geburtstagen. Meistens fielen sie genau mit einem Umzug zusammen, oder ich war gerade an einen neuen Ort gekommen.«

»Hast du noch nie gefeiert?« Luna biss sich auf die Lippen.

»Nein. Und ich habe es nicht vermisst.«

»Dieses Jahr organisiere ich eine Geburtstagsparty für dich und lade alle ein, die du kennst«, sagte sie bestimmt.

»Wenn ich nicht vorher über den Jordan gehe«, erwiderte ich.

»Das darfst du nicht sagen!« Ihre Augen blitzten, und ich wich zurück, denn es war, als bohrten sich feine Nadeln in meine Haut.

Mathias stellte sich zwischen uns.

»Wir sind viele, die dafür sorgen werden, dass das nicht geschieht.« Er sah mich mit seinem charmantesten Lächeln an, und meine Beine wurden weich. Dann drehte er sich zu Luna. »Es ist toll, dass du den Tag ausgerechnet hast. Das hilft uns enorm. Jetzt wissen wir, dass wir am Einundzwanzigsten besonders vorsichtig sein müssen.«

»Was, wenn Serén an diesem Tag stirbt und ich dazu bestimmt bin, schon früher den Abgang zu machen?«

»Jetzt sei doch nicht so pessimistisch«, sagte Luna.

»Im Asenglauben, dessen erklärte Anhängerin du ja bist, entgeht man seinem Schicksal nicht mal eben so mir nichts, dir nichts. Wir können immer weiter potenzielle Mörder aus dem Weg räumen, das Resultat wird dasselbe sein. Erst sollte Varnar mich umbringen. Als er die Seiten gewechselt hat, wurde er einfach von einem anderen abgelöst.«

Mathias riss die Augen auf. »Was?!? Varnar?«

»Ist auch egal. Was ich sagen will, ist, dass wir vielleicht nicht sehr viel tun können.«

»Spul mal kurz zurück«, sagte Luna. »Hast du gerade gesagt, dass Varnar dich umbringen sollte? Woher weißt du das?«

»Er hat's mir erzählt.« *Während er auf mir saß und die Hände um meinen Hals gelegt hatte.* »Und Serén hat mir eine Vision davon geschickt.«

Mathias drückte beide Seiten seines Nasenrückens zusammen und schloss die hübschen blauen Augen. Ich konnte gerade noch sehen, wie sie aufleuchteten.

»Du darfst nicht noch mal allein mit ihm sein.«

»Das hast du überhaupt nicht zu bestimmen«, fuhr ich ihn an.

»Was, wenn er die Seiten wechselt? *Ein weiteres Mal!*« Mathias öffnete die Augen, die nun aussahen wie Gasflammen.

»Das wird er nicht.«

»Du kannst nicht in die Zukunft sehen. Ich finde, du solltest nicht mehr mit ihm trainieren.«

»Pech für dich, dass du das findest.«

Mathias wuchs und begann, grün zu schimmern. »Ich kann es dir befehlen. Du stehst in der Hierarchie unter mir.«

»Du kannst dir deine Hierarchie sonst wohin stecken. Wenn du jetzt auch noch meinst, über mich bestimmen zu können, kannst du dich gern auf der Stelle verpissen und dich mit Ben, Rebecca und Arthur zusammentun.«

Er spitzte seine wohlgeformten Lippen. Dann entspannte er sich wieder und öffnete den Mund zu einem warmen Lächeln. »Ich würde dir nie etwas befehlen. Ich respektiere deine Entscheidungen, auch wenn ich finde, dass du ein lausiges Urteilsvermögen hast.«

»Und ich finde, du solltest aufpassen, dass dir deine göttliche Seite nicht zu Kopf steigt.« Ich musste an Ods gestriges Verhalten denken. »Wenn ihr damit durch seid, meinen vielleicht-oder-vielleicht-auch-nicht-baldigen Tod zu diskutieren, gäbe es da noch eine kleine Sache, die ihr, wie ich meine, wissen solltet.«

Ich erzählte ihnen von Elias' Verhältnis zu Od und von dem Effekt, den das längere Zusammensein mit einem Demigott auf

Menschen hat. »Das ist keine Garantie, aber wenn ihr beisammenbleibt, habt ihr gute Chancen, dass Luna bis in alle Ewigkeit mit dir leben kann«, schloss ich.

Mathias' Miene war unleserlich. Er sah von mir zu Luna. Ich erwartete, dass er jubeln oder vor Freude aufspringen würde, aber das tat er nicht.

»Das ist eine gute Nachricht. Hallo?« Ich wedelte mit der Hand vor seinem Gesicht.

Luna stand ebenfalls vollkommen reglos und mit großen, runden Augen da.

»Was ist mit euch?«

»Ewiges Leben zusammen ist eine große Sache, Anne«, sagte Mathias. »Ich weiß nicht, ob Luna auf lange Sicht mit mir zusammen sein will. Und schon gar nicht, ob sie es für ewig will.«

Ein Lächeln erhellte Lunas Gesicht.

»Ach, deshalb warst du nervös.« Sie schlang die Arme um ihn, und sie ließen sich aufs Sofa fallen. »Natürlich will ich das. Das wollte ich schon, als ich dich zum allerersten Mal gesehen habe.«

»Wirklich? Das hast du gut verborgen.«

»Ich war damit beschäftigt, meine magischen Kräfte zu unterdrücken, meine zukünftige beste Freundin kennenzulernen und mich davon abzuhalten, Anne alles zu erzählen, was ich über ihre Vergangenheit weiß.«

Ich sah auf meine Nietenstiefel hinunter.

Mathias strich über Lunas lila Locken. »Jetzt müssen wir nur noch einen Weg finden, wie auch Anne ewig leben kann.«

Ich atmete kräftig aus, um ein höhnisches Lachen zu übertönen. Ich wäre schon zufrieden, wenn ich nur das restliche Jahr überstehen würde.

In der Zehn-Uhr-Pause verließen Luna und Mathias Arm in Arm den Geschichtssaal, während ich meine Sachen zusammenpackte. Als ich aus dem Raum trat, sah ich ein Stück entfernt eine Gestalt auf dem Gang stehen, die unruhig die Arme vor und zurück schwang. Ich eilte zu ihr.

»Aella, ist was passiert?«

»Ich muss dir etwas erzählen. Ich hätte es dir schon längst sagen sollen, aber es sind immer so viele Leute um dich herum. Und ich finde, nur du solltest es hören.«

Ich atmete hörbar auf. »Es ist also niemand verletzt worden?«

Aella ging los und bedeutete mir, ihr zu folgen.

»Nein. Jedenfalls nicht in letzter Zeit. Hast du einen Moment?«

»Na klar.«

Wir fanden eine ruhige Ecke zwischen Blauem und Braunem Gang.

»Was ist los? Du machst mich nervös«, drängte ich.

Aella zögerte.

»Als Thora deiner Schwester verriet, dass sie ihre Mutter ist, hat sie ihr auch von der Nacht erzählt, in der dein Vater starb. Serén hat mir später davon erzählt. Ich weiß nicht, ob du etwas damit anfangen kannst, aber ich finde, du solltest wissen, was ich gehört habe. Nicht einmal Varnar weiß es.«

Ich zog die Stirn in Falten. »Erzähl mir einfach, was du weißt.«

Aella seufzte und begann: »Deine Mutter war schwanger mit euch, aber nur sie und Arthur – und vermutlich Od Dinesen – wussten, dass sie Zwillinge erwartete.« Aella richtete sich auf, ehe sie weitersprach. »Ragnara und Eskild nahmen deine Mutter gefangen, und sie schnitten ihr den Bauch auf und holten dich heraus.«

Igitt!

»Ragnara wagte es nicht, Thora zu töten. Anscheinend gibt es eine Prophezeiung, die besagt, dass Ragnara dadurch selbst sterben könnte. Auf jeden Fall aber wollte sie das Kind töten, mit dem Thora schwanger war.«

»Warum hat Ragnara es gewagt, mich zu töten? Könnte sie dadurch nicht auch sterben?«

»In der Prophezeiung heißt es irgendwas von wegen *das Blut, das in Thoras Adern fließt* … bla, bla, bla.« Aella machte eine wegwerfende Handbewegung. »Die gängige Deutung ist, dass sich das nicht auf das Blut von Thoras Nachkommen bezieht.«

»Also kann Ragnara mich töten, aber nicht meine Mutter?«

Aella nickte.

Ich versuchte, konzentriert zu bleiben. »Meine Mutter lag also mit aufgeschnittenem Bauch da.« Ich zitterte. »Und ich wurde herausgezogen. Was ist dann passiert?«

Aella fuhr widerwillig fort. »Thoras Wunde heilte sofort, nachdem sie dich herausgenommen hatten.«

Ich legte den Kopf in den Nacken. »Warum das?«

Aella zuckte mit den Achseln. »Dafür hat keiner eine Erklärung. Serén blieb im Bauch. Ragnara wusste nicht, dass es ein zweites Kind gab. Und dann …« Wieder hielt Aella inne, um sich zu sammeln. »Ragnara schnitt dir in die Brust. Um dich … na ja, du weißt schon.«

Unwillkürlich wanderte meine Hand zu der knotigen Narbe an meinem Brustbein.

»Aber auch deine Wunde verheilte. Sie stach wieder und wieder mit dem Dolch auf dich ein, doch die Wunden verheilten auf der Stelle.«

Ich atmete kräftig aus, während ich mir mit beiden Händen die Brust hielt. »Was dann?«

Aella rieb sich die Nase. »Es war ziemlich chaotisch. Du lagst da und warst völlig … zermatscht. Eskild und Ragnara versuchten, Thora zu fassen zu bekommen, und da ging Arthur dazwischen.« Sie senkte den Blick und grub die Schuhspitze in den Acrylteppich. »Eskild erstach ihn.«

Meine Augen brannten. »Und seine Wunden sind nicht geheilt, nehme ich an?«

Wortlos schüttelte Aella den Kopf.

Ich rieb mir die Stirn. »Wie ging es dann weiter?«

»Denk daran, dass ich es von Serén gehört habe, die es von Thora gehört hat, die es vor fast achtzehn Jahren erlebt hat.«

»Spuck schon aus, was du weißt!« Meine Stimme klang schrill, und einige Schüler schauten in unsere Richtung.

Aella biss sich auf die Lippe. »Od Dinesen und Niels Villadsen kamen dazu – und sie hatten eine Lösung.«

»Nämlich?« Ich traute mich kaum zu fragen.

»Einen Blutpakt zu schließen, damit alle Parteien gezwungen wären, ihn einzuhalten. Auf diese Weise würden sowohl Ragnara als auch Thora und du überleben.«

»Was ist ein Blutpakt?«

Ich konnte sehen, dass Aella keine große Lust hatte, es zu erklären, doch sie gab sich einen Ruck. »Man benutzt jemandes Blut – *all* sein Blut – und erntet damit seine Lebensessenz. Auf diese Weise ist es fast unmöglich, den Pakt zu brechen.«

Ich schloss die Augen. »Ich nehme an, Arthur hat sich freiwillig gemeldet.«

»Ja. Und er war bereits schwer verwundet«, sagte Aella. »Eskild war derjenige, der sein Leben beendete.« Sie sprach hastig weiter. »Die Bedingungen für den Pakt waren, dass Thora als Gefangene mit nach Hrafnheim ginge. Ben und Rebecca sollten sich um dich kümmern. Und Ragnara durfte dich nicht anrühren, solange der Pakt gültig war, also praktisch auf ewig. Oder bis jemand ihn brach.« Sie zuckte mit den Achseln. »Und nun ist er gebrochen, denn Ragnara hat versucht, dich zu töten, und Thora ist geflohen.«

»Was noch?«

»Das war alles.«

»Es muss doch noch mehr geben!« Wieder sprach ich so laut, dass die Leute zu uns herübersahen.

»Ich schwöre, mehr weiß ich nicht. Jetzt hast du dieselben Informationen wie ich.« Sie knirschte mit den Zähnen. »Und glaub mir, ich hatte nicht das Verlangen, es dir zu erzählen. Aber es wäre falsch gewesen, es nicht zu tun.«

Sie drehte sich um und lief mit denselben katzengleichen Schritten wie Varnar davon.

Ich stand da und sah ihr nach, die Hände schützend auf meine Brust gelegt.

Nach der Schule war es Zeit für meinen monatlichen Besuch bei Grethe. Ich war nach Aellas Erzählung leicht neben der Spur, und meine Gedanken wanderten ständig zurück zu meiner Schwester.

Während ich auf dem kobaltblauen Sofa vor Grethes Büro wartete, dachte ich daran, dass sich meine noch verbleibenden Gesprächstermine an einer Hand abzählen ließen. Sobald ich achtzehn und damit volljährig wurde, war Schluss mit der Kontrolle durch die Behörden. Auch wenn ich seit Jahren voller Ungeduld auf diesen Tag wartete, hinterließ der Gedanke dennoch eine merkwürdige Traurigkeit in mir.

Grethe öffnete die Tür, und ein älterer Mann verließ das Büro. Als ich eintrat, machte sie das Fenster auf, um die schlimmsten Alkoholdünste zu vertreiben. Ich setzte mich auf den Stuhl an der Ecke des Schreibtischs, während Grethe ihre Brille hochschob und anfing, etwas auf dem Computer zu tippen.

»Wie läuft es?« Sie klang etwas abwesend, doch mich täuschte sie nicht. Daher dachte ich gründlich nach, ehe ich antwortete.

»Gut. In der Schule klappt so weit alles, und mein Hund ist zurückgekommen. Zwei, drei Mal in der Woche gehe ich arbeiten, und mein Chef scheint zufrieden mit mir zu sein.«

Grethe nickte, den Blick weiter auf den Bildschirm gerichtet. »Hast du noch mal von der Polizei gehört?«

Ich nagte an meiner Unterlippe. Es bestand kein Grund zu lügen – zumindest nicht allzu viel. »Dieser junge Polizist, Hakim, hat sich noch ein paarmal bei mir gemeldet.«

»Warum?«

Ich zuckte mit den Achseln. »Vermutlich reden sie mit vielen. Aber jetzt ist er ja tot, der Typ, der es getan hat, also wird sich der

Polizist wohl einen anderen Fall suchen müssen, auf den er sich konzentrieren kann.«

Ich hoffte, Grethe würde meine erfundene Theorie schlucken. Mir war sehr wohl bewusst, dass Hakim nicht vorhatte, die Ermittlungen einzustellen.

Grethe richtete ihre Mausaugen auf mich. Dann schob sie die Brille, die wieder auf Abwege geraten war, erneut nach oben. »Hakim Murr hat sich bei mir nach deinen ehemaligen Pflegefamilien erkundigt. Ich hoffe, er belästigt dich nicht?«

Ich drehte den Kopf hin und her und schob die Unterlippe vor. »Nope.« Ich beließ es dabei.

Grethe rollte mit ihrem Stuhl zurück und richtete ihren Blick wieder auf den Bildschirm. »Falls du dich von ihm bedrängt fühlst, kann ich dir nur noch die nächsten zwei Monate helfen. Sobald du achtzehn bist, habe ich keinerlei Befugnisse mehr. Es sei denn ...« Sie ließ den Satz in der Luft hängen.

»Es sei denn, ich begehe einen Fehltritt und lande wieder im System.«

»Ja.«

»Das habe ich sicher nicht vor.«

»Gut.« Grethe kratzte sich an der Stirn. »Hast du darüber nachgedacht, ob du dein Haus verkaufen möchtest?«

»Ganz bestimmt nicht. Warum?«

»Der potenzielle Käufer hat sein Angebot erhöht.«

»Wer ist es?« Ich hielt den Atem an.

»Das weiß ich nicht. Er – oder sie – kommuniziert nur über Anwälte. Aber es wurde ein äußerst gutes Angebot abgegeben. Du könntest etwas kaufen, das passender für ein junges Mädchen ist.«

»Das Haus hat emotionalen Wert für mich. Schließlich hat es meinen Eltern gehört.«

Grethes dünne Augenbrauen schossen in die Höhe. »Ich kenne dich seit dreizehn Jahren, Anne, und bis vor wenigen Monaten wolltest du nichts von deinen Eltern wissen. Ich durfte sie noch nicht einmal erwähnen. Und jetzt hat ihr Haus auf einmal emotionalen Wert für dich? Ist etwas passiert, von dem ich nichts weiß?« Sie beugte sich ein Stück zu mir.

Parallelwelten, Geister, Blutpakte, Demigötter und Hexen.

»Nein. Ich wohne einfach gern dort.«

Grethe richtete sich mit verärgerter Miene auf und schaute auf die Armbanduhr, die an einem dünnen Goldbändchen von ihrem Handgelenk baumelte. »Ich hoffe, du überdenkst das noch mal. Finanziell wäre es äußerst lohnend für dich.«

»Ich überleg's mir. Und ich will nach wie vor wissen, wer der Interessent ist.«

»Ich werde sehen, ob ich es herausfinden kann.« Sie stand auf und winkte mich Richtung Tür. »Denk dran, dass immer noch jemand unangemeldet bei dir vorbeikommen kann.«

Sie schob die Brille erneut an ihren Platz, dann öffnete sie mir die Tür.

»Das vergesse ich nicht.«

Wie könnte ich auch?

In Provinzstädten sind selbst kleine Ereignisse groß. Das galt auch für das halbjährliche »Ravnssted Open by Night«, das wenige Tage später stattfand.

By Night entsprach nicht ganz den Tatsachen, denn die Veranstaltung fand an einem Wochentag von sechs bis zehn Uhr abends statt. *Open* dagegen stimmte schon eher; sämtliche Geschäfte und Vereine rissen ihre Türen auf, und die Leute, ob groß oder klein, strömten ins Stadtzentrum. Es gab Popcornmaschinen, Schnäppchenpreise für Tennissocken und Würstchen, und auf dem Platz vor dem Frank's war eine kleine Bühne aufgebaut, auf der örtliche Bands spielten. Landwirte aus der Umgebung hatten Stände aufgestellt und verteilten Käse, Marmelade und Brot als Probierhäppchen. Die Mitglieder des Theatervereins flitzten in Kostümen herum und unterhielten die Leute mit Straßentheater und Happenings. Halloween stand vor der Tür, daher war ganz Ravnssted mit Kürbissen dekoriert, und als Hexen und Gespenster verkleidete Leute tummelten sich auf den Straßen.

Auf dem Weg in den Diner mussten Luna und ich lachen, als wir an einem Hexe-Gespenst-Pärchen vorbeikamen. Die Hexe hatte eine künstliche Warzennase und einen spitzen Hut auf dem Kopf, und das Gespenst trug ein Laken mit Löchern für die Augen.

Da ich Gemüse hackte und abwusch, verpasste ich Nillers und Suzuki-Ibs Band, die Show des Ravnssteder Hundetrainingsvereins und den Spendenlauf der Krankenhausclowns. Aber um acht schlossen wir die Küche, und ich hatte Gelegenheit, eine Runde durch die Stadt zu drehen. Luna und Mathias arbeiteten noch, wir hatten uns jedoch für später verabredet.

Wundersamerweise genoss ich, zum ersten Mal in meinem Leben, den Trubel um mich herum. Ich kam an einem Schminkstand vorbei, wo die Kinder in Feen, Skelette, Trolle und Schmetterlinge verwandelt wurden. Ein paar Schritte entfernt sah ich Hakim, der an einem Stand ein Stück Brot probierte. Er war in Begleitung einer dunkelhaarigen Frau, von der ich annahm, dass es sich um seine Mutter handelte.

Unsere Blicke begegneten sich, und er nickte mir zu. Die Frau betrachtete mich neugierig.

Ein Stück die Straße hinunter entdeckte ich Varnar, offensichtlich in der Rolle meines heimlichen Bodyguards. Ich verdrehte die Augen. *Nein, es war natürlich ausgeschlossen, dass er einfach ganz normal mit mir zusammen aufs Fest ging.* Wütend machte ich auf dem Absatz kehrt und stapfte davon. Eine Weile lief ich im Zickzack durch die Seitensträßchen, um ihn abzuschütteln. Ich baute darauf, dass Bens Teflonzauber mir behilflich sein würde.

Endlich war Varnar verschwunden, und ich ging zurück zur Fußgängerzone, wo ich von einem Mädchen auf einem Einrad und einem Jungen auf Stelzen überholt wurde. Ein junger Mann aus dem Theaterverein, der in einen dunklen Umhang gehüllt war, kam mit einem Korb voller kleiner Kuchen an mir vorbei. Sie waren mit weißer Glasur verziert und hatten die Form von Totenköpfen. Er lächelte mir unter der Kapuze des Umhangs zu. Was ich von seinem Gesicht erkennen konnte, war hübsch. Ein wenig erinnerte er mich an Varnar.

Unwillkürlich lächelte ich zurück und nahm einen der Kuchen entgegen, die er mir reichte. Er verbeugte sich mit einem herausfordernden Lächeln und trat mit einer höflich kreisenden Handbewegung einige Schritte zurück.

Meine Zähne senkten sich in den Kuchen. Er schmeckte süß, würzig und etwas bitter. Ich kaute einmal und konnte gerade noch *Oh, oh* denken, ehe sich ein Prickeln von meiner Kehle in den Bauch und weiter durch meinen ganzen Körper ausbreitete.

Dann Dunkelheit.

Dann nichts.

***

Meine Beine bewegten sich unter mir. Ich ging vorwärts, ohne Kontrolle über meine Bewegungen zu haben.

Der junge Mann im Umhang hielt meinen Arm fest umklammert. »Lächeln«, flüsterte er.

Ich lächelte ohne eigene Willenskraft.

Dann wurde wieder alles dunkel.

***

Jemand rief. Es waren mehrere Stimmen. Eine davon kam mir bekannt vor.

Ich hörte Knurren und ein Brüllen.

Ein ängstlicher Schrei.

Dann die Geräusche eines Kampfes.

Wieder ein Schrei – diesmal vor Schmerz. Der Schrei ging in ein Röcheln über.

Stille, gefolgt von einem Knirschen, und dann das Geräusch von etwas, das weggeschleift wird.

»Anne?«

Die Stimme klang hektisch. Mein Hirn versuchte, sie einzuordnen, doch es fiel mir so unglaublich schwer, mich zu konzentrieren.

Ich wusste nicht, ob ich stand oder lag. Eine Hand schloss sich um meinen Hals. Erst dachte ich, sie würde zudrücken. Doch dann merkte ich, dass sie entweder etwas um meinen Hals herumwickelte oder etwas löste.

Dann glitt ich erneut ins Nichts.

KAPITEL 29

Meine Hände ertasteten etwas Weiches und gleichzeitig Piksendes. *Gras?* Dieses Mal war ich mir sicher, dass ich auf dem Boden lag. Vorsichtig öffnete ich die Augen und schaute in einen blauschwarzen, sternenbedeckten Himmel mit einem Halbmond, allerdings wurde meine Sicht blockiert, als Varnar sein Gesicht vor meines schob.

Sein Haar war verfilzt, und auf einer Wange prangten vier dunkle Striche.

»Du lebst«, sagte er, während sich seine Erleichterung über mich ergoss. An seiner Hand baumelte eine Lederschnur.

»Was ist passiert?«, stammelte ich. Meine Stimme klang merkwürdig heiser.

»Wieso bist du abgehauen?«, rief er. »Du weißt genau, dass du fast unmöglich zu finden bist.«

»Ich war sauer, weil du nicht mit mir kommen wolltest«, krächzte ich.

Varnars Brauen zogen sich zusammen. »Ich werde niemals schlau aus dir werden.«

»Der Typ mit den Kuchen. Wer …« Meine Stimme brach, und ich musste husten. Erst jetzt merkte ich, wie sehr mein Hals schmerzte.

»Einer von Ragnaras Männern. Geiri.«

»Du kennst ihn?«, zischte ich.

»Ja, ich kannte ihn.«

»Kannte?«

Varnars Miene verschloss sich, und er verschwand aus meinem Blickfeld.

Ich setzte mich auf, obwohl sich alles drehte und mein Magen protestierte. Ich erkannte, dass wir uns in einem verlassenen Industriegebiet am Stadtrand befanden. *Wie zur Hölle war ich hierhergekommen?*

Varnar hatte sich auf die Fersen zurückgelehnt, und jetzt sah ich, dass Monster reglos ein Stück hinter ihm saß. Ich richtete meine Aufmerksamkeit wieder auf Varnar.

»Woher kennst du den Typ?«

»Aus dem Bronzewald. Wir kamen zeitgleich nach Schloss Königsburg.«

Ich wusste nicht, was ich sagen sollte. »Wo ist er jetzt?«

»Weg«, sagte Monster mit seiner tiefen Stimme. Er schleckte sich das Maul.

»Oh.« Ich konnte meinen Mageninhalt nicht länger bei mir behalten, also sprang ich auf, wankte hinter einen Busch und übergab mich.

Mann und Riesenwolf blieben klugerweise, wo sie waren.

Ich wischte mir den Mund mit dem Handrücken ab und schlich zu ihnen zurück. »Was nun?«

»Wir gehen nach Hause und tun so, als wäre nichts gewesen«, sagte Monster.

»Ich bin mir nicht sicher, ob ich das kann.«

Varnar erhob sich. »Bald werden noch Weitere hinter dir her sein. Geiri war ganz sicher nicht der Letzte.«

Ich nickte stumm. Dann fand ich endlich Worte. »Es tut mir leid, dass er tot ist. Auch wenn er versucht hat, mich umzubringen.«

Varnar senkte den Kopf. Seine dunklen, glänzenden Haare fingen das Mondlicht. Dann hob er das Gesicht, und ich erkannte ihn mit der harten Miene fast nicht wieder.

»Er war Soldat, und ich bin Soldat. Es ist Krieg, und wir beide kämpften jeder auf seiner Seite. Das ist die einzige Wahrheit, nach der ich leben kann. Ich würde ihn wieder und wieder und wieder töten.« Er rannte los und verschwand.

Monsters Fell schimmerte dunkel und feucht. »Komm, Anne. Lass uns nach Hause gehen.«

Ich schickte Monster ins Bad, obwohl er protestierte. Mit blutigem Fell kam er mir nicht ins Schlafzimmer.

Nachdem ich ihn unter der Dusche eingeschäumt hatte, ließ ich ihn sich in Ruhe fertig waschen und betrachtete mich im Spiegel. Eine dünne rote Linie zierte meinen Hals. Ich beugte mich vor und musterte den Abdruck. Wenn ich schluckte, fühlte es sich an, als hätte ich eine Mandelentzündung.

»Was ist eigentlich passiert?«, rief ich, um das Geplätscher der Dusche zu übertönen.

Monster steckte seinen großen Kopf, der im nassen Zustand um einiges schlanker war als sonst, hinter dem Duschvorhang hervor. »Ich halte mich meistens dort auf, wo ich dich entweder hören oder riechen kann. Als du verschwunden warst, hat Varnar nach mir gerufen. Zusammen haben wir euch draußen auf dem Platz gefunden. Geiri hatte die Schnur bereits um deinen Hals gestrafft. Es ist unglaublich, dass du so lange durchgehalten hast.«

Wer weiß, ob das an dieser Göttlichkeit lag, mit der Od mich vollgetankt hatte. Mein Zeigefinger fuhr die rote Linie entlang. »Wer von euch hat … sich um ihn gekümmert?«

Monster prustete, sodass die Wassertropfen wie eine Wolke um seinen Kopf stoben.

»Wir haben uns die Aufgabe geteilt«, sagte er und zog seinen Kopf wieder unter die Brause zurück. »Einer hat ihn getötet, der andere ließ ihn verschwinden.«

Na gut. Über manche Dinge sollte man nicht zu viel nachdenken. Ich sah in den Spiegel und klopfte leicht dagegen. Ob meine Schwester dort drinnen war? Jetzt, wo ich mein rothaariges Spiegelbild gern gesehen hätte, zeigte sie sich mir nicht mehr.

»Ich bin dann sauber«, sagte Monster. »Drehst du das Wasser ab, damit ich mich schütteln kann? Es ist sicher am besten, wenn ich das hier drinnen mache.«

»Ja, bitte«, antwortete ich und stellte die Dusche aus.

Monster schüttelte sich kräftig, und ein Schauer aus Tropfen prasselte gegen den Duschvorhang. Er kam hinaus, struppig und mit einem solchen Ausdruck von Entwürdigung, wie ihn nur ein nasser Hund zur Schau tragen kann.

»Ach, hör auf«, sagte ich. »Du hattest es nötig.«

Ich nahm mein größtes Badehandtuch und rubbelte ihn ab, sodass sein Fell wieder etwas von seiner Fülle zurückgewann.

Wir stapften nach oben, wo Monster sich auf den Boden legte und schon schnarchte, bevor ich überhaupt unter die Decke gekrochen war. Als ich anschließend im Dunkeln dalag und nur mühsam zur Ruhe kam, wurde mir schlagartig bewusst, dass auch Varnar Geiris Rolle hätte spielen können. Und dass Geiri sich irgendwann dazu hätte entschließen können, die Seiten zu wechseln, und meine Mutter *ihn* hätte schicken können, um mich zu beschützen.

Stattdessen lag er nun in seine Einzelteile zerlegt in Monsters Magen, während Varnar sich auf Gut Kraghede eingerichtet hatte.

Am Donnerstagmorgen lag das kühle Handy schwer in meiner Hand.

Soll ich – soll ich nicht?

Ich rief an. Wie immer nahm Elias sofort ab. In seiner Stimme war nicht die geringste Spur von Zorn zu erkennen.

»Was für eine freudige Überraschung. Warum rufst du an?«

»Ich gebe mich geschlagen.«

»In Bezug auf was, wage ich nur zu hoffen.«

»Ich habe meine Meinung geändert, was deinen Vorschlag angeht, mich an Stjórna zu gewöhnen.«

»Ach so, das«, sagte Elias. »Darf ich fragen, wieso du es dir anders überlegt hast?«

»Du darfst mich fragen, was immer du willst. Solange du keine Antwort erwartest.«

Elias lachte am anderen Ende. »Bist du im Bett genauso aggressiv, wie du es mit Worten bist?«

»Ich nehme es zurück. Du darfst mich nicht fragen, was immer du willst.«

Wieder lachte Elias. »Wann?«

»Egal. Nur nicht am Samstag. Da muss ich arbeiten.«

»Morgen Nachmittag?«

»Gut. Monster ist hier. Nur damit du Bescheid weißt.«

Pause.

»Elias?«

»Ich wusste nicht, dass er zurück ist.«

»Hat Od nichts davon erzählt?«

»Od?« Elias' Stimme verriet, dass er nichts von Ods Besuch bei mir wusste.

»Vergiss es. Ja, Monster ist wieder da. Und ich weiß, was er ist und wie alles zusammenhängt.«

»Selbst nach einem sehr langen Leben weiß nicht einmal ich, wie alles zusammenhängt. Ich wage stark zu bezweifeln, dass du es tust.«

»Ist ja auch egal«, schnauzte ich ihn an. »Ich habe keine Lust, mit dir zu diskutieren. Was ich allerdings brauche, ist, dass du mich mit Drogen vollpumpst.«

»Dafür bin ich der Richtige«, sagte Elias und legte auf.

Auf dem Weg zum Gymnasium galoppierte Monster neben meinem Fahrrad her, und heute begleitete er mich sogar bis ganz an die Tür. Die Leute machten einen großen Bogen um ihn, und in Anbetracht der Ereignisse des gestrigen Abends war ich auf einmal der Meinung, dass das ziemlich vernünftig war.

Ich fand Luna und Mathias eng umschlungen vor dem Dänischraum im Blauen Gang. Obwohl ich einen gelben Schal um den

Hals trug, den Luna mir in einem Anflug von Optimismus geschenkt hatte, entdeckte Mathias den Abdruck sofort. Er nahm den Arm von Lunas Schulter und griff nach dem gelben Strickschal.

»Was ist passiert?« Seine Augen begannen schwach zu leuchten.

Ich zog die beiden ein Stück den Gang hinunter und fasste alles kurz zusammen. Lunas Gesichtsfarbe wirkte ziemlich ungesund, als ich geendet hatte.

Mathias legte wieder einen Arm um sie. »Schlimm genug, dass er dich unter all den Leuten erwischen konnte. Ich hatte die ganze Zeit geglaubt, du wärst am meisten gefährdet, wenn du allein bist.«

»Offenbar nicht.«

»Was können wir tun?«

»Als Erstes habe ich Elias gebeten, mich an Stjórna zu gewöhnen. Er kommt morgen vorbei.«

Luna schnappte nach Luft, und Mathias stöhnte verärgert auf.

»Was?« Ich breitete die Arme aus. »Ich kann bis zum Weltuntergang Kampftraining mit Varnar machen. Wenn der Mörder mich vergiftet, hilft es mir nicht besonders viel, dass ich gut zuschlagen kann.«

Mathias schnaubte. »Mir gefällt das nicht.«

»Es muss dir ja auch nicht gefallen«, sagte ich, doch als ich seinen Gesichtsausdruck bemerkte, fuhr ich mit sanfterer Stimme fort. »Ich finde es auch nicht toll. Aber mir fällt nichts Besseres ein.«

Luna trommelte mit einem pinken Fingernagel gegen ihre weichen Lippen. »Vielleicht kennen meine Eltern einen Zauber?«

Ich hob die Hände.

»Ich will nichts mehr von ihrer Magie in mir haben.« Ich hielt inne. »Habt ihr euch wieder vertragen? Ich dachte, dein Vater wäre sauer auf dich.«

»War er. Aber er ist auch stolz darauf, dass ich dieses Klebenetz gezaubert habe. Wir haben gerade eine Art Waffenruhe vereinbart, damit sie mich weiter unterrichten können.« Ihre Miene hellte sich auf. »Wollen wir nicht versuchen, zwischen ihnen und dir auch eine zu vereinbaren?« Sie strich sich eine lila Korkenzieherlocke aus dem Gesicht. »Es wäre schon ein Vorteil für dich, wenn ihr wieder miteinander reden würdet. Sie wissen eine Menge Dinge, die uns helfen können.«

Bevor ich ihr antworten konnte, flog eine Wolke Überredungsmagie über mich.

Ich hustete und fuchtelte mit der Hand. »Haben wir nicht darüber gesprochen? Ich will keine Magie mehr auf oder in mir haben.«

»Entschuldige. Ich habe es nicht immer unter Kontrolle.« Luna wischte mir über die Arme, doch es war nutzlos. Ihre Zauberei war bereits in meinem Kreislauf.

»Von mir aus, dann frag sie halt.«

Im Dänischunterricht war Jan ganz in seinem Element.

»Heute sehen wir uns ein paar altnordische Texte an.« Begeistert wedelte er mit einem Stapel zusammengehefteter Fotokopien. »Wir werden Auszüge aus einer Sammlung isländischer Texte lesen, die bis ins achte Jahrhundert zurückreichen.«

»Wow«, sagte Niller mit einer Stimme, die vor Sarkasmus nur so triefte.

Luna nahm eine Kopie und strahlte. »Das sind die Hávamál. Die Sprüche des Hohen. Die kenne ich.«

Sie rezitierte eine Reihe von Worten in einer mir unverständlichen Sprache.

Jan starrte sie an. »Du kennst die Edda-Lieder in der Originalsprache. Kannst du Altnordisch?«

»Na klar«, sagte sie. »Das hab ich zu Hause gelernt.«

Er warf einen skeptischen Blick auf ihre lilafarbenen Korkenzieherlocken, während er die restlichen Blätter austeilte und zum Lehrerpult zurückging. »Der Codex Regius oder die Lieder-Edda wurde gegen Ende des 13. Jahrhunderts niedergeschrieben. Darin geht es um die alten Götter und Helden. Wir fangen mit einem der ältesten und wichtigsten Lieder an, den Hávamál oder den Sprüchen des Hohen, wie Luna bereits ganz richtig angemerkt hat.«

Luna lächelte breit und richtete beide Zeigefinger auf sich selbst.

»Der Hohe ist der Gott Odin«, erklärte Jan. »Das Lied ist sein Bericht darüber, wie man sich in der Gesellschaft verhält. Mads, lies bitte die erste Strophe vor.«

Klein-Mads streckte sich auf seinem Stuhl und schaute auf das Papier. Er las mit seiner tiefen und eigentlich recht angenehmen Stimme vor.

Bei allen Türen,
bevor man weitergeht,
soll man herumblicken,
soll man sich umsehen;
denn es ist ungewiss,
ob Feinde
sitzen auf der Bank vor einem.

»Danke, Mads. Das reicht erst mal. Weiß jemand von euch, was das bedeuten könnte?«

Luna streckte ihre Hand so weit in die Luft, dass es sie beinahe vom Stuhl hob.

»Luna«, sagte Jan.

»Es bedeutet, dass man vorsichtig sein soll, wenn man an einen neuen Ort kommt, weil man nicht wissen kann, ob die Fremden einem freundlich gesinnt sind.«

Jan nickte. »Richtig. Odin rät einem, auf der Hut vor Fremden zu sein. Mads, könntest du jetzt bitte Strophe sechsundsiebzig vorlesen?«

Vieh stirbt,
Verwandte sterben,
man selbst stirbt ebenso;
aber der Ruf
stirbt niemals dem,
der sich guten erwirbt.

»Wer weiß, was hier gemeint ist?«

Wieder schoss Lunas Hand in die Höhe.

»Gibt es außer Luna noch andere, die wissen, worum es gehen könnte?«, fragte Jan müde.

Niemand meldete sich. Keiner wollte sich als der Nerd outen, der sich tatsächlich für diese uralten Texte interessierte.

Ich schaute auf mein Blatt und las die Strophe im Stillen noch einmal. »Vieh stirbt, Verwandte sterben, man selbst stirbt ebenso; aber der Ruf stirbt niemals dem, der sich guten erwirbt.«

Vorsichtig hob ich den Arm.

Überrascht sah Jan mich an. »Ja, Anne.«

»Letzten Endes verlieren wir alle alles. Unsere Besitztümer, unsere Freunde und auch unser eigenes Leben. Aber wenn man sich einen guten Ruf verschafft hat, verschwindet er nie.«

Jan umklammerte seinen Kugelschreiber und richtete ihn auf mich. »Und was heißt das?«

Ich bereute schon fast wieder, dass ich mich vorgewagt hatte. »Dass es im Leben darum geht, sich ein gutes Ansehen zu erwerben.«

Peter grinste gehässig. Offensichtlich meinte er, ich hätte es nicht zustande gebracht, mir einen guten Ruf zu verschaffen. Im Grunde hatte er damit sogar recht.

»Wie erreicht man das?« Jan trat näher an mich heran.

»Das weiß ich doch nicht«, antwortete ich.

»Man soll nicht so viel an den Tod denken oder daran, dass man Dinge verlieren kann«, half Mathias mir aus, »weil es sowieso unausweichlich ist. Es geht darum, mit Ehre zu leben, damit die Nachwelt gut über einen denkt.«

»Ja«, rief Jan begeistert. »Man sollte mit Ehre leben. In der Vergangenheit war es sehr zentral, dass man ein ordentliches Ansehen hinterließ. Denn das würde, als Einziges, ewig leben. Klingt doch ziemlich sympathisch, oder? Die alten Kerle waren also nicht ganz so fürchterliche Gesellen. Aber was, wenn wir weiterlesen? Mathias, machst du mit den Strophen hundertachtunddreißig und -neununddreißig weiter?«

Mathias las vor.

Ich weiß, dass ich hing
am windigen Baum
neun ganze Nächte,
vom Speer verwundet
und Odin geopfert,
selber mir selbst,
an dem Baum,
von dem niemand weiß,
aus welchen Wurzeln er wächst.

Weder Brot reichten sie mir
noch Trinkhorn,
ich blickte nach unten;
ich nahm die Runen auf,
nahm sie schreiend,
ich fiel wieder herab.

Jan machte eine resignierte Geste in Richtung Luna, die mit in die Höhe gestrecktem Arm auf ihrem Stuhl herumzappelte. »Ich sehe, dass du gerne erzählen möchtest, was du über diese Passage weißt, Luna.«

»Odin opferte sich selbst und hing neun Tage mit einem Speer im Körper am Weltenbaum. Als die neun Tage vorbei waren, konnte er Runen lesen. Deshalb werden sie mit den Göttern in Verbindung gebracht.«

»Prima, Luna«, sagte Jan. »Es ist ja auch eine sehr schöne Botschaft, dass er ein Opfer gebracht hat, um klüger zu werden. Aber aus genau diesem Mythos ist noch etwas anderes entstanden. Etwas, das die alten Wikinger vielleicht ein bisschen weniger sympathisch macht. Weiß jemand, was ich meine?«

Luna blickte düster auf die Tischplatte.

»Was ist los?«, fragte ich sie.

Sie schüttelte nur den Kopf.

»Hey, deine Aura ist pechschwarz«, flüsterte ich.

»Anne und Luna. Ich gehe mal davon aus, worüber ihr tuschelt, hat mit dem Edda-Lied zu tun? Weiht uns ein.«

»Hangatyr«, wisperte Luna.

»Wie bitte?« Jan legte eine Hand hinter das Ohr.

»Hangatyr«, sagte sie lauter.

»Was ist Hangatyr?«, fragte Jan.

»Einer von Odins Namen. Es bedeutet *der gehängte Gott*. Und daraus folgten Menschenopferungen.«

Eine eisige Stimmung breitete sich im Klassenraum aus. Die Haare auf meinen Armen stellten sich auf.

Jan nickte. »Hier sehen wir eine der grausameren Seiten der Wikinger. Sie haben Menschen geopfert. Das war völlig akzeptiert und gängige Praxis in ihrer Gesellschaft.«

In meiner Erinnerung klingelte irgendetwas, während Jan weitersprach. *Hangatyr*. Nein, das war es nicht. Etwas mit *hanga* … wo hatte ich das nur schon mal gehört?

Nach dem Unterricht fragte ich Luna. »Gibt es in der nordischen Mythologie noch etwas anderes, das irgendwas mit *hanga* heißt?«

Sie zuckte mit den Schultern. »Das bedeutet einfach nur *hängen* oder *gehängt* auf Altnordisch. Man bezeichnet mit *hangatyr* sowohl die Person, also Odin, als auch die geopferten Menschen. Aber wir können meine Eltern fragen. Sie wissen viel mehr über diese Dinge als ich.«

»Okay«, sagte ich, während ich weitergrübelte.

Als Monster und ich am Freitagnachmittag von der Schule nach Hause kamen, wartete Elias auf uns. Er stand lässig gegen meine blaue Tür gelehnt und schien sich dort recht wohlzufühlen.

Monster sah ihn an. »Braumeister.«

Elias neigte den Kopf, um Monsters Gruß zu erwidern. »Prinz Etunaz.«

»Braumeister?«, fragte ich.

Elias hob die Schultern. »Liebe Kinder haben viele Namen.«

»Lieb ist definitiv nicht wahr. Kind im Übrigen auch nicht.«

Elias lächelte. »Im Geiste bin ich jung.«

»Mit kindisch wäre ich einverstanden.« Ich stellte mein Fahrrad an die weiß gekalkte Mauer. »Wenn du mit nach drinnen kommen möchtest, wirst du dich bewegen müssen. Du stehst vor dem Schlüsselloch.«

Elias' Blick wich nicht von meinem Gesicht, während er nach hinten griff und die Türklinke herunterdrückte.

Die Tür öffnete sich.

»Bist du jetzt auch noch Schlosser?« Ich ging zu ihm.

Er trat ein paar Schritte rückwärts in den Flur hinein, bevor er stehen blieb und mir eine flache Hand entgegenstreckte. Darin lag ein Schlüssel, identisch mit dem, der an meinem eigenen Schlüsselbund hing.

»Woher hast du den?«

»Arthur hat ihn mir vor vielen Jahren gegeben.«

»Ich dachte, er kann dich nicht ausstehen. Warum hätte er dir einen Schlüssel geben sollen?«

Der Schlüssel verschwand in Elias' Hosentasche. »Das mit dem Nicht-ausstehen-Können hat sich erst danach entwickelt.«

»Ich will diesen Schlüssel haben. Mir gefällt nicht, dass du ihn hast.«

»Ich komme nicht hierher, es sei denn, du willst es. Versprochen.«

»Es gefällt mir trotzdem nicht.«

Elias ging in die Küche. »Das ist nicht mein Problem«, sagte er über die Schulter. »Du kannst nicht das Geschenk von jemand anderem zurückverlangen.«

»Hey!« Ich lief ihm hinterher. »Das kannst du nicht machen. Es ist mein Haus.«

»Streng genommen gehört es im Moment den Behörden.«

»Wenn du mir den Schlüssel nicht gibst, lasse ich das Schloss austauschen.«

»Mach das ruhig, aber dieser Schlüssel wird immer zu Odinshöhe passen. Ganz egal, wie viele neue Schlösser du einbauen lässt.« Er füllte meinen Kessel mit Wasser und stellte ihn auf den Herd.

Ich knurrte. »Du bist der anstrengendste Mensch, den ich je getroffen habe, und glaub mir, das will was heißen.«

»Schön zu wissen, dass ich trotz allem aus der Reihe falle.« Er begann, in den Schränken zu kramen, und holte zwei Tassen heraus. »Kaffee?«

»Oh ...« Wie immer war ich drauf und dran, ihn rauszuschmeißen. Ich sah Monster, der uns gefolgt war, flehend an.

Er schmatzte. »Braumeister, ich koste gern von deinem Kaffee.«

Entnervt sah ich den Riesenwolf an. »Woher kennt ihr euch eigentlich?«

»Hast du inzwischen nicht verstanden, dass wir uns alle kennen?« Monster ließ sich auf den Boden fallen.

Elias reichte mir eine kochend heiße Tasse Kaffee und stellte Monster eine dampfende Schüssel auf den Tisch. »Setzen wir uns«, sagte er.

Ich seufzte angesichts der Erkenntnis, dass ich die Schlüssel-Schlacht verloren hatte.

»Okay, wie gehen wir diese Sache an?«

»Ich gebe dir eine sehr kleine Dosis Stjórna. Im Lauf von ein oder zwei Minuten wirst du das Bewusstsein verlieren. Deine Bewusstlosigkeit wird nur von kurzer Dauer sein, aber in dieser Zeit hat dein Körper Gelegenheit, sich ein wenig an den Stoff zu gewöhnen. Je öfter wir das trainieren, desto immuner wirst du.«

Ich hob die Tasse, um einen Schluck Kaffee zu trinken. Elias wollte gerade etwas sagen, aber in diesem Moment klingelte mein Handy.

»Moment, Elias.« Ich fischte das Handy aus der Tasche und sah auf den Bildschirm.

Es war Hakim.

»Was willst du?«, fragte ich ohne weitere Begrüßung.

»Äh, hi«, sagte er. »Gut, dass du rangehst.«

»Nach der Gardinenpredigt von neulich traue ich mich nichts anderes. Warum rufst du an?«

»Wir haben den Obduktionsbericht von dem Kerl, den du den Wilden nennst, bekommen.«

»Und du warst der Meinung, mich sofort mit einem Bericht über seinen Mageninhalt belustigen zu müssen?« Ich blies auf meinen Kaffee und trank einen Schluck.

Elias beobachtete mich nervös.

Am anderen Ende der Leitung hörte ich, dass Hakim sich zusammennahm, um die Fassung zu bewahren.

»Ich hatte recht damit, dass er vergiftet wurde«, sagte er. »Ihm wurde ein ganz gewöhnliches, schnell wirkendes Gift injiziert.«

»Dann rufst du also an, um anzugeben?«

»Anne, lass das. Möglicherweise habe ich den Grund gefunden, wieso der Kerl beinahe unmenschlich stark war.«

»Okay. Ich höre.«

»Unsere Rechtsmedizinerin ist ganz aufgeregt. Sie hat einen Fremdstoff in seinem Blut gefunden. Etwas, das längere Zeit darin war.«

»Was?«

»Es klingt wirklich eigenartig, aber sie hat Spuren von Blut in seinem Blut gefunden. Das Blut eines anderen.«

»Was denn für Blut?«

»Es ist irgendeine Art von Menschenblut, aber sie kann die Blutgruppe nicht bestimmen. Und noch merkwürdiger ist, dass es nicht koaguliert, obwohl der Wilde tot ist.«

»Was bedeutet *koagulieren*?«

Gegenüber von mir spitzte Elias die Ohren.

»Es gerinnt nicht«, sagte Hakim. »Es ist, als wäre es immer noch lebendig, obwohl es sich in einem toten Körper befindet. Und das Blut ist sehr potent. Die Rechtsmedizinerin meinte, dass seine Stärke vielleicht darauf zurückzuführen ist. Sie will weitere Tests machen.«

»Aha.« Ich sah Elias an, der meinen Blick erwiderte. »Warum lässt du mich all das wissen?«

Eine Pause entstand.

»Ich habe das Gefühl, dass du etwas weißt«, sagte Hakim zu guter Letzt.

»Warum sollte ich etwas über das Blut des Wilden wissen?«

Wieder eine Pause. »Vielleicht hätte ich es dir nicht erzählen sollen.«

»Ach, Quatsch. Ich bin ganz hin und weg, dass du mir Fotos von ermordeten Mädchen und blauen Fingern zeigst und den Inhalt von Obduktionsberichten mit mir teilst. Das sind genau die Dinge, die Mädchen wie ich lieben.«

»Mach's gut, Anne«, sagte Hakim. »Melde dich, falls dir noch etwas einfällt.«

»Tschüs«, sagte ich abwesend und legte auf, während ich Elias anschaute. »Weißt du etwas darüber, dass der Wilde Blut in sich hatte, das nicht gerinnt, obwohl er mausetot ist?«

Elias blickte mich ernst an. »Leider ja.«

»Hast du etwas damit zu tun?«

»Nochmals: Leider ja.«

»Hast du ihm Demigötterblut gegeben, damit er stärker wird?«

Elias öffnete den Mund, schloss ihn jedoch wieder, ohne zu antworten.

»Bist du in seine Zelle eingebrochen und hast ihn mit Gift getötet?«

Elias senkte den Kopf und sah auf den Tisch.

Mir wurde schwindelig. »Deshalb hat er sich freiwillig spritzen lassen«, murmelte ich. »Deshalb gab es keinen Kampf. Weil er dich kannte und dir vertraut hat. Er dachte, du kommst, um ihm mehr Demigötterblut zu geben.«

Neben dem Tisch hatte Monster sich aufgerichtet und ließ ein leises Grollen hören.

Mir wurde schwummrig, und ein wohlbekanntes prickelndes Gefühl machte sich in meinem Hals breit. »Warum ist mir so schwindelig?«

Elias hob den Blick und sah mir direkt in die Augen. »In eurem Kaffee ist Stjórna.«

Monster knurrte. »Deine Medizin wirkt nicht bei Riesenwölfen, Braumeister.«

»Das merke ich mir für die Zukunft«, sagte Elias.

Bevor mir völlig schwarz vor Augen wurde, schaffte ich es noch, zu Monster zu sagen: »Friss ihn nicht auf. Ich will erst seine Erklärung hören.«

Dann taumelte ich abwärts.

KAPITEL 30

Das Erste, was ich wahrnahm, war Blut. Es glänzte am Rand meines Sichtfelds in einer Lache auf dem Boden. Dann hörte ich jemanden stöhnen. Obwohl sich alles drehte, schaffte ich es, mich aufzusetzen.

Elias hockte mir gegenüber und hielt sich den Arm. Monster stand mit blutigen, gefletschten Zähnen zwischen uns.

»Ich hab doch gesagt, du sollst ihn nicht fressen«, keuchte ich.

»Du hast nichts davon gesagt, dass ich nicht probieren darf«, erwiderte Monster grollend.

»Und? Wie schmeckt er?«, fragte ich und kämpfte, um bei Bewusstsein zu bleiben.

»Ekelhaft. Zu viel Chemie«, antwortete Monster und hustete.

»Du weißt sehr gut, wie ich schmecke, Anne«, sagte Elias mit einem schwachen Lächeln.

Ich gab einen verächtlichen Laut von mir. »Wie lange war ich weg?«

»Höchstens fünf Minuten. Du hast eine sehr kleine Dosis bekommen. Und ich hätte es dir gesagt. Ich wollte nur beweisen, wie leicht es ist, Gift in gewöhnliche Speisen und Getränke zu mischen.« Er stöhnte vor Schmerz. Als er die Hand ein wenig hob, spritzte Blut aus seinem Arm. »Ich brauche Laekna. Sonst verblute ich.«

Ich stand auf, doch der Boden unter mir schwankte, sodass ich taumelte und schmerzhaft auf die Knie stürzte.

»Gerade bin ich geneigt, es geschehen zu lassen«, fauchte ich. »Ist dir bewusst, dass du Schuld am Tod von fünf Mädchen hast?«

Elias' Blick flackerte. »Eigentlich glaube ich, dass ich nur mit dreien von ihnen zu tun habe. Hilf mir, dann erkläre ich dir alles.«

»Wie immer geht es dir ausschließlich um dein eigenes Überleben.«

»Komm schon, Anne. Ich habe einen Beutel an einer Schnur um den Hals hängen. Darin ist Laekna. Und noch vieles andere, an dem ich dich unbegrenzt teilhaben lassen werde, wenn du mir hilfst«, verhandelte er.

»Leck mich!«

»Ich verrate dir auch ein Geheimnis, das große Bedeutung für dich haben kann.«

Ich musterte ihn kalt, doch innerlich wankte ich.

»Ein Geheimnis, das große Bedeutung für Arthur haben kann«, verbesserte er sich.

Ich überlegte kurz. *Elender Mist!* Dann krabbelte ich zu Elias, da mich meine Beine immer noch nicht tragen wollten.

Er drehte sich leicht, damit ich sein Hemd aufknöpfen konnte. Als ich so nah an ihn herankam, spürte ich seinen warmen Atem an meinem Hals. Er atmete stoßweise. Meine Hand wanderte über seine Brust, um an den kleinen Beutel zu kommen, der an einer Lederschnur um seinen Hals hing.

»Wie nah du meinem Herzen bist«, flüsterte er mühsam.

»Klappe, Elias«, sagte ich, während ich an dem Beutel herumfummelte. Endlich bekam ich ihn auf, und ein Dutzend Ampullen in allen möglichen Farben purzelte in meine Hand. Eine von ihnen erkannte ich als das hellgrüne Laekna. »Oh Mann, du hast ja 'ne ganze Hausapotheke dabei.«

»Man weiß nie, was einem womöglich widerfährt.«

Ich steckte die übrigen bunten Ampullen zurück in den Beutel. »Trinkst du es?«

»Nein. Die Wunde ist zu groß. Du musst das Laekna daraufträufeln.«

Ich half ihm mit dem blutigen Hemd, und meine Übelkeit wurde nicht besser dadurch, Monsters tiefe Zahnabdrücke auf Elias' Arm zu sehen.

»Attraktiv«, sagte ich sarkastisch.

»Dann solltest du mich mal splitternackt sehen«, antwortete er blass.

»Pass auf, was du sagst, Braumeister«, knurrte Monster.

Ich träufelte einige Tropfen auf die blutigen Löcher.

Elias schloss die Augen, während die Wirkung einsetzte. Die Wunden begannen sich zu schließen, und zum Schluss war nichts mehr zu sehen.

»Wird es keine Narben geben?«, fragte ich.

»Nein, Laekna funktioniert nicht so wie normale Wundheilung. Es enthält ein klein wenig von Ods Blut. Das sorgt für die vollständige Regenerierung des Gewebes, und eine Mischung verschiedener chemischer Elemente kompensiert den Blutverlust. Zum Schluss lindert eine ordentliche Portion Opium den Schmerz.«

»Du klingst wie ein Wissenschaftler. Soll heißen, wie ein aufgeblasener und wahnsinniger Wissenschaftler.«

Elias quittierte meinen Kommentar mit einem düsteren Lächeln. Er kam auf die Beine und ging zur Spüle, wo er sich das Blut vom Arm wusch. Die Locken verdeckten sein Gesicht, doch ich konnte sehen, dass seine Rückenmuskeln angespannt waren.

»Raus mit der Sprache«, sagte ich. »Hast du dem Wilden Ods Blut gegeben?«

Elias drehte sich zu mir, während er sich mit einem Geschirrhandtuch abtrocknete. »Nein, das Blut stammt von jemand anderem.«

»Von wem?«

Elias schüttelte leicht den Kopf. »Geheim. Ich muss meine Lieferanten schützen.«

»Aber warum hast du dem Wilden das Blut gegeben? Woher kanntest du ihn überhaupt?«

»Bei den Berserkern ist es Tradition, euphorisierende Stoffe zu nehmen. Ich verkaufe ihnen schon seit Jahrhunderten Mixturen.«

»Aber dem hier wurde das Zeug gespritzt.«

Elias warf das Geschirrhandtuch auf die Küchenanrichte. »Es war eine Sondervereinbarung.«

Ich nahm den nötigen Mut zusammen, um die Frage zu stellen. »Wusstest du, was er mit der zusätzlichen Stärke machen würde?«

»Nein«, sagte Elias schnell. »Ich hatte keine Ahnung, dass er nach Midgard reisen würde oder dass er hinter dir her war. Ich dachte, er bräuchte sie für den Kampf gegen die Riesen oder die Schwarzalben. Aber ich frage niemals, wofür meine Produkte verwendet werden.«

»Das solltest du vielleicht.«

»Damit habe ich schlechte Erfahrungen gemacht.«

»Du unmoralischer Mistkerl!«, spie ich.

Elias machte einen Schritt auf mich zu. »Von dem Moment an, als ich erfuhr, dass er geschickt worden war, um dich zu töten, habe ich versucht, ihn aufzuhalten. Am Abend des Tagundnachtgleiche-Balls hätte ich es fast geschafft, aber dein Polizist erreichte das Sommerhaus, bevor ich den Kerl erledigen konnte. Gern geschehen übrigens, dass ich alle eure Spuren beseitigt habe. Eure ganze Bande wäre hinter Gittern gelandet, hätte ich es nicht getan. Ich bin auf deiner Seite. Hast du das immer noch nicht begriffen?«

»Nein. Das habe ich nicht begriffen. Und ich habe große Zweifel, ob ich dir trauen kann.«

»Ich bin so gut wie immer neutral«, zischte Elias. »Etwas anderes zahlt sich bei diesen politischen Affären nicht aus. Konflikte kommen und gehen und kosten etliche Menschenleben. Sinnlose Tode. Jahrhundert um Jahrhundert, und die Menschen lernen nichts daraus. Ist dir eigentlich klar, wie lange es her ist, dass ich zuletzt eine Seite gewählt habe?«

»Irgendetwas sagt mir, dass es etwa achtzehn Jahre her ist. Ich frage mich nur, welche Seite genau das war und wen es das Leben gekostet hat.«

Eine Weile herrschte Stille.

Elias' Lippen waren zusammengepresst. Monster hatte das Fell gesträubt und die Zähne gefletscht.

Ich selbst saß zusammengesunken auf dem Boden, inmitten einer Lache aus Elias' Blut.

»Ich habe versucht …«, begann Elias, doch seine Stimme ließ ihn im Stich. »Der Tod deines Vaters gehört zu den schlimmsten Dingen, die mir je widerfahren sind.«

Meine Wut verrauchte ein wenig. »Wart ihr Freunde?«

»Ich weiß nicht, ob wir Freunde waren. Aber er gab mir die Chance, sein Freund zu sein. Als einer der ganz wenigen gab er mir trotz allem die Chance.«

»Und du hast es verbockt?«

»Das weiß ich noch nicht«, flüsterte er.

Ich runzelte die Brauen. »Was kannst du mir erzählen, das für Arthur etwas ändern würde?«

Elias sah aus dem Küchenfenster. »Bist du in der Lage, dich aufrecht zu halten?«

»Warum?«

»Ich möchte nicht, dass du eine lange und steile Treppe hinunterstürzt. Wenn du noch unsicher auf den Beinen bist, warten wir besser.«

Treppe? Die Treppe, die in den ersten Stock von Odinshöhe führte, war weder lang noch steil. Ich sah keinen Grund, meine Verwirrung gegenüber Elias zuzugeben.

»Ich schlage vor, du zeigst mir auf der Stelle, was angeblich so wahnsinnig relevant für Arthur und mich ist«, sagte ich und rappelte mich mühsam auf. »Und bei dieser Gelegenheit würde ich dich gern daran erinnern, dass ich heute Morgen vergessen habe, Monster zu füttern.«

Hinter mir lachte Monster kehlig.

Elias schluckte. »Okay. Dann tun wir es jetzt.«

Er schlüpfte wieder in sein blutiges Hemd, ging zu meiner Küchenbank und begann, daran zu ziehen.

»Was zur Hölle machst du da?«

Elias schleifte das massive Möbelstück geräuschvoll über den Boden. »Odinshöhe ist sehr alt, und der Hügel ist menschengemacht. Als Kind habe ich hier drinnen eine Grabkammer gefunden. Sie ist immer noch da.«

»Da drunter ist etwas versteckt?« Ich beäugte die Bank.

»Es ist praktisch immer etwas unter allem versteckt. Das solltest du dir besser merken«, sagte Elias mit einem schwachen Lächeln.

»Und das hast du vor Hunderten von Jahren herausgefunden?«

»Ja. Ich habe ganz in der Nähe gewohnt.«

Ich staunte und versuchte, die Informationen zu verarbeiten, die ich gerade über mein Haus und über Elias erhalten hatte.

»Bist du von hier? Ich meine, wurdest du in Ravnssted geboren?«

Elias hielt einen Moment in seiner Arbeit inne. »Auf Gut Kraghede, um genau zu sein.«

»Im siebzehnten Jahrhundert?«

»Ja«, sagte er und begann wieder, an der Bank zu ziehen. »Damals waren die alten Bräuche verboten, und der Hügel war unbebaut. Aber ich liebte es hier. Schon damals hat mich dieser Ort irgendwie angezogen. So wie jetzt immer noch. Auch wenn es heute wohl eher meiner Faszination für die Bewohner des Hauses geschuldet ist.« Er zwinkerte mir zu und glich für einen Moment seinem üblichen frechen Selbst. »Außerdem bin ich Od hier zum ersten Mal begegnet«, fügte er beiläufig hinzu.

Aha. Ich packte mit an, und mit vereinten Kräften schafften wir es, die massige Bank wegzuschieben. Darunter befand sich eine schmale Falltür aus Holz mit einem Eisenring.

Ich starrte darauf. »Ist die schon immer hier gewesen?«

Elias blickte ebenfalls auf die Luke. »Nein. Als das Haus gebaut wurde, schnitt es den Zugang zum darunterliegenden Hünengrab ab. Viele Jahre lang konnte man nicht hinunterkommen. Als Arthur einzog, haben wir gemeinsam den Boden aufgebrochen.«

Ich sammelte mich und wischte meine Hände aneinander ab. »Wollen wir da runter?«

»Jepp.«

»Was ist dort?«

»Das siehst du dir am besten selbst an«, sagte Elias, griff den dicken Eisenring und zog daran.

Die Klappe öffnete sich knirschend, und der Geruch von Erde und Feuchtigkeit schlug uns entgegen. Ich schaute hinab. Direkt unter der Luke führten steinerne Stufen in die Tiefe, doch sie wurden schnell von der Dunkelheit verschluckt.

»Ich hole lieber meine Taschenlampe«, sagte ich.

»Es freut mich, dass du keine Angst davor hast, unter die Erde zu müssen«, gluckste Elias.

Wer hat hier was von keine Angst haben gesagt?

Ich ging in den Flur und holte die Taschenlampe. Außerhalb von Elias' Sichtfeld ballte ich einige Male meine zitternden Hände zusammen. Dann straffte ich die Schultern und kehrte ins Wohnzimmer zurück.

»Nach dir«, sagte ich, und wir machten uns an den Abstieg. Ich folgte Elias, der mit der Lampe voranging, und tastete die Mauer ab, bis ich auf ein Holzgeländer stieß.

Der Lichtkegel erhellte nicht viel mehr als die steinernen Wände und die Treppe. Kühle und klamme Luft strich um mich herum, und hinter mit hörte ich Monsters Krallen auf den Steinstufen.

Nach einer gefühlten Ewigkeit waren wir unten angekommen. Elias reichte mir die Lampe, und nach einer raschen Inspektion sah ich, dass wir uns in einem kurzen Gang befanden, der in einer niedrigen Öffnung endete. Wollten wir da durch, mussten wir kriechen.

Elias fummelte mit irgendetwas an der Wand herum, und ein warmes Licht erglomm. Er ging in die Hocke und rollte eine brennende Fackel durch die Öffnung, sodass die Kammer dahinter erhellt wurde. Dann drehte er sich um und blickte mich an. Im kalten Schein der Lampe erkannte ich für den Bruchteil einer Sekunde das hohe Alter in seinem Gesicht.

»Soll ich zuerst gehen?«

Ich nickte, und Elias machte sich daran, durch das Loch zu krabbeln. Als er drüben war, atmete ich kräftig aus, bevor ich ihm folgte. Hinter mir versuchte Monster stöhnend, sich durch die Öffnung zu quetschen.

Auf der anderen Seite angekommen, richtete ich mich wieder auf. Elias hatte die Fackel aufgehoben und hielt sie fest umklammert. Monster stellte sich so dicht neben mich, dass ich ihm die Hand auf den Rücken legen konnte.

Vor uns in dem dunklen Raum warteten zwei Gestalten auf uns.

KAPITEL 31

Arthur kam auf uns zu. Er stellte sich zwischen mich und einen Steintisch, auf dem eine reglose Gestalt lag. Ein Laken bedeckte sie, doch die Konturen, die sich darunter abzeichneten, waren eindeutig die eines Menschen.

»Ach, hier hast du also deine Zelte aufgeschlagen«, sagte ich und versuchte, meine Stimme fest klingen zu lassen.

»Ich habe dir doch gesagt, dass ich an Odinshöhe gebunden bin«, sagte er mit einem traurigen Lächeln.

»Ich würde dich gern sehen.« Ich deutete mit dem Kopf auf die zugedeckte Gestalt.

»Du siehst mich jetzt gerade.« Arthur legte mir die Hände auf die Schultern. Seine grünen Augen blickten direkt in meine. Im warmen Fackelschein glich er mehr denn je einem lebendigen Menschen.

Ich schob seine Hände weg. »Das meine ich nicht.«

»Ich möchte nicht, dass du mich so siehst.«

»Warum nicht? So ist es nun mal.« Ich spürte, wie sich mein Kinn trotzig nach vorn schob.

An meiner Seite rührte sich Elias. »Ist Arthur hier?«

»Du weißt doch, dass er hier ist. Er liegt genau da.« Ich zeigte auf die Steinplatte.

»Du weißt, was ich meine«, entgegnete Elias.

Ich ignorierte ihn.

Arthur stellte sich dicht neben Elias, der erschauderte, als träfe ihn ein kalter Windhauch.

»Dass du es überhaupt wagst, dich hier blicken zu lassen«, sagte Arthur.

Verständlicherweise reagierte Elias nicht.

Ich seufzte. »Okay, Elias. Du hast enthüllt, dass die Leiche meines Vaters in einer Gruft unter meinem Haus begraben liegt. Sehr symbolisch, wenn man das psychoanalytisch aufarbeitet. Was genau daran ist wichtig für ihn und mich?«

Elias machte ein paar Schritte in Richtung der lakenbedeckten Silhouette. Arthur trat dazwischen und stemmte beide Hände gegen seine Brust.

Elias wischte durch die Luft und setzte seinen Weg angestrengt fort. »Lass das, Arthur. Ich tue das, um zu helfen.«

»Ich kenne deine Art zu helfen«, fauchte Arthur.

Erneut nahm Elias keine Notiz von seiner Stimme. Dennoch reichten Arthurs Poltergeisteigenschaften aus, um ihm das Weitergehen zu erschweren.

»Was passiert hier gerade?«, fragte ich.

»Elias hat meinem Körper in den letzten achtzehn Jahren regelmäßige Besuche abgestattet«, sagte Arthur. Er verpasste Elias einen kräftigen Stoß, sodass der ein paar Schritte nach hinten taumelte.

»Anne muss dich sehen«, sagte Elias in die Luft, wo er Arthurs Position vermutete. »Ansonsten versteht sie es nicht.«

»Was verstehe ich nicht?«, fragte ich.

»Ich werde dir erklären, was ich gerade zu tun versuche.«

Ich richtete meinen Blick auf Arthur. »Was hat er vor?«

Mit einem Mal wirkte Arthurs Gesicht resigniert und sehr müde. »Ein wahnsinniges Projekt. Ein unmögliches Unterfangen. Ich dachte, wir hätten diesen Quatsch hinter uns.« Er wandte sich wieder an Elias: »Ich habe keine Lust, zu deiner neuen Besessenheit zu werden.«

Ich nahm die Stimmung eines sehr alten Streits wahr.

»Ich weiß, was du sagst, Arthur«, knurrte Elias. »Obwohl ich dich nicht hören kann. Aber diesmal ist es anders.«

»Inwiefern anders? Sammelst du nicht gerade Geld für deine Experimente? So, wie ich dich kenne, verkaufst du Drogen und Schlimmeres«, sagte Arthur anklagend.

»Demigötterblut«, ergänzte ich.

Elias warf mir einen scharfen Blick zu. »Was sagt er?«

»Dass du ein wahnwitziges Projekt am Laufen hast, für das du Geld sammelst.« Auf einmal ergaben so manche Dinge einen Sinn.

Arthur sah plötzlich aus, als würde er jeden Moment explodieren. »Du warst das. Du hast Demigötterblut an Naut Kafnar verkauft? Das hätte meine Tochter fast das Leben gekostet. Es hat Töchter anderer Leuten das Leben gekostet. Ich bringe dich um.«

Er legte Elias die Hände um den Hals, und die beiden gingen zu Boden. Elias schlug in die Luft, während Arthur zudrückte.

Monster und ich sahen uns an.

Er verdrehte seine großen Augen. »Manchmal werde ich daran erinnert, wieso wir Riesenwölfe uns von den Menschen fernhalten.«

»Hör auf, Arthur. Lass ihn los.« Ich wollte ihn an der Schulter packen, doch meine Hand glitt einfach durch ihn hindurch. Ich bekam eine Gänsehaut, als mir dämmerte, dass ich meinen Vater nur dann berühren konnte, wenn er selbst es zuließ.

Elias gab einen gurgelnden Laut von sich. »Schaff ihn von mir weg«, krächzte er.

Na gut. Mit zwei langen Schritten war ich an der Steinplatte und ergriff das Laken. Ich zog daran und musste einen Schrei unterdrücken, als das Tuch von dem darunterliegenden Körper glitt.

Arthurs glasige, tote Augen sahen mich an. Er lag auf der Seite und starrte leer in die Luft. Sein Teint war nahezu vollkommen weiß, die Lippen blau, und die Haut wirkte wächsern.

Auf dem Boden hielt Arthur inne und sah mich an. Er ließ Elias los, der sich hustend auf die Seite rollte.

Monster schnupperte an Arthurs Leiche. »Er riecht noch ganz frisch.«

»Komm jetzt bloß nicht auf dumme Gedanken«, sagte ich schwach.

»Menschenfleisch schmeckt mir überhaupt nicht«, sagte Monster beleidigt. »Ich fresse euch nur im äußersten Notfall.«

Ich spürte, dass Arthur sich neben mich stellte. Hinter mir war Elias, noch immer hustend, auf alle viere gekommen.

Ich ging um die Steinplatte herum, wobei ich bemerkte, dass auf Arthurs Rücken ein großer, blutiger Fleck prangte.

Arthur war mir gefolgt. »Ben hat meinen Körper mit einem Stasis-Zauber belegt. Das ist der Grund, weshalb er nicht … verrottet.«

»Magische Konservierung«, sagte ich matt. »Wozu?«

»Ben und Rebecca hoffen, meinen Tod mithilfe von Magie oder göttlicher Intervention wieder rückgängig zu machen.«

»Und was versucht Elias?«

»Elias war schon immer von dem Gedanken besessen, den Prozess auf wissenschaftliche Weise umzukehren. Er versucht es seit Jahrhunderten.«

»Ich weiß, dass ich es kann, Arthur«, röchelte Elias vom Boden.

»Was kannst du, Elias?« Mein Interesse war geweckt.

»Seit Mitte des siebzehnten Jahrhunderts bin ich Wissenschaftler, und gegen Ende des achtzehnten Jahrhunderts begann ich, an etwas zu arbeiten. Es gab da ein paar Männer in England …« Er wurde von einem erneuten Husten unterbrochen.

»Wer waren sie?«, fragte ich.

»Sagt dir der Name Frankenstein etwas?«, sagte Arthur.

»Das Monster?«

»Nein, Frankenstein war der Wissenschaftler, der das Monster erschuf.«

Ich runzelte die Brauen. »Das ist doch eine Gruselgeschichte. Reine Fiktion.«

»Lass uns lieber sagen, dass die Geschichte auf wahren Begebenheiten beruht.«

Elias war inzwischen auf die Beine gekommen. »Wenn er anfängt, von Frankenstein zu faseln, dann halte ihn auf«, sagte er und klopfte die Erde von den Händen.

»Er faselt schon von Frankenstein.«

»Oh, Arthur. Du weißt ganz genau, dass ich mich weiterentwickelt habe. Das ist nicht, woran ich forsche. Galvanisierung ist nur ein klitzekleiner Teil meiner Arbeit.«

Frustriert warf Arthur die Hände in die Luft.

Ich fühlte mich völlig ratlos. »Könnt ihr mir mal verraten, worüber ihr da redet?«

Elias ergriff meine Hand und zog mich in eine dunkle Ecke. Auf dem Weg hob er die Fackel dort auf, wo er sie hatte fallen lassen, als Arthur ihn umgestoßen hatte.

»Schau dir das hier an.« Er hielt das Licht in die Höhe, und ich sah, dass in der Kammer ein Tisch stand, der mir bisher gar nicht aufgefallen war. Auch er war mit einem großen Stück Stoff abgedeckt. Elias zog das Tuch herunter.

Darunter kamen Kolben, Apparaturen und Mikroskope zum Vorschein – das meiste sah antiquarisch aus.

»Was ist das alles?«

»Das Ergebnis jahrelanger Forschungen«, murmelte Elias, während er auf dem Tisch herumwühlte. Er nahm einen Stapel Papiere hoch, der aussah, als enthielte er mehrere Kilometer an Notizen. Er blätterte darin.

»Was ist das hier?«, fragte ich und nahm etwas in die Hand, das zwei Metallkochlöffeln glich, die mit einem Generator verbunden waren.

»Das ist der Vorläufer eines Defibrillators.«

»Eines was?«

»Eines Herzschrittmachers.« Er nahm mir die Löffel aus der Hand und platzierte sie auf seiner Brust. »Man setzt das Herz unter Strom, um es wieder zum Schlagen zu bringen, wenn es damit aufgehört hat. Viele Jahre lang war die Elektrizität unser zentraler Ansatz für die Wiederbelebung.«

»Also darum geht es hier? Wiederbelebung?«, fragte ich.

Elias legte die Löffel auf den Tisch und sah mich an. »Darum geht es *immer.*«

Dann fing er von Neuem an, in den Papierstapeln zu suchen.

»Wie passt das mit den Göttern, oder was auch immer sie sind, zusammen?«

Über die Schulter antwortete Elias: »Die Götter bewegen sich zwischen den Welten der Lebenden und der Toten. Odin kann sogar Verstorbene wiedererwecken. Ich will die gleiche Macht wie er.«

Ich schielte zu Arthur hinüber, der den Kopf schüttelte. »Elias ist manisch und wahnsinnig. Bevor du eingezogen bist, kam er ständig her. Ich bereue, ihm den Schlüssel gegeben zu haben, aber ich fand, dass er Zugang zu diesem Ort haben sollte.«

»Wieso das?«

»Die irdischen Überreste seiner Mutter sind in diesem Hügel begraben.«

»Im Ernst. Wie viele tote Eltern habt ihr hier unten noch versteckt?«

»Eine Menge«, meldete sich Monster zu Wort.

Ich leuchtete mit der Taschenlampe vor mich. Entlang der Wand ruhte ein zu einem hübschen Haufen arrangiertes Skelett. Der Schädel lag auf der Seite, sodass die leeren Augenhöhlen in den Raum starrten.

Monster lief weiter durch die Höhle. »Hier drüben sind noch mehr«, sagte er.

Jetzt fiel mir auf, dass sich an den Wänden und in den Nischen überall Schädel und Knochen türmten. »Alter. Genauso gut könnte ich auf einem alten indianischen Friedhof wohnen. Wie soll ich in Zukunft ruhig einschlafen können?«

»Ach«, sagte Elias, ohne von seinem Notizenstapel aufzusehen. »Die meisten wohnen über einem Haufen Leichen. Die Toten wurden schon immer begraben. In vielen Tausend Jahren haben sie sich unter uns angesammelt. Und der Körper besteht aus demselben Stoff wie die Erde. Es gibt keinen Unterschied. Sie tun dir nichts.«

»Das stimmt«, gab Arthur zu. »Du brauchst sie nicht zu fürchten.«

»Warum sind sie hier unten?«

»Odinshöhe ist ein Grabhügel. Seit über tausend Jahren hat man hier die wichtigsten und vornehmsten Menschen begraben. Es heißt, an diesem heiligen Ort seien sie den Göttern näher.«

»Und? Seid ihr das? Ich meine, wenn es einer wissen muss, dann doch wohl du«, sagte ich an Arthur gewandt.

»Es ist ein guter Ort, um zu ruhen«, sagte er bloß.

Okay. Ich versuchte, mich zu sammeln, und wandte mich wieder an Elias. »Ich bin jetzt darüber informiert, dass ich über einem Haufen Skeletten, Arthurs magischerweise noch immer frischen Leiche und dem Grab deiner Mutter hause.«

Er blickte von den Papieren auf.

»Tut mir übrigens leid«, fügte ich schnell hinzu. Ich wusste nicht genau, wie man sein Beileid aussprach, wenn die betreffende Person schon seit beinahe vierhundert Jahren tot war. »Aber du hast mir immer noch nicht gesagt, was daran so wichtig sein soll.«

»Ich wollte dir zeigen, dass sein Körper noch immer intakt ist. Und du sollst auch etwas hören, Arthur, wenn du es für einen Augenblick einmal sein lassen könntest, mich anzugreifen.«

»In Ordnung«, sagte Arthur kalt und verschränkte die Arme vor der Brust.

»Er sagt *in Ordnung*«, gab ich weiter.

Elias kratzte sich die Locken. »Mitte des siebzehnten Jahrhunderts wurde ich Alchemist.«

Ich wollte schon einen höhnischen Kommentar fallen lassen, doch er stoppte mich. »Das ist bloß ein älteres Wort für Chemiker. Die Annahme, es ginge Alchimisten nur darum, Gold herzustellen, ist ein Missverständnis – auch wenn es nicht schlecht wäre, das zu können.« Das Letzte fügte er mit leiser Stimme hinzu. »Nachdem meine Mutter starb, schwor ich Gott und allen anderen Göttern ab. Allerdings nicht, weil ich nicht an sie glaubte. Ich weigerte mich einfach, mit ihnen zu tun zu haben.«

»Und was ist mit Od? Mit ihm musst du doch Kontakt gehabt haben. Ansonsten wärst du nicht so alt.«

Elias räusperte sich. »Od ist wie ein Vater für mich. Und er verlängert mein Leben. Er war die einzige Art von Göttlichkeit, zu der ich Kontakt hatte.«

Typisch Elias, dachte ich. *Wenn etwas ihm einen Vorteil verschafft, hält er daran fest*. Ich sagte aber nichts, sondern forderte ihn mit einer ungeduldigen Handbewegung auf, weiterzureden.

»Mit der Zeit wurde ich Naturphilosoph und frönte der Naturphilosophie mit beinahe religiöser Hingabe.«

Ich versuchte, ihm zu folgen. »Wann war das?«

»Im achtzehnten Jahrhundert. Ich habe die chemischen Reaktionen mit dem Ziel beobachtet, Wege zu finden, wie man den Menschen stärker oder gesund machen, Verletzungen heilen, und auch, wie man auf ungefährliche Art seine Nöte und Sorgen eine Zeit lang vergessen kann.«

»Drogen?« Ich hörte selbst den kritischen Klang in meiner Stimme.

»Ich nenne es Balsam für die Seele«, sagte Elias grinsend. »Und eine gute Einnahmequelle.« Er fuhr fort: »Dann traf ich einige Männer, gerade als das neue Jahrhundert begann. Das vielversprechende neunzehnte Jahrhundert. Nachdem ich bis dahin geglaubt hatte, die Aufgabe der Wissenschaft bestehe darin, einen Weg zu finden, die Natur zu kontrollieren, entdeckte ich jetzt eine Welt, in der es möglich war, zur Natur beizutragen. Zu kreieren. Zu erschaffen. Das Gebiet, auf dem bisher die Götter die Monopolstellung innegehabt hatten.«

»Hast du da nicht mit einigen sehr gefährlichen Kräften gespielt?«, fragte ich.

»Doch.« Elias' Augen funkelten, und für einen Moment sah auch ich den Wahnsinn darin, von dem Arthur behauptete, Elias sei davon beherrscht.

Er fischte ein Blatt Papier aus dem Stapel und reichte es mir. Es war die Zeichnung eines zerteilten Menschenkörpers, der an Leitungen und Apparate angeschlossen war.

»Ist ja ekelhaft.«

»Nein, es ist schön. Uns gelang es, wenn auch nur für den Hauch eines Augenblicks, totem Gewebe Leben einzuhauchen. Mit Elektrizität. Das war 1803.«

Arthur atmete entnervt aus. »Das war nur, was die Öffentlichkeit zu sehen bekam.« Er deutete auf die Zeichnung. »Du willst gar nicht wissen, was hinter verschlossenen Türen vor sich ging. Ich habe diesen Vortrag übrigens schon unzählige Male gehört.«

»Du vielleicht, ich aber nicht«, blaffte ich zurück.

Elias sah mich verständnislos an, und ich wedelte mit der Hand, damit er fortfuhr.

»Mehrere Jahre experimentierte ich mit Elektrizität, Physik und Chemie. Jeweils getrennt und in allen möglichen Konstellationen miteinander kombiniert. Aber es ist mir einfach nicht geglückt.«

»Wenn du *es* sagst, meinst du, die Toten zum Leben zu erwecken?« Der Gedanke war sowohl morbide als auch verlockend.

»Exakt«, bestätigte Elias. »Als ich Arthur kennenlernte, war ich vor Frustration schon beinahe verrückt geworden.«

»Und in den letzten Jahren hat sich dein Zustand nicht gerade verbessert«, schnaubte Arthur.

Elias senkte den Kopf. »Du hast mir geholfen, Arthur«, sagte er. »Du hast mir geholfen, das Leben wiederzufinden. Mit den Lebenden zu leben anstatt mit den Toten.«

Ich kannte Arthur gut genug, um zu wissen, dass ihn das ein wenig milder stimmte.

»Umso ironischer war es, dass ausgerechnet du eines unnatürlichen Todes sterben musstest.« Elias zog die Brauen zusammen. »Meine Besessenheit kehrte mit voller Kraft zurück. Und dann machte ich eine Entdeckung, die mich vermuten ließ, dass die Götter trotz allem vielleicht gar nicht so nutzlos waren.«

Arthur kniff die Augen zusammen. »Das habe ich dich noch nie sagen gehört.«

»Arthur hat mich das noch nie sagen gehört«, echote es von Elias. »Durch einen Zufall fand ich heraus, dass Ods Blut heilend und stärkend ist. Ich fing an, damit zu experimentieren. So erschuf ich Laekna.«

»Warum ist Demigötterblut anders?«, fragte ich.

»Ich habe es von vorn bis hinten analysiert, ohne die Ursache herauszufinden. Es ist nichts Chemisches darin enthalten, das sich von den bekannten Grundstoffen unterscheidet. Und dann wurde es mir schlagartig klar. Es muss etwas anderes darin sein.«

»Etwas anderes?«

Elias kratzte sich am Kinn. »Als ich mich im siebzehnten Jahrhundert mit Alchemie beschäftigte, gab es Geschichten über den sogenannten *Stein der Weisen*. Eine Komponente, die das Unveränderliche ändern kann. Beispielsweise hat er angeblich die Fähigkeit, jedes Metall in Gold zu verwandeln. Der Stein der Weisen wird auch *Lebenselixier* genannt. Diese Vorstellung gibt es in vielen Kulturen. Auch in der nordischen. Ich habe ihn immer für einen Mythos gehalten, doch meine Entdeckung der Eigenschaften des Demigötterbluts ließ meinen Glauben wanken.«

»Etwas, das das Unveränderliche ändern kann«, wiederholte ich.

»Ja. Und was gibt es Unveränderlicheres als den Tod?«, fragte Elias. »Ich arbeitete weiter mit dem Demiblut. Ich besorgte mir mehr. Es ist im Übrigen unfassbar teuer. Aber es gelang mir immer noch nicht, die Toten wieder lebendig zu machen.«

Ich hatte keine Lust, darüber nachzudenken, wie Elias das getestet hatte.

»Wo befinden wir uns jetzt, also, zeitlich gesehen?«

»Meine Entdeckung ist relativ kurz her. Ungefähr fünfzehn Jahre.«

»Nur ein Vierhundertjähriger nennt fünfzehn Jahre relativ kurz her«, sagte ich.

»Ein Vierhundertundzweijähriger«, berichtigte Elias mich mit einem kleinen Lächeln.

»Alles Gute nachträglich zu deinem runden Geburtstag.«

»Danke.« Elias legte sich die Hand auf die Brust und machte eine kleine, altmodische Verbeugung. Dann kehrte er zum Thema zurück. »Ich umkreiste das Problem, aber ich kam nicht darauf, welcher Bestandteil des Demibluts es so anders machte. Um den Kopf frei zu bekommen, versuchte ich mich eine Zeit lang auf etwas anderes zu konzentrieren. Nur ein paar Jahre. Also las ich mich wieder in die Dichtkunst ein. Seinerzeit war ich eine Art romantischer Poet.« Er zwinkerte mir zu.

Arthur richtete sich drohend auf. »Ich hoffe *wirklich*, dass zwischen euch nichts passiert ist. Wenn er auch nur ansatzweise irgendetwas versucht haben sollte, dann …«

»Natürlich nicht«, log ich. An Elias gewandt sagte ich: »Ich finde, du kommst nicht richtig zum Punkt.«

»Ich glaube herausgefunden zu haben, worum es sich bei dem unbekannten Element handelt.«

»Und zwar?«

»Es ist die göttliche Essenz. Man kann sie im Blut der Götter finden. Verdünnt mit Menschenblut hat sie nicht denselben Effekt, aber unverdünnt ist Götterblut das Gleiche wie der Stein der Weisen, das Lebenselixier, der Heilige Gral … alle mystischen Dinge.«

»Nein, nein«, sagte Arthur. »Die Götter bluten nicht. Das weiß doch jeder.«

»Für gewöhnlich sagt man, dass Götter nicht bluten können«, fuhr Elias fort, fast so, als hätte er Arthur gehört. »Auch ich war fest überzeugt, sie könnten es nicht, doch als ich die alten isländischen Schriften studierte, bin ich über etwas gestolpert. Anne, kennst du die Lieder der Edda?«

»Wir lesen sie gerade in der Schule. Aber viel haben wir noch nicht geschafft. Was hast du gefunden?« Meine Geduld war langsam am Ende.

»Die Stelle stammt aus der Weissagung der Seherin aus dem zehnten Jahrhundert.« Elias trug vor:

Ich sah Balder,
dem blutenden Gott,
Odins Kind,
das Schicksal bestimmt;
gewachsen war,
überm Feld hoch,
schmal und sehr schön,
der Mistelzweig.

Arthurs Blick wanderte gedankenversunken auf die Steinplatte mit ihrer unheimlichen Last. »Darüber habe ich noch nie nachgedacht. Es ist richtig, dass Baldur geblutet hat, und Ägir stellt der Sage nach aus seinem Blut das Gebräu des Lebens her.« Er grübelte. »Könnte es sein, dass ...?«

Ohne Arthurs Worte zu hören, nickte Elias. »Ich weiß, was du denkst, Arthur. Vielleicht hängt so alles zusammen.«

Ich kapierte nicht die Bohne. »Was hängt wie zusammen?«

»Hat Ben dir erzählt, dass Ragnara unsterblich ist?«, fragte Arthur eifrig.

»Ähm, ja.«

»Wir kamen nie dahinter, wie und warum, aber wir dachten, Odin wäre derjenige, der das möglich gemacht hatte. Ragnara war eine hingebungsvolle Anhängerin Odins, bevor sie miteinander brachen.«

Ich schüttelte den Kopf. »Nur ein Thema auf einmal, bitte.«

»Es ist dasselbe Thema. Wenn ihr nun jemand etwas von beispielsweise Balders Blut gegeben hat, dann würde das erklären, wieso sie unsterblich ist«, sagte Arthur.

»Ich glaube allerdings, dass die göttliche Essenz flüchtig ist«, warf Elias ein. »Wie ein chemisches Gas. In Menschen verschwindet sie mit der Zeit. Das zeigen meine Versuche mit dem Demiblut.«

»Also muss Ragnara irgendwo größere Mengen Blut aufbewahren. Oder jemand versorgt sie damit. So kann sie weiter unsterblich bleiben.«

Ich gab Arthurs Worte für Elias wieder.

Elias breitete die Arme aus. »Ja«, sagte er. »Ich bin mir beinahe sicher, dass es sich so verhält.«

Arthur fasste sich an die Stirn. »Also gibt es doch einen Weg, sie zu töten.«

»Arthur meint, das ist der Weg, wie wir sie umbringen können«, übersetzte ich.

»Noch mal: Ja.« Elias wirkte, als habe er sein Herz um eine enorme Last erleichtert. »Außerdem glaube ich, dass wir dich, Arthur, mit diesem Blut wieder zum Leben erwecken können, ohne dass du ein Zombie, Frankensteins Monster oder ein Wiedergänger wirst. Wenn wir das Blut mit Magie und Wissenschaft kombinieren, dann haben wir die Lösung, nach der ich den Großteil meines mittlerweile recht langen Lebens gesucht habe. In all den Jahren haben wir es alle auf unsere Art probiert. Ich mit der Wissenschaft, Ben mit der Magie und Rebecca mit der Religion. Dabei muss man in Wirklichkeit alle drei miteinander vereinen.«

Arthur schnaubte. »Meine Wiederauferstehung spielt keine Rolle. Das Wichtigste ist, Ragnara aus dem Weg zu räumen, damit sie meine Kinder nicht umbringen kann.«

Ich übersetzte für Elias.

Eine Weile schwiegen wir alle drei.

»Dann müssen wir nur noch herausbekommen, wie wir Ragnara das Blut stehlen«, sagte ich schließlich.

Elias sah sich um, als versuchte er, Arthur auszumachen. »Wir müssen uns etwas überlegen.«

Arthur nickte. »Okay. Wir arbeiten gemeinsam an dieser Sache. Aber ich habe dir immer noch nicht vergeben, was du damals getan hast.«

»Er ist einverstanden«, sagte ich, ohne den letzten Satz zu wiederholen. Irgendwann musste ich herausfinden, welche Rolle Elias beim Tod meines Vaters gespielt hatte, doch im Moment verkraftete ich keine weiteren Enthüllungen. Ich war auf einmal unglaublich müde.

»Ich glaube, ich muss bald wieder nach oben«, sagte ich. »Ich muss mich wirklich ausruhen.«

»Natürlich«, sagte Arthur.

»Kommst du mit hoch?«, fragte ich ihn.

»Noch nicht, Anne«, sagte er. »Ich muss auch ausruhen.«

»Oh. Was das angeht: Tut mir leid, dass ich dich hierhergeschickt habe, aber ich hatte keine andere Wahl.«

»Tut mir leid, dass ich versucht habe, dich in Besitz zu nehmen. Das war falsch von mir.« Er legte seine Arme um mich, und ich drückte ihn an mich. Jetzt fühlte er sich lebendig und wirklich an.

»Wollen wir uns darauf einigen, es nie wieder zu tun? Keiner von uns?« Ich trocknete mir mit der Handfläche die Augen.

»Ja, einverstanden. Ich will nicht ohne dich sein.«

»Geht es dir gut hier unten?«

»Mir gefällt es tatsächlich ganz gut hier. In gewisser Weise ist es mein Zuhause.«

»Komm zurück, wenn du kannst. Vielleicht besuche ich dich auch.«

»Das wäre schön.« Er lächelte warm.

Mit einem letzten Blick auf den Steintisch, den Elias gerade wieder verhüllte, wandte ich mich um. Monster und ich quetschten uns durch die niedrige Öffnung zum Gang und stiegen die Treppe nach oben. Hinter uns hörte ich Elias' Schritte auf den Stufen.

Während wir dem Licht entgegengingen, wurde mir bewusst, dass nicht nur der Tod allgemein als unveränderlich galt. Das Gleiche traf auch auf die Zukunft zu.

Doch vielleicht gab es eine Möglichkeit, beide zu ändern.

KAPITEL 32

Am Montag verkündete Luna, dass ich Donnerstagabend bei ihr eingeladen sei. Ben und Rebecca wollten Waffenstillstand schließen. Ich weigerte mich strikt, doch sie zog ein Buch aus der Tasche und schwenkte es zwischen zwei Fingern.

»Was, wenn ich dir das hier gebe?«

»Was ist das?«

»Das habe ich von meiner Mutter geklaut. Es ist ihr Notizbuch über Hrafnheim. Darin steht alles Mögliche über die verschiedenen Länder, die Geschichte und die Traditionen.«

Ich griff nach dem Buch, doch Luna zog den Arm weg.

»Kommst du am Donnerstag?«

Arrgh …

»Nur wenn Mathias und Monster mitkommen«, sagte ich schließlich.

Sie klatschte das Buch in meine Handfläche. »Yes!« Sie lachte. »Was hast du gestern gemacht?«

Alles in allem nahmen sie es gut auf.

»Verstehe ich es richtig«, fragte Mathias, »dass Elias glaubt, wir könnten Arthur mit einer Kombination aus Götterblut, Magie und Wissenschaft wieder zum Leben erwecken?«

»Jepp. Auch wenn ich nicht viel von Arthurs und Elias' Pseudogespräch kapiert habe. Elias konnte Arthur ja nicht hören, und Arthur war angepisst wegen irgendwas aus ihrer Vergangenheit.« Ich machte eine wegwerfende Handbewegung. »Das Ganze war ziemlich verwirrend.«

»Das bedeutet also«, fuhr Mathias dazwischen, »dass auch mein Blut irgendetwas Besonderes enthält?«

»Ja, aber es verleiht keine Unsterblichkeit. Man wird nur widerstandsfähig und stark davon. Ach so, ich habe ganz vergessen zu erzählen, dass Hakim angerufen hat, kurz bevor ich ohnmächtig wurde. Aus dem Obduktionsbericht des Wilden geht hervor, dass er eine unbekannte Art von Blut in sich hatte.«

»War es Demiblut?«, fragte Luna.

»Ja. Und er hatte es von Elias gekauft.«

Sie schnappte nach Luft. »Allmählich verstehe ich, warum ihm niemand vertraut.«

»Er behauptet, er hätte nicht gewusst, wozu der Wilde zusätzliche Stärke brauchte.«

Wieso verteidigte ich Elias?

»Warum bist du ohnmächtig geworden?« Luna kräuselte die Stirn.

»Elias hat unbemerkt Stjórna in den Kaffee gemischt.« Ich zuckte mit den Schultern. »Aber Monster hat zur Rache einen großen Happs von seinem Arm abgebissen.«

»Mit Elias' Moral scheint es nicht weit her zu sein«, meinte Mathias.

»Wem sagst du das. Ehrlich gesagt bezweifle ich, dass er überhaupt Moral hat. Falls ja, folgt sie jedenfalls ihrer eigenen Logik.«

Die nächsten Tage verliefen ungewöhnlich undramatisch. Ich ging in die Schule, zur Arbeit und hing mit meinen Freunden rum, und ich konnte mir beinahe einreden, dass ich eine ganz normale Jugendliche war.

Am Mittwochabend studierte ich das Buch, das Luna ihrer Mutter gestohlen hatte. Es war voller Zeichnungen und Notizen, und auf den mittleren Seiten entdeckte ich eine Landkarte mit etwas, das wie eine große Insel aussah und in neun kleinere Reiche unterteilt war.

Mit dem Finger fuhr ich über das Gebiet im westlichen Hrafnheim, auf dem in fein geschwungener Handschrift der Name *Bronzewald* geschrieben stand. Darunter, im südwestlichen Teil der Insel, befand sich ein dunkelgrauer Fleck mit dem Namen *Eisenwald.* Ich blätterte einige Seiten zurück und sah, dass die Hauptstadt Sént im Reich Ván lag. Hier waren Varnar und Aella aufgewachsen, nachdem sie den Bronzewald verlassen hatten, und hier lag Ragnaras Schloss.

Ich las bis spät in die Nacht in dem Buch, und als ich irgendwann meine Augen nicht länger offen halten konnte, legte ich es zur Jacke meiner Mutter in den Schrank.

Am Donnerstag trainierte ich mit Varnar.

Inzwischen hatte ich die verschiedenen Blöcke, Tritte und Schläge ziemlich gut drauf. Varnars Trick mit dem Flickflack klappte auch immer besser. Das versetzte ihn in ungewöhnlich gute Laune, und ein paarmal lächelte er beinahe.

»Du bist bereit für eine Waffe«, sagte er.

»Eine Waffe?«

»Ja. Wenn dich jemand mit einem Speer oder einem Schwert angreift, kommst du mit Tritten oder Schlägen nicht weit. Ich habe mit den Grundtechniken angefangen, aber ich glaube, die hast du jetzt verinnerlicht.«

»Danke«, sagte ich leise, während ich an einem losen Faden an meinem Ärmel spielte. »Ich weiß nicht, wie gut du diese Welt hier kennst, aber die Ära der Schwerter und Speere ist vorbei. Die Leute gehen selten mit antiquierten Handwaffen aufeinander los. In der Regel benutzen sie Schusswaffen.«

Mit einem Zittern dachte ich an Mathias' zerfetzte Brust.

Varnar sah mich mit ernstem Blick an. »Die Leute, die hinter dir her sind, verwenden wohl eher keine Schusswaffen.«

Ich zuckte mit den Achseln. »Kann ja nicht schaden, wenn ich es lerne.«

»Ich muss nur schnell etwas holen.« Varnar verschwand aus der alten Reithalle.

Ich blieb allein zurück und schaute durch das Loch in der Decke am anderen Ende der Halle. Der Himmel war finster, und einige dunkle Vögel saßen auf den nackten Dachsparren und beobachteten mich. Sie krächzten heiser, bevor sie davonflatterten. Varnar hatte mehrere Öllampen entzündet und sie an den Haken entlang der Wände aufgehängt. Ich fröstelte in meiner dünnen Trainingsjacke. Jetzt, wo der November vor der Tür stand, war eine feuchte Kälte herangekrochen.

Varnar kam zurück und reichte mir einen von Zweigen befreiten Ast. Er selbst hielt ebenfalls einen in der Hand.

»Ich hatte einen Säbel oder etwas in der Art erwartet«, sagte ich und drehte den knotigen Stock in der Hand.

»Alles kann eine Waffe sein«, erwiderte Varnar mit einem grimmigen Lächeln. »Und ich möchte nicht riskieren, dir versehentlich einen Arm abzuschlagen.«

»Das weiß ich zu schätzen«, lächelte ich zurück.

Für eine Millisekunde hielten wir Augenkontakt, dann wandte er sich hastig ab.

»Die Blöcke sind dieselben, die du bereits kennst«, sagte er über die Schulter. »Deine Waffe ist einfach dein verlängerter Arm.«

Er drehte sich wieder um und schlug mit seinem Ast nach mir. Blitzschnell blockte ich mit meinem eigenen. Varnar nickte anerkennend, ehe er erneut zum Angriff überging.

Ich kämpfte verbissen, um trotz der ungewohnten Waffe in meiner Hand nicht ins Hintertreffen zu geraten. Ich versuchte sogar zurückzuschlagen, doch Varnar blockte meinen Angriff ab und führte die Bewegung weiter, indem er seinen Stock in einem Halbkreis schwang, sodass er mich am Arm traf. Es tat nicht weh, verletzte jedoch meinen Stolz.

Als er das nächste Mal einen Ausfall machte, kopierte ich sein Manöver und verlängerte meinen Block in einen Stockschwung.

Zu meiner Überraschung traf ich Varnar an der Schulter. Ziemlich hart sogar.

»Tut mir leid«, sagte ich schnell. »Ich habe nicht damit gerechnet, dich zu treffen. Ich wollte nicht so fest zuschlagen.«

Varnar ignorierte meine Entschuldigung. »Sehr gut. Beim ersten Versuch hat mich noch nie jemand getroffen.«

Er machte weiter, und erneut musste ich alles geben, um seinen Schlägen auszuweichen. Ich verteidigte mich und versuchte zurückzuschlagen. Gleichzeitig beobachtete ich Varnars Bewegungen. Dann probierte ich etwas, das ich noch nie zuvor getan hatte.

Während ich kämpfte, griff ich nach der nur wenige Momente zurückliegenden Vergangenheit. Als Varnar mich attackierte, spulte ich zurück, bis ich eine ähnliche Situation fand, und kopierte seine Bewegungen. Schon bald konnte ich seinen Angriff beinahe ebenso gut durchführen wie er selbst. Ich traf immer öfter.

Seine Aura sprühte vor Überraschung, während wir kämpften. Zum Schluss spürte ich, dass er sich nicht mehr wie sonst zurückhielt. Er versuchte mit aller Macht, mich zu besiegen. Und das gelang ihm natürlich zum Schluss, indem er den Stock über die Erde fegte und mir die Beine wegschlug, sodass ich rücklings im weichen Sägemehl landete. Außer Atem sank er neben mir in die Knie. »Wie hast du das gemacht?«

Ich wandte ihm das Gesicht zu und sah ihn an. »Ich glaube, ich habe meine hellseherischen Fähigkeiten benutzt, um mir in Erinnerung zu rufen, wie du dich bewegst. Und dann habe ich es nachgeahmt.« Auch ich atmete schwer.

Er betrachtete mich mit einem Ausdruck, den ich nicht zu deuten vermochte. Dann beugte er sich über mich und musterte mich, fast so, als studierte er ein seltenes Tier.

Nervosität blubberte in meinem Bauch. »Habe ich etwas falsch gemacht? Soll ich etwas ändern?«

Er schüttelte langsam den Kopf.

»Du darfst niemals etwas an dir ändern«, flüsterte er.

Mein Puls beschleunigte sich.

»Anne!«, erklang eine Stimme, und wir schreckten zusammen. Monster stand in der Toröffnung. »Wollten wir nicht zu Luna und ihren Eltern? Wir müssen uns beeilen, wenn wir pünktlich zum Abendessen dort sein wollen.«

Du nerviger, verfressener Riesenwolf!

Varnar sprang hastig auf und strich sich die Hände an der Hose ab. Ich befahl meinem Körper, ebenfalls aufzustehen. Monsters buschige Augenbrauen hoben sich, als sein Blick von mir zu Varnar wanderte. Dann drehte er sich um und trabte zurück auf den Hofplatz.

Varnar sagte nichts. Er verschwand einfach durch das Tor und hinaus in die Dunkelheit.

Nachdem wir bei beißendem Gegenwind und Nieselregen durchs Feld gestapft waren, trafen Monster und ich bei Ben und Rebecca ein.

Im Flur schlüpfte ich aus meinen verschlammten Stiefeln, während Monster sich schüttelte. Das Wohnzimmer hatte nach dem Seiðr-Ritual wieder seine gewohnte Gestalt angenommen. Die Kreidestriche waren vom Boden gewischt und die Möbel zurück an ihren Platz gerückt worden.

»Liebste Anne Stella«, sagte Rebecca, »ich bin ja so froh, dich zu sehen.«

Ich wollte schon eine patzige Antwort geben, doch Monster warf mir einen Blick zu, und so begnügte ich mich damit, zu nicken und die Lippen fest aufeinanderzupressen. Ratlos blieb ich in der Mitte des Wohnzimmers stehen.

Luna kam die Treppe heruntergehüpft, gefolgt von Mathias. Ein glückliches, dümmliches Grinsen lag auf seinen Lippen.

Ich musterte ihn. »Was ist mit dir?«, flüsterte ich, während Luna ihrer Mutter in der Küche half.

Er sah mich mit einem entrückten Lächeln an. »Hm?«

»Du siehst aus, als ob du high wärst.«

»Nein, nein, aber ...«

»Aber was? Was habt ihr gemacht?« Aus reiner Gewohnheit griff ich in seine Vergangenheit. »Oh Gott! Nicht euer Ernst«, rief ich überrascht und zog mich schnell aus seinen Erinnerungen zurück. Ich stolperte ein paar Schritte zurück, da ich mich fast an seiner Aura verbrannt hätte.

Die Haustür schlug zu, und nach einem kurzen Rumoren im Flur erschien Ben im Wohnzimmer. »Anne«, sagte er mit einem Nicken in meine Richtung.

Ich stellte mich hinter Monster, und Mathias trat eilig zwischen Ben und mich.

»Ich bin kein Eidbrecher«, grollte Ben. »Ich habe versprochen, dich nicht gegen deinen Wunsch mit weiteren Zaubern zu belegen. Dieses Versprechen halte ich.«

Er sah Mathias wütend an. War da jemand beleidigt, weil ihn ein Grünschnabel herumkommandiert hatte?

Rebecca rief uns hastig zum Essen, und wir setzten uns.

Sie legte die Handflächen aneinander und sprach ein Tischgebet. »Heute Abend, an Samhain – dem Vorabend zu Allerheiligen, dem Abschluss des Sommers, dem Übergang von Licht zu Dunkelheit und dem Fest der Toten –, danken wir für das Leben spendende Essen und gedenken all derer, die vor uns ins Totenreich und ins Schattenland gegangen sind.«

Ach richtig, heute war ja Halloween. Auf dem Heimweg von der Schule hatte ich ein paar verkleidete Kinder durch Ravnssted laufen sehen.

Wir begannen zu essen, während ein beklommenes Schweigen in der Luft hing. Luna versuchte, ein Gespräch in Gang zu bringen. »Anne hat eine Frage zu den Hávamál.«

Rebecca lächelte, erleichtert, dass jemand das Schweigen brach. »Die Sprüche des Hohen. Was möchtest du wissen?«

Verlegen, weil ich plötzlich im Zentrum stand, räusperte ich mich. »Na ja, wir haben das Gedicht im Dänischunterricht gelesen. Und Luna hat das Wort *hangatyr* erwähnt.«

Sowohl Ben als auch Rebecca hielten in ihren Bewegungen inne.

»Das ist ein dunkler Aspekt unserer Religion, an dem wir uns nicht beteiligen«, knurrte Ben.

»Schon klar«, sagte ich schnell. »Es ist nur, weil ich mal ein anderes Wort gehört habe, das so ähnlich klang wie *hangatyr. Hangabot* oder *-dot* oder so.«

Lunas Eltern musterten mich eingehend. Rebecca legte ihr Besteck zur Seite. »*Hangadrott?*«, fragte sie.

»Ja, genau. Das war's!« Nichts ist so erleichternd, wie ein Wort zu hören, das einem tagelang auf der Zunge gelegen hat. Meine Erleichterung verpuffte allerdings, als ich Bens und Rebeccas Gesichter sah. »Was ist?«, fragte ich schwach.

»*Drott* ist das altnordische Wort für König. *Hangadrott* bedeutet, dass man den Göttern jemanden von königlichem Blut opfert. Es ist das größtmögliche Opfer.«

»Wo hast du das gehört?«, fragte Ben. In seiner Stimme schwang ein bedrohlicher Unterton mit.

»Ein Mann hat es auf dem Tagundnachtgleiche-Ball erwähnt«, sagte ich vorsichtig.

Ben sprang auf. Die spitze Gabel, die er in der Hand hielt, wirkte auf einmal wie eine Waffe. »Was hat er noch gesagt?«

»Äh«, ich rutschte auf meinem Stuhl hin und her. »Ich habe mit ihm gesprochen, als Od seine Rede hielt. Er hat lauter komisches Zeug gesagt, unter anderem, dass der Allvater mir jeden Wunsch erfüllen würde, wenn ich ihm ein Hangadrott gebe.«

Bens Blick wanderte zu Rebecca.

»Hat er seinen Namen genannt?« Rebeccas Stimme war leise und kontrolliert.

»Er meinte, er heiße Svidur«, sagte ich. »Er hat auch gesagt, dass er meine Mutter kennt.«

Rebecca schlug sich die Hand vor den Mund, und Ben gab einen Laut von sich, der wie ein Zwischending aus Knurren und Husten klang. Er presste die Hände gegen die Tischkante, und die Gabel fiel klirrend auf den Boden.

»Er ist zurück«, sagte Rebecca.

Luna, Monster, Mathias und ich schauten uns verwirrt an.

»Was ist los?«, fragte Luna.

Ben ließ sich wieder auf den Stuhl sinken. »*Svidur* ist einer von Odins Namen.«

»Odin?« Ich konnte die Skepsis in meiner Stimme nicht verbergen.

»Das könnte unsere Rettung sein«, sagte Rebecca.

»Oder unser Untergang«, fügte Ben hinzu.

»Also, ich glaube nicht, dass ich mit Odin geredet habe. Ich *glaube* ja nicht mal an Odin oder die anderen alten Götter. Das habe ich auch diesem Svidur gesagt.«

Rebecca schloss die Augen.

»Was genau hast du zu ihm gesagt?«, herrschte Ben mich an.

»Dass ich nicht an die Götter glaube. Dass die Letzten, die an sie geglaubt haben, längst Moorleichen sind. Und als er versucht hat, mich zu überzeugen, habe ich ihm gesagt, dass es ihn nichts angeht, woran ich glaube.«

»Anne Stella Sakarias«, sagte Rebecca gebieterisch, und ausnahmsweise bekam ich tatsächlich ein klein wenig Angst vor ihr. »Du musst diejenigen, die über dir stehen, mit Respekt behandeln.«

An der Längsseite des Tisches senkte Mathias den Blick auf seinen Teller.

»Irgendein dahergelaufener, psychisch instabiler Typ, der glaubt, er wäre ein Gott, hat mir nicht zu sagen, an wen oder was ich glauben soll.«

»Die Jugend von heute«, schimpfte Ben. »Ihr glaubt, die Welt würde sich nur um euch drehen. Ihr seid es gewohnt, alles auf dem Silbertablett serviert zu bekommen.«

»Ich würde meinen, dass das gerade in meinem Fall nicht zutrifft, was ich im Übrigen zu einem nicht geringen Anteil dir zu verdanken habe«, schnauzte ich zurück.

So viel zum Thema gemütliches Versöhnungsessen.

Stille hing über dem Tisch.

Monster schaute sehnsüchtig auf die Curry-Käse-Quiche. Allerdings hatte er ausreichend Verständnis für menschliche Dramen, um sich zurückzuhalten.

Ich schob den Stuhl zurück und stand auf. »Vielen Dank für den einen Happen, den ich essen konnte, bevor ihr wieder mal anfangen musstet, mich zu belehren. Ich gehe jetzt. Es hat keinen Sinn, mit euch in einem Raum zu sein, bevor ihr nicht kapiert, dass ich selbst bestimme, wen ich respektiere.«

Mit diesen Worten verließ ich die Gesellschaft. Monster trabte mit säuerlicher Miene hinter mir her in den Flur.

»Das Gesicht kannst du dir sparen«, murrte ich, während ich hastig in Stiefel und Jacke schlüpfte. »Wir holen uns was im Frank's.«

Beim Gehen knallte ich laut die Tür hinter mir zu.

Auf dem Weg übers Feld sah mich Monster abwartend an.

»Was ist?«

»Hangadrott ist eine große Sache. Wenn du wirklich mit dem Allvater gesprochen hast, dann hat er dir versprochen, dir einen Wunsch zu erfüllen, wenn du ihm jemanden von königlichem Blut opferst.«

»Erstens«, sagte ich, während ich mühsam durch die matschige Erde stapfte, »brauche ich keinen persönlichen Flaschengeist. Zweitens glaube ich nicht, dass es Odin war. Drittens habe ich nicht die Absicht, jemanden aus dem dänischen Königshaus zu opfern.«

»Du kennst noch andere von königlichem Blut. Zumindest einen.«

»Wen?«

»Ich bin ein Prinz.«

Ich blieb stehen und sah ihn an. »So was will ich dich nicht mal im Spaß sagen hören.«

»Das ist kein Spaß. Du könntest Odin bitten, Ragnara zu besiegen. Unsere ganze Welt ist in Gefahr, solange sie an der Macht ist.«

Ich spürte einen Kloß im Hals. Ich kniete mich vor Monster und legte ihm beide Hände auf die Schultern. Sie verschwanden in seinem dichten Fell. Meine Knie versanken im Schlamm, aber das war mir egal.

»Wenn du stirbst«, sagte ich, »sterbe ich auch. Vor Trauer. Du bist mein bester Freund, und ich kann nicht ohne dich sein.« Meine Stimme brach, doch vor Monster spielte es keine Rolle. »Du musst am Leben bleiben.«

Monster legte seinen schweren Kopf auf meine Schulter und atmete in meine Haare. »Du bist auch meine beste Freundin, und ich werde alles dafür tun, dass du überlebst.«

Ich schlang die Arme um seinen Hals und drückte ihn. So saßen wir eine Weile inmitten der Dunkelheit auf dem Feld, während der beißende nordjütländische Wind versuchte, uns auseinanderzureißen. Dann stemmte ich mich hoch, und wir gingen das letzte Stück nach Odinshöhe, wo ich mich direkt aufs Fahrrad schwang und Richtung Diner radelte. Monster trabte neben mir her.

Auf der normalerweise wie ausgestorbenen Landstraße begegneten wir einer Reihe von Leuten. Sie gingen dicht am Straßenrand, und wenn wir sie überholten, wandten sie mir das Gesicht zu und sahen mich mit ernster Miene an. Einige von ihnen trugen altmodische Kleidung. Was sich der Theaterverein jetzt wieder ausgedacht hatte und warum die Leute verkleidet im Dunkeln herumliefen, war mir schleierhaft, aber das war ihr Bier.

Auch in Ravnssted waren die Straßen gefüllt. Ich stellte mein Rad im Hinterhof des Diners ab, da vorne kein Platz mehr war.

Gab es irgendeine besondere Veranstaltung zu Halloween?

Nein, die Bar sah aus wie immer, als ich hereinkam. Unter den Gästen waren einige bekannte Gesichter und auch einige verkleidete Leute, die ich noch nie gesehen hatte, doch alles in allem glich das Publikum dem an einem ganz gewöhnlichen Abend.

Frank sah mich überrascht an, als ich hereinkam. »Brauchst du Gesellschaft?«

»Ich brauche nur etwas zu essen«, lächelte ich. »Mein Abendessen ist ins Wasser gefallen.«

»Was möchtest du haben?«

»Ein Sandwich. Und bittest du Milas, eine Tüte für meinen Hund zusammenzupacken?«

»Na klar.« Frank verschwand in der Küche.

Eine abstoßende Aura traf mich von der Seite. Ich drehte den Kopf und sah, dass Peter sich auf dem Barstuhl neben mir niedergelassen hatte.

»Dein Freund, der Kanakenbulle, hockt da drüben.« Er wies mit dem Kinn auf eine Nische, wo Hakim alleine einen Hamburger aß, tief versunken in irgendetwas auf seinem Handy.

»Ich hätte nicht gedacht, dass die Polizei Gebrauch von Schwarzarbeitern macht. Aber das tun inzwischen viele. Luna bedient ja auch hier.«

Ich ballte die Fäuste unter dem Bartresen und zählte still bis zehn. Es war keine gute Idee, eine Schlägerei an meinem Arbeitsplatz anzufangen, und schon gar nicht vor der Nase eines Polizisten. Um mich davon abzuhalten, Peters Kopf auf den Tresen zu knallen, sprang ich vom Barhocker und ging zu Hakim. Aus dem Augenwinkel sah ich, wie Peter hinter mir sein Handy herausholte und jemanden anrief.

»Hallo, Hakim«, sagte ich und stellte mich vor seinen Tisch.

Er sah hoch und schaltete hastig sein Handy aus, aber ich war schneller und erhaschte gerade noch einen Blick auf sein Display. Es zeigte ein Foto mit dem Gesicht des Wilden, das in einer überraschten Todesgrimasse erstarrt war.

»Magst du dich setzen?«

»Wenn du versprichst, mir keine Bilder von Leichen zu zeigen oder mir den Inhalt von Obduktionsberichten zu erzählen, während ich esse.«

»Okay«, lächelte er. »Ich verspreche es.«

Ich setzte mich an den kleinen Tisch, wobei mir ein tiefer Seufzer entwich.

»Stimmt was nicht?«, fragte er.

Ich kratzte mich am Hals. »Darf ich dich etwas fragen?«, erwiderte ich statt einer Antwort. »Ich hoffe, du wirst nicht sauer.«

»Sonst interessiert es dich herzlich wenig, ob ich sauer werde.«

Ich musste lachen. »Bin ich so schlimm?«

»Na ja …« Er strahlte etwas Ruhiges aus, das mir zuvor noch nicht aufgefallen war.

»Bist du religiös?«

Er runzelte überrumpelt die Stirn. »Du triffst einen Mann mit arabischem Hintergrund, und da gehst du natürlich davon aus, dass er religiös ist?«

»Ich gehe von überhaupt nichts aus«, fauchte ich. »Den Punkt habe ich längst hinter mir gelassen.«

Hakim entspannte sich. »Na dann, okay. Ich bin religiös.«

»Gut. Wenn du religiös bist, musst du an etwas glauben. Ich wüsste gern von einem Gläubigen, wie das ist. Woran glaubst du?«

Er dachte nach. »Daran, dass es nur einen wahren Gott gibt. Man darf keine anderen Götter neben ihm anbeten, und …«

Ich hielt eine Hand hoch. »Stopp. Ich hatte eine christliche Pflegefamilie, die der Bibel bis aufs letzte Komma gefolgt ist. Ich erkenne religiöses Nachgeäffe, wenn ich es höre.«

Hakims Augenbraue schoss in die Höhe, und er lachte verblüfft.

»Neuer Versuch. Woran glaubst du?«, wiederholte ich.

Er fuhr sich nachdenklich mit seiner großen Hand übers Kinn. »Okay. Ich glaube an Wahrheit und Gerechtigkeit«, sagte er dann.

»Ich glaube daran, dass alle für ihre Handlungen verantwortlich sind – sowohl für die guten als auch für die schlechten. Ich glaube, dass jeder Mensch eine Art Konto hat und am Ende von einer höheren Macht die Bilanz erstellt wird.«

»Du glaubst also an eine höhere Macht?«

Hakim nickte. »Wir tragen selbst die Verantwortung für unsere Taten, aber ja, es gibt eine höhere Macht.«

»Was meinst du damit, dass sie höher ist?«

»Sie ist … na ja, du weißt schon. Allmächtig.«

»Warum ist sie allmächtig?«

»Das weiß ich nicht. So ist es einfach.«

»Ich hätte eine scharfsinnigere Antwort von dir erwartet.«

In diesem Moment kam Frank mit meinem Sandwich an unseren Tisch. »Stellst du mir deinen Freund vor, Anne?«

»Das ist Hakim.« Ich machte eine vage Handbewegung und verdrehte dramatisch die Augen. »Er ist Polizist, und er ist hier, um dafür zu sorgen, dass ich meine Bewährungsauflagen einhalte.«

»Ich bin dein Chef, also wüsste ich es wohl, wenn du auf Bewährung wärst. Ich habe deine Papiere gesehen«, sagte Frank mit einem schiefen Lächeln. Seine Augenbrauen senkten sich, und ein deutliches Bild des kleinen Jungen, den ich hin und wieder in seiner Vergangenheit sah, segelte auf mich zu. Der Junge schrie verzweifelt.

Hakim ergriff das Wort: »Ich habe in den Pippi-Morden ermittelt. So habe ich Anne kennengelernt. Jetzt fällt es mir schwer, sie wieder gehen zu lassen.«

Frank verschränkte seine tätowierten Arme vor der Brust. »Ich gebe zu, dass Anne schwer zu ignorieren ist. Ich komme auch nicht um sie herum.« Er blinzelte mir zu. »Sag Bescheid, falls du nach Hause gefahren werden möchtest. Lars-Ole kommt hier gut allein zurecht, wenn so wenig los ist wie heute Abend.«

Ich sah mich verwundert in der halb vollen Bar um. Für mich sah es so aus, als wäre mehr als genug zu tun.

Kaum war Frank gegangen, kehrte ich schnell zum Thema zurück. »Ich hätte noch zwei Fragen zu der Sache mit der Religion. Erstens: Du sprichst von Gerechtigkeit. Ist diese Gerechtigkeit objektiv? Also, sitzt da oben jemand«, ich zeigte zur Decke, »der entscheidet, was gerecht ist und was nicht?«

»Ja«, sagte Hakim, ohne zu zögern. »Wie lautet deine zweite Frage?«

»Glaubst du an Geister und Hexen und so was?«

Hakim lachte. »Nein. Ganz bestimmt nicht. Ich glaube nur an das, was ich sehen kann. Ich gebe zu, dass manchmal rätselhafte Dinge geschehen, vor allem wenn du in der Nähe bist, aber das liegt bloß daran, dass ich nicht die ganze Wahrheit kenne.«

Ich betrachtete ihn. »Und die Wahrheit ist dir wichtig?«

»Ja.« Er beugte sich erwartungsvoll vor.

Offenbar glaubte er, dass ich jetzt mit der großen Enthüllung kam, aber da musste ich ihn enttäuschen. Aus irgendeinem Grund poppte die Erinnerung an Od in meinem Kopf auf, der mir sagte, dass ich nicht bereit für die Wahrheit sei. Ich wickelte langsam eine Serviette um mein Sandwich.

»Mein Hund sitzt draußen. Ich will ihn nicht zu lange warten lassen.« Ich stand auf.

»Gehst du? Einfach so? Ich möchte endlich wissen, was hier vorgeht.«

Ich schnaubte. »Viel Glück damit.«

»Ich werde schon noch dahinterkommen. Auch wenn du mich nicht in deine Geheimnisse einweihen willst. Dann dauert es halt ein wenig länger.«

»Zu deinem eigenen Besten solltest du die Finger davon lassen«, sagte ich und stapfte davon.

Monster wartete stoisch beim Hundehaken, als ich mit einer Tüte Essensresten in der einen und meinem eingewickelten Sandwich in der anderen Hand herauskam.

»Du siehst sauer aus«, murmelte er.

Ohne zu antworten, marschierte ich zum Hintereingang, um mein Fahrrad zu holen. Als ich um die Ecke zum Hinterhof bog, blieb ich abrupt stehen.

Nicht schon wieder!

Beide Reifen waren aufgeschlitzt, und auch der Sattel war zerschnitten. An meiner Seite knurrte Monster drohend.

»Ist das dein Fahrrad?«, hörte ich eine Stimme. Hakim war mir gefolgt.

Ich machte mir nicht die Mühe, mich zu ihm umzudrehen. »Jepp.«

Ein Ruf scholl aus der Grønnegade zu uns herüber.

Was denn noch?

Wieder erklang das Rufen, und ich erkannte Franks Stimme. Mit klopfendem Herzen rannte ich zu ihm.

Zum Glück war nur Franks Pick-up beschädigt worden. Das aber dafür ordentlich. Graffitis zierten die Seiten. Alle Scheiben waren eingeschlagen und die Reifen platt.

Ein Strom aus Flüchen und Verwünschungen floss aus Franks Mund, während er um sein Auto schritt.

Ich ging zum Kühler und legte eine Hand darauf. Wie erwartet, sah ich Christian Mikkelsen in voller Aktion. Er hatte nicht geblufft, als er sagte, dass Frank dafür bezahlen würde, mich eingestellt zu haben. Mein Bauch zog sich zusammen vor schlechtem Gewissen.

Frank lief hektisch hin und her, und Leute begannen sich um uns zu sammeln und das demolierte Auto anzustarren. Hakim gab einen überraschten Laut von sich, als er Christians Werk sah.

»Gut, dass Sie hier sind«, sagte Frank heiser zu ihm. »Ich glaube, ich weiß, wer es war. Etliche Zeugen haben gehört, wie er mir gedroht hat. Ich weiß nicht, wie er heißt, aber ich weiß, wie er aussieht.«

»Christian Mikkelsen«, sagte ich.

Hakims Kopf fuhr zu mir herum. »Belinda Jaegers Freund?«

»Keine Ahnung, was sie waren. Aber er ist der Typ auf dem Foto, das du mir gezeigt hast.«

»Annes Fahrrad sieht nicht viel besser aus«, sagte Hakim zu Frank.

»Das kann doch nicht wahr sein«, fluchte Frank. »War er es auch, der letztes Mal dein Fahrrad demoliert hat?«

»Letztes Mal?«, fragte Hakim scharf.

Scheiße! Ich griff mir an die Stirn. »Er war angepisst, weil ihr ihn wegen dem Mord an Belinda verhaftet habt. Er dachte, ich hätte ihn verpfiffen.«

»Warum hast du nicht gemeldet, dass er dich bedroht?«

Ich gab ein verächtliches *Pff* von mir. Gut, dass Hakim nicht wusste, was Christian, Markus und Peter an dem Abend mit mir gemacht hatten, als Varnar mir zu Hilfe kam. »Ich hatte nicht den Eindruck, dass das seine Meinung von mir unbedingt verbessert hätte. Außerdem dachte ich, die Sache wäre damit erledigt.«

»Hast du wirklich geglaubt, dass er aufhören würde? Was ist mit dem Abend, an dem wir den Tod des Pippi-Mörders gefeiert haben? Er hätte mich fast niedergeschlagen, um dich zu fassen zu kriegen«, sagte Frank.

Okay. Jetzt kommt es.

Mit geschlossenen Augen wartete ich auf die Explosion.

»Ich hätte etwas tun können«, rief Hakim.

Ich wandte mich ihm zu. »Ach ja, was denn bitte? Hätte sich die Polizei eingemischt, wäre es nur noch schlimmer geworden.«

»Ich bin aber nicht nur *die Polizei.*«

»In diesem Fall schon.«

Hakim bleckte in einer frustrierten Grimasse die Zähne. »Du musst Anzeige erstatten. Ich rufe einen Kollegen an.«

»Ich will keine Anzeige erstatten«, sagte ich.

»Ich aber schon«, sagte Frank.

»Anne, diese Sache muss registriert werden. Sonst kann ich keine Ermittlung gegen ihn einleiten.«

»Er ist unwichtig«, sagte ich. »Ich habe größere Probleme als ihn.«

»Von diesen Problemen möchte ich später sehr gerne hören, aber jetzt will ich erst mal, dass du Christian Mikkelsen anzeigst.«

»Es ist mir herzlich egal, was du willst«, gab ich zurück.

Mehr und mehr Menschen sammelten sich um uns.

»Mein Gott, was glotzen die denn alle so?«, sagte ich. »Haben die überhaupt keinen Anstand?«

»Von wem redest du?«, fragte Frank.

Hakim sah sich ebenfalls verwundert um. Ich studierte die Leute, die um das Auto zusammengekommen waren. Sie sprachen nicht, betrachteten uns nur schweigend.

Oh, na klar.

»Ach, nichts«, sagte ich.

Die Menschen – Geister – wirkten nicht wütend oder frustriert, sondern bloß neugierig. Sie strahlten nicht die Verzweiflung aus, die ich bei Belinda gesehen hatte, oder die Traurigkeit, die über Arthur hing. Als ich genauer hinschaute, bemerkte ich, dass sie Kleidung aus verschiedenen Epochen trugen. Hakim rief jemanden an, und Frank begutachtete, den Tränen nah, sein zerstörtes Auto.

Ein junger Mann löste sich aus der Menge. »Du kannst uns sehen.«

Ich nickte und trat dicht zu ihm heran, damit ich flüstern konnte, ohne dass Hakim und Frank es mitbekamen. »Warum seid ihr so viele?«

Er lächelte. »Heute Abend ist das Fest der Toten. Wir sind nur zu Besuch.« Sein Haar war so hell, dass es beinahe weiß schien, und ich schätzte ihn auf um die zwanzig.

Monster war näher herangetrottet. »Mit wem sprichst du?«

Der junge Mann riss die Augen auf. »Whoa! Ein sprechender Hund«, keuchte er.

Ich stemmte eine Hand in die Hüfte. »Whoa. Ein sprechender Toter!«

»Stimmt«, lachte er.

Zu Monster sagte ich leise: »Außer uns sind noch andere hier.«

Monster sah sich um. »Geister?«

Ich nickte. An den jungen Mann gewandt sagte ich: »Ihr seid anders als andere ...« Ich war mir nicht sicher, wie direkt ich sein durfte. »... eurer Art«, beendete ich den Satz diplomatisch.

»Wir sind übergetreten. Daher haben wir einen anderen Frieden.«

Ich schielte zu den anderen, die sich stumm näherten und mich mit fragenden Blicken musterten.

»Frieden oder nicht, sie machen mir eine Gänsehaut.«

Der junge Mann nickte verständnisvoll. Er drehte sich zu den anderen um. »Hier gibt es nichts zu sehen. Geht einfach weiter. Denkt daran, dass ihr nur heute Nacht hier seid. Es gibt sicher jemanden, den ihr besuchen möchtet, oder Orte, die ihr gern wiedersehen würdet.« Er machte eine Geste, als scheuchte er einen Haufen Hühner davon.

Die Menge löste sich auf, und die Geister verschwanden in der Dunkelheit.

»Wie lange seid ihr hier?«

»Bis Mitternacht.«

»Nur heute Nacht?«

»Ja. Und nur wenn wir hier etwas zu erledigen haben.«

Ich betrachtete ihn im Licht der Straßenlaterne. Er sah transparenter aus, als Arthur es jemals getan hatte.

»Und du hast etwas zu erledigen?«

Er sah mich mit ernstem Blick an. »Ich soll jemandem eine Botschaft überbringen. Jemandem, den du, glaube ich, kennst.«

»Jemandem, den ich kenne? Wem?«

»Einem Verstorbenen, der an Odinshöhe gebunden ist.« Seine Stimme klang fragend.

»In Odinshöhe gibt es einige Tote, aber ich vermute mal, du meinst Arthur, meinen Vater.«

»Genau«, sagte er. »Wir kannten uns, als wir noch lebten. Ich muss mit ihm reden, aber ich muss hereingelassen werden. Dieser Ort ist mit schwerer Magie belegt, die die meisten ungebetenen Gäste fernhält.«

Nützliche Info.

»Ich bin auf dem Heimweg, aber mein Transportmittel wurde zerstört.« Ich hielt inne. »Wie heißt du eigentlich?«

»Thorsten.«

»Okay, Thorsten. Wir wär's, wenn wir uns einfach in Odinshöhe treffen? Dann versuche ich, schnellstmöglich nach Hause zu kommen.«

Thorsten nickte und wich in die Schatten zurück. Ich ging zu Hakim und Frank, die allmählich fertig zu werden schienen.

»Hat einer von euch ein Fahrrad, das er mir leihen kann? Nur so lange, bis mein eigenes repariert ist.«

Frank schüttelte den Kopf. »Leider nicht. Und wo willst du es überhaupt reparieren lassen? Der einzige Fahrradhändler der Stadt sitzt hinter Gittern.«

Hakim und ich tauschten einen Blick.

»Ich fahre dich nach Hause«, sagte er.

»Das kann ich machen«, sagte Frank. »Ich nehme einfach meinen Lieferwagen.«

Hakim legte Frank seine große Hand auf die Schulter. »Ich fahre sie. Sie bleiben hier.« Das Letzte klang freundschaftlich, war in Wirklichkeit allerdings ein Befehl.

Hakim verschwand in den Hinterhof und kam mit meinem Fahrrad unter dem Arm zurück. Er ging los. »Komm, Anne.«

»Mein Hund muss auch mit«, sagte ich, während ich ihm mit schnellen Schritten hinterherlief.

»Alles klar.«

Wir kamen in die Frederiksgade, wo Ravnssteds größter Wohnkomplex steht. Die Straßenlaternen warfen ein kühles Licht auf die Autoreihen auf dem Parkplatz. Hakim ging zu einem Kombi und schloss auf. Mein Fahrrad legte er in den geräumigen Kofferraum, während Monster auf die Rückbank sprang, die er komplett ausfüllte. Hakim schloss die Heckklappe und setzte sich nach vorn, wo ich bereits auf den Beifahrersitz gestiegen war.

»Dein Hund guckt mich komisch an. Ganz normal ist er nicht, oder?«, fragte er, während er den Motor anließ.

Auf der Rückbank schnaubte Monster.

»Wem erzählst du das.« Ich verbarg ein Lächeln, indem ich den Kopf zur Seite drehte und auf die Ravnssteder Straßen hinausschaute. Sie waren noch immer voller Leute, doch nun wusste ich, dass nur wenige Lebende sie sehen konnten.

»Du kannst mir ruhig erzählen, was du auf dem Herzen hast«, sagte Hakim. »Wie das mit Christian, der dich drangsaliert. Ich kann es für mich behalten, wenn du es nicht zur Anzeige bringen möchtest. Aber es würde mir bei den Ermittlungen zu den Pippi-Morden helfen. Je mehr ich weiß, desto besser.«

»Was sagen deine Kollegen dazu, dass du den Fall nicht abgeschlossen hast?«

»Oh, er ist abgeschlossen. So was von abgeschlossen.«

»Was sagt Lars Guldager dazu?«

»Auch, dass er abgeschlossen ist. Er weiß nicht, dass ich weiter daran arbeite.«

»Wie geht das? Hast du sonst nichts zu tun?«

»Ich kümmere mich in meiner Freizeit darum.« Hakims Stimme lud nicht zu weiteren Fragen ein.

Wir fuhren schweigend aus der Stadt, und keiner von uns sagte ein Wort, bis Hakim auf den Hofplatz vor Odinshöhe einbog. Er holte mein Fahrrad aus dem Kofferraum und lehnte es gegen die weiß gekalkte Mauer. Dann leuchtete er mit seinem Handy darauf.

»Komm mal kurz her«, rief er.

Ich ging zu ihm. Im spärlichen Licht des Handydisplays schaute ich auf den Sattel meines Fahrrads. Ein eisiges Ziehen fuhr mir in den Magen, als ich entdeckte, dass der Sattel nicht wahllos aufgeschnitten worden war. Bei genauem Hinsehen formten die Schnitte die Rune Ansuz.

Hakim zog sich fluchend Gummihandschuhe an. »Wir haben den Sattel beide berührt. Vielleicht waren Spuren darauf.«

»Vielleicht war es einfach ein weiterer kranker Einfall von Christian, die Rune in den Sattel zu schneiden. Vielleicht wusste er, dass den Mädchen das Zeichen verpasst wurde. Belinda hatte es ja.«

»Oder aber Christian Mikkelsen hat Tenna und Belinda getötet.«

Kälte kroch in mich hinein. Vorsichtig legte ich eine Hand auf den Sattel.

»Nicht anfassen!«, rief Hakim. »Damit zerstörst du die wenigen Spuren, die noch da sind.«

Nachdenklich zog ich die Hand zurück und wunderte mich, dass ich nicht gesehen hatte, wie Christian den Sattel aufschnitt. Auf meinem Fahrrad lag eine aggressive Energie, aber sie war verschleiert. Ich erkannte die Aura, konnte sie jedoch nicht zuordnen. Ich zog mein Handy heraus und machte ein Foto vom Sattel.

»Ich bin mir nicht sicher, dass Christian das hier getan hat«, sagte ich.

»Wie kommst du darauf?« Hakim trat vor mich und beugte sich über den Sattel.

»Das ist ein bisschen kompliziert zu erklären. Ich glaube einfach nicht, dass er es war«, wich ich aus.

Hinter mir vernahm ich einen grunzenden Laut. Ich erkannte die Stimme sofort, und ihr Klang sandte eisige Wellen von Furcht durch meinen Körper. Ich drehte mich langsam um und stand dem Wilden von Angesicht zu Angesicht gegenüber.

Das gigantische Messer lag in seiner Hand, und er lachte grausam, als er so schnell damit zustieß, dass ich keine Chance hatte auszuweichen.

Das Messer grub sich in meinen Bauch.

Triumphierend hielt der Wilde meinen Blick, während er den Arm in einer langen, zähen Bewegung aufwärtsführte. Das Messer schnitt durch meinen Bauch, mein Zwerchfell und meine Lunge und endete zum Schluss mitten in meinem Herzen.

KAPITEL 33

Ich gab einen röchelnden Laut von mir, und Hakim drehte sich zu mir um. Monsters Fell hatte sich vollständig gesträubt, und er blickte verwirrt umher.

Ich sah an mir selbst herunter, dorthin, wo sich der gesamte Arm des Wilden in meine Brust vergraben hatte. Er starrte meinen Oberkörper mit aufgerissenen Augen an, während er wieder zustach, ohne dass sein Messer irgendeinen Schaden anrichtete. Genau wie Belinda ahnte der Wilde nichts davon, dass er tot war.

»Was ist los?«, fragte Hakim und nahm mich an der Schulter. Er zog mich zur Seite und außerhalb der Reichweite des Wilden.

Ich zitterte am ganzen Körper. Todeskälte war tief in mein Innerstes gedrungen. Der Wilde folgte uns und stieß sein durchsichtiges Messer in Hakims Rücken.

»Pass auf!«, schrie ich.

Bescheuert, Anne!

Hakim sprang auf und schüttelte sich, als hätte ihm jemand einen Schneeball in den Nacken geworfen. Er blickte über die Schulter dorthin, wo für ihn leere Luft sein musste. Dann drehte er sich wieder zu mir um. »Was ist los mit dir?«

Der Wilde lief erneut auf mich zu und hackte nach mir. Dieses Mal traf er mich im Hals. Ich hustete und fasste mir an die Kehle. In diesem Moment erschien Thorsten an der Seite des Wilden. Er fasste ihn sanft an den Schultern.

Der Wilde fuhr herum und starrte ihn knurrend an.

»Du weilst nicht mehr unter den Lebenden«, sagte Thorsten ruhig. Seine Stimme war sanft und einladend. »Es ist an der Zeit für dich, überzutreten. Du gehörst nicht hierher.«

Beklommen dachte ich an die Geister, die ich selbst verjagt hatte, indem ich ihren Tod erwähnte. Meine Vorgehensweise war doch recht brutal gewesen.

Der Wilde sah Thorsten verständnislos an.

»Anne!«, hörte ich Hakim rufen, doch ich hatte nicht den Nerv zu antworten.

»Nein«, brummte der Wilde. Es war das erste Mal, dass ich ihn ein Wort sagen hörte. Wieder machte er einen Schritt auf mich zu, und ich klammerte mich an Hakim.

»Doch.« Thorstens Stimme wurde fester. »Du wirst übertreten.«

Der Wilde streckte einen blauen Finger in meine Richtung. »Aber sie …«

»Schh. Das ist jetzt egal. Alles ist egal. Du musst weiter.«

»Neeeein«, stieß der Wilde hervor.

»Du bist tot, Naut Kafnar«, sagte Thorsten fest.

Die Brust des Wilden hob und senkte sich einige Male. Dann stürzte er auf den Kies, wo er eine Weile in Todeskrämpfen liegen blieb, bevor er sich auflöste und verschwand.

»Geht es dir gut?«, fragte mich Thorsten.

Ich hyperventilierte, fand jedoch meine Stimme wieder. »Mir geht's gut.«

»Schön«, sagte Hakim. »Was ist denn passiert?«

Ich richtete meinen Blick von Thorsten auf ihn. »Äh …«

Hinter ihm bedeutete mir Thorsten mit einer Geste, dass ihm nicht mehr viel Zeit blieb.

»Es ist nichts passiert«, sagte ich, was der Wahrheit gar nicht so fern war. »Wenn du mit meinem Fahrrad fertig bist, kannst du gerne gehen.«

Die Kälte hatte sich auf meine Stimme ausgeweitet.

»Ich lasse dich nicht allein, solange es dir so geht.«

»Allein«, lachte ich und sah zu Thorsten und Monster. Mit Arthur im Keller konnten wir schon eine kleine Party feiern. Dann nahm ich mich zusammen. »Ich dachte, ich hätte etwas gehört, aber das war wohl nur ein Vogel. Du kannst ruhig wieder fahren.«

Ich schaute auf mein Handy. Es war zwanzig vor zwölf. Wenn Arthur und Thorsten noch miteinander reden wollten, mussten wir uns beeilen.

Hakim runzelte seine dunklen Augenbrauen. »Du bist die mit Abstand merkwürdigste Person, die mir je begegnet ist.«

»Glaub mir. Ich bin nichts im Vergleich zu gewissen anderen.«

»Was meinst du damit?«

»Gar nichts, Hakim. Und jetzt hau ab.«

»Vor zwei Sekunden hast du dich noch an meinen Arm geklammert. Jetzt kann ich dir nicht schnell genug verschwinden.«

»Ja.« Ich sah ihm direkt in die Augen.

»Bist du sicher, dass es dir gut geht?«

»Ja.« Ich holte meine Schlüssel aus der Tasche und ging zur Tür. »Soll ich dich in einer Stunde anrufen, damit du dich vergewissern kannst, dass alles in Ordnung ist?«

»Okay«, sagte er. »Aber ich nehme dein Fahrrad mit, um es zu untersuchen.«

»Tu das. In dem Zustand kann ich es ohnehin nicht benutzen.«

Ich kehrte ihm den Rücken zu und fummelte am Schloss herum. Zu meiner Erleichterung hörte ich die Autotür hinter mir zuschlagen und bald darauf den Motor aufheulen, als Hakim mit seinem Auto den Feldweg hinabbrauste.

»Komm schnell rein«, sagte ich an Thorsten gewandt und öffnete die Tür.

»Wer ist da?«, fragte Monster.

»Ein Geist namens Thorsten. Er sagt, er kennt meinen Vater.«

»Woher weißt du, dass du ihm trauen kannst?«

Ich sah Thorsten an. »Ich weiß nicht, ob ich das kann. Aber er sagt, er sei Arthurs Freund.«

Monster verdrehte seine großen Augen. »Ich habe noch nie mit jemandem zu tun gehabt, der so schlecht auf sich aufpasst wie du.«

»Hrm, hrm«, erklang es von Thorsten hinter uns. »Wenn ich nicht ein Jahr länger darauf warten soll, meine Nachricht zu überbringen, wäre es eine gute Idee, wenn wir Arthur jetzt finden.«

Ich eilte zu der schweren Küchenbank und begann sie zu verrücken, doch sie bewegte sich nur langsam von der Stelle. Monster nahm eines der Holzbeine zwischen die Zähne und zog die Bank mühelos über den Boden. Ich wollte lieber nicht daran denken, was dieses Gebiss sonst noch alles ausrichten konnte. Die Falltür im Boden wurde sichtbar, und ich öffnete sie.

»Wir müssen hier runter.« Ich nahm die Taschenlampe, die immer noch auf dem Fensterbrett lag.

»War das schon immer hier?«, fragte Thorsten und zeigte nach unten. »Als ich noch lebte, bin ich jahrelang hierhergekommen. Ich hatte keine Ahnung, dass sich etwas unter dem Haus befindet.«

»Nicht etwas. *Jemand*«, antwortete ich und stieg hinab.

Die anderen beiden folgten mir.

Am Ende des Gangs mussten Monster und ich wieder kriechen, um durch die niedrige Öffnung zu gelangen. Thorsten ging einfach durch die Wand. In der Kammer versuchte ich, nicht auf die verdeckte Gestalt auf dem Steintisch zu achten. Arthur erhob sich aus seiner sitzenden Position am Boden. Er starrte Thorsten an, bevor sich die beiden umarmten.

Während sich die verstorbenen Männer in den Armen lagen, wurde mir bewusst, dass ich mich am Abend vor Allerheiligen zusammen mit zwei Geistern, einer frischen Leiche, haufenweise Skeletten und einem menschenfressenden Wolf in einer Grabkammer befand. Was es wohl über mich aussagte, dass ich das nicht besonders unheimlich fand?

»Was treibst du hier, Thorsten?«, fragte Arthur.

»Ich habe eine Nachricht für dich. Du kannst dir sicher denken, von wem sie ist.«

Arthur senkte den Kopf. »Ja«, flüsterte er.

»Sie will nicht noch länger auf dich warten.«

»Wer will nicht warten?« Meine Stimme klang scharf.

»Die Göttin Freyja.«

»Nicht noch mehr Götter und Göttinnen.« Entnervt warf ich die Hände in die Luft.

Die beiden Geister sahen sich an, bevor Thorsten wieder sprach. »Sie hat Anspruch auf Arthurs Seele.«

Panik machte sich in mir breit. »Anspruch? Wie das?«

»Wie lange habe ich?«, wollte Arthur wissen. Meine Frage ignorierte er.

»Höchstens bis zum Jahreswechsel.«

»Worüber sprecht ihr da?«

Thorsten wandte sich an mich. »Arthur sollte eigentlich nicht in dieser Welt sein. Er muss zurück nach Folkwang, Freyjas Zuhause in Asgard. Sie hat Anspruch auf die Menschen, die fallen, während sie ihre Familien beschützen. Arthur bekam deinetwegen die Erlaubnis, hierzubleiben. Doch da du nun langsam erwachsen wirst, läuft seine Zeit ab.«

In diesem Moment hatte ich mehr Angst als vor ein paar Minuten, als mir der Wilde ein Messer in den Bauch gerammt hatte. Mehr Angst als damals, als Belinda mich unter dem umstürzenden Baum im Orkan festgehalten hatte.

»Er geht nirgendwohin.«

Thorsten schüttelte den Kopf und sah mich dabei an. »Wir gehören nicht hierher.«

»Arthur schon«, erwiderte ich.

»Nicht mehr.« Er wandte sich wieder an Arthur. »Du solltest mitkommen. Es ist so friedlich in Folkwang, und so schön.« Ich erkannte den einladenden Ton, den er auch beim Wilden angewandt hatte.

Arthurs Konturen waren plötzlich ein wenig verwischt, und sein Gesicht flackerte.

Oh nein! Thorsten war nicht nur mit einer Botschaft für Arthur hier. Er war geschickt worden, um zu versuchen, ihn mit sich zu nehmen.

»Hör auf«, sagte ich drohend.

»Es gibt keine Trauer, kein Vermissen«, fuhr er fort und trat einen Schritt näher an Arthur. Er streckte seine Hand aus.

Ich ging dazwischen. »Du bist hier nicht mehr willkommen. Verlass mein Haus.«

Er überhörte es. Zu Arthur sagte er: »Komm mit mir.«

Arthur ging dösig auf Thorsten zu. »Anne, ich will dich nicht verlassen, aber es ist so schwer, am Diesseits festzuhalten. Besonders heute Abend. Der Schleier zwischen unseren Welten ist gerade so dünn.«

»Wach auf, Arthur!«, rief ich. »Du darfst nicht mitgehen.«

Ich wollte mit der Faust auf seine Brust schlagen, doch meine Hand ging durch ihn hindurch.

»Ich bin so müde«, murmelte Arthur.

Zeit, die schweren Geschütze aufzufahren.

»Thorsten, wie bist du gestorben?«, fragte ich fieberhaft.

Endlich richtete Thorsten seine Aufmerksamkeit auf mich. Er sah an sich herab und zog seine Jacke zur Seite. Ein dicker Strick lag um seinen Hals. Auf sein T-Shirt war mit Blut die Rune Ansuz gezeichnet.

»Windräder«, hauchte er. »Es geht so tief hinab.«

»*Oh.* Du warst einer von ihnen.«

Sein beinahe durchsichtiger Körper streckte sich, als hinge er von etwas herunter. »Würdest du mir einen Gefallen tun?«, fragte er im wahrsten Sinne des Wortes halb erstickt.

»Was?«

»Sag meinem Vater, dass es mir gut geht. Dass ich Frieden habe.«

»Okay. Wer ist dein Vater?«

»Preben«, hustete Thorsten.

»Dein Vater ist Hausmeister Preben?«

Thorsten schaffte es nicht mehr, zu antworten, bevor er sich auflöste und verschwand.

Im selben Augenblick schüttelte Arthur heftig den Kopf, als wollte er ihn freibekommen.

»Du warst drauf und dran, mit ihm zu gehen. Was hast du dir dabei gedacht?«

»Freyja versucht immer wieder mal, mich zu sich zu rufen. Ihre Kraft ist sehr stark.«

»Warum ruft sie tote Menschen zu sich? Steht sie nicht für die Liebe?«

Ein sonderbarer Ausdruck huschte über Arthurs Gesicht, aber er fing sich schnell wieder. Da ich die Auren von Geistern nicht sehen kann, hatte ich keine Ahnung, was er bedeutete.

»Es stimmt, dass man sich an Freyja wenden soll, wenn es um Fruchtbarkeit und Wachstum geht. Aber sie ist auch die Göttin des Krieges und des Todes. Sie und Odin teilen die Toten zwischen sich auf. Die, die im Kampf sterben, jedenfalls. Ihren Anteil nimmt sie mit nach Folkwang.«

»Warum bist du damals nicht dorthin gekommen, als du … du-weißt-schon-was?«

»Das bin ich ja.«

»Du warst dort?«

»Ja. Aber ich wurde zurück nach Midgard geholt.«

»Von wem?«

»Von Od.«

»Was? Od hat dich geholt? Wieso?«

Arthurs Gesicht wurde mild. »Deinetwegen.«

In diesem Moment rief jemand aus dem Gang.

»Anne?« Varnars Stimme klang verzweifelt.

»Hier drinnen!«, rief ich. »Ist deine Ruhestätte geheim?«, fragte ich Arthur.

»Ist es jemand, dem du vertraust?«

Ich überlegte. »Ja«, sagte ich schließlich. »Er wurde von Thora geschickt, um auf mich aufzupassen.«

»Wenn Thora ihn geschickt hat, kannst du ihm ruhig davon erzählen.«

Varnar tauchte in der Öffnung auf. Seine Hose war voller Lehmflecken, und seine Augen waren geweitet. »Ich dachte, dir wäre etwas passiert. Ich war im Wald, als ihr nach Hause kamt, und da habe ich dich schreien gehört. Als ich ankam, stand die Haustür offen, und ihr wart weg.« Er sah sich in der Kammer um, die nur von meiner Taschenlampe erleuchtet wurde. »Was ist das hier für ein Ort?«

»Es ist ein Grab«, sagte ich. *Ein Massengrab, um genau zu sein.*

»Das sehe ich.« Sein Blick huschte über die vielen Skelette. »Was macht ihr hier unten?«

Monster schien sich dasselbe zu fragen.

»Es ist die Ruhestätte meines Vaters«, erklärte ich und deutete auf das Tuch. »Aufgrund meiner Fähigkeiten kann ich mit ihm sprechen.«

Varnar fuhr herum. »Ist er gerade hier?«

»Er steht direkt neben dir.«

Arthur musterte Varnar. »Das ist der Beschützer, den Thora dir geschickt hat?«

Ich nickte.

»Was sagt er?«, fragte Varnar.

»Er will wissen, ob du mein Beschützer bist.«

Varnar straffte den Rücken. »Ich würde mein Leben geben, um Ihre Tochter zu retten.«

»Thora hat sich nicht verändert«, murmelte Arthur grinsend. »Und was gewisse Dinge angeht, hat sie noch immer nicht die geringste Ahnung.«

Ich schnitt eine verständnislose Grimasse.

»Sag deinem Beschützer, dass ich seine Anwesenheit zu schätzen weiß«, sagte Arthur förmlich. »Und dass ich dankbar für die Fürsorge bin, die er dir entgegenbringt.«

»Er ist froh, dass du auf mich aufpasst«, fasste ich zusammen.

Varnars Miene war ernst, doch Arthur grinste verschmitzt.

»Danke, dass du nach mir gesehen hast«, sagte ich an Varnar gerichtet, der entlang der Wände durch die runde Kammer ging und sich die Skelette besah.

»Diese Menschen wurden nach den alten Sitten beerdigt, mit Grabbeigaben für die Götter und für den Zeitvertreib auf der Reise in die Totenreiche.« Er beugte sich über eine Art Schachspiel, das neben einem Skelett mit einem Schwert in der knöchernen Hand stand.

»Diese Sitten sind auch in unserer Welt schon alt. Den Hügel hier gibt es bestimmt schon seit über tausend Jahren«, sagte ich.

»In Freiheim haben wir einige wenige dieser Hügel, doch die meisten wurden dem Erdboden gleichgemacht. Die Gebeine sind zerstört und in alle Winde zerstreut worden.«

Arthur ballte die Fäuste. »Würdest du ihn fragen, ob inzwischen alle ursprünglichen Bräuche in Hrafnheim verboten sind?«

Ich leitete die Frage weiter.

»Wer den Göttern huldigt, wird mit dem Tod bestraft. Alle Rituale, die mit ihnen in Verbindung stehen, sind verboten. Monumente und Denkmäler wurden entfernt und die alten Namen geändert.«

»Was ist mit Njordvík und Ny Odense?«

Wieder musste ich die Frage weitergeben.

»Njordvík«, ich hörte, wie Varnar allein das Aussprechen dieses Namens Unbehagen bereitete, »heißt jetzt Norvík. Und der Ort, der früher Ny Odense genannt wurde, heißt jetzt Hedeby.«

»Warum wurde alles umbenannt?«, fragte ich.

»Ich glaube, Ragnara bestraft Odin für irgendetwas«, sagte Arthur.

»Wofür bestraft sie ihn?«, fragte ich.

»Wer bestraft wen?«, fragte Varnar verwirrt.

Arrgh. »Es wird wirklich Zeit, dass wir dich wieder zum Leben erwecken, Arthur. Und wenn es nur zum Zweck geschieht, die Kommunikation zwischen dir und deiner Umgebung zu verbessern.« Ich sah Varnar an. »Mein Vater sagt, dass Ragnara Odin bestraft, indem sie alle Ortsnamen entfernen lässt, die etwas mit den Göttern zu tun haben.«

»Jedenfalls ist sie sauer auf die Götter«, sagte Varnar. »Sie meint, dass sie nur dazu dienen, das Volk in unsichtbare Ketten zu legen, und dass die Mächtigen sie nutzen, um an ihrer Macht festzuhalten.«

»Es ist grausam, dem Volk seinen Glauben zu nehmen«, sagte Arthur.

Ich schaute auf mein Handy. »Habt ihr zwei noch mehr zu besprechen, wofür ihr meine Dolmetscherdienste braucht?«, fragte ich. »Falls nicht, muss ich morgen früh nämlich in die Schule.«

»Kannst du ihn fragen, ob es Thora gut geht?«, sagte Arthur leise.

Ich räusperte mich. »Er fragt, wie es meiner Mutter geht.«

Varnars Kiefermuskeln spannten sich an. »Es ist viele Monate her, dass ich sie gesehen habe. Aber ich kann sagen, dass Thora Todesblut kämpft. Sie will die Welten und ihre Kinder retten, und sie will Eskild Schwarzauge und Ragnara töten.«

»Hat sie sich den Namen Todesblut gegeben?« Arthur lächelte kopfschüttelnd in sich hinein. »Sie hatte schon immer einen Sinn für Dramatik.« Er wurde ernst. »Ich wünschte, ich wäre bei ihr. Ich fürchte, sie kämpft so sehr, dass sie all das Gute im Leben vergisst.«

Zurück im Wohnbereich, schoben wir die Küchenbank wieder an ihren Platz. Monster ließ verlauten, dass er sich schlafen legen wolle, und hastete die Treppe hinauf. Vielleicht besaß er tatsächlich ein Fünkchen Taktgefühl.

»Darf ich noch ein wenig bleiben?«, fragte Varnar, als wir allein waren.

»Ja, klar«, sagte ich. Es war das erste Mal, dass Varnar einen Wunsch nach Gesellschaft äußerte, die keine Gewalt, Training und/oder Zurechtweisungen beinhaltete.

Ich lehnte mich gegen die Arbeitsplatte. »Es gibt da etwas, wonach ich dich noch nie gefragt habe.«

»Was?« Er stellte sich direkt neben mich.

Seine Nähe entfachte in mir den Wunsch, die Hand auszustrecken, doch ich verwarf den Impuls schnell wieder. »Was weißt du über Preben?«

»Er erzählt mir nichts über sich, und ich frage nicht.«

»Kannst du mir dabei helfen, ihn zum Reden zu bewegen?«

Varnar nickte. »Ja. Aber rechne nicht damit, viel aus ihm herauszubekommen. Er ist ziemlich verschlossen.«

Das sagte ja der Richtige!

»Darf ich dich auch etwas fragen?« Varnars Hand umklammerte die Arbeitsplatte.

»Ja. Schieß los.«

»Warum hat der Polizist dich heute Abend nach Hause gebracht?«

Überrumpelt suchte ich nach Worten. »Mein Fahrrad ist wieder demoliert worden, deshalb hat er mich nach Hause gefahren.«

Varnar ließ die Platte los und beugte sich zu mir herüber. »Wer hat es kaputt gemacht?«

»Hakim – also der Polizist – glaubt, es war dieser Christian, der mich überfallen hat.«

Varnar fluchte. »Ich hätte ihn erledigen sollen, als ich die Chance dazu hatte. Aber Thoras Anweisung lautet, dass ich nur töten darf, falls du, Aella oder ich selbst in Lebensgefahr sind.«

»Mir wäre es lieb, wenn du dich weiter an diese Regel hältst. Erstens gab es genügend Todesfälle, zweitens bin ich mir nicht einmal sicher, dass er es war.«

»Wer denn sonst?«

Ich zuckte mit den Schultern. »Ich glaube, es ist jemand, den ich kenne, aber aus irgendeinem Grund fällt es mir schwer, seine Aura wiederzuerkennen.«

»Was ist mit deinem Fahrrad passiert?«

»Die Reifen wurden aufgeschlitzt. Und jemand hat diese Rune in den Sattel geschnitten.«

»Welche Rune?«

»Die hier.« Ich zückte mein Handy und zeigte ihm das Bild, das ich vom Sattel gemacht hatte.

Vorsichtig nahm Varnar das Handy entgegen und sah auf das Display. »Das ist ein sehr altes Zeichen.«

»Der Täter hat es den Mädchen eingeritzt. Wusstest du das nicht?«

Varnar starrte weiter auf das Handy. »Nein. Doch, jetzt, wo du es sagst. Das Mädchen, das Naut Kafnar in der Stadt ermordet hat, hatte es auch.«

»Aber damals …« Ich hatte Schwierigkeiten, den Satz zu beenden. »Als Ragnara dich hierherbeordert hat … hat sie dir nicht gesagt, dass du das Zeichen auf mir hinterlassen sollst, wenn du … wenn du mich getötet hast?«

»Ich habe keine Details zu meiner Mission erfahren. Ich wusste nur, dass ich eine Bedrohung für Freiheim vernichten sollte.«

Überlasst es ruhig mir, als Gefahr für die nationale Sicherheit angesehen zu werden.

»Aber alle Mädchen hatten dieses Zeichen. Sowohl die Opfer von Naut Kafnar als auch die anderen. Ich dachte, es wäre eine Botschaft von Ragnara. Sie hat das Zeichen ja auch bei ihrem letzten Besuch hier hinterlassen, bevor ich geboren wurde.« Ich musste an Thorstens blutiges T-Shirt denken.

Varnar schüttelte den Kopf. »Sie hat die alte Schrift verbannt, nachdem sie mit den Göttern gebrochen hatte. Auf die Verwendung der meisten alten Runen steht die Todesstrafe.«

»Du hast aber doch Runen auf deinem Arm«, rutschte es mir heraus, bevor ich darüber nachdenken konnte, dass ich damit verriet, wie genau ich seinen Körper betrachtet hatte.

Er rieb seinen Oberarm. »Das sind andere Runen«, sagte er ohne weitere Erklärung. »Nein, ich glaube eher, du hast recht, und es ist eine Botschaft.«

»Wieso sollte Ragnara die verbotenen Runen nutzen, um mir eine Botschaft zu senden?«

»Ich glaube nicht, dass sie für dich ist. Ich glaube, es ist eine Botschaft an die Götter.«

Kurz darauf ging Varnar. Wie immer rannte er zur Tür, während ich mitten in einem Satz war. Baff folgte ich ihm, und er drehte sich auf der Schwelle um. Er sah mich ernst an. Dann legte er mir die Hand auf die Schulter und drückte sie leicht, ehe er davonlief.

Ich blieb verwirrt zurück. Noch nie zuvor hatte er eine freundschaftliche Geste gezeigt. Nicht ohne den Einfluss von Liebesmagie jedenfalls. Todmüde schlüpfte ich in mein Schlafshirt und kroch ins Bett.

Monster schnarchte bereits im Gästezimmer. Peinlich berührt wurde mir klar, dass er versucht hatte, Varnar und mir Privatsphäre zu verschaffen. Wie optimistisch er doch war, was mein Liebesleben anging.

Lange grämte ich mich allerdings nicht, denn innerhalb von fünf Minuten war ich eingeschlafen. Ein schrilles Klingeln weckte mich kurz darauf. Schlaftrunken setzte ich mich im Bett auf und entdeckte das leuchtende Handy auf dem Fußboden. Hakims Name stand auf dem Display.

Verdammt.

Ich hatte völlig vergessen, dass ich versprochen hatte, ihn anzurufen. Schnell angelte ich nach dem Telefon. Ich machte mir nicht einmal die Mühe, Hallo zu sagen.

»Ich weiß«, sagte ich und stolperte über die Wörter. »Ich habe vergessen, dich anzurufen. Im Versprechenhalten bin ich wirklich eine Null – besonders wenn es um meine eigene Sicherheit geht. Du bist bestimmt total sauer. Nächstes Mal denke ich dran, versprochen. Alles ist okay. Mir geht's gut.«

Am anderen Ende der Leitung war es einen Augenblick still. »Hast du geschlafen?«

»Ja, ich war gerade eingeschlafen.«

»Soll ich deinen ungewöhnlich langen Redeschwall als Ausdruck dafür deuten, dass du tatsächlich angefangen hast, mich ein wenig zu respektieren?«, neckte er mich.

»Ach, so weit würde ich nicht gehen.«

Hakim wurde wieder ernst. »Ich habe dein Fahrrad sehr genau untersucht. Es sind keine Spuren darauf zu finden außer deinen eigenen und meinen. Franks Auto dagegen ist mit Christians Fingerabdrücken übersät.«

»Machst du diesen kleinen Fall von Vandalismus nicht größer, als er ist?« Ich gähnte diskret. »Ich dachte eigentlich, ihr hättet für solche Dinge nicht genügend Ressourcen. Besteht die Abend- und Nachtbesetzung der Polizei momentan nicht aus einem automatischen Anrufbeantworter?«

»Ich habe doch schon gesagt, dass ich mich in meiner Freizeit darum kümmere.«

»Lassen sie dich einfach so mit den Beweisen herumspielen?«

»Der Anrufbeantworter hat sich jedenfalls nicht beschwert.« Obwohl Hakims Stimme neutral klang, wusste ich, dass er lächelte.

Ich zögerte. »Hakim, darf ich dich etwas fragen?«

»Solange es keine weitere theologische Frage ist. Für solche Dinge ist es mir einfach zu spät.«

»Nein, es geht um etwas Irdisches.« Ich suchte nach Worten. »Was war dein Eindruck von mir, als du mich das erste Mal gesehen hast?«

»Ich konnte dich nicht leiden«, sagte Hakim nach einer kurzen Pause.

»War es nur Antipathie?«

Hakim seufzte am anderen Ende der Leitung, bevor er antwortete. »Ich wollte so schnell wie möglich weg von dir. Oder dich schlagen.«

Schön zu hören, wie Bens Magie in der Praxis wirkte.

Als ich nichts darauf entgegnete, setzte Hakim hinzu: »Du hast selbst gefragt.«

»So ergeht es den meisten mit mir. Es ist nicht deine Schuld.«

»Ich glaube, dass es ebenso wenig deine Schuld ist.«

»Was meinst du?«

»Ich habe keinen Grund, dich nicht leiden zu können. Du bist ein ehrliches und intelligentes Mädchen. Nachdem ich das erkannt hatte, hat sich mein Bild von dir gewandelt.«

»Dann hast du dich also *entschlossen*, mich zu mögen?«

»Ja, natürlich. Merkst du das nicht?«

»Wenn Gardinenpredigten und eklige Details über grausame Morde ein Zeichen deiner Sympathie sind, dann schon.«

Er lachte.

»Magst du mich?«, fragte er.

Selbst durch den Hörer spürte ich, dass er die Luft anhielt. Ich versuchte, lässig zu klingen. »Als ich Grethe gesagt habe, dass du in Ordnung bist, habe ich das ernst gemeint.«

»Bin ich nur in Ordnung?«

»Ja, Hakim. Du bist nur in Ordnung.« Schnell wechselte ich das Thema. »Und zu welchem Schluss kommst du nach den Ereignissen dieses Abends?«

Er ließ sich ein wenig Zeit mit der Antwort. »Ich bin mir jetzt noch sicherer, dass du der Dreh- und Angelpunkt einer Menge merkwürdiger und unheimlicher Ereignisse bist und dass du jedes Mal lügst, wenn ich dich danach frage.«

Ich entschied, es weder zu bestätigen noch zu dementieren. »Das habe ich nicht gemeint. Was denkst du darüber, dass es Spuren am Auto gab, aber nicht an meinem Fahrrad?«

»Ich weiß es nicht. Vielleicht ist Christian durchtriebener, als ich gedacht hatte. Vielleicht ist er für beides verantwortlich, hat aber die Spuren an deinem Fahrrad beseitigt.«

»Warum hat er das Zeichen in meinen Sattel geritzt?« Meinem müden Hirn fiel es schwer, mitzuhalten.

»Du solltest die Nachricht erhalten, dass der Mörder, ob nun Christian oder ein anderer, sich endgültig auf dich eingeschossen hat und dass er dir auf den Fersen ist.«

KAPITEL 34

»Tut mir leid«, sagte Luna als Allererstes, als ich sie und Mathias am nächsten Morgen am Ende des Feldwegs zu Bens und Rebeccas Haus traf.

Ich hatte ihr eine Nachricht geschickt und sie gebeten, mich mit zur Schule zu nehmen. Heute waren ihre Haare blau, daher fiel es mir schwer, mich auf ihre Worte zu konzentrieren.

»Was tut dir leid?« Ich kletterte auf die Ladefläche, und sie trat in die Pedale ihres Lastenrads, während Monster neben uns hergaloppierte und Mathias auf seinem eigenen Rad folgte.

»Wie sich meine Eltern gestern verhalten haben.«

»Sie machen sich ja nur Sorgen«, sagte ich. »Aber ich habe keine Lust, mich weiter mit ihnen zu treffen, solange sie nicht aufhören, mir dauernd alles Mögliche aufzwingen zu wollen.«

»Ich werde mit ihnen reden. Heute Abend habe ich meine nächste Lehrstunde über die verschiedenen Arten von Magie.«

Ich drehte den Kopf und sah zu ihr hoch. »Was ist mit deinen Haaren passiert?«

»Mathias hat sie mir gestern Abend gefärbt. Mit dieser Farbe kann ich mich besser konzentrieren. Der Stoff für die Schule und jetzt noch all die Magie, das ist ganz schön viel zu lernen. Sieht es nicht toll aus?«

»Es ist jedenfalls blau«, sagte ich diplomatisch. »Wie kommt es, dass deine Haare durch das ständige Färben nicht total kaputtgehen?«

»Ich habe da einen Trick«, sagte Mathias etwas verlegen.

»Was für einen Trick?«

»Ich habe es zufällig entdeckt, als ich meiner Mutter vor ein paar Jahren mal im Salon geholfen habe. Ich habe einer Kundin die Haare gewaschen, die anschließend gefärbt werden sollten. Als ich auf eine bestimmte Weise mit den Fingern durch ihr Haar gefahren bin, konnte ich die alte Farbe abziehen. Zusätzlich wurden ihre Haare dadurch gesünder als vorher. Diese Methode ist viel schonender als Chemie«, fügte er hinzu. Manchmal klang Mathias wie eine fünfzigjährige Friseurin.

»Das muss ein Demi-Special sein. Meine Haare waren nach der Nacht mit Od auch wesentlich schöner.«

Weder Luna noch Mathias kommentierten meine Bemerkung. Sie tauschten nur einen einvernehmlichen Blick.

»So war es nicht. Überhaupt nicht«, rief ich.

Monster neben mir schnaubte.

»Wieso hat er dann bei dir übernachtet?«

»Das habe ich doch schon erzählt. Seine göttliche Seite, oder was auch immer das ist, war total aus dem Ruder gelaufen, deshalb hat er meine Menschlichkeit gebraucht.«

»Aber du sagst, du glaubst nicht an die Götter«, wandte Mathias ein.

»Ich glaube an das, was ich spüre, und ich habe eine Person gespürt, die Hilfe brauchte.«

»Woran glaubst du dann? Du musst doch zugeben, dass Mathias und Od anders sind als gewöhnliche Menschen«, schnaufte Luna, während sie in den Pedalen stand.

»Ich habe darüber nachgedacht«, sagte ich. »Ich gebe durchaus zu, dass es Wesen gibt, die anders sind als wir. Genetisch, meine ich. Man kann sie Götter oder Aliens oder sonst wie nennen. Aber ich sehe nicht ein, warum sie in der Hierarchie über den Menschen stehen sollten. Ich finde nicht, dass man Geschöpfe in eine Hackordnung einteilen darf. Das ist doch echt altmodisch, oder?«

»Stimmt«, sagte Mathias. »Der Gedanke, dass jemand unter mir ist, gefällt mir auch nicht.«

»Gestern Abend schien es dir aber sehr gut zu gefallen«, grinste Luna.

»Hey, Leute«, rief ich und hielt mir die Ohren zu.

»Luna!« Mathias' Miene war bestürzt, seine Augen aber leuchteten verliebt.

Im Blauen Gang auf dem Weg zur Dänischstunde verschmolzen Lunas blaue Haare beinahe mit der Wand. Jan war immer noch voll motiviert bei den isländischen Texten. Wir nahmen die Weissagung der Seherin durch, und ich musste an Elias' Theorie denken.

»Dieser Text«, sagte Jan, »ist über elfhundert Jahre alt. Dennoch spricht er über etwas, das noch nicht geschehen ist. Die Zukunft. Maja, wie deutest du das Gedicht?«

Maja aus unserer Klasse errötete, während Tine kicherte.

»Äh.« Maja starrte ratlos auf ihr Blatt.

Auch wenn das begeisterte Lächeln auf Jans Lippen blieb, trat Resignation in seinen Blick. »Lies uns das Gedicht doch mal vor, Maja. Vielleicht frischt das deine Erinnerung auf.«

Heid hießen sie sie,
wo sie ins Haus kam,
die wohl weissagende Seherin,
sie trieb Zauber;
sie zauberte, wo sie konnte,
sie zauberte besinnungslos,
stets war sie die Freude
schlechter Frauen.

Maja glich einem einzigen Fragezeichen, als Jan sie auffordernd ansah.

»Das ist eine Beschreibung der Seherin«, erklärte er. »Oder der

Völva, wie sie im Altnordischen genannt wird. Daher heißt das Gedicht im Original auch *Völuspá*.«

Luna stieß mich mit dem Ellbogen in die Rippen. »Fallen dir gewisse Ähnlichkeiten auf? Eine Seherin, die Zauber treibt? Mit den Toten zu sprechen ist übrigens auch eine Art Zauber. Und du sprichst doch so oft wie nur irgendwie möglich mit Arthur. Und dann heißt es ›sie zauberte besinnungslos‹ – wirst du nicht manchmal ohnmächtig?«

Jan fuhr fort: »Liest du bitte noch ein Stück weiter, Maja?«

Mit leidendem Gesichtsausdruck las Maja den nächsten Abschnitt.

Von Süden die Sonne,
des Monds Gesell,
schlang die Rechte
um den Rand des Himmels:
die Sonne kannte
ihre Säle nicht;
die Sterne kannten
ihre Stätte nicht;
der Mond kannte
seine Macht noch nicht.

Luna flüsterte: »Mond.« Sie deutete auf sich selbst. »Luna.« Sie zeigte auf mich: »Sterne. Anne *Stella*. Und auch Serén ist ein altkeltisches Wort für Sterne. Mathias ist außerdem sehr golden. Wie die Sonne. Das ist doch komisch.« Sie lachte. »Und anfangs wusste keiner von uns, welche Kräfte wir besitzen.«

Hm. Ja, eigentlich schon ziemlich komisch. Mein Kopf fühlte sich schwummrig an.

»Maja, spring doch mal zu Abschnitt neununddreißig«, sagte Jan. »Hier erzählt die Völva von den Ereignissen, die den Weltuntergang einläuten.«

Dort sah sie waten
durch beschwerliche Ströme
meineidige Männer
und Mörder,
und den, der eines andern
Ohrflüsterin verführt;
dort sog Nidhögg
die Leichen der Verstorbenen.
Der Wolf riss Männer. –
Wisst ihr nun noch etwas?

Der letzte Satz erklang in meinem Kopf mit einer anderen Stimme als Majas. Als spräche eine Frau direkt zu mir. Der Raum begann sich zu drehen, und ich klammerte mich an der Tischkante fest.

Ostwärts saß die Alte
im Eisenwald
und gebar dort
Fenrirs Geschlechter;
von ihnen allen wird
ein bestimmter
der Sonne Dieb
in Trollgestalt.

Hieß Monsters Zuhause in Hrafnheim nicht Eisenwald? Und hatte er nicht gesagt, dass er vom Fenriswolf abstammte? Nein, das konnte nicht sein. Das Gedicht war vor über tausend Jahren geschrieben worden. Es konnte keine echte Prophezeiung sein. Es konnte nichts mit uns zu tun haben.

Er füllt sich mit den Leibern
getöteter Männer;
er rötet der Götter Sitz

mit rotem Blut;
schwarz wird der Sonnenschein
in Sommern danach,
alle schrecklichen Unwetter.
Wisst ihr nun noch etwas?

Wieder wurde die letzte Zeile von einer unbekannten Frauenstimme in meinem Kopf gerufen. Es war fast, als würde das Gedicht schreien: *Kapierst du es?* Bilder von Krieg, Schlachten und Blut hämmerten in meinem Kopf.

»Ist alles okay, Anne?«, hörte ich Mathias flüstern, während Maja unbarmherzig weiterlas:

Die Sonne verdunkelt sich,
das Land versinkt im Meer,
vom Himmel stürzen
die hellen Sterne;
es wüten Feuer
und Rauch,
große Hitze steigt
selbst bis zum Himmel empor.

Ein kollektiver Schrei erscholl in meinem Kopf. Menschenmassen, die voller Angst durcheinanderriefen. Glühende Hitze versengte mir das Gesicht, während ich gleichzeitig von einer eisigen Welle überrollt wurde. In meinem Bauch zog es, als stünde ich in einem abwärtsrasenden Fahrstuhl. Ich sprang auf und hielt mir die Hand vor den Mund, sowohl um nicht aufzuschreien, als auch, um mich nicht zu übergeben. Dann rannte ich zur Tür.

Zum Glück war das Mädchenklo am Ende des Blauen Gangs frei, und Gott sei Dank kam ich gerade noch rechtzeitig dort an. Ich übergab mich heftiger als je zuvor, und mein ganzer Körper wurde von Krämpfen geschüttelt. Benommen ließ ich mich vor der Toilette zu Boden sinken. Ein schrilles Pfeifen in meinen Ohren kündigte an, dass mir noch genau eine Sekunde blieb, um mich an die Wand zu lehnen, bevor ich ohnmächtig würde.

Dann hüllte mich die Dunkelheit ein.

Ein massiver Druck sagte mir, dass ich von Menschen umringt war. Ich hörte Jans Stimme und spürte seinen Ekel. Es gelang ihm allerdings, einen professionellen Ton zu wahren. »Lasst ihr etwas Luft. Ich glaube, sie kommt zu sich.«

Ich hielt die Augen fest zusammengekniffen, während der Druck ein wenig nachließ, bis zum Schluss nur noch Jan bei mir stand. Dann blinzelte ich vorsichtig.

»Was fehlt dir?« Er klang souverän und erwachsen, doch die Stimmung, die ich von ihm empfing, war panisch. Ich denke, von Überdosis bis Ebola hielt er alles für möglich.

»Ich glaube, ich habe mir den Magen verdorben«, murmelte ich.

Hinter mir warf Mathias ein: »Ich habe mich heute Nacht übergeben. Wahrscheinlich ist es ein Virus.«

»Ich auch«, log Luna. »Das ganze Wochenende. Bestimmt geht eine Magen-Darm-Grippe um.«

»Ich war auch krank«, hörte ich Klein-Mads' tiefe Stimme.

Ich drehte den Kopf und sah ihn überrascht an, was nicht weiter schwer war, obwohl er in der allerletzten Reihe stand. Er zwinkerte mir zu.

Danke, mimte ich.

Jan entspannte sich merklich. »Dann gibt es ja eine gute Erklärung.«

»Es ist nichts Ernstes«, sagte ich. *Davon abgesehen, dass ich gerade die Apokalypse gesehen und gespürt habe, wie alles untergeht.* »Ich sollte mich wohl ins Bett legen.«

»Ja, das ist sicher am besten«, pflichtete Jan mir bei. Er wollte mich loswerden, damit ich aus seinem Verantwortungsbereich verschwand. »Kann jemand Anne nach Hause bringen?«

Ich protestierte, doch eine Stimme sagte: »Ich begleite sie.«

Es war Varnar. Peinlich, dass er mich so sah.

»Kennt ihr euch?« Jan klang sowohl erleichtert als auch misstrauisch.

Ich nickte. »Ja, wir sind Freunde.«

»Prima. Ihr anderen geht schon mal zurück«, sagte Jan über die Schulter. »Auch ihr beiden«, fügte er an Luna und Mathias gewandt hinzu, als sie sich nicht bewegten.

Mathias wollte widersprechen, doch Luna nahm ihn am Arm und zog ihn Richtung Klassenzimmer.

»Ruf mich an«, sagte sie.

»Anne, ich werde eintragen, dass du krank bist«, sagte Jan, bevor er ebenfalls ging.

Ich kam wacklig auf die Beine, während die anderen abzogen. Dankbar registrierte ich, dass jemand die Spülung gedrückt hatte. Benommen beugte ich mich übers Waschbecken und trank einen Schluck Wasser.

»Was ist passiert?«, fragte Varnar.

»Keine Ahnung. Ich weiß es echt nicht.« Ich drehte mich zu ihm um, schwankte jedoch. Er griff meinen Arm.

Normalerweise hatten die Visionen keine derart starke Wirkung auf mich, und schon gar keine so lang anhaltende. Außerdem hatte ich gar keine Vision gehabt. Die Zukunft konnte ich ja nicht sehen. Ich atmete tief durch, um einen klaren Kopf zu bekommen.

»Wir haben im Dänischunterricht ein altes Gedicht gelesen. Auf einmal wurde mir schlecht. Wie wenn ich eine Vision habe, aber ich glaube nicht, dass ich die Vergangenheit gesehen habe.«

»Aber du hast etwas gesehen?« Sein Duft legte sich um mich, da wir so nah beieinanderstanden.

»Ja. Ich habe Krieg gesehen. Ein Blutbad. Und ich habe gesehen, wie alles verschwindet.«

»Alles?«

»Alles. Die Sonne. Der Mond. Die Sterne und die Erde. Alles.«

»Welches Gedicht habt ihr gelesen?«

Ich entzog mich seinem Griff und trat ein Stück weg. »*Die Weissagung der Seherin*. Kennst du es?«

»Aus meiner Kindheit, ja. Damals war der Glaube an die Götter noch nicht verboten. Es handelt von Ragnarök. Dem Untergang.«

»Ich dachte, es wäre bloß eine Geschichte«, sagte ich.

»Du klingst, als seist du nicht sicher?«

Ich seufzte. »Serén hat gesehen, dass die Welt untergeht, falls Ragnara es schafft, sie oder mich zu töten. Vielleicht hat jemand vor tausend Jahren dasselbe gesehen. Vielleicht habe ich die Vergangenheit gesehen. Also die Vision einer Person aus der Vergangenheit, die die Zukunft gesehen hat.«

Varnar sah aus, als könne er nur schwer folgen. »Du hast die Zukunft in der Vergangenheit gesehen?«

Ich fuhr mir mit der Hand über die Augen. »Ich weiß es nicht. Ich bin gerade etwas verwirrt.«

»Aber es geht dir besser?«

»Mir geht's gut. Aber ich muss nach Hause. Jan glaubt, ich hätte Magen-Darm-Grippe.«

»Dann lass uns gehen.«

»Du brauchst nicht mitzukommen«, sagte ich.

»Doch. Beschützer. Erinnerst du dich?« Sein Lächeln, als er sich auf die Brust tippte, ließ mich fast erneut ohnmächtig werden.

Wir gingen zurück nach Odinshöhe, und der frische Herbstwind tat Wunder für meinen Kopf. Keiner von uns sprach, so weit war also alles beim Alten.

Zu Hause drückte mich Varnar auf einen Stuhl am Esstisch und begann anschließend, in der Küche zu rumoren.

»Du musst hungrig sein«, sagte er. »Du hast ja alles erbrochen.«

Ich schloss die Augen. »Hast du das gesehen?«

»Nein, aber gehört.«

Ich legte die Stirn auf den Tisch. »Ohhh.«

Varnar war sofort bei mir. »Ist dir wieder schlecht?«

Ich hob den Kopf. »Nein. Ich schäme mich in Grund und Boden.«

»Warum?«

»Kotzen ist eklig.«

»Und?« Er sah mich verständnislos an.

»Hallo? Mädchen wollen nicht eklig sein.«

»Ich kenne nicht so viele Mädchen, und die wenigen, die ich kenne, sind wie Aella. Sie hat kein Problem mit so was.« Er ging zurück zur Küchenzeile und suchte Brot und Käse zusammen. Mit einem Teller mit Essen und zwei Tassen Tee kam er zum Tisch zurück.

»Danke.«

Wie aßen schweigend.

Nach einer Weile meinte Varnar: »Du hast heute etwas gesagt.«

»Oh nein. Was habe ich jetzt schon wieder gesagt?«

Er lächelte kaum merklich. »Etwas, das mich gefreut hat.«

»Und zwar?«

»Du hast zu deinem Lehrer gesagt, dass ich dein Freund bin.«

»Warum hat dich das gefreut?«

Er schaute in seine Tasse.

»Der Gedanke, dass ich dich hätte umbringen können, quält mich.« Er verstummte und sah auf. »Was denkst du über mich?«

»Ich denke, du zeigst äußersten Einsatz, egal welche Aufgabe dir übertragen wird.«

»Aber glaubst du, dass ich leichtfertig alles tun würde, was mir befohlen wird? Ohne es zu hinterfragen?«

Ich senkte den Blick. »Nein. Schließlich hast du mit Ragnara gebrochen. Und mit diesem Eskild. Das hast du ja getan, weil du die Dinge, die sie tun, nicht gutheißt.«

»Genau. Und ich erachte die Dinge, die deine Mutter tut, als richtig. Inzwischen habe ich auch erkannt, dass du wichtig bist. Ich glaube, du besitzt die Fähigkeit, unser aller Schicksal zu ändern. Inzwischen würde ich nicht nur aufgrund meines Versprechens an Thora mein Leben für dich geben.«

»Hoffen wir mal, dass es nicht dazu kommt«, lächelte ich abwehrend.

Mein Versuch, die Stimmung aufzuheitern, fruchtete nicht. Varnars Miene blieb ernst. »Ich möchte, dass du darauf vertraust, dass ich loyal bin. Dass ich nicht wieder die Seiten wechsle. Deshalb habe ich mich gefreut, als du mich deinen Freund genannt hast.«

»Nur deshalb?«, kam es grollend von der Tür.

Hastig rückte ich von Varnar weg. Ohne es zu bemerken, hatte ich mich zu ihm gelehnt.

»Das nächste Mal darfst du mir gerne mitteilen, wenn du einen Ort verlässt«, brummte Monster.

»Tut mir leid. Ich habe mich noch nicht daran gewöhnt, anderen zu sagen, wo ich bin.«

Monsters Miene war ausdruckslos. Varnar stand auf und verschwand ohne ein weiteres Wort aus der Tür.

Ich legte erneut die Stirn auf den Tisch und verschränkte die Arme vor meinem Kopf. Monster kam zu mir und atmete in mein Haar. »Was ist los?«

»Ich hatte eine schreckliche Vision von einem Krieg und einer Art Naturkatastrophe. Ich habe den Tod etlicher Menschen gesehen und gespürt. Dann habe ich vor einem Haufen Leuten inklusive Varnar gekotzt und bin ohnmächtig geworden«, murmelte ich in den Tisch.

»Das meine ich nicht. Was ist da zwischen dir und Varnar aus dem Bronzewald?«

»Oh nein«, klagte ich. »Ist es so deutlich?«

»Wölfe haben auch Gefährten.«

Ich drehte den Kopf, sodass meine Wange nun auf dem kühlen Holz lag. Monster legte seinen riesigen Kopf vor mir auf den Tisch und sah mich an.

»Hast du eine Gefährtin?«, fragte ich.

»Ja. Und Kinder. Das heißt, sie sind keine Kinder mehr. Sie sind nun Leibwölfe. Aber in meinem Kopf werden sie wohl immer kleine Welpen bleiben.« Seine großen Augen leuchteten warm.

Ich lächelte schwach. »Du bist Vater.«

»Von zwei starken Rüden und einer furchtlosen Fähe. Meine Gefährtin heißt Boda. Sie ist schön, stark und mutig.«

»Wie findet sie es, dass du hier bist?«

»Sie versteht es.«

»Aber du vermisst sie, oder? Und du musst Angst haben, sie womöglich nie wiederzusehen.«

Monster wandte sich um und ging zur Terrassentür. Seine scharfen Krallen klackten leise auf dem Fliesenboden. Er blickte über die Landschaft. »Boda wacht auf ihre Weise über das Rudel. Ich tue es auf meine.«

Ich straffte den Rücken. Dann stand ich auf und trat zu ihm an die Tür, um ebenfalls hinaus auf das flache Nordjütland zu schauen. Goldene und rote Herbstfarben schmückten Büsche und Bäume, der Himmel war grau von regenschweren Wolken, und die braunen Felder und grauen Wege unterteilten das Ganze in ein fein säuberliches System. Die großen Windräder drehten sich im Wind, und hier und da leuchtete ein kleines weiß gekalktes Haus auf. Auf einmal sah ich die Landschaft mit anderen Augen. Ein durchsichtiger Film, in dem alles zusammenstürzte und Flammen über die Felder leckten, lag über der friedlichen Szenerie.

Ich legte Monster eine Hand auf den Rücken, dann standen wir lange so da und blickten durch die Glastür.

Am Nachmittag entschied ich, dass es Zeit für ein Gespräch mit Od war. Monster und ich mussten den Bus nach Jagd nehmen, da mein Fahrrad noch immer in Hakims Obhut war.

Ich betrat den Bootsmann, der nach dem Tagundnachtgleiche-Ball vor etwa einem Monat wieder von den Einheimischen zurückerobert worden war. Songs im örtlichen Dialekt strömten aus den Lautsprechern durch das Lokal, und die Leute plauderten bei Bier, Softdrinks und unzähligen Tassen Kaffee. Wie immer wunderte es mich, diesen Ort so voller Leben zu sehen. Obwohl die Gegend auf den ersten Blick vollkommen ausgestorben wirkte, gab es immer noch Leute hier, und sie waren so lebenslustig und zäh wie eh und je. Von Od war keine Spur zu sehen, doch die kleine schwarzhaarige, tätowierte Frau stand hinter dem Tresen. Ich ging zu ihr.

»Ich muss mit Od reden.«

Sie schaute mich an, und ihre Augen waren so dunkel, dass Iris und Pupille beinahe ineinander übergingen. Es kostete mich Kraft, ihren Blick zu halten. Dann tauchte sie hinter dem Bartresen ab und blieb eine ganze Weile verschwunden. Es klang, als ob sie da unten suchend herumkramte. Ich versuchte, über den Tresen zu linsen.

»Hallo«, rief ich.

Wie eine Feder schnellte sie wieder hoch, und ich sprang zurück.

»Strand«, sagte sie und drückte mir ein schwarzes Badetuch in die Hand. Der Bullenring in ihrer Nase wippte leicht, als sie sprach, und ihre Stimme war so tief, dass ich sie, hätte ich sie nur gehört und nicht gesehen, für einen Mann gehalten hätte. Dann griff sie ein Tablett, trat hinter dem Tresen hervor und stieß im Vorbeigehen hart mit der Schulter gegen meine.

Was war das denn bitte?

Monster sah mir verwundert entgegen, als ich mit dem Handtuch im Arm aus der Bar kam.

»Was willst du mit der Decke?«

»Das weiß ich ehrlich gesagt nicht. Aber wir müssen wohl zum Strand.« Ich ging zum Rand des Kliffs und schaute die rund vierzig Meter in die Tiefe. »Die Frage ist bloß, wie wir da runterkommen.«

Monster machte einen Erkundungsgang und kehrte schnell zurück. »Es gibt einen Weg nach unten, aber er ist steil.«

Ich folgte ihm, und mein Magen zog sich zusammen, als ich den schmalen Pfad sah, der beinahe senkrecht abfiel. Doch uns blieb nichts anderes übrig, also machten wir uns an den Abstieg. Je tiefer wir kamen, desto stärker riss der sandpapierartige Wind an mir. Meine langen Haare wurden herumgewirbelt, und ein durchdringender Geruch nach Tang, Salz und Fisch hüllte mich ein.

Unten angekommen, offenbarten sich mir erstmals die vollen Ausmaße des flachen Strands. Er war weiß und glatt wie ein blanker Knochen, und Wind, gemischt mit Sandkörnern, schlängelte sich wie Rauchschwaden über die Erde.

Monster blieb stehen und ließ mich alleine weiter zum Wasser gehen. Ratlos schaute ich übers Meer, das an diesem Tag blaugrün, brausend und schäumend wild war. Rau und gleichzeitig schön. Aus irgendeinem Grund musste ich an Svidur denken. Der Wind zerrte an dem Handtuch, und ich hielt es mühsam fest.

Nach einer guten Weile tauchte eine Gestalt aus dem Wasser auf. Eine große, muskulöse Person, die unerschütterlich durch die Wellen auf die Küste zuwatete.

Od erreichte den Strand und glich mehr denn je einer mythologischen Figur. Einer sehr nackten, sehr schönen und auch sehr furchterregenden mythologischen Figur. Als er bei mir war, reichte ich ihm das Handtuch, welches er beinahe zeremoniell entgegennahm.

»Danke.« Er beugte sich herab und küsste mich auf die Stirn. Seine Lippen waren eiskalt, und Salzwasser tropfte aus dem nassen Haar auf mich herab.

»Gern. Deine Barkeeperin hat es mir gegeben.«

Od lachte. »Mjödwitnir. Sie gehört mir nicht.«

»Wie auch immer.« Ich spähte aufs Meer. »Was hast du da draußen gemacht?«

»Ich war zu Besuch bei Hlen und Ran auf Jan Mayen.«

»Keine Ahnung, von wem oder von was du da redest.«

Od sah hinab auf seine nackten Füße. »Das zu erklären, braucht Zeit. Zeit, die wir nicht haben.«

Okay, Mister Geheimnisvoll.

»Wie kannst du so lange die Luft anhalten?«

Er lächelte bloß rätselhaft und ging dann mit langen Schritten auf das Kliff zu, auf dessen Spitze der Bootsmann balancierte. Ich lief hinter ihm her und folgte den Spuren, die er im feuchten Sand hinterließ.

»Welchem Umstand schulde ich die Ehre?«, erkundigte er sich, während wir gingen.

»Ist das jetzt der Moment, wo ich sagen soll, dass die Ehre ganz meinerseits ist?«

»Du darfst sagen, was immer du möchtest.«

Wir waren bei Monster angekommen, der Od zunickte.

»Prinz Etunaz«, sagte Od und neigte den Kopf.

Monster wollte etwas erwidern, doch ich kam ihm zuvor. »Tut mir ja leid, dass ich eure Formalitäten unterbrechen muss, aber ich muss mit dir über dein Blut reden.«

Od sah mich scharf an. »Mein Blut?«

»Was bewirkt es?«

»Du sprichst über gefährliche Kräfte.« Er machte eine Pause. »Menschen erlangen Stärke, wenn sie Demigötterblut einnehmen, doch nur sehr wenige verkraften es. Die meisten werden wahnsinnig. Ihr könnt nur in sehr kleinen Dosen an unserer Stärke teilhaben. Beispielsweise vermischt mit anderen Substanzen, wie in dem Laekna, das Elias herstellt. Oder durch Körperkontakt.« Er ging nicht weiter ins Detail, was mir sehr entgegenkam. »Und selbst dann ist unsere Energie gewaltig.«

Ich dachte an den Wilden, der etwas zurückgeblieben gewirkt hatte. Vielleicht war das eine Nebenwirkung des Demiblutes.

»Keine Sorge, ich habe nicht vor, dein Blut zu trinken. Ich versuche nur, mir über etwas klar zu werden.«

Od ging weiter auf das Kliff zu. »Worum geht es?«

»Darum, was genau euer Blut anders macht.«

»Das weiß nicht einmal ich.«

»Falls dein Vater wirklich ein Gott ist, dann hast du es ja wohl von ihm, oder?«

»Vermutlich ja. Aber mir gefällt nicht, dass du seine Göttlichkeit in Zweifel ziehst.«

»Es ist mir scheißegal, was dir gefällt oder nicht.« Ich blieb stehen.

Die beiden anderen hielten ebenfalls inne. Monster sah mich resigniert an, und Od schüttelte den Kopf.

Ich ruderte zurück. »Tut mir leid. Ich bestreite ja nicht, dass er etwas Besonderes sein muss. Du leuchtest schließlich und bist stark und schön und das alles. Ich weiß bloß nicht, wieso das so ist.«

Ods hübsches Gesicht wurde von einem Lächeln erhellt. »Ich muss sagen, dass ich deine Ausbrüche sehr erfrischend finde. Es ist Jahrzehnte her, dass ich einem solchen Widerstand begegnet bin.«

Eins, zwei, drei, vier, fünf, zählte ich im Kopf, um Ruhe zu bewahren und nicht gleich noch mal zu explodieren.

»Freut mich, dass ich dich unterhalte«, erwiderte ich beherrscht.

»Du weißt, dass es nicht so gemeint ist.« Ods Blick war sanft.

Ich wagte einen neuen Versuch. »Ich gebe dir recht, dass dein Blut stark ist und gefährlich sein kann. Aber in deinem Körper ist es ja mit Menschenblut gemischt. Was wäre, wenn man es in Reinform bekäme? Zum Beispiel von deinem Vater?«

»Mein Vater blutet nicht.«

»Aber Balder hat geblutet.«

»Woher weißt du das?«

»Aus der Weissagung der Seherin. Wir haben das Gedicht in der Schule gelesen.« Ich ließ unerwähnt, dass Elias derjenige gewesen war, der mich auf Balders Bluten hingewiesen hatte.

»Ah. Die Völuspá. Das Gedicht über die größte Seherin von euch allen.«

»Gab es sie wirklich, oder ist das bloß eine Geschichte?«

»Die Völva Heid? Sie war sehr wirklich.«

»Hast du sie gekannt?«

Od kniff die Augen zusammen, als blicke er in die Vergangenheit. »Ja. Vor vielen Jahrhunderten.«

»Hat sie wirklich all die schrecklichen Dinge gesehen, die in dem Gedicht vorkommen?«

»Ja.« Ein schmerzlicher Schatten flog über Ods Gesicht.

Mir kam der Verdacht, dass es nichts mit der brutalen Prophezeiung zu tun hatte. Ich glaubte eher, er hatte die Völva gekannt und gemocht. Zeit für einen Themenwechsel. »Wenn nun ein Mensch reines Götterblut zu sich nimmt, was passiert dann?«

Od schüttelte den Kopf, wie um sich selbst zurück in die Gegenwart zu holen. »Ich vermute, der Mensch stirbt. Götterblut ist ebenso instabil wie ein radioaktives Atom.«

»Was, wenn der Mensch nicht stirbt?«

»Wenn der Mensch dem Blut nicht erliegt, erhält er vermutlich einige göttliche Eigenschaften.«

»Weißt du, wie Ragnara unsterblich wurde?«, fragte ich schnell und versuchte damit, Hakims Trick zu kopieren, die Wahrheit aus Leuten herauszuschocken.

Ods Miene blieb jedoch unbewegt. »Nein, ich weiß es nicht. Aber ich hatte immer die Vermutung, dass ein Gott ihr den Lebensfunken entzogen und ihn irgendwo versteckt hat.«

»Welcher Gott?«

Ods salzwassernasses Haar war in dem beißenden Wind getrocknet und fiel ihm nun in dichten Strähnen ins Gesicht.

»Darüber möchte ich nicht einmal spekulieren«, sagte er und setzte sich wieder in Bewegung.

Ich lief ihm hinterher. »Aber könnte es umgekehrt gewesen sein? Hätte sie etwas *einnehmen* können?«

Wir hatten den schmalen Pfad am Steilhang erreicht, der sich scheinbar bis in die Unendlichkeit nach oben schlängelte. Wir machten uns an den Aufstieg, und nur dank meiner guten Kondition war ich überhaupt in der Lage, gleichzeitig zu klettern und zu sprechen.

»Das ist nicht unmöglich«, sagte Od über die Schulter. »Aber welcher Gott würde ihr göttliche Fähigkeiten geben? Meiner Erfahrung nach sind die Götter äußerst geizig im Umgang mit ihren Kräften. Und sie sind eifersüchtig auf jene, die göttliche Stärke erlangen.«

»Was, wenn es kein Gott ist? Könnten andere Zugang zu Götterblut haben?«, schnaufte ich.

Od antwortete nicht. Er stieg bloß schweigend den Pfad hinauf. Als wir endlich die Spitze erreichten, japsten sowohl Monster als auch ich nach Luft.

Od hingegen schienen weder das Nacktbaden im November noch der steile Aufstieg auch nur das Geringste ausgemacht zu haben. Zum Schluss beantwortete er meine Frage. »Ja. Außer den Göttern könnten auch andere an deren Blut gelangen, doch das würde große List und sehr viel Mut erfordern. Und zu welchem Zweck? Ich würde dir raten, dir das Götterblut aus dem Kopf zu schlagen. Menschen sollten nichts damit zu tun haben.« Er wandte sich zum Gehen.

»Was ist mit den Toten?«, rief ich. »Was passiert, wenn die Toten mit Götterblut in Kontakt kommen?« Ich war immer noch außer Puste.

Auf einmal stand Od unmittelbar vor mir. Sein Oberkörper, der aussah wie von einem Meisterbildhauer gemeißelt, war auf meiner Augenhöhe. Ich legte den Kopf in den Nacken und sah ihm direkt in die blaugrünen Augen, die in jenem Augenblick exakt die gleiche Farbe wie das Meer hatten. Wie immer hatte ich das Gefühl, von einem reißenden Strom in die Tiefe gezogen zu werden. Er duftete nach Salzwasser, Luft und Natur, und die unbändigen Locken ließen ihn weniger menschlich aussehen als je zuvor. Eine feine Sandschicht lag auf seinen Augenbrauen und Wimpern, und an seinem Hals hing ein Streifen Seetang.

»Dies ist keine Warnung, Anne. Es ist ein Befehl. Du hast dich nicht mit diesen Kräften zu befassen.«

Obwohl sich meine Umgebung zu drehen begann, hielt ich seinem Blick stand. »Wenn mich nicht alles täuscht, muss ich mit dem Herzen glauben, dass du zur Hälfte ein Gott bist, damit dieses Hierarchie-Gedöns funktioniert. Und ich bin nicht überzeugt. Jedenfalls nicht so weit, dass ich davon religiös werden würde. Du kannst mir also rein gar nichts befehlen.«

Od aktivierte seine volle Stärke, und das Gewicht seiner Überzeugungskraft drückte gegen mich. »Nur einem einzigen Gott obliegt es, die Toten zu erwecken, und er vergibt es nicht, wenn andere – und schon gar nicht Menschen – es ihm nachtun. Das habe ich auch Elias gesagt.«

»Ärzte beleben jeden Tag Menschen wieder. Wo liegt der Unterschied?« Ich wünschte, meine Stimme wäre stärker, doch in diesem Moment war ich froh, dass ich überhaupt in der Lage war, auch nur ein einziges Wort herauszuquetschen.

»Auf Arthur wurde Anspruch erhoben«, sagte Od, als hätte er meine Gedanken gelesen. »Eine Göttin hat Anspruch auf ihn erhoben. Das ist der Unterschied.«

»Ich glaube nicht an diese Regeln. Wer hat sie gemacht?«

»Die Götter machen die Regeln!« Ods Stimme hatte wieder diesen metallischen Klang angenommen.

»Und wenn das menschliche Gehirn die Götter überhaupt erst erschaffen hat, was dann?«, schnappte ich zurück.

Od schrumpfte ein klein wenig in sich zusammen. Sanftheit

kehrte zurück in seine Züge, und er legte mir eine Hand an die Wange. »Vor dir hatte schon einmal jemand diese Gedanken. Es wird sie wohl das Leben kosten, woraufhin sie eine oder mehrere Welten im Fall mit sich nimmt.« Er zog die Hand zurück. »Ich kann dich gut leiden, Anne Stella. Pass auf dich auf«, waren seine letzten Worte, ehe er mir den Rücken zuwandte und durch den Hintereingang des Bootsmanns verschwand.

»He, wir sind noch nicht fertig!«, rief ich, doch meine Stimme wurde vom Wind verschluckt. Fluchend lief ich zur Tür und rüttelte daran, aber sie war verschlossen. Ich hämmerte dagegen.

Nach einer Weile hantierte jemand auf der anderen Seite mit dem Schloss, und Elias steckte den Kopf heraus. »Anne«, sagte er überrascht. »Was machst du hier?«

»Wo ist Od hin?«

Elias runzelte die Brauen. »Od? Er ist nicht hier. Er ist in Norwegen.«

»Ich habe eben mit ihm gesprochen. Er kam splitterfasernackt aus dem Meer, hat wirres Zeug geredet und ist anschließend im Bootsmann verschwunden.«

Elias nahm meine Erklärung ohne Weiteres an. »Hat er etwas Brauchbares gesagt?«

Ich überlegte. »Wenn Od jemanden warnt, dass etwas sehr gefährlich ist, und einem anschließend befiehlt, es sich aus dem Kopf zu schlagen, heißt das dann, dass man auf der richtigen Fährte ist?«

Elias' Augen glitzerten. »Genau das heißt es.«

Elias fuhr uns nach Hause. Während der Fahrt gab ich ihm so viel preis, wie mir passend erschien.

»Od hat gesagt, Götterblut sei so instabil wie ein radioaktives Atom und dass es einen Menschen vermutlich umbringen würde, das Blut in Reinform zu trinken.«

Elias nahm eine scharfe Kurve, und es rumste, als Monster von der Rückbank rutschte.

»Alles okay?«, fragte ich über die Schulter.

Monster knurrte. »Ich glaube, das war die Art des Braumeisters, mir dafür zu danken, dass ich von seinem Arm gekostet habe«, sagte er, während er wieder auf den Sitz kletterte.

Elias schaute in den Rückspiegel, und ich glaube, für eine Sekunde hatten die beiden Blickkontakt.

»Können wir nicht versuchen zusammenzuarbeiten?«, fragte ich genervt. »Ich habe genug damit zu tun, mir unsterbliche Königinnen, Berserkergeister, Hexen mit Abscheuzaubern und die Polizei vom Leib zu halten. Ich kann echt nicht gebrauchen, dass ihr zwei euch auch noch streitet.«

Elias gluckste. »Heißt das, du hast endlich verstanden, dass ich auf deiner Seite bin?«

Ich ignorierte ihn.

»Aber er hat gesagt, dass es irgendwo Götterblut gibt und jemand außer den Göttern darauf zugreifen kann?«

»Od hat gesagt, jemand *könnte* Zugang dazu haben. Ich glaube, er weiß es selbst nicht sicher.«

»Hat er sonst noch etwas gesagt?«, fragte Elias.

»Er hat eine lange Litanei von Warnungen abgespult, aber die kriege ich ja ohnehin dauernd zu hören.«

»Kann ich mir vorstellen. Was noch?«

»Dass er mit dir darüber gesprochen hat, welche Konsequenzen es haben kann, wenn du mit diesen Kräften herumspielst.« Ich drehte den Kopf und sah ihn an.

Elias hielt den Blick auf die Fahrbahn gerichtet. »Vor gar nicht so langer Zeit – etwas über einhundert Jahre ist es her – hat er mich gewarnt. Das war damals, als ich experimentierte. Viel experimentierte.«

»Womit hast du experimentiert?«

»Mit allem«, antwortete er. »Aber insbesondere mit Heilkunde und Arzneimitteln. Du brauchst nur Bescheid zu sagen, falls du Lust auf Doktorspiele hast.«

Hinter mir bellte Monster so laut, dass das ganze Auto erzitterte. »Sprich respektvoll, Braumeister!«

Elias riss erschrocken das Lenkrad herum, und der Wagen scherte in einem großen Bogen auf die Gegenfahrbahn aus, die in dieser kaum bevölkerten Gegend Gott sei Dank leer war.

»Monster, du wurdest geschickt, um mich zu beschützen. Nicht um mich in einem Verkehrsunfall umzubringen!«, rief ich. »Elias denkt sich nichts bei diesen Kommentaren. Er kann es einfach nicht lassen. Um ehrlich zu sein, glaube ich, es ist eine Art Tourette-Syndrom.«

»Ich habe mich sehr gut im Griff«, sagte Elias verschnupft.

»Na, aber klar doch, du neurotischer, sexsüchtiger, traumatisierter Junkie.« Ich kämpfte, um mein hämmerndes Herz unter Kontrolle zu kriegen. »Seid ihr jetzt fertig mit dem Scheiß?«

»Tut mir leid«, grollte Monster.

Elias presste die Lippen zusammen, was ich als Ja deutete. Ich versuchte, mich zu konzentrieren, und legte mir die Hand auf die Stirn, während ich ausatmete. »Ich glaube, dass jemand – ein Gott oder irgendein anderes Wesen – Ragnara mit Götterblut versorgt, wodurch sie unverwundbar wird. Wenn wir sie vom Blutnachschub abschneiden, kann sie getötet werden.« Ich konnte die Gefühle nicht ganz aus meiner Stimme heraushalten, während ich dasaß und den Mord an einem anderen Menschen plante – fundamentalistische Diktatorin hin oder her. »Außerdem«, fügte ich schnell hinzu, »haben wir eine Chance, Arthur wiederzubeleben, wenn wir an das Blut kommen. Ich weiß bloß nicht genau, wie.«

»Hier komme ich ins Spiel«, sagte Elias, der sich wieder gefasst zu haben schien.

»Ich hoffe, deine Hunderte von Jahren unmoralischer Experimente haben Früchte getragen.«

»Allerdings, das haben sie. Aber wir brauchen auch Magie«, sagte er.

»Wozu?«

»Erinnerst du dich noch an den Defibrillator, den ich dir gezeigt habe?«

»Ja.«

»Wir müssen Arthur reanimieren, aber Elektrizität allein reicht dafür nicht aus. Er ist schon zu lange tot.« Er warf mir einen schnellen Blick zu, um zu sehen, wie ich die Information verdaute.

Ich behielt meine ausdruckslose Miene bei. »Glaubst du, Luna kann die nötige Magie beisteuern?«

»Ich kenne sie nicht, aber nach allem, was du über sie erzählst, verfügt sie bereits über große Kraft.«

»Was genau muss sie liefern?«

»Magische Energie.«

»Ich habe gesehen, wie sie Energiekugeln mit den Händen geformt hat.«

Elias nickte nachdenklich. »Gut. Sie muss lernen, die Magie in eine Leitung zu kanalisieren, aber wenn sie bereits Energiekugeln formen kann, ist das schon ein guter Anfang.«

»Wir brauchen also Götterblut, deinen Defibrillator, und Luna muss lernen, Magie in eine Leitung zu kanalisieren«, fasste ich zusammen. »Klingt doch machbar.«

Monster lehnte sich auf der Rückbank vor und steckte seinen großen Kopf zwischen uns. »Was ist mit Odin? Er will nicht, dass jemand anders als er selbst Menschen aus dem Tod zurückbringt.«

»Mir ist scheißegal, was er will oder nicht«, sagte ich.

Elias sog Luft ein. »Ich habe ohnehin noch eine offene Rechnung mit dem Allvater. In ebendiesem Punkt würde ich ihm gerne trotzen.«

Monster schmatzte. »Und was ist damit, dass Freyja Anspruch auf Arthur erhoben hat?«

»Tja«, sagte ich mit einem Schulterzucken. »Zu ihr habe ich dieselbe Haltung wie zu Odin.«

Elias bremste scharf und lenkte das Auto auf den Seitenstreifen. Ich wurde auf dem Sitz nach vorn geschleudert, und Monsters Oberkörper rutschte zwischen uns.

»Was?«, rief Elias. »Freyja hat Anspruch auf ihn erhoben?«

»Ja. Sie will, dass er an diesen Ort kommt. Folkwang. Od hat einen Deal mit Freyja ausgehandelt, damit Arthur als Geist hier in Midgard bleiben kann, bis ich erwachsen bin.«

»Das hat Od getan?« Elias sprach hastig. »Woher weißt du das?«

»Arthur hat es mir erzählt.«

»Er würde alles sagen, um dich davon abzubringen.«

»Dieser andere Geist hat es auch gesagt.«

»Welcher andere Geist?«

»Er hieß Thorsten.«

Ich glaubte fast, Elias' Kinnlade würde ihm auf die Brust fallen. »Du hast mit Thorsten gesprochen?«

»Ja, gestern Abend. Er war hier, weil Halloween war. Anscheinend hat er dieses eine Mal im Jahr Ausgang. Hast du ihn auch gekannt?«

Wie hin und wieder der Fall, schimmerte auf einmal Elias' Alter durch. Er sah unendlich müde und traurig aus. »Ich habe sie alle gekannt«, flüsterte er. Dann richtete er sich auf. »Was wollte Thorsten?«

»Arthur sagen, dass er noch bis Ende des Jahres hat. Dann muss er nach Folkwang.«

Eine Flut aus Verwünschungen sprudelte aus Elias' Mund. Einige klangen wie aus einer anderen Zeit, andere waren ziemlich up to date. Mit beiden Fäusten hämmerte er aufs Lenkrad. »Bis Ende des Jahres. Das ist viel zu knapp. Und wir haben keine Chance gegen Freyja.«

»Warum nicht? Sie kann nicht einfach bestimmen, wo Arthurs Geist sein soll.«

»Diese Auffassung teilt sie ganz bestimmt nicht.«

»Ich dachte, sie stünde für *peace, love and harmony*? Kann man sie nicht überreden?«

»Nicht, wenn es um Arthur geht.«

»Wieso nicht?«

Elias schüttelte den Kopf. »Darüber darf ich dir nichts erzählen.«

»Sonst hast du auch keine Hemmungen, alles Mögliche auszuplaudern.«

»Das hier ist eine Sache zwischen der Göttin und deinem Vater. Und vielleicht noch deiner Mutter.«

Oh …

»Solche Dinge will ich nicht über ihn wissen.« Ich schüttelte mich.

»Selbst wenn ich versuche, das Richtige zu tun, tue ich das Falsche«, murmelte Elias mehr zu sich selbst. Dann seufzte er. »Freyja hatte schon immer etwas für deinen Vater übrig. Und sie kann ein wenig besitzergreifend sein. Als deine Mutter auf der Bildfläche erschien, war sie nicht unbedingt erfreut. Können wir es nicht dabei belassen?«

»Und Odin war in meine Mutter verliebt, die ihn nicht wollte. Wie vielen Göttern und Regenten haben meine Eltern eigentlich noch ans Bein gepinkelt, bevor ich geboren wurde?«

Elias hob die Augenbraue. »Einigen.«

»He, Moment mal. Ben hat gesagt, meine Mutter sei der einzige Mensch, der jemals einen Gott abgewiesen hat.«

Elias senkte den Blick. »Ja.«

»Also war Arthur … Freyjas Geliebter?«

»Ja, so könnte man es wohl nennen«, wich Elias aus.

Ins Schwarze getroffen.

Ich blickte durch die Frontscheibe auf die in Dunkelheit gehüllte Straße. Den restlichen Heimweg waren wir alle drei in Gedanken versunken.

Als wir vor Odinshöhe haltmachten, sprang Monster als Erster hinaus.

Ich war auch schon halb aus der Tür, hielt jedoch inne. »Elias, meinst du, ich könnte mit einer anderen hellsichtigen Person sprechen? Ich brauche ein bisschen … äh … Sparring in Zusammenhang mit einer Vision.«

Ich war mir sicher, dass Elias dachte: *Und was springt für mich dabei raus?*

Da musste ich ihn enttäuschen. »Ich kann dir nichts im Gegenzug anbieten.«

»Wie wär's, wenn du mir damit einen Gefallen schuldest?« Er zwinkerte mir zu.

»Du widerlicher …« Ich wollte aus dem Auto springen, doch Elias hielt mich zurück.

»Auch wenn du mir gegenüber aufbrausend bist, weiß ich, dass du mich *tief drinnen* gernhast.«

Ich ignorierte seine unangebrachte Betonung von *tief drinnen*. »Wie sehr ich dich gernhabe, schwankt stark. Witzigerweise in Abhängigkeit von deinem Verhalten.«

»Und wann habe ich mich am besten verhalten?«

Ich überlegte einen Moment und versuchte, ihm eine ehrliche Antwort zu geben. »In der Nacht, als Mathias angeschossen wurde.«

»Du magst uns, wenn wir verletzlich sind. Das werde ich mir merken.«

Ich hob entnervt die Hände. »Warum kannst du nicht einfach mal damit aufhören?«

»Wie schon gesagt: Es ist Jahrzehnte her, dass ich so für einen anderen Menschen empfunden habe.«

»Du hast doch nur Interesse an mir, weil ich unnormal bin. Ein Freak.«

Ich erwartete eine flapsige Antwort, doch Elias wurde ernst. »Glaubst du das wirklich? Nein.« Er suchte nach Worten. »Ich bin bereit, aufzuhören mit … Ich möchte meinen Lebensstil für dich ändern.«

»Du meinst, du möchtest mit deinem Lebensstil für eine Weile pausieren«, erwiderte ich. »Ich werde älter. Du nicht.«

»Das war es eigentlich nicht, was ich im Sinn hatte.« Er nahm meine Hand.

Erst Hakim. Jetzt Elias.

»Warum seid ihr alle so sentimental?« Ich zog meine Hand zurück.

»Ihr alle? Hast du außer Varnar noch andere Verehrer?«

»Varnar ist nicht mein Verehrer. Und nein. Es gibt keine anderen.«

Elias achtete nicht auf meine Worte.

»Ich wusste, dass es nicht lange dauern würde, bis andere deine Vorzüge bemerken würden.« Er atmete ein. »Ich bitte dich jetzt direkt um den Gefallen. Im Gegenzug suche ich dir eine hellsichtige Person, mit der du sprechen kannst.«

»Meinetwegen. Was willst du?«

»Wenn du dich an jemanden bindest, erzähl es mir bitte sofort.«

»Ich werde mit niemandem zusammenkommen.«

»Es wird passieren. Und wenn es so weit ist, hoffe ich, dass ich nahe genug bin, um es als Erster zu erfahren.« Er zog die Augenbrauen hoch, nun offensichtlich zurück in der Rolle des Don Juan. Dann wurde er wieder ernst. »Versprichst du mir das?«

Ich schüttelte genervt den Kopf. »Ja, ja, von mir aus. Wenn es dir so viel bedeutet.«

Am Freitag in der Schule nahm mich Varnar zur Seite. »Du wolltest mit Preben sprechen.«

»Ja.«

»Er ist jetzt in seinem Büro.« Varnar führte mich zum Ende des Braunen Gangs, wo sich der Treppenschacht zum Keller befand.

Als wir unten ankamen, erkannte ich erst, welch ein weitläufiges Netz aus Korridoren und Räumen sich unter dem Gymnasium erstreckte. Das gesamte System schien die doppelten Ausmaße des

Gebäudeteils oberhalb der Erde zu haben. Die Decke hing so niedrig, dass ich, wenn ich mich auf die Zehen stellte, die bloßliegenden Wasser- und Heizungsrohre berühren konnte. Der Boden bestand aus Beton, und Leuchtstoffröhren tauchten das Ganze in ein unwirkliches Licht. Wäre ich nicht daran gewöhnt gewesen, mich in Grabkammern und verfallenen Gutshöfen zu bewegen, hätte ich es unheimlich gefunden. Eine merkwürdige Stimmung hing über den Gängen, als hätten hier einst dramatische Ereignisse stattgefunden, die jedoch von der Zeit gelöscht oder wenigstens abgeschwächt worden waren.

Bis zu Prebens Büro brauchten wir mehrere Minuten.

Varnar räusperte sich in der Türöffnung. »Anne möchte gern mit dir sprechen.«

Preben sah von seinem Platz an dem abgenutzten, aber ordentlich aufgeräumten Schreibtisch auf und nickte. Varnar nickte zurück, und ich bekam den deutlichen Eindruck, dass die beiden Männer normalerweise mit so wenigen Worten wie möglich kommunizierten, was ihnen sicher sehr gelegen kam. Varnar verschwand, und ich war mit Preben allein.

»Komm ruhig rein«, sagte er. Ich konnte hören, dass er sich Mühe gab, seinen Dialekt zu unterdrücken.

Ich zog einen abgewetzten Bürostuhl an den Schreibtisch, und Preben faltete seine großen, schwieligen Hände auf der Tischplatte. Sein Haar war dicht und beinahe weiß, die Brille von älterem Modell, doch sein Blick war wach und flink. Ein zäher und humorvoller Grundton strömte von ihm aus, gemischt mit einer starken Melancholie.

Ich zupfte an dem Schaumgummi, das aus dem Sitzpolster des Stuhls hervorquoll. Preben lehnte sich zurück, um mir zu signalisieren, dass er reichlich Zeit hatte.

»Ihr Sohn Thorsten kannte meine Eltern«, begann ich.

Ein Schmerz, so tief, dass ich den unmittelbaren Drang verspürte, mit dem Stuhl zurückzurutschen, wogte von Preben zu mir.

»Wer sind deine Eltern?«

»Thora und Arthur Sakarias.«

Preben riss die Augen auf, sagte jedoch nichts.

Ich fuhr fort, ohne recht zu wissen, wie ich meine Botschaft übermitteln sollte. »Wissen Sie, was sie damals gemacht haben? Ihr Sohn und meine Eltern?«

Preben sah mich prüfend an. »Ich habe eine Ahnung.«

»Wenn ich sage, dass ich eine Nachricht für Sie habe, können Sie sich dann denken, von wem sie ist?«

Er nickte beinahe unmerklich.

»Es geht ihm gut«, sagte ich. »Es ist sehr schön und friedlich dort, wo er ist.«

Prebens Mund öffnete sich leicht, doch kein Laut drang heraus.

»Er hat mich gebeten, Ihnen das zu sagen.«

»Danke«, sagte Preben mit leicht zusammengezogenen Augenbrauen.

Ich stand auf, atmete kräftig aus und verließ das Büro.

Varnar wartete ein Stück den Gang hinunter auf mich. Ich ging an ihm vorbei, und er schloss wortlos zu mir auf.

Zurück im Braunen Gang, atmete ich ein paarmal tief ein. Die Luft hier war wesentlich frischer als in den Korridoren unter dem Gymnasium. Varnar schien etwas sagen zu wollen, doch in diesem Moment ertönte ein Ruf vom Ende des Gangs. Luna kam auf uns zugestürmt. Ihre blauen Haare und der neongelbe Overall standen in krassem Kontrast zu all dem Braun um uns herum.

»Was ist los?« Mein Magen begann alarmiert zu kribbeln.

»Du warst mega-ungerecht«, fuhr sie Varnar an.

Überrascht trat er einen Schritt zurück.

»Wovon redest du?«, fragte ich. »Was hat er getan?«

»Dieser Mistkerl, er hat mir die ganze Schuld an der Liebessuppe gegeben.«

»Oh nein«, stöhnte ich. »Ich dachte, das hätten wir erfolgreich verdrängt.«

»Dir schuldet er auch eine Entschuldigung«, schnaufte Luna.

»Mir?« Ich weigerte mich, Varnar anzusehen. »Luna, jetzt sag schon, was los ist.«

»Ich hatte gestern eine Lehrstunde mit meinen Eltern, wo sie mir von den verschiedenen Arten von Magie erzählt haben, unter anderem von Liebesmagie.«

Ich spürte, wie ich errötete. »Was ist damit?«

»Liebesmagie wirkt nur unter ganz bestimmten Umständen.«

»Und zwar?«

Luna schob aufgebracht die Unterlippe vor und deutete mit dem Zeigefinger auf Varnar. »Magie ist vollkommen alltäglich in Hrafnheim, du wusstest also ganz genau, dass meine Magie nur gewirkt hat, weil du eh schon in Anne verliebt warst.«

Was? Ich verschränkte die Arme und drehte mich langsam zu Varnar um. Er starrte auf den Boden. Das dunkle Haar fiel nach vorn und verdeckte sein Gesicht, sodass ich den Ausdruck darauf nicht entziffern konnte. Er wich meinem Blick aus, dann drehte er sich um, rannte los und verschwand den Braunen Gang hinunter.

Es regnete, als ich mit Monster an meiner Seite von der Schule nach Hause lief.

Vor Odinshöhe stand eine Gestalt mit gesenktem Kopf an die weiß gekalkte Mauer gelehnt. Mein Herz pochte heftig, als ich das Tempo verlangsamte und das letzte Stück des Weges mit vorsichtigen Schritten zurücklegte. Monster blieb auf dem Feldweg stehen.

Varnars Haare und seine Kleidung waren vom Regen durchnässt. Als ich näher kam, sah er auf. Sein Blick, der meinem begegnete, brannte von einem Schmerz, den ich nicht verstand. Ich war außerstande zu sprechen, als ich vor ihm stehen blieb. Er zog die Augenbrauen zusammen und schien einen inneren Kampf auszufechten.

»Ich bin verantwortlich«, sagte er dann. »Du trägst keine Schuld.«

»Warum sagst du das?«

Er fuhr fort, als hätte er mich nicht gehört. »Ich habe unpassende Gefühle für dich.«

Ich streckte die Hand nach ihm aus, doch er wich zurück.

»Ich habe meine Mission verfehlt und Schande über dich und mich selbst gebracht.« Er trat noch weiter zurück. »Du wirst mich nie wiedersehen.«

Dann machte er kehrt und rannte auf den Wald zu.

Sein Rücken wurde immer kleiner.

Ich fluchte laut und trat in den Kies.

Und zum allerersten Mal – lief ich ihm nach.

TEIL V

DIE BURG DER ASEN

Odin schleuderte den Speer
und schoss ihn ins Heer,
das war der erste
Kampf in der Welt;
gebrochen war der Wall
der Burg der Asen,
schlachterprobte Wanen
durchstreiften das Feld.

Völuspá
(Die Weissagung der Seherin)
10. Jahrhundert

KAPITEL 35

Gut möglich, dass Varnar besser kämpft als ich. Er ist viel stärker und bewegt sich wie ein Tänzer. Dazu kommen seine nahezu akrobatischen Fertigkeiten, ganz zu schweigen von seiner Präzision, um die ihn jeder Dartspieler und Chirurg beneiden muss. Mag schon sein, dass er auf all diesen Gebieten brilliert.

Aber ich laufe am schnellsten.

Deshalb war ich ihm im Nullkommanichts auf den Fersen und holte ihn etwa auf halber Höhe des Feldes ein. Es regnete in Strömen, und mit jedem Schritt versank ich tiefer im matschigen Boden. Ohne darüber nachzudenken, streckte ich einen Fuß aus und stellte ihm ein Bein.

In einer wenig anmutigen, stolpernden Bewegung, die völlig untypisch für ihn war, fiel er der Länge nach hin. Weil ich seinen Sturz nicht genauer geplant hatte und im Übrigen in keiner Hinsicht klar denken konnte, verkeilte sich mein Fuß zwischen seinen Beinen, und auch ich flog, mit dem Kopf voran, in den Schlamm.

Er rollte sich herum, und wir blieben ineinander verknäult liegen.

»Wie kannst du es wagen, einfach so wegzurennen?«, rief ich.

Er sah mich verständnislos an. »Ich habe doch versprochen, mich von dir fernzuhalten. Ich werde Thora schnellstmöglich bitten, mich durch einen anderen und besseren Leibwächter zu ersetzen.«

»Was, wenn ich überhaupt nicht will, dass du ersetzt wirst?«

Varnars Blick flackerte. »Wenn ich dein Beschützer bleibe, kann ich mich doch gar nicht fernhalten.«

»Ich will nicht, dass du dich von mir fernhältst.« Ich stieß ihm mit der Faust gegen die Brust.

Er keuchte, und ich war mir nicht sicher, ob es mein Schlag oder meine Worte waren, auf die er reagierte. Dann zog er die Augenbrauen zu dem Ausdruck zusammen, den ich inzwischen so gut kannte.

»Warum nicht?« Er klang beherrscht.

»Du Riesenidiot. Warum wohl?«

»Das ist nicht möglich. Nicht für mich. Niemand kann ...« Seine Stimme brach.

»Was kann niemand?«

Er schloss die Augen, während ihm der Regen über das Gesicht lief. »Mich lieben«, flüsterte er.

Ich hatte absolut keine Ahnung, was ich sagen sollte. Schon vorher hatten mir oft die Worte gefehlt, wenn ich mit Varnar zusammen war, aber das kam so unerwartet, dass ich einfach nur im Regen und im Schlamm lag und ihn ansah. »Ich kann es«, sagte ich schließlich. »Ich tue es bereits.«

Mit geschlossenen Augen hob er die Hand und ergriff meine, die immer noch auf seiner Brust ruhte. Er flocht unsere matschigen Finger ineinander. »Ich habe Dinge getan ... Wenn du wüsstest, was ich getan habe, wäre es unmöglich für dich.«

»Mir ist egal, was du getan hast.«

»*Mir* ist es nicht egal. Meine Buße ist das Versprechen, niemals eine Frau zu haben.«

Ich lachte, aber es klang eher wie ein verzweifeltes Schluchzen. »Ich glaube, *der* Zug ist schon abgefahren.«

Er öffnete die Augen und blickte direkt in meine. »Verstehst du nicht? Ich habe mein Ehrenwort gebrochen.«

»Ich glaube nicht an Ehrenworte. Und an selbstquälende Versprechen schon gar nicht.«

»Woran glaubst du dann?«

Ich überlegte mir gut, was ich antwortete. Anderen hatte ich bereits dieselbe Frage gestellt, aber noch nie mir selbst. Ich drückte Varnars Hand so fest, dass es wehtun musste, doch er zog sie nicht zurück.

»Ich glaube an das Jetzt«, sagte ich dann. »Nicht an die Vergangenheit oder die Zukunft oder das Schicksal oder die Apokalypse. Ich glaube an das Hier und Jetzt.«

»Warum?«

»Weil dieser Augenblick mit dir womöglich das Einzige ist, was ich bekomme.« Die Worte flogen so schnell heraus, dass ich sie nicht zurückhalten konnte. Ich hörte selbst, wie verzweifelt sie klangen.

Varnar sah mich lange an, ohne etwas zu sagen. Dann legte er seine schlammige Hand um meinen Nacken, und die Mischung aus Erde und Wasser kratzte auf meiner Haut, als er mich mit einer heftigen Bewegung an sich zog. Er presste meinen Körper an seinen, und ich klammerte mich an seinen nassen Pullover, während sein Duft sich mit dem Geruch von Regen, Fichtenwald und Ackerboden vermischte. Eine Kraft pulsierte durch die Erde hinauf und in uns hinein. Ich fühlte, wie sich alles auflöste und wir in diesem Augenblick Teil eines größeren Ganzen waren, in dem unsere individuellen Leben fast nichts bedeuteten.

Varnars warmer Atem kitzelte an meinem Hals. »Du zitterst. Frierst du?«

»Ich weiß es nicht.« Im Moment fiel es mir ehrlich gesagt schwer, mich an meinen eigenen Namen zu erinnern.

Er kam auf die Beine und zog mich ebenfalls hoch. Dann lief er in den Wald hinein, meine Hand in seiner. Wir flogen davon, zwischen Baumstämmen hindurch und über den moosbedeckten Waldboden.

Wir erreichten den alten, verfallenen Gutshof, wo von Aella Gott sei Dank keine Spur zu sehen war.

Im Wohnzimmer drehte er sich zu mir um und wirkte auf einmal unsicher. Als ich bemerkte, wie pitschnass und verschlammt er war, musste ich lachen. Ich muss ungefähr genauso ausgesehen haben, denn er schenkte mir sein seltenes Lächeln. Es brachte mich dazu, die Arme um ihn zu schlingen.

Zuerst erstarrte er, doch dann fuhr er mir langsam mit den Fingern durchs Haar. Vorsichtig legte er seinen Mund auf meinen und wartete, während er stoßweise einatmete. Gerade als ich es nicht mehr länger aushalten konnte, küsste er mich. In seinem Kuss lag eine Verzweiflung, die ich nach den vielen Monaten der Sehnsucht erwiderte. Wir landeten auf dem Boden, auf einer Schicht aus Decken, wo er mir behutsam den nassen Pullover auszog, ehe er mich wieder küsste.

Er war zurückhaltender als in der Nacht, in der er unter dem Einfluss von Liebesmagie gestanden hatte. Mehrmals hielt er inne und fragte, ob wir weitermachen sollten, um sich zu vergewissern, dass es mir gut ging. Diese fürsorgliche Seite hatte ich vorher noch nie an ihm gesehen.

Danach lagen wir dicht beieinander. Sein Handrücken wanderte langsam meine Seite entlang, bis seine Hand an der Hüfte ankam. Meine Augen waren geschlossen, und ich strich abwesend mit den Fingern durch sein dickes Haar.

»Ahen Drualus«, wisperte er.

»Was?« Ich öffnete die Augen.

»Als ich deinen Namen zum ersten Mal hörte, dachte ich, du hießest Ahen. Es erinnert mich an ein Lied, das ich seit meiner Kindheit nicht mehr gehört habe. Ahen Drualus.«

»Was bedeutet das?«

»Druidenkraut. In dieser Welt nennt ihr es Mistelzweig.« Er sang leise ein paar Strophen in der Sprache, die ich auch Aella schon hatte sprechen hören. Er übersetzte es für mich:

Sie, die allein wandert
Doch schön ist für zwei
Der Druiden Kraut in ihrem Herzen sie trägt
Und an sie
musst du dein Herz verlieren

Er zögerte. »Wenn ich mir in den letzten Monaten erlaubt habe, an dich zu denken, habe ich dich Ahen Drualus genannt.«

»Woher stammt dieses Lied?«

»Ich weiß nicht, woher die Weise ursprünglich kommt, aber die Männer haben es an Mittsommer für die Frauen gesungen. Es ist eine sehr alte Tradition in meinem Volk. Oder *war* es zumindest.«

Ich legte meine Finger auf die Narben an seiner Schulter. Einige von ihnen waren grob und plump, andere fein und eben. Eine glich einem sonderbaren M, und auf einer einzelnen Narbe darunter war noch dünner Schorf, so als wäre sie erst vor Kurzem entstanden.

Er betrachtete mich. »Ich hätte nicht geglaubt, dass ich mich verlieben kann. Oder dass sich jemand in mich verlieben kann. Und selbst wenn es geschehen sollte, war ich mir sicher, dass ich widerstehen könnte.«

»Du hast wohl eine recht verzerrte Selbstwahrnehmung«, sagte ich lächelnd.

Seine Mundwinkel hoben sich ebenfalls. »Ich wurde tagelang ausgehungert, gefoltert und geschunden, um meine Willensstärke zu brechen. Alles habe ich ausgehalten. Aber dich hat es nur einen Augenblick gekostet, mich zu besiegen.«

»Soweit ich mich entsinne, hat es mehrere Monate gedauert.«

»In diesen Monaten wusste ich nicht, dass du meine Gefühle erwiderst.«

»Dann warst du wohl der Einzige in ganz Ravnssted und Umgebung. Sogar mein Hund hat es gemerkt.«

Erneut folgte seine Hand der Linie von meiner Hüfte bis zur Brust. Dann fuhr er vorsichtig mit dem Finger über die lange Narbe.

»Ich habe erfahren, woher sie stammt«, sagte ich. »Ragnara hat sie mir in der Nacht zugefügt, in der ich geboren wurde.«

Varnars Finger stoppte. »Das hat sie einem Neugeborenen angetan?« Seine Brauen zogen sich zusammen. »Lügen. Alles, was sie darüber gesagt hat, die Schwachen und Unschuldigen zu schützen.« Er musterte die Narbe. »Das ist eine Todesnarbe. Wie hast du überlebt?«

»Es ist ein Rätsel. Ich bin in ihren Händen wieder geheilt.«

»Sie ist keine Heilerin.« Varnars Stirn legte sich in Falten. »Jemand anders muss eingegriffen haben.«

»Wer hätte das sein sollen? Meine Mutter war schwer verwundet – obwohl auch sie durch Ragnaras Berührung geheilt ist. Eskild war sicher mit dabei, aber er hätte mir wahrscheinlich ebenfalls nicht geholfen, selbst wenn er gekonnt hätte.«

Als ich Eskild erwähnte, wandte Varnar abrupt den Kopf ab und sah an die Decke.

»Was ist mit diesem Eskild? Ich merke, dass er wichtig für dich ist.«

Varnar schwieg einen Moment. »Mein Volk hat über Generationen im Bronzewald gelebt. Wir sind friedlich«, sagte er dann.

Ich hob eine Augenbraue. »Bist du nicht der lebende Gegenbeweis?«

»Ich habe das Kriegerleben gewählt. Ich wurde nicht dazu geboren.«

»Wieso hast du es gewählt?«

Er drehte sich auf den Rücken.

»Es war unvermeidlich.« Seine Hand ruhte weiter auf meiner Brust. »Und um etwas zu sühnen.«

»Was denn?«

»Einen Fehler.« Er zog die Hand zurück. »Ich hätte zu Hause

sein sollen, als die Berserker kamen. Meine Eltern haben mich gebraucht, aber ich war nicht da.«

»Die Berserker?«

»Sie plünderten unser Dorf. Töteten alle Erwachsenen. Fingen die Kinder, um sie als Sklaven weiterzuverkaufen.«

Kalte Stiche breiteten sich in meinem Körper aus, als Varnars Erinnerungen in mich flossen. Ich sah keine konkreten Bilder, aber ich hörte Schreie und konnte Rauch riechen. Am schlimmsten war, dass ich seine Panik spürte. Die Panik eines Kindes.

»Wo warst du?«

»In den Bäumen. So war es immer. Ich vergaß alles andere, wenn ich im Wald war.«

»Was ist dort geschehen?« Ich fragte, obwohl ich eine ziemlich klare Vorstellung davon hatte.

»Der Wald erzählte mir, dass es Unruhe in unserem Dorf gab. Als ich dort ankam herrschte Chaos. Ich kletterte auf einen großen Baum und sah es. Die Berserker plünderten und verwüsteten alles. Die Kinder waren zwischen den aufgehäuften Leichen ihrer Eltern zusammengetrieben worden.«

Ich ließ die wenigen Bilder, die ich von ihm empfing, in meinen Kopf sickern, obwohl ich sie am liebsten ausgesperrt hätte. Ich erhaschte einen Blick auf Aella als kleines Mädchen. Sie klammerte sich an einen älteren Jungen. Bei genauerer Betrachtung erkannte ich, dass es Geiri war. Der, der vor Kurzem versucht hatte, mich zu ermorden. Der, den Monster gefressen hatte. *Oh, verflucht!*

Varnar sagte nichts.

Ich hatte keine Lust, ihn zu fragen, doch ich tat es trotzdem. »Deine Mutter und dein Vater?«

»Meinen Vater habe ich sofort entdeckt. Er lag dort mit einer Axt in der Hand. Er war kein Krieger, und die Axt war eigentlich bloß zum Holzfällen. Aber er muss versucht haben zu kämpfen.« Varnar machte eine Pause. »Meine Mutter lebte noch. Aber nicht mehr lange.«

Ich wollte so unendlich gern meine Arme um ihn legen. Ihn an mich drücken. Aber ich spürte, dass er dann nicht in der Lage wäre, seine Erzählung zu Ende zu führen.

Er drehte den Kopf und sah mich an, sein Gesicht zeigte wieder die Härte, die manchmal darauf lag. »Ich hätte dort sein sollen. Ich habe versagt.«

»Wie alt warst du?«

»Elf Jahre.«

»Was um alles in der Welt hätte ein Elfjähriger gegen einen Trupp Berserker ausrichten können?«

»Sie ablenken, damit meine Eltern fliehen können.«

»Dann wärst du doch selbst erschlagen worden.«

Sein Gesicht verriet mir, dass er mit Freuden sein Leben gegeben hätte, um ihres zu retten.

»Ich glaube«, sagte ich vorsichtig, »dass dein Vater und deine Mutter im Wissen starben, dass du im Wald warst. Eltern können viel durchstehen, wenn sie ihre Kinder in Sicherheit wissen.«

Wieder bedachte Varnar mich mit einem Blick, als wäre das, was ich sagte, völlig irrelevant.

Ich wechselte das Thema. »Wie sind die Kinder entkommen?«

Varnar rollte sich auf die Seite, und ich legte vorsichtig meine Hand auf seine. Geistesabwesend verschränkte er unsere Finger ineinander. »Eskild Schwarzauge kam mit der Warägergarde. Sie verschonten keinen einzigen Berserker. Danach brachte er uns nach Schloss Königsburg in Sént, wo wir alle ein Zuhause fanden. Ragnara erzählte uns, wie sie die Sklaven befreit und die Gottheiten verboten hatte, die dazu dienten, das Volk zu kontrollieren. Jetzt war ihr Ziel, für die Schutzlosen zu sorgen.«

Ah ja.

»Also hast du dich der Warägergarde angeschlossen und wurdest zum besten Wächter in Hrafnheim.«

»Die Aufgabe der Warägergarde ist es, die Schutzlosen zu verteidigen.«

»Deshalb war es schwer für dich, mit Eskild zu brechen.«

»Eskild ist der fähigste Krieger, Stratege und Heerführer aller Welten. Der Meinung bin ich immer noch.« Sein Blick verdüsterte sich. »Aber er hat seine Ehre verloren. Ich war überzeugt, dass es unter Ragnaras Herrschaft darum ging, für die Schwachen zu kämpfen. Doch ich fand heraus«, wieder suchte Varnars Finger meine Narbe und fuhr sie entlang, »dass ich mich geirrt hatte.«

»Das ist doch nicht deine Schuld.«

»Ich war ihnen beiden so nah, dass ich sie hätte töten können.«

»Nicht Ragnara.« Ich stützte mich auf die Ellenbogen. »Es sei denn, du weißt, wo sie das Götterblut aufbewahrt.«

Varnar riss die Augen auf. »Wovon redest du?«

Wie viel Varnar wohl wusste? Und wie viel ich ihm erzählen sollte?

»Du weißt schon, dass sie unsterblich ist, oder?«

Er nickte langsam. »Wir ließen es trotzdem nicht darauf ankommen. Sie glaubt, dass es eine Schwachstelle in ihrer Unsterblichkeit gibt. Irgendetwas oder irgendjemand kann sie umbringen. Ich habe viele Männer in den Tod gehen sehen, um sie zu beschützen.«

Ich schnaubte. »Was für eine Verschwendung von Leben.«

Varnar kommentierte meine Bemerkung nicht. »Was hast du da gerade von Götterblut erzählt?«

Ich fand, dass ich einen Verbündeten gut gebrauchen konnte. »Möglicherweise erlangt Ragnara ihre Unsterblichkeit, indem sie in regelmäßigen Abständen Götterblut zu sich nimmt. Es macht sie unverwundbar.«

»Ragnara hasst die Götter.«

»Mag sein. Aber selbst wenn man jemanden hasst, kann dieser Jemand trotzdem nützlich für einen sein. Die Theorie mit dem Götterblut stammt übrigens nicht von mir.«

Varnar kniff die Augen zusammen. »Wessen Theorie ist es dann?«

Ich starrte in den Kamin. »Das möchte ich nicht sagen.«

»Vertraust du mir nicht?«

Wieder sah ich ihn an. »Nein. Nicht komplett. Davor hast du mich selbst gewarnt.«

Er lächelte zufrieden. »Ich habe dich gut geschult.«

»Du hast mich darin geschult, eine misstrauische und mörderische Maschine zu sein«, lachte ich.

Er schloss die Arme um mich.

»Darin, eine Überlebende zu sein«, korrigierte er. »Obwohl du es die ganze Zeit schon warst. Ich bringe dir nur bei, ein wenig organisierter zu überleben.«

»Vielleicht«, flüsterte ich in seine Schulter, »sollten wir uns im Augenblick einfach nur darauf konzentrieren, zu leben.«

In dieser Nacht schlief ich auf Gut Kraghede. Ich schlief in Varnars Armen. Diesmal war ich diejenige, die zuerst wegdämmerte, und er blickte mich erwartungsvoll an, als ich die Augen wieder aufschlug, als hätte er sich darauf gefreut, dass ich wach wurde. Ich fand schnell heraus, weshalb.

Etwas später am Morgen traf ich Aella in der Küche. Sie bemühte sich um eine unbewegte Miene, aber dann gab sie mir doch eine dicke Umarmung.

»Er ist wie ein Bruder für mich«, sagte sie leise. »Er war nicht mehr froh, seit wir Kinder waren. Wenn du ihn dazu bringst, sich selbst auch nur einen Hauch von Glück zu erlauben, bin ich dir ewig dankbar dafür.«

Ich stand stocksteif da, während sie mich umarmte, und wusste nicht, was ich antworten sollte.

Varnar begleitete mich nach Hause, wo Monster schon wartete. Er nickte Varnar zu, und ich glaubte, Akzeptanz in seinen Augen zu lesen. Varnar neigte den Kopf zum Gruß. Dann schenkte er mir einen Blick, der ein angenehmes Ziehen in meinem Bauch auslöste, bevor er wieder auf den Wald zurannte. Ich sah ihm hinterher und seufzte.

»Endlich«, sagte Monster. »Ihr habt euch ja lange genug Zeit gelassen.«

»Ist es okay für dich? Ich hatte befürchtet, du würdest mich überfürsorglich und wie ein großer Bruder behandeln.«

»Ich will nur, dass du glücklich bist. Und Varnar aus dem Bronzewald kann ich um einiges besser leiden als den Braumeister oder diesen Polizisten.«

»Was hat Hakim dir denn getan?«

»Er hat gesagt, dass ich nicht normal bin«, sagte Monster gekränkt.

»Du *bist* nicht normal. Du bist ein gigantischer, sprechender Wolf, der Menschen frisst.«

»Das weiß er aber nicht.«

»Varnar hat deinen Bruder umgebracht. Ist das nicht schlimmer?«

»Er hat nur seine Pflicht getan.«

Ich schloss die Tür auf, und wir gingen ins Haus.

»Habt ihr über die Zukunft geredet?«

»Ja, ich habe ihm von meiner Vision über den Weltuntergang erzählt.«

Monster verdrehte die Augen. »*Eure* Zukunft.«

»Ach so. Nein. Ich weiß nicht, wie viel von der Zukunft uns bleibt.«

»Das weiß man doch nie«, sagte Monster.

Als ich später mit einem Handtuchturban um meine nassen Haare in der Küche stand, hörte ich eine Autotür zuschlagen. Jemand ging über meinen Kiesplatz, kurz darauf knallte die Autotür erneut, und ein Motor brummte den Feldweg hinunter. Ich stellte mich auf die Zehenspitzen und schaute aus dem Fenster auf meinen Hof, auf dem jetzt weder Menschen noch Autos zu sehen waren. Vorsichtig ging ich nach draußen.

Mein Fahrrad lehnte in einwandfreiem Zustand an der Mauer.

Der Sattel war ausgetauscht worden, und die Räder waren wieder in Ordnung. Meine Finger strichen über den Rahmen, und ich erhaschte einen Blick auf Hakim, der es reparierte. Er lächelte in sich hinein, während er eine Schraube festzog.

Hm.

Monster stellte sich neben mich und schnupperte an dem Fahrrad.

»Ob er wohl erwartet, dass ich ihm alle meine Geheimnisse erzähle, nur weil er mein Fahrrad in Ordnung gebracht hat?«

Monster schnaubte. »Ich glaube, er erwartet mehr als das.«

Ich schüttelte den Kopf. »In solchen Bahnen denkt er überhaupt nicht.«

»In mancher Hinsicht bist du wirklich nicht besonders aufgeweckt«, bemerkte Monster und trollte sich wieder nach drinnen.

Ich ging hinterher und sammelte meine Sachen ein, damit wir loskonnten.

Als ich die Jacke angezogen hatte und schon die Schlüssel in der Hand hielt, klingelte mein Handy. Ich fischte es aus der Tasche, während ich mit einer Hand Lunas gelben Strickschal um meinen Hals wickelte und mit der anderen versuchte, meine Jeansjacke zuzuknöpfen.

»Hallo«, sagte ich. Meine Stimme klang ein wenig gepresst, weil ich das Handy zwischen Ohr und Schulter geklemmt hatte.

Am anderen Ende lachte Elias. »Was ist denn bei dir los?«

Ich ließ meine Schlüssel fallen und fluchte. »Zu viel auf einmal.«

»Ist das nicht generell deine Art?«, fragte er. »Ich kenne keine andere, die plant, Regenten zu eliminieren, das Blut der Götter zu stehlen und dem sicheren Tod zu entrinnen, während sie gleichzeitig auch noch arbeitet und zur Schule geht.«

»Das habe ich nicht gemeint. Ich versuche nur, gleichzeitig zu telefonieren und mich anzuziehen.«

»Habe ich etwa so großes Glück und erwische dich, während du unbekleidet bist?«

»Elias. Was willst du?«

»Ich habe eine Seherin für dich gefunden.«

»Wann kann ich mit ihr sprechen?«

»Morgen.«

»Das passt gut.« Ich bückte mich und hob die Schlüssel auf. »Wo wohnt sie?«

»Kennst du das Seemoor?«

»Ja. Aber da wohnt doch keiner. Das ist doch ein Sumpf.«

»Hast du immer noch nicht begriffen, dass die Welt sehr viel bunter ist, als die meisten Menschen glauben?«

»Okay. In einem finsteren Sumpf wohnt eine Hellsichtige.« Ich scheuchte Monster nach draußen und schloss die Tür hinter mir. »Und die muss ich natürlich besuchen. Wohin genau soll ich radeln?«

»Ich begleite dich selbstverständlich. Ich kann um neun bei dir sein.«

»Dann bin ich da fertig.« Während unseres Telefonats hatte ich mein Fahrrad aufgeschlossen und wollte schon auflegen, da fiel mir noch etwas ein. »Äh, Elias.«

»Ja.«

»Du hast mir doch das Versprechen abgerungen, es dir zu erzählen, falls zwischen mir und … einem anderen etwas passieren sollte.«

Elias' Stimme war plötzlich eiskalt. »Wer?«

»Varnar.«

Es dauerte einen Moment, ehe Elias antwortete. »Dann sind wohl Glückwünsche angebracht.«

»Jetzt sei nicht so angepisst. Du hast mich selbst darum gebeten, es dir zu sagen.«

»Und ich habe vorausgesehen, dass es passieren würde. Ich wusste, dass dich bald jemand nehmen würde.«

»Genommen hat er mich nicht. Tatsächlich bin ich ihm hinterhergerannt.«

»Und mit Sicherheit ahnt er nicht einmal, welches Glück er hat.«

Die Verbindung wurde getrennt. Ich stand eine Weile da und starrte auf mein Handy. Dann verdrängte ich das merkwürdige Gefühl in meinem Bauch und fuhr mit dem Rad nach Ravnssted.

In der Küche des Diners versank ich immer wieder in meinen Gedanken. Anscheinend hatte mich Milas mehrfach angesprochen, ohne dass ich reagiert hatte.

»Entschuldige. Was hast du gesagt?« Ich blickte ihn abwesend an.

Er lachte.

»Warum lachst du?«

»Ich beneide dich«, sagte er. »Was gäbe ich nicht darum, noch einmal siebzehn und zum ersten Mal verliebt zu sein.«

Meine Wangen wurden heiß. Luna kam mit einem vollen Tablett zu uns in die Küche.

»Wow«, sie starrte mich an.

»Wow, was?«

»Ich kann keine Auren sehen, aber dich umgibt ein goldener Rahmen. Was ist passiert?«

Milas sah sie verwundert an.

Ich nahm sie am Arm und zog sie hinaus in den Hinterhof. »Schhh. Milas weiß nichts davon, dass ich Auren sehen kann.«

Sie schlug eine ihrer schlanken Hände vor den Mund. »Oh nein, stimmt. Aber im Ernst, was ist passiert?«

Ich schilderte ihr die Ereignisse, so nüchtern es mir möglich war. Allerdings konnte ich mir das ständige dämliche Grinsen nicht verkneifen. Luna hüpfte auf und ab. »Ich wusste, er ist verliebt in dich. Warum hat es so lange gedauert, bis er sich das eingestanden hat?«

»Er hat einen Eid geschworen, niemals mit jemandem zusammen zu sein.«

»Seht ihr euch wieder?«

»Ich gehe davon aus. Wir trainieren ja immer noch.«

»Ich meinte, als Liebespaar wiedersehen?«

»Ich glaube nicht, dass er das Wort überhaupt kennt.«

»Aber ihr müsst doch darüber reden, wie es weitergehen soll. Er kommt aus einer völlig anderen Welt. Wie wollt ihr das hinkriegen?«

»Ehrlich gesagt bin ich froh, wenn ich in den nächsten Monaten nicht abkratze. Um alles andere können wir uns Gedanken machen, wenn ich weiß, ob ich den Dezember überlebe.«

In Lunas Augen spiegelte sich das scharfe Licht der Außenlampe. »Sag so etwas nicht. Das halte ich nicht aus.«

»Es ist die Wahrheit.«

»Ja, aber du musst nicht ständig davon anfangen.«

Ich wollte sie schon abwimmeln, doch dann fiel mir ein, wie ich selbst reagiert hatte, als Monster seinen abstrusen Vorschlag äußerte, sich opfern zu lassen. Ich war ja noch Anfängerin in Sachen Freundschaften, aber vielleicht gehörte es dazu, dass man traurig war, wenn jemand verschwand.

»Wir gehen besser wieder rein. In der letzten halben Stunde sind eine Menge Leute gekommen.« Luna legte die Hand auf die Klinke. Dann hielt sie inne, drehte sich zu mir und schlang die Arme um mich. »Ich freue mich so für dich.«

Ich ließ ihre Umarmung zu und erwiderte sie sogar ein klein wenig.

Ich machte mich wieder an die Arbeit, wurde aber eine Stunde später unterbrochen, als Luna erneut in die Küche kam. Auf ihren Wangen zeichneten sich hektische rote Flecken ab. »Kann ich dich dazu überreden, draußen ein bisschen auszuhelfen? Ich komme einfach nicht hinterher.«

»Du weißt, wie es mir geht, wenn so viele Menschen um mich sind.«

»Kannst du nicht ein wenig Kornrade nehmen?«, flüsterte sie. Eine Wolke der Überredung schwappte zu mir herüber, und ich schaffte es nicht, mich rechtzeitig zu ducken.

»Oh, Entschuldigung.« Sie wedelte in der Luft, als wollte sie einen ekligen Geruch vertreiben, aber es war zu spät. Ich versuchte, ihr einen bösen Blick zuzuwerfen, doch meine glückselige Laune machte das vollkommen unmöglich. »Na gut«, lächelte ich.

Luna quittierte meine Zustimmung mit einem strahlenden Lächeln, während ich diskret die kleine Ampulle aus der Tasche zog und mir einen Tropfen auf die Lippen träufelte.

Die Bar war proppenvoll mit feierwütigen Gästen. Anscheinend hatte in der Ravnssteder Arena ein Handballspiel stattgefunden, das siegreich für die Heimmannschaft ausgegangen war, daher waren die Leute so ekstatisch. Plötzlich legte mir jemand in der Menge eine warme Hand auf den Oberarm. Ich zuckte zusammen. Wegen der Kornrade war ich außerstande, den Besitzer der Hand zu identifizieren.

Es war Hakim, der vor mich trat. Er trug Jeans und einen dunkelblauen Strickpulli, was ihm um einiges besser stand als seine Uniform.

»Ach, du bist es«, sagte ich.

»Ich wollte nur Hallo sagen.«

»Na, dann hallo.« Ich wollte schon weiter, besann mich aber und blieb stehen. »Danke, dass du mein Fahrrad repariert hast. Warum hast du es nur abgestellt? Du hättest gern reinkommen können.«

Hakim schenkte mir ein Lächeln, das mehrere weibliche Bargäste dazu brachte, sich nach ihm umzuschauen. »Du betonst so oft, dass du deine Ruhe willst, da wollte ich dich nicht stören. Besser, du kommst auf mich zu, wenn du Lust auf meine Gesellschaft hast.«

»Äh, okay«, sagte ich. »Bist du hier, um irgendwas zu ermitteln? Hattest du wieder eine Ahnung?«

»Ich bin mit ein paar Freunden feiern.« Er deutete auf eine Gruppe Typen, die ein wenig abseitsstanden und verstohlene Blicke in unsere Richtung warfen.

»Feiern?«

»Du brauchst nicht so überrascht zu klingen.« Wieder lächelte er und wollte noch etwas sagen, doch in diesem Moment erschollen Schreie von der Bar.

Hakim drehte den Kopf. Erneut gellten Schreie durch den Diner, und ich erkannte eine der Stimmen als die von Frank. Wir liefen auf den Lärm zu und sahen Christian Mikkelsen in aggressiver Haltung vor Frank stehen, der ebenso aufgeheizt wirkte.

»Du wirst jede einzelne Krone der Reparatur zahlen!«, schrie Frank.

»Das hast du dir selbst zuzuschreiben. Ich habe dir doch gesagt, du sollst sie rausschmeißen!«, schrie Christian zurück.

Hakim hatte all seine Muskeln angespannt, bereit einzugreifen, doch noch hatte niemand die Hand gegen den anderen erhoben. Frank machte einen Schritt nach vorn, und sofort schlug Christian ohne Vorwarnung zu. Er traf Frank am Kiefer. Frank taumelte, antwortete aber seinerseits mit einem Faustschlag in Christians Solarplexus, der daraufhin zusammenklappte. Hakim stürzte sich zwischen sie.

Frank hob die Hände. »Es war Notwehr.«

Christian war schon auf dem Weg nach draußen, warf mir allerdings noch einen bösen Blick zu. »Um dich kümmere ich mich später«, fauchte er, bevor er in der Menschenmenge verschwand.

Hakim quetschte sich durch die vielen Gäste, um ihm zu folgen.

Ich ging zu Frank. »Bist du okay?«

Er schob seinen Kiefer vor und zurück. »Ich habe schon Schlimmeres erlebt.«

Dann gab er mir einen Klaps auf die Schulter und kehrte an seinen Platz hinter der Bar zurück.

Ich lief ihm hinterher. »Warum war er hier?«

Frank gab keine Antwort.

»Frank?«

»Er hat nach dir gesucht«, sagte er mit zerknirschter Miene. »Ich wollte ihn rauswerfen, bevor du es mitbekommst.«

Hakim kam zurück. »Er ist abgehauen«, knurrte er. »Wollen Sie den Überfall zur Anzeige bringen?«, fragte er an Frank gewandt.

Das war mein Stichwort. So unbemerkt wie möglich schlich ich zurück in die Küche.

Milas hatte von dem Drama nichts bemerkt, und ich verspürte kein Bedürfnis, ihn einzuweihen.

»Der ganze Diner spricht darüber«, sagte Luna, als sie ein paar Minuten später in die Küche kam. »Du solltest lieber aufpassen. Die Leute meinen, er sei skrupellos.«

»Monster holt mich ab. Vielleicht auch Varnar.« Mein Bauch machte einen kleinen Hüpfer beim Gedanken daran. »Christian kann nicht in meine Nähe kommen.«

»Ja, das klingt, als wärst du gut versorgt.« Sie hob vielsagend die Brauen.

Ich grinste und wandte mich dem Schneidebrett zu, während Luna wieder in den Gastraum verschwand. Irgendwann leerte ich eine halbe Schale Pommes frites in den Mülleimer und musste feststellen, dass er beinahe voll war. Milas war gerade mit einem anspruchsvollen Dessert beschäftigt, also nahm ich den Sack aus dem Halter und schlüpfte aus der Hintertür. Im Hof warf ich den Müllbeutel eilig in die Tonne und lief zurück zur Tür.

Die ganze Operation dauerte weniger als zwanzig Sekunden.

Meine Hand berührte bereits den Türgriff, als sich jemand hinter mich stellte. Blitzschnell griff dieser Jemand über meinen Kopf und legte mir eine Schnur um den Hals.

Dann zog er zu.

KAPITEL 36

Man könnte meinen, dass ich einen halb erstickten Laut von mir gab, doch so war es nicht. Ich hatte nicht mal ausreichend Luft für das allerkleinste Röcheln. Meine Atemwege waren vollständig blockiert, und ich wusste, dass mir höchstens dreißig Sekunden blieben, bis ich aufgrund des Sauerstoffmangels ohnmächtig werden würde. Anschließend wäre ich innerhalb von etwa zweieinhalb Minuten tot. Ich konnte nicht nach Arthur oder Mathias rufen, und selbst wenn Monster gespürt hätte, dass ich in Gefahr schwebte, wäre er nicht rechtzeitig da gewesen.

Daher arbeitete ich schnell.

Varnar und ich hatten Angriffe von hinten geübt, und obwohl ich auf bestem Wege war, erdrosselt zu werden, waren immerhin meine Arme frei. Merkwürdig, angesichts einer solchen Situation zu denken, dass es auch schlimmer hätte kommen können.

Ich legte die Hände zu einer Art doppelten Faust zusammen, knallte sie schräg nach hinten und traf meinen Gegner an der Schulter. Ein gedämpfter Laut entwich ihm, und sein Griff lockerte sich minimal auf der einen Seite, bevor er die Schnur erneut zuzog. In diesem Bruchteil einer Sekunde schaffte ich es, den kleinen Finger zwischen die Schnur und meinen Hals zu bekommen. Außerdem gelang es mir, ein winziges bisschen Luft zu schnappen, was mir einige zusätzliche Sekunden verschaffte. Gleichzeitig kickte ich nach hinten.

Er hob im selben Moment das Bein, sodass ich nicht traf. Varnar hatte mir beigebracht, dass ein von hinten attackierender Angreifer im Nahkampf erwarten wird, dass man nach ihm tritt, und daher reagiert, indem er das Bein hochreißt. Ich timte es deshalb so, dass ich, während er das Bein hochriss, den Fuß, mit dem ich getreten hatte, in einem schrägen Winkel auf dem Boden absetzte, meinen Körper nach vorn beugte und gleichzeitig mit all meiner Kraft an der Schnur zog. Mit einem leisen Schnalzen riss sie, und ein stechender Schmerz schoss von meinem kleinen Finger in den Arm. Mein pfeilschnelles Manöver hatte den Angreifer zusätzlich aus der Balance gebracht, und ich nutzte die Gelegenheit, um meinen Hinterkopf nach hinten zu schleudern. Ich glaube, ich donnerte ihn gegen seinen Kiefer.

Er fluchte, und irgendetwas an der Stimme kam mir bekannt vor. Hätte ich einige Stunden zuvor keine Kornrade genommen, hätte ich seine Aura womöglich erkennen können, so aber hatte ich keinen Schimmer, wer er war.

Ich rang gurgelnd nach Luft und drehte mich um. Dann griff ich an und feuerte instinktiv sämtliche Schläge und Tritte ab, die Varnar mir beigebracht hatte.

»Hilfe«, keuchte ich dabei. »Helft mir!«

Der Mann schlug nicht zurück, sondern blockte nur gekonnt meine Schläge, sodass ich lediglich seine Arme und Beine traf. Über den Kopf hatte er eine Kapuze gezogen, die derjenigen glich, die der Mörder in meiner wiederkehrenden Vision trug.

In diesem Augenblick kam Hakim um die Ecke gerannt und erhaschte einen Blick auf mich in Aktion.

»Stopp! Polizei!«, brüllte er und versuchte, nach dem Mann zu greifen. Der aber wich behände aus, trat ein paar Schritte zurück und schien sich dann in den Schatten aufzulösen. Hakim stürmte ihm hinterher. »Polizei!«, rief er wieder und rannte an der Mauer entlang. »Wo zum Teufel ist er hin?«

Ich hatte nicht genug Luft, um zu antworten. Da kam Monster mit gesträubtem Fell angaloppiert. Varnar folgte ihm dicht auf den Fersen.

»Gut, dass ihr kommen konntet«, schnaufte ich. Vielleicht klang ich ein klein wenig sarkastisch.

»Wer war das?«, fragte Varnar.

Ich schüttelte den Kopf, noch immer beeinträchtigt durch meine pfeifende Atmung, und lehnte mich gegen die Wand. Doch als meine Finger den Stein berührten, keuchte ich vor Schmerz. »Au, verdammt!«, heulte ich auf.

Varnar war augenblicklich bei mir. »Hatte er eine Waffe? Bist du verletzt?«

Als Antwort auf seine Frage hob ich die Hand. Mein kleiner Finger stand in einem merkwürdigen Winkel ab. »Ich werd's überleben«, erwiderte ich trocken.

Er lächelte, und auch wenn ich seine Aura wegen der Kornrade nicht spüren konnte, fühlte ich seine Erleichterung förmlich über mich hinwegsegeln. In diesem Moment steckte Frank den Kopf zur Hintertür heraus.

»Was ist das für ein Lärm?« Als er uns alle im Hinterhof stehen sah, runzelte er die Stirn. »Was macht ihr hier draußen?«

»Anne wurde überfallen«, sagte Hakim.

»War es Christian?«, wollte Frank wissen.

»Keine Ahnung. Er hatte eine Kapuze übergezogen, und ich konnte seine Aura nicht …« Ich hielt abrupt inne.

»Seine was?«, fragte Hakim scharf.

»Ach, nichts.« Vorsichtig stützte ich das Handgelenk der verletzten mit der gesunden Hand. »Frank, ich kann heute nicht mehr arbeiten. Meiner Hand geht's nicht so toll.«

»Ich fahre dich in die Notaufnahme«, sagte Hakim. »Und anschließend bringen wir den Überfall zur Anzeige.«

»Und gegen wen soll ich bitte Anzeige erstatten? Ich konnte ihn ja nicht sehen. Außerdem will ich nicht ins Krankenhaus.«

»Der Überfall *muss* angezeigt werden. Und du *musst* ins Krankenhaus. Deine Hand sollte unbedingt von einem Arzt versorgt werden«, beharrte Hakim.

Varnar untersuchte meinen Finger mit professioneller Miene. »Der Knochen ist gebrochen und ausgekugelt«, sagte er. »Er muss nur wieder eingerenkt und dann mit einer Schiene gestützt werden. Das kann ich machen.«

»Bist du vollkommen übergeschnappt?«, fragte Hakim. »Du kannst doch nicht Amateur-Chirurg mit Annes Hand spielen.«

Varnar sah ihn verständnislos an.

»Ich fahre sie in die Notaufnahme«, sagte Frank. »Und danach setze ich sie auf der Wache ab.«

»Mir ist es am liebsten, wenn Varnar meine Hand richtet«, erwiderte ich. »Wir müssen nur ein Stöckchen finden, das als Schiene dienen kann.«

Frank und Hakim starrten mich entrüstet an.

»Das kommt überhaupt nicht infrage«, sagte Hakim. »Es wäre mir recht, wenn dein Chef dich ins Krankenhaus fährt, dann kann ich schon mal mit dem Papierkram anfangen.«

Eine Weile standen wir da – unser schräges Grüppchen –, ehe wir uns stillschweigend einigten.

Ich folgte Frank zu seinem Lieferwagen, der in der Hauptstraße parkte. Hakim ging zur Wache, und Varnar und Monster verharrten an Ort und Stelle.

Beim Auto angekommen, zog Frank mit tief gefurchter Stirn seinen Autoschlüssel hervor. Er stieg ein und beugte sich über den Beifahrersitz, um mir die Tür zu öffnen. Doch ehe er dazu kam, legte jemand neben mir die Hand auf den Griff.

Varnar war lautlos an meine Seite getreten. »Ich komme mit«, sagte er.

»Danke«, flüsterte ich.

Wir kletterten auf die vordere Sitzbank.

Frank warf Varnar einen Blick zu, kommentierte sein Auftauchen jedoch nicht. Dann ließ er den Motor an und fuhr uns ins nächste Krankenhaus.

Ich wurde schnell geröntgt, wobei sich zeigte, dass der Knochen in meinem Finger, genau wie Varnar diagnostiziert hatte, gebrochen und ausgekugelt war. Dann wurde ich ins Wartezimmer geschickt, wo Varnar und ich uns auf die blauen Stühle setzten, während Frank Kaffee holte.

Ich studierte ein merkwürdiges dreidimensionales Kunstwerk an der Wand und spürte dankbar, wie die Wirkung der Schmerztablette einsetzte, die mir eine gestresste Krankenschwester gegeben hatte. Gleichzeitig begann der Effekt der Kornrade nachzulassen, und ich fühlte eine tiefe Ruhe von Varnar herüberwogen.

»Bist du gar nicht sauer auf mich?«, fragte ich. »Immerhin bin ich allein in den Hinterhof gegangen.«

Varnar wandte mir nicht den Kopf zu, sondern hielt den Blick weiter auf Frank gerichtet, der über einen Tisch mit Thermoskannen und Plastikbechern gebeugt stand.

»Nein«, sagte er. »Ich bin nicht sauer.«

»Und dich plagen auch keine Gewissensbisse, weil du nicht da warst, um mir zu helfen?« Varnar hatte eindeutig Probleme damit, nicht da zu sein, wenn andere ihn brauchten.

Jetzt sah er mich an. »Ich musste nicht da sein. Du bist allein zurechtgekommen. Ich habe dir beigebracht, einen trainierten Krieger im Nahkampf zu besiegen.«

Ein kaltes Stechen zwickte in meinem Bauch. »Deine Mission hier ist also vollendet?«

»Nein. Jetzt muss ich dir beibringen, zwei zu besiegen.«

Frank kam zu uns und reichte mir einen dampfenden Becher Kaffee. Er hatte einen blau-lila Bluterguss an der Stelle, wo Christian ihn geschlagen hatte.

»Solltest du das nicht untersuchen lassen?«

Frank bewegte den Kiefer hin und her. »Nein. Ich verdiene es, an meine Unvorsichtigkeit erinnert zu werden.«

Ich wusste nicht, was ich sagen sollte, also warteten wir schweigend, bis ich von einem Arzt aufgerufen wurde. Frank wartete draußen, doch Varnar begleitete mich ins Untersuchungszimmer. Auch wenn der junge, sommersprossige Arzt keinen sonderlich gefährlichen Eindruck machte, hatte Varnar nicht vor, mich mit ihm allein zu lassen.

Während der Arzt meine Hand begutachtete, beobachtete Varnar ihn aufmerksam. Hin und wieder stellte er sogar qualifizierte Fragen. Ich spürte, dass er aus einem professionellen Interesse heraus fragte. Ein Krieger musste offenbar ein bisschen von allem wissen. Er zuckte nicht einmal mit der Wimper, als der Arzt und eine Krankenschwester meinen Knochen einrenkten, obwohl ich vor Schmerz schrie.

Als wir aus dem kleinen Behandlungszimmer kamen, beäugte Frank meinen Verband mit offensichtlichem Unbehagen. »Hast du da gerade geschrien?«

Ich nickte müde. »Sie haben den Knochen gerichtet.«

Frank sah Varnar an. »Bist du immer noch der Meinung, du hättest es selbst tun sollen?«

Sein Sarkasmus rauschte direkt an Varnar vorbei. »Der Arzt war sehr fachkundig. Ich hätte es nicht besser machen können. Es war sehr lehrreich für mich zu sehen, wie er den Knochen eingerenkt hat, ohne dabei die Haut zu verletzen. Ein gebrochener Knochen kann sehr spitz sein.«

Frank schüttelte sich.

»Danke, ich habe genug gehört.« Er nahm mir den Bericht aus der Hand und blätterte durch die Seiten. »Zu der Fraktur kam es, als die Hand der Patientin während der Arbeit unter ein Bierfass geriet.«

Er sah mich wütend an. Ich zuckte mit den Achseln.

»Das ist nicht dein Ernst.«

»Hakim wird angepisst sein, aber das ist er ja sowieso immer.«

»Ich bekomme Ärger mit der Arbeitsschutzbehörde!«

»Daran habe ich nicht gedacht.«

Frank marschierte zum Schalter, wo er lautstark und wild gestikulierend auf die Krankenschwester einredete. Die Krankenschwester reckte den Hals und starrte mich an, daher wandte ich ihr den Rücken zu.

»Anne, komm hierher«, tönte Franks Stimme durch das Wartezimmer.

Widerwillig schlurfte ich zu ihm und der neugierigen weiß gekleideten Frau.

»Erzähl ihnen, wie es wirklich war«, sagte er entschieden.

Ich seufzte. »Es war kein Bierfass. Ich wurde von einem Mann überfallen.«

Die Krankenschwester riss die Augen auf. »Warum hast du das nicht gesagt?«

Ich bedachte sie mit einem gleichgültigen Blick.

Franz seufzte. »Ich möchte keine Probleme. Erzähl ihnen einfach die Wahrheit, damit sie in deinen Bericht kommt und wir nach Hause fahren können.«

»Ich wurde im Hinterhof meines Arbeitsplatzes überfallen. Ich habe ohne das Wissen meines Chefs und gegen seinen Willen allein den Müll rausgebracht. Er ist immer wahnsinnig um das Wohl seiner Mitarbeiter besorgt und würde mich niemals einer Situation aussetzen, die auch nur im Ansatz gefährlich sein könnte.« Ich feixte Frank an. »Zufrieden?«

Er hob frustriert die Hände und kehrte mir den Rücken zu.

Die Krankenschwester notierte alles mit spitzen Lippen. »Sonst noch etwas? Hast du den Täter gesehen?«

Frank drehte sich wieder zu mir. »Hast du diesbezüglich auch gelogen? Oder hast du ihn wirklich nicht gesehen?«

»Nein. Ich habe ihn nicht gesehen.«

»Ärgerlich.« Er nahm meinen korrigierten Bericht entgegen und ging mit mir zurück zu Varnar, wobei er der Schwester entschuldigend über die Schulter zunickte.

Schweigend fuhren wir zurück nach Ravnssted. Varnar blickte durch die Frontscheibe, und irgendwann fand seine Hand in der

Dunkelheit die meine. Was ich fühlte, als seine Finger vorsichtig meinen Handrücken streichelten, war anders als alles, was ich je zuvor gefühlt hatte.

Monster stand bereits vor der Polizeiwache.

Varnar stieg aus und lief zu ihm.

Ich fummelte derweil noch an meinem Gurt herum.

»Äh. Hilfst du mir?«, sagte ich zu Frank und schwenkte meine verbundene Hand.

Er schnallte sich selbst ab und drehte sich auf dem Sitz zu mir um. »Du landest ständig in lebensgefährlichen Situationen, die du entgegen aller Wahrscheinlichkeit überlebst. Wenn du dich nicht allein behauptest, kommt dir jemand zu Hilfe. Warum wollen dir so viele an den Kragen?«

Ich kniff die Lippen zusammen. Je mehr Frank wusste, desto gefährlicher für ihn. Franks Ausdruck wurde sanft. »Anne. Ich habe dich gern. Verstehst du, dass ich nicht möchte, dass dir etwas zustößt?«

Ich holte Luft. »Kannst du mir nicht einfach mit dem Gurt helfen?«

Einen Augenblick fürchtete ich, er würde die Autotür zuziehen, die Varnar offen hatte stehen lassen. Da steckte Monster seinen großen Kopf herein. Erst fuhr Frank erschrocken zusammen. Dann lachte er und klickte meinen Gurt auf. »Siehst du, was habe ich gesagt? Irgendjemand kommt immer zu deiner Rettung.«

Ich warf ihm einen finsteren Blick zu, bevor ich aus dem Auto sprang.

»Anne«, sagte er hinter mir.

»Was?« Ich wandte mich um.

»Es tut mir leid, dass du das erleben musstest.«

»Passt schon, Frank. Ich hab's ja überstanden.«

»Ja, du hast es überstanden.« Die Lachfältchen um seine Augen kräuselten sich.

»Danke, dass du mich zum Krankenhaus gefahren hast.«

»Das war das Mindeste, was ich tun konnte.«

Ich schlug die Tür zu und ging, gefolgt von Monster, zu Varnar.

Varnar machte Anstalten, etwas zu sagen, doch in diesem Moment tauchte Hakim auf. »Warum steht ihr hier draußen?«

Varnar sah Monster an. »Du lässt sie nicht aus den Augen.« Dann lief er in die Dunkelheit.

»Dein Hund kann nicht mit auf die Wache«, sagte Hakim.

»Dann komme ich auch nicht mit.«

Hakim sah zum Himmel. »Was habe ich nur getan, dass ich einem derart anstrengenden Mädchen begegnen musste?« Er winkte uns herein. »Ihr habt Glück, dass es hier abends so leer ist.«

Er führte uns in ein winziges Büro, in das wir mit Ach und Krach zu dritt hineinpassten. Er quetschte sich hinter einen Schreibtisch.

Eine makabre Collage bedeckte eine der Wände. Den Großteil der Fotos hatte ich schon gesehen. Hakim folgte meinem Blick. »Daran habe ich nicht gedacht. Sollen wir in ein anderes Zimmer gehen?«

Ich schüttelte den Kopf und setzte mich mit dem Rücken zu den Aufnahmen auf einen Stuhl. Ich zeigte mit dem Daumen über die Schulter. »Hast du keine Angst, deine Kollegen könnten denken, dass dich so was scharf macht? Der Fall ist schließlich abgeschlossen.«

Hakim sah in seinen Computer. »Viele Polizisten haben alte Fälle, die sie nicht loslassen können. Fälle, die zur Besessenheit werden. Du solltest sehen, was in den anderen Büros so alles hängt.«

»Nein danke.«

Ein Lächeln zuckte um seine Mundwinkel.

»Ist es das für dich?«

»Was?« Er sah hoch.

»Eine Besessenheit.«

Hakim legte die flache Hand auf die Tischplatte. »Nein.«

»Was ist es dann?«

»Unabgeschlossen. Alles hat einen Anfang und ein Ende. Dieser Fall hier ist irgendwo dazwischen.« Er zögerte. »*Du* bist irgendwo dazwischen.«

»Du meinst also, ich sei auf dem Weg zum Ende?«

»Vielleicht zu einem glücklichen Ende.«

Ich drehte mich um und sah in Alices kristallblaue Augen auf dem Foto unmittelbar hinter mir. »Für wen?«

Hakim antwortete nicht. Stattdessen sagte er: »Gab es überhaupt nichts an der Person, was du wiedererkannt hast?«

»Irgendwie kam mir seine Stimme bekannt vor. Aber ich kann sie nicht einordnen.«

Hakim sah mich aufmerksam an. »Du glaubst also, es war jemand, den du kennst?«

Ich zuckte mit den Schultern. »Vielleicht.«

Ich dachte an die Vision, in der der Mörder durch mich hindurchgegangen war. Da hatte ich die Aura erkannt. Doch da ich die Vision von Serén erhalten hatte, konnte ich sie nicht einordnen.

»Wir müssen eine Liste aller Personen erstellen, die du kennst.«

»Du meinst, Männer.«

»Könnte es nicht auch eine Frau sein?«

»Theoretisch schon. Aber ich habe das Gefühl, dass es ein Mann ist. Außerdem war es eine tiefe Stimme.«

»Aber die Stimme könnte durch die Kapuze gedämpft worden sein.«

»Vielleicht.«

»Dann müssen auch alle Frauen, die du kennst, mit auf die Liste.«

»Das wird ein langer Abend«, sagte ich. »Ich kenne praktisch jeden hier in der Gegend.«

»Ich habe die ganze Nacht Zeit.«

Auf der anderen Seite des Tisches grollte es leicht aus Monsters Brust. Ich sah zu ihm hinunter, aber da kam mir ein Gedanke, der mich ablenkte. Als ich die Vision zum ersten Mal gehabt hatte, war der Mörder ebenfalls durch mich hindurchgegangen, und da hatte ich ihn – oder sie – nicht erkannt. Es musste also jemand sein, den ich innerhalb der letzten Monate kennengelernt hatte.

»Ich glaube, es ist jemand, den ich erst seit Kurzem kenne«, sagte ich. »Ich habe die Stimme sozusagen ganz frisch in Erinnerung.«

»Ist das jetzt der Moment, wo ich dir deine Erklärung einfach abkaufen und darauf vertrauen soll, dass zumindest ein Teil von dem, was du mir erzählst, der Wahrheit entspricht?«

Ich nickte mit zusammengekniffenen Lippen. Zu meiner Überraschung bohrte er nicht weiter nach. »Was meinst du damit, du kennst die Person erst *seit Kurzem*? Von welchem Zeitraum sprechen wir da?«

Ich belohnte sein Vertrauen. »Ab dem zwanzigsten August um halb acht morgens.«

Hakim lehnte sich mit hochgezogenen Brauen zurück. »Das ist ja recht spezifisch.«

»Ich weiß es noch, weil es mein erster Schultag war.«

Hakim öffnete den Mund, um etwas zu sagen, schloss ihn jedoch wieder. »Na schön, dann lass uns die Liste machen.«

Es dauerte über eine Stunde, meine Bekanntschaften der letzten Monate aufzulisten, und dazu kamen immer noch einige, die ich ausließ, ohne recht zu wissen, warum. Svidur und Mjödwitnir waren zwei davon. Niels Villadsen und Ulla waren zwei weitere. Doch der Großteil meiner neuen Kontakte wurde in Hakims Computer getippt und ausgedruckt. Als ich auf die Namen sah, realisierte ich, wie sehr sich mein Leben verändert hatte. Ben, Luna, Frank, Elias, Od, Rebecca und Varnar. Die anderen Schüler in meiner Klasse. Das Personal im Frank's, Christian und viele andere.

»Sind das alle?«, fragte Hakim.

»Nein, einer fehlt.«

»Wer?«

»Du.«

»Ich habe deinen Angreifer vorhin überrascht. Du hast es gesehen. Das schließt mich aus.«

»Was, wenn du mit ihm zusammenarbeitest?«

Hakim stand auf. »Guter Punkt, aber es wird langsam spät. Du hattest einen langen Abend. Ich finde, alles Weitere solltest du der Polizei überlassen.«

»Und was soll ich in der Zwischenzeit machen?«

Hakims muskulöse Arme glitten in seine Jacke, dann ging er zur Tür. »Das, was du am besten kannst.«

Ich stand ebenfalls auf. »Und das wäre?«

Er verharrte mit der Hand über der Klinke. »Überleben.«

Es war kalt, nun, da der November hereingebrochen war, und ich fröstelte in meiner dünnen Jeansjacke, als wir zur Frederiksgade gingen, wo Hakims Auto stand. Ich versuchte, mir mit meiner unverletzten Hand den gelben Schal enger um den Hals zu wickeln, kam jedoch nicht an das Ende heran, das über meinen Rücken hing.

Hakim stellte sich vor mich und griff nach dem Schal. Sorgsam band er ihn mir um und achtete darauf, dass er meinen Hals fest umschloss. Zum Schluss lagen seine großen Hände auf meinen Schultern.

»Besser?«

Unwillkürlich fuhr ich zusammen, machte mein Gesicht jedoch hart. Mit einem Ruck schüttelte ich seine Hände ab, kehrte ihm den Rücken zu und ging los. »Das ist schon das zweite Mal heute, dass mir jemand etwas straff um den Hals wickelt.« Mühsam kämpfte ich gegen meine Atemnot an.

Er holte mich ein. »Ich möchte ja nicht, dass du frierst.«

Wir legten das letzte Stück zu seinem Auto zurück. Dann ließ ich mich in den weichen Sitz sinken. Monster nahm die Rückbank ein, und Hakim startete den Wagen. Kurze Zeit später passierten wir das Ortsschild, und Dunkelheit legte sich um uns.

»Wo hast du gelernt, so zu kämpfen?«, fragte Hakim.

Ich antwortete nicht.

»Ich weiß, dass du in sämtlichen Kampfsportklubs der Gegend versucht hast Mitglied zu werden. Zu irgendeinem Zeitpunkt wurde in deiner Akte vermerkt, dass du keinerlei Form von Kampfsport ausüben darfst. Alle deine Pflegeeltern wurden darüber informiert, dass du aus der Familie genommen würdest, sollten sie dich trainieren lassen.«

»Das wusste nicht mal ich«, sagte ich. »Ich habe nur immer ein Nein als Antwort bekommen, wenn ich gefragt habe.«

Hakim hielt den Blick auf die Fahrbahn gerichtet. »Du wurdest nicht gerecht behandelt.«

»Ich glaube nicht an Gerechtigkeit.«

»Ich aber schon.«

»Na, dann Glückwunsch.« Ich wandte den Kopf ab und schaute hinaus auf die nachtschwarze Landschaft. Abgesehen von einigen wenigen erleuchteten Fenstern und hier und da den Scheinwerfern eines anderen Autos gab es nicht viel zu sehen.

»Was ich dich da im Hinterhof habe tun sehen, schafft man nicht ohne Anleitung. Wo hast du das gelernt?«

»Im Internet«, log ich. »Es gibt jede Menge Videos mit Kampftechniken.«

Wir waren an der Abzweigung nach Odinshöhe angekommen, und Hakim bog in den Feldweg ein. »Ich trainiere Kampfsport, seit ich zehn bin. Das lernt man nicht einfach, indem man ein paar Videos anschaut. Jemand hat es dir beigebracht. Wer?«

»Fragst du professionell, als Polizist? Bin ich verpflichtet zu antworten?«

Hakim hielt vor meiner Haustür. »Es fällt mir schwer, mich in deiner Gegenwart professionell zu verhalten. Ich frage dich als … Freund, glaube ich.«

»Dann ziehe ich es vor, nicht zu antworten. Weder als Freundin noch als sonst irgendwas.« Ich wechselte das Thema. »Welche Art Kampfsport machst du?«

Hakim öffnete meinen Gurt. »Alle Arten.«

»Weil du gern kämpfst?«

»Um es zu vermeiden. Ich hasse Gewalt.«

»Hm.«

»Kämpfst du gern?«

Ich überlegte. »Ich weiß nicht, ob ich es unbedingt gern tue. Es fühlt sich einfach natürlich an.«

»Das glaube ich sofort«, lachte Hakim.

»Warum hasst du es?«

Hakim strich sich übers Kinn. »Ich bin mit Konflikten aufgewachsen. Gewalt zählt zu meinen frühesten Erinnerungen.«

»Hat dein Vater dich geschlagen, oder was?«

»Nein. Mein Vater wurde im Krieg getötet, als ich noch klein war.«

»Bist du nicht in Dänemark geboren?«

»Wir sind geflüchtet, da war ich acht.« Er sah mir direkt in die Augen.

Ich suchte nach mitfühlenden Worten, brachte jedoch nichts heraus. Stattdessen drückte ich die Beifahrertür auf, sprang hastig aus dem Auto und öffnete die hintere Tür für Monster.

Hakim ließ das Fenster herunter. Er war schnell über meinen unhöflichen Abgang hinweggekommen. »Denk dran, die Liste mit Namen noch mal durchzugehen und zu überprüfen, ob du vielleicht jemanden vergessen hast«, rief er, bevor er den Motor anließ und den Feldweg hinunter verschwand.

KAPITEL 37

Als Elias mich am nächsten Morgen abholte, kommentierte er nicht, was ich ihm von Varnar und mir erzählt hatte, aber ich erhielt ein paar sehr deutliche Eindrücke aus seiner nahen Vergangenheit, die eine Menge Alkohol, Medikamente und mehrere Frauen mit einschlossen.

Ich hob eine Augenbraue. »Bist du überhaupt in der Lage, Auto zu fahren?«

»Ich bin zu allem Möglichen in der Lage.«

»Also, ich habe nicht vor, mit dir zu fahren, wenn du noch drauf bist.«

»Deswegen brauchst du dir keine Sorgen zu machen. Ich habe eine Mixtur, die mich nüchtern macht, egal was und wie viel ich genommen habe.«

»Typisch du, ein Gegenmittel für ein Problem herzustellen, das du selbst verursacht hast. Vielleicht solltest du deine Energie besser darauf verwenden, deine Abhängigkeit zu bekämpfen.«

»Das sollte ich wirklich«, sagte er, während er mich mit zusammengekniffenen Augen musterte. »Aber nicht heute.«

Mir war es gelungen, meinen verbundenen Finger hinter dem Rücken zu verstecken, doch als ich mich umdrehte, um nach meiner Jacke zu greifen, entdeckte er den Verband.

»Was ist denn *jetzt* schon wieder passiert?«

So bündig und undramatisch wie möglich schilderte ich ihm die Ereignisse des vorigen Abends. Trotzdem war Elias aufgewühlt, als ich fertig erzählt hatte.

»Lass mich als Allerserstes mal deinen Finger sehen.« Er packte mich am Arm und führte mich zum Esstisch.

Ich legte meine bandagierte Hand auf die Tischplatte. »Er wurde schon behandelt. Jetzt muss er nur wieder heilen. Der Arzt war wirklich kompetent. Das hat selbst Varnar gesagt.«

»Und Varnar hat schließlich *immer* recht«, sagte Elias leise und nahm den Verband ab.

»Hey, sie haben gestern eine Ewigkeit dafür gebraucht, den Finger zu verbinden.«

Er ignorierte mich und legte meine Hand komplett frei, um sie genau zu betrachten.

Der Finger war geschwollen. Er hatte eine sonderbar gelbliche Farbe, und der Nagel war ganz blau.

Elias, der vollkommen in seine Untersuchung vertieft war, murmelte wie zu sich selbst: »Der Arzt hat gute Arbeit geleistet. Aber er verfügt nicht über drei Jahrhunderte medizinische Erfahrung oder die Mittel, die ich habe.«

»Nein, in diesem Punkt kann dir sicher niemand das Wasser reichen.«

Er blickte auf, plötzlich mit seiner gewohnt unverschämten Miene. »Nicht nur in diesem Punkt«, sagte er und zwinkerte. Vorsichtig legte er meine Hand auf den Tisch und stand auf. »Bleib sitzen.«

Er verschwand nach draußen auf den Hof. Ich besah mir meine malträtierte Hand.

Elias kam mit einer alten Arzttasche zurück. Er kramte ein Tuch und eine Kanüle daraus hervor. »Das wird jetzt ein wenig wehtun«, sagte er und umfasste behutsam meine Fingerspitze, bevor er sanft daran zog.

Ich heulte kurz auf vor Schmerz, aber es war, als wäre der Knochen wieder an seine richtige Position gerückt worden.

Monster, der alles vom Boden aus verfolgt hatte, sprang mit entrüstetem Ausdruck auf. Ich winkte ab.

Elias nahm die Spritze und führte die Kanüle in meinen Finger, bis sie den Knochen mit einem leisen Klicken erreichte. Ich sank auf dem Stuhl zusammen, während sich kalter Schweiß auf meiner Stirn sammelte.

»Ich spritze konzentriertes Laekna direkt in die Fraktur. So kann sich dein Knochen regenerieren.« Er injizierte ein wenig Flüssigkeit in meinen Finger, worauf eine gewaltige Wärme in ihn hineinschoss, die sich weiter nach oben in meinen Arm ausbreitete. Meine Wangen röteten sich, mein Puls stieg und mein Atem ging schwerer.

»Wenn ich nur denselben Effekt auf dich hätte«, murmelte er.

Ich überhörte seinen Kommentar. Elias hatte eine harte Nacht hinter sich. Er umfasste meine Hand mit festem Griff und drückte gegen den Finger, um ihn zu stützen, während er heilte. Es gab ein knackendes Geräusch, wie wenn man kochendes Wasser auf Eis schüttet. Dann ließ er meine Hand los. Mein Finger sah wieder völlig normal aus. Vorsichtig bog ich ihn, erstaunt, dass ich weder Schmerzen noch Unbehagen verspürte.

»Danke.« Ich ballte die Hand zur Faust.

»Alles okay mit dir?«, fragte er.

»Die Hand ist ein Anfang«, sagte ich.

Elias' graublaue Augen ruhten auf mir. »Was stimmt nicht?«

»Wieso glaubst du, dass etwas nicht stimmt?«

»Meine jahrhundertelange Erfahrung beschränkt sich nicht nur auf das Bemerken von physischen Verletzungen.«

Ich rieb mir die Stirn. »Ich habe Angst, dass ich es nicht schaffe, meine Schwester zu treffen, denn vielleicht stirbt bald eine von uns beiden, und das würde den Weltuntergang mit sich führen. Mir wird immer klarer, dass Ragnara aus dem Weg geräumt werden muss.«

Elias starrte mich entgeistert an. »Schwester?«

Scheiße! Ich musste meine Geschichten besser unter Kontrolle bekommen. »Zwillingsschwester«, seufzte ich.

Er lachte überrumpelt. »Gibt es zwei von euch?«

»Schlag dir das direkt wieder aus dem Kopf. Außerdem steht sie auf Frauen.«

Mit einem breiten Grinsen lehnte sich Elias auf dem Stuhl zurück. »Du machst mich echt fertig.«

Resigniert breitete ich die Arme aus. »Vergiss es.«

»Ich vergesse nie etwas.«

»Natürlich tust du das nicht. Wollen wir los?«

Auf der Fahrt sprach keiner von uns.

Monster lag auf der Rückbank und sah hinaus in die nordjütländische Natur. Die Gegend um das Seemoor ist hügeliger und grüner als die flache Landschaft rund um Ravnssted. Wir fuhren aufwärts und immer weiter aufwärts, bis wir zum Schluss auf dem Parkplatz des Waldgebiets ankamen, in dem das Seemoor liegt.

Ich stieg aus dem Auto. Vor mir ragte der Wald auf. Ich legte den Kopf in den Nacken. Die meisten der Bäume waren höher als die im Kraghede Skov. Aus der Umgebung sickerte die Aktivität der Jahrhunderte in mich hinein. Obwohl heute außer Elias' Auto nur zwei weitere Fahrzeuge auf dem Parkplatz standen, spürte ich deutlich, wie pulsierend dieser Ort einst gewesen war.

Elias ging mit langen Schritten voran in den Wald, und wir folgten ihm. Der feuchte Duft von Moos und Laub legte sich um uns, und eine Kraft, die mich beinahe hinab in die sumpfige Erde zu ziehen drohte, pochte unter meinen Füßen.

Der Pfad machte einen Knick, und als wir um die Biegung kamen, sah ich, wieso dieser Ort Seemoor hieß. Ein windgeschützter See, umkränzt von goldenen Herbstblättern, erstreckte sich vor uns. Kleine grasbewachsene Soden bildeten Pfade über das Wasser, und an mehreren Stellen ragten Birken direkt aus der dunklen Tiefe. Der See lag in einer Senke, um die sich baum- und buschbedeckte Hügel erhoben.

»Wie schön es hier ist!«, rief ich.

»Lass dich nicht täuschen«, sagte Elias. »Das Moor ist lebensgefährlich. Es ist bodenlos, und wenn du auf eines dieser Grasbüschel da draußen trittst, sinkst du sofort ein.« Er hob einen Stein auf und reichte ihn mir. »Im Volksglauben heißt es, man soll einen Stein werfen, bevor man das Moor betritt.«

»Warum?«

»Damit auf dem Weg kein Unglück geschieht.«

Ich nahm den Stein. »Sind Unglücke hier wahrscheinlich?«

»Der Ort ist mythenumwoben«, antwortete Elias kryptisch.

Ich wog den Stein in der Hand und schleuderte ihn, so weit ich konnte, auf den See hinaus, wo er mit einem Platschen, das die Stille durchschnitt, auf die Wasseroberfläche traf. »Erzähl mir von diesen Mythen.«

Elias ging weiter. »Es heißt, anmutige Elfenmädchen und Elfenjungen locken einen ins Moor und ertränken einen. Von vorn gleichen sie Menschen, doch von hinten sind sie hohl.«

»Ist da was dran?«

»Es *war* was dran. Aber die meisten Naturgeister wurden während der großen Einwanderung nach Hrafnheim umgesiedelt.«

»Naturgeister?«

»Irgendeinen Überbegriff braucht man eben für all die mystischen Wesen.«

»Ist Hrafnheim so eine Art Sammelbecken für nicht menschliche Geschöpfe?«

»So könnte man es ausdrücken. Man munkelt, der Fenriswolf und die Midgardschlange wären ebenfalls dort gelandet, aber ich habe es nie verifizieren können.«

Wir hatten das eine Ende des Sees erreicht, wo sich in einem der Hügel eine natürliche Einbuchtung befand. Elias trat dicht an die Erdwand heran und schob einen Vorhang aus Hängepflanzen zur Seite. Dann klopfte er gegen einen hohlen Baumstamm, der umgestürzt am Fuß des Hügels lag.

Monster und ich folgten ihm. »Wonach suchen wir?«

»Nach der Öffnung.«

»Zu was?«

Elias antwortete mir nicht.

»Justine!«, rief er.

Jemand zupfte mich am Ärmel, und ich schaute nach unten.

Ein kleiner Junge stand neben mir. Er sah mit großen braunen Augen zu mir auf. Seine Kleider waren zerschlissen, und auf seinem Kopf kräuselten sich weiche, dunkle Locken.

»Wo ist deine Mutter?«, fragte ich ihn und ging in die Hocke.

Der Junge deutete auf einen großen Stein am Fuß der Böschung.

Elias wandte sich zu mir. »Was hast du gesagt?«

»Dieser Junge hier hat wohl seine Eltern verloren.«

»Du kannst einen Jungen sehen?« Elias blickte sich um.

Wieder sah ich das Kind an, das mich anlächelte.

»Wahrscheinlich ist es ein Myling. Hier draußen gibt es einige davon«, sagte er.

»Was ist ein Myling?«

»Nicht so wichtig«, sagte Elias schnell.

Der Myling begann zu gehen und winkte mich mit seiner kleinen Hand mit sich.

»Ist es hier?«, fragte ich und legte die Hand auf den großen Stein.

»Ja, das ist er«, sagte Elias, stemmte sich mit der Schulter dagegen und drückte. »Der Eingang zu Justines Zuhause ist immer schwer zu finden.«

Der Stein rollte zur Seite und gab die Sicht auf einen dunklen Gang frei, der in den Hügel führte.

»Da sollen wir rein?«, fragte ich ein wenig beklommen.

Statt einer Antwort trat Elias in das Dunkel. Der kleine Myling-Junge folgte ihm mit lautlosen Schritten. Auch ich schloss mich ihnen an, hinter mir klackten Monsters Krallen auf dem festgestampften Untergrund. Mit Unbehagen hörte ich, wie der Stein hinter uns wieder an seinen Platz glitt, und für einen Augenblick waren wir alle in pechschwarze Finsternis gehüllt. Nur die Augen des kleinen Mylings leuchteten phosphoreszierend. Dann flammten den ganzen Gang entlang Fackeln auf und erleuchteten den Erdkorridor.

»Was ist das hier für ein Ort? Wir sind doch nicht etwa in einem Elfenhügel?« Die letzte Frage war eher als Witz gemeint, um die gruselige Stimmung ein wenig aufzulockern.

»Ich würde dich niemals mit in einen Elfenhügel nehmen«, erwiderte Elias ernst. »Das ist viel zu gefährlich.«

Wie immer, wenn ich eine paranormale Tatsache in einer Nebenbemerkung serviert bekam, war ich ein wenig perplex. »Gibt es auch Elfenhügel? Warst du schon mal in einem?«

»Eine Nacht. Das lustigste Fest, auf dem ich je war«, sagte er. »Aber das sind vierzig Jahre, die ich nicht zurückbekomme«, setzte er leise hinzu.

Wir gingen weiter ins Innere des Hügels, und Echos vergangener Stimmen rauschten um mich herum. Fremde Sprachen und Gelächter erklangen. Schritte hallten den Gang hinauf und hinab. Ab und an kroch mir ein heftiger Gestank nach ungewaschenen Körpern und Tieren in die Nase. Wir betraten eine warme, beleuchtete Höhle. Darin stand eine Frau mit verfilzten grauen Haaren. Sie hatte funkelnde schwarze Augen, und ich starrte direkt in sie hinein. Meine Hellsichtigkeit toste.

Es war, als stünde ich zwischen zwei Spiegeln und sähe, wie sich die Spiegelbilder vor und hinter mir bis ins Unendliche fortsetzen. Ich nahm Visionen der Zukunft und der Vergangenheit von Justine wahr, während sie meine eigenen Visionen anscheinend ebenfalls spürte. Alle diese Eindrücke flossen vor meinem inneren Auge zu einer einzigen großen Masse zusammen, und zum ersten Mal sah ich die Zeit als eine gigantische Fläche, auf der ich an irgendeiner zufälligen Stelle gelandet war. Das, was vor der Gegenwart kam, war bereits geschehen, genauso wie das, was danach folgte, festgelegt war, während sich sowohl die Vergangenheit als auch die Zukunft gleichzeitig in konstanter Veränderung zu befinden schienen.

Justine starrte mich mit einem Ausdruck an, der meinem eigenen gleichen musste. Der kleine Myling schlüpfte hinter sie.

»Was geschieht gerade?«, fragte ich.

Justine, die wesentlich kleiner war als ich, sah zu mir auf. »Warst du noch nie mit einer anderen Seherin zusammen?«

Ihre Vision von Monster, Elias und mir, die auf dem Weg zu dieser Höhle durch das Seemoor stapften, tauchte in meiner Wahrnehmung auf.

»Nein, noch nie. Das hier ist echt eigenartig.«

»Es ist völlig normal, dass unsere Fähigkeiten ihre Kräfte messen.« Sie setzte sich im Schneidersitz auf den Boden und wies mit einer runzeligen Hand auf eine kleine Bank, als Zeichen, dass wir uns ebenfalls setzen sollten. »Atme ein paarmal tief ein, und entspanne dich. Dann wird es ruhiger.«

Ich folgte ihrem Rat. In der rauchigen Luft war ich augenblicklich kurz vor dem Ersticken. Erst jetzt sah ich mich um und stellte fest, dass wir uns in einer Höhle befanden, deren einzige Lichtquelle ein Loch hoch über uns war, durch das ein grünlicher Schimmer hereinfiel. In der Ecke flackerte ein kleines Feuer, und der Rauch waberte als schmaler Faden an der Rundung der Wand hinauf zum Loch in der Höhlendecke.

Justine zog ihren zerschlissenen roten Schal enger um sich. »Willkommen in Seegrund.«

»Klingt nach einem Ort, an dem man ertrinkt«, sagte ich und hustete diskret.

»Nicht, solange ihr auf gutem Fuß mit mir steht.«

Okidoki.

»Der Braumeister sagt, dass du mit mir sprechen möchtest. Willst du eine Weissagung?«

»Nein. Bloß nicht.« Noch mehr düstere Zukunftsaussichten konnte ich nicht gebrauchen. Und meine Vergangenheit kannte ich nur zu gut. »Bist du vergangenheits- oder zukunftshellsichtig?«

»Beides.«

»Ich kann nur die Vergangenheit sehen.«

»Glückliches Mädchen.«

»Was meinst du? Ich würde viel lieber die Zukunft sehen können.«

»Ja, wir wollen immer das, was wir nicht haben. Und am allerliebsten das, was wir nicht haben können.« Das Letzte war an Elias gerichtet.

Er blickte auf seine Hände.

»Ich habe ein paar Fragen«, sagte ich. »Ich habe gerade erlebt, wie ich deine Visionen über die Zukunft in deiner Vergangenheit sehen kann. Und du musst meine Visionen über die Vergangenheit ebenfalls sehen können.«

Sie bestätigte es mit einem Nicken.

»Aber wir befinden uns im selben Raum«, fuhr ich fort. »Hast du schon einmal die Visionen einer anderen Seherin wahrgenommen, ohne dass sie körperlich anwesend war?«

»Wenn ich eines der Besitztümer der Seherin berühre. Und wenn es noch nicht lange her ist, dass die Person die Vision hatte.«

»Hast du schon einmal versucht, die Vision einer anderen wahrzunehmen, indem du nur die Worte der Person gehört hast?«

»Meinst du, durch ein Telefon?«

»Nein, vorgelesen. Und aus einer anderen Sprache übersetzt. Und möglicherweise mündlich überliefert, bevor sie niedergeschrieben wurden.«

Justine kniff ihre schwarzen Augen zusammen. »Wie alt waren die Worte?«

»Mindestens achthundert Jahre. Vielleicht älter«, sagte ich vorsichtig.

Justines Blick richtete sich auf Elias. »Wen hast du mir da gebracht?«

Elias sah zu mir und antwortete leise: »Ich bin nicht sicher. Ich habe noch nie jemanden wie Anne getroffen. Jedenfalls niemanden mit so starken Fähigkeiten.«

Justine kroch auf Knien zu mir hin und ergriff meine Hände. Etwas überrumpelt lehnte ich mich zurück, allerdings ohne ihrem Griff zu entkommen. Sie schloss die Augen und knetete meine Hände, während sie sich summend hin und her bewegte.

»Die Seherin auf dem Hügel«, murmelte sie. »So lieblich. Das Schicksal des blutenden Gottes. Sie und ihr Spiegel werden das Flüstern der Raben hören.« Sie runzelte die Brauen, als ob sie angestrengt versuchte, etwas zu verstehen. »Sie wird einen Namen tragen, aus Liebe gegeben. Einen Schicksalsnamen.« Sie ließ mich los und hockte sich wieder auf die Fersen. »Der halbe Mann wird sie erkennen.«

»Ich wollte keine Weissagung.«

Justines Blick war verschleiert. »Du hast auch keine erhalten. Es war eine andere, die ich durch dich gelesen habe. Aber diese andere hat dich gesehen. Vor sehr langer Zeit.«

Ich schluckte. »Wer?«

»Die Mutter aller Seherinnen.«

»Die Völva Heid?«

Justine nickte langsam. »Sie kannte dich.«

Elias sah von Justine zu mir. »Nicht *die* Heid. Sie ist vor über tausend Jahren gestorben. Od hat sie selbst ins Grab gelegt. Sie hat nicht das Geringste mit Anne zu tun.«

Justine zuckte mit den Schultern. »So habe ich es gesehen. In deiner sehr weit zurückliegenden Vergangenheit, zu einer Zeit, als du nur der Hauch eines Staubkorns warst, hat Heid dich gesehen.« Sie schloss die Augen und lauschte angestrengt. »Sie hat dir eine Nachricht gesandt. Eine Warnung.«

»Das ist unmöglich.«

»Was weißt du darüber, was möglich ist? Aber du wirst klüger. Das sage ich dir. Du wirst klüger, als dir selbst lieb ist.«

»Kapierst du es nicht? Ich wollte nicht, dass du mich liest oder mir etwas weissagst.«

Justine reckte das Kinn, und Zorn strömte aus ihr. »Es war eine Annahme. Ich sehe, dass der Tod dich in seinen Armen hält. Und ich sehe einen silbernen Faden zwischen euch beiden. Eure Schicksale sind miteinander verbunden. Durch Liebe oder Tod. Oder durch beides.« Ihre dürre Hand fuhr zwischen mir und Elias hin und her, als würde sie uns mit unsichtbarem Wasser bespritzen. »Das war deine Weissagung.«

Ich stand auf. »Du bist eine Quacksalberin.«

Justine beugte sich zu mir und zischte: »Nur weil meine Fähigkeiten nicht so funktionieren wie deine, bedeutet das noch lange nicht, dass ich eine Schwindlerin bin.«

Ich wandte mich an Elias. »Was hast du ihr gesagt, du manipulativer Dreckskerl? Sie ist wirklich überzeugend, aber so dumm bin ich auch wieder nicht.« Ich marschierte aus dem kleinen Erdloch, Monster auf den Fersen.

»Wir sehen uns wieder, hübsche Seherin«, rief Justine mir nach. Draußen blinzelte ich dem Licht in dem herbstgoldenen Niemandsland entgegen, bevor Elias angelaufen kam. Er war wütend.

»Ich habe in meinem Leben noch keine einzige Vergangenheitshellsichtige kennengelernt, die sich unter Kontrolle hat. Und dann bringe ich euch beide zusammen. Was habe ich mir nur dabei gedacht? Ach ja. Ich dachte, ich könnte dir helfen!« Er kickte in den Staub. »Ich riskiere, in diesem vermaledeiten Moor auf Elfen, Mylinge und Trolle zu treffen, nur um ein weiteres Mal von dir eins auf den Deckel zu kriegen.«

Ich verschränkte die Arme. »Du hast sie gezwungen, das zu sagen.«

»Warum hätte ich das tun sollen?«

»Um mich glauben zu lassen, dass zwischen uns etwas laufen wird.«

»Um dir das zu sagen, brauche ich keine Hellseherin.«

»Wirklich eine sehr romantische Aussage, wenn man bedenkt, was du heute Nacht so getrieben hast.«

Für einen Moment wirkte Elias verunsichert, doch er fing sich schnell wieder. »Ich kann tun und lassen, was und mit wem es mir beliebt, bis du mich willst.«

»*Bis* … Jetzt bist du also auch hellsichtig, oder was?«

»Ich habe dir gesagt, dass ich mich in diesem Punkt nie irre.«

»Und worauf gründest du diese Annahme? Auf unser warmes und freundschaftliches Verhältnis?«

»Wieso, glaubst du wohl, streiten wir uns die ganze Zeit?«

Entnervt breitete ich die Arme aus. »Erstens, weil du mir wahnsinnig auf den Zeiger gehst. Zweitens, weil ich mich mit jedem streite.«

»Nicht auf die Art, wie du mit mir streitest. Hast du nicht manchmal das Gefühl, als würdest du mit dir selbst diskutieren?«

Ich weigerte mich, ihm zu antworten.

»Wir zwei, wir sind uns ähnlich.«

»Ich bin kein vierhundert Jahre alter verlogener und aufgeblasener Egoist, der alles nur zu seinem eigenen Vorteil tut.«

»Aber falls du noch vierhundert Jahre lebst, wie, glaubst du, wirst du dann sein?«

Ich schaute in den knallblauen Himmel hinauf.

»Ich kann es dir sagen«, meinte Elias. »Entweder wirst du genauso wie ich. Oder du wirst noch sehr viel schlimmer.«

Ich durchforstete mein Hirn nach einer Entgegnung. Doch sosehr ich es auch versuchte, ich war nicht imstande, ihm zu widersprechen.

Als wir auf Odinshöhe ankamen, standen zwei Gestalten vor meiner Haustür. Die eine war bedeutend größer als die andere. Es waren Mathias und Klein-Mads.

Elias hielt den Blick stur aufs Lenkrad gerichtet und leugnete meine Anwesenheit. Ohne mich zu verabschieden, stieg ich aus dem Wagen und ließ Monster heraus. Wie es sich gehörte, knallte ich die Autotür ordentlich hinter mir zu.

Elias riss das Auto herum, dass der Kies aufstob, und brauste davon. Ich musste nicht in die Zukunft sehen können, um zu wissen, womit er den restlichen Tag zubringen würde. Ich schob mein stechendes schlechtes Gewissen beiseite und ging zu Mathias und Mads.

»Was macht ihr denn hier?« Möglicherweise klang ich ein wenig genervt.

Mathias' Stimme war ernst. »Mads muss mit dir reden.«

Ich zog meinen Schlüssel aus der Tasche und schloss die blaue Haustür auf. »Kann das warten? Ich muss über eine ganze Menge nachdenken.«

»Es ist wichtig.«

Monster und die beiden Jungs folgten mir ins Haus. Monster beäugte Mads mit einem prüfenden Blick, den ich nicht ganz deuten konnte.

»Er will dich etwas fragen«, fuhr Mathias fort.

Mads zog den Kopf ein Stück ein, als er durch die Türöffnung vom Flur zur Küche ging. Als er sich wieder aufrichtete, fehlten nur wenige Zentimeter von seinem Scheitel bis zu den Deckenbalken. Ich schmiss den Schlüssel auf die Arbeitsfläche und wandte mich an Mads. »Dann schieß los.«

Er blickte ratlos zu Mathias, der ihm beruhigend zunickte. »Setzen wir uns lieber.«

Ich zog einen Stuhl heran, setzte mich, ohne meine Jacke auszuziehen, und atmete aus. »Ich bin so weit.«

Mathias legte den Kopf schief. »Mads hat uns in der letzten Zeit beobachtet. Also, dich, mich und Luna.«

»Und?«

Mathias sprach mit einer aufgesetzt geduldigen Miene weiter. »Mads grübelt selbst über ein paar Dinge nach. Er hat noch nie irgendwo wirklich reingepasst.«

Ich nickte übertrieben, damit er auf den Punkt kam. Bis jetzt hatte Mathias nichts erzählt, was neu für mich gewesen wäre.

Endlich ergriff Mads das Wort. »Nicht nur meine Körpergröße ist anders«, brummte er mit seiner tiefen Stimme.

Ich sah ihn an. »Was noch?«

Mads breitete seine großen Hände aus. Er hielt sie einen Zentimeter über den Tisch, und etwas begann zu knistern.

Ich blickte auf die Tischplatte und beobachtete, wie sich kleine Eisblumen darauf ausbreiteten.

Er ballte die Fäuste, und im Wohnzimmer kam Wind auf. Ein paar Papiere flatterten auf den Boden.

Was?

»Was bist du?«, wisperte ich.

Mads zuckte mit seinen enormen Schultern. »Ich hatte gehofft, das könntest du mir sagen.«

»Woher sollte ich das wissen?«

Er warf mir einen verzweifelten Blick zu. »Ich wollte wissen, ob ich mitmachen darf.«

»Mitmachen wobei?«

»In eurer Gruppe.«

Ich starrte ihn verwirrt an. »Wir haben keine Gruppe.«

»Doch, haben wir«, erwiderte Mathias. »Und ich habe ihm schon etwas von dem gezeigt, was ich kann.«

»Das ist deine Sache«, sagte ich.

»Du musst Mads helfen. Vielleicht kann er mit Od oder Elias sprechen. Oder mit Lunas Eltern.«

»Dann bring du ihn doch zu ihnen.«

»Ich wollte, dass du zuerst dein Okay gibst«, nuschelte Mathias.

»Wer hat mich denn zur Anführerin bestimmt?« Mit einem kleinen Schock wurde mir klar, dass Mathias mich genau dafür hielt.

Mads' Gesichtsausdruck sagte exakt dasselbe, als er mich bittend ansah.

Ich lehnte mich auf dem Stuhl zurück. »Ich weiß nicht, welchen Eindruck Mathias dir vermittelt hat, aber diese ganze Sache ist ziemlich unorganisiert. Die meiste Zeit haben wir keine Ahnung, was wir tun. Es tut mir leid, Mads, aber ich kann dir nicht helfen. Ich habe genug mit meinen eigenen Problemen zu tun.«

»Hast du daran gedacht«, wandte Mathias ein, »dass Mads dir vielleicht helfen kann?«

»Äh.«

Monster, der das Gespräch genau verfolgt hatte, kam näher an den Tisch geschlichen.

»Ich muss wissen, was ich bin. Ich kenne nicht einmal meinen Vater«, flehte Mads.

Mathias sah auf die Tischplatte. »Zuerst habe ich geglaubt, er wäre das Gleiche wie ich. Doch das ist er nicht. Er ist auch nicht das Gleiche wie Luna. Aber er ist *etwas*.«

Monster ergriff das Wort. »Ich glaube, ich weiß, was du bist.«

Mads' Kinnlade fiel herunter, und er sah komplett geschockt aus.

»Ich glaube«, sagte Monster mit seiner tiefen Stimme, »dass du mit mir verwandt bist.«

KAPITEL 38

»Er kann sprechen«, keuchte Mads atemlos. »Der Hund. Er hat gerade etwas gesagt.«

»Er ist kein Hund«, sagte ich und stand auf. »Wer will Kaffee?«

Mads antwortete nicht auf meine Frage. »Wenn er kein Hund ist, was ist er dann?«

»Frag ihn selbst«, erwiderte ich, schälte mich aus meiner Jacke und warf sie auf die Küchenbank.

Er wandte seinen großen Körper zu Monster.

»Ich stamme von den Riesen ab«, rumpelte der.

Mads sah aus, als wollte er sich am liebsten in den Arm zwicken.

»Und ich glaube, du bist auch ein Riese«, fuhr Monster fort. »Wenigstens zum Teil.«

»Ein Riese?« Mads' Atem ging immer noch schwer. »Es gibt keine Riesen. Die gibt es nur in den alten Sagen.«

»Wollt ihr jetzt Kaffee oder nicht?«, fragte ich aus der Küche.

»Wie kannst du jetzt von Kaffee reden?« Es war das erste Mal, dass ich so etwas wie einen gereizten Unterton in Mads' Stimme hörte.

Mit einem Knall stellte ich den Wasserkessel auf der Arbeitsplatte ab. »Würde ich jedes Mal, wenn ich mich mit übernatürlichen Phänomenen befasse, auf Essen und Trinken verzichten, wäre ich schon längst verhungert oder verdurstet. Wenn du in unserer *Gruppe* dabei sein willst«, sagte ich sanfter, »musst du dich diesen Dingen stellen.«

Mads schien sich zusammenzureißen. »Okay«, sagte er.

»Okay was?«

»Ich würde einen Kaffee nehmen.«

»Ich auch«, meldete sich Monster.

Wieder starrte Mads ihn an. Ich sah zu Mathias, der kaum merklich nickte. Dann holte ich drei Tassen und eine Schale aus dem Schrank.

Mads atmete hörbar aus. »Warum glaubst du, dass ich ein Riese bin?«

»Ich kann sehen«, sagte Monster, »dass du die Eigenschaften eines Riesen hast. Wir Riesen sind eng mit der Natur verbunden, und einige von uns beherrschen die Elemente.«

»*Beherrschen* würde ich es nicht unbedingt nennen«, warf ich ein. »Er hat bloß einen kleinen Windhauch und ein bisschen Frost produziert.«

»Vermutlich ist er nur zum Teil ein Riese. So wie ich sowohl Riese als auch Wolf bin.«

Mads riss den Blick von Monster los und sah mich an. »Was bist du?«

Ich legte den Kopf in den Nacken. Allmählich wurde meine Macke Allgemeinwissen. »Ich bin hellsichtig.«

»Hellsichtig?« Mads wankte leicht auf seinem Stuhl.

»Ich kann die Vergangenheit sehen. Und Auren.«

»Und Geister«, fügte Mathias hinzu.

»Ach ja, richtig, und Geister«, nickte ich und stellte ihm und Mads je eine Tasse Kaffee hin, dann füllte ich Monsters Schale.

Mads war kreidebleich.

»Schon in Ordnung, Mads«, sagte Mathias und legte ihm eine Hand auf die Schulter. »An diesem Punkt waren wir alle schon. Es gibt einiges zu verdauen, wenn man erfährt, was man ist und was die verborgene Welt beinhaltet.«

»Was ist die verborgene Welt?«, flüsterte Mads.

»Eine Welt voller Hexen, Riesen, Geister und weiß der Kuckuck, was noch alles«, sagte ich.

Mathias schüttelte den Kopf. »Gib Mads einen Moment.«

»Und alternativer Geschichtsschreibung«, sagte ich und hob vielsagend die Augenbrauen.

»Anne!«, rief Mathias.

»Und mega-nerviger Typen, die meinen, sie wären Demigötter, obwohl sie aller Wahrscheinlichkeit nach Mutanten oder Aliens sind«, schloss ich. Als ich Mads' Gesichtsausdruck sah, wünschte ich, ich könnte meine Worte zurücknehmen. »Tut mir leid, Mads. Mathias hat recht«, sagte ich. »Wir haben alle diesen Enthüllungsmoment erlebt. Es ist total überwältigend.«

Mads lehnte sich auf meinem armen ächzenden Stuhl zurück. »Es ist auch eine Erleichterung.«

Mathias lächelte. »Als ich herausgefunden habe, was ich bin, war ich auch erleichtert. Vermutlich lag das allerdings auch daran, dass ich gerade eine durchschossene Brust überlebt hatte. Aber ich weiß, was du meinst.«

Ich glaube, in diesem Moment wünschte Mads, er hätte sich uns niemals anvertraut.

Mathias winkte ab. »Das wird dir bestimmt nicht passieren.«

»Was ist das Besondere an Halbriesen?«, fragte ich Monster.

Monster schleckte etwas Kaffee aus seiner Schale. »Sie sind eng mit der Natur und den Elementen verbunden.«

»Können sie auch Wind und Wetter kontrollieren?«

Monster schaute ein wenig missmutig drein. »Diese Fähigkeit habe ich nicht erhalten.«

»Was noch?«

»Wir sind widerstandsfähig. Unsere Knochen sind hart wie Stein und sehr schwer zu verletzen.«

»Ich dachte, Riesen seien böse«, warf Mathias ein.

Monster schnaubte. »Die Götter haben uns besiegt, und anschließend haben sie den Menschen einen Haufen Quatsch über uns erzählt. Ja, es gibt üble Riesen, die üble Dinge tun. Aber die Götter sind auch nicht gerade über jeden Zweifel erhaben.«

»Wie kann ich ein Riese sein?«, fragte Mads. »Es gibt doch überhaupt keine Riesen auf der Welt.«

Ich kratzte mich an der Stirn. *Here we go.*

»Äh, Mads. Es gibt da ein, zwei Dinge, die du über die Welt wissen musst. Oder besser gesagt, über die Welten. Es gibt nämlich mehrere.«

Und dann begann ich zu erzählen.

Mathias hatte einen Arm um Mads' Schulter gelegt, als sie Odinshöhe verließen. Zum Glück befand er sich im »Göttermodus«, sodass er groß genug war, um überhaupt dorthin zu reichen. Ich sah den beiden riesigen Jungs nach – ein grünlicher und ein leichenblasser –, wie sie den Feldweg hinunterschwankten.

Zu dieser Jahreszeit dominierte die Dunkelheit mit langen Nächten und bewölkten Tagen, doch heute schien die Sonne wundersamerweise von einem wolkenlosen Himmel und badete die schwarzen und wintergrünen Felder in ein zartes Licht.

Eine Weile blieb ich stehen und blickte über die Landschaft, während ich nachdachte. Über die Mörder, die Ragnara einen nach dem anderen auf mich hetzte. Über Arthur, der bereits tot war, meine Mutter, die zu den meistgesuchten Personen Hrafnheims zählte, und meine Schwester … Ich atmete tief ein. Meine Schwester, die ich vielleicht niemals treffen würde.

Mit einem Satz rannte ich los, sprintete in der kraftlosen Wintersonne übers Feld und Richtung Kraghede Skov. Hinter mir hörte ich Monster schnaufen. Ich ignorierte ihn, lief in den Wald und erreichte bald den Hofplatz von Gut Kraghede. Varnar trat augenblicklich aus der Reithalle. Er sah mich mit wildem Blick an und eilte auf mich zu. Monster blieb im Wald, wo er auf sehr wölfische Weise auf und ab schritt.

Varnars starke Hände griffen meine Schultern. »Was ist los?«

»Lass uns trainieren. Jetzt sofort. Ich habe es satt, mich nur zu verteidigen. Ich will lernen, anzugreifen.«

Vier Stunden später war ich schweißgebadet und hatte Kratzer an den Armen und auf der Wange, wo mich Varnars Stock getroffen hatte. Wir kämpften in der alten Reithalle.

»Lass uns für heute Schluss machen«, sagte er. »Du bist erschöpft.

Ich ignorierte den Vorschlag und griff ihn erneut an. Er wehrte elegant ab, ohne mich zu verletzen.

»Stopp.« Er schwang seinen Stock und schlug mir meinen damit aus der Hand. Dann griff er nach mir.

Ich wirbelte herum, kickte und traf seinen Oberschenkel. Falls es wehtat, ließ er es sich nicht anmerken.

»Du hast nichts gegessen, du hast keine Waffe, und du hast kaum geschlafen. Und gestern Abend wurdest du fast getötet.«

»Ich bin sicher, Ragnara und Eskild werden Verständnis haben, wenn wir uns irgendwann begegnen und ich unsere Auseinandersetzung aufschiebe, weil mein Magen grummelt und ich ein Nickerchen machen muss.«

Varnar machte einen Schritt vor und holte aus, doch ich rammte ihm meine Faust in die Magengrube. Diesmal stöhnte er vor Schmerz.

»Genug!«, rief er und bewegte sich so schnell mit seinen tänzelnden Schritten, dass nicht einmal mein Blick ihm folgen konnte. Auf einmal war er hinter mir und hielt mich fest umklammert. Ich versuchte freizukommen, doch er drückte mich an sich.

»Ich weiß, dass du Angst hast.«

»Angst!«, zischte ich. »Ich habe keine Angst. Ich bin stinkwütend auf Ragnara und Eskild. Sie werden für all das bezahlen, was sie meiner Familie angetan haben. Das schwöre ich dir.«

»Wut und Rachsucht sind ein guter Brennstoff in einem Kampf, aber sie trüben auch deinen Verstand. Es bedeutet deinen Tod, wenn du sie nur mit diesem Gedanken im Sinn angreifst.«

»Lieber sterbe ich im Kampf, als hier rumzusitzen und Däumchen zu drehen«, fauchte ich und donnerte meinen Absatz nach hinten.

Ich traf Varnars Schienbein, und er ließ mich so abrupt los, dass ich nach vorn taumelte. Er fluchte, und auf einmal sah ich die dunklen Ringe unter seinen Augen. Als ob alle Sorgen der Welt auf seinen Schultern lasteten. Mein Zorn verrauchte, die Beine knickten mir weg, und ich landete im Sägemehl. Varnar sank neben mir zu Boden.

»Du glaubst nicht, dass ich es schaffe«, sagte ich.

»Wie kommst du darauf?«

»Ich kann deine Gefühle spüren.«

Er senkte den Blick. »Was spürst du?«

Ich lehnte mich ihm müde entgegen. »Dass du mich magst.«

»Mehr als das.« Er schlang die Arme um mich. »Ich würde alles für deine Sicherheit tun.«

»*Alles* kann ziemlich weitreichend sein.«

»Ich fürchte, selbst mit dem Schutz von Hexen, der Warägergarde, einem Demigott und zwei Halbriesen kämpfen wir gegen eine Übermacht.« Mir fiel auf, dass er weder Od noch Elias zu meinen Beschützern zählte. »Es braucht umfangreiche Mittel, wenn wir Ragnara besiegen wollen.«

Ich schloss die Augen und gab mich dem Moment hin. In diesem Augenblick existierten nur wir beide in diesem großen, leeren, hallenden Raum. Meine Hand suchte und fand Varnars.

So saßen wir eine Weile schweigend da. Dann klingelte mein Handy in der Tasche, und ich zuckte erschrocken zusammen, bevor ich aufstand und es herausfischte. Das Display zeigte eine unterdrückte Nummer an.

»Hallo«, sagte ich zögernd.

»Anne Sakarias?« Die Stimme klang ehrerbietend, und ich brauchte einen Moment, um sie zuzuordnen.

»Ja.«

»Hier ist Niels Villadsen von der AMPA. Wir haben uns auf dem Ball im Bootsmann getroffen.«

»Ich erinnere mich an Sie.«

»Ich rufe an, da ich neue Informationen aus Freiheim erhalten habe, und hoffe, dass du mir helfen kannst, ein wenig Licht ins Dunkel zu bringen.«

»Wie sollte ich das können? Ich weiß von nichts.«

»Mein Gefühl sagt mir, dass du im Zentrum der Ereignisse stehst, die uns derzeit zu Ohren kommen.«

»Welche Ereignisse?«

»Rätselhafte Morde an rothaarigen Mädchen, Erdbeben, ein Gefangener in Untersuchungshaft, der in seiner Zelle vergiftet wird. Ein übereifriger Polizist namens Hakim Murr, der Beweise sammelt und seine Schlüsse zieht.«

Ich ignorierte die Aufzählung. »Was für neue Informationen?«

»Ich wurde von Eskild Schwarzauge aus Freiheim kontaktiert.«

»Eskild?«, rief ich aus.

Ich sah, dass Varnar die Ohren spitzte.

»Er sagt, dass sich jemand in die Angelegenheiten von Freiheim eingemischt hat.«

Ich antwortete nicht.

»Hast du von Serén gehört, der Tochter von Thora Todesblut?«

»Serén? Nope. Nie gehört.« Mein Blick begegnete Varnars.

»Du hast also keine Ahnung, wie Eskild darauf kommt, jemand hätte Serén bei der Flucht geholfen?«

»Ist es nicht schon lange her, dass sie abgehauen ist?«

Eine Weile herrschte Stille am anderen Ende der Leitung, bevor Niels weitersprach. Seine sonst so neutrale Stimme zitterte leicht. »Also sagt Eskild die Wahrheit? Sie ist entkommen?«

Ich antwortete nicht, und Niels fragte weiter: »Hast du Umgang mit Varnar aus dem Bronzewald?«

»Varnar ist tot.«

Varnar stand auf und sah mich durchdringend an.

»Eskild behauptet, wir böten Varnar hier in Midgard Unterschlupf«, fuhr Niels fort. »Er verlangt, dass wir ihn ausliefern, damit er in Freiheim vor Gericht gestellt werden kann.«

»Es dürfte schwierig werden, einen Toten auszuliefern, der von Riesenwölfen verspeist wurde.«

Niels lachte. »Du bist gut informiert für jemanden, der nichts weiß.«

»Was wollen Sie von mir hören?«

»Ich möchte dich bestätigen hören, dass wir in Midgard nach wie vor neutral sind, was den Konflikt zwischen Ragnara und den Aufständischen in Freiheim angeht. Dass du nicht Opfer von Attentatsversuchen oder Drohungen geworden bist. Dass du Varnar nicht kennst und dass dein Hund eine nicht sprechende Promenadenmischung ist, die in dieser Welt geboren wurde.«

»Bestätigt«, log ich.

»Gut«, sagte Niels. »Das werde ich an Ragnaras Leute weitergeben, wenn ich das nächste Mal mit ihnen spreche.«

»War das alles?«

Niels senkte die Stimme: »Ich fühle mich verpflichtet, dich wissen zu lassen, dass die Berserker nun für Ragnara kämpfen.« Eine kurze Pause entstand, bevor Niels hastig weitersprach. »Du musst es Varnar sagen, auch wenn er tot ist und du nicht weißt, wer er ist.«

»Warten Sie! Wissen Sie, ob meine …«

Doch die Verbindung war bereits unterbrochen. Ich starrte auf das Handy.

Varnar sah mich angespannt an.

»Ragnara plant irgendwas«, sagte ich. »Niels meint, dass die Berserker jetzt auf ihrer Seite sind.«

Varnar erstarrte, und ich roch Rauch und hörte Schreie aus seiner Vergangenheit.

»Ein Angriff steht bevor.« Er hauchte die Worte beinahe. »Und du gibst mir noch immer in vielerlei Hinsicht Rätsel auf.«

Ich trat ganz nah an ihn heran. »Du weißt doch alles über mich.«

Er nahm meine Hand. Erst streichelte er sie. Dann fuhr er über meinen kleinen Finger. »Der war gestern noch gebrochen.«

Es war eine Feststellung, daher antwortete ich nicht. Ich sah bloß auf meine Hand.

»Wer hat dich geheilt?«

Ich hob den Kopf, sah ihm in die Augen und presste die Lippen zusammen.

»Du bist geheilt. So wie ich in der Nacht, als ich gegen Naut Kafnar gekämpft habe. Wen kennst du, der so etwas kann?«

Ich konzentrierte mich darauf, nicht zu blinzeln.

Varnar betrachtete mich mit einem Ausdruck, den ich noch nie zuvor gesehen hatte. Ehrfurcht, vermischt mit Entsetzen, lag in seinem Blick.

»Du hast Macht. Du bist dir dessen nicht bewusst, aber so ist es. Demigötter beschützen dich. Hexen mögen dich. Halbriesen schließen Freundschaft mit dir. Und wir Menschen, wir erfüllen deine Wünsche und verteidigen dich. Ich habe es nicht begriffen, als Aella dasselbe über Serén gesagt hat. Als Etunaz es über euch beide gesagt hat. Aber jetzt verstehe ich es.«

»Ich habe keine Macht«, sagte ich schwach. »Die ganze Zeit schon habe ich das Gefühl, total machtlos zu sein.«

Er ließ meine Hand los. »Ob du es willst oder nicht, unser aller Schicksal hängt von dir und deiner Schwester ab.«

KAPITEL 39

Mehrmals nahm ich mein Handy und wählte Elias' Nummer, doch jedes Mal ließ ich es wieder sinken, ohne ihn anzurufen. Zum Schluss schickte ich ihm eine SMS und fragte ihn nach seiner Adresse. Ich erwartete einen Rückruf oder eine schlüpfrige Antwort, doch stattdessen bekam ich bloß eine Nachricht mit einigen Zahlen, die ich nach einer kurzen Recherche als GPS-Koordinaten identifizierte.

Am Donnerstag nahm ich all meinen Mut zusammen und schwang mich aufs Rad.

Jetzt, Mitte November, waren die Temperaturen erneut gefallen, und nachdem ich meine Garderobe durchwühlt hatte, musste ich einsehen, dass die Jacke meiner Mutter das wärmste Kleidungsstück war, das ich besaß. Ich gab die Koordinaten in mein Handy ein und wurde über die flache Landschaft in Richtung Jagd gelotst.

Mitten im Moorgebiet, auf halbem Wege zwischen Bootsmann und Ravnssted, bat mich die kühle Stimme in meinen Kopfhörern abzubiegen. Ich hielt an und sah mich um. Auf den ersten Blick war nichts anderes zu erkennen als vom Wind zerzauste Felder, doch bei genauerem Hinsehen entdeckte ich eine frische Reifen Spur, die rechts von der Straße abging und entlang eines Grabens verlief. Ich folgte ihr, hauptsächlich weil ich keine Ahnung hatte, was ich sonst hätte tun sollen.

Nach einer kleinen Offroad-Tour, bei der meine schmalen Rennradreifen mehr als einmal in der matschigen Erde stecken blieben, führte die Spur auf eine kleine Ansammlung von Bäumen zu. Der Graben neben mir sah bodenlos aus, und helle Äste ragten wie weiße Finger, die sich gen Himmel streckten, aus dem dunklen Wasser.

»Mir gefällt das nicht«, brummte Monster. »In dem Dickicht da sind wir völlig ausgeliefert.«

»Wenn ich mich jedes Mal zurückhalten würde, wenn etwas gefährlich ist, könnte ich Odinshöhe gar nicht mehr verlassen.«

»Eigentlich ein sehr vernünftiger Gedanke«, murmelte er.

Wir betraten das Wäldchen und erreichten ein kleines, rotes Haus, das ich von der Hauptstraße aus niemals entdeckt hätte. Sein Alter war nicht zu bestimmen. Vielleicht war es im Lauf der Jahre unzählige Male umgebaut worden. Daneben stand ein Holzturm, dessen Spitze ein ornamentierter Stern aus glänzendem Metall zierte.

Ich stellte das Fahrrad ab und sah am Turm hinauf.

»Willkommen in meinem Uraniborg«, sagte Elias hinter mir.

Da auch mein Geistervater sich immer auf diese Art ankündigte, war ich in der Lage, so zu tun, als hätte ich mich nicht erschreckt.

»Und was ist das?« Ich deutete auf den Turm.

»Meine Sternenburg.« Elias' Miene war ungewöhnlich ernst.

»Deine was?«

»Mein Observatorium«, sagte er.

»Du hast ein breites Interessenspektrum, wie mir scheint.«

»Ich bin schließlich ein Mann der Renaissance.« Er verbeugte sich mit der Hand auf dem Herzen.

Ich rieb mir die kalten Hände.

»Komm rein.« Elias ging auf das Haus zu.

»Traue ich mich, deine Junggesellenbude zu betreten?«, fragte ich, ein wenig unsicher, ob ich von seichter Musik und einem Kingsize-Bett mit Seidenlaken begrüßt werden würde.

»Diesen Ort lasse ich nur sehr wenige Menschen besuchen.« Er warf mir einen typischen Elias-Blick zu. »Meine kurzfristigen Bekanntschaften bringe ich nie hierher.«

»Ja, ja … Ich bin etwas Besonderes. Bla, bla, bla …«

»Sich über die Gefühle anderer lustig zu machen, steht niemandem gut zu Gesicht«, sagte er leise.

Ich sah mich im Inneren des Hauses um, das mich einerseits überraschte, während mir andererseits überall Elias entgegenschlug. Sämtliche Wände waren mit übervollen Bücherregalen zugestellt. Die Küche glich einer alten Apotheke mit großen Schraubgläsern, auf denen Etiketten und Formeln klebten. Der würzige Duft, den ich mit Elias verband, hing in der Luft, und die Möbel waren schlicht und praktisch. Elias' flapsige und berechnende Seite war vollkommen abwesend.

Ich zog die Jacke aus und hängte sie über einen Stuhl. Elias' Blick blieb kurz daran hängen, doch er sagte nichts.

Er wandte mir den Rücken zu, öffnete einen Schrank und holte zwei Gläser heraus. »Darf ich dir etwas anbieten?«

»Was auch immer du an Hochprozentigem dahast.« Ich ließ mich in einem abgenutzten Ledersessel nieder.

»Du bist an den richtigen Ort gekommen.« Er hielt eine staubige Flasche hoch.

»Wie kommt man eigentlich nach Hrafnheim?«

Elias' Rücken versteifte sich kaum merklich. »Wieso willst du das wissen?«

»Reine Neugier.«

Er entspannte sich und drehte sich um. »Eine der Türen in Ods Büro führt ins Reich Njordvík, das im nördlichen Teil Hrafnheims liegt, aber da Od neutral ist, lässt er weder Widerstandskämpfer noch Ragnaras Leute passieren.«

»Was ist mit dir?«

Er lächelte. »Aufgrund meiner Tätigkeiten habe ich freies Geleit.«

»Aber es muss noch andere Passagen geben.«

»Der Graf hat einen Übergang irgendwo in der Nähe von Gut Østergaard. Ich schätze, dass er es war, der Varnar und seine dunkelhaarige Freundin sowie Prinz Etunaz herübergelassen hat.«

Ich dachte über meinen Nachbarn nach, der anscheinend in die ganze Sache verwickelt war.

»Wie sehr ist Poul Østergaard involviert?«

Elias sah mich an, ohne zu antworten.

»Was ist mit Minna – seiner Tochter? Weiß sie etwas?«

»Ich versuche, mich an die Regeln zu halten. Und man redet nicht über andere.«

Mit einem irritierten Schnauben wechselte ich das Thema. »Wie ist Naut Kafnar hierhergekommen?«

Elias füllte die beiden Gläser. »Das weiß ich nicht. Ragnara muss hier in Midgard Verbündete haben, die ich selbst nicht kenne.« Er reichte mir eines der Gläser.

Ich sah es an, ohne mich zu rühren. »Kipp einen Spritzer Stjórna rein.«

Monster knurrte. »Lass es nicht darauf ankommen. Dem Braumeister kann man nicht vertrauen.«

Elias sah mich an, und ich starrte zurück.

»Deshalb tue ich es ja. Bei Elias lasse ich es eben nicht darauf ankommen.«

»Kämpf dagegen an!« Elias' Stimme drang zu mir durch. »Bekämpfe die Betäubung.«

Ich tastete mich durch die Dunkelheit.

»Anne«, knurrte Monster. »Wach auf.«

Ich mühte mich in die Richtung der beiden Stimmen.

Eine dritte Stimme kam hinzu. Sie klang tief, rau und bekannt.

»Du kannst unser aller Schicksal ändern, kleine Seherin.«

Svidur?

Mit einem Ruck kam ich zu mir und blickte direkt in Monsters besorgte Augen. Elias stand hinter ihm und hielt sein leeres Glas in der Hand. Der Inhalt der Flasche hatte sich erheblich reduziert, und sein Blick war verschleiert.

Ich kam auf die Beine, wankte ein wenig und stützte mich auf Monsters Schulter. Elias trat einen Schritt näher, doch Monster bleckte die Zähne, sodass er wieder zurückwich.

»In deinem Zustand solltest du nicht mit dem Rad fahren. Ich bringe dich nach Hause.«

»Und in deinem solltest du nicht Auto fahren.« Ich atmete schwer und unterdrückte die aufkommende Übelkeit.

Elias zauberte eine kleine Ampulle mit einer orangefarbenen Flüssigkeit hervor. Er träufelte sich einen Tropfen davon auf die Zunge und schloss die Augen. Als er sie wieder öffnete, waren sie klar. Er reichte mir die Ampulle.

Ich öffnete den Mund.

»Nein«, sagte Monster.

»Gerade eben hat er selbst etwas davon genommen«, fuhr ich ihn an. »Er würde sich wohl kaum selbst vergiften.«

»Er tut kaum etwas anderes.« Monster trat zur Seite und ließ mich ein wenig von Elias' Mixtur einnehmen.

Sie schmeckte nach Zitrone und Minze und frischte mein Hirn augenblicklich auf. Die Übelkeit verschwand. »Praktische Medizin«, sagte ich.

»Man sollte meinen, dass Edrú mehr Geld wert wäre«, sagte Elias lächelnd. »Aber es ist nicht gerade ein Kassenschlager. Ich glaube, die Leute wollen von ihren Ausschweifungen gepeinigt werden.«

Ich schüttelte den Kopf und nahm meine Jacke. »Bin ich jetzt immun gegen Stjórna?«

»So immun, wie es geht. Aber du wirst dich trotzdem noch aus der Dunkelheit herauskämpfen müssen.«

Ich verließ Elias' Zuhause ohne ein weiteres Wort, sah jedoch noch einmal über die Schulter zurück.

Umrahmt von Licht stand er in der Türöffnung, sein Gesicht lag im Schatten.

Dann richtete ich den Blick wieder nach vorn und radelte in die Dunkelheit.

Am Freitagabend war es ruhig im Frank's.

Gegen neun kam Mathias mit einem Tablett in die Küche, wo Milas und ich gerade dabei waren, alles wegzuräumen. »Wie ist die Lage?«

Ich nahm den Müllbeutel aus dem Halter und ging in den Hinterhof. Mathias verstand den Wink und folgte mir. Ich gab ihm eine kurze Zusammenfassung, während ich den Sack in die Tonne beförderte.

»Glaubst du, Elias spielt ein doppeltes Spiel?«

»Ich weiß es nicht, aber er hat immer geheime Motive.«

»Vielleicht ist er nicht so schlimm.«

»Und vielleicht bist du zu gutgläubig.«

Mathias lächelte im kalten Licht der nackten Glühbirne über der Hintertür des Diners. »Der Glaube an das Gute könnte hier die Antwort sein.«

Ich schnaubte und kam auf etwas anderes zu sprechen. »Was ist bei dir so los?«

»Od ist gestern Abend bei uns aufgekreuzt. Ich soll mit nach Kopenhagen. Alle Demis werden bei der AMPA registriert.«

»Du darfst ihm nichts erzählen. Niels Villadsen weiß bereits, dass Hakim in der Sache herumgeschnüffelt hat. Und wenn er herausfindet, dass beide Seiten die Vereinbarungen gebrochen haben, riskieren wir möglicherweise einen Konflikt zwischen Hrafnheim und Midgard. Ach ja … Und denk dran, dass Varnar offiziell tot ist.«

»Wie läuft es eigentlich zwischen euch beiden?«

Ich zuckte mit den Schultern und versuchte, eine gleichgültige Miene aufzusetzen, doch mein Magen gefror zu Eis. »Keine

Ahnung. Habe seit ein paar Tagen nicht mehr mit ihm geredet.« Ich klopfte mir die Hände ab und wechselte schnell das Thema. »Wann fahrt ihr nach Kopenhagen?«

»In zwei Wochen. Eigentlich wollten wir schon zur Sonnenwende hin, aber ich hab's verschoben.«

»Warum?«

»Die Sonnenwende ist doch der Tag vor du-weißt-schon-was«, sagte er. »Da will ich hier sein, um dich zu beschützen.« Er lächelte sein einnehmendstes Lächeln, und irritierenderweise lähmte es mich ein wenig. »Und außerdem müssen wir deinen Geburtstag feiern.«

»Ihr braucht aber keine große Sache daraus zu machen.«

»Viel Glück bei dem Versuch, Luna davon abzubringen, eine Party für dich zu schmeißen«, sagte er lachend. Dann wurde er ernst. »Mir gefällt es auch nicht, dass ich wegfahren muss. Wenn nur das Geringste geschieht, ruf nach Arthur. Er kann mich holen. Ich habe berechnet, dass ich in ungefähr fünfzehn Minuten hier sein kann.«

Ich gab mir Mühe, nicht allzu beeindruckt auszusehen.

»Monster, Aella, Luna, ihre Eltern, Arthur und Varnar sind hier und passen auf mich auf. Ich bin mir sicher, du bist völlig überflüssig.«

Daheim in Odinshöhe saß ich auf der Küchenbank und starrte in die Luft, während Monster auf dem Boden schnarchte. Ich hatte alle Lichter im Haus gelöscht und war weder dazu in der Lage, mich mit irgendwas zu beschäftigen, noch dazu, ins Bett zu gehen.

Als es an der Tür klopfte, hob Monster sein eines Augenlid einen Spalt.

»Ist dein Leibwächter«, schmatzte er, bevor er weiterschlief.

Ich schlich durch das dunkle Haus. Mit pochendem Herzen öffnete ich die Tür. Draußen stand Varnar.

»Darf ich reinkommen?«, fragte er leise.

Ich trat zur Seite, ohne etwas sagen zu können.

Er kam in den Flur und schloss die Tür hinter sich, und wir wurden von der Dunkelheit eingehüllt. Da ich nichts sehen konnte, verstärkten sich alle meine anderen Sinne. Sein Duft waberte um mich herum, die Kälte seiner Kleider strahlte mir entgegen, und ich hörte seinen schweren Atem.

»Was willst du?«, bekam ich heraus.

»Wir sind noch nicht fertig«, flüsterte er.

»Mit dem Training?«, fragte ich ein wenig entmutigt.

»Nein.« Er kam dicht zu mir und legte seine Stirn an meine. Seine Hände flochten sich um meine Taille. »Ich muss dich nicht mehr trainieren. Du bist so fähig wie mein bester Soldat. Aber wir beide sind noch nicht fertig miteinander.«

Meine Finger fuhren durch sein Haar. »Ich hatte Angst, du hättest es bereut.«

»Ich habe gefürchtet«, murmelte er, »dass meine Liebe mich zu einem schlechteren Beschützer machen würde. Doch ich habe herausgefunden, dass meine Gefühle für dich die beste Verteidigung sind.« Er beugte sich vor und küsste mich.

Ich lag auf dem Bauch, während Varnars Finger die Linie meiner Wirbelsäule hinabstrichen. Er legte seine Wange in die Vertiefung zwischen meinen Schulterblättern. Mein Atem ging langsam und entspannt.

»Weißt du, wo meine Mutter ist?«

»Nein. Aber Eskild sucht nach ihr, deshalb folgen meine Männer ihm und seinen Leuten. Falls Eskild Thora findet, will ich sicher sein, dass sie verteidigt wird.«

»Weiß Eskild, dass die Widerstandskämpfer ihnen auf den Fersen sind?«

Er legte sich auf die Seite und behielt eine Hand auf meiner Hüfte. »Ja.«

»Magst du mir nicht erzählen, wieso du die Seiten gewechselt hast?«

Wie immer, wenn er sich schwer damit tat, über etwas zu reden, zogen sich Varnars Augenbrauen zusammen.

»Was hat Eskild dir angetan?«, fragte ich leise.

»Du solltest eher fragen, wozu er mich gebracht hat.« Varnar schloss die Augen.

Mein Nacken erstarrte, und ich wartete, bis Varnar wieder imstande war zu reden. Seine Hand verschwand von meinem Rücken, und Kälte klirrte aus ihm.

»Was ist?«

»Ich muss dir etwas erzählen.«

»Okay.« Ich nahm seine Hand.

Er ließ es zu, doch ich spürte, dass er sie lieber weggezogen hätte. »Normalerweise war ich allein mit meinen Leuten unterwegs, doch eines Tages kam Eskild mit uns auf Patrouille.«

»Was geschah dort?«

»Wir stießen auf einen Zirkel von Odinsanbetern, die mitten in einer Zeremonie waren.«

»Ist das in Hrafnheim nicht verboten?«

»Doch. Es ist gegen das Gesetz, den Göttern zu huldigen.«

»Habt ihr oft Gläubige gefunden?«

»Von Zeit zu Zeit. Für gewöhnlich verhafteten wir sie und brachten sie nach Sént.«

»Aber dieses Mal …?« Mir graute es vor seiner Antwort.

»Eskild gab das Kommando zum Angriff, obwohl die Leute unbewaffnet waren.«

»Was habt ihr getan?«, flüsterte ich.

Varnar schwieg so lange, dass mir Zweifel kamen, ob er überhaupt antworten würde. »Zuerst forderte ich sie auf, sich zu ergeben, aber sie stürzten sich uns entgegen. Und dann …«

Ich sah die Bilder. Die Gläubigen waren barfuß und in Weiß gekleidet gewesen. Aus Respekt vor den Toten sah ich die Vision bis zum Ende an. Ich betrachtete Varnars Hand in meiner. Dieselbe Hand, die unbewaffnete Männer und Frauen getötet hatte.

Ich wischte mir die Wangen, hielt jedoch inne, als ich in der Vision einen muskulösen, groß gewachsenen Mann mit einem blauen und einem schwarzen Auge sah. Er hielt eine junge Frau an den Haaren. Sie schrie in einer fremden Sprache, und ihre Füße baumelten über dem Boden.

»Wer ist das Mädchen?«, fragte ich.

»Siehst du …?« In Varnars Stimme schwang ein Hauch von Furcht. Dann fing er sich. »Sie war in deinem Alter.«

Der Mann, bei dem es sich um Eskild handeln musste, setzte ihr ein Messer an die Kehle.

»Ich habe ihn gebeten, sie zu verschonen. Aber …« Varnar sammelte Mut, bevor er weitersprach. »Er befahl mir, sie zu töten.«

Ich zitterte. »Warum?«

»Ein Soldat hat zu tun, was ihm befohlen wird. Also stellte ich keine Fragen.«

»Du hast es getan?«

Die Bilder kamen herangeschwebt, doch diesmal sperrte ich sie aus.

Er blickte mich durchdringend an, so als glaubte er, ich könnte sehen, was er getan hatte. »Ich habe schon vorher getötet. Und ich habe danach getötet. Als Soldat. Aber an diesem Tag wurde ich zum Mörder.«

Unwillkürlich hatte ich die Hand vor den Mund gehoben. Langsam ließ ich sie wieder sinken. »Was geschah danach?«

»Wir ließen die Toten zurück. Als ich nach Schloss Königsburg zurückkehrte, redete ich mit Aella und Serén. Ich gestand ihnen meinen Widerwillen. Sie erzählten mir vom Widerstand gegen Ragnara. Und von den Plänen deiner Mutter. Dann schwor ich zwei Dinge.«

»Dass du die Seiten wechseln würdest, und was noch?«

»Dass ich niemals eine Frau haben würde. Ich verdiene keine

Liebe. Ich hätte es dir früher erzählen sollen. Ich verstehe, wenn du dich nicht damit abfinden kannst.«

Wieder schaute ich auf seine Hände. Größtenteils, um seinem Blick nicht zu begegnen. Ich flüsterte, um zu verbergen, wie brüchig meine Stimme war. »Du hast an Ragnaras Projekt geglaubt. Du hast geglaubt, ihr tut das Richtige. Also ist es nicht deine Schuld.«

»Selbst wenn ich jedes Leben rette und mein eigenes im Kampf gebe, werde ich diese Schuld niemals tilgen.«

Am Montag war es wieder Zeit für meinen monatlichen Besuch bei Grethe. Den vorletzten überhaupt. Sofern ich mich nicht danebenbenahm, was ich ganz entschieden nicht vorhatte. Deshalb war ich, so weit wie möglich, ehrlich.

»Also, ich habe jetzt einen festen Freund«, sagte ich.

Grethes kleine Augen fixierten mich. »Doch wohl nicht Od Dinesen? Er ist viel zu alt für dich.«

Darin gebe ich dir so was von recht.

»Es ist mein Nachbar. Er ist vierundzwanzig.«

Grethe schob ihre Brille auf der Nase hoch. »Hat er einen Job?«

»Er ist Hausmeister am Gymnasium.« *Außerdem Heerführer, Leibwächter und Widerstandskämpfer.*

»Gut.«

Ich räusperte mich.

»Ist es okay, wenn er bei mir schläft? Nur ab und zu«, fügte ich noch schnell hinzu. Ich musste eine offizielle Erlaubnis haben, für den Fall, dass Grethe wieder einmal unangemeldet aufkreuzte und in Odinshöhe auf Varnar traf. So kurz vor meinem Geburtstag würde ich kein Risiko eingehen.

»Das ist wohl nur natürlich.« Ihre dünnen Augenbrauen senkten sich, und sie zog ihre Lippen eine Spur zurück. »Du hast keine Mutter, mit der du darüber reden kannst, also werde ich das tun müssen. Von Frau zu Frau.«

Ich hielt abwehrend eine Hand in die Höhe. »Dieses Gespräch habe ich schon mit Rebecca Sekibo geführt.«

»Prima«, sagte Grethe erleichtert. Sie stand auf. »Ich freue mich zu sehen, dass es bei dir gut läuft. Die Schule hat zurückgemeldet, dass du zurechtkommst. Dein Chef sagt, du bist eine seiner zuverlässigsten Mitarbeiterinnen, und die Polizei hat mir erzählt, dass du ihnen bei den Ermittlungen behilflich warst. Alles in allem finde ich, du bist auf dem richtigen Weg.« Sie öffnete die Tür und fummelte an dem dünnen Uhrenband um ihr Handgelenk. »Ich habe noch keinen anderen Menschen so viele Jahre begleitet. Ich … ich bin sehr stolz auf dich. Du hast gezeigt, dass du verantwortungsbewusst genug bist, um allein zu wohnen. Ich kann mir nicht vorstellen, dass etwas geschieht, was uns zwingt, dein Haus zu verkaufen.«

Grethe hatte vollkommen recht. Das, was sich tatsächlich ereignen würde, hätte sie sich unmöglich vorstellen können.

Ich flog in einem Glücksrausch umher. Die Nächte verschmolzen mit den Tagen, und Varnar und ich waren wie eine Seele. Aella sagte, dass er in diesen Tagen mehr lächelte als in den letzten dreizehn Jahren zusammengenommen.

Ich erlebte keine Attentatsversuche, sodass ich beinahe vergaß, wie nah die Wintersonnenwende – und damit mein Tod oder der meiner Schwester – eigentlich war. In meinem alles überstrahlenden Glück erschien die Gefahr meines baldigen und gewaltsamen Ablebens sehr unwirklich.

Ende November hielt der Weihnachtsschmuck Einzug. Varnar spielte fasziniert an einer Figur herum, als wir eines Tages auf dem roten Sofa in der Insel saßen.

»Was ist das für ein Wesen?«

»Das ist ein Wichtel.«

Er schleuderte ihn fort. »Igitt.«

»Warum sagst du das? Sie sind süß.«

»Süß? In Freiheim fürchten wir sie. Sie können großen Schaden anrichten.«

»Wichtel gibt es in Wirklichkeit doch gar nicht.«

Er lächelte sein mir inzwischen wohlbekanntes Lächeln und fing eine Locke meines schwarzen Haars. »Was weißt du davon, was es in Wirklichkeit gibt?«

»Habt ihr etwa auch den Weihnachtsmann in eurer Welt versteckt?«, gab ich grinsend zurück.

»Was für einen Mann?«

»Ach, nichts. Feiert ihr überhaupt Weihnachten?«

»Wir feiern Julblót, das Mittwinteropferfest. Den Abschluss des Jahreskreises. Die Tage, an denen das Licht zurückkehrt.«

»Ich dachte, alles Religiöse wäre verboten?«

Seine warme Hand glitt unter mein Haar, verharrte auf meinem Nacken. »Ragnara hat dem Volk ein paar Bräuche gelassen. Das Mittsommerfest ist auch erlaubt. Und die beiden Tagundnachtgleichen.«

Ich lehnte mich an ihn. »Ob ich dein Zuhause jemals kennenlernen werde?«

»Ich habe kein Zuhause. Das, was ihm am nächsten kommt, ist, mit dir zusammen zu sein.«

Am Tag, bevor er zu seiner Registrierung nach Kopenhagen fahren sollte, kam Mathias zu mir. »Ich bleibe daheim«, sagte er. »Was, wenn doch etwas passiert?«

Ich lag rücklings auf meiner Küchenbank, irgendeine grüne Pampe im Gesicht, während Mathias neben mir saß und mir die Nägel feilte.

»Ich könnte nicht besser beschützt sein. Auf Odinshöhe liegen Schutzzauber. Wenn ich einfach nur hierbleibe, kann niemand hereinkommen. Monster kann einen erwachsenen Mann fressen, und Varnar und Aella sind die reinsten Killermaschinen. Ich bleibe so lange im Haus, bis du zurück bist.« Ein kalter Atemhauch und eine

Hand auf meinem Bein ließen mich lächeln. »Und wie es scheint, hält auch die Geisterwelt eine schützende Hand über mich.«

Mathias sah von meinen Nägeln auf. »Hi, Arthur.«

Arthur setzte sich zu meinen Füßen auf die Küchenbank.

»Wir haben uns gerade über die Strategie während Mathias' Abwesenheit unterhalten. Ich habe ihm versprochen, daheim zu bleiben.«

»Wir haben ausgemacht, dass Anne dich ruft, falls irgendwas passiert, und dann holst du mich. Du kannst dich doch nach Kopenhagen beamen, oder?«

»Beamen?«, lachte Arthur. »So könnte man es auch nennen. Und ja, das kann ich.«

»Na, dann ist ja alles in Butter«, sagte ich.

»Kann ich mit dir reden?«, fragte Frank am Abend und wies mit dem Kopf in Richtung Hinterhof.

»Moment«, sagte ich und schnitt die letzte Scheibe einer Tomate, bevor ich ihm folgte.

»Lass das ruhig liegen.« Er zeigte auf das scharfe Messer.

»Ach so, ja.«

Nach meiner Schicht wollte Varnar nach Odinshöhe kommen, und mir fiel es schwer, mich auf etwas anderes zu konzentrieren. Ich legte die scharfe Klinge zur Seite und trocknete meine Hände an der Schürze ab. Draußen bei der Mülltonne schlang ich mir fröstelnd die Arme um den Körper.

»Was ist?«

Frank sah mich mit ernstem Blick an und atmete hörbar aus. Die Lachfalten, die normalerweise um seine Augen spielten, waren verschwunden. Wie immer, wenn seine Gefühle hochkochten, sah ich Bilder des kleinen weinenden Jungen.

Ich fokussierte mich auf ihn. »Stimmt etwas nicht?«

»Es geht um die Zukunft.« Franks kantige Stiefelspitze pickte vorsichtig ein Loch in die dünne Eisschicht einer Pfütze.

Das knackende Geräusch ließ mich erschaudern. »Die Zukunft?«

Was wusste Frank darüber?

»Ich werde dich wohl …« Er trat einen Schritt auf mich zu.

Aus den Schatten erklang ein Grollen. Frank fuhr zusammen, als eine riesenhafte Gestalt in das blendende Licht trat. Er entspannte sich ein wenig, als er sah, dass es bloß Monster war.

»Dieser Hund erschreckt mich noch zu Tode.«

»Ich frier mir gerade den Arsch ab. Was ist denn?« Ich stampfte mit den Füßen auf und zerbrach dabei das restliche Eis in der Pfütze.

Frank atmete aus, und der warme Atemnebel stand wie eine Dampfwolke um ihn. »Du wirst nächsten Monat volljährig. Bis jetzt hat mir die Kommune einen Zuschuss gezahlt, weil ich dich beschäftige, das fällt aber weg, wenn du achtzehn wirst.«

»Feuerst du mich?«, fragte ich ungläubig.

Die Lachfalten waren wieder da und hinterließen tiefe Furchen um seine Augen. »Eigentlich hatte ich Angst, du würdest kündigen, jetzt, wo du nicht mehr dazu gezwungen bist, einen Job zu haben.«

»Darüber habe ich gar nicht nachgedacht. Ich arbeite gern hier.«

»Ich würde dich auch sehr gern behalten. Und dir ein wenig mehr Verantwortung übertragen. Du kannst hinter der Bar stehen.«

Um ehrlich zu sein, hatte ich nicht weiter gedacht als bis zu meinem Geburtstag. Und der Gedanke daran, in der menschengefüllten Bar zu stehen, war nicht besonders verlockend. Aber mit Kornrade und ein wenig mehr Abschirmungstraining war das vielleicht möglich.

»Es gibt mehr Geld«, lockte Frank.

»Ich überleg's mir.«

Frank öffnete mir die Tür. »Ist völlig in Ordnung.«

Ich betrat die Küche und warf über die Schulter einen Blick zu Monster, der für den Rest der Schicht auf seinem Posten im Hinterhof blieb.

Als wir nach Hause kamen, wartete Varnar vor Odinshöhe, und mein Mund formte sich automatisch zu einem Lächeln. Ich schloss die Tür auf, und Monster und Varnar traten ein. Monster verzog sich schnell ins Gästezimmer, und Varnar und ich beschäftigten uns anderweitig. Trotz der über mir schwebenden Lebensgefahr war ich unbekümmert.

In dieser Nacht schlief ich zum letzten Mal in Varnars Armen.

KAPITEL 40

Am Samstagnachmittag saßen Varnar, Aella, Mads, Monster und ich in meinem Wohnzimmer.

Monster erzählte Mads gerade Geschichten über die Riesen, als mehrere Auren am Rande meines Bewusstseins aufflackerten. Sie waren aggressiv und erinnerten an die des Wilden.

»Und dann biss mein Vorvater, der Fenriswolf, Tyr den Arm ab, als dieser ihn fesselte. Es heißt, dass Fenris noch immer gefesselt ist, sich an Ragnarök jedoch losreißen wird.« Monster verstummte und schnüffelte, während sich das Fell auf seinem Rücken sträubte.

Der Kies knirschte, und dunkle Schatten strichen am Küchenfenster vorbei.

Varnar und Aella glitten mit einem eleganten Sprung auf die Beine.

Ich schaute hinaus in die Dämmerung und sah vier Personen auf meinem Hofplatz Aufstellung nehmen. Eine Frau und drei Männer, allesamt in dieselben Pelz- und Lederlumpen gehüllt wie Naut Kafnar. Noch etwas anderes an ihnen erinnerte mich an den Wilden, doch ich konnte es nicht benennen. Die vier Gestalten standen reglos da.

»Was machen sie? Sie können sich doch denken, dass wir nicht rauskommen«, sagte ich.

Varnar wühlte in meinen Küchenschubladen und nahm zwei scharfe Messer heraus. »Da passiert noch mehr.«

»Was?«, fragte ich, da hörte ich es erneut im Kies knirschen.

Kälte breitete sich in meinem Körper aus, als ein fünfter Mann herankam. Er war noch größer als Naut Kafnar und hatte langes helles, verfilztes Haar. Doch er hatte nicht denselben dümmlichen Ausdruck. Er schleifte jemanden mit sich. Eine Person mit hinter dem Rücken gefesselten Händen und einer Kapuze über dem Kopf. Die Person zappelte und protestierte gedämpft.

Ich tastete mit meinem Spezialsinn nach ihr und schrie beinahe laut auf, als ich Lunas Aura erkannte. Ich rannte zur Tür und wollte sie aufreißen, doch Varnar griff meinen Arm und hielt ihn fest.

»Er hat Luna. Ich muss da raus und ihr helfen!«, rief ich.

»Das ist doch genau, was er will.«

Ich schüttelte heftig den Kopf. »Luna darf nichts passieren!«

»Du bleibst hier. Wir gehen raus.« Er gab Aella und Monster ein Zeichen, und sie gingen geschlossen zur Terrassentür.

»Was kann ich tun?« Mads' Stimme war noch tiefer als sonst.

»Du musst auf Anne aufpassen.« Varnar reichte Aella ein Messer.

»Und ich?«, fragte ich.

»Auf dem Haus liegen Schutzzauber. Du wirst von zwei Halbriesen und zwei Kriegern der Warägergarde beschützt. Ganz ruhig.«

Ich verdrehte die Augen. »Das habe ich nicht gemeint. Was kann ich tun?«

Varnar sah mich ein letztes Mal an, bevor er hinaus in die nun beinahe totale Dunkelheit verschwand.

»Ruf deinen Vater.«

Sie huschten aus der Tür.

»Arthur«, sagte ich.

Er manifestierte sich augenblicklich. »Was ist los?«

»Wir haben Gäste.« Ich zeigte aus dem Fenster.

»Was sagst du?«, fragte Mads.

»Ich spreche nicht mit dir.«

»Mit wem dann?«

»Mit meinem Vater.«

Er sah sich um. »Hier ist niemand.«

»Mein Vater ist tot.«

Mads erblasste und wich einen Schritt zurück.

»Sie haben Luna«, fuhr ich an Arthur gewandt fort. »Hol Mathias und versuch dann, ob du mit der Nachricht auch zu Ben und Rebecca durchdringen kannst.«

Arthur warf einen Blick aus dem Fenster und wurde noch bleicher als sonst. »Berserker.« Er wandte sich zu mir um. »Was auch immer passiert, geh auf keinen Fall nach draußen. Versprich mir das.«

»Beeil dich einfach«, bat ich.

»Versprich es mir.«

Ich sah meinem Vater in die Augen. »Das kann ich nicht«, flüsterte ich.

Arthur fluchte, wurde jedoch durchsichtig und verschwand.

Draußen auf dem Hofplatz rief der Berserker, bei dem es sich offensichtlich um den Anführer handelte: »Willst du deine Freundin zurückhaben?«

Ich kippte ein Fenster. »Wenn du ihr etwas tust, bringe ich dich um.« Ich legte so viel Kraft in meine Stimme wie möglich, doch es klang eher wie ein Krächzen.

Der Berserker lachte. Wie Aella und Varnar sprach er mit einem leichten Akzent, doch seiner klang anders als ihrer. »Was meinst du damit, *ihr etwas tun*? Ich verstehe deine Sprache nicht so gut.« Sein Gesicht verzog sich zu einer spöttischen Grimasse.

Etwas flammte auf, und nun hielt er eine Fackel in der Hand. Er riss Luna die Kapuze vom Kopf. Sie war geknebelt, doch ihre Augen blitzten, und sie wand sich. Vergebens natürlich, da ihre Hände straff auf dem Rücken zusammengebunden waren.

Der Mann hielt die Fackel näher an sie heran, und ihre Augen weiteten sich. »Es heißt, Hexen brennen wie Papier.«

Mir entwich alle Luft aus den Lungen, und nur weil Varnar und Aella in diesem Moment zum Angriff übergingen, widerstand ich dem Impuls, nach draußen zu stürmen und dem Berserker direkt an die Gurgel zu gehen. Varnar und Aella glichen gefährlichen Raubkatzen, und ich war stolz auf sie, bis die Berserker in Aktion traten.

Sie bewegten sich unmenschlich schnell. Obwohl sie mehrere Schnittwunden abbekamen, verzogen sie keine Miene. Ich wusste jetzt, weshalb die vier mich an den Wilden erinnerten. Ihre Schwingungen hatten dieselbe degenerierte Tönung wie seine. Sie mussten Demiblut erhalten haben.

Elias!

In diesem Moment griff Monster mit einem Brüllen an, das eines Löwen würdig gewesen wäre. Seine großen Zähne schlugen sich in den Arm eines Berserkers, und ein lautes Knacken ertönte, als der Knochen brach. Ein anderer Krieger packte Monster um die Brust und drückte zu, bis seine Rippen knirschten.

Mads riss die Tür auf und stürzte sich in den Kampf. Er befreite Monster aus dem Griff des Berserkers, bekam jedoch selbst einen Faustschlag ins Gesicht und ging in die Knie.

Da tauchte Arthur auf. »Mathias ist auf dem Weg. Ben und Rebecca ebenfalls.«

»Hilf ihnen«, flehte ich.

Er schwebte durch die Wand und packte die Berserkerin am Hals. Sie röchelte und schlug um sich, doch all ihre Schläge glitten durch ihn hindurch. Arthurs Poltergeistfähigkeiten reichten allerdings nicht aus, um sie längere Zeit aufzuhalten, und sie kämpfte sich zu Varnar vor.

Ein gewaltiger Energieball traf sie in den Rücken, doch sie kämpfte mit Flammen in den Lumpen und im Haar weiter. Bens große Gestalt näherte sich mit erhobenen Armen über das Feld, hinter ihm folgte Rebecca. Ihr wilder Blick drang durch die Dunkelheit bis zu mir herauf.

»Lass meine Tochter los, du feiger Hund!«, donnerte Ben.

Der große Anführerberserker schien klarer im Kopf als die anderen, und er vermied den direkten Kampf mit meinen Freunden. Er hatte wohl kein Demiblut eingenommen.

»Sie loslassen? Gern.« Er zog die Fackel über Lunas Kleid und stieß sie zu Ben und Rebecca.

Blaue Flammen loderten augenblicklich an Luna empor, und es hatte tatsächlich den Anschein, als ob Hexen recht leicht entzündbar wären. Umhüllt von einem Flammenmeer rollte Luna über den Boden.

Rebecca stürzte zu ihr. Varnar und Aella kämpften verbissen, doch das reichte nicht.

Ein Messer blitzte auf und traf Aella am Oberarm. Sie schrie und bekam gleichzeitig einen Faustschlag in die Seite. Sie knickte ein und erhielt einen Tritt in die Magengrube. Wieder blitzte die Klinge auf, und sie hätte in Aellas Nacken gesteckt, wäre Varnar nicht dazwischengegangen. Das Messer durchbohrte seine Schulter und blieb stecken, während er sich mit dem anderen Arm verteidigte.

Arthur sauste herum und versuchte zu helfen, aber gegen die unter Demiblut stehenden Berserker konnte er nicht viel ausrichten. Ben schleuderte ihnen unablässig Feuerbälle und Flammen entgegen. Der Geruch von verbrannter Haut und versengtem Haar hing in der Luft, doch die Berserker kämpften unbeirrt weiter.

Mathias war immer noch mehrere Minuten entfernt. Eiskalt traf mich die Erkenntnis, dass er nicht rechtzeitig da sein würde.

Einer der Berserker hielt Varnar gepackt, der sich, noch immer mit dem Messer in der Schulter, zu befreien versuchte.

Aella lag leblos am Boden. Monster knurrte und biss um sich. Einige seiner Rippen standen merkwürdig unter dem blutigen Fell hervor. Ben und Mads versuchten, an den drei anderen Berserkern vorbei zu Varnar zu kommen, doch die Krieger hielten stand. Und Rebecca kniete, Beschwörungen murmelnd, neben ihrer Tochter.

Ich begriff, dass meine Freunde verlieren würden. Sie würden allesamt sterben.

Der Anführer trat zu Varnar, der sich noch immer im Griff des anderen Berserkers wand. Er packte ihn an den Haaren. »Ich sehe, die Geschichte, dass du von den Wölfen in Stücke gerissen wurdest, ist stark übertrieben, Varnar aus dem Bronzewald.« Er wandte das Gesicht dem Haus zu. »Wollen wir sehen, ob er ein weiteres Mal von den Toten zurückkehrt?«, rief er. »Oder kommst du heraus und holst ihn?«

»Bleib drinnen!«, presste Varnar hervor, während der Anführer das Messer griff, das noch immer in seiner Schulter steckte.

Verdammt, was sollte ich tun?

Mit vor Hektik unruhigen Händen riss ich die Visitenkarte, auf der Niels Villadsens Nummer stand, aus meinem Geldbeutel. Meine Finger zitterten, als ich die Nummer eintippte.

»Anne«, meldete sich Niels am anderen Ende. »Od und Mathias waren gerade noch hier. Weißt du, warum sie plötzlich …«

Ich unterbrach ihn: »Ein Trupp Berserker ist hier. Jeden Moment werden sie Varnar töten.«

»Varnar?«, fragte Niels verdutzt.

Mein Hals schnürte sich zu, als ich Varnar vor Schmerz aufschreien hörte. Ich schaute aus dem Fenster und sah, wie der Anführer das Messer herumdrehte. Dann zog er es langsam heraus und legte es Varnar an die Kehle.

»Ich gebe dir einhundert Herzschläge«, rief er, »bevor ich ihm die Kehle durchschneide.«

Ich sprach hastig ins Telefon. »Schicken Sie ein Einsatzkommando – oder tun Sie etwas Diplomatisches.«

Die Stimme am anderen Ende war bemüht neutral.

»Wenn Varnar aus dem Bronzewald am Leben ist, wird nach ihm gefahndet. Ragnara hat das Recht, ihn zu ergreifen.«

»Aber sie bringen ihn um!«, rief ich.

»Tut mir leid. Ich kann in diesem Fall nichts tun. Mir sind die Hände geb…«

Ich schleuderte das Handy weg, als ein weiterer Schmerzensschrei vom Hofplatz erscholl.

Verzweifelte Situationen erfordern verzweifelte Maßnahmen, also rannte ich nach oben. Während ich von draußen Rufe und Kampfgeräusche hörte, tastete ich mich durch die Dunkelheit in meinem Schlafzimmer. Endlich – nachdem ich eine gefühlte Ewigkeit in meinem Schrank herumgewühlt hatte – fand ich die Tüte. Der Knoten war zu fest, und ich bekam ihn nicht auf. Zum Schluss zerrte ich das Plastik auseinander und zog meinen noch immer blutverschmierten Pulli heraus.

Ich stürmte nach unten und riss den rostigen Speer von der Wand. In meiner Hand zitterte er vor Energie und begann zu glühen. Dann lief ich zur Tür.

Draußen erwartete mich ein entsetzlicher Anblick. Monster lag röchelnd auf der Seite. Mads kniete am Boden, und über ihm stand ein Berserker mit erhobener Axt. Rebecca versuchte, ihre Tochter zu beschützen, die rauchend und voller Ruß auf der Erde lag, während die Berserkerin ohne ein Zeichen von Schwäche angriff, und ganz gleich, wie viele Energiebomben Ben den wilden Kriegern entgegenschleuderte, sie kämpften einfach weiter wie halb verkohlte Roboter. Der Anführer hielt noch immer die blutige Klinge an Varnars Hals.

»Nein, Anne!«, rief Varnar verzweifelt, als er mich aus Odinshöhe herauskommen sah.

Der Anführer grinste. »Schön, dass du dich uns anschließt.« Sein Lächeln verblasste, als er den glühenden Speer entdeckte.

Etwas, das sich wie eine Schlange anfühlte, rollte sich in mir aus und wand sich in meinem Körper. Zischelnd spritzte sie ihr Gift in mich. Ich konnte noch immer Mathias' Blut schmecken.

Ich schwang den Speer und stieß ihn in den Berserker, der Varnar hielt. Wie glühend heißes Metall durch Butter bohrte er sich mit einem sirrenden Laut durch die Brust des Angreifers. Zu meiner Überraschung brüllte der Krieger vor Schmerz und ließ Varnar los. Auch der Anführer wich mit weit aufgerissenen Augen zurück.

In meinem Inneren fauchte die Schlange und wuchs.

Ich griff den Mann an, der über Mads stand. Der Speer glitt rauchend und zischend in seinen Bauch, und auch er schrie laut auf. Die Schlange in mir wurde zu einem Drachen, der mich von innen zu sprengen drohte.

Ich wandte mich der Frau und dem letzten Berserker zu. Sie heulten beide auf, als der Speer sie durchbohrte.

Die Kraft des Speers summte in mir, und er sprach in meinem Kopf. »Ich wurde von den Söhnen Ivaldis mit Runenzauber geschmiedet. Töte. Säe Furcht.«

Nun wandte ich mich dem Anführer zu. Meine Augen waren Flammenwerfer, und sengend heißer Atem kam aus meinem Mund.

»Verstehst du meine Sprache jetzt?«, fragte ich mit einer Stimme, die nicht nach meiner klang.

Furcht brach aus ihm hervor, und ich lachte. Mein Gelächter war beißend, und ich weidete mich an der Reaktion, die es hervorrief. Pure, unvermischte Angst. Ich sah, wie sich seine gesamte Vergangenheit hinter ihm ausrollte. All jene, die er getötet hatte, standen dort, schweigend und voller Zorn.

Ich wuchs in die Höhe. Feuer flammte aus meinem Mund, und erneut sprach der Speer zu mir. »Ich bin Gungnir. Töte mit mir«, flüsterte er. »Zerstöre. Herrsche.«

Ich hob Gungnir, um den Berserker in Stücke zu hacken.

Die Toten hinter ihm stachelten mich an. Gungnir in meiner Hand zog mich nach vorn. Der Drache in mir brüllte.

Eine kühle Hand strich mir über die Wange. »Halte inne.«

Ich wirbelte herum und sah in Ods milde Augen. Sein ganzes Leben erstreckte sich wie ein Tunnel hinter ihm, und leuchtende Silberfäden waberten aus ihm heraus.

Hinter ihm kniete Mathias an Lunas Seite. Er war gewaltig und schön, und er leuchtete grün. Ben und Rebecca starrten mich an. Auch ihre Vergangenheit hüllte sie ein. Ben hatte Stofffetzen am

Leib und war angekettet, und aus Rebeccas Rücken erhoben sich weiße Flügel. Ich blinzelte mehrmals.

»Lass den Speer los«, sagte Od.

Ich hielt ihn krampfhaft fest.

»Er muss getötet werden.« Erneut zeigte ich mit dem glühenden Speer auf den Berserker, der rückwärts umfiel und sich auf der Erde wand.

»Er wird seine Strafe erhalten. Lass jetzt los.« Ods Stimme war gebieterisch, und er legte all seine göttliche Überzeugungskraft hinein.

Sie prallte an mir ab. Das Demiblut pulsierte in mir, und Gungnir lachte.

»Das Blut bringt dich um, wenn es in deinem Körper bleibt. Und der Speer wird dich verschlingen.«

»Ich bin stark.« Meine Stimme kreischte metallisch.

»Das Blut und Gungnir sind stark. Du selbst bist schwach im Vergleich.«

Ich wankte, und der Drache in mir fauchte.

Aella lag am Boden. Ich sah sie als kleines Mädchen mit langem dunklem Haar.

Varnar bohrte seine Augen in mich und hinter ihm stand er selbst als Junge. Der Junge war dreckverschmiert und hatte einen toten, mörderischen Blick. Er hielt eine blutige Axt in seiner kleinen Hand.

Ich schüttelte den Kopf.

»Sie halluziniert.« Ods Stimme klang gedämpft hinter dem Grollen des Drachen und Gungnirs Gelächter.

»Sie fällt.« Bens Stimme ging in eine unverständliche Sprache über. Ein überwältigender Duft nach Sonnenschein und Gewürzen schlug mir entgegen, als ich in seinen Armen landete. Sein Gesicht war mit einer weißen, bröckeligen Masse bemalt, und über uns schwebte Rebecca mit ihren Engelsflügeln.

Mein Körper zuckte unter Krämpfen.

Mathias' Stimme hatte einen hysterischen Unterton. »Sie atmet nicht. Was sollen wir tun?«

»Wir müssen beten, dass sie überlebt und ihr Geist keinen Schaden nimmt.« Ods Worte drangen durch die Erscheinungen, die sich mir von allen Seiten näherten, zu mir durch.

Auf dem Boden grinste der Anführer der Berserker schadenfroh. Die Toten hinter ihm sahen mich abwartend an.

Bevor ich vollständig in den Albtraum hinüberglitt, befahl ich: »Ergreift ihn!«

Die Toten lächelten und stürzten sich auf ihn.

Ich weiß nicht, wie viele Tage ich in dem aufgewühlten Meer aus Traumerscheinungen herumgeworfen wurde.

Kapuzenverhüllte Gestalten jagten mich durch endlose nächtliche Wälder. Ganz gleich wie schnell ich lief, ich erreichte niemals die schneebedeckten Felder. Gespenster hielten mich mit ihren eisigen Händen zurück, und Messer durchbohrten wieder und wieder mein Herz.

Ich sah alle, die ich kannte, aber in verzerrter Ausgabe. Frank mit dem weinenden Jungen, Mathias als goldenen, leuchtenden Gott, Luna eiskalt und beinahe transparent auf einem blau lodernden Scheiterhaufen und Klein-Mads als Baum mit knorrigem Stamm. Monster sah mich mit roten Augen an, und über ihm erhob sich ein gigantischer Wolf mit bluttriefenden Zähnen. Auch Hakim tauchte irgendwann auf. Ben und er kämpften mit Speer und Schwert gegeneinander, beide trugen fremdartige Lederrüstungen. Hakim versuchte, zu mir zu gelangen, doch Ben schlug ihn zurück.

Durch die Albträume hindurch sprach Od unablässig zu mir. Seine raue Stimme war das Seil, an das ich mich in dem Orkan klammerte.

»Lass Elias dich heilen«, sagte er mehrmals.

»Nein«, krächzte ich durch aufgesprungene Lippen.

Svidur lag durchbohrt von Gungnir auf dem Boden. Er sah mich mit seinem einzigen Auge an. »Ich brauche deinen Glauben«, ächzte er. »Ich brauche den Glauben der Menschen.«

Zum Schluss erschien Elias in meinem Traum. Er hatte längeres Haar und trug altmodische Kleidung. Er lächelte verschmitzt und verneigte sich galant. Dann vollführte er einige merkwürdige Tanzschritte.

»Du hast mich verraten«, stöhnte ich, während sich ein Geflecht aus Schlangen um mich herumschlängelte und das Leben aus mir herauszupressen drohte. Eine der Schlangen schnürte meinen Hals zu, sodass ich kaum Luft bekam.

Elias nickte und reichte mir ein hübsches, langstieliges Glas. Es enthielt eine orangefarbene Flüssigkeit. »Das ist nun mal meine Art«, sagte er. »Ich verrate die, die ich liebe.«

Mit einer fegenden Armbewegung schlug ich ihm das Glas aus der Hand. Die Scherben schnitten in seine Haut, und er starrte auf die Wunde. Als er den Kopf wieder hob, hatte er Schlangenaugen und war von grünen Schuppen bedeckt.

»Haltet ihren Arm«, zischte er den Schlangen zu, und sie gehorchten. Dann schlug er seine nadelspitzen Zähne in mein Fleisch. Sie durchbohrten meinen Unterarm, und ich schrie, als er sich mit den anderen Schlangen verflocht. »Das hier sollte helfen«, spie er, während sich die Mixtur in meinem Körper ausbreitete.

Langsam wurden die Erscheinungen vertrieben. Ich hörte Wasserplätschern und roch den Duft von lebendem Grün. Unter meinen nackten Füßen spürte ich weiches Moos, und Sonnenschein traf mich durch Schleier aus Blättern.

Eine Frau kam mir entgegen. Ihr schwarzes Haar war glatt und glänzend, und sie hatte ein ungeschminktes, barsches Gesicht.

»Heid?«, fragte ich.

Sie sprach, und obwohl mir die Sprache fremd war, verstand ich sie.

Ich weiß Heimdalls Horn verborgen
unterm heilgen Himmelsbaume;
Flut seh ich fallen in feuchtem Sturz aus Walvaters Pfand –
wisst ihr noch mehr?

»Was ist Heimdalls Horn?«, fragte ich.

Sie trat einen Schritt vor, sank jedoch bis zu den Knöcheln ein. Jetzt sah ich, dass das Moos nur eine dünne Schicht über Wasser und Schlamm war.

Geknebelt sah ich im Quellenwald
den Leib Lokis, des listenreichen.
Da sitzt Sigyn, ihr Gesell bringt ihr wenig Wonne –
wisst ihr noch mehr?

Mit frustriertem Gesichtsausdruck versuchte Heid, ihre Füße aus dem Morast zu ziehen, und sie gestikulierte heftig, wie um mir etwas zu erklären.

Ich streckte die Hand aus, um ihr zu helfen. »Loki? Warum redest du von Loki?«

Heid legte den Kopf schief, als strenge sie sich an, mich zu verstehen, und fuhr fort:

Einen Saal sah ich, der Sonne fern,
am Totenstrand, das Tor nach Norden:
tropfendes Gift träuft durch das Dach;
die Wände sind aus Wurmleibern.

Er füllt sich mit den Leibern getöteter Männer;
er rötet der Götter Sitz mit rotem Blut;
schwarz wird der Sonnenschein in Sommern danach,
alle schrecklichen Unwetter.
Wisst ihr nun noch etwas?

Sie war bis zu den Oberschenkeln eingesunken.

»Von welchen Würmern redest du? Ich verstehe nicht, was du mir sagen willst.«

Ich griff ihre Hände und versuchte, sie herauszuziehen, doch die Kraft, die sie in die Tiefe zog, war zu stark.

Surt zieht von Süden mit sengender Glut;
von der Götter Schwert gleißt die Sonne.
Riesinnen fallen, Felsen brechen;
zur Hel ziehn Männer,
der Himmel birst.

Schnell sank sie weiter bis zur Taille, dann bis zum Hals, und zum Schluss begann sich das Wasser über ihrem Kopf zu schließen. Da legte sie den Kopf in den Nacken, sodass nur noch ihr Mund herausschaute.

Nun muss sie sinken.

Ihre Hände entglitten meinen, und dann war sie fort.

KAPITEL 41

Ich wachte in einer völlig anderen Wirklichkeit auf als der, die ich verlassen hatte.

Das Erste, was ich sah, war ein Haufen bunt leuchtender Kissen. Danach Mathias' stechend blaue Augen und dann Lunas besorgter Blick. Ich lag in dem kleinen Zimmer in Bens und Rebeccas Haus, das Luna für mich eingerichtet hatte, bevor wir uns überhaupt kennengelernt hatten.

»Du bist gar nicht verbrannt«, sagte ich zu Luna. Meine Stimme war kratzig und trocken.

Sie sah mich an und lachte schluchzend. Tränen liefen ihr über die Wangen.

Vorsichtig nahm Mathias meine Hand. »Schön, dich zu sehen«, sagte er. »Und schön, dich wohlauf zu sehen. Du warst fast zwei Wochen lang weg.«

Luna lief aus dem Zimmer. »Mama, Papa«, rief sie. »Anne ist wach.«

Zwei Wochen ...

Allein mit Mathias, konnte ich es ebenso gut schnell hinter mich bringen.

»Gibt es Tote?«, flüsterte ich mit rauer Stimme.

»Die Berserker waren übel zugerichtet, aber du hast niemanden umgebracht«, sagte Mathias. »Und alle anderen haben auch überlebt.«

Ich atmete langsam aus. »Wie geht es ihnen?«

»Gut. Elias ist ein Wunderheiler. Lunas Brandwunden sind weg, obwohl ein wenig ihrer Haarpracht dran glauben musste. Die anderen sind auch geheilt. Allerdings wirken seine Mixturen nicht bei Riesen, sodass Monster und Mads von allein heilen müssen, was wegen ihres Riesenbluts aber schnell geht.«

»Apropos Blut …«

Mathias drückte meine Hand. »Ich weiß nicht, ob ich eher sauer oder beeindruckt bin, dass du mein Blut getrunken hast. Wenn einer weiß, wogegen du kämpfen musstest, dann ich.«

Ich erinnerte mich an das Ungeheuer, das gedroht hatte, mich innerlich zu zersprengen.

»Aber du hast alle gerettet«, fuhr Mathias fort. »Du hast Luna gerettet, und dafür werde ich dir auf ewig dankbar sein.«

»Ohne mich wäre sie gar nicht erst in Gefahr geraten,«, stellte ich klar.

Mathias entgegnete nichts.

»Wieso habe ich so heftig reagiert? Die Berserker wurden durch das Demiblut nur ein bisschen hohl in der Birne.«

»Weil du es getrunken hast. Was offenbar ein großes No-Go ist. Und in Kombination mit deinen hellseherischen Fähigkeiten wurde dein Hirn völlig weichgekocht.«

Ich hatte keine Lust, weiter darüber nachzudenken. »Wo ist Varnar?«

Mathias schaffte es nicht, zu antworten, bevor die gesamte Familie Sekibo hereingestürmt kam.

»Anne«, sagte Rebecca unter Tränen. »Ich bin ja so froh, dass du unverletzt bist.«

Luna hüpfte auf und ab, und mir fiel auf, dass ihre blauen Locken ein wenig kürzer waren.

Ich versuchte, mich aufzurichten, konnte mich jedoch nicht einmal auf die Ellenbogen stützen. »Ich möchte nach Hause.«

Eine sonderbar bedrückte Stimmung verbreitete sich im Zimmer. Mathias wich meinem Blick aus, Lunas Augen füllten sich wieder mit Tränen, und Ben und Rebecca sahen sich ernst an.

Mühsam setzte ich mich halb auf. »Was ist hier los?«

»Das Ganze war recht chaotisch«, sagte Mathias. »Elias hat alle in Odinshöhe behandelt. Nachdem er ihnen Laekna gegeben hat, lagen sie überall schlafend herum. Und wir mussten den Anführer der Berserker in die Scheune sperren, weil er herumgeschrien und -krakeelt hat. Irgendwas davon, dass die Toten hinter ihm her wären. Sagt dir das was?«

»Nein«, meinte ich kurz. »Was ist dann passiert?«

»Deine Sozialarbeiterin kam vorbei.«

Entsetzt starrte ich ihn an.

»Also, zuerst kam Hakim Murr, doch er ist wieder abgezogen, nachdem er und Ben sich einen riesigen Streit darüber geliefert hatten, ob du ins Krankenhaus gebracht werden solltest. Möglicherweise hat er Grethe kontaktiert.«

»Und was hat Grethe gesehen, als sie kam?«

»Überall lagen bewusstlose Leute, während der Kerl in der Scheune psychotisch herumbrüllte. Und sie hat dich gefunden, als du halluziniert hast. Du lagst zusammen mit Od im Bett.«

»Mit Od?!« Ich setzte mich ruckartig auf und wäre vor Anstrengung beinahe wieder umgekippt.

Luna stopfte mir schnell ein paar Kissen in den Rücken. »Od hat dir Stärke gegeben, um zu verhindern, dass du permanente psychische Schäden davonträgst«, sagte sie. »Ich glaube, er hat dich gerettet.«

In diesem Moment war es nahezu verlockend, mich wieder in die Visionen zu flüchten.

»Wir konnten ihr doch nicht die Wahrheit sagen«, brummte Ben.

»Konntest du sie nicht hypnotisieren?«, stöhnte ich.

»Es gibt Bilder, die kann nicht einmal ich von der Netzhaut tilgen. Wir haben ihr gesagt, dass wir dich und das Haus in diesem Zustand vorgefunden hätten, was von der Wahrheit gar nicht mal so weit entfernt ist.«

»Oh nein«, klagte ich und barg das Gesicht in den Händen. »Was hat sie getan?«

Schweigen.

»Sagt es!«, rief ich.

Mathias atmete tief aus, als wollte er Anlauf nehmen. »Sie hat einen Arzt gerufen. Er kam zu dem Schluss, dass du ein starkes, unbekanntes Rauschgift eingenommen hast und nur Zeit, Pflege und Glück dich wiederherstellen könnten. Also bat sie uns, deine Sachen zusammenzupacken und dich hierherzubringen. Das haben wir getan, und Od und Elias haben die Berserker mitgenommen.«

»Was noch?« Ich kannte Grethe. Das war auf keinen Fall alles.

»Dann ...« Er stockte, presste die aber Worte heraus. »Dann hat sie Odinshöhe verkauft.«

Odinshöhe verkauft? An wen? Und was ist mit Arthurs Leichnam? Mir wurde bewusst, dass ich keine der Fragen laut stellte, sondern Mathias nur stumm anstarrte.

Er erriet meine Gedanken trotzdem. »Wir wissen nicht, wer der Käufer ist.«

»Aber ... aber ...«, stammelte ich. »Es ist doch *mein* Haus.«

»Nicht mehr«, sagte Luna, aber als sie mein Gesicht sah, fügte sie hinzu: »Wir kriegen es zurück.«

Ich versuchte, mich zu sammeln. »Wie?«

»Ich weiß es nicht, aber wir finden einen Weg.«

Ich schloss die Augen und sank zurück in die Kissen.

Jemand räusperte sich in der Türöffnung, und ich sah auf.

Den muskulösen, grauhaarigen Mann mit Vollbart, der den gesamten Türrahmen ausfüllte, konnte ich nicht zuordnen.

»Ich bin dein neuer Leibwächter«, sagte er mit einer tiefen Stimme. »Ich komme aus Freiheim. Mein Name ist Une.«

Verwirrt blickte ich im Zimmer umher. »Habe ich jetzt mehrere? Wo ist Varnar?«

»Der Heerführer ...«, setzte Une an, doch er wurde von Aella zur Seite gestoßen, die im selben Moment auftauchte. Sie reichte ihm nur bis zur Schulter.

»Ich muss allein mit Anne reden.«

Widerwillig verließen die anderen das Zimmer.

»Was geschieht gerade?« Ich war mir nicht sicher, ob ich noch mehr schlechte Nachrichten vertrug.

Aella setzte sich auf die Matratze und nahm meine Hand. Ich zog sie zurück.

»Jetzt sag mir schon, was zur Hölle eigentlich los ist.«

Sie lächelte sanft. »Ich bin froh zu sehen, dass es dir gut geht.«

»*Gut* ist eine maßlose Übertreibung.«

»Aber du bist wieder du selbst.« Sie spielte an der Quaste eines gelben Kissens herum und hob mehrere Male dazu an, etwas zu sagen.

»Aella … Wo ist Varnar?« Ich fürchtete mich vor ihrer Antwort.

Sie blickte auf, und in ihrer Miene spiegelten sich sowohl Furcht als auch Mitgefühl. »Er ist weg.«

»Weg?«

»Er ist zurück nach Hrafnheim gegangen.«

Ich biss mir fest auf die Lippe. »Warum?«

»Er ist der Ansicht, dass eure Beziehung dazu führt, dass er dich nicht richtig beschützen kann.«

Ich setzte mich wieder auf, und dieses Mal hielt mein Zorn mich aufrecht. »Kann er sich mal entscheiden? Letztes Mal, als wir darüber geredet haben, meinte er, seine Gefühle würden ihn zu einem *besseren* Beschützer machen.«

Aellas Blick war voller Mitleid. »Deine Gefühle *für ihn* sind das Problem.«

»*Meine* Gefühle?«

»Du hast dein Leben und deinen Verstand riskiert, um ihn zu retten. Und das schon zum zweiten Mal. In der Nacht mit Naut Kafnar hast du das Gleiche getan.«

»Ja, aber …«

»Er will, dass du ihn vergisst«, sagte sie schnell. »Er hat gesagt, dass du gern mit jemand anderem zusammen sein darfst, falls dich das glücklich machen kann.«

Ich wollte protestieren, doch sie sprach weiter. »Er hat Etunaz mitgenommen. Er muss gepflegt werden, und sie waren sich einig, dass er hier nur zur Last fällt.«

Monster war auch weg?

»Zur Last fallen? Ich kümmere mich liebend gern um ihn.«

Aella lächelte schwach. »Ich bin tatsächlich geneigt, den beiden recht zu geben.«

»Worin?«

»Darin, dass deine Gefühle für andere deine eigene Sicherheit gefährden.«

Am Montag saß ich in der Schule, als hätte mir jemand die Luft rausgelassen.

Ich hatte Varnar verloren, Odinshöhe, Monster und zwei Wochen meines Lebens. Unfassbar, wie schnell sich die Welt auf den Kopf stellen konnte.

Und plötzlich waren meine Gefühle für andere eine Gefahr für mich selbst, was einer Kehrtwende gleichkam, hatte ich doch vor Kurzem noch kaum jemanden gekannt, geschweige denn leiden können. Ich versuchte, die tiefe Sehnsucht nach Varnar und Monster zu ignorieren.

Mehrmals versuchte ich, mich Odinshöhe zu nähern, doch jemand hatte die ganze Anhöhe mit einer Beschwörung belegt, und ich stieß gegen eine durchsichtige Mauer, ganz egal, wie sehr ich mich mühte, sie zu überwinden. Nicht einmal die Magie von Hexen kam dagegen an.

Neben mir plapperte Luna. Es war jetzt Mitte Dezember, und mein Geburtstag war nur noch wenig mehr als eine Woche entfernt. Sie hatte große Pläne für den Abend, die sie neben mir auf dem roten Sofa erläuterte, während ich apathisch durch die Fenster in den Regen starrte.

Die offizielle Version lautete, dass ich eine wilde Party in Odinshöhe gefeiert hatte. Angeblich hatten wir selbst hergestellte und gefährliche Drogen genommen, und das Ganze war aus dem Ruder gelaufen. Ein paar der Gäste wären beinahe ums Leben gekommen, und ich und ein unbekannter Mann hatten Horrortrips erlebt. Luna und Mathias, *die Musterschüler*, waren mir zu Hilfe gekommen und hatten erwachsene und verantwortliche Personen in Form von Ben und Rebecca hinzugeholt. Od und Elias gelang es, anonym zu bleiben, aber die Geschichte über mich im Bett mit einem fremden Mann über dreißig hatte dennoch die Runde gemacht. Mein Ruf war, so unmöglich das auch erscheinen mochte, tatsächlich noch schlechter geworden.

In der verborgenen Welt wurde offiziell verbreitet, dass einige Berserker auf eigene Faust gehandelt hätten. Od habe kraft seiner neutralen Stellung eingegriffen und sie zurückgehalten. Der Frieden zwischen Midgard und Freiheim war intakt, auch wenn er auf Messers Schneide balancierte. Einer der Berserker wurde ein wenig psychotisch, nachdem er von seinen toten Opfern angegriffen worden war, und irgendwie glaubte er, Varnar sei ebenfalls unter ihnen gewesen. Er behauptete, seinen Geist in Midgard getroffen zu haben. Falls er den Verdacht hegte, Varnar bei lebendigem Leibe gesehen zu haben, behielt er es für sich, und so war Varnar offiziell immer noch tot.

»Wir könnten im Diner feiern.« Luna quasselte immer noch. »Hörst du mir überhaupt zu?«

»Was? Nein. Oder doch. Meinst du, Frank würde mich dort feiern lassen? Er hat doch sicher auch all die Gerüchte gehört?« Ich ging davon aus, dass ich wegen der *Orgie* meinen Job verloren hatte.

Mathias klopfte mir auf die Schulter. »Franks erste Worte waren, es müsse sich um ein Missverständnis handeln.«

»Ihr habt nichts gesagt, oder?«

»Nein, natürlich nicht. Er muss seine eigenen Schlüsse ziehen. Aber wir sollen dir ausrichten, dass du einfach anrufen sollst, wenn du wieder arbeiten kannst.«

Ein Punkt für Frank. Ich sah wieder aus dem Fenster, während Luna weiterquatschte. Ab und zu streute ich ein *Mhm* in ihren Redeschwall ein.

Nach der Schule ging ich runter zum Frank's. Den ganzen Weg über nahm ich Une hinter mir wahr, doch mir fehlte die Energie, ihn abzuschütteln oder neben ihm zu laufen.

Frank stürzte hinter dem Tresen hervor, als er mich entdeckte. Er drückte mich an sich. »Anne. Wie schön, dich zu sehen. Ich hab mir solche Sorgen gemacht.« Er hielt mich mit ausgestrecktem Arm von sich. »Du hast mindestens fünf Kilo weniger auf den Rippen. Komm, Milas soll dir was zu essen machen.«

Une setzte sich ein Stückchen entfernt von uns auf einen Barhocker.

Ich zog die Jacke meiner Mutter aus und kletterte ebenfalls auf einen Stuhl. Kurz darauf erschien Frank mit einem riesigen Teller Pommes frites und zwei Burgern.

»Ich kann das nicht alles essen.«

»Die Reste sind für deinen Hund.«

Mein Gesichtsausdruck verriet mich.

»Nicht schon wieder«, sagte Frank. »Ist er weggelaufen?«

»Er hat sich verletzt. An dem Abend …« Ich unterbrach mich selbst.

Franks Augenbrauen kräuselten sich leicht. »Was ist eigentlich passiert? Alle fragen mich. Sogar dein Polizist.«

»Er ist nicht *mein* Polizist«, stöhnte ich. »Und ich weiß es nicht genau. Kann mich nur an wenig erinnern.«

Frank akzeptierte meine vage Antwort und wechselte das Thema. »Wann kannst du wieder arbeiten?«

»Mit mir gibt es immer so viele Probleme. Ich kapiere nicht, wieso du mich behältst.«

Frank grinste, und die Lachfältchen legten sich wie ein Fächer um seine Augen. »Selbstverständlich behalte ich dich, jetzt, wo ich dich endlich wiederhabe.« Er zwinkerte und ließ mich in Ruhe essen, während er zu Une hinüberging und die Bestellung aufnahm.

Une hatte ein paar Schwierigkeiten mit den Münzen, doch ich widerstand dem Drang, ihm zu helfen. Wenn er ein geheimer Bodyguard in einer fremden Welt sein wollte, dann musste er sich schon selbst darum kümmern, wie er mit der Währung zurechtkam.

»Anne«, erklang eine bekannte Stimme hinter mir.

Ich drehte mich nicht zu Hakim um und stopfte mir stattdessen eine Gabel Pommes in den Mund. Er setzte sich neben mich.

»Kriege ich jetzt eine Standpauke?«, fragte ich zwischen zwei Bissen. »Oder bist du hier, um mich zu verhaften?«

»Eigentlich wollte ich mich erkundigen, ob es dir gut geht.«

»Fällt mir ein bisschen schwer, darauf zu antworten.«

»Versuch's.«

Ich seufzte. »Es geht mir gut.«

»Warum verfolgt dich dieser Mann?« Er deutete mit dem Kopf auf Une.

»Tut er das?«

»Ja. Und wo ist der andere, der dir normalerweise immer überallhin folgt?«

Ich legte die Pommes, die ich gerade aufgespießt hatte, auf den Teller zurück. »Was willst du eigentlich?«

»Du hast nicht unter Drogen gestanden. Ich habe schon Leute mit schlechten Trips erlebt. Und was du hattest, war definitiv keiner.«

»Was hatte ich dann?«

»Ich hatte gehofft, das könntest du mir erzählen.«

Für einen Moment sahen wir uns nur an. Dann nahm ich den Burger und biss hinein, sodass ich eine Entschuldigung hatte, warum ich nicht redete.

»Ich habe eine Einladung bekommen.«

Ich zuckte mit den Schultern, um ihm zu signalisieren, dass ich keine Ahnung hatte, wovon er sprach.

»Zu deinem Geburtstag am Samstag.«

Ich musste husten und schluckte mein Essen unter Anstrengung herunter. »Hat Luna dich auch eingeladen?«

»Ich habe mir schon gedacht, dass das nicht deine Idee war.«

»Es war auch nicht meine Idee, überhaupt zu feiern. Sie hat es ausgenutzt, dass ich bewusstlos war.«

Hakim unterdrückte ein Grinsen, wurde dann aber ernst. »Ist es okay für dich, wenn ich komme?«

»Warum willst du unbedingt auf meine Geburtstagsparty kommen?«

»Weil …« Er sammelte sich. »Wegen etwas, das du gesagt hast, als du im Fieberwahn warst.«

»Oh nein. Was habe ich gesagt?«

»Dass du an deinem Geburtstag sterben würdest. Dass er dich an diesem Tag kriegen würde. Deshalb möchte ich gern da sein, obwohl ich so eine Ahnung habe, dass du schon ziemlich gut bewacht wirst.« Wieder schielte er zu Une hinüber, der in sein Bierglas starrte.

Ich schloss die Augen. »Du und deine Ahnungen. Ich habe halluziniert. Bestimmt habe ich auch erzählt, dass der Mond aus grünem Käse ist.«

»Nein, aber du hast gesagt, dass Luna der Mond ist. Und Mathias die Sonne, und du und deine Schwester, ihr seid die Sterne. Ich wusste gar nicht, dass du eine Schwester hast.«

Ich schlug die Augen auf und sah ihn mit der ehrlichsten Miene an, die ich aufbieten konnte. »Ich habe ja auch keine.«

»Lügnerin.« Er stand auf.

Im selben Moment kam Frank zurück. »Wie haben Sie sie gerade genannt?«

Aus dem Augenwinkel sah ich, wie Une sich mit einer varnargleichen Bewegung, die mir einen Stich ins Herz versetzte, erhob.

»Es ist mir egal, dass Sie Polizist sind«, fuhr Frank fort. »Sie haben kein Recht …«

Ich stand ebenfalls auf. »Hört auf. Alle beide. Du auch.« Das Letzte galt Une, der auf uns zukam. »Ich habe schon genug Probleme.«

Die drei Männer sahen einander an. Dann nickten sie.

»Danke!« Ich schnappte mir die Jacke. »Soll ich morgen zur Arbeit kommen?«

Frank warf mir einen verärgerten Blick zu. »Nein. Du bleibst bis mindestens nach deinem Geburtstag zu Hause.«

»Na schön«, murmelte ich.

Frank verschwand in der Küche und kam kurz darauf mit zwei eingepackten Sandwiches wieder, die er mir reichte. »Für euch beide«, sagte er leise und deutete mit dem Kopf auf Une.

Wie vielen Dingen Frank wohl schon auf die Spur gekommen war?

Ich nahm die Päckchen und verließ hastig den Diner.

Une schlich wortlos hinter mir her.

»Habt ihr Lust zu kämpfen?«

Une verschluckte sich überrascht an seiner Suppe. Die Tropfen hingen in seinem langen Bart, und er wischte sie mit dem Ärmel ab.

Zwei Tage waren vergangen. Aella hatte mich genötigt, auf Gut Kraghede zu essen, und allein schon, dort zu sein, führte dazu, dass mich alle meine Erinnerungen an Varnar torpedierten. Es war mir absolut unmöglich, stillzusitzen, von Essen ganz zu schweigen.

»Gegen wen sollen wir kämpfen?«, fragte Aella und zerbröselte ihr Brot zu kleinen Krümeln.

»Gegen mich.«

Sie lächelte. »In welchem Team willst du sein? Mädchen gegen Jungs, oder ihr beide gegen mich?«

»Ich bin allein. Ihr gegen mich.«

Une schüttelte den Kopf. »Ich bin hier, um dich zu beschützen, nicht um auf dich einzuschlagen.«

»Ist es zu schwer für dich, mich zu besiegen, ein klitzekleines Mädchen?« Die letzten beiden Wörter sprach ich mit einer Babystimme.

»Anne«, sagte Aella. »Dazu gibt es wirklich keinen Grund.«

Une knirschte mit den Zähnen. »Du bist mutig. Mutig und dumm. Ich bin seit fünfzehn Jahren Krieger der Warägergarde. Und seit drei Jahren bei Thora. Du würdest keine zwei Atemzüge gegen mich überstehen.«

»Gegen euch beide«, korrigierte ich ihn. »Kommt schon. Ich muss trainieren.«

»Du musst nicht trainieren, wenn ich da bin.«

»Was ist, wenn du nicht da bist?«

Er stand auf. »Zweifelst du an meiner Loyalität?«

»Gut, dass du auf die Beine kommst. Ich hatte schon Angst, du wärst hier mehr an Aellas Essen interessiert als daran, mich am Leben zu halten. Denn dann wäre ich wirklich in großen Schwierigkeiten. Aella ist nämlich fast genauso talentfrei in der Küche wie ich.«

»Hey!« Auch Aella sprang auf.

Ich rannte aus der Küche und hinaus auf den Hofplatz. Die beiden fluchten synchron und folgten mir.

»Du darfst nicht allein nach draußen rennen!«, brüllte Une mir hinterher. »Wie habt ihr es nur geschafft, sie so lange zu beschützen?«, fragte er an Aella gewandt.

»Glaub mir, leicht war das nicht gerade«, knurrte sie. »Komm schon zurück, Anne.«

Ich schlich durch die Schatten und führte sie in einer wilden Jagd eine Weile an der Nase herum.

Zum Schluss fanden sie mich in der alten Reithalle. Ich saß im Schneidersitz auf dem weichen Boden.

»Schön, dass ihr's einrichten konntet«, sagte ich ruhig.

Une schnaufte wütend, und Aellas Blick war wild. Sie befanden sich genau in der Gemütslage, auf die ich aus war. Provoziert und bereit, mir einen Kampf zu liefern. Ich schlug einen Flickflack und streifte Unes Arm mit meinem Fuß.

»Thorastocher, ich will nicht gegen dich kämpfen.«

Ich fegte Aella die Beine unter dem Körper weg, und sie landete auf dem Rücken im Sägemehl.

»Ich habe deiner Schwester versprochen, dass dir kein Haar gekrümmt wird, solange ich in deiner Nähe bin«, sagte sie und richtete sich auf, während sie ihre Hände abklopfte.

Als sie wieder stand, wiederholte ich den Angriff, und sie landete erneut auf dem Rücken. Sie stieß ein paar sehr unweibliche Flüche aus.

Ich lachte und beförderte Une ebenfalls zu Boden.

Er kam mit einer katzengleichen, gleitenden Bewegung wieder auf die Beine. Es fiel mir nicht schwer zu erraten, wer sie ihm beigebracht hatte. Der Gedanke machte mich so wütend, dass der Tritt gegen sein Schienbein ein wenig härter ausfiel, als ich ursprünglich beabsichtigt hatte. Ich verkniff mir eine Entschuldigung.

»Du …« Une hüpfte auf einem Bein und schwang den Arm nach mir.

Ich fuhr herum, sodass er nur in die Luft griff.

Auch Aella versuchte, mich zu erwischen, doch ich duckte mich und verpasste ihr einen Faustschlag auf den Oberarm.

»Wenn du nicht aufhörst, ziehen wir die Samthandschuhe aus«, zischte sie drohend, während sie sich den Arm hielt.

»Nichts wäre mir lieber.« Ich verneigte mich vor ihnen, und sie stürzten sich auf mich.

Nach kurzer Zeit hatte ich ihre Kampfstile durchschaut und abgespeichert, sodass ich ihre nächsten Züge vorhersehen konnte. Es kostete mich zwar ein paar Schläge und Tritte, mir alles abzugucken, aber danach war ich ihnen fast die ganze Zeit voraus.

Sie waren beide nicht schlecht, kamen jedoch nicht in die Nähe von Varnars Fähigkeiten. Nicht mal ansatzweise. Erst jetzt wurde mir klar, wie gut er eigentlich war. Rasch wischte ich mir mit dem Arm über die Augen, aber das war genau der Sekundenbruchteil, der die Situation wendete.

Aella traf meine Wange mit der flachen Hand, und Une umklammerte mich von hinten, sodass meine Arme verriegelt waren. Ich trat nach hinten aus, doch er war darauf vorbereitet und stellte sich so, dass ich ihn nicht treffen konnte.

»Bist du fertig?«, fragte Aella leise.

Ich schnaubte und wand mich.

»Ich weiß, dass du ihn vermisst. Sie beide.«

»Du weißt gar nichts.« Ich zog die Nase hoch, um das Blut zurückzuhalten.

»Ach ja? Denkst du das? Ich habe Serén verlassen, um deinen undankbaren Hintern zu retten.«

Mein Zorn verrauchte. Ich erschlaffte in Unes Armen. »Lass mich einfach los.«

Er tat es, und ich landete im Sägemehl, während ich um Atem rang. Une begab sich zum Tor, wo er in Wachstellung ging.

Aella kniete sich vor mich. »Wir bringen dich nach Hause, und dann bleiben wir über Nacht im Wohnzimmer. Wir kommen deiner Tür nicht zu nahe, es sei denn, du rufst uns.«

Jemand musste mich schon sehr gut kennen, um zu wissen, dass das im Moment genau das war, was ich brauchte.

»Was ist *jetzt* schon wieder passiert?«, fragte Mathias am nächsten Tag vor dem Klassenzimmer im Gelben Gang. Er fasste mich am Kinn und drehte mein Gesicht von einer Seite zur anderen.

Ich schob seine Hand weg. »Nichts.«

»Wer hat dich geschlagen?«

Wie zur Hölle konnte er den winzigen Fleck auf meiner Wange sehen?

»Aella.«

»Warum zum Teufel hat sie dich geschlagen?«

»Ich habe sie und Une überfallen.«

Er warf die Hände in die Luft. »Hast du nicht genug Feinde?«

»Nein. Ich brauche noch ein paar mehr.« Ich schnitt eine Grimasse.

In diesem Augenblick erschien Luna. »Ich bin fast fertig mit deinem Kleid«, verkündete sie. »Oh. Seid ihr schon wieder böse aufeinander?«

»Anne hat zwei Warägerkrieger angegriffen. Diejenigen, die sie bewachen sollen, wohlgemerkt.«

»Ich musste eben etwas Dampf ablassen«, murmelte ich. »He, was hast du gesagt? Welches Kleid?«

»Das für deine Geburtstagsparty. Es ist so schick. Blau und weiß, und hier ist es mit Perlen besetzt.« Ihre Hand stoppte auf meiner Brust, als sie meinen Gesichtsausdruck bemerkte. »Du hast Ja gesagt.«

Mathias kratzte sich an der Stirn. »Ich bin mir nicht sicher, ob ich verstehe, wieso wir die Feier stattfinden lassen. Ausgerechnet an diesem Tag. Wäre es nicht besser, wenn Anne bei dir zu Hause bleibt?«

»Sie ist nirgendwo besser geschützt als im Diner, umgeben von uns allen«, sagte Luna. »Wenn Ragnara kommt, um sie zu holen, ist es viel wahrscheinlicher, dass sie bei uns zu Hause zuschlägt. Meine Eltern sind sich auch einig, dass es besser ist, wenn Anne zu diesem Zeitpunkt woanders ist.«

Ich unterbrach sie. »Wann habe ich Ja dazu gesagt, freiwillig etwas Blau-Weißes anzuziehen? Und dann auch noch ein Kleid!«

»Letztens, als wir in der Insel saßen.«

Ich griff mir an den Kopf. »Das kannst du mir nicht antun.«

»Man *muss* sein Versprechen gegenüber einer Hexe halten.«

»Wer hat sich denn bitte diese Regel ausgedacht?«

Sie lachte. »Die Hexen.«

Das Kleid war wirklich großartig, aber ich zog es nur an, weil ich unter dem Einfluss starker Überredungsmagie stand. Es war tiefblau und schneeweiß, aus einem leicht transparenten Material, und irgendetwas daran ließ meine Erinnerung kribbeln, doch ich konnte es nicht einordnen.

Es war Samstagnachmittag. Wir waren bei Ben und Rebecca zu Hause, wo ich wohnte, seitdem mich die Nachricht über den Verkauf von Odinshöhe erreicht hatte. Mathias hatte meine Haarfarbe aufgefrischt, die jetzt wieder schwarz funkelte.

Luna war ekstatisch. »Herzlichen Glückwunsch«, sagte sie mehr als einmal.

»Es ist doch noch gar nicht so weit. Ich wurde erst kurz vor Mitternacht geboren.«

»Na, dann eben frohe Sonnenwende«, flötete sie und tänzelte dabei. Sie hatte sich selbst ebenfalls ein neues Kleid genäht. Es bestand aus oranger Seide und schmiegte sich eng an ihren Körper. Um dem Ganzen buchstäblich die Krone aufzusetzen, hatte Mathias ihre Haare in exakt demselben Ton gefärbt. »Freust du dich nicht auf heute Abend?«, fragte sie.

»Mir wäre es lieber, ich käme drum herum. Ich bin nicht in der Stimmung, mit einem Haufen Menschen zusammen zu sein.«

»Das bist du doch nie.« Luna zauberte das Kästchen mit dem grünen Samtbezug hervor. »Sieh mal, was ich aus Odinshöhe gerettet habe.« Sie öffnete es und hielt mir die Kette mit dem roten Stein hin.

»Ich will sie nicht anlegen. Od hat sie meiner Mutter geschenkt, doch aus irgendeinem Grund wollte sie sie nicht tragen.«

Mathias machte ein enttäuschtes Gesicht. »Sie passt aber richtig gut zu deinem Kleid.«

»Und sie besitzt Kraft«, stimmte Luna mit ein. »Ich glaube, sie kann dich beschützen.«

In diesem Moment kam Rebecca herein. Sie klatschte in die Hände. »Wie schick ihr seid!«

»Mama, hast du das hier schon mal gesehen?«

Rebecca nahm Luna das Kästchen aus der Hand und sah hinein. Sie fuhr mit einem langen, schlanken Finger über den roten Kristall. »Woher hast du das?«

»Die Kette gehört Anne. Od hat sie ihrer Mutter geschenkt.«

»Aber meine Mutter wollte sie nicht tragen«, fügte ich hinzu.

Ein Lächeln huschte über Rebeccas Lippen. »Typisch für sie, ein Geschenk wie dieses abzulehnen.«

»Ein Geschenk wie dieses?«

»Dieses Schmuckstück ist von unschätzbarem Wert. Aber sie ist eben sehr stur.« Rebecca lächelte mich an. »Der Stein besteht aus den Tränen einer Göttin.« Sie deutete auf die beiden Bogen im Herzen, in deren Mitte senkrecht ein kleines Goldband verlief. »Es sind zwei Tränen, die zusammengesetzt wurden.«

Ich kniff die Augen zusammen und betrachtete das Herz noch einmal. »Aah, jetzt ...«

»Götter weinen nicht, wie wir Menschen es tun. Ihre Tränen sind hart wie Metall oder Edelsteine. Und das Gold hier ist heiliges Gold. Auf nicht ganz so legitime Art gewonnen vielleicht, aber trotzdem heilig.« Ein Ausdruck von Belustigung spielte um Rebeccas Mundwinkel, doch sie unterdrückte ihn. »An dem Abend, als du sie getragen hast, musste Mathias dir sicher mit dem Verschluss helfen.«

»Ist dir das aufgefallen? Woher wusstest du, dass ich sie selbst nicht öffnen konnte?«

»Natürlich habe ich gesehen, dass du die Kette beim Tagundnachtgleiche-Ball getragen hast. Und ich weiß, dass du sie nicht selbst öffnen konntest, weil nur Götter und Halbgötter in der Lage sind, das Gold zu biegen. Und Schwarzalben natürlich.«

»Schwarz... was für ein Ding?« Ich schüttelte den Kopf. »Ist auch egal. Warum hat meine Mutter sie bekommen?«

»Weil diese Tränen von einer Göttin wegen deines Vaters vergossen wurden.«

Meine Lippen strafften sich. »Freyja?«

»Normalerweise beweint sie ihren Mann, der sie verlassen hat, daher war sie froh, als Arthur starb und nach Folkwang kam. Doch sie musste ihn ziehen lassen, als ihr Mann zurückkehrte.«

»Aber es war doch Od, der Arthur aus Folkwang geholt hat«, sagte ich.

»Od *ist* ihr Mann.«

Wir starrten sie an.

»Er ist ihr *was*?«, stammelte ich endlich.

Wieder lächelte Rebecca ihr übersinnliches Lächeln. »Ihr müsst die Mythologie lesen. Dann bekommt ihr einen besseren Überblick.«

»Ja, aber …«, wandte Luna ein. »Ich kenne die Geschichte über Freyjas Mann Od. Ich hätte nur nie gedacht, dass es eine Verbindung zu Od Dinesen gibt.«

»Habt ihr mittlerweile nicht begriffen, dass die Verbindungen überall sind?« Rebecca strich sich das beinahe weiße Haar glatt. »Od hat Freyja verlassen, weil er den Wunsch hatte, menschlicher zu sein. Er spürte, dass er zu viele Eigenschaften der Götter übernahm, wenn er Zeit mit ihnen verbrachte.«

Ich erinnerte mich an die Nacht, in der er in Odinshöhe aufgetaucht war, silberglänzend und unausgeglichen.

»Aber hin und wieder ist er dort«, sagte ich.

»Od hat eine Abmachung mit Freyja. Sie lässt Arthurs Geist in Frieden, bis du erwachsen bist, und im Gegenzug verbringt er nach jeder Tagundnachtgleiche einen Monat mit ihr.«

»Tut er das meinetwegen?«

Sie nickte. »Um dich zu schützen.«

Ich biss mir fest auf die Lippe. »Darum habe ich ihn nicht gebeten.«

Rebecca strich mir über die Wange. »Aber dein Vater. Und die Göttin weinte, als sie ihn losließ.«

Ich schob ihre Hand weg. »Ich will die Kette nicht tragen.«

Durch das Fenster konnte ich Odinshöhe erahnen und dahinter den Kraghede Skov. Instinktiv wanderten meine Hände an meinen Hals, um ihn zu schützen. »Wollten wir nicht los?«, fragte ich hart und drehte mich um.

Lunas große Augen sahen mich flehend an, doch ich schüttelte stur den Kopf, also schluckte sie ihre Einwände herunter.

»Doch«, sagte sie nur. »Wir wollen los. Komm, Mathias.«

Wir gingen nach draußen zu dem orangen VW-Bus, wo Ben mit Pelzmütze und in einem knöchellangen Mantel auf uns wartete. »Selbst nach all den Jahren werde ich mich nie an die Temperaturen in diesem Land gewöhnen«, murrte er.

Mir fiel auf, dass die Kälte von klamm und feucht zu klirrend trocken übergegangen war. Eine feine Pulverschicht Schnee hatte sich auf die Felder gelegt. Zitternd stellte ich fest, dass alles exakt so aussah wie in meiner Vision.

Im Frank's war alles mit Luftballons und kleinen Fähnchen geschmückt, und ich wunderte mich über die Dekoration, bis mir einfiel, dass sie meinetwegen da war.

Luna hüpfte herum. »Frank, es sieht richtig toll aus.«

Noch waren nicht viele Gäste in der Bar, und keiner von ihnen war meinetwegen gekommen. Ich überlegte, wie viele Luna wohl hatte herlocken können. Nicht viele, da war ich mir sicher.

»Für Anne nur das Beste«, sagte Frank mit einem schiefen Lächeln.

Mein *Danke* blieb mir auf den Lippen liegen, und ich ging verdattert in die Küche, um meine Jacke abzulegen. Allein in der Küche, atmete ich ein paarmal ein und aus. Dann holte ich die Ampulle mit Kornrade hervor und träufelte mir ein wenig davon auf die Zunge. Demiblut, die Sehnsucht nach Varnar und Monster sowie mein nervöser Zustand machten es mir unmöglich, mich abzuschirmen. Wollte ich den Abend mit den vielen Menschen durchstehen, ohne umzukippen, musste ich Kornrade nehmen.

»Warum stehst du ganz allein hier rum?«

Ich zuckte zusammen, als Frank mich ansprach. Ich hatte ihn nicht kommen gehört, und nicht zum ersten Mal bemerkte ich, wie oft ich meinen Spezialsinn normalerweise nutzte, um andere Menschen zu »wittern«. Ich lachte nervös. »Ich habe nur kurz eine Minute für mich gebraucht, bevor es losgeht.«

»Soll ich …« Frank deutete in Richtung Bar.

»Nein. Bleib ruhig hier.«

»Kannst du mir dann schnell helfen? Der muss raus in den Hof.« Er trat gegen einen der Kühlschränke. »Das Ding hat gestern den Geist aufgegeben. Sag Milas nicht, dass ich es dir erzählt habe, aber er hat Probleme mit dem Rücken, und ich will nicht, dass er das schwere Teil herumschleppt.«

»Klar doch.« Ich legte die Jacke zur Seite, froh darüber, mich etwas Handfestem widmen zu können.

Mit vereinten Kräften hievten wir den großen Klotz ins Freie und blieben noch ein wenig in der Dämmerung stehen.

»Hab ich dir schon gratuliert?« Frank legte mir eine Hand auf den Arm.

»Nein. Und das musst du auch nicht. Ich mag diese ganze Aufmerksamkeit nicht.«

»Der Kühlschrank war eine Ausrede. Milas' Rücken geht es gut.«

Ich erstarrte und wich mit klopfendem Herzen zur Tür zurück. »Warum?«

»Ich habe etwas für dich.« Er kam näher und grub in seiner Tasche. Er zog die Hand heraus und legte mir etwas in die Handfläche.

Ich sah auf den Gegenstand. Es war ein Schlüssel.

»Er gehört zur Wohnung über dem Diner. Es ist kein Haus, aber sie hat eine Küchenzeile und ein eigenes Bad mit Toilette. Du kannst so lange dort wohnen, wie du willst.«

»Woher weißt du das mit meiner Wohnsituation?«

Er schlug den Blick nieder. »Mathias hat es mir erzählt. Weißt du, wer Odinshöhe gekauft hat?«

Ich schüttelte den Kopf. »Ich war dort, aber alles ist leer und verschlossen.« Dass der gesamte Hügel verzaubert war, verschwieg ich. Ich umklammerte den Schlüssel. »Das ist das allerbeste Geschenk, das ich mir hätte wünschen können, ehrlich.«

Keine Ahnung, was mich ritt, aber ich legte die Arme um ihn. Er presste mich beinahe verzweifelt an sich.

»Äh, Frank. Das ist fest genug«, keuchte ich lachend.

»Du wirst also besser auf dich aufpassen müssen«, sagte er mir ins Ohr.

»Lass mal gut sein. Darüber haben wir schon gesprochen. Ich bin viel besser darin geworden.«

»Ach, wirklich?«, fragte eine Stimme aus der Dunkelheit.

KAPITEL 42

Christian Mikkelsen trat aus den Schatten. Markus glitt hinter uns und stellte sich vor die Hintertür. Peter trat näher, und ein vierter Mann – ich erkannte ihn als den dünnen Typ, der auf Mathias geschossen hatte – versperrte den Durchgang zur Gasse.

»Du«, zischte ich.

Der dünne Mann sah mich an. »Ich habe dich noch nie gesehen.«

Bens magisches Teflon musste auf ihn gewirkt haben.

Frank stellte sich mit ausgebreiteten Armen zwischen uns. Er war ein guter Kämpfer, aber nicht mal er konnte es mit vier Schlägertypen auf einmal aufnehmen, daher lockerte ich die Hände und ließ die Schultern kreisen. So ein Mist, dass ich Kornrade genommen hatte.

»Bist du beleidigt und hast deshalb deine kleinen Freunde geholt?«, fragte ich im Versuch, Zeit zu gewinnen. Ich beugte die Knie, um mich für den ersten Schlag bereit zu machen.

Christian fuhr sich mit der Hand über den tätowierten Schädel. »Ich bin nicht beleidigt. Ich soll dich bloß zu meinem anonymen Auftraggeber bringen. Auch wenn ich zugeben muss, dass ich in diesem Fall Arbeit und Vergnügen verbinde.«

Auftraggeber? Ragnara?

»Das Vergnügen wird ganz meinerseits sein«, erwiderte ich.

»Sicher?«, fragte Christian, und ich erstarrte, als er mir zeigte, was er in der Hand hielt. Eine Lederschnur. »Mein Auftraggeber will dich tot oder lebendig.«

Scheiße! Die Schnur war identisch mit der aus meiner Vision.

Die Reaktion seiner drei Kumpane überraschte mich nicht. Der Dünne grinste erwartungsvoll. Peter schielte zu Christian, und Markus schien nur Bahnhof zu verstehen.

»Tut mir leid, dass ich dich hier mit reinziehe, Frank«, flüsterte ich.

»Dir braucht gar nichts leidzutun«, flüsterte er zurück.

Christian schnellte vor.

Frank sprang dazwischen, bevor Christians Faust mich traf, und kassierte einen Schlag in die Brust. Er stöhnte vor Schmerz, schlug jedoch zurück und erwischte Christians Nase, die knirschte und sich bläulich färbte. Christian brüllte wütend.

Der Dünne hatte ein Messer gezogen, das im Vergleich zu dem des Wilden lächerlich klein wirkte, jedoch noch immer fatalen Schaden anrichten konnte, wenn es ungünstig traf.

Ich trat ihm entgegen.

»Ein kleines Mädchen in einem schicken Kleid«, lachte er und schwang das Messer.

Nach allem, was Varnar mir beigebracht hatte, konnte ich sehen, wie hoffnungslos er mit der Waffe hantierte. Ich machte einen Roundhouse-Kick und trat ihm gegen das Handgelenk. Er schrie überrascht auf, hielt das Messer jedoch fest und griff mich erneut damit an.

Aus dem Augenwinkel sah ich, dass Christian von der Seite her auf mich zurannte.

Währenddessen verteidigten sich Markus und Peter gegen Frank, der ihnen haushoch überlegen war. Ich erkannte die gleitenden Bewegungen der Warägergarde.

Wie konnte das sein?

Als ich einen Flickflack schlug, um dem Messer auszuweichen, und dem Dünnen dabei gleichzeitig einen Tritt oberhalb der Schulter versetzte, sodass sie aus dem Gelenk sprang, fing ich Franks verblüfften Gesichtsausdruck auf. Für den Bruchteil einer

Sekunde begegneten sich unsere Blicke, bevor wir beide weiterkämpften.

Christian preschte vor. Er hatte nicht damit gerechnet, dass ich so gut kämpfen konnte. Als er mich das letzte Mal überfallen hatte, war ich noch deutlich schlechter gewesen, doch nun tänzelte ich um ihn herum und attackierte ihn mit Faustschlägen und Tritten.

»Arthur und Mathias!«, rief ich.

Arthur manifestierte sich umgehend. Er blinkte wie ein kaputtes Neonschild, und es dauerte einen Moment, bis ich begriff, dass es an der Wirkung der Kornrade liegen musste. Mit einem Schaudern wurde mir bewusst, dass mich der Stoff von meinem Vater abschneiden konnte.

»Nicht schon wieder«, seufzte er, als er sah, dass ich ein weiteres Mal in Schwierigkeiten steckte. Dann erkannte er Markus und Peter. »Auf diesen Moment habe ich gewartet, seit ihr Kinder wart«, grollte er und ging auf Markus los. Er packte dessen Handgelenke und drehte sie, sodass die Fäuste nun auf Markus' eigenes Gesicht gerichtet waren.

Markus schrie überrascht, als er sich selbst gegen den Kopf schlug.

»Das hat man davon, wenn man meine Tochter überfällt«, hauchte Arthur Peter ins Ohr, der sich daraufhin bläulich verfärbte und von Reif überzogen wurde. Dann trat er in Markus hinein und übernahm dessen ganzen Körper. Markus stürzte sich auf Peter, der seinem Freund fassungslos entgegensah.

Markus, von Arthur besessen, rammte Peter, und sie landeten alle zusammen als großes Knäuel auf dem Boden. Wäre ich nicht so beschäftigt damit gewesen, zu verhindern, dass ich in Stücke gehackt wurde, hätte ich beim Anblick von Markus, der abwechselnd Peter und sich selbst schlug, laut gelacht. Frank bekam eine kurze Verschnaufpause, bevor er mir zu Hilfe eilte.

Sowohl Christian als auch der Dünne bereuten offensichtlich, uns angegriffen zu haben, jetzt, wo die Hälfte ihres Trupps gegeneinander kämpfte und Frank und ich uns als gefährliche Gegner entpuppt hatten. Als auch noch Mathias dazukam, von gigantischer Gestalt und grün leuchtend, waren sie bereit, den Rückzug anzutreten.

Der Dünne erbleichte, als er Mathias erkannte. »Du … du bist tot.«

»Bin ich das?«, fragte Mathias mit kreischend metallischer Stimme. Mit seiner riesigen Hand packte er ihn an der Kehle.

Die Füße des Dünnen hoben sich vom Boden, er fuchtelte verzweifelt mit dem Messer herum und erwischte Mathias an der Wange. Die Wunde schloss sich im Handumdrehen, und der Dünne warf das Messer weg, als es einen brutzelnden Laut in seiner Handfläche machte.

Christian hob die Hände und stand still, zum Zeichen, dass er sich ergab.

»Mathias«, sagte ich. »Du darfst ihn nicht umbringen.«

Mathias wandte den Kopf und sah mich wild an. Ich wich einen Schritt zurück, hielt seinem Blick jedoch stand. Dann entspannte er sich und schleuderte den Dünnen auf die Erde.

Arthur erhob sich aus Markus' Körper. Er war durchsichtiger denn je, und ich fragte mich, ob es an der Kornrade lag oder daran, dass er all seine Kräfte aufgebraucht hatte. Ich erhielt umgehend die Antwort.

»Jemanden in Besitz zu nehmen, ist sehr anstrengend für mich. Ich muss mich ein paar Tage ausruhen.«

»Kein Problem, Arthur. Wir haben's ja geschafft. Die Gefahr ist abgewehrt«, sagte ich, während er verblasste und in die eiskalte Luft verschwand. »Bis bald.«

»Polizei!«, klang es aus der Gasse. Es waren mehrere Stimmen, doch eine davon erkannte ich.

»Hakim darf mich nicht sehen«, sagte ich und rannte zum Hintereingang. Mathias und Frank schlüpften nach drinnen, doch ich erhaschte einen Blick auf Hakim, als er um die Ecke bog.

»Anne!«, rief er.

Ich sprang dicht hinter Frank und Mathias durch die Hintertür. Wir verschanzten uns in der Küche, und Frank schloss die Tür ab. Sein Blick flog zwischen uns hin und her. Zum Schluss blieb er auf Mathias hängen. »Ich habe einen Demi eingestellt«, konstatierte er.

Aufgrund der Kornrade konnte ich nicht spüren, ob er stolz oder ängstlich war. Er verneigte sich.

»Hör auf, dich vor Mathias zu verbeugen«, fuhr ich ihn an. »Und warum kämpfst du wie ein Warägerkrieger?«

»Warum kämpfst *du* wie einer?«, gab er zurück.

Hakim hämmerte gegen die Tür. »Anne. Mach auf. Ich hab dich gesehen.«

»Scheiße«, fluchte ich.

»Ich habe eine Idee«, sagte Mathias hastig. Er griff nach einer Strähne meines schwarzen Haars.

»Was machst du?«

Er zog daran und hatte die Hand auf einmal voller dunkler Flocken.

»Ich ändere deine Haarfarbe.« Er zog erneut und holte eine weitere Handvoll Farbe aus meinen Haaren.

»Ich hasse meine roten Haare«, klagte ich.

»Anne!«, brülle Hakim. »Mach die Tür auf. Das ist ein Befehl.«

»Okay, aber beeil dich«, knurrte ich Mathias an, der schnell die Finger durch mein Haar gleiten ließ, während Frank entgeistert zusah.

»So, das war's.«

Rote Locken fielen über meine Schultern. Hakim war in vollem Gange, die Tür einzutreten. Ich öffnete sie und steckte den Kopf hinaus. »Was gibt's?«

Hakim starrte mich mit offenem Mund an. Er setzte mehrmals an, etwas zu sagen, brachte jedoch keinen Ton heraus. Auf dem Boden lagen meine vier Angreifer mit hinter dem Rücken fixierten Händen und zwei Polizisten über ihnen.

»Oh Gott«, sagte ich, so unschuldig ich es vermochte. »Was ist denn hier passiert?«

»Das weißt du besser als ich«, presste Hakim hervor.

Ich schüttelte den Kopf und strich mir voller Unbehagen eine rote Welle aus dem Gesicht. »Ich war die letzte halbe Stunde hier drinnen.«

»Ich habe dich vor wenigen Augenblicken hineinlaufen sehen.«

»Haben Sie mich auch gesehen?«, fragte ich seine Kollegen.

»Ich habe nur eine schwarzhaarige Frau gesehen«, sagte der eine.

Ich hob eine rote Strähne. »Dann kann ich es ja nicht gewesen sein.«

Hakims Augen funkelten. »Warum lügst du mich immer an?«

Ich beugte mich nah an ihn heran. »Hauptsächlich, um dich zu beschützen.«

Frank drückte sich an mir vorbei. »Kann ich irgendwie helfen?«

»Diesen Mann«, Hakim deutete auf den Dünnen, »habe ich im Verdacht, einige der Pippi-Morde begangen zu haben. Und Christian Mikkelsen wurde bereits zuvor mit einem der ermordeten Mädchen in Verbindung gebracht.«

»Ich dachte, der Mörder sei gefasst worden?«, fragte Frank. »Schon vor einigen Monaten?«

»Ich hatte den Verdacht, dass die Morde noch nicht aufgeklärt sind. Wir haben Schreie gehört, daher habe ich befürchtet, der Mörder hätte erneut zugeschlagen.« Sein Blick hing an meinen roten Haaren. »Die Vermutung scheint gar nicht so abwegig.«

»Ich wünschte, ich könnte helfen«, sagte Frank bedauernd.

Mathias und ich schlichen zurück in die Bar, während Hakim und Frank weitersprachen.

Luna sprang auf uns zu. »Mathias, warum bist du plötzlich weggerannt? Und Anne – deine Haare!« Sie hob eine rote Locke.

Ich erschauderte, und ein Unbehagen, das ich nicht ganz einordnen konnte, machte sich in mir breit.

Mathias berichtete in kurzen Worten, was passiert war.

»Bedeutet das, deine Vision ist abgewehrt?« Luna glättete nachdenklich meine rote Haarpracht.

»Schon möglich. Christian hat was von einem *Auftraggeber* gesagt. Das kann nur Ragnara sein. Und er hatte eine Lederschnur dabei, so eine wie in der Vision.« Ich nahm vorsichtig ihre Hand weg und schob mir die Haare aus dem Gesicht, sodass ich sie nicht sehen musste.

»Was ist mit Frank?«, fragte Mathias.

»Er kämpft auf dieselbe Art wie Varnar. Und er hat erkannt, dass du ein Demi bist.«

»Warum hat er nichts gesagt?«, fragte Luna.

»Wahrscheinlich wusste er nicht, dass wir auch involviert sind. Warum ist bloß alles so kompliziert?« Ich griff mir an den Kopf.

Jemand räusperte sich hinter mir. Ich zuckte zusammen und wünschte zum ungefähr zwanzigsten Mal an diesem Abend, ich hätte keine Kornrade genommen. Ich drehte mich um und sah in Elias' Augen. Er strengte sich an, seine Miene neutral zu halten. »Du … du siehst deinem Vater gerade unglaublich ähnlich.« Er hob eine rote Strähne. »Ich würde gern mit dir allein sprechen.«

»Damit du mir erneut ein Messer in den Rücken jagen kannst?«

»Ich schwöre dir, dass ich aus gutem Grund so gehandelt habe. Um unsere gemeinsamen Interessen zu wahren.« Er hob vielsagend die Augenbraue.

»Du hast den Berserkern Demiblut gegeben«, schäumte ich.

Elias stritt es nicht ab. »Ich hatte gute Gründe.«

Ich seufzte. »Wie immer versuchst du dich herauszuwinden. Du hast fünf Minuten. Luna stellt sich dort drüben hin und behält dich im Auge. Solltest du auch nur daran denken, mir etwas zu tun, bombardiert sie dich mit Energiekugeln.«

Mathias und Luna traten widerwillig zur Seite. Luna stellte sich an die Bar und starrte, ohne zu blinzeln, zu uns herüber. Sie streckte Zeige- und Mittelfinger der einen Hand und deutete erst auf ihre Augen, dann auf Elias.

Ich verschränkte die Arme. »Hast du den Berserkern verraten, wo sie mich finden können?«

Elias senkte wortlos den Blick, was Antwort genug war.

»Warum hast du das getan? Und warum hast du ihnen Demiblut verkauft?«

Elias biss sich auf die Unterlippe. »Justine hat vorhergesehen, dass du Odinshöhe verlieren würdest.«

»Justine?« Ich stemmte eine Hand in die Hüfte. »Ich bezweifle stark, dass sie überhaupt hellsichtig ist.«

Elias' graublaue Augen musterten mich kühl. »Lass dein Urteil über Justine nicht von deinem Misstrauen mir gegenüber beeinflussen. Sie ist echt, und das weißt du.«

Ich weigerte mich zu antworten und starrte ihn nur trotzig an.

»Sie wusste, dass das Haus Ragnara in die Hände fallen würde.«

»Ragnara.« Ich konnte den Namen nicht zurückhalten und musste den Drang unterdrücken, ihn laut auszurufen.

»Ragnara kommt nicht nach Odinshöhe. Sie wollte dich nur verjagen, weil du dort besser geschützt bist. Das Haus wurde von einem Mittelsmann gekauft.«

»Aber hat sie Arthurs Körper?«, flüsterte ich.

»Ich habe ihn. Im Austausch für das Demiblut durfte ich mir aus der Krypta nehmen, was ich wollte. Ragnara wusste nicht, dass Arthur dort lag. Sie dachte, ich würde meine Mutter holen.«

»Moment, also noch mal zum Mitschreiben. Du hast geholfen, eine Situation zu schaffen, die dazu geführt hat, dass ich Odinshöhe verliere, weil du wusstest, dass es passieren würde, und du auf diese Weise Arthurs Leiche wegschaffen konntest? Das ist doch total bekloppt. Hättest du es nicht getan, würde ich jetzt noch dort wohnen.«

»Nein. Dann wäre es auf andere Weise passiert. Es stand fest, dass es geschehen würde.«

»Das werden wir wohl niemals herausfinden, oder?«, schnauzte ich. »Und kannst du dich vielleicht mal entscheiden, ob sich die Zukunft ändern lässt oder nicht?«

Er seufzte. »Ich glaube, dass sich das Schicksal verändern lässt. Aber auch, dass die Zeit manchmal sehr deutlich in Richtung bestimmter Ereignisse zeigt, die sich nur äußerst schwer ändern lassen. Ich wollte es nicht darauf ankommen lassen. Ich habe es getan, um dir zu helfen.«

Ich warf die Hände in die Luft. »Ich bin nicht sicher, was ich von deiner Art zu helfen halten soll. Wo ist Arthur?«

»Bei mir zu Hause.«

»Weißt du, dass Leute schwer verletzt wurden? Ich hätte fast den Verstand verloren. Es hat nicht viel gefehlt, und zwischen Midgard und Hrafnheim wäre ein Krieg ausgebrochen.«

Elias sah mich gelassen an. »Justine war so gut wie sicher, dass nichts dergleichen passieren würde. Und ich habe die Verletzten schließlich geheilt. Sogar die Berserker.«

»Deine Logik ist total verquer.«

»Aber es ist trotz alledem logisch. Wäre ich nicht gewesen, würde sich Arthur nun in den Händen der Feinde befinden.«

»In gewisser Weise tut er das bereits.«

»Ich bin nicht dein Feind.«

»Ich habe keine Ahnung, was du bist.«

»Ich bin dein wertvollster Verbündeter.« Seine warmen Hände legten sich auf meine Schultern.

Ich schlug sie weg.

Für einen winzigen Augenblick sah ich die Resignation in seinen Zügen, bevor er wieder galant lächelte. »Ich habe dir noch gar nicht gratuliert. Ich habe ein Geschenk für dich.«

»Falls es nicht gerade die Leiche meines Vaters ist, bin ich nicht sicher, ob ich es haben will.« Ich hörte selbst, wie schräg das klang, behielt meine trotzige Miene jedoch bei.

Elias zauberte eine orangefarbene Ampulle hervor.

»Und das ist?«

»Edrú. Justine zufolge wirst du es in den nächsten Tagen brauchen.«

»Vielleicht bleiben mir überhaupt keine weiteren Tage.« Ich verzog die Lippen zu einem sarkastischen Lächeln.

»Was meinst du?«

»Meine Schwester hatte eine Vision, laut der der Mörder heute Abend entweder mich oder sie umbringt.«

Elias runzelte die Brauen. »Das kann nicht sein.«

»Warum nicht?«

»Justine sagt, dass ihr beide bis mindestens irgendwann nächstes Jahr lebt.«

»Jippie ...« Ich hob ironisch den Daumen. »Also kann ich heute Abend ganz entspannt sein?« Ich schüttelte den Kopf. »Ist auch egal. Ich glaube nicht, dass es jetzt passiert.« Unsicherheit brannte in meinem Bauch, als ich an mir hinabschaute und meine roten Haare sah.

»Erzähl mir nicht noch mehr«, sagte Elias mit neckischem Lächeln. »Ich missbrauche bloß dein Vertrauen.«

Ehe ich zu einer Antwort ansetzen konnte, drückte er mir einen Kuss auf die Stirn und ging davon

Luna eilte zu mir. »Was hast du da?«

»Ein Geburtstagsgeschenk.« Ich stopfte mir die Ampulle ins Dekolleté.

»Oh, da fällt mir ein, dass ich auch etwas für dich habe.«

»Ich dachte, das Kleid und die Party wären dein Geschenk für mich?«

Luna reichte mir ein kleines Päckchen. »Das ist von Mathias und mir.«

Ich öffnete die Schachtel. Darin lag ein Ring mit grünen Steinen.

»Wir haben ihn gemeinsam gemacht. In der Nacht, als du am weitesten in deinen Halluzinationen verloren warst, wussten wir nicht, ob du es schaffen würdest. Mathias hat geweint, und wie bei den Göttern kamen Steine statt Tränen heraus. Das Eisen für den Ring habe ich mithilfe magischer Energie geschmolzen.«

Ich betrachtete den Ring. Die grünen Tropfen waren in Form einer Blume angeordnet. Ich ließ ihn über den Finger gleiten. Obwohl er massiv aussah, wog er so gut wie nichts.

»Danke.«

Luna strahlte.

Mads kam zu uns. Mit seinem gesunden Arm reichte er mir etwas. Der andere steckte in einem Verband, und er hatte noch immer Blutergüsse und Schrammen im Gesicht. Was er mir gab, war ein durchsichtiger Kristall von der Größe eines Tennisballs.

»Wow. Was ist das?«

»Den habe ich selbst gemacht«, sagte er. »Ich habe einfach einen Feuerstein genommen und ihn zusammengedrückt.«

»Krass!«

»Es ist nichts Besonderes.« Er zuckte mit den Achseln. »Man kann nicht wirklich was damit anfangen.«

»Ich kann ihn nach meinen Feinden werfen«, lachte ich.

»Stimmt, das geht natürlich.« Er grinste verlegen.

»Das ist Riesenkristall«, sagte eine raue Stimme hinter mir. »Er ist äußerst wertvoll.«

Ich drehte mich um und blickte in Ods sanftes Gesicht.

»Lasst uns allein«, sagte er zu Luna und Mads.

Sie gingen ohne Umschweife und lächelten sogar noch dabei.

»Es besteht kein Grund, die Leute zu hypnotisieren. Du könntest sie einfach bitten.«

Od lachte und strich mir übers Haar. »Es ist schön, dich so zu sehen, wie du aussehen solltest.«

»Ich sollte gar nichts.« Ich wog den Riesenkristall in der Hand.

»Ach, Anne. Immer auf Krawall gebürstet.« Er griff meine Hand und studierte den Ring. »Das Geschenk eines Riesen in einer Hand und ein Schmuckstück, hervorgebracht aus Magie, Göttlichkeit und Menschlichkeit, an der anderen. Du hältst Gaben von Wesen in Händen, die üblicherweise Todfeinde sind. Das kann dich retten oder aber zerstören.«

»Es nervt, wenn du altnordisch redest.«

Er legte den Kopf leicht schräg.

»Ich meine, wenn du wie ein Gedicht aus alten Zeiten klingst.«

»Ich *stamme* aus alten Zeiten.« Er legte mir einen Finger unters Kinn und drückte meinen Kopf sanft zurück.

Ich verlor mich in seinen Augen. »Was hast du mit Gungnir gemacht?«, fragte ich dösig.

Er ließ mich los und schaute an die Decke.

Es wurde eisig kalt, als er den Blick abwandte, und in diesem Moment begriff ich, dass sich nicht einmal sämtliche Mixturen von Elias zusammengenommen mit der Abhängigkeit messen konnten, die die Präsenz eines Demigottes bei den Menschen auslöste.

»Der Speer hängt wieder an der Wand in Odinshöhe. Mein Vater ließ ihn dort vor Jahren zurück, an diesem Platz muss er also bleiben.« Od sah mich erneut an, und meine Beine wurden weich.

»Hast du keine Angst, dass der neue Besitzer«, ich versuchte, das Zittern in meiner Stimme zu unterdrücken, »ihn nimmt?«

»Er würde verbrennen. Menschen können ihn nicht berühren.«

»Ich habe ihn berührt.«

»Du hattest Götterblut im Körper.«

»Soweit ich verstanden habe, trifft das auch auf Ragnara zu.«

»Ragnara kommt nicht nach Odinshöhe. Das tut nur der neue Besitzer.«

»Weißt du, wer das Haus gekauft hat?« Fast hätte ich ihn am Arm gepackt.

»Lass uns das Thema nicht weiter vertiefen. Möchtest du wissen, was dein Geschenk ist?«

Ich gab eine murrende Antwort.

Od ignorierte mein Teenie-Verhalten. »Ich habe mit meiner Frau über deinen Vater gesprochen.«

Das Schmollen verging mir augenblicklich. »Was hat sie gesagt?«

»Er bekommt ein weiteres Jahr in Midgard.«

»Danke«, hauchte ich. »Was musstest du im Gegenzug dafür tun?«

Ods Miene verhärtete sich einen Augenblick, ehe er erneut sein unbeirrbares Lächeln lächelte. »Ich habe ein Opfer gebracht«, sagte er kurz.

Die Antwort lud nicht zu weiteren Fragen ein, und im Grunde war es mir auch egal.

»Es freut mich«, sagte Od, »dass du bis zu deinem achtzehnten Geburtstag überlebt hast.«

»Das habe ich erst, wenn Mitternacht vorbei ist.«

»Dann müssen wir heute Abend wohl gut auf dich achtgeben.« Seine Finger verflochten sich mit meinen, und göttliche Stärke floss in mich hinein.

Ich blinzelte. Od war fort, und ich stand inmitten einer Menschentraube. Laut der großen Uhr über der Bar waren zwei Stunden vergangen.

Verdammte Demigott-Hypnose.

Ich sah mich in der gut gefüllten Bar um. Fast alle aus meiner Klasse waren da. Niels Villadsen unterhielt sich mit Ben und Rebecca, und Mathias quatschte mit Frank. Luna, Mads, Une und Aella nickten mir von der Bar her zu.

Ich bedachte Niels mit einem eisigen Blick, und er sah bedauernd zurück.

»Tut mir leid, dass ich erst jetzt komme«, sagte Hakim, der sich anscheinend gerade neben mich gestellt hatte.

Ich fuhr mir über die Stirn, um einen freien Kopf zu bekommen. »Macht nichts. Die Zeit ist nur so verflogen.«

»Wir hatten jede Menge mit den Festnahmen zu tun.«

»Glaubst du, dass du die Richtigen hast?« Ich versuchte mich zu konzentrieren.

Er fasste mich am Ellbogen und zog mich ein Stück zur Seite. »Alles deutet darauf hin. Was ich dir jetzt erzähle, ist inoffiziell, aber wir haben sowohl in Christian Mikkelsens als auch Jon Hviids Wohnung Betäubungsmittel gefunden.«

»So heißt er also?«

»Bist du ihm schon mal begegnet?«

»Nur ganz kurz«, wich ich aus, während ich an das blutige Loch in Mathias' Brust dachte.

»Außerdem waren beide im Besitz von Lederschnüren«, sagte Hakim. »Wir analysieren noch, ob die Mädchen damit erdrosselt wurden, aber auf den ersten Blick scheinen es starke Indizien zu sein.«

»Also ist der Fall abgeschlossen?«

Hakim kniff die Augen zusammen und sah mich prüfend an. »Es scheint so. Was glaubst du?«

»Ich glaube nicht, dass heute Abend noch mehr passiert«, erwiderte ich mit Elias' Worten im Ohr. »Was sagt deine Ahnung?«

Er lächelte, und mehrere Frauen schauten in seine Richtung. »Ich weiß nicht, was meine Ahnung sagt. Ich bin mir nicht sicher, ob ich so um dich besorgt bin, weil ich glaube, dass du immer noch in Gefahr bist, oder weil …«

»Weil was?«

Er antwortete nicht, sondern griff stattdessen in seine Tasche. Dann reichte er mir eine Silberkette, an der ein Anhänger in Form einer mit filigranen Ornamenten verzierten Hand hing. »Hier ist dein Geschenk.«

Ich nahm die Kette. »Was ist das?«

»Das ist eine Hamsa, die Hand der Fatima. Sie beschützt dich gegen das Böse.«

»Okay. Und ich brauche Schutz vor dem Bösen?«

»Schaden kann es bestimmt nicht. Darf ich sie dir umlegen?« Er wartete keine Antwort ab, sondern trat hinter mich, und ich hob meine Haare, damit er mir die Kette um den Hals legen konnte. Seine rauen Hände streiften meinen Nacken, und ich erschauerte auf eine nicht ganz unangenehme Weise.

»Es ist nicht gerade beruhigend, dass du mir so gern Dinge um den Hals wickelst«, sagte ich brüsk und trat ein Stück weg. Meine Hand lag auf dem kühlen Anhänger.

Er ignorierte meinen Kommentar.

»Ich muss wieder zur Wache.« Er machte ein paar Schritte, überlegte es sich dann jedoch anders und kam zurück. »Anne …«

»Ja?«

»Die roten Haare …«

»Was ist damit?«

»Die Farbe steht dir«, flüsterte er in mein Ohr, bevor er ging.

Ich blieb verdattert zurück, wurde allerdings schnell von Mathias und Luna flankiert. Als ich Frank in der Menge entdeckte, marschierte ich zu ihm.

»Komm mit in den Hinterhof«, sagte ich und ging an ihm vorbei durch die Küche und weiter nach draußen.

Frank folgte mir und sah von Luna zu Mathias, die ebenfalls mitgekommen waren und sich mit verschränkten Armen jeweils auf einer Seite von ihm aufbauten.

»So, dann pack mal aus«, verlangte ich. »Du hast eine Verbindung zu Hrafnheim.«

Frank machte sich nicht die Mühe, es abzustreiten.

»Stammst du von dort?«

»Ich wurde in dieser Welt geboren.«

»Bist du irgendwas Übernatürliches?«

»Vollblutmensch«, antwortete er.

»Thora ist meine Mutter.«

»Das weiß ich.« Frank strich sich glättend über sein Pomadenhaar.

Ich schloss die Augen. »Was ist deine Rolle?«

»Ich wurde hierhergeschickt, um dich zu suchen. Du warst unglaublich schwer zu finden. Ich habe über drei Jahre gebraucht.«

»Wieso sollte ich dir glauben? Varnar, Aella und Une haben dich nicht erkannt.«

»Thoras Heer hat viele Fraktionen. Bei Weitem nicht alle kennen sich untereinander. Das ist eine der Sicherheitsvorkehrungen.«

»Aber Varnar steht weit oben in der Hierarchie. Er müsste dich kennen.«

»Er hat sich Thora erst angeschlossen, als ich bereits abgereist war. Und ich durfte meine Identität vor niemandem preisgeben, nicht einmal vor meinen Verbündeten.«

Durch die Kornrade war ich nicht in der Lage zu beurteilen, ob er die Wahrheit erzählte. »Warum hast du nichts gesagt?«

»Ich hatte Angst, du würdest es Varnar verraten. Ich war mir seiner Rolle nicht sicher. Immerhin hat er Ragnara gedient.«

Ich legte den Kopf in den Nacken und sah hinauf in den sternklaren Himmel. Der Mond hatte exakt dieselbe Form wie in meiner wiederkehrenden Vision, doch er hing tiefer am Himmel. Ich versuchte, Elias' Rat zu folgen und es logisch zu betrachten. »Wir waren mehrfach allein zusammen. Du hast heute Abend an meiner Seite gekämpft. Und du hast mir geholfen und mich beschützt.«

Ich konnte Franks Erleichterung nicht fühlen, doch ich sah sie in seinem Gesicht. »Ich möchte dir wirklich nichts Böses«, sagte er. »Ich habe meine Mission, aber ich habe dich auch sehr lieb gewonnen.«

»Ja, ja … willkommen in meiner persönlichen Leibgarde«, sagte ich und ließ die Hand kreisen.

Luna warf die Arme um Frank. »Ich bin so froh, dass du auf unserer Seite stehst.«

Mathias streckte ihm die Hand hin, und Frank ergriff sie lächelnd, während er unter dem Gewicht von Lunas Umarmung bedenklich schwankte.

Wir gingen zurück zum Fest, wo eine weitere Überraschung auf mich wartete. Frank hatte eine Band engagiert, die spielte, dass die Wände wackelten. Luna und Mathias schleiften mich auf die Tanzfläche, wo wir abrockten, bis ich vor Müdigkeit fast aus den Latschen kippte – was bei mir einiges heißen will.

Frank hatte den Diner geschlossen, und wir hingen über dem letzten Bier am Tresen.

Une und Aella saßen rechts von mir, Mathias und Luna links. Frank stand hinter dem Tresen und räumte Gläser in die Regale.

Ein leises Pfeifen in meinen Ohren war die einzige Erinnerung an den Lärm und die Feierlichkeiten des Abends. Dank der Kornrade spürte ich noch immer nicht all die Menschen, mit denen ich zusammen gewesen war, doch allmählich ließ die Wirkung nach. Das Pfeifen wurde lauter. In diesem Moment vibrierte Franks Handy. Er zog es mit einer trägen Bewegung aus der Tasche.

»Hallo?« Augenblicklich richtete er sich auf. »Sie ist hier. Ich stehe direkt bei ihr.«

Pause, während der andere etwas sagte.

»Wann? … Okay, wir warten hier.« Er legte auf.

Wir sahen ihn an, und Mathias glühte in einem schwachen Hellgrün.

»Das war Hakim«, sagte Frank. »Jemand hat deinen vier Angreifern zur Flucht verholfen. Er glaubt, sie werden versuchen, dich zu finden.«

Wütend schlug er mit der Faust auf den Bartresen. Dann verschwand er in der Küche. Une und Aella standen auf, und Elektrizität knisterte in Lunas Händen. Mathias war beträchtlich gewachsen. Ich begann mich leicht schwummrig zu fühlen, während der Pfeifton immer durchdringender wurde.

Alle sahen mich an, und ich hätte etwas gesagt, wäre da nicht das schrille Klingeln in meinen Ohren gewesen. Der Raum fing an, sich zu drehen, und die Gesichter meiner Freunde verschwammen im Nebel. Dann rutschte ich vom Stuhl und war bewusstlos, ehe ich auf dem Boden aufkam.

Ich erwachte in dem wohlbekannten nächtlichen Wald mit Aussicht auf Odinshöhe. Vor mir spielte sich die Szene ab, die ich schon so oft gesehen hatte. Eine Hand schloss sich um meine, und als ich den Kopf drehte, sah ich in mein eigenes Gesicht.

»Serén?«, fragte ich.

Sie sprach schnell und verzweifelt. »Ich habe den ganzen Abend versucht, Kontakt zu dir aufzunehmen.«

»Ich habe Kornrade genommen.«

Sie zog die Lippen zurück. »Warum das denn? Kornrade blockiert doch unsere Gabe.«

»Für mich ist die Hellsichtigkeit garantiert keine Gabe.«

Sie sah mich verwundert an, ehe sie weitersprach. »Eine von uns ist immer noch in Gefahr.«

Vor uns strangulierte der Mann das Mädchen.

Endlich erkannte ich ihr Kleid. Ich hatte es bisher nicht bemerkt, da das Mondlicht alle Farben verschluckte und ich es in der Vision von hinten sah.

»Ich bin es«, sagte ich resigniert. »Sie hat mein Kleid an.«

»Oder aber ich bin es und trage dein Kleid.«

»Ich kapiere das nicht. Ich bin umgeben von Beschützern. Du bist in einer anderen Welt.«

»Die Zukunft ist selten leicht zu verstehen.«

Wir sahen zu, wie das Mädchen den Kampf verlor und der Mann ihr in den Rücken schnitt. Als er zum Feld lief, deutete Serén auf das tote Mädchen am Boden.

»Das dort«, sagte sie, »das bin entweder ich oder du. Und es passiert in Kürze.«

Ich kam auf dem Boden des Diners zu mir. Ein Haufen besorgter Gesichter starrte auf mich herab.

Luna griff meinen Arm. »Hast du etwas gesehen?«

Sie bugsierte mich zurück auf den Stuhl.

Ich schüttelte den Kopf. »Meine Schwester hat mich kontaktiert. Der Mord passiert nach wie vor.«

»Du musst weg von hier«, sagte Une. »Am besten an einen Ort, der mit Schutzzaubern belegt ist.«

»Unser Haus ist magisch geschützt«, sagte Luna.

»Die Bar auch«, sagte Frank. »Aber wahrscheinlich nicht so gut wie Bens und Rebeccas Haus.«

»Sie ist in Gefahr, sobald sie diesen Ort verlässt«, wandte Aella ein. »Wir müssen die Hexen holen, damit sie sie zu ihrem Haus eskortieren. Ich laufe sofort los.«

»Ich bin schneller«, sagte Mathias. Seine Stimme hatte nun den metallischen Klang, und er war riesig. »Ich nehme Luna mit und bringe sie in Sicherheit.«

Niemand wagte sich ihm zu widersetzen, und im Nullkommanichts waren sie aus der Tür.

»Ihr haltet am besten Wache auf der Vorder- und Rückseite«, sagte Frank zu Une und Aella mit einer Stimme, die beinahe wie Varnars klang. »Ich zeige euch die besten Positionen.«

Sie verschwanden, und ich saß mehrere nervenaufreibende Minuten allein da, bis Frank zurückkam. »Die Warägerkrieger sind draußen. Der Demigott kommt in Kürze mit den Hexen zurück, und die Polizei müsste jeden Augenblick hier sein. Du kannst dir keinen besseren Schutz wünschen.«

Allmählich spürte ich wieder ein wenig von seiner Aura. Sie war aggressiv und zielgerichtet. Sie erinnerte mich an Varnars.

Er musterte mich prüfend. »Du bist weiß wie ein Laken. Ist es wegen der Vision?«

»Danach ist mir immer schlecht. Seit wann weißt du schon, dass ich hellsichtig bin?«

Er lächelte schief. »Seit ich mir zusammengereimt habe, wer du bist.« Er reichte mir ein Glas Wasser. »Hier. Das hilft.«

Ich nahm das Glas und trank. Dann stellte ich es ab. »Frank, ich möchte dir gern etwas sagen. Falls mir etwas passieren sollte …«

Er beugte sich über den Tresen.

Ich zögerte. »Dieser Abend. Die Party. Und du hast mir einen Job gegeben, als keiner mich haben wollte. Und jetzt die Wohnung.«

Er nahm meine Hand. »Ich habe dich so gern.«

»Was ich sagen will, ist: Ich habe nicht viele Freunde. Aber du bist mein Freund.«

Franks Blick war traurig, während er meine Hand drückte.

»Frank, was ist?«

»Anne …«, sagte er. »Ich bin nicht dein Freund.«

Ich legte den Kopf schief. »Was bist du dann?«

»Ich bin dein Mörder.«

KAPITEL 43

Ich zog die Hand zurück. Frank hielt sie nicht fest.

Mit einem Satz war ich auf den Beinen.

»Aella – Une!« Ich schrie, so laut ich konnte.

Er richtete sich langsam auf. »Sie werden nicht kommen.«

Mein Inneres gefror zu Eis. »Hast du sie getötet?«

»Ich habe versucht, es zu vermeiden.«

»Verräter.«

»Es tut mir leid, Anne.« Er trat hinter dem Tresen hervor.

»Hakim hat dich gar nicht angerufen.«

Er kam auf mich zu. »Es war schwer, dich unter vier Augen zu erwischen. Ich habe es seit Monaten probiert. Seit ich herausgefunden hatte, wer du bist.«

Ich ging in Verteidigungshaltung.

Er kam näher. »Wehr dich nicht. Ich will nicht, dass du leidest.«

Mir wurde etwas klar. »Du hast Tenna und Belinda ermordet.«

In seinem Kiefer spannte sich ein Muskel an. »Sie haben ins Profil gepasst.«

»Sie waren unschuldig.«

»Das bist du auch.«

»Hast du auch Christian Mikkelsen und die anderen heute Abend angeheuert?«

»Ich wollte dein Vertrauen gewinnen. Und das deiner Freunde.«

»*Du* hast die Rune in meinen Fahrradsattel geritzt, während Christian dein Auto demoliert hat.« Ich dachte nach. »Und an dem Abend, als ich mir den Finger gebrochen habe, das warst auch du. Du hast Christian und Jon Hviid die Betäubungsmittel und die Lederschnüre untergeschoben.« Hakim würde fuchsteufelswild werden, wenn er herausfand, dass er ausgetrickst worden war. *Falls* er es jemals herausfand.

»Ich habe wirklich kein Verlangen, das hier zu tun.«

»Mathias kommt gleich zurück.«

»Sechs Berserker auf Demiblut warten in der Nähe von Bens und Rebeccas Haus auf ihn. Das wird ihn und die Hexen eine Weile beschäftigen.«

Das Ganze war eine Falle. Frank hatte alles geplant.

»Warum tust du das?«

Mit Tränen in den Augen stellte er sich vor mich. »Ich tue es aus Liebe.«

Im Geiste ging ich Elias' Überlebensguide noch einmal durch.

Regel Nummer eins: *Bleib niemals allein mit jemandem, dem du nicht vertrauen kannst.*

Zu spät.

Regel Nummer zwei: *Nimm niemals Essen oder Getränke von jemandem an, wenn du auch nur den geringsten Zweifel an seinen Absichten hegst.*

Ich schaute auf mein halb volles Wasserglas, während sich ein Prickeln in meinem Hals bemerkbar machte. *Scheiße!* Der Boden wankte unter meinen Füßen.

Regel Nummer drei: *Solltest du dich in einer lebensgefährlichen Situation befinden, dann nimm alle Hilfe an, die du bekommen kannst, und denk erst später an die Konsequenzen.*

Ich holte tief Luft und nutzte die letzten kostbaren Sekunden, um einen Namen zu rufen.

Frank runzelte die Stirn, als er ihn hörte.

Dann tat sich der Boden unter mir auf, und ich verschwand in die Tiefe.

***

Meine eigene Stimme brüllte in meinem Kopf. *Wach auf!*

Ich stand im Hinterhof vor Unes und Aellas leblosen Körpern. Ich machte zwei wackelige Schritte nach vorn, um zu sehen, ob sie noch am Leben waren.

Ein Knurren erklang, und als ich mich dösig umdrehte, stand dort Franks Hund mit gesträubtem Fell und gefletschten Zähnen. In diesem Augenblick kam Frank nach draußen. Er schlug die Hintertür zu und nahm meine Hand.

»Geh«, sagte er, und ich konnte mich nicht widersetzen, also gingen wir Hand in Hand auf sein Auto zu.

Gleichzeitig bog Mads aus der Grønnegade um die Ecke. »Mathias hat gesagt, wir sollen uns hier treffen und dafür sorgen, dass du sicher nach Hause kommst. Wo sind die anderen?«

Erleichterung breitete sich in mir aus, doch Frank beugte sich nah zu mir. »Sag Gute Nacht«, flüsterte er.

Ich gehorchte, während meine innere Stimme vor Protest aufschrie. Mads sah zwischen uns hin und her.

»Die anderen sind gegangen. Luna hatte ordentlich getankt«, lachte Frank. In mein Ohr sagte er leise: »Tu so, als wärst du betrunken und als würde ich dir nach Hause helfen.«

Ich wankte und grinste Mads an. *Hilf mir, Mads*, versuchte ich zu rufen, aber die Worte steckten in meinem Hals fest.

Mads' Augenbrauen zogen sich zusammen. »Ist alles okay mit dir?«

Frank drückte meine Hand.

»Mir geht's gut.« Ich war überrascht, wie normal meine Stimme klang. »Geh nach Hause.«

Wieder ergriff Frank meine Hand und ging mit mir davon, während Mads uns hinterhersah.

Rabenschwarze Finsternis.

***

Ich saß in Franks Auto.

Ein Riese hämmerte gegen mein Fenster. Nein, es war Mads, dessen großes Gesicht verzerrt vor Verzweiflung war. Hinter ihm lag Franks Hund tot oder sterbend in einer Blutlache auf dem Boden.

Der Wagen erzitterte jedes Mal, wenn Mads seinen Körper dagegen warf. Frank fluchte und stand beinahe auf dem Gaspedal.

Mads sprang weiter gegen den fahrenden Pick-up, doch Frank riss das Lenkrad heftig herum, und es tat einen lauten, dumpfen Schlag, gefolgt von einem schmerzerfüllten und machtlosen Brüllen. Dann war Mads weg.

Ich wurde wieder ins Nichts hinabgesogen.

***

Etwas Kühles streifte meine Wangen. »Ugly-Anne!«

Ich blinzelte.

Vor mir erstreckte sich die Kragheder Landstraße wie eine schwarze Schlange im Licht der Scheinwerfer.

Wir fuhren an Bens und Rebeccas Haus vorbei, und ich bemerkte Flammen, die vom Dach züngelten, und die Silhouetten von Personen mit erhobenen Schwertern und Speeren. Irgendetwas Grünes erglomm.

Kalte Hände legten sich um meinen Hals. Belindas Geist saß rittlings auf meinen Beinen. »Du hast mich gerufen. Ich hab gerade so gut geschlafen.« Belinda drückte zu, und ich hustete, als sich die Kälte ausbreitete. Das schärfte meine Sinne ein wenig. Ich hob eine Hand, die sich anfühlte, als wöge sie eine Tonne, und deutete damit auf Frank.

»Schau«, flüsterte ich.

Belindas aufgerissene Augen fixierten ihn. Sie ließ mich los und spielte mit der Lederschnur um ihren Hals. Mit der anderen Hand berührte sie die Rune auf ihrer Stirn. »Ich erinnere mich an ihn. Ich habe ihn selbst reingelassen. Er hatte Bier für uns dabei.«

»Er war es«, brachte ich heraus. »Er … hat dir das angetan.«

Sie bleckte ihre Zähne und formte die Hände zu Klauen.

Frank sah mich an. »Wieso bist du nicht bewusstlos? Du hast eine Riesendosis bekommen.«

In diesem Moment kratzte Belindas Geist ihn im Gesicht. »Ich bringe ihn um.«

Frank erschauderte, doch er schien nichts sehen zu können.

»Du … bist nicht stark genug«, hauchte ich Belinda zu. »Finde Christian.«

»Was sagst du?«, fragte Frank.

Ich hatte nicht vor, auch nur einen einzigen meiner kostbaren Atemzüge an ihn zu verschwenden.

Belinda fauchte. »Chris? Er hat mich schlecht behandelt.«

Ich kämpfte gegen den Schlaf an. »Bring ihn dazu …«, für einen kurzen Augenblick war ich weg, »… den Namen deines Mörders zu sagen.«

Sie kam mit dem Gesicht ganz nah an mich heran. Ihre blauen Lippen waren auf gleicher Höhe mit meinen, und sie lächelte. Das klebrige Zeichen auf ihrer Stirn schimmerte. Dann flackerte sie auf und verschwand.

Das tat auch mein Bewusstsein.

***

Ich war zurück in der alten Vision und beinahe erleichtert, als ich sie wiedererkannte. Vielleicht war das Ganze ein Traum. Die Party und Frank als Mörder.

Ich blickte auf meine Zehen und spürte die Kälte meine nackten Beine und Arme heraufkriechen. Der Mond beschien die schneebedeckten Felder, und ich erahnte Odinshöhe zwischen den Bäumen. Ich bereitete mich auf die Szene vor, die ich gezwungenermaßen mit ansehen musste.

Doch vor mir war niemand. Kein Mädchen und kein Mörder.

Hinter mir hörte ich Fichtennadeln und trockene Äste knacken, als jemand heranstapfte.

»Stopp«, sagte Frank.

Ich konnte nicht anders, als zu gehorchen. *Pass auf!*, schrie meine eigene Stimme. Frank stand hinter mir und atmete rastlos ein und aus. Er legte seine Wange an mein Haar.

»Ich wünschte, es wärst nicht du.« Er lehnte sich schwer gegen mich und legte mir sanft die Lederschnur um den Hals. Sie streifte die Silberhand, die Hakim mir vor einigen Stunden geschenkt hatte.

Ich wollte fliehen, doch ich war wie gelähmt. Meine Arme hingen nutzlos an den Seiten herab. Ich versuchte, sie zu heben, aber es war unmöglich.

Frank atmete zitternd ein. »Lebwohl, Anne.«

Dann zog er zu.

***

Wehr dich!, rief meine Stimme, während das Nichts mich lockte. *Tritt ihn. Schlag ihn. Tu irgendwas.* Es war so verführerisch, einfach loszulassen und hinabzusinken.

Die Kälte der Erde biss sich in mir fest, und kleine Fichtennadeln stachen mir in die Wange. Am Rande meines Sichtfelds erkannte ich den untersten Teil des dürren Birkenbäumchens. Es war immer noch intakt, und das gab mir Hoffnung. Meine Atemwege waren blockiert, und ein Knie bohrte sich mir schmerzvoll in den Rücken.

Über mir schluchzte Frank heftig. »Warum stirbt sie nicht?«

Gute Frage. Wahrscheinlich hatte die Göttlichkeit, mit der Od mich früher am Abend aufgeladen hatte, irgendetwas damit zu tun. Außerdem klemmte die Silberhand zwischen der Lederschnur und meinem Hals, was meinen Tod zwar hinauszögerte, das Unabwendbare aber nicht abwehren konnte.

Je stärker Frank mich auf den Untergrund presste, desto tiefer grub sich ein kleiner, harter Gegenstand in meine Brust. Der Schmerz klarte meinen Kopf ein winziges bisschen auf.

Es war die Ampulle mit Edrú, die Elias mir vor ein paar Stunden geschenkt und die ich mir ins Dekolleté geschoben hatte. Ich bewegte schwach die Arme, um an sie heranzukommen, schaffte es jedoch nur, ein wenig von dem Pulverschnee neben mir wegzufegen.

»Warum wehrst du dich?« Franks Stimme klang angestrengt, während er sich mit der Schnur abmühte.

Bis jetzt stimmte die Vision exakt mit der überein, die ich wieder und wieder gesehen hatte, und nichts deutete darauf hin, dass sie nicht genau so enden würde, wie meine Schwester es vorausgesagt hatte.

Ein dumpfer Aufprall über mir, als Frank von einem großen Körper gerammt wurde, änderte diesen Umstand. Und es verhalf mir zu etwas Luft, denn Frank lockerte den Griff um die Schnur.

Hustend und unter Schmerzen sog ich so viel Luft ein, wie ich nur konnte, bevor er die Schnur wieder straffte. Jemand versuchte, ihn wegzustoßen, und Frank musste von mir ablassen und sich dem Angreifer zuwenden. Sie kippten hinter mir um.

Ich unternahm einen kraftlosen Versuch, mich herumzurollen, doch mein Körper wollte nicht gehorchen. Endlich stemmte ich mich röchelnd auf die Seite.

Ich registrierte, dass es sich bei dem Neuankömmling um Hakim handelte, und er hatte nicht gelogen, als er sagte, dass er von Kindesbeinen an Kampfsport betreibe. Ich stellte aber auch fest, dass er Franks lebensgefährlichen Warägergarde-Bewegungen nichts entgegenzusetzen hatte.

Ziemlich genau wie in meiner wiederkehrenden Vision trug Frank eine helle Jacke mit hochgezogener Kapuze. Ich tastete nach der Ampulle, doch meine Finger fühlten sich bleischwer an, und sie waren steif vor Kälte. Frank zog ein Messer, und für den Hauch einer Sekunde glich er Varnar, als er es routiniert in Hakims Richtung schwang, der mit Ach und Krach ausweichen konnte.

Meine gefrorenen Finger suchten nach der Ampulle, und nur mit meiner gesamten Willenskraft hielt ich mich davon ab, wieder in den warmen und behaglichen Dämmerzustand zu sinken.

Frank traf Hakim am Oberschenkel. Er stöhnte schmerzerfüllt auf, während sich ein dunkler Fleck auf seinem Bein ausbreitete. Die Verletzung beeinträchtigte seine Geschwindigkeit, und Frank versetzte ihm eine weitere Schnittwunde in der Achselhöhle.

Endlich lag die kleine Ampulle in meiner Hand. Sie zu öffnen, war mein nächstes Projekt, und es erwies sich als deutlich schwerer als gedacht. Unterdessen verpasste Frank Hakim einen Faustschlag ins Gesicht.

»Ich habe Sie schwer verwundet«, rief er. »Wenn Sie jetzt abhauen, schaffen Sie es vielleicht, Hilfe zu holen, bevor Sie verbluten.«

»Ich werde Anne nicht zurücklassen.«

»Sind Sie sich im Klaren darüber, mit wem sie es zu tun hat?« Franks Augen waren verweint. »Wenigstens töte ich sie gnadenvoll.«

Hakim fuhr mit der Hand hinter den Rücken und zog seine Dienstwaffe, und ich fürchtete instinktiv um Franks Leben, doch er machte einen Roundhouse-Kick und trat Hakim die Pistole aus der Hand. »Sie haben verloren, Hakim. Ich gebe Ihnen die Möglichkeit, Ihr eigenes Leben zu retten. Verschwinden Sie. Niemand wird je davon erfahren.«

»Aber ich werde es wissen«, knurrte Hakim.

Meine zitternden Finger fummelten am Schraubverschluss herum.

Hakim warf sich nach vorn, und Frank traf ihn mit der Handkante an der Kehle. Durch mein Training mit Varnar wusste ich, dass Hakim auf der Stelle tot gewesen wäre, hätte Frank seine Hand zur Faust geballt.

»Zwingen Sie mich nicht, auch Sie zu töten«, rief er, als Hakim hustend auf dem Boden aufschlug.

Ich gab es auf, die Ampulle aufzuschrauben und biss zu. Glasscherben schnitten mir in die Lippen, und Blut mischte sich mit dem frischen Zitrusgeschmack.

Ich schluckte die Mixtur, und eine eisige Woge fegte durch meinen Körper. Das Stjórna wurde vertrieben, und mein Kopf war binnen eines Sekundenbruchteils klar. Das Adrenalin trug ebenfalls dazu bei, dass ich auf die Beine kam.

Hakim lag am Boden und griff nach Franks Bein, doch der trat ihm in den Bauch. Ich warf mich dazwischen, als Franks Stiefel auf Hakims Hals zielten. Frank schrie überrascht auf, fing sich aber erstaunlich schnell und begann, mich zu umkreisen.

»Du bist unglaublich schwer zu töten.« Er stieß mit dem Messer nach mir.

Ich wandte Varnars Trick an und war hinter ihm, bevor er mich treffen konnte. Frank wirbelte brüllend herum. »Wie schaffst du es, die ganze Zeit zu überleben?«

Warmes Blut lief mir über die Lippen. »Ich habe gute Leute auf meiner Seite.«

Belindas Geist manifestierte sich. Sie fauchte und hämmerte eine Kaskade aus blauen Fäusten in Franks Brust. Bei jedem Schlag erschauderte er.

»Und ein paar weniger gute«, fügte ich hinzu. »Danke, Belinda.«

Frank rang um Atem und hielt sich die Brust. »Belinda Jaeger ist tot.«

»Ja, ist sie. Aber das bedeutet nicht, dass sie nicht mehr sauer auf dich ist.«

Hinter mir rappelte Hakim sich auf. Er zog ein Bein nach und sog vor Schmerz die Luft ein, doch er hielt seine Pistole mit beiden Händen fest, ohne dass sie zitterten, und der Lauf war auf Franks Brustkorb gerichtet. Frank hob langsam die Hände, während Erleichterung aus ihm strömte.

»Du willst mich gar nicht umbringen«, stellte ich verwundert fest.

Die mir wohlvertrauten Lachfältchen erschienen um seine Augen. »Du bist so ein liebes Mädchen.«

»Ich hätte wissen müssen, dass du es warst.«

»Wieso?«

»Natürlich ist Ragnaras bester Meuchelmörder immun gegenüber meinen Abscheuzaubern.«

Traurig schüttelte er den Kopf. »Ich hatte aufgehört. Ragnara hatte mich nicht mehr in der Hand. Aber …« Wieder schüttelte er den Kopf. »Glaub mir. Ich will das nicht.«

Dann sprang er plötzlich in einer gleitenden Bewegung und mit erhobenem Messer auf mich zu. Die Spitze zeigte direkt auf meinen Hals.

Ein lauter Knall erklang, als Hakim die Pistole abfeuerte. Ich schrie auf, als Frank zusammensackte. Ohne nachzudenken, kniete ich mich hin und umfasste sein Gesicht.

»Nein«, weinte ich.

Hakim trat ihm das Messer aus der Hand und richtete erneut die Pistole auf ihn. Blut lief in besorgniserregender Geschwindigkeit seinen Arm hinab.

Frank sah mit glasigen Augen zu mir auf. »Ich wünschte wirklich …«

»Was?«, schniefte ich.

»Dass ich dich getötet hätte.« Seine Augen verdrehten sich, und seine Aura begann zu flackern.

Hakims Beine gaben unter ihm nach, und er sank mit den Knien auf dem Waldboden. Auch seine Aura war dünn und transparent. Ich saß zwischen zwei sterbenden Männern, Franks Kopf ruhte in meinem Schoß.

»Belinda«, schluchzte ich. »Hol Od Dinesen und Elias Eriksen.«

Sie bleckte widerwillig die Zähne.

»Er verdient es nicht, zu leben.« Sie deutete auf Frank, dessen weiße Jacke sich im Mondlicht rasch in glänzendes Schwarz färbte.

»Tu es für Hakim. Er hat es nicht aufgegeben, nach deinem Mörder zu suchen. Selbst als ihm niemand geglaubt hat.«

Sie legte den Kopf schief. »Ich bin den Leuten egal.«

»Ihm nicht.«

Sie wurde einen Hauch weniger durchsichtig. Dann wich sie in die Schatten zurück. Ihre glühenden Augen waren das Letzte, was in der Dunkelheit verschwand.

Hakim lehnte sich schwer an mich. »War das gerade Belinda Jaeger, mit der du gesprochen hast?«

»Wovon redest du?«

»Lüg mich nicht an.« Seine Stimme war schwach. »Nicht jetzt.«

»Ja, ich habe mit Belinda gesprochen.« Ich richtete mich auf, um sein Gewicht besser halten zu können. »Wie bist du darauf gekommen?«

»Dass du hellsichtig bist? Ich hatte seit einer Weile so eine Ahnung.«

»Du und deine Ahnungen …«

Er lachte leise, doch es endete in einem Husten. »Und irgendwas ist da mit einer magischen Unterwelt. Vielleicht sogar einem Paralleluniversum. So ganz bin ich noch nicht dahintergekommen.«

»Klingt, als wärst du dicht dran.«

Sein Atem wurde schwerer.

Ich musste ihn dazu bringen, weiterzureden, damit er das Bewusstsein nicht verlor.

»Wie hast du mich gefunden?«, fragte ich.

»Aus der Zelle, in der Christian Mikkelsen und Jon Hviid untergebracht waren, drang Lärm«, flüsterte er. »Als ich nach unten kam, war Christian dabei, sich selbst zu verprügeln. Er schlug sich mit der Faust ins Gesicht und rief, dass Frank der Mörder wäre und dich in seiner Gewalt hätte. Er war wie besessen.«

»*Respekt*, Belinda«, murmelte ich.

»Was?«

»Er *war* besessen. Belinda muss sich selbst zu einem Poltergeist upgegradet haben. Echt cool. Und dabei weiß sie erst seit Kurzem, dass sie ein Geist ist. Das ist wirklich eine Leistung.«

»P-Pol…?« Hakim atmete schwer.

»Es überwältigt einen, von all diesen Dingen zu erfahren. Uns ist es allen so ergangen wie dir jetzt.« Ich wedelte mit der Hand. »Nur mit der Ruhe. Das geht vorbei.«

»Danke für dein Vertrauen.«

»Was meinst du?«

»Du hättest Belindas Geist überallhin schicken können, aber du hast sie zu mir geschickt.«

Ich räusperte mich. »Woher wusstest du, dass wir ausgerechnet hier waren?«

»Als du im Wahn gesprochen hast, hast du gesagt, du könntest dein Haus von dem Ort aus sehen, an dem du sterben würdest. Seitdem bin ich mehrere Male hier draußen gewesen und habe die Stellen gesucht, von denen aus man Odinshöhe sehen kann. Ich habe die ganze Zeit gedacht, dass dieser Ort hier der geeignetste wäre – also, wenn man ein Mörder ist.«

»Gut getippt. Hattest du auch eine Ahnung, dass es Frank war?«

Keine Antwort.

»Hakim?«

Sein Kopf kippte vornüber.

»Scheiße!« Ich rüttelte ihn. »Od«, rief ich. »Du darfst dich gern ein bisschen beeilen.«

Ein Silberschimmer erschien als Antwort auf meine Gebete.

Od, gefolgt von Elias und Niels Villadsen, kam angelaufen. Er war riesig, und silberne Fäden schillerten um ihn herum.

»Elias, wir brauchen sofort Laekna!«, rief ich.

Elias überholte Od und zog noch im Laufen eine Ampulle und eine Spritze hervor. Als er bei uns ankam, hatte ich Hakims Ärmel bereits hochgekrempelt.

Mit routinierten Handgriffen injizierte Elias ihm das Heilmittel. Hakim keuchte und blinzelte. Er versuchte sofort aufzustehen, fiel jedoch nach vorn.

»Machen Sie langsam«, sagte Elias. »Sie wären fast verblutet.«

Hakim schnaubte und richtete sich auf wie ein verletzter Bär.

»Abgebrühter Kerl«, kommentierte Elias.

Vor mir flackerte Franks Aura bedrohlich.

»Gib Frank auch etwas«, bat ich.

Elias' jugendliches Gesicht war hart, und seine weichen Locken wirkten grau im Mondlicht. »Er hat versucht, dich umzubringen. Mehrmals.«

»Er ist immer noch mein Freund.«

»Was bekomme ich als Gegenleistung?«

Es überraschte mich nicht, dass Elias feilschte. »Was willst du?«

»Habe ich die freie Wahl?« Sein Blick glitt über meinen Körper.

»Du ...« Ich ballte die Fäuste.

Er schnitt mir das Wort ab. »Ich will, dass du eines Tages dasselbe für mich tust. Ganz egal wie sauer du auf mich bist. Ich werde dich erneut verraten. Und du wirst mich dafür hassen. Trotzdem sollst du mein Leben retten, wenn es in deiner Macht steht.«

Ich überlegte gar nicht erst. »Deal. Beeil dich.«

Elias riss das Hemd des bewusstlosen Frank auf. Ich schaute auf das Loch in seiner rechten Brust. Wäre es auf der anderen Seite gewesen, hätte die Kugel sein Herz pulverisiert. Die Verletzung war lange nicht so schwer wie damals bei Mathias, allerdings war Frank auch kein Demi.

Elias hatte eine professionelle Miene aufgesetzt. »Die Kugel ist durchgegangen.«

Ich wandte den Blick ab, als er die Kanüle zwischen Franks Rippen bohrte.

Irgendetwas in Franks Innerem machte ein schwammartiges und pumpendes Geräusch. Seine Aura wirkte wie ein Stück Glut, das jemand anblies, und sie wurde stärker und stärker, bis sie beständig brannte. Er blieb weiter bewusstlos.

Elias musterte mich. »Deine Lippen«, sagte er.

Ich befühlte sie und unterdrückte ein Wimmern.

Er umfasste mein Kinn, und wie bei unserer ersten Begegnung ließ er seinen Daumen über meine Unterlippe gleiten und hinterließ eine Flüssigkeit darauf. Die tiefen Schnitte schlossen sich.

Ich bedankte mich nicht bei ihm, sondern rappelte mich stattdessen auf.

Od stand vor Hakim, der schon etwas fitter aussah. Er legte diesem eine große, silberstrahlende Hand auf die Schulter. »Ich danke Ihnen. Sie haben einen Menschen gerettet, der mir unglaublich am Herzen liegt. Wir übernehmen ab hier.«

Hakim wankte, starrte Od jedoch direkt in die Augen, was sowohl Mut als auch Stärke erfordert. »Das ist eine Polizeiangelegenheit. Sie übernehmen hier gar nichts.«

Niels trat einen Schritt vor und präsentierte eine offiziell aussehende Dienstmarke.

Hakim riss die Augen auf.

»Sie haben wirklich beeindruckende Polizeiarbeit geleistet«, sagte Niels und zog ihn zur Seite.

»Sie werden Hakim doch nichts tun, oder?«, rief ich ihnen hinterher.

Niels sah mich durch seine graue Brille an. »Natürlich nicht.«

»Was machen Sie dann mit ihm? Er weiß eine ganze Menge.«

Niels strich seinen grauen Anzug glatt. »Ich hatte eigentlich vor, ihn einzustellen.«

»Oh.«

»Und, junge Dame …« Niels bedachte mich mit einem strengen Blick.

»Ja?«

»Das alles hier ist nie geschehen.«

EPILOG

Es war Heiligabend.

Ich saß in eine Decke gewickelt in Bens und Rebeccas Wohnzimmer, während Luna einen Weihnachtsbaum schmückte, der verblüffend mainstream aussah.

Die drei Tage seit meinem Geburtstag waren unwirklich gewesen. Nachdem Od und Niels mit dem bewusstlosen Frank verschwunden waren, hatte ich mich als Allererstes vergewissert, ob Une und Aella noch lebten. Hakim und Elias begleiteten mich, und Gott sei Dank fanden wir die beiden zwar übel zugerichtet, aber doch immerhin so weit wohlauf, dass sie mit Laekna zusammengeflickt werden konnten. Elias versuchte nicht, eine Gegenleistung für die Heilung herauszuhandeln, und ich dankte ihm nicht dafür. Mads hatte einige Beulen und Schrammen abbekommen, war ansonsten aber unversehrt.

Anschließend sahen wir nach Mathias und der Familie Sekibo. Keiner der vier war verletzt, allerdings schäumten sie vor Wut, da man sie daran gehindert hatte, mir zu helfen. Ein rußgeschwärzter Ben stieß Flüche und Verwünschungen aus, weil es dem Feind gelungen war, seine magischen Barrieren zu durchdringen und das Haus in Brand zu setzen. Das Verhältnis zwischen Hexen und Feuer ist anscheinend etwas angespannt.

Die Berserker hatten sich nach einer Weile aus dem Staub gemacht, und der Kampf hatte niemanden das Leben gekostet. Das Ziel des Angriffs war es offenbar gewesen, Mathias abzulenken, während Frank mich tötete.

Die Hexen hatten ihr Dach im Handumdrehen mittels Magie repa-

riert, sodass abgesehen von einigen schwarzen Flecken auf den weiß gekalkten Wänden keine Spuren des Angriffs mehr zu sehen waren.

Es war nach wie vor unmöglich, auch nur in die Nähe von Odinshöhe zu kommen, und Frank's Bar & Diner war geschlossen. Auf einem Schild an der Tür stand, dass der Eigentümer aus privaten Gründen verreist sei.

Von Varnar gab es immer noch keine Neuigkeiten, und nur beim Gedanken an ihn brannten meine Augen.

»Rudolf, das kleine Rentier ...«, sang Luna, während sie einen silbernen Stern an der Baumspitze befestigte.

Ich blies auf den Tee in der Tasse, die sie mir in die Hand gedrückt hatte. »Ich kann gar nicht glauben, dass ihr einen Weihnachtsbaum habt. Alles wirkt so ... normal.«

Luna schwang ein Pappschwein an einer Schnur. »Weihnachtsbäume entspringen den altnordischen Blót-Ritualen.« Sie wählte einen Zweig für das Schwein aus. »Es ist das Gleiche, wie wenn wir draußen Essen in die Bäume hängen.« Sie nahm eine Handvoll Pfeffernüsse und verteilte sie auf die Spitztüten mit Naschzeug, die am Baum hingen.

»Meinst du echt, Weihnachtsschmuck ist dasselbe?«

»Jepp.« Sie summte weiter.

»Was ist mit Hangatyr? Menschenopfern?«, fragte ich.

»Lebkuchenmänner und -frauen«, sagte eine tiefe Stimme von der Türschwelle her, wo Ben strumpfsockig und mit Schneeflocken in seinen Dreadlocks stand.

Ich schluckte. »Das symbolisieren sie?«

Er nickte düster, doch seine Miene erhellte sich, als er zu Luna ging. »Das ist hübsch, chérie.« Dann wandte er sich mir zu. »Ich war gerade bei Od Dinesen. Er lädt uns zur Silvesterfeier im Bootsmann ein.«

»Ist das nicht ziemlich ...«, ich suchte nach dem richtigen Wort, »gregorianisch?«

Ben schmunzelte. »Od hat sich den modernen Zeiten gut angepasst.«

»Silvester wird in Dänemark seit Jahrhunderten an diesem Tag gefeiert.«

»Wie gesagt«, lächelte er raubtierhaft, »den modernen Zeiten.«

Ich hob eine Augenbraue. »Was weißt du darüber?«

Luna summte weiter, nicht ahnend, dass ich auf das wahre Alter ihres Vaters anspielte.

»Dann lasst uns hingehen. Ich bin bereit zu feiern, dass ich tatsächlich bis Weihnachten am Leben geblieben bin. Danke übrigens, dass ich es mit euch verbringen darf. Ich hatte nicht erwartet, dass ihr christliche Feste feiert.«

»An den Lehren des Zimmermanns ist nichts Falsches. Wir ehren gerne seine Geburt. Allerdings wird unser Weihnachten wohl etwas anders, als du gewohnt bist.«

»Ich habe an vierzehn verschiedenen Orten Weihnachten gefeiert. Manche essen Gans, andere Schweinebraten. Ganz zu schweigen von all den anderen Traditionen.«

Ben bleckte erneut seine große Zähne. »Das habe ich nicht gemeint. Zuallererst feiern wir nicht Weihnachten. Wir halten ein Julblót ab.«

Das Weihnachtsfest oder vielmehr das Julblót der Familie Sekibo war in der Tat vollkommen anders als alles, was ich je zuvor erlebt hatte. Zunächst einmal dauerte es drei Tage, in denen wir Garben in den Feldern aufstellten, Trommeltanz tanzten, Essen opferten und unfassbar viele Krüge Met tranken. Ben lief in Fellhose und mit Ziegenbockmaske herum, und Rebecca trug ihr rituelles Tierhautgewand und den Stirnreif mit den Hörnern. Bereits an Tag zwei musste ich jeden weiteren Alkohol entschieden verweigern, und am dritten Tag boykottierte ich das fettige Essen.

Ben schob sich die Ziegenbockmaske in die Stirn. »Aber Gerstengrütze mit Entenschmalz und Blutwurst zu essen, hält die Wilde Jagd fern.«

Ich unterdrückte meinen Brechreiz. »Die was bitte?«

»Den Zug der rastlosen Geister«, sagte Rebecca, um anschließend mit bloßen Füßen auf einen Tannenzweig zu springen und darauf herumzutrampeln.

»Belinda soll ruhig kommen«, meinte ich. »Falls du solche wie sie meinst.«

Ich hatte nicht die Nerven, nach dem Herumgehopse auf den Tannennadeln zu fragen. Ben und Rebecca wechselten einen Blick.

»Belinda kann beide Wege gehen«, sagte Ben und schob die Maske wieder an ihren Platz.

Ich war erleichtert, als das Julblót endlich beendet war.

Ods Silvesterparty war natürlich spektakulär. Der Bootsmann war mit merkwürdigen, riesigen Blasen gefüllt, sodass es sich anfühlte, als wären wir unter Wasser. In der Bar drängten sich Menschen und andere Wesen. Anscheinend war dieser Abend für uns reserviert, die wir der verborgenen Welt angehörten. Der Rest des Landes war nicht eingeladen.

Elias empfing mich am Eingang, im Anzug und mit seinem üblichen kecken Lächeln auf den Lippen. Er zog mich auf die Tanzfläche, wo die Musik augenblicklich von einem schnellen Lied zu einem Schnulzensong wechselte. Dieses Schlitzohr.

»Du bist schöner denn je. Überleben steht dir.« Er zwirbelte eine meiner roten Locken zwischen den Fingern.

Ich stieß seine Hand weg und wollte ihm eine verbale Ohrfeige verpassen, doch er lachte und legte seine Wange an meine. Sie war warm und glatt, wie sie es die letzten vierhundert Jahre gewesen war.

»Sag nichts. Wir wollen uns nicht kurz vor dem Jahreswechsel streiten. Wie das alte Jahr endet, wird bezeichnend für das kommende Jahr.«

»Was wollen wir dann?«

»Jetzt gerade?«, flüsterte er in mein Ohr. »Tanzen natürlich. Einfach nur tanzen.«

Und dann tanzten wir. Für einen kurzen Moment verstummten meine Gedanken, und ich war im Hier und Jetzt in Elias' Armen. Ich ließ mich von der Musik einhüllen und schloss die Augen. Doch der Augenblick verschwand, und wieder kreisten meine Gedanken um das, was ich tun musste. Ich öffnete die Augen, und über Elias' Schulter begegnete ich Ods Blick.

Er durchquerte den Raum, und die Menge teilte sich unmerklich für ihn. Die Leute bemerkten nicht einmal selbst, dass sie ihm Platz machten. Er legte Elias die Hand auf die Schulter. »Ich übernehme.«

Elias trat zurück, hauchte mir jedoch einen Kuss aufs Schlüsselbein, bevor er in die Menge glitt.

Od legte die Arme um mich. »Ich weiß, was du vorhast. Ich weiß nicht, wann du es tun wirst, aber wenn es so weit ist, hoffe ich, dass du jemanden mitnimmst.«

»Jetzt bist du also auch noch Gedankenleser?«

»Nein, aber inzwischen kenne ich dich.« Seine Augenbrauen senkten sich ein wenig. »Ich warne dich. Was du dir selbst auferlegst, ist beinahe unmöglich. Und so gefährlich, dass ich erwäge, es zu verbieten.«

»Du kannst mir nichts verbieten.«

Er lächelte, und es war, als schiene die Sonne auf mein Gesicht. Wie immer war mein Wille ein wenig außer Kraft gesetzt.

»Das kann ich durchaus.« Er kniff die Augen leicht zusammen. »Aber sag mir, geht es darum, Varnar zu finden?«

Ich senkte den Blick. Und als ich sprach, war meine Stimme so leise, dass ich meine Worte kaum selbst hören konnte, doch ich wusste, dass Od sie verstand. »Varnar hat sich gegen mich entschieden. Er darf tun, was er will.«

Ich kaute auf meiner Unterlippe. Ich hatte mir jeden Gedanken an Varnar verboten. Die Vorstellung, ihm so wenig zu bedeuten, dass er mich ohne Probleme zurücklassen konnte, schmerzte viel zu sehr.

»Ich bin mir sicher, dass Varnar aus dem Bronzewald dich liebt.«

Ich schüttelte kaum merklich den Kopf. Od strich mir mit dem Handrücken über die Wange. »Ich weiß, du glaubst mir nicht, aber du bist tatsächlich ziemlich liebenswürdig. Viele haben dich gern.« Seine Finger glitten um die Silberhand, die um meinen Hals hing. »Ich liebe dich auch.«

»Das zählt nicht. Du bist notorisch in alles Menschliche verknallt.« Ich sah hoch.

Od lachte rau und sagte nichts weiter.

Die letzten Töne des Liedes standen wir eng zusammen, und ich spürte seine Stärke in meinen Körper sickern. Ich hatte den Verdacht, dass er mich absichtlich mit Göttlichkeit boostete. Er verabschiedete sich nicht, als er mich losließ und in der Menge verschwand, die sich ein weiteres Mal für ihn teilte.

Ich verzog mich an den Rand der Tanzfläche und betrachtete die Anwesenden. Luna und Mathias hüpften mit Une und Aella in einem wilden Tanz herum. Luna winkte mir zu, und ich winkte zurück. Mathias sandte mir sein typisch blendendes Lächeln. Elias war tief in ein Gespräch mit einer hübschen jungen Frau versunken, die eine Strähne ihres langen, hellen Haars zwischen den Fingern drehte. Ich brauchte nicht in die Zukunft sehen zu können, um zu wissen, dass Elias gut ins neue Jahr kommen würde. An einem Tisch saßen Ben und Rebecca mit verschlungenen Händen, und Mads sprach mit dem großen weißhaarigen Barkeeper.

Sogar Hakim war hier. Wir hatten uns kaum mehr gesehen, da er die meiste Zeit in Kopenhagen gewesen war. Er unterhielt sich mit Niels Villadsen, doch hin und wieder streifte mich sein Blick. Ich winkte ihm diskret zu, und er nickte mit einem kleinen Lächeln zurück.

Ich sah mich nochmals um. Da waren auch die, die fehlten. Arthur, der mir, bevor ich meine neuen Freunde traf, als Einziger das Gefühl gegeben hatte, dass es immerhin einen Menschen gab, der mich mochte. Monster. Es stach in meiner Brust. Ich wusste nicht, wie es ihm ging oder ob er überhaupt lebte. Varnar … Ich weigerte mich, an ihn zu denken. Selbst Frank vermisste ich, trotz seines neuen Status als Mörder. Ich hatte keine Ahnung, was Od und Niels mit ihm gemacht hatten.

Mein letzter Blick durch den Innenraum des Bootsmanns landete auf der großen Uhr, die Viertel vor zwölf anzeigte. Ich wandte mich um und ließ die Menge aus Menschen, Demigöttern, Hexen und Halbriesen hinter mir. Vor etwas mehr als einem halben Jahr hatte ich keines dieser Geschöpfe gekannt, und nun hatten mehrere von ihnen ihr Leben für mich riskiert.

Aus diesem Grund musste ich allein gehen.

Vor der Tür zu Ods Büro blieb ich stehen und schaute in einen der großen Spiegel.

Das dunkelgrüne Kleid, das Luna anlässlich des Abends für mich geschneidert hatte, hatte exakt dieselbe Farbe wie der Ring, der meinen Finger zierte. Rote Wellen flossen über meine nackten Schultern. Nachdem ich mich entschlossen hatte zu tun, was ich tun musste, erschien es mir am praktischsten, die roten Haare zu behalten.

Ich sah ein letztes Mal auf mein Spiegelbild, bevor ich mir meine Tasche um die Schultern schlang. Es würde eine lange Zeit vergehen, bis ich wieder festliche Kleidung tragen würde, falls es überhaupt je wieder dazu kam. Ich schätzte die Chancen für eine Rückkehr auf etwa fifty-fifty. Die Aussichten, erfolgreich wiederzukehren, waren noch geringer.

Die Tür öffnete sich mit einem leisen Knirschen. Ich hatte mir Sorgen gemacht, ob ich überhaupt hineinkäme, betrat jedoch problemlos Ods Büro.

Der merkwürdige Raum mit den vielen Türen sah aus wie immer, bloß dass nun ein Käfig darin stand. Mit Gitterstäben und allem. Für den Bruchteil einer Sekunde überwog die Wiedersehensfreude, bevor mein Verstand übernahm.

Hinter den Gittern saß Frank mit gefalteten Händen. Er schaute auf, als ich hereinkam. Er sah okay aus – zumindest physisch. Doch sein Gesicht war grau, und tiefe Falten zogen sich um seinen Mund und die Augen.

»Kommst du, um Rache zu nehmen?« Sein Ton war ruhig.

»Ich wusste nicht, dass du hier bist.« Das war die Wahrheit. »Ich bin aus einem anderen Grund gekommen und wäre dankbar, wenn du niemandem verraten würdest, dass du mich gesehen hast.«

»Das schulde ich dir.« Er lächelte warm. »Es war mein Ernst, als ich gesagt habe, ich wünschte, du wärst nicht diejenige, die ich ermorden muss.«

»Ich wüsste bloß gerne, warum.«

Frank starrte wieder auf seine Hände.

»Das kann ich dir nicht sagen«, flüsterte er.

»Für wen tust du es?«, fragte ich. »Es ist jemand, den du liebst.«

Erst sah Frank mich erschrocken an. Dann schüttelte er mit zusammengepressten Lippen den Kopf.

Ich tat es, ohne nachzudenken. Es war gefährlich und dumm. Doch ich griff zwischen die Gitterstäbe und nahm Franks Hände. Dann drang ich mit meinem Spezialsinn in ihn ein und zog die Vergangenheit heraus. Sie entwich Franks Geist mit Leichtigkeit.

Ich spürte das Mitleid in meinen Augen, die sich mit Tränen füllten. »Der Junge«, sagte ich und wandte leicht den Kopf ab. »Ist er dein Sohn?«

Frank starrte mich an.

»Oh. Dein Enkel«, verbesserte ich mich. »Ragnara hat ihn. Mein Leben für seines.«

Franks Augen weiteten sich angstvoll.

»Sie tötet ihn, wenn du etwas verrätst?«

Frank regte sich nicht, hob jedoch kurz den Blick und senkte ihn dann. Ja.

»Weißt du, wo er ist?«

Frank schaute von links nach rechts. Nein. Ich zog meine Hände zurück. Frank versuchte nicht, sie festzuhalten.

»Was wird mit dir passieren?«

»Ich schätze, mich erwartet eine Hinrichtung.«

»Weder Od noch Niels richten jemanden hin.« Ich zwang mich, meine Stimme ruhig zu halten.

»Nein, aber sie liefern mich an Ragnara aus.«

Ich nahm all meinen Mut zusammen. Dann fragte ich: »Tötest du mich, wenn ich dich freilasse?«

»Ja«, sagte Frank fest.

Der Handel galt anscheinend nach wie vor. Das Leben seines Enkels für meines.

»Soweit ich sehen kann, ist diese Tür nicht mittels Magie verriegelt.« Ich wies auf die Tür des Käfigs. »Und wenn ich dir, sagen wir, einen

Brieföffner gebe, kannst du das Schloss öffnen. Nach einer Weile. Ich bekomme einen Vorsprung.«

»Maximal eine Stunde.«

»Bis morgen früh.«

Er überlegte einen Moment. »Deal.«

»Dreh dich um. Ich muss mir was anderes anziehen.«

Frank kehrte mir gehorsam den Rücken zu.

Ich zog eine Jeans, meine Bikerstiefel, einen schwarzen Kapuzenpulli und die Jacke meiner Mutter aus der Tasche. Die hohen Schuhe warf ich in eine Ecke, das grüne Kleid aber packte ich nach kurzem Überlegen in die Tasche zu meiner übrigen Ausrüstung, die aus dem letzten Rest Kornrade, Mads' Riesenkristall, Rebeccas Notizbuch über Hrafnheim, Freyjas Tränen, die ich gegebenenfalls verkaufen konnte, sowie verschiedenen anderen Dingen bestand, die mir womöglich nützlich sein würden. Binnen wenigen Sekunden hatte ich Klamotten und Stiefel angezogen.

Im Gastraum hörte ich die Leute zählen. Zehn – neun – acht.

»Kannst dich wieder umdrehen.« Ich schlüpfte in die Jacke.

Sieben – sechs – fünf.

Ich nahm einen Brieföffner von Ods Schreibtisch. »Welche Tür führt nach Hrafnheim?«

»Es ist zu gefährlich. Sie bringen dich um.«

Ich hob eine Braue. Ironisch.

Vier – drei – zwei.

»Willst du den Brieföffner?«

Frank atmete zischend zwischen gebleckten Zähnen aus. Dann hob er einen Finger und zeigte auf eine blaue Tür.

Eins – frohes Neueeees!

Ich warf Frank den Brieföffner zu und sah gerade noch, wie er ihn fing, bevor ich die Tür aufriss und mich in die Dunkelheit stürzte.

MALENE SØLVSTEN, geboren 1977, debütierte 2016 mit dem ersten Band der Fantasy-Trilogie *Das Flüstern der Raben* und wurde im selben Jahr für den »Læsernes Bogpris« (dt. »Buchpreis der Leser«) nominiert. Die Serie entwickelte sich in Dänemark rasch zu einem Bestseller. 2018 erhielt die Autorin den »Edvard P. prisen«, der vom dänischen Bibliotheksverband vergeben wird. Sie lebt mit ihrer Familie in Kopenhagen.

JUSTUS CARL, geboren 1991, studierte Skandinavistik, Romanistik und Politikwissenschaften in Frankfurt a. M. Heute lebt er als freiberuflicher Übersetzer aus dem Schwedischen, Norwegischen und Dänischen an der hessischen Bergstraße.

FRANZISKA HÜTHER, geboren 1988, studierte Skandinavistik und Kinder- und Jugendliteraturwissenschaften in Frankfurt a. M. Sie lebt als freie Übersetzerin aus dem Dänischen, Schwedischen und Norwegischen im Odenwald bei Darmstadt.

ZITATNACHWEISE

Die Götterlieder der Älteren Edda. Übersetzt, kommentiert und herausgegeben von Arnulf Krause. © 2006 Philipp Reclam jun. Stuttgart 2006 (S. 161, 483, 544, 545, 546, 617, 619, 620, 647)

Die Edda. Übersetzt von Felix Genzmer. © 2000 Diederichs Verlag, München, in der Penguin Random House Verlagsgruppe GmbH (S. 7, 732, 733)

Der Abdruck erfolgt mit freundlicher Genehmigung der jeweiligen Rechteinhaber.